승은
궁녀
스
캔
들

승은 궁녀 스캔들

초판 1쇄 인쇄일 2017년 10월 10일
초판 1쇄 발행일 2017년 10월 20일

지은이 | 김정화
펴낸이 | 김기선

편집장 | 김은지
편집부 | 임종성, 박지은, 김지현, 김아름
디자인 | 찌즈

펴낸곳 | 와이엠북스(YMBOOKS)
출판등록 | 2012년 7월 17일 (제2014-17호)
주소 | 서울시 도봉구 노해로 379, 802호(창동, 대성빌딩)
전화 | 02)906-7768 / 팩스 | 02)906-7769
E-mail | ymbooks@nate.com

ISBN 979-11-322-4277-2 (04810)
ISBN 979-11-322-4275-8 (set)

© 김정화 2017 Printed in Korea

값 13,000원

승은 궁녀 스캔들 中

김정화 장편소설

BOOKS

가계도
(숙종44년)

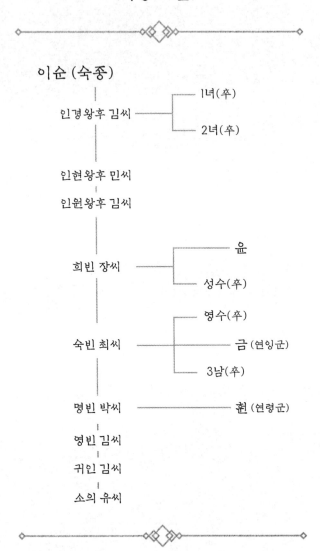

이순 (숙종)

인경왕후 김씨 ── 1녀(卒)
               └ 2녀(卒)

인현왕후 민씨

인원왕후 김씨

희빈 장씨 ── 윤
          └ 성수(卒)

숙빈 최씨 ── 영수(卒)
          ├ 금 (연잉군)
          └ 3남(卒)

명빈 박씨 ──── 훤 (연령군)

영빈 김씨

귀인 김씨

소의 유씨

차 례

十章.
황진기(黃鎭紀)

　왕세자는 긴 시간 궁궐 안에만 칩거하며 좀체 궁 밖 출입을 하지 않았다.

　그가 마지막으로 외출했던 날엔 비가 왔었다. 종일 추적추적 내린 비는 세자가 입고 있던 흰 삼베옷을 축축하게 적셨다. 그날은 세상을 떠난 세자빈 심씨를 장사 지내는 날이었다.

　하늘 역시 국본(國本)인 세자의 마음을 아는 것일까. 동여 날 아침, 날씨는 유래 없이 화창했다. 새파란 하늘은 밤새 공들여 윤을 내어놓은 것처럼 반짝반짝 빛나고 있었다.

　"왕세자 저하 동여!"

　"길을 터라! 왕세자 저하께서 납신다!"

　명마(名馬)에 올라탄 윤은 흑룡포도, 두루마기도 아닌 무관 복장을 하고 있었다. 공적인 것이 아닌 사적인 외출이었으므로 동여는 어가 행차처럼 화려하지는 않았다. 그러나 윤의 모습은 누구도 범접할 수 없을 만큼 위풍당당했다.

　너른 어깨를 당당하게 편 그의 시선이 흐트러짐 없이 앞을 바라본다. 늘 왕세자의 주변을 떠돌던 짙은 슬픔은 온데간데없었다.

'취선당께서 저하의 모습을 보셨다면 참으로 행복해하셨을 것입니다.'

궁궐에 남은 문 내관이 멀어져가는 윤의 등을 보며 생각했다. 이윽고 세자 일행의 모습이 점처럼 작아져 보이지 않게 되었을 무렵.

"나오셨습니까, 마마님."

문 내관이 순심에게 고개를 숙여 인사했다. 운종가에 나갔을 때는 신분을 감춰야 했기에 소박한 복장을 했던 그녀였으나 이번은 달랐다. 왕세자의 승은궁녀 자격으로 하는 첫 외출. 윤의 지시로 준비된 의복과 장신구들은 궁궐의 여인다운 매력을 드러내는 것들이었다.

문 내관이 푸른 하늘을 바라보았다. 왕세자가 동여하는 것 자체는 나쁘지 않았다. 현명한 군주가 되려면 백성들의 삶을 알아야 하는 법이었다. 그러나 윤의 행선지가 마음에 걸렸다.

"마마님, 부디 매사 조심하시옵소서. 외명부 앞에서는 필히 말을 아끼셔야 합니다."

"알겠습니다."

문 내관과 순심의 눈이 마주쳤다. 당부를 담은 문 내관의 시선. 순심이 고개를 끄덕였다.

"황가, 마마님을 잘 부탁하네. 연잉군방으로 바로 가도록 하게."

"예."

순심과 황가의 목적지는 경복궁 바로 옆에 위치하여 왕기(王氣)가 서려 있다는 소문이 들리곤 하는 아름다운 저택. 연잉군의 사저(私邸), 즉 연잉군방이었다.

"그리 먼 길은 아니옵니다만, 인적이 없는 길로 갈 터라 반 시진 정도는 예상하셔야 할 것입니다."

"예, 황가 님."

"뒤에서 따라야 하는 법이지만……. 외람되오나, 궁녀님께서 길을 알지 못하시니 제가 곁에서 걷겠습니다."

"알겠습니다."

창덕궁을 떠난 순심과 황가의 걸음이 서쪽으로 향한다.

순심은 밝은 표정이었다. 날씨는 보기 드물게 화창했다. 궁궐 안과는 냄새마저 사뭇 달랐다. 거리에서는 흙냄새와 장작을 지피는 냄새, 어디선가 풍겨오는 밥 짓는 냄새와 같은 분주한 삶의 향(香)이 났다.

"저쪽으로 가면 개천(開川)[1]이 나옵니다. 개천을 가로지를 것입니다."

"……물을 지나가야 합니까?"

"예. 싫으시면 돌아갈까요?"

"저……. 아주 넓은 강 같은 건 아니지요?"

"예. 그리 넓지 않습니다."

"그럼 그리로 갈게요."

물을 꺼리는 듯한 순심의 모습에 황가의 시선이 잠시 머물렀다. 그의 시선을 의식한 순심이 작게 덧붙였다.

"물을 무서워해서……."

"괜찮을 겁니다."

이윽고 황가가 말한 개천이 나타났다. 개천은 아낙들이 세답을 하거나 아이들이 물장구를 칠 정도의 넓이에 지나지 않았다. 순심의 표정이 누그러졌다.

"도움이 필요하십니까, 궁녀님?"

"아니요. 이 정도는 혼자 갈 수 있습니다."

"제가 앞서 건너겠습니다. 발밑을 잘 보십시오."

---

1   청계천의 옛 이름.

개천의 얕은 지점에 놓인 징검돌은 열 개 남짓. 성큼 건너간 황가가 순심을 바라보았다.

한 걸음, 한 걸음 징검돌을 밟는 순심의 발은 한없이 조심스러웠다. 다행히 별다른 사고 없이 그녀는 건너편에 발을 디뎠다. 순심이 안도의 한숨을 내쉬었다.

"궁녀님."

"예?"

"왜 강을 두려워하십니까?"

"그냥……."

순심은 대답하길 원치 않는 듯하다. 황가가 실례했다는 듯 고개를 숙였다.

다시금 걸음을 옮기던 황가의 시선이 유유하게 흘러가는 개천으로 향했다. 그는 물을 두려워하지 않았다. 그러나 과히 좋아하지도 않았다. 동네 어디에나 있을 법한 이런 물가를 보면, 그의 삶 어딘가에 숨어 있던 아픈 기억이 불쑥 떠오르기 때문이었다.

황가가 힐끔 순심을 바라보았다. 그녀에게도 밝히기 싫은 까닭이 있는 것이겠지. 황가가 물가를 싫어하는 데에도 나름의 고통스러운 이유가 있듯이.

그는 오래도록 가슴속에 파묻어두었던 십여 년 전 밤의 기억을 떠올렸다.

"순기야! 연이야!"

소년의 쩌렁쩌렁한 음성이 깊은 밤을 뒤흔든다. 그러나 돌아오는 것은 유유히 흐르는 강물에서 들려오는 물소리뿐이다.

"연이야! 순기야! 으흐흑……."

그때였다. 헐레벌떡 달려온 중늙은이가 소년의 몸뚱이를 붙들었다.

"놓아!"

"도련님, 이러시면 아니 됩니다. 그만 돌아가셔야 합니다!"

"놓으라지 않아! 놓으라고!"

"도련님, 제발……."

소년의 입에서 거친 울음이 터져 나왔다.

"이러다 혹시라도 그자들이 되돌아오면 큰일입니다. 어서 피하셔야지요."

"어찌 가, 어찌 애들을 두고 가냐고……."

소년의 울음은 멈추지 않았다. 강가는 스산했다. 그는 강가에 나란히 누운 작은 몸뚱이들을 내려다보며 오열했다.

올해로 여섯 살이 된, 사과처럼 붉은 뺨을 한 사내아이의 이름은 순기. 팔다리가 통통한 계집아이는 이제 겨우 네 살이 된 연이였다. 순기와 연이는 소년의 동생들. 그리고 그들의 몸뚱이에는 이제 삶의 온기가 없다. 찬바람이 부는 강가에, 소년이 애지중지 사랑하는 두 동생은 싸늘한 시신이 되어 누워 있었다.

소년에게 참으로 가혹했던 며칠이었다. 어느 밤, 집에 자객이 들이닥쳤다. 소년이 수련을 떠나 집을 비운 날이었다. 집에 돌아온 소년이 맞닥뜨린 것은 부모와 식솔들의 시신과 사라진 두 동생이었다. 그리고 소년은 멀지 않은 강가에서 차가운 시신이 된 두 동생을 발견했다.

"도련님. 도련님이라도 사셔야지요."

"살아 무엇해? 나만 살아 무엇하냐고!"

"복수를 하셔야지요."

흐느끼던 소년이 고개를 들었다. 눈물로 얼룩진 뺨에 부는 강바람이 차디차다.

"집안을 풍비박산 낸 자들을 찾아 복수하셔야지요, 도련님. 이는 서인(西人)들의 짓이 분명하니, 때를 보아 반드시 원수를 갚으셔야 합니다."

"모두 죽고 나 혼자 남았는데 무슨 수로……."

"일단 장희재 대감을 찾아가십시다. 아버님께서 장희재 대감의 사람이셨으니, 분명 살 길을 마련해주실 것입니다. 몸을 의탁할 곳을 찾는 것이 먼저입니다."

소년의 황망한 시선이 여전히 강가에 누워 있는 동생들에게로 향했다. 투둑, 굵은 눈물이 쏟아졌다. 자리에서 일어선 소년이 말없이 겉에 입고 있던 철릭을 벗었다.

무골(武骨)을 타고나 체격이 큰 소년에 비해 두 동생의 몸뚱이는 작디작았다. 철릭 자락 아래 두 몸뚱이가 감춰질 만큼.

"……갈게."

마지막으로, 소년은 손을 뻗어 동생들의 눈을 감겨주었다.

그 밤이 지난 후, 소년은 몸종이 일러준 대로 장희재를 찾아갔다. 장희재는 기꺼이 심복의 아들인 소년을 거둬주었다.

세월의 풍파가 모진 탓에 그 시간 역시 그리 길지는 않았지만, 모든 것을 잃고 기댈 데 없던 소년 황가에게 주어졌던 짧은 안식이었다.

"장희재 대감."

"오냐."

"복수를 하려면 어찌해야 합니까?"

"복수라……."

화양연화(花樣年華)가 끝났음을 어렴풋이 예감하던 장희재는, 앞길이 창창한 소년을 위해 고심하여 답을 내놓았다.

"복수란 기다리는 것이다."

"기다리는 것이요?"

"그래. 일단 살아남아라. 때를 보아 기다려라. 내가 장성한 후에는 반드시 기회가 올 것이다."

"어찌 기다립니까? 소인이 어른이 되려면 긴 시간이 남았는데, 어찌 그토록 오래 참습니까?"

"황가야."

장희재가 어린 황가의 어깨를 두드렸다.

"때로 삶이란 버텨내고 참아내는 것이 아니라, 그저 흘러가도록 내버려
두는 것이다."

"……."

"내버려두어라. 흘러가도록, 흘러갈 수 있게."

* * *

"별당, 어찌 그리 문밖을 힐끔대시오?"

"궁에서 오신다는 마마님이 언제 오실까 싶어 그럽니다."

"때 되면 어련히 올까. 그만 경거망동하시오. 별당 때문에 나까지
마음이 불편하니."

"경거망동이라니요? 송구하옵니다만 저보다 마님께서 훨씬 더 몸
종들을 채근하며 기다리지 않으셨습니까?"

"그거야 안주인으로서 당연한 일인 것을."

"하, 소인이 하면 경거망동이고, 마님께서 하시면 경거망동이 아
닌 것이 된답디까?"

"뭐라?"

연잉군방의 안채. 분위기는 엄동설한이라 해도 좋을 만큼 냉랭했
다. 두 젊은 여인은 마주 보고 앉아 있되, 좀체 눈조차 마주치지 않
았다.

"하기야…… 별당께서 기다리실 만도 하지요. 똑같은 처지 아닙니
까?"

"그건 또 무슨 소리입니까?"

"별당 역시 반가의 여인이 아닌 궁녀였고, 또한 본부인이 아닌 첩실 신세이니 말입니다. 오늘 온다는 동궁전 여인과 똑같은 처지라 이겁니다."

꽤나 모욕적인 공격. 그러나 두 여인에게 이 정도 대화는 상당히 익숙한 일인 듯했다. 별당이라 불린 여인이 눈 하나 깜빡 않고 대꾸했다.

"그러게요. 말씀을 듣고 보니 참으로 똑같습니다. 본부인은 진즉 내쳐져 소박맞은 것이나 다름없고, 첩실만을 어여삐 여기시는 것까지요. 두 형제가 참 똑같습니다. 안 그렇습니까, 마님?"

본부인이라 불린 여인의 눈에서 불꽃이 튀었다. 부드득 이 가는 소리가 들릴 듯하다.

"어디 봐야겠습니다. 내가 아는 궁녀 출신 첩이란 천박한 여인뿐인데, 마마님께서는 대체 어떤 성정을 가졌는지요."

"마음껏 보십시오. 그렇게 보기라도 하여 뭔가를 배우셔야 독수공방 신세를 면치 않으시겠습니까?"

"뚫린 입이라고 함부로……."

그때였다. 당장 펑 터져버릴 듯 팽팽한 공기를 어그러뜨리는 목소리가 들려왔다.

"마님, 별당마님! 동궁전 마마님이 도착하셨습니다!"

"어서 와라."

연잉군방. 금은 몸소 나와 순심을 맞이했다.

"황가도 같이 왔구나. 순심을 호위하고 온 모양이로군."

"예, 대감."

황가가 금을 향해 고개를 숙였다.

"가장 실력이 뛰어난 호위를 붙여주시다니, 역시 형님께서 너를 보통 아끼시는 것이 아니구나. 돌쇠야, 휴식을 취할 수 있도록 무관에게 방을 내주어라."

"예, 대감마님."

"순심은 나를 따라오라. 사랑방 앞까지 함께 가자. 거기서부터 몸종이 인도하여 줄 것이다."

"예, 대감. 그런데 소인은 어디로 갑니까?"

"형님께서 육조거리를 돌아보고 당도할 때까지, 음……. 여인들이 말동무를 해줄 것이다."

금의 말투에는 알 수 없는 피로감이 묻어났다. 낯선 모습에 순심은 그를 곁눈질했다.

"과히 즐겁지 못한 꼴을 네게 보일 것 같은 느낌이 들어서."

"그럴 리가요, 대감."

"보고 나서도 그런 말을 할지 내 두고 보지."

금의 어조는 꽤 냉소적이었다. 본래 금의 속내를 읽는 것은 어려운 일. 순심은 그에게서 시선을 거두어 주변을 살폈다.

연잉군방은 임금께서 사들여 연잉군에게 하사한 저택이었다. 집 초입에 우뚝 솟은 진귀한 백송부터 범상치 않았다. 저택은 별궁이라 불러도 손색없는 위용을 자랑하고 있었다.

"어찌 그리 쳐다보는가. 내 얼굴에 뭐가 묻기라도 했는가?"

"아닙니다. 여기서 뵈니 낯설어서요."

"나 역시 네가 낯설다. 참, 이상한 일이구나."

"무엇이 이상합니까?"

"글쎄. 너 같은 여인이 궁궐이 아닌 바깥에 있는 것이 오히려 이상하다는 생각이 든다. 아마도 너는 궁궐에서 살아갈 운명인가 보군."

쉽게 가늠할 수 없는 말이었다. 고개를 갸웃하던 순심이 물었다.

"무슨 뜻인지 여쭈어도 됩니까?"

"네 모습이 한낱 초라한 집구석에 있기에는 지나치게 화사하여 어울리지 않는단 말이다. 못 알아들었으면 되었다."

"……대감의 댁이 초라하다고요?"

금이 씩 웃는다.

"너에 비하면 그렇다고."

그들의 걸음이 사랑방 앞에 다다랐을 무렵. 문틈으로 고개를 내미는 젊은 사내. 그는 갓 소년 티를 벗은 청아한 얼굴을 하고 있었다.

"몸도 좋지 않으면서 왜 문을 여는 게야. 휜아, 날이 차다."

"바람을 좀 쐬고 싶어 그렇습니다. 형님, 곁의 여인이 낙선당의 그 궁녀이옵니까?"

"그래. 둘이 마주치는 것은 처음이겠지?"

휜. 젊은 사내의 이름을 들은 순심이 급히 고개를 숙였다. 그는 명빈 박씨 소생인 임금의 막내아들 연령군 이휜이었다.

"처음 뵈옵겠습니다. 소인 낙선당 궁녀 김가라 하옵니다."

"아름다운 분이시네요."

"……과분한 칭찬이십니다."

그제야 고개를 든 순심이 휜의 모습을 눈에 담는다. 윤과 금의 용모가 거의 닮지 않은 데 반해, 휜은 세자를 연상시키는 용모를 지니고 있었다.

유난히 흰 피부, 곧게 뻗은 콧날, 붉은 입술……. 그러나 휜의 모습에서는 기개가 느껴지지 않았다. 그의 흰 살결은 타고난 것이라기보다 병색에 가까운 느낌을 주었다.

"오늘 제 몸이 편치 못하여 예를 차려 인사를 나누지는 못합니다. 편하게 계시다 돌아가세요."

"예, 대감. 마음 써주시어 감읍합니다."

이내 방문이 닫히고 연령군의 모습이 사라졌다.

금의 동행 역시 이곳까지였다. 이내 키 작은 계집종이 공손히 순심을 인도했다. 말이 집이지, 연잉군방은 백 수십 칸에 달하는 장대한 저택이었다. 그리하여 사랑채를 떠나 안채까지 가는 데만도 꽤 시간이 걸렸다.

"오셨습니까."

들려오는 목소리에 순심의 시선이 앞으로 향한다. 잔뜩 긴장한 표정으로 순심은 두 여인을 향해 나아갔다.

"그래, 오시는 길은 힘들지 않으셨소?"

"생각보다 멀지 않아 편하게 왔습니다."

"대감의 출합이 늦어 저 역시 궁궐 생활을 했었지요. 하여 세자저하께서 여인에게 큰 관심이 없으심을 알고 있소. 그런 저하께서 아끼시는 분이라니, 꼭 한번 뵙고 싶었습니다."

금의 본부인, 서씨는 정숙하고 따스한 인상의 여인이었다. 그녀는 금과 나이 차가 크지 않은 듯 보였다. 분명 명문가에서 어려움 없이 귀하게 자란 여인일 것이다.

"여기 있는 이씨와 마마님 사이에 대화가 잘 통할 듯합니다. 마마님과 여러모로 비슷한 점이 많은 여인이지요."

"아, 그렇습니까?"

"예. 모르셨습니까? 이씨 역시 궁녀 출신입니다."

"아……."

순심이 말끝을 흐렸다. 서씨의 말투에서 미묘한 불편함을 느꼈기 때문이었다. 그때 곁에 앉아 있던 이씨가 대뜸 끼어들었다.

"마마님, 무슨 소리인지 궁금하시지요? 안방마님께서는 지금 저와 마마님은 미천한 궁녀 출신이고, 본인은 귀하디귀한 반가의 여식이란 말씀을 하신 거랍니다."

이씨의 말이 너무나 직설적인 나머지 당황한 순심이 입을 헤 벌렸다. 서씨가 외마디 소리를 내며 이씨를 노려보았다.

"무어요? 내 언제 그리 말했소? 어찌 없는 소리를 지어 말하는 것이요?"

"없는 소리라니요? 늘상 소인에게 궁녀 출신이다, 미천한 신분이다, 첩실이다, 주제를 알라며 항상 괴롭히시지 않습니까?"

"쯧쯧, 이래서 배운 게 없는 사람은……."

"그러게나 말입니다, 마님. 저는 궁녀로 있을 때 배운 것이 바느질 같은 허드렛일뿐이라……. 다행스럽게도 대감께서는 바느질을 하느라 거친 제 손이 참으로 귀하다며 사랑하시더이다. 이 김에 마님께서도 바느질을 배워보시지요? 그리하여야 대감께 눈길이라도 받지 않겠습니까?"

"하, 참. 이보게. 어찌 마마님 앞에서 이리 경거망동인가?"

"누가 들으면 마님께서 궁녀님이 오시기를 고대한 줄 알겠습니다. 본부인이 어찌 첩실 따위를 맞이하러 나가냐며 안채에 틀어박혀 계시지 않았습니까?"

서씨의 얼굴이 삽시간에 새빨갛게 달아올랐다.

"무엄하다! 대감께서 어여삐 여긴다 하여 오만방자하게 본처를 욕보이다니, 그 세월이 얼마나 가나 내 두고 봄세."

"두고 보실 것 뭐 있습니까? 지금 보십시오. 그리고 설령 대감의 마음이 소인 곁에서 떠난들 마님께 갈 일은 없으니 걱정 마시지요."

"이런 방자한……. 당장 나가게!"

서씨가 버럭 고함을 치자, 이씨가 코웃음을 치며 받아쳤다.

"가긴 어딜 가라는 것입니까? 대감께서 저더러 마마님의 말동무를 해드리라 하셨습니다. 이 자리가 불편하시거들랑 안방마님께서 나가시지요."

서씨와 이씨, 두 여인이 서로를 죽일 듯 노려보았다. 순심은 내내 좌불안석이었다. 두 여인은 순심이 곁에 있다는 사실마저 망각한 듯했다.

그들이 딱히 예나 법도를 몰라서 그리 행동하는 것은 아니었다. 일단 순심은 궁녀, 그것도 하급으로 구분되는 생과방 나인. 이는 그녀가 중인 이하 계급이나 관노 출신이라는 것을 의미했다. 게다가 금의 집안사람들 모두가 노론에 속해 있었으니, 순심 앞에서 싸움을 벌이는 것은 세자를 존중하지 않음의 방증이기도 했던 것이다.

"본래 본부인이란 첩실의 흉을 잡아내기 위해 혈안이 된 사람이지요."

"본래 첩실이란 본부인이 죽을 날만을 기다리는 못된 것들이지."

"세상에 마님, 어찌 마마님을 앞에 두고 그런 말씀을 하십니까?"

"그 입 다물게!"

두 여인의 싸움은 점입가경으로 치닫고 있었다. 그리하여 바깥에서 순심을 찾는 계집종의 목소리가 들려온 순간 그녀는 너무나 안도하여 '예!' 하고 소리쳐 대답하고 말았다. 동시에 서씨와 이씨의 싸움 역시 멎었다.

"마마님, 이만 밖으로 나오시라고 하십니다."

이유를 묻지도 않은 채 순심은 벌떡 자리에서 일어났다. 이 자리를 벗어날 수만 있다면 무엇이든 기꺼이 하리라.

"왕세자 저하께서 도착하셨습니다."

"어디로 가는 것이오?"

계집종을 따라가던 순심이 의아한 표정으로 물었다. 당연히 왔던 길을 되밟아 가리라 생각했는데, 반대편을 향해 가고 있었기 때문이었다.

"뒤편에 다른 별채가 여럿 있습니다. 대감께서 궁녀님을 그곳으로 모셔 가라 하셨습니다. 세자 저하께서 기다리십니다."

"저하께서는 대감들과 담소를 나누시지 않았더냐?"

"연령군 대감께서 일찍 귀가하시는 바람에 잠시 말씀을 나누고 별채로 가셨습니다. 자세한 일은 소인도 모릅니다요."

하기야 나이 어린 계집종이 왕세자의 거취를 알 리 없다. 순심은 정신을 바짝 차리려 애썼다. 저택의 뒤편에는 많은 별채들이 늘어서 있었다. 계집종이 인도하지 않는다면 길을 잃을 판이었다.

"저기 계십니다."

계집종이 공손히 손을 내밀어 문이 굳게 닫힌 별채를 가리켰다. 순심은 미심쩍은 표정이었다. 누가 안단 말인가. 덜컥 문을 열었을 때 윤이 아닌 금이 나타날지. 연잉군은 도저히 예측이 불가능한 인물이었다.

그사이, 꾸벅 절을 한 계집종은 종종걸음으로 떠나버렸다. 순심만이 오도카니 홀로 남았다.

"왔느냐."

별채 문을 통해 모습을 드러내는 사내. 순심이 눈을 깜빡였다.

윤. 그녀는 그를 안다. 그러나 윤은 그녀가 알고 있던 평소의 왕세자 같지 않았다.

"저하⋯⋯. 복장이⋯⋯."

윤은 왕세자의 복장인 흑룡포도, 동궁전에서 주로 입는 두루마기 차림도 아니었다. 그는 동여 때 갖추었던 융복(戎服) 역시 입고 있지 않았다.

풍류를 즐기는 여느 선비와 같은 모습. 바람을 머금은 연푸른 도포 자락이 펄럭인다. 갓에 매달린 구슬 끈이 유유히 흔들렸다.

"잘 어울리느냐? 도포를 입고 갓을 쓰는 것은 나 역시 참으로 오랜만이구나."

계단을 내려와 순심에게로 온 윤이 주변을 훑어보았다. 별채 근처는 고요했다. 연잉군의 식솔들은 물론이거니와, 노비들 역시 근처에 얼씬하지 않았다.

윤의 입가에 옅은 미소가 드리웠다. 그는 동여를 위해 꽤 많은 준비를 했다. 윤이 순심의 양 볼을 손으로 감쌌다. 따스한 뺨. 문득 품에 안고 싶다 생각이 들지만 그는 잠시 그 마음을 넣어두기로 했다. 오늘은 할 일이 많았다.

"가자."

갑자기 윤이 순심의 손을 잡아끌었다. 순심은 영문도 모른 채 그를 따라 걸음을 옮겼다. 별채 뒤, 쭉 이어진 돌담장 한가운데 일각문(一角門)[2]이 보인다.

"동여를 나오기 전에 내가 했던 말, 기억하느냐?"

"무엇을요?"

"기대하라고, 분명 재미있을 것이라 했었다."

"예, 기억합니다."

윤이 살짝 고개를 끄덕였다. 갓에 매달린 구슬 끈이 차르르 소리를 내며 흔들렸다.

"그럼, 가자."

"예?"

윤이 문을 밀어 열었다. 끼익- 하는 소리와 함께 바깥 풍경이 시야에 들어왔다.

"가자고. 나가자."

윤에게 이끌린 순심의 걸음이 덥석 연잉군방의 문지방을 넘었다.

"저하, 어디로 가십니까?"

"글쎄다. 어디가 좋을까? 근방에는 물도 있고 들이며 산도 있다.

---

2 양쪽에 기둥을 세운 출입문.

네가 가고 싶은 곳이 어디냐?"

"글쎄요. 갑자기 생각하려니, 어디가 가고 싶은지 잘……."

윤이 순심의 손을 꼭 잡았다.

"그렇다면, 어디든 가자."

그저 손을 맞댄 것이 전부임에도 짜릿하게 오감을 두드리는 감촉
이 손바닥을 타고 올라온다. 마음이 벅차올랐다. 낯선 공기와 낯선
공간 속, 낯선 차림새를 하였으나 한결같은 사랑의 눈빛을 한 연인
의 목소리가 들렸다.

"우리 둘만 있을 수 있는 곳으로, 어디든 가자."

연잉군방을 나선 윤과 순심이 완만한 고갯길을 오른다.

궁인들이 쓸고 닦아 관리하는 궁궐의 돌길과는 달리 오가는 백성
들의 무게로 다져진 흙길. 사방을 둘러싼 높은 담장도, 그들을 주시
하는 궁인들의 시선도 없는 자유로운 세상이었다. 야트막한 언덕 너
머에서는 봄날을 연상케 하는 향기로운 바람이 불어오고 있었다.

"저하."

"응?"

"바람에서…… 과실 향기가 납니다."

"조금만 가보면 왜 그런 향기가 나는지 알게 될 것이다."

언덕을 오를수록 달콤한 바람결 사이로 노니는 벌이며 곤충들의
수가 점점 많아졌다. 마침내 언덕 꼭대기에 올라 아래를 내려다본
순심이 탄성을 내뱉었다.

"와……."

발아래 사방 천지가 배밭이었다. 봄 내내 근방을 새하얗게 물들였
던 배꽃이 피어났던 자리에 솟아난 동그란 열매들이 가을을 맞아 익
어가고 있었다.

"꽃이 피지 않았음에도 꽤 풍경이 좋지 않으냐?"

"정말 아름답습니다, 저하."

수백 그루 배나무의 초록 잎사귀 사이사이 매달린 탐스러운 열매들. 나무와 나무 사이를 부지런히 날아다니는 꿀벌들.

윤이 자연스레 그녀의 손을 잡아 이끈다. 순심은 그와 함께 배밭 가장자리까지 걸어갔다. 즙 많은 과실의 달콤한 향기가 그들 주변에 넘실거렸다.

한참 배밭 풍경을 눈에 담던 순심의 시선이 근처에 머무른다. 부지런히 배를 따는 작달막한 뒷모습을 발견했기 때문이었다.

"뉘시우?"

기척을 눈치채고 고개를 돌리는 이는 백발의 노파였다.

"그냥 지나가는 객이라오."

윤이 대꾸했다. 고개를 끄덕이던 노파가 갑자기 그들에게 다가왔다.

"받으시우."

노파가 불쑥 윤을 향해 손을 내밀었다. 노파의 주름진 손 가득 들어찬 것은 탐스럽게 익어 황금빛을 띠는 배였다. 갓 따낸 배 꼭지에서 달콤한 향기가 풍겨왔다.

"나리님, 늙은이 손 떨어지는 꼴을 보시려고 그러십니까? 어서 받아서 부인께 드리시우."

"⋯⋯부인?"

"예. 어서요."

윤이 노파가 내민 묵직한 배를 받아 들었다.

"무슨 복이 있는 양반이시기에 이리 고운 부인을 얻으셨을까나⋯⋯."

노파가 거북이 눈처럼 무겁게 내려앉은 눈꺼풀을 끔벅였다. 순심의 얼굴을 살피던 노파가 빠진 이를 드러내며 웃었다.

"제가 젊었을 적에 궁궐에서 오셨다는 선녀 같은 마마님이 다녀가신 적이 있었는데, 마님을 보니 그때 생각이 갑자기 나지 뭐유."

"궁궐이요?"

"그렇다우. 어찌나 고우시던지……."

먼 과거를 떠올리는 듯, 노파가 말끝을 흐렸다.

"아무튼, 이제 집에 불 땔 시간이라우. 늙은이는 이만 물러가오."

노파가 배가 가득 담긴 소쿠리를 이영차, 머리에 이었다.

"할머니, 배 잘 먹을게요!"

순심이 느릿느릿 이랑 위를 걸어가는 노파의 뒷모습에 대고 소리쳤다. 대답은 돌아오지 않았다. 이내 노파의 모습은 배나무 사이로 파묻혀 사라졌다.

그 모습을 바라보던 순심이 윤에게로 시선을 돌렸다. 그는 너른 배밭을 멍하니 응시하고 있었다.

"저하. 무슨 생각을 그리하십니까?"

"아."

퍼뜩 정신을 차린 윤이 별일 아니라는 듯 순심을 보며 웃었다.

"재밌는 노파로구나."

"예, 저하. 저도 그리 생각했습니다."

문득 윤이 제 손에 들린 배를 내려다보았다. 배 껍질은 윤기가 흐르는 황금빛. 속이 실하게 들어찬 모양인지 꽤 묵직했다. 윤이 도포 자락에 배를 쓱쓱 문질러 순심에게 내밀었다.

"먹어보아라. 아무래도 이것을 먹으면 굉장히 좋은 일이 일어날 것만 같군."

"좋은 일이요?"

"글쎄다. 삼신할미 같은 노파를 만났으니 이걸 먹으면 왕세손이 생긴다든가 하는?"

"와, 왕세손이요?"

순심이 당황한 듯 되묻자, 윤의 입꼬리가 부드럽게 휘어졌다.

"네가 원한다면 지금이라도……."

"저, 저하!"

부끄러움을 감추기 위해 그녀가 급히 배를 한입 베어 문다. '으음……' 하는 나른한 탄식이 흘러나왔다.

입 안에 파도처럼 들어차는 다디단 맛의 향연. 터져 나온 과즙이 입술을 타고 흘렀다. 연인의 눈에 비친 모습은 대단히 유혹적이었다. 윤이 저도 모르게 그녀에게로 얼굴을 기울였다. 그의 입술이 다가옴을 깨달은 순심의 눈이 스르르 감겼다.

"……."

그러나 그녀가 기대했던 일은 일어나지 않았다. 여전히 과즙에 젖은 입술은 촉촉하게 반짝이고, 달콤한 향기가 주변을 맴돌지만 윤의 입술은 포개지지 않았다. 그녀가 살짝 눈꺼풀을 들었다.

윤의 입술은 순심의 바로 앞에 멈추어 있었다. 아마도 순심이 입술을 비죽 내밀면 촉, 닿을 만큼 가까이.

그의 입술이 서서히 벌어진다. 그러나 입맞춤 대신 그에게서는 의외의 말이 흘러나왔다.

"가거라."

"……?"

완전히 눈을 뜬 순심이 말똥말똥한 시선으로 윤을 보았다.

"가라 했다."

"……저요?"

순심이 주춤, 한 발짝 뒤로 물러난다. 윤이 그녀의 허리를 감싸 다시 가까이 끌어당겼다.

"아니, 순심이 너 말고."

"그럼 누구⋯⋯."

윤이 고개를 돌린다.

"황가. 어찌 이런 상황에도 거기 있는 게냐?"

그 순간 거짓말처럼 뒤편 나무그늘에서 황가가 걸어 나왔다. 황가의 모습을 본 순심이 믿기지 않는다는 듯 눈을 깜박였다.

연잉군방을 떠나 배밭까지 오는 사이, 내내 뒤를 따르고 있었단 말인가.

"미리 언질을 주셨다면 몰래 따라올 일도 없었습니다, 저하."

"그래? 내 외출할 것이라 미리 말했다면 따라오지 않았겠느냐?"

"⋯⋯아닙니다. 따라 나왔을 것입니다."

"그러니 말한들 소용없는 것 아니냐. 아무튼 돌아가라."

윤이 대수롭지 않다는 듯 내뱉었다. 그러나 황가는 묵묵부답, 장승처럼 꿋꿋이 버티고 서 있었다.

"아니 가느냐?"

"송구하오나 소인 갈 수 없습니다."

"사람 하나 보기 힘든 곳이다. 대체 무엇이 위험하다고 우리를 감시하는 것이냐?"

"저하를 감시하는 것이 아닌 주변을 살피는 것입니다."

"여기는 배밭이라고!"

윤이 발칵 짜증을 냈다. 여전히 황가의 표정에는 변화가 없다.

"하면, 소인 보지 않고 뒤돌아 있겠습니다."

"하."

윤이 한숨을 내쉰다. 그러나 이미 황가에게 순심의 호위를 맡긴 처지. 이마저 무작정 강요할 수는 없는 노릇이었다.

"잠시 물가를 거닐다 연잉군방으로 돌아가겠다. 멀찍이서 따르라."

"예, 저하."

그때였다. 황가가 갑자기 입을 열었다.

"그런데, 저하."

"왜?"

"소인이 뒤에 있는지 어찌 아셨습니까? 조용히 따랐사온데……."

"어찌 알았냐고? 아니다. 몰랐다."

"……예?"

"당연히 있으리라 믿었을 뿐이다."

"…….."

있으리라 믿었노라는 윤의 말. 늘 한결같던 황가의 얼굴에 미미한 파문이 어렸다.

윤이 순심을 이끌고 앞서가기 시작했다. 표정을 지운 황가 역시 그들의 뒤를 따랐다.

앞에는 윤과 순심이 나란히, 몇 걸음 뒤에는 황가가. 셋은 일정한 간격을 유지한 채 걷고 있었다.

"순심아."

"예, 저하."

"떨어지지 마라."

"예?"

"내게서 떨어지지 말고 곁에 붙어 걸으라는 말이다."

둘 사이에 생기는 한 뼘의 공간마저 아쉬운 모양이었다. 윤이 놓치지 않겠다는 듯 그녀의 손을 꼭 붙들었다.

"으음……."

순심이 저도 모르게 팔을 살짝 비틀었다. 윤의 걸음이 문득 멈춘다.

"어디가 불편하냐?"

"아니요. 불편한 건 아니고……. 간지럽습니다. 손바닥이요."

순심이 윤의 손아귀에 갇혀 있던 손가락을 꼼지락거렸다. 맞닿은 것은 손바닥인데 어찌 팔이며 목덜미까지 오삭오삭 솜털이 곤두서는지 모를 노릇이었다.

"그런다고 안 놓아준다. 그리고 나도 너와 같다. 손도 그렇고, 마음도……."

제 말을 확인하듯, 윤은 아예 손깍지를 껴 그녀의 손을 단단히 붙잡았다.

사랑이라는 이름의 나비라도 마음에 숨어든 것일까. 서로를 떠올릴 때마다 마음 언저리가 못 견디게 간질거렸다. 종일 설레고 종일 떨린다. 곁에 있어도 종일 그리웠다.

타인의 시선이 신경 쓰여 차마 입술을 포개지 못하고, 지엄한 어명 탓에 감히 체온을 맞대지 못하였으나 오고가는 눈빛만으로도 둘은 이미 하나였다.

"저하, 아까 그 배밭에서 마주쳤던 노파 말입니다."

"그 노파가 왜?"

"오래 전에 궁궐에서 나온 마마님이 다녀가셨다고……."

"아."

윤의 입가에 뜻을 알 수 없는 옅은 웃음기가 스쳤다.

"그 배밭의 주인이 누구인지 아느냐?"

"글쎄요……."

"그 배밭을 포함하여 근방 대부분의 밭들이 내 것이다."

"그곳에 있는 배밭, 전부 다요?"

"그래. 본래부터 내 것은 아니었지만……."

윤이 잠시 걸음을 멈추었다.

"내가 태어났을 때, 아바마마께서 어머님께 하사하신 것이지."

"아……."

순심이 말끝을 흐렸다. 노파가 말했던 궁궐에서 다녀가셨다는 마마님은 본래 배밭의 주인이었던 여인을 뜻하는 것일까.

"순심아."

"예, 저하."

"연잉군방에 올 때면 그런 생각을 한다. 나는 금이 부럽다."

불현듯 내뱉는 윤의 말. 순심이 그를 바라보며 반문했다.

"무엇이 부러우십니까?"

"금 역시 왕자군으로서의 고충이 있겠지. 그러나 그는 원한다면 얼마든 자유로울 수 있다. 살아가는 데 부족함이 없고, 전국 팔도 어디든 갈 수 있고……."

"……."

"군이 대단한 부자가 아니라도, 사랑하는 이를 고생시키지 않을 만큼의 여유만 있다면……. 그런 삶도 나쁘지 않겠지."

자신에게 없는 것을 바라는 것이 욕망의 가장 역설적인 점. 윤 역시 모르지 않는다. 금 역시 왕세자의 삶을 부러워하고 있음을.

"지금의 삶이 힘드십니까, 저하?"

"글쎄다. 순심아, 삶이란 본래 힘든 것 아니었느냐?"

"소인은 잘…… 모르겠습니다. 아직 큰 삶의 풍파를 겪지 못하여 그런 것 같습니다만……. 저도 세월이 흐르면 알게 될까요?"

"아니. 알 필요 없다. 겪지 마라, 풍파 같은 것."

윤의 손이 순심의 어깨를 감쌌다.

"무언가를 갖길 원한다면 그에 따르는 고통도 받아들여야 한다는 것을 안다. 그러나 가끔…… 형제들을 마주치면 문득 부러워질 때가 있다. 그뿐, 근본적으로 삶을 바꾸고 싶지는 않다. 내게는 나의 길이 있으니까."

윤의 담담한 목소리에 귀 기울이던 순심이 문득 물었다.

"저하의 길은 무엇입니까?"

"왕이 되는 것이다."

윤의 대답에는 일말의 망설임이 없었다. 그는 단호하게 답을 말했다.

윤은 이미 조선의 왕세자였다. 혹자들은 세자가 왕이 되는 것을 당연한 수순으로 여길지도 모른다. 그러나 왕세자의 옷을 입고 살아온 세월 동안 윤에게 당연했던 것은 아무것도 없었다. 조용하고, 답답하고, 속내를 드러내지 않는 세자. 노론은 그의 진중함을 조롱했으나, 그는 침묵을 통해 가까스로 제자리를 지켜내고 있었다.

"왕이 되신 후에는 무엇을 하려 하십니까?"

"참으로 할 일이 많겠지. 바로잡고 싶은 것들도, 누리고 싶은 것들도 있다."

윤의 시선이 순심에게로 향했다. 그녀를 만나기 전에 그러했듯, 여전히 윤은 임금이 되기를 소망하는 불안한 입지의 왕세자였다. 그러나 순심을 만난 이후 그의 마음에는 많은 변화가 찾아왔다.

"이전에는 이런 것들을 꿈꾸었지. 어머니를 죽인 자들에 대한 복수, 어머니의 명예를 회복하는 것, 노론과 소론의 싸움을 끝내는 것, 힘을 가지는 것……."

윤이 짧게 한숨을 내쉬었다.

"그러나 지금은 그것들보다 간절히 원하는 것이 생겼다. 네 덕분이지."

"그것이 무엇입니까, 저하?"

"행복해지는 것. 나 자신이 행복해지는 것."

윤의 어조는 담담했다.

"너를 만나기 이전의 나는 무기력한 자였지. 정확히는, 왕이 되기를 원하면서도 왜 그것을 바라는지조차 알지 못했던 것 같다. 나는 이제야 깨달았어. 나는 행복해지고 싶다."

그것을 깨닫자 비로소 목표들이 명확해졌다. 그가 꿈꾸던 많은 것들에는 '나'라는 존재가, 이윤이라는 인간 자체가 결여되어 있었음을.

"나 자신은 불행하다 느끼면서 누군가를 행복하게 만든다거나, 보다 나은 세상을 바라거나, 누군가의 명예를 회복하는 것이 아무 의미도 없다는 것을 나는 깨달았다."

"……."

"나는 행복해지고 싶다. 그리고 행복한 사내가 되어, 내 곁에 있을 너 역시 행복한 여인으로 만들기를 꿈꾼다."

순심은 가만히 그의 말에 귀 기울이고 있었다. 그의 말 하나하나마다 삶에 대한 진한 깨달음이 배어 있었다. 그녀를 향한 무한한 사랑이 느껴져 가슴이 벅차오르도록 감격스러웠다. 윤이 바라는 미래에는 그녀 역시 함께하고 있었다.

"내 꿈이 마음에 드느냐?"

"예. 마음에 듭니다, 저하. 정말로 마음에 듭니다. 그리하신다면, 소인 역시 참으로 행복해질 것 같습니다."

윤이 고개를 숙여 순심의 곁으로 입술을 가져갔다. 더운 숨결처럼 따스한 음성이 그녀의 귓가에 흐른다. 윤이 속삭였다.

"나로 인하여 네가 행복한 것이 아니라, 너라는 여인 자체가 행복해졌으면 한다. 꼭 그리될 것이다. 그것이 내가 너로 인해 얻은 깨달음이고, 내 바람이다."

그것이 그의 새로운 길이었다.

"저하."

뒤쪽에서 들려오는 황가의 음성에, 물가를 거닐던 윤과 순심이 걸음을 멈추었다.

"해가 저물어갑니다. 연잉군방으로 돌아가셔야 하옵니다."

"알았다. 벌써 이렇게 되었군. 돌아가자, 순심아."

"예, 저하."

윤과 순심이 걸어왔던 길을 향해 다시 몸을 돌렸다. 빠른 걸음으로 다가온 황가가 다시금 그들 뒤에 자리를 잡았다.

"이야기를 하는 사이 꽤 멀리 온 모양이다. 개천의 너비가 아까보다 넓어졌구나."

"연잉군 댁으로 갈 때도 이 개천을 가로질러 갔습니다."

"이 길을 지났다고? 물을 지나는 것이 두렵지 않았느냐?"

마지막 물음은 순심을 향한 것이었다.

"제가 물을 두려워 한다는 것을 기억하고 계셨습니까?"

"내 어찌 잊을까. 처음으로 내게 마음 깊은 이야기를 들려주었던 날인데……."

그의 마음 씀씀이가 고마워 순심은 환하게 미소 지었다.

"처음에는 강이라도 건너는 줄 알고 놀랐사온데, 알고 보니 좁은 개천에 지나지 않았습니다. 이 정도는 무섭지 않습니다, 저하."

"가끔 너에게는 신기하게 느껴지는 점이 있다."

"신기한 점이요?"

순심이 되물었다. 윤이 잠시 걸음을 멈춘다. 덩달아 순심과, 뒤에 따르던 황가의 걸음 역시 멈추었다.

"그래. 평소에는 내가 아는 화사한 여인이 틀림없는데……. 극적인 상황이 닥치면 또 다른 네가 나오는 듯하거든."

"어떤 모습을 말씀하시는 겁니까?"

"출궁하게 되었을 때 내게 큰소리를 쳤던 것도 그렇고, 이전에 쓰러진 나를 구하여 침소로 옮긴 것도 그랬지. 지난번 후원에서 박 상궁에게 쓴소리를 한 것도 그러했고."

윤이 느리게 흘러가는 물가에 시선을 던졌다.

"네가 말했던 입궐하기 전의 일도 그러하지 않으냐. 어찌 강물에 몸을 던질 생각을 할 수 있었는지……. 게다가 한겨울 엄동설한이라 하지 않았더냐."

"그때 어떤 생각이었는지는 잘 기억이 나지 않습니다. 그저 그것만 기억합니다. 살고 싶었다는 것……."

"살고 싶었다고?"

"예. 몸을 던진 이후 기억하는 것은 오직 그뿐입니다. 정말 살고 싶었습니다. 남들처럼 평범하게, 죽지 않고……."

뒤에 황가가 있음을 알면서도 윤은 차분히 순심을 품에 안았다.

"누군지 궁금하구나. 그때 너를 구했던 그 사내아이."

"소인도 궁금하옵니다만 아무런 것도 기억나지 않습니다."

"너를 살렸으니 나에게도 은인이다. 누군지 알 수 있다면 큰 상을 내릴 것이다."

"이미 십 년이 지난 것을요. 마포나루에는 워낙 오가는 이도 많고……."

"아무리 사람이 많은들, 팔려가는 것이 싫어 한겨울 강물에 몸을 던진 아이가 흔했겠느냐?"

그때의 기억이 떠오르는 듯, 순심 역시 고요히 흐르는 물살을 바라본다. 해는 서녘으로 뉘엿뉘엿 넘어가고 있었다. 하늘을 잠시 바라본 윤이 순심을 이끌고 다시금 걸음을 옮겼다.

윤이 뒤를 돌아본다. 응당 들려야 하는 황가의 발소리가 멈추어 있었다.

"황가."

"……."

"황가야."

"아, 예, 저하."

퍼뜩 정신이 든 듯, 우두커니 서 있던 황가가 윤에게로 다가왔다.

"신기하구나. 황가 네게도 이리 정신을 빼놓을 때가 있다니."

"……송구하옵니다, 저하."

"연잉군방으로 돌아가자."

"예, 저하."

윤과 순심은 다시금 연잉군방을 향하기 시작한다. 습기를 머금은 바람이 뒤를 따르는 황가의 머리칼을 흐트러뜨렸다.

그래서, 그래서 낯설지 않았던 건가.

황가의 시선은 그의 주인인 왕세자보다 훨씬 먼 과거, 그와 먼저 연이 닿았던 여인의 뒷모습에 멈추어져 있었다.

十一章.
구원

깊은 밤. 모든 것은 원래대로 되돌아왔다.

윤은 동여 행차에 동행했던 관원들과 함께 궁궐로 돌아왔다. 세자보다 한발 먼저 궁궐로 떠난 순심 역시 황가의 호위를 받으며 낙선당으로 돌아갔다.

연잉군방에도 평화가 찾아왔다. 종일 계속되었던 본부인 서씨와 첩실 이씨의 싸움도 세자와 순심이 떠나자 곧 잠잠해졌다. 부인들의 잠시간의 여인천하(女人天下)는 무용의 난으로 끝났다.

"황가 형님."

"……왜."

"무슨 일이 있으십니까?"

"아니."

"그런데, 어찌 그리 한숨을 푹푹 쉬시는 겁니까?"

비좁은 방 안을 가득 채우는 황가의 한숨 소리.

잠귀가 밝은 상검이 그에게 물었다. 그러나 황가는 묵묵부답, 대꾸하지 않았다.

"황가 형님?"

"자라."

"……예."

그렇게 저승전 귀퉁이에 위치한 황가와 상검의 방 안에도 침묵이 내리깔렸다.

그리고 낙선당.

잠자리에 누운 순심은 외출의 기억을 곱씹고 있었다. 처음 동여에 동행하자는 말을 들었을 때 막연한 두려움을 느꼈던 그녀였다. 그러나 황가 덕인지 윤과 떨어져 있을 때에도 마음은 편안했다.

긴 하루. 연잉군방에서 무엇보다 기억에 남았던 것은 본부인과 첩 실간의 살벌한 싸움이었다.

"나를 연잉군방으로 데려가신 까닭이 있는 걸까."

순심이 나지막하게 혼잣말을 했다.

처음 갖는 외명부와의 만남. 윤에게 어떤 생각이 있었든 아니든 간에 많은 것을 느낀 그녀였다. 서씨와 이씨의 태도는 분명 눈살을 찌푸리게 했으나, 동시에 둘 모두 이해 가지 않는 것도 아니었다.

문득 속이 답답해져, 순심은 침소 문을 열었다. 찬바람이 밀어닥 쳤다.

"음?"

문틈으로 고개를 내밀던 순심이 멈칫했다. 바람결을 타고 밀려든 옅은 향기 때문이었다.

"……저하?"

이내 낙선당 초입, 윤이 모습을 드러냈다.

"어찌 알았느냐? 내 황가가 그러하듯 그림자처럼 고요히 다녀가 려 했거늘."

"백단 향기가 나서 알았습니다."

"아무래도 너에게 적합한 관직을 하나 찾아보든가 해야겠다. 이리 후각이 좋아서야…….."

장난기 어린 말 몇 마디를 던진 윤이 잰걸음으로 순심에게 다가왔다.

"한데 저하, 어찌하여 이 늦은 시각에 오셨습니까?"

임금께서 세자에게 명하시길, 가례를 치를 때까지 낙선당에서 밤을 보내면 안 된다고 하였다. 그것을 순심 역시 기억하고 있었다.

"어찌 왔을 것 같으냐?"

툇마루에 걸터앉은 윤이 그녀의 손을 부드럽게 잡았다.

"네가 그리워 왔다. 그리고 요새 나는…… 어명을 거역하고 싶어 죽을 지경이다."

그의 입술이 손등을 지그시 눌렀다. 대단히 큰 비밀을 털어놓는 듯한 태도에, 순심은 저도 모르게 배시시 웃고 말았다.

"하오나 아니 되시옵니다, 저하."

갑자기 낙선당 담장 너머에서 들리는 목소리. 순심 못지않게 화들짝 놀란 윤이 번쩍 고개를 들어 올렸다.

"무, 문 내관이더냐?"

"예, 저하. 소인 담벼락 뒤에 있사옵니다."

"거기서 무얼 하고 있느냐?"

"아무래도 저하께서 전하의 말씀을 거역하시려는 낌새가 있어, 소인 역시 어쩔 수 없이……."

문 내관이 흠흠, 헛기침을 했다.

"저하를 감시하고 있었사옵니다."

"……하."

윤이 기막히다는 듯 내뱉었다. 그러나 다시 한 번 담장 너머에서 들려오는 문 내관의 음성.

"저하, 어서 저승전으로 돌아가시지요. 동여 탓에 피로하지 않으십니까? 저하께서 여기 계신 것을 아시면 전하께서 몹시 역정을 내실 것이옵니다."

"내 어련히 알아서 할 것이다. 어찌 문 내관 자네마저 그러느냐?"

"저마저도라니요? 저하, 혹시 밖에서도 이렇게 관원들의 눈을 피하여 마마님과 몰래 어딘가를 다녀오셨다든가……."

찰나의 시간 동안 윤은 꿀 먹은 벙어리가 된다.

"무, 무슨 소리. 내 그런 적 없다."

"알겠으니 어서 돌아가시지요."

"알았다. 알았다고."

윤이 체념한 듯 눈을 내리깔았다. 담장 너머가 고요한 것을 보니, 문 내관은 윤이 저승전으로 돌아가기 전까지 꿈쩍하지 않을 생각인 모양이었다.

"저하."

"응?"

"그만 돌아가시어요."

"순심이 너마저 내게 가라 하느냐?"

떠나기 아쉬운 까닭에 윤은 마음에도 없이 서운한 티를 낸다.

"지난번에 저하께서 말씀하시지 않았습니까. 어명을 어길 수 없으니 소인을 보러 낮에 오시겠다고요."

"하지만……. 밤이 너무 길다."

그의 마음을 다 안다는 듯 순심이 조용하게 웃었다.

"밤이 어서 물러가도록 소인이 간절히 빌겠습니다. 어서 가십시오."

머뭇거리던 순심이 문밖으로 상체를 내밀었다. 그녀의 젖은 입술이 윤의 입술 위에 잠시 머무른다.

꿈결처럼 촉촉한 감촉. 윤의 온 얼굴에 파문처럼 미소가 번졌다.

"저으하."

"간다, 가!"

윤이 자리에서 일어섰다. 낙선당을 떠나던 그는 머지 않은 가례의 날짜를 무심코 세어본다.

'내 무슨 생각을 하는 건가.'

그가 급히 떠오르는 생각을 지웠다. 단지 여인을 안고 싶다 하여 원치 않던 가례를 기다리다니. 이처럼 이율배반적인 생각이 어디 있단 말인가.

그러나 윤이 원하든 원치 않든 시간은 정해진 답을 향해 달려가고 있었다.

* * *

"하아……."

땀방울이 또르륵 흘러내렸다. 순심이 이마에 밴 땀을 옷소매로 닦아냈다.

한낮의 후원. 날씨는 완연한 가을이다. 순심은 덧저고리 위에 솜을 넣은 배자(褙子)[3]를 겹쳐 입은 상태였다. 그러나 꽤 긴 시간 돌아다닌 탓에 흘러내린 땀이 식어 으슬으슬 오한이 들었다.

"여기도 없고……."

순심은 윤의 광증의 원인임이 분명할 독버섯을 찾고 있었다. '근방 산속에서도 쉽게 목격할 수 있다'던 약초상인의 말을 그녀는 다시금 되새겼다.

문 내관은 그녀 홀로 후원에 나다니는 것을 내켜 하지 않는 눈치였으나 순심은 일부러 구월을 데려오지 않았다. 지난번 구월이 박 상궁

---

3 저고리 위에 덧입는 옷.

에게 손찌검을 당했던 일에 대해 죄책감을 느꼈기 때문이었다. 구월까지 복잡한 일에 휘말리게 하느니 차라리 혼자 나서는 편이 나았다.

"으음……?"

순심이 멈칫했다. 즐비하게 늘어선 굴참나무와 떡갈나무 군락 사이로 피어오르는 소슬바람. 딱 꼬집어 말할 수 없는 낯선 향기가 코끝을 스쳤다.

빽빽하게 자리한 수많은 나무들. 순심은 나무밑동을 꼼꼼히 살폈다. 그리고 마침내 발견했다.

"……찾았다."

기이한 향기의 근원. 광증에 시달리던 윤의 숨결에서 풍겨오던 것과 동일한 괴이쩍은 냄새.

독취일 것이 분명한 향을 내뿜는 넓적한 버섯은 섬뜩할 만큼 선명한 황색을 띠고 있었다.

경사진 산길을 내려가는 순심의 걸음이 조급했다. 그녀는 버섯이 자라난 장소를 기억에 새겼고, 채취한 독버섯을 비단 주머니에 넣어 품 안에 간직했다.

윤에게 이 소식을 알려야만 한다. 그녀의 걸음은 자꾸만 바빠졌다. 한참을 걸어 내려와 부용지(芙蓉池) 근방을 지나던 순심의 발길이 우뚝 멈추었다.

"영빈 자가."

순심이 급히 고개를 숙였다. 부용지는 비빈(妃嬪)들이 즐겨 찾는 장소이니 부디 조심하라던 문 내관의 말이 그제야 떠올랐다. 결코 우호적이지 않은 두 쌍의 눈동자. 영빈 곁에 샐쭉한 표정으로 서 있는 사람은 다름 아닌 박 상궁이었다.

"오랜만에 여기서 보는구려. 저런, 몸종도 없이 홀로 이곳에 납시었는가?"

"……예. 잠시 산책을 하러 나왔습니다. 그간 강녕하시었습니까, 영빈 자가."

"나야 덕분에 잘 지내고 있지요. 그런데, 낙선당."

"예?"

영빈의 시선이 미심쩍다는 듯 순심의 모습을 훑었다.

"어디가 아프오?"

"예?"

"한데 가슴팍을 어찌 그리 부여잡고 있는 게요?"

"아, 아닙니다."

품 안에 들어 있는 비단 주머니를 저도 모르게 손으로 누르고 있던 순심이 급히 손을 내렸다.

"이상하군요. 어찌 산책하러 나왔다는 분께서 그리 땀범벅이 되어 있으신지요. 산책은커녕, 무슨 짐승에라도 쫓기던 사람 같사옵니다만."

영빈 곁에 새치름하게 서 있던 박 상궁이 툭 내뱉었다. 본래 순심에게 하대하던 박 상궁이었다. 갑자기 존대하는 것이 오히려 이상하여 순심은 더욱 긴장할 수밖에 없었다.

그때였다. 영빈이 스치듯 박 상궁의 등을 도닥였다.

"박 상궁. 내 긴히 낙선당과 할 이야기가 있으니, 자네만 남고 궁인들을 모두 물리라."

영빈의 눈길이 은밀하다. 무언가 의중이 있음을 눈치챈 박 상궁이 고개를 끄덕였다.

"자가께서 모두 물러가라신다."

"예, 마마님."

순심이 불안한 눈빛으로 착착 정리되어가는 주변을 바라보았다.

나인들은 우르르 부용지를 떠나가고, 연못가에 남은 것은 순심과 영빈, 그리고 박 상궁뿐이었다.

영빈의 입가에 옅은 미소가 솟았다. 후원에서 박 상궁과 왕세자 사이에 있었던 일에 대해 이미 전해들은 그녀였다. 제 처소 상궁이 당한 일에 이를 갈며 분개했던 차에 이곳에서 마주치다니, 그야말로 하늘이 내린 기회 아닌가.

"낙선당. 내 부탁이 하나 있소만."

순심이 마른침을 꿀꺽 삼켰다.

"말씀하시오소서, 자가."

"부용지 가운데 섬이 보이지요?"

"예……."

순심의 불안한 시선이 연못 한복판으로 향했다.

부용지는 천원지방(天圓地方)[4]을 상징하는 장소였다. 반듯한 사각형 연못 한가운데는 꽃과 나무로 꾸민 인공섬을 만들었다. 어른 두셋이 들어가면 꽉 들어찰 크기의 비좁은 섬은 바다 가운에 사람 사는 세상을 의미했다.

"아까 내 읽고 있던 서찰이 바람에 날아가버렸지 뭐요. 하필 그것이 섬 한가운데 나뭇가지에 걸렸다오. 낙선당에게도 보이지요?"

"소인 눈에는 잘……."

"아마 나무 색과 비슷하여 눈에 잘 띄지 않는가 보오. 아무튼 내 부탁하겠네. 낙선당이 배를 타고 가서 서찰을 좀 가져와주시게."

"배…… 배요?"

순심이 연못가 말뚝에 묶여 있는 조그마한 나룻배를 바라보았다. 후원을 관리하는 장원서(掌苑署) 관원들이 인공섬을 오갈 때 쓰는 나룻배는 어른 하나가 가까스로 탈 수 있는 크기였다.

---

4 하늘은 둥글고 땅은 네모지다는 뜻.

관원 하나가 배에 올라타면 뒤에 남은 이가 밧줄을 풀어 섬으로 띄워 보냈다. 섬에서 볼일을 마친 관원이 다시 배에 오르면, 연못가에 남은 이는 밧줄을 말뚝에 감아 뭍으로 끌어당겼다. 그런 까닭에 나룻배에는 돛대나 노가 없었다.

"이 나이에 내가 저 배를 탈 수는 없지 않겠소? 게다가 박 상궁은 비대하여 배를 타기 어려우니, 내 특별히 낙선당에게 부탁하는 것이네."

순심이 잘근 입술을 깨물었다. 싫다고 말할 수는 있을 것이다. 그러나 싫다고 말한들 영빈이 뜻을 거두어줄 것 같지는 않았다.

"마마님, 어서 가시지 않고 무얼 하십니까?"

재촉하는 박 상궁의 입가에 숨길 수 없는 미소가 가득하다. 순심이 체념한 듯 눈을 내리깔았다. 아마도 서간 따위는 애당초 존재하지 않았으리라.

'내외명부라는 사람들의 본성이 정녕 이 정도밖에 안 되는 건가.'

연잉군방에서 마주쳤던 서씨와 이씨의 모습이 함께 스쳐 지나간다. 서씨와 이씨는 공평하게 서로 공격을 주고받았다. 그러나 일국의 후궁인 영빈 앞에 선 순심은 아무것도 할 수 없는 처지였다.

"소인이 밧줄을 꼭 잡고 있을 테니 걱정 말고 배에 오르십시오."

"……예, 마마님."

도살장에 끌려가는 소의 기분이 아마도 이러하겠지. 순심이 작은 나룻배에 몸을 실었다.

"아앗!"

배에 오르던 순심의 몸이 크게 요동쳤다. 순심은 가까스로 중심을 잡았다. 박 상궁이 분주하게 말뚝에 매인 밧줄을 풀어냈다.

배는 스르르 물을 제치고 나아갔다. 물살이 없는 연못이었으나, 폭이 비좁았으므로 배의 선미가 섬에 닿기까지는 오래 걸리지 않았다.

중심을 잃지 않기 위해 애쓰던 순심이 조심스레 인공섬에 발을 내디뎠다. 그때였다.

"에그머니나!"

뒤통수에 날아와 박히는 호들갑스러운 목소리. 박 상궁의 손을 떠난 밧줄 매듭이 첨벙! 소리와 함께 부용지에 잠겼다.

"이를 어쩌지요? 소인이 실수로 밧줄을 손에서 놓치고 말았습니다. 이를 어찌한담?"

과장되게 부산을 떠는 박 상궁과 달리 영빈은 조소와 같은 웃음을 머금고 있을 뿐이다.

진즉 예상했던 일이었기에 순심은 놀란 기색을 내보이지 않았다. 단지 체념한 듯 눈을 내리깔았을 뿐이다. 서러움이 밀려들어 목구멍이 시큰했으나 우는 꼴을 보이기는 싫었다.

"일이 이렇게 되었으니 할 수 없지. 내 박 상궁과 궁궐로 돌아가 관원을 불러오도록 하겠네."

순심이 잇새를 꽉 깨물었다. 무슨 일이 있어도 영빈과 박 상궁 앞에서 눈물을 보이지는 않을 작정이었다.

"조금만 기다리고 있게. 금방 사람을 불러옴세."

"……예, 자가."

"기다리기 힘들면 손으로라도 노를 저어 오면 어떤가? 관원을 불러 오느니, 그것이 더 빠를 것도 같으니."

영빈의 말에 곁에 서 있던 박 상궁이 결국 참지 못하고 웃음을 터뜨렸다. 그러나 헐떡대며 폭소하는 박 상궁보다 미동 없이 평온하기만 한 영빈의 눈빛이 더욱 모멸스럽다. 눈물을 꾹 참으며 그 잔인한 눈을 마주 보던 순심이 입을 열었다.

"영빈 자가."

"어찌 부르는가?"

"소인의 행실에 마음이 차지 않은 점이 있으시다면……."

"행실이라니? 한낱 뒷방 후궁인 내가 감히 세자저하의 여인을 벌하기라도 한단 말이오? 자네의 행실에는 아무 문제가 없네."

"그렇다면…… 제 무엇이 마음에 들지 않으신 겁니까?"

오만하게 턱을 치켜든 영빈이 물었다.

"알고 싶소?"

"예, 자가. 무엇인지를 알아야 고치기라고……."

순간 영빈이 벌레라도 내뱉듯 말했다.

"천한 근본."

"예?"

차마 대꾸할 말을 찾지 못한 순심의 입술이 하릴없이 달싹거렸다.

"답이 되었소? 굳이 마음에 들지 않는 것을 찾아달라니 당장 그것밖에 생각나는 것이 없구려."

마치 아무 일도 없었다는 듯 영빈은 엷게 미소 지었다.

"그럼 조금만 기다리시게. 나와 박 상궁이 곧 관원을 불러줌세."

영빈이 휙 몸을 돌렸다. 순심을 바라보며 조소를 흘리던 박 상궁이 덧붙였다.

"마마님. 부용지는 그리 깊지 않습니다. 관원이 오지 않는 것 같으면 걷거나 헤엄쳐 나오시는 것은 어떻소?"

"……."

깔깔대는 소리와 함께 발길을 돌리던 박 상궁이 잠시 멈칫했다. 박 상궁이 바닥에서 무엇인가를 주워 들었다.

그러나 그것도 잠시. 요란한 웃음소리만을 남긴 채 영빈과 박 상궁은 붉고 노란 가을 숲 사이로 모습을 감췄다.

해가 저물었다.

정무를 마치고 저승전으로 돌아가던 윤의 걸음이 낙선당 즈음에서 느려진다. 그가 고개를 쭉 빼고 담장 안을 살폈다. 그러나 오늘따라 낙선당은 이상하리만치 썰렁했다.

"벌써 잠이라도 든 겐가."

윤이 중얼거렸다. 그의 뒤를 따르던 상검이 물었다.

"어찌 그러십니까, 저하."

"낙선당에 불이 꺼져 있구나."

"지난번처럼 목욕간에 계신 것 아닐까요?"

"목욕간에도 불이 꺼져 있다."

"흐음, 이상하네요. 분명 이른 낮에 후원으로 가시는 것을 봤는데……."

"후원?"

윤이 되물었다.

"예. 홀로 낙선당 밖에 계시기에 어인 일인가 하여 여쭈었습니다만, 괜히 말씀을 얼버무리시며 후원에 가는 길이라고……."

문득 윤의 걸음이 멈추었다.

이상한 일이다. 순심 성격에 홀로 후원에서 긴 시간을 보내는 것도, 불이 꺼져 있는 낙선당의 을씨년스러운 기운도.

"소인이 좀 보고 오겠습니다."

상검이 낙선당 초입을 향해 뛰어갔다. 낙선당 안뜰에 들어서자마자, 당황한 듯 상검의 걸음이 멈춘다.

"어찌 그러느냐?"

"마루에 물리지 않은 밥상이 둘이나 있습니다. 하나는 낮것상이고 하나는 저녁상인 듯한데, 손을 댄 흔적이 전혀 없습니다."

상검 역시 난감한 표정으로 묻는다.

"저하. 이게 대체 무슨 일입니까?"

그때였다. 윤의 뒤에 말없이 서 있던 황가가 한발 앞으로 나섰다.

"저하. 소인이 후원을 살펴보겠나이다."

"나도 함께 가겠다."

"소, 소인도 함께 가겠습니다!"

곧 세 사내의 바쁜 발걸음 소리가 동궁전의 어스름을 갈랐다. 궁궐은 진득한 푸른 어둠에 잠겨 있었다.

"아……."

산 너머에서 불어온 스산한 바람이 목덜미를 할퀴었다. 제 몸을 감싸는 순심의 손끝이 바들바들 떨렸다.

'얼마나 오래 여기 있었지?'

영빈과 박 상궁이 떠난 것은 사방에 노을이 깔리던 해 질 녘 무렵. 당연하게도 보내준다는 관원은 오지 않았다.

어느덧 사방에는 어둠이 내렸으나 순심은 여전히 연못 한복판에 갇혀 있었다. 인공섬은 본래 몇 걸음 남짓한 작은 크기였다. 게다가 소나무며 괴석까지 배치해둔 탓에, 순심은 앉지도 못한 채 긴 시간 발을 동동 구를 수밖에 없었다.

우웅-

부용지 너머 끝이 보이지 않게 우거진 숲에서 들려오는 정체 모를 짐승의 소리. 후원 뒤는 바로 북악산으로 연결되어 있었다. 깊은 밤 후원에는 드물게 호랑이나 늑대, 여우가 출몰하곤 했다. 윤과 함께 연못가를 거닐며 아름다움에 감탄했던 것이 무색하게도 홀로 맞는 후원의 밤은 오싹 소름이 끼칠 만큼 을씨년스러웠다.

"어떡하지……. 나 어떡하지……."

연거푸 한숨을 내쉬던 순심의 눈에 눈물이 고였다. 하필 밤하늘의 달마저 희끄무레한 그믐달. 손톱 끝처럼 가느다란 달은 어떤 빛도 비추어주지 못했다.

"추워……."

북악산 자락에서 불어오는 칼바람이 순심의 주변을 떠돌고 있었다. 솜옷을 입고 있기는 했지만 온기가 느껴지는 것은 몸통뿐. 치마폭 사이며 옷소매 틈으로 냉랭한 바람이 쉼 없이 들어왔다.

-소인의 무엇이 마음에 들지 않은 것입니까?

-타고난 근본.

그 말을 순심의 면전에 뱉는 영빈의 표정은 혐오로 가득 차 있었다.

"아흑……."

순심은 끝내 울음을 터뜨리고 말았다.

지금껏 순심이 발만 동동 구르고 있었던 것은 아니었다. 부용지는 크지 않은 연못이었다. 폭을 굳이 따지자면 열두어 걸음 남짓일 것이다. 연못이 깊지 않으니 걸어 나와도 될 것이라는 박 상궁의 말이 틀린 것은 아니었다.

"못 가겠어……."

그러나 참으로 이상한 일. 불길하게 일렁대는 연못을 내려다보니 도저히 발을 들일 수가 없었다.

겁이 났다. 세상 이렇게 겁이 난 적 없을 만큼 두려웠다. 그럴 리 없다는 것을 알면서도 물줄기가 솟구쳐 그녀를 수장시키고 말 것 같은 불안이 밀려왔다. 그 감정은 어린 시절 차디찬 강물 속에서 느꼈던 죽음의 공포를 닮아 있었다.

"헛……."

무언가를 목격한 순심이 급히 숨을 들이마셨다. 연못가에 나타난 한 쌍의 초록빛 눈동자. 번뜩이는 눈빛을 마주한 순심의 몸이 뻣뻣하게 긴장하려는 찰나, 길게 꼬리를 끄는 소리가 들려왔다.

야오우우우웅.

"그, 금손이니?"

다시금 들려오는 야옹 소리. 순간 순심의 입에서 안도의 한숨과 함께 서러움에 복받친 울음이 터져 나왔다.

"금손아……. 나 좀 구해줘……. 제발……."

흐느끼던 순심이 고개를 들었다. 금손 역시 순심이 위험에 처해 있다는 것을 알아챈 것일까. 희미한 달빛에 비친 금손은 꼬리를 빳빳이 세운 채 연못가를 배회하고 있었다.

'이렇게 언제까지 있을 수는 없어.'

여전히 두렵다. 뜨거운 눈물이 뺨을 타고 흘러내렸다. 그러나 미물일지언정, 혼자가 아니라는 사실이 그녀의 마음에 작은 용기를 지폈다.

'무엇보다 저하께서 걱정하실 거야.'

윤의 모습을 생각하니 조금이나마 힘이 났다. 용기를 낸 순심이 새하얀 버선발을 칠흑처럼 새까만 연못 속으로 밀어 넣었다. 오들오들 떨리는 발끝을 타고 얼음장 같은 한기가 솟구쳤다.

"순심아!"

"마마님! 낙선당 마마님!"

"궁녀님!"

후원의 적막을 뚫고 들려오던 윤 일행의 목소리가 부용지 근처에 이르렀다. 안절부절 연못가를 오가던 금손이 '야우웅!' 하고 큰 소리로 울었다.

"저하, 잠시 멈추십시오."

밤귀가 밝은 황가가 자리에 멈춰 섰다. 고요가 밀려든 순간.

"저하……. 소, 소인……. 여기에……."

캄캄한 어둠 속에서 들리는 순심의 목소리.

"저하! 부용지 쪽입니다. 아니, 부용지 섬에서 들리는 소리 같은데……. 대체 저기 어떻게 가셨죠? 마마님! 섬 안에 계십니까?"

"무, 물속에……."

"예? 연못 안에 계시다고요? 대체 이게 뭔 소리람……. 마마님!"

상검마저 정신을 차리지 못하고 사방을 둘러보며 횡설수설했다. 소리가 나는 방향을 가늠한 윤이 급히 부용지를 향해 움직였다.

"순심아. 내가 가겠다."

"저하……. 소인을 좀……."

바들바들 떨리는 순심의 음성.

"살려주세요, 제발……."

그 말을 들은 순간 윤의 걸음이 우뚝 멈추었다.

급하게 달려온 그들은 횃불을 챙기지 못했다. 그 탓에 잔뜩 인상을 찌푸린 채 어둠 속을 살피던 황가가 성큼 윤의 곁으로 다가왔다.

"저하, 괜찮으십니까?"

왕세자의 모습이 심상치 않다. 갑작스러운 변화였다. 윤은 유령이라도 목도한 사람처럼 퀭한 눈으로 부용지를 응시하고 있었다.

"저하……."

윤은 꼼짝하지 않는다. 그의 귀에는 안위를 묻는 황가의 음성도, 울먹이는 상검의 목소리도 들리지 않았다. 실제로 물리적인 충격을 받은 것은 아니었으나 윤은 숨통이 콱 막히는 것 같은 고통을 느꼈다. 그것은 어둠 속에서 들려온 순심의 목소리로부터 기인한 것이었다.

"저하……. 소인을 좀…… 살려주세요. 제발……."

살려주세요.

윤에게 가장 아프고도 고통스러운 말. 차고 깊은 어둠 속에서 들려오는 순심의 목소리는 세자 이윤을 과거의 유약한 소년 시절로 휘감아 이끌었다.

-세자, 가여운 어미를 좀…… 살려주세요. 제발…….

어머니의 죽음 앞에 무기력하기만 했던 열네 살 소년 윤. 그 시절의 그가 그러하였듯 순심의 애타는 호소를 들은 윤은 마비된 듯 움직이지 않았다.

"저하, 저하……. 소인 여기 있습니다."

그러나 다시금 들려오는 순심의 목소리가 윤을 일깨웠다. 순심의 간절한 목소리에는 윤을 향한 굳은 믿음이 실려 있었다. 그가 자신을 구해주리라는 확신을 담은 음성이 다시금 윤을 부른다.

눈앞에 환상처럼 어른대던 어머니 희빈 장씨의 모습이 순식간에 스러졌다.

"……순심아."

석상처럼 굳어 있던 윤이 성큼 걸음을 떼었다. 마침내 떨어진 그의 걸음에는 거침이 없었다.

과거는 지나간 일일 뿐이다. 고통의 실체를 마주 보지 않는 자는 결코 그 고통에서 해방될 수 없다. 그것이 윤이라는 사내의 평생을 쥐고 흔들었던 것이라도, 그는 과거에 매몰되거나 무릎 꿇지 않으리라.

"순심아, 거기 있더냐?"

"예, 여기 있습니다, 저하."

차디찬 물속에 잠긴 순심이 젖 먹던 힘을 다해 입을 열었다.

"저하, 소인을 살려주시옵소서. 바, 발이…… 발이 떨어지지 않습니다. 앞으로 갈 수가 없습니다."

그때였다. 윤의 곁에 서 있던 황가가 한 걸음 앞으로 나섰다.

"저하, 소인이 궁녀님을 모시고 나오겠습니다."

황가가 부용지를 향해 발을 내디딘 순간이었다.

"아니, 내가 간다."

"저하, 아니 되옵니다. 깊지 않다 해도 물이 차고……."

그러나 황가도, 상검도 윤을 만류하지 못했다.

첨벙! 부용지의 검은 수면 위에 거대한 파문이 일었다.

"저하! 저하!"

상검이 발을 동동 굴렀다. 연못에 뛰어든 세자의 모습을 바라보고만 있을 수 없는 황가 역시 부용지에 뛰어들었다.

-내 약조 하나 하겠다. 나중에, 혹시라도 네가 또다시 물에 빠지는 일이 있거들랑…….

-저하! 무슨 말씀을 그리하십니까. 그런 일은 상상조차 하고 싶지 않습니다!

윤의 기억을 스치는 순심과의 약속.

'내 꼭 너를 구해주겠다.'

그것은 지난 과거, 순심이 엄동설한 강물에 몸을 던졌던 것을 이야기해주었을 때의 일. 그녀는 미처 듣지 못한, 윤 홀로 마음속으로 다짐한 굳은 약조였다.

연못은 그저 고인 물일 뿐이었다. 물빛이 암흑처럼 검게 보이는 것은 밤인 탓. 물살이 깊은 곳으로 흑룡포 자락을 끌어당기는 듯한 느낌 역시 착각에 지나지 않았다. 부용지는 순심과 그의 사이를 갈라놓기에는 한없이 작은 연못, 그 이상도 그 이하도 아니었다.

윤은 고요를 헤치고 간다. 물살을 헤치는 걸음 하나에 소중한 이를 지켜내지 못했던 나약함이 떨어져 나간다. 끈적한 뻘이 걸음을 잡아채지만 그는 개의치 않고 나아갔다. 그 걸음 또 하나에 원하는 것을 원한다 말하지 못했던 지나친 신중함이 사라졌다.

한 걸음, 한 걸음. 그를 옥죄었던 속박들에서 해방될수록 물에 젖은 왕세자의 옷은 점점 무거워졌다. 순심에게 가는 걸음을 방해하는 옷자락이 거추장스러워 그는 흑룡포마저 벗어버렸다. 밤을 머금은 검푸른 비단 자락이 둥그렇게 부풀어 올라 연못 위를 덮었다. 평생 감추고 억눌러온 이윤이라는 사내의 욕망과 갈망이 모습을 드러냈다.

그렇게, 그는 순심에게 간다.

가슴 위까지 차오른 연못 속에 우두커니 서 있던 순심과 윤의 애타는 시선이 교차했다.

"순심아."

그리고 마지막 한 걸음. 윤이 순심을 품에 끌어안았다. 물속에 잠긴 여인의 몸은 깃털처럼 가볍게 부유하여 끌려 들어왔다.

"순심아. 어찌, 어찌 여기 이러고 있었더냐."

"조, 조금만 걸어가면 뭍으로 나갈 수 있다는 것을 아는데……. 나갈 수가 없었습니다, 저하……. 도저히 나갈 수가……."

윤이 품에 안고 있던 순심의 얼굴을 내려다보았다. 그녀가 얼마나 오래 여기 있었는지 알 수 없었다. 추위 탓인지 그녀의 얼굴은 핏기를 잃었다. 입술은 새파랗게 질려 있었다. 순심의 눈빛이 느른하게 잠겼다.

윤이 낙선당을 지나는 길에 순심이 없음을 깨닫지 못했다면, 혹은 상검이 후원으로 가는 그녀를 목격하지 못했다면 어떤 일이 일어났을지 장담할 수 없었다. 어쩌면 순심은 부용지 안에서 죽음을 맞았을지도 모른다. 고작 가슴까지밖에 차지 않는 연못 속에서, 걸어 나갈 수 있다는 것을 알면서도 빠져나가지 못한 채. 물귀신에게라도 홀린 것처럼.

일견 바보 같은 소리였으나 윤 역시 안다. ^{ㄱ)}길을 아는 것과 길을 걷는 것 사이에는 크나큰 차이가 있음을.

길을 안다고 해서 길을 잃지 않으리란 보장을 할 수 없는 것이 삶이다. 어머니에 대한 기억들이 윤을 고통스러운 소년 시절로 되돌리듯, 물과 죽음에 대한 공포 역시 당찬 여인 순심을 열 살 어린아이로 되돌리고 마는 것이다.

"내가 왔잖으냐. 내가 왔으니 되었다. 이제 걱정하지 마라."

어찌하여 순심이 연못 속에 고립되어 있었던 것인지 의구심이 일었다. 그러나 차차 들어도 될 일. 그녀의 심신을 돌보는 것이 먼저였다.

"이리 와. 나와 돌아가자."

윤이 그녀의 몸을 잡아 끌었다. 힘 빠진 순심의 몸이 물속에 첨벙 잠겨들었다. 탈진에 다다라 있었던 차에, 살았다는 안도감에 긴장이 풀린 것이리라.

"내 목을 잡아라."

물속에서 느껴지는 순심의 무게는 믿기지 않을 만큼 가벼웠다. 순심을 안아 올린 윤이 다시금 칠흑처럼 검은 물을 헤쳤다. 뭍으로 돌아오는 데는 긴 시간이 걸리지 않았다.

"마마님, 괜찮으십니까? 저하! 어서 소인의 옷이라도……. 그러다 예체를 상하시면……."

"옷은 순심에게 덮어줘라. 어서 내려가야겠다."

순간 순심의 몸이 그대로 축 늘어졌다. 그녀의 세상이 무(無)에 가까운 암흑으로 뒤덮였다.

"마마님! 마마님!"

뭍으로 올라오자마자 정신을 잃은 순심을 향해 상검이 소리쳤다.

* * *

"저하."

"……."

"저하."

안절부절, 낙선당 침소 문밖에 서 있던 문 내관이 한숨을 내쉬었다. 그러나 윤에게서는 대답이 없었다.

"저하, 어명이 있지 않았습니까. 낙선당에서 밤을 보내셨다는 사실이 알려졌다가 전하께서 어떤 불호령을 내리실지 모르옵니다."

그러나 여전히 윤은 묵묵부답. 등잔불이 켜진 침소의 문에 비치는 윤의 그림자는 마냥 꼿꼿할 뿐, 어떤 답도 돌아오지 않는다.

참다못한 문 내관이 마루 위에 올라섰다. 그가 침소 문을 향해 손을 내밀었다.

"떨어지십시오."

문 앞에 버티고 있던 황가의 싸늘한 음성. 흠칫 놀란 문 내관의 눈에 당황한 기색이 어렸다.

"자네, 지금 무얼 하는 겐가?"

"침소 앞을 호위하고 있습니다, 내관 영감."

"뭐라? 대체 무엇으로부터 호위한단 말인가? 서, 설마, 나?"

"……."

그러나 황가 역시 입을 열지 않았다. 세자의 침묵 탓에 갑갑해 죽을 지경이던 문 내관이 제 가슴을 쾅쾅 쳤다.

"당장 비키게! 저하를 모셔가야 한단 말일세!"

"비킬 수 없습니다."

"뭐라? 무엄하다! 한낱 체아직 무관 따위가 내 명령에 불복하는 것이냐?"

침묵을 지키고 있던 황가가 고개를 들어 올렸다. 그의 눈빛은 미동 없이 굳건했다.

"소인은 내관 영감의 명이 아닌 저하의 명을 따르는 사람입니다. 저하의 명이 내려지기 전까지는, 설령 주상 전하의 명이라 해도 소인은 비키지 못합니다."

"뭐, 뭐라? 허, 참……."

대경실색한 문 내관의 안색이 새하얘졌다.

"자네 미쳤나? 누가 듣기라도 했다간 어쩌려고!"

그러나 제가 내뱉은 말이 얼마나 위험한 것인지 모르는지, 혹은 알고서도 개의치 않는 것인지 황가는 여전히 묵묵했다.

"김일경 영감은 어쩌자고 이런 자를 데리고 온 거냐! 내 당장 내일 영감을 만나서 네놈을 퇴궐시키라 고하고 말 것이니⋯⋯."

그때였다. 드륵- 침소 문이 열렸다.

문틈으로 보이는 것은 윤의 얼굴. 그의 눈빛에는 노기가 일렁이고 있었다. 문 앞에 장승처럼 버티고 서 있던 황가가 그제야 한 걸음 옆으로 물러섰다.

"안에 환자가 있는데 어찌 이리 소란스러우냐."

싸늘한 음성이었다. 세자의 심기가 대단히 불편하다는 것을 깨달은 문 내관이 마른침을 삼켰다. 그러나 윤의 뜻에 무조건적으로 복종하는 것이 황가의 길인 것처럼, 입에 쓸지언정 충언을 건네야만 하는 것이 문 내관의 길이다.

"저하, 이러고 계실 때가 아니옵니다. 어서 일어나시지요. 시간이 늦었습니다."

"순심이 아프다."

"소인이 밤새워 마마님을 간호하겠나이다. 소인이 못 미더우시면, 당장 의관이든 상궁이든 마마님의 동무인 수라간 나인이든, 누구라도 깨워 대령하겠나이다. 저하께서는 저승전으로 돌아가십시오. 전하께서 아시면 어쩌려고 이러십니까?"

문 내관이 애타게 읍소했다. 근래 들어 임금과 왕세자의 사이가 신기할 만큼 가까워졌음을 그가 모를 리 없다. 그러나 임금은 단면만을 보고 판단할 수 있는 인물이 아니었다. 오늘 사랑한다 하여 내일을 장담할 수 없는 것이 왕의 성정이었다.

"저하, 부디 소인의 청을 들어주시옵소서. 제발……."

그러나 윤에게서 돌아온 답은 문 내관으로서는 상상조차 하지 못한 것.

"상관없다."

"……예?"

"상관없다. 설령 아바마마가 불호령을 내리신다 해도, 막말을 퍼부으신다 해도 상관없으니 시끄럽게 하지 말고 돌아가라."

"저하! 어찌 그렇게 말씀하시옵나이까?"

문 내관이 황망히 물었으나 윤은 듣지 않겠다는 듯 고개를 돌렸다. 그의 손이 문 위에 얹힌다. 그대로 문을 닫으려던 윤의 손이 잠시 멈추었다.

"문 내관."

"예, 저하……."

"내 아끼는 여인이 아프다."

"하오나, 저하."

"한 번만이라도."

윤과 문 내관의 시선이 마주쳤다.

"내 소중한 사람을 곁에서 돌볼 수 있게 해다오."

문 내관이 입을 다물었다. 어른어른한 불빛에 비치는 세자의 모습은 지독하리만큼 슬퍼 보였다. 또한 범접할 수 없을 만큼 강인해 보이기도 했다. 어쩌면 세자가 둘러쓴 갑옷의 정체는 피눈물을 먹고 자란 슬픔일지도 모른다. 왕세자는 절대 물러나지 않으리라.

이내 윤이 침소의 문을 닫았다. 곧이어 단호한 음성이 들려왔다.

"황가야, 문 내관 가는 길을 배웅하라."

"……저하."

윤이 침소 문을 닫자마자 순심의 음성이 들려왔다.

"누워 있어."

어른거리는 등잔불 아래, 비척대며 몸을 일으키는 순심을 본 윤이 그녀를 다시 자리에 눕혔다.

"돌아가십시오, 저하. 소인 아무렇지도 않습니다. 물이 두려워 놀랐던 것뿐입니다. 정말로 괜찮습니다."

"쉿."

윤이 입술에 손가락을 댄다. 그가 순심의 이마를 짚었다. 펄펄 끓는 정도는 아니었으나 분명 신열이 있었다.

"아무렇지도 않다면서 돌아오는 내내 그리 사시나무 떨듯 떨었느냐?"

"그거야, 추운 곳에 있었으니……. 방에 불을 땠으니 괜찮습니다. 보세요. 떨지 않잖습니까?"

순심이 재차 윤에게 말했다.

"저하, 문 내관의 말이 맞습니다. 어명을 거역하시면 아니 됩니다. 어서 돌아가십시오."

"환자가 말이 많구나."

"하오나 저하, 저하가 걱정되어 드리는 말씀입니다. 부디……."

"조용하라. 그 꼴을 하고 대체 누구 걱정을 하느냐? 돌아가고 안 가는 것은 내가 결정한다."

"……."

그제야 순심이 입을 다물었다. 윤이 무겁게 입을 열었다.

"어찌하여 그 시각에 부용지에 있었던 것이냐? 낮 일찍 후원을 찾았다 들었다. 그 긴 시간 그곳에서 무엇을 하였으며, 대체 언제부터 물속에 있었던 것이냐?"

"그것이……."

순심이 입술을 잘근 깨물었다. 어디서부터 말을 시작해야 할지 알 수 없었고, 어디까지 이야기를 해야 할지도 알 수 없었다.

잠시 머뭇거리던 그녀가 입을 열었다. 후원을 찾은 목적은 윤에게 알려도 관계없을 터였다.

"궁밖에 나갔을 때 약재상이 말했던 독버섯 말입니다. 저하의 광증의 원인일지도 모른다는……. 그것을 찾아보러 후원에 갔던 것인데……."

"독버섯? 너 홀로?"

"괜히 다른 이를 끌어들여봤자 도움이 되지 않을 듯하여……. 게다가 소인은 그 냄새를 기억하고 있으니까요."

"……."

윤이 낮게 한숨을 내쉬었다. 얼마 전 광증과 독에 대해 걱정하던 순심의 모습이 떠올랐다. 당시 윤은 신경 쓰지 말라며 그녀를 다독였으나, 결국 순심은 그를 위하는 마음에 후원으로 나섰던 모양이었다.

"그렇다면 부용지에는 어찌하여 들어가게 된 것이냐?"

"그, 그것은요……."

순심의 말문이 턱 막혔다. 응당 진실을 말하는 것이 옳을 것이다. 그러나 영빈과 박 상궁이 그녀에게 한 일을 고하자니 오만 걱정이 밀려들었다.

윤은 결코 그들을 용서하지 않을 것이 분명했다. 한동안 평화롭던 동궁전. 괜히 긁어 부스럼을 만드는 것은 아닐까. 그러나 윤에게 거짓을 말하는 것은 있을 수 없는 일이었다.

"어찌하여 부용지에 들어갔냐고 묻지 않느냐? 설마, 그 독을 채취하러 거기까지 간 것이더냐?"

잠시 고민하던 순심이 고개를 끄덕였다. 거짓을 고할 마음은 없었다. 단지 지금은 때가 아니라 여겼을 뿐이다.

밤은 사람의 판단력을 흐리게 하기 마련이었다. 날이 밝으면 그에게 진실을 털어놓으리라. 채취한 독버섯 역시 그때 윤에게 전해주면 되는 일이었다.

"예. 섬에 들어갔는데 배가 떠내려 가버려서……."

"하……."

윤이 착잡한 표정으로 그녀를 내려다보았다. 순심은 무슨 큰 잘못을 저지른 어린아이처럼 고개를 푹 숙이고 있었다.

"괜찮다. 다 나를 위해 애쓰다 그리된 것이니……."

그녀의 어깨를 쓰다듬던 윤의 손길이 멈췄다. 그의 손바닥에 축축한 물기가 배어났다.

윤은 낙선당으로 돌아오자마자 아궁이에 장작을 잔뜩 넣어 불을 때게 했다. 곧이어 상검이 급히 챙겨 온 무명천으로 순심의 젖은 몸을 닦아주었다. 저승전에서 가져온 두꺼운 겨울 이불로 몸을 싸매 주었음에도 여전히 순심의 얼굴에는 화색이 돌아오지 않았다. 어디선가 비녀를 잃어버렸는지 늘어진 댕기머리에서 흘러내리는 물방울이 그녀의 이마며 목덜미, 누워 있는 요 위를 축축하게 적시고 있었다.

순심의 머리채를 닦아주던 윤의 시선이 방구석에 단정히 개켜진 옷가지에 닿았다.

"마른 옷으로 갈아입는 것이 좋겠구나. 그러다 고뿔에 걸리겠다."

윤이 개켜져 있던 의복을 손에 들었다.

"옷을 벗어라."

"……예?"

"옷을 벗으라 했다."

"지금이요?"

"그래, 지금. 젖은 옷을 입고 잠들었다가 고뿔에 걸리기 딱 좋으니."

긴 시간 물속에서 시간을 보냈으니 옷을 갈아입어야 하는 것은 당연한 일. 좀체 자리를 떠날 생각이 없어 보이는 윤을 바라보는 순심의 시선이 흔들렸다.

"저하께서 저승전으로 돌아가시면…… 그때 갈아입겠습니다."

윤이 낮게 한숨을 내쉬었다.

"고집 부리지 마라. 어서."

윤이 마른 의복을 그녀에게 내밀었다. 머뭇대며 그것을 받아 든 순심의 아랫입술이 바르르 떨렸다.

"아무것도 보이지 않는다. 그러니 어서 갈아입어라."

후- 하는 나지막한 숨소리와 함께 침소의 불이 꺼졌다. 곧 방 안은 새카만 어둠 속에 파묻혔다.

등잔불이 꺼진 방 안은 캄캄하다. 윤의 말 그대로 아무것도 보이지 않았다. 그러나 보이지 않는다 하여 사내, 그것도 마음을 나눈 정인 앞에서 옷을 벗는 것이 어찌 쉬운 일이랴. 잠시 머뭇대던 순심이 큰 결심이라도 내린 듯 제 옷고름을 잡아당겼다.

스슥. 숙고사(熟庫紗)[5] 자락 스치는 나지막한 소리와 함께 긴 옷고름이 툭 떨어진다. 저고리 앞섶이 느리게 벌어졌다. 한시라도 빨리 옷을 갈아입고자 헤매는 손길이 어둠 속에서 더듬더듬 매듭을 풀고 치마끈을 끌렀다. 그러나 물에 젖은 옷은 바쁜 마음처럼 쉬이 벗겨지지 않는다. 축축하게 살갗에 감겨드는 속저고리며 단속곳을 떼어내는 손길이 홀로 조급했다.

"천천히 하여라."

"……예, 저하."

불빛 꺼진 방, 문밖의 달마저 숨죽인 깊은 밤. 어둠 속에서 윤은 느리게 눈을 감았다. 암흑 속을 소경처럼 응시하느니 차라리 보지

---

5 삶아서 익힌 명주실로 짠 직물.

않는 것이 편안했다.

시각이 사라진 공간. 순심이 몸을 움직일 때마다 겹겹의 비단이며 항라(亢羅)[6]며 국사(菊絲)[7]가 살갗에 스쳐 바스락거렸다. 옷매무새를 다듬는 그녀의 손길이 토닥토닥 분주하다. 후덥지근한 공기를 머금은 속치마가 부풀어 올랐다가 푸시시 가라앉았다. 순심의 작은 움직임이 만들어내는 소리들이 더운 방 안을 채우고 있었다.

그의 몸 역시 젖어 있기 때문일까. 열이 오르는 것처럼 숨이 뜨거웠다. 천천히 숨을 고르지만 애써 밀어 넣은 갈망은 그를 시험하듯 자꾸만 고개를 쳐들었다.

그러나 평생 인내하며 살아온 삶. 윤은 몸이 아픈 여인 앞에서 욕망을 드러낼 만큼 자제력 없는 사내는 아니었다.

"다 갈아입었습니다."

"불씨가 없다. 가져다놓으라 하는 것을 잊었구나."

윤이 조금 음성을 높여 문밖에 전했다.

"바깥에 누가 있느냐?"

곧이어 상검의 목소리가 들려왔다.

"소인이 있사옵니다, 저하."

"불이 꺼졌으니 불씨를 가져오라."

"예, 저하."

'정녕 저승전으로 돌아가지 않으시렵니까?'라고 고하려던 상검은 이내 입을 다물었다. 왕세자가 걸음마를 할 때부터 곁에서 보필하던 문 내관마저 쫓겨난 판국이었다. 한낱 수습내관에 지나지 않는 상검이 어찌 저하를 설득할 수 있단 말인가. 이내 상검의 발소리가 터덜터덜 멀어졌다.

---

6 가는 견사로 짠 직물.
7 비단의 한 종류.

"오늘 밤은 유난히 캄캄하구나. 두렵지 않으냐?"

"늘 잠들기 전에는 불을 끄는 걸요. 그리고 지금은 저하께서 곁에 계시니 두렵지 않습니다."

"그렇다면 나는?"

"예?"

어둠 속에서 순심이 눈을 깜빡인다. 윤의 질문이 퍼뜩 이해 가지 않은 탓이었다.

"눈앞에서 손을 흔들어도 보이지 않을 만큼 캄캄한데, 내가 무슨 짓을 벌일지 두렵지 않으냐?"

"저하께서는 늘 소인을 아껴주시는데 무엇이 두렵겠습니까?"

"……그럴까?"

문득 윤의 손이 순심에게로 향한다. 매끄러운 비단 요 위를 더듬어간 그의 손마디가 순심의 손을 발견하여 붙잡았다.

조용히 움직인다. 소경이 사람의 얼굴을 가늠하듯 윤의 손가락이 순심의 팔과 어깨를 천천히 쓸어 올렸다.

"아……."

윤의 손가락이 목덜미에 스치자, 순심은 참았던 숨을 짧게 토했다. 그의 손끝을 타고 전해지는 열기. 짧고 단정하게 다듬어진 손톱의 무딘 감촉이 턱과 볼을 지났다. 그의 손바닥이 그녀의 이마를 지그시 눌렀다. 그 감촉이 참으로 뜨거웠다.

"여전히 열이 난다."

무심코 그녀의 머리를 쓰다듬던 그의 손길이 멈칫했다. 젖은 머리를 말리려는 요량이었던 듯하다. 늘 쪽을 찌고 있던 순심의 머리는 길게 풀어 헤쳐져 있었다.

윤이 그녀의 긴 머리칼의 결을 쓸어내렸다. 덜 마른 머리칼의 차가운 감촉이 생경했다. 이상하리만치 둘 다 말이 없었다. 둘 중 누군가 마른침을 삼키는 작은 소리가 들려왔다.

문득 윤은 순심의 얼굴을 향해 조심스레 팔을 뻗었다. 시야가 캄캄한 탓에 손끝의 감각은 지극히 예민해졌다. 그는 지그시 순심의 얼굴을 매만졌다. 젖은 머리카락이 손등을 스쳤다. 손이 미끄러질 만큼 보드라운 살결, 볼 바깥 쪽에 보송보송하게 나 있는 솜털들. 그의 손끝이 도톰한 귓불을 스치자 순심은 가볍게 몸서리를 쳤다. 윤의 손길이 벌어진 입술에 닿았다. 순심의 입술은 촉촉하게 젖어 있었다.

스윽, 윤이 그녀에게 조금 더 가까이 다가가는 소리. 윤의 의복 역시 젖어 있기는 매한가지였다. 그의 옷자락이 그녀의 몸을 휘감았다.

"저하……."

순심이 그를 부른다. 윤은 그녀의 코앞까지 다가와 있었다.

"저하, 고뿔이 옮습니다."

"고뿔 따위가 무슨 상관이더냐."

"예체가 상하십니다."

윤은 대답 대신 가볍게 고개를 저었다. 틈 없이 가까운 거리. 그 바람에 입술과 입술이 살짝 스쳤다. 야릇한 전율이 등줄기를 훑었다.

"옮길 수 있다면 옮겨라. 그리하여 네가 낫게 된다면 나 역시 기쁘겠구나."

그대로 윤은 입술을 포갰다. 여전히 방 안은 캄캄하지만 본능처럼 입술은 입술을 찾아냈다. 습한 들숨과 날숨이 서로에게 오갔다. 마른 옷자락과 젖은 옷자락, 메마른 입술과 촉촉한 입술, 서늘한 숨결과 더운 숨결이 완벽하게 하나가 되었다.

그 순간 밖에서 들려오는 기척. 문밖이 희미하게 밝아졌다.

"저하, 불씨를 가져왔사옵니다."

들려온 것은 상검의 목소리였다. 윤의 목구멍에서 아쉬운 숨을 삼키는 소리가 들렸다. 꽉 닿아 있던 그들의 몸이 떨어졌다.

찬바람이 들어오지 않도록 살짝 문을 연 윤이 느리게 눈살을 찌푸렸다. 한참을 어둠 속에 머무른 탓에 작은 빛마저 시리도록 눈부셨다. 불씨함을 공손히 받쳐 든 상검 뒤에 서 있는 낯익은 얼굴을 발견한 윤의 미간이 좁아졌다.

"……구월이냐?"

"예, 저하. 순심이 아프다는 소식을 들어 늦게 찾아왔습니다."

"문 내관에게 들은 게냐?"

"예? 아, 그, 그것이……."

차마 왕세자에게 거짓을 고할 수 없어 구월은 더듬대며 말끝을 흐렸다.

윤의 입에서 헛웃음이 흘러나왔다. 역시나 문 내관은 노련한 궁인. 구월을 낙선당으로 보낸 것은 윤을 저승전으로 돌아오도록 하기 위한 문 내관의 계책일 것이다. 윤이 순심과 구월과 한 방에서 밤을 지새울 수는 없는 노릇이기 때문이었다. 문 내관은 그가 순심의 병구완을 위해 찾아온 구월을 내치지 못할 것이라는 사실까지 염두에 두었으리라.

"내 나가겠으니 잠시 기다리거라."

불씨함을 받아 든 윤이 방문을 닫았다. 사기그릇의 뚜껑을 연 그가 불씨를 꺼내 들었다. 방 안에 주홍빛 불빛이 떠돌았다. 등잔불의 심지를 향해 불씨를 가져가던 윤의 손이 허공에서 문득 멈추었다.

희미한 빛 속에 비치는 순심의 모습. 방금 전까지 그와 입술을 맞대고 숨결을 섞었던 여인의 모습은 평소와 다르게 보였다.

"……순심아."

"예, 저하."

"……."

윤은 할 말을 찾지 못했다.

검은 폭포수처럼 쏟아져 내린 머리칼, 한겨울의 새벽처럼 창백한 얼굴, 윤의 탐닉으로 인해 농염한 붉은색으로 부풀어 오른 입술. 흑과 백과 적(赤)이 어우러진 얼굴은 화폭 속 그림처럼 느껴질 만큼 아름다웠다.

"아……."

잠시 넋을 잃고 있던 사이, 손에 들려 있던 불씨에서 타닥 불꽃이 튀었다. 그제야 정신이 든 윤이 등잔불에 불씨를 가져다 댔다. 치익- 기름 먹인 심지에 불꽃이 맺혔다.

"저하, 이만 돌아가셔야지 않겠습니까? 구월이가 있을 것이니 소인은 괜찮습니다."

"그래. 알았다."

방은 완전히 환해졌다. 윤은 다시금 그녀의 모습을 눈에 담는다. 자리에서 일어서던 그가 손을 뻗어 순심의 긴 머리카락을 훑어 내렸다. 생소한 감촉이 손바닥에 서늘하게 감겼다.

"순심아."

"예, 저하."

"아프지 마라. 내 그것만은 견딜 수 없으니."

"……명심하겠습니다."

이내 윤은 몸을 돌려 낙선당을 떠났다. 곧이어 해쓱하게 질린 구월이 급한 걸음으로 들어섰다.

"순심아, 괜찮아? 정말 바람 잘 날이 없다……. 어디 봐."

"별거 아니야. 괜찮아."

"별게 아니라고? 어디가 부러지거나 죽거나 해야 별거냐? 너 이렇게 큰일 겪는 게 벌써 두 번째인 건 아냐?"

구월이 고집스럽게 순심의 이마를 짚었다. 손바닥에 느껴지는 뭉근한 온기. 미열이 있었으나 사실 순심의 말처럼 대수롭지 않은 수

준이었다.

"그래서 그 버섯인지 뭐시긴지는 찾았어?"

질문을 던지는 구월의 표정은 영 탐탁지 않았다.

"응. 찾았어."

"차, 찾았다고?"

"찾았고말고. 한참 돌아다닌 끝에 찾았어."

순심이 고개를 끄덕이며 제 가슴 앞섶을 더듬었다. 그녀의 손길이 멈칫한다. 옷을 갈아입었다는 사실을 깨달은 그녀가 안도의 한숨을 내쉬었다.

순심이 머리맡에 놓여 있던 배자를 집어 들었다. 솜배자에서는 여전히 물이 뚝뚝 떨어지고 있었다. 배자의 안주머니를 확인한 순심의 표정이 당황으로 굳어졌다.

"왜 없지?"

울상이 된 순심이 배자를 뒤집어 탈탈 털었다. 그러나 파바박 물이 튈 뿐 주머니도 버섯도 보이지 않았다.

"배자 주머니에 넣어놓은 거냐?"

"으응. 네가 선물해준 주머니에 담아서 넣어두었는데…….

"연못 속에서 한참이나 있었다며? 게다가 저하께서 너를 안고 비탈길을 달려 내려오셨다던데? 물속, 아니면 후원에서 내려오는 길에 흘렸나 보다."

"아…….

순심이 말끝을 흐렸다.

"미안해……. 네 주머니. 날이 밝으면 후원으로 돌아가서 찾아볼게."

"그깟 게 무어라고. 그러다 단단히 고뿔 들어. 내 그런 주머니 따위 하루에 백 개도 만들 수 있으니 신경 쓰지 마."

"그래도."

"괜찮다니까? 그나저나 주머니가 문제가 아니잖아. 버섯인지 뭔지는 어떡하고?"

"버섯이 자라는 장소를 기억하고 있으니 괜찮아. 일부러 조금만 채취하고 남겨두었으니 언제든 가서 채취할 수 있어."

아하- 구월이 감탄사를 내뱉었다.

"역시 우리 김순심이는 똑똑하다니까. 나 같으면 발견하자마자 죄다 캐내서 아예 씨를 말려버렸을 텐데."

갑자기 구월이 순심의 얼굴을 뚫어져라 바라보았다.

"왜 그래? 내 얼굴에 뭐가 묻었어?"

"순심아. 대체 뭘 먹으면 너처럼 생길 수 있냐? 나도 좀 알자."

"뭐?"

"너랑 같이 소주방에 들락거릴 때는 몰랐거든. 요즘 같아선 순심이 네가 생과방 나인이었다는 게 믿기지가 않는다니까. 예전엔 너도 나처럼 정신머리 없는 앤 줄 알았는데, 요새는 보면 볼수록 딴 세상 사람 같고, 진짜 비빈 마마님 같으니 신기하지?"

"별소리를 다 해, 김구월. 비빈 마마님은 무슨……."

그러나 순심은 구월의 마음을 모르지 않는다. 비단주머니를 잃어버려 마음 쓰는 순심을 위해 부러 부산을 떠는 것을. 순심은 문득 생각했다.

'저하께서 계시고, 구월이 같은 벗이 있는데 한두 명 못살게 구는 것쯤 무슨 걱정이람.'

한때 세상 외톨이라 느꼈던 순심. 그러나 지금 그녀 곁에는 세상 무엇과도 바꿀 수 없는 든든한 내 편이 하나도 아닌 둘이나 있다. 그런데 대체 무엇이 걱정이란 말인가.

태화당에도 밤이 깊었다.

근래 영빈 김씨는 부쩍 밤잠을 잃었다. 뜬눈으로 어둠 속을 응시하던 영빈이 불씨를 들이라 명했다. 낮은 등잔불빛이 켜졌다. 소복을 입은 채 꼿꼿이 앉은 영빈은 잠 대신 깊은 생각에 잠겨 있었다.

'나이가 들면 밤잠이 없다더니, 나도 늙었나 보구나.'

문득 쓴웃음이 났다. 임금에게 내쳐져 독수공방하는 후궁들이 으레 그러하듯 영빈 역시 바깥과 별다른 왕래를 하지 않았다. 하다못해 후궁이라도 여럿 있어 견제하고 아웅다웅했다면 차라리 나았으리라. 적어도 지금처럼 사무치게 적적한 말년을 보내지는 않았을 테니까.

그런 영빈에게 유일한 낙이라면, 가끔 박 상궁을 말동무 삼아 후원 부용지 근방을 거니는 것이었다.

'계집은 잘 들어갔으려나.'

굳은 얼굴로 부용지로 들어가던 낙선당의 모습이 떠오른다. 영빈이 피식, 싸늘하게 웃었다.

순심이라고 제가 무슨 꼴을 당할지 몰랐을 리 없다. 무슨 일이 일어날지 뻔히 알면서도 순심을 스스로 나룻배에 오르게 한 힘. 그것이 권력이다.

'물에 빠진 생쥐 꼴을 한 채 제 처소로 돌아갔겠지.'

헤엄을 치지 못한다손 치더라도 가슴께밖에 차지 않는 연못이었다. 박 상궁을 욕보인 데 대한 앙갚음으로는 그마저 성에 차지 않았다. 과거 임금의 후궁들이 암투를 벌이던 시절에 비하면, 연못에 빠뜨리는 것 정도는 애들 장난질에 지나지 않았다.

그때였다. 투다닥, 태화당 복도에서 들려오는 다급한 발소리.

"게 누구냐?"

고개를 들어 올린 영빈이 문을 향해 소리쳤다.

"누구냐 묻지 않더냐?"

"자가, 소인 박 상궁이옵니다."

"박 상궁! 이 시각에 대체 무슨 일이냐?"

고작 몇 마디 말을 꺼내는 와중에도 초조함이 가득한 박 상궁의 목소리. 불길한 느낌이 영빈의 등골을 훑었다. 정신이 번쩍 들었다.

"무슨 일이냐?"

박 상궁이 넘어지듯 영빈 앞에 무릎을 꿇었다. 비단 요 위로 무엇인가가 툭 떨어졌다. 불을 켜지 않은 탓에 그것의 정체는 분간되지 않았다.

"이것이 무엇이냐?"

"그, 그것은⋯⋯."

박 상궁의 목소리는 눈에 띄게 떨리고 있었다.

"무엇인지 어서 고하지 못할까?"

영빈이 언성을 높였다. 그제야 박 상궁이 크게 숨을 들이켰다.

"그것은⋯⋯. 후원에서 낙선당을 배에 태워 보낼 때⋯⋯."

박 상궁이 마른침을 꿀꺽 삼켰다.

"낙선당의 옷섶 안에서 떨어진 것입니다."

"낙선당 계집이 들고 있던 물건이라고? 저것이 대체 무엇이기에 그리 호들갑을 떠는 게냐?"

"저것은⋯⋯. 자가."

박 상궁이 독이라도 토해내듯 쓰디쓴 말을 뱉었다.

"귤황라산(橘黃裸傘)[8], 미치광이버섯입니다."

* * *

해가 느릿느릿 물러가고 있는 늦은 오후. 낙선당 안뜰에서는 누구도 감히 상상치 못한 기묘한 대치가 벌어지고 있었다.

---

8 갈황색미치광이버섯.

"내 잠시 침소로 들어가야겠다. 순심이 상태가 어떤지 봐야겠구나."

"아니 되옵니다, 저하!"

"뭐?"

"수, 순심 마마님은 지금 주무십니다!"

"자는 모습이라도 보고 가겠다. 어찌 감히 내 앞길을 막느냐?"

"아, 아무튼요. 아니 되옵니다, 저하!"

순심의 침소 앞. 대치하고 있는 이들은 다름 아닌 구월과 윤이었다.

윤이 황당한 표정으로 문 앞에 버티고 서 있는 구월을 바라보았다. 무슨 까닭인지 구월은 제가 황가라도 되는 양 떡 버티고 서서 비키지 않고 있었다. 기가 막혀 화조차 나지 않았다.

"항아님, 대체 왜 그러세요? 혹시 미치셨습니까?"

보다 못한 상검이 눈을 끔뻑이며 물었다.

"아이참, 그게……."

구월이 체념한 듯 눈을 내리깔았다. 입술을 깨물던 구월이 윤의 곁으로 조심스레 다가갔다.

"저하, 귀 좀 빌려주십시오."

미심쩍은 표정의 윤이 슬쩍 한쪽 얼굴을 내준다. 이내 구월이 윤에게 속닥거렸다.

"지금 순심이 몸 상태가……."

"몸 상태가 어떠하냐? 많이 아프기라도 한 것이냐?"

"아이, 아닙니다. 좀 진정하시고……."

"어서 말하라."

"그…… 있잖습니까. 거시기……. 여인들에게 한 달에 한 번 찾아오는 염병할 것……. 아, 송구합니다. 아무튼……."

"……아."

진즉 그렇다고 말을 할 것이지. 출입을 막은 까닭을 그제야 깨달은 윤이 고개를 끄덕였다. 그러나 구월의 표정은 평온치 못했다. 사내 앞에서 내밀한 일을 입에 올린 탓에 구월의 얼굴은 벌겋게 달아올라 있었다.

나이가 찬 여인이 달거리를 하는 것은 지극히 자연스러운 일. 그러나 조선 여인들은 월경을 몹시 부끄럽게 여겼다. 여인들은 월경 기간에는 바깥출입을 삼갔고 부부간에도 내외하는 것이 보통이었다. 그런 풍습은 궁궐 여인들 사이에 더욱 엄격하여, 달거리 중인 궁녀들은 처소에 틀어박혀 며칠을 보내곤 했다.

"고뿔은 어떠하냐? 열은 좀 내렸더냐?"

"아직 열이 떨어지지는 않았습니다. 열이 펄펄 끓는 정도는 아니고요. 그, 거시기……. 순심이가 원래 그 기간 동안에는 꽤 아파하는 편이라서요. 지금도 구들장을 지고 끙끙 앓고 있사옵니다."

"……걱정스럽구나."

"고뿔이 겹친 탓에 힘든 모양입니다. 길어야 이틀이면 괜찮아질 것입니다. 늘 그래왔으니까요. 의녀가 처방해준 탕약을 마시고 있으니 고뿔도 곧 나을 것입니다. 소인이 잘 돌볼 테니 걱정 마십시오, 저하."

"그래. 고맙구나."

"별말씀을요. 제 동무인 것을요."

윤이 굳게 닫힌 낙선당 침소 문을 힐끔 쳐다보았다. 순심을 보지 못하고 걸음을 돌릴 생각을 하니 영 속이 쓰렸다.

"구월아."

"예, 저하."

"내 며칠간은 낙선당에 걸음하기가 쉽지 않을 듯하다. 그리하여 굳이 들렀던 것인데……. 순심에게 그렇게 전해다오."

"예, 저하. 그리 전하겠사옵니다."

"부탁하겠다."

윤의 음성이 간곡하다. 구월이 힘껏 고개를 끄덕였다.

"이만 돌아가겠다. 순심을 잘 돌봐다오."

"예, 저하. 살펴 가시옵소서."

낙선당을 떠나던 윤이 구월에게 시선을 던졌다. 순심 곁에 구월이 있어 마음이 놓였다. 순심에게 구월은 꼭 필요한 존재일 것이다. 달거리와 같은 내밀한 일을 몸도 아픈 순심 홀로 처리하기는 쉽지 않았을 것이었다.

'낙선당에 순심을 돌볼 여인이 필요하겠구나.'

물론 동궁전에는 지 상궁을 필두로 한 궁녀들이 있었다. 그러나 윤은 본래 지밀들과 가깝지 않았다. 순심이 낙선당에 들어왔을 때 궁녀들이 텃세를 부린 전적도 있었으니, 신뢰가 가지 않는 것은 당연한 일이었다.

'구월이가 동궁전으로 들어오면 딱 좋겠는데.'

그러나 아무리 하급 나인이라 해도 구월은 엄연히 내명부에 속한 몸이었다. 왕세자가 동궁전 소속도 아닌 궁녀의 거취에 관여하기 힘든 것이 현실이었다.

궁궐의 내명부를 이동시킬 수 있는 권한을 가진 이는 공식적으로 중궁전뿐. 생과방 궁녀였던 순심은 임금의 윤허가 있었기에 동궁전에 들어올 수 있었지만, 만약 중궁이 문제를 제기했다면 그것 역시 쉽지 않았을 것이다. 그것이 내명부의 법도였다.

"아, 저하. 소인 다시 낙선당에 잠시 다녀오겠습니다."

상검의 목소리에 생각에 잠겨 있던 윤이 고개를 들었다.

"어찌하여?"

"문 내관께서 콩알……. 아니, 수라간 궁녀에게 전하란 것이 있었는데 깜빡 잊었습니다. 금방 다녀오겠습니다."

"그리하라."

상검이 잰걸음으로 낙선당으로 되돌아갔다.

'아프지 마라, 순심아.'

낙선당 처마에 잠시 시선을 두었던 윤 역시 제 갈 길로 걸음을 옮겼다.

"콩알 누님."

갑자기 들려오는 상검의 목소리. 구월이 소스라치며 자리에서 일어섰다. 마루 위에는 하얀 광목천 자락이 즐비했다.

"아, 깜짝아!"

"뭐라도 몰래 훔쳐 드셨습니까? 어찌 그리 놀라십니까? 아까 저하와도 귀엣말을 쑥덕이시고……."

광목천 더미를 슬금슬금 감추는 구월의 태도가 수상하여 상검은 그녀의 뒤를 힐끔거렸다. 광목천을 자르고 꿰매 갈무리하는 것은 다름 아닌 개짐[9]을 만들기 위함이었다. 광목천의 용도가 그런 것일 줄 내시인 상검은 당연히 모르겠지만, 구월은 민망하여 얼굴이 벌게졌다.

"쑥덕대기는 누가 쑥덕댔다고 그래? 그리고 콩알 타령 한 번만 더 하면 모가지를 비틀어버린다고 했을 텐데?"

"또, 또. 그리 험하게 말씀하신다."

구월이 펄펄 뛰든 말든 상검은 능글맞게 싱글거리고 있었다. 구월이 괜히 헛기침을 했다.

"그나저나 왜 왔어?"

"문 내관께서 항아님께 전하라는 말씀이 있어서요."

"그게 뭔데?"

"아까 저하께서도 말씀하셨지요? 한동안 동궁전에 일이 많을 예

---

9 생리대.

정입니다. 문 내관 나리와 소인 역시 몹시 바쁠 거고요. 해서 마마님께서 드실 탕약은 당분간 제가 아닌 소주방 궁관들이 가져다드릴 겁니다."

"그게 다야? 난 또 뭐라고……."

구월이 대수롭지 않은 표정으로 반문했다.

"문 내관께서 걱정이 많으셔서요. 동궁전 궁녀들이 마마님께 그닥 잘하는 편이 아니라……. 혹시라도 소홀한 점이 있으면 언제든 고하라 전하셨습니다."

"누구든 순심이를 해코지하려 들었다간 내 손에 요절이 날걸."

"뭐…… 그럴 것 같긴 합니다만. 아무튼 소인은 전했습니다."

"그래, 알아들었어."

볼일이 끝난 듯 몸을 돌리는 상검을 구월이 불러 세웠다.

"그런데 내시야."

"예, 누님."

"저하께서도 그러시고, 너까지……. 대체 무슨 일이 있기에 그리 바빠? 생각해보니 요새 동궁전 궁녀들도 모두 종종대며 다니고……."

상검이 그것도 모르냐는 듯 눈을 둥그렇게 떴다.

"참 요상한 일이네요."

"뭐가?"

"온 궁궐이 떠들썩한데……. 저하도 그렇고, 낙선당 마마님이나 누님도 그렇고……. 가장 관심을 가질 법한 사람들이 이리 무관심하다니, 신기해서요."

"그게 뭔 소린데? 무슨 일?"

구월이 정말 모르겠다는 표정으로 되물었다. 한때 궁궐에 떠도는 온갖 소문들을 실어 나르는 소식통이었던 그녀였다. 그러나 근래 순심을 돌보느라 낙선당에 머무른 탓에 구월은 자연스레 궁궐 소식에 어두워졌다. 고개를 갸웃거리는 그녀에게 상검이 답을 일러주었다.

"내일이 그날이잖아요. 삼간택 날. 말이 삼간택이지 이미 세자빈이 되실 분은 내정되어 있다고요. 이제 곧 가례를 치러야 합니다. 모르셨습니까?"

* * *

궁궐을 향해 나아가는 화려한 육인교(六人轎)[10].

위용을 자랑하는 육인교의 모습은 궁궐로 향하는 내내 사람들의 시선을 집중시켰다. 대부분의 백성들은 이렇게 호화스러운 가마를 타보기는커녕 구경조차 한 적 없었다. 그것은 궁궐의 덕응방(德應房)[11]에서 보낸 덩[12]으로, 본래 공주나 옹주들이나 탈 수 있는 물건이었기 때문이었다. 그런 까닭에 어떤 이들은 가마 안에 탄 사람이 왕족이라 여겨 길가에 납죽 엎드리기까지 했다.

그러나 가마 안에 오도카니 앉아 있는 것은 중전도, 후궁도 아닌 열네 살 소녀. 그녀는 다름 아닌 삼간택을 위해 입궐 중인 어채화였다.

궁궐에서 이런 화려한 가마를 내준 의미는 분명했다. 재간택에서 임금께서 몸소 어채화를 세자빈으로 간택하였으므로 국혼은 이미 결정된 일. 채화는 이미 세자빈의 대우를 받고 있었다.

"아아……."

지나치게 큰 가마가 이리저리 기우뚱거렸다. 가마에 익숙지 않은 탓에 속이 울렁거리고 멀미가 나, 채화는 관자놀이를 짚으며 숨을 내

---

10   여섯 사람이 메는 가마.
11   궁중 여인들이 타는 가마를 관리하는 사복시 산하 관청.
12   공주나 옹주가 타는 가마.

쉬었다. 한참이나 눈을 감고 숨을 고른 후에야 속이 좀 안정되는 듯했다. 비로소 눈을 뜨니 시야에 비치는 제 옷차림이 참으로 낯설다.

초간택과 재간택 때는 모든 처녀들이 그러하듯 채화 역시 노란 저고리에 다홍색 치마, 연두색 곁마기를 입었다. 그러나 오늘의 복장은 확연히 달랐다. 채화가 입은 의복들은 상의원에서 내정자를 위해 지어 올린 것들이기 때문이었다.

겹겹의 대슘치마와 무지기치마 위에 덧입은 은실로 수놓은 진홍색 치마, 노란 송화색 저고리 위에 겹쳐 입은 초록빛 덧저고리. 그리고 본래 궁중에서 왕세자의 색이라 일컬어지는 아청(鴉靑)색 저주적삼까지. 채화는 평생 구경조차 해본 적 없는 거대한 옷더미에 파묻혀 있었다.

문득 채화는 간밤 잠자리에 들기 전, 그녀의 방을 찾아온 아버지와 나눈 대화를 떠올렸다.

"채화야."

"예, 아버지."

채화의 아비 어유구가 어린 딸을 가만히 응시한다.

채화는 여러 자식들 중 가장 영민한 딸이었다. 태어날 때부터 태몽이 심상치 않았고, 나이에 걸맞지 않게 대단히 침착하며 속이 깊었다. 그는 늘 여식을 자랑스러워했다.

그러나 아무리 제색을 갖췄을지언정, 아비의 눈으로 보기에 열네 살은 참으로 어린 나이였다. 평범한 집안과 혼례를 올리기에도 이르다 여겨지는 딸을 궁궐로 들여보내야 하다니. 게다가 상대는 다른 이가 아닌 왕세자. 장희빈의 아들, 이윤이었다.

"채화야."

"예, 아버지."

"······ 채화야."

"예······. 아버지."

채화가 낯선 눈으로 아비를 보았다. 어유구는 분명 채화를 아꼈으나 딸이 떠나는 길에 약한 모습을 보일 사람은 아니었다. 그러나 아비는 말을 꺼내지 않고 재차 딸의 이름만을 불렀다.

빛 채(彩), 화할 화(和), 채화.

여식의 이름을 개똥이니 막내니 노비 이름처럼 아무렇게나 짓는 이들이 많던 시절이었다. 그러나 어유구는 딸의 이름을 고심하여 직접 지었다. 이제 그의 자랑거리이던 딸은 이름처럼 조선에서 가장 고운 빛을 가진 여인이 될 모양이었다.

"어찌 그리 부르십니까, 아버지?"

"이제 이름을 부르는 것도 이것으로 마지막이로구나, 채화야."

"······."

그제야 아비의 속내를 깨달은 채화가 잘근 입술을 깨물었다. 설령 낳아주신 아비일지언정, 왕가의 일원이 된 여식의 이름을 소리 내어 부르거나 하대할 수는 없었다.

"명심하십시오. 궁궐은 쉽지 않은 곳이옵니다."

갑자기 존대를 쓰는 아비의 말투가 도무지 적응되지 않아, 채화는 고개를 들어 아비를 바라보았다.

"부디 심신을 보존하시옵소서. 들은 말은 그대로 삭이시고 내뱉지 마소서. 비록 부족한 아비이지만······ 내 따님께 힘이 될 수 있도록 애써보겠습니다."

"아버지······."

눈이 마주치자 어유구는 이제 이름을 부를 수 없는 딸을 향해 엷게 웃었다. 그 역시 이 상황이 난감하고 고통스럽다. 그는 희빈 장씨를 죄인이라 여겼으며 평생 소론과 대척되는 삶을 살아왔다. 그런 그의 딸 채화가 장희빈의 아들과 부부의 연을 맺다니.

"부디 무탈하고 평안하시오소서, 따님."

그것만이 어유구가 딸에게 해줄 수 있는 당부였다.

아버지와의 대화를 떠올리던 채화가 한숨을 지었다. 순간 덜컹, 가마를 울리는 진동과 함께 육인교가 내려졌다.

동궁전 지 상궁이 빈씨가 된 채화를 맞이했다. 장차 그녀의 시아버지와 시어머니가 될 임금과 중궁전이 통명전(通明殿)에서 채화를 기다리고 있었다.

껴입고 또 껴입은 의복만도 십수 겹이었다. 몸에 휘감긴 옷들의 무게가 버거워 채화는 중심을 잡지 못하고 잠시 비틀거렸다. 너른 치마폭은 발길을 땅 밑으로 잡아끄는 것처럼 무거웠다. 그러나 채화는 통명전의 계단을 꿋꿋하게 올랐다.

피할 수 없는 운명이라면, 등을 펴고 꿋꿋한 모습으로 맞이하는 것이 옳다.

통명전 양쪽에 늘어서 있던 상궁들이 문을 열었다. 용포를 입은 임금과 대례복을 입은 중궁전의 모습이 보였다. 채화가 급히 머리를 조아렸다.

"며늘아가, 왔느냐."

임금의 음성에 채화는 고개를 들어 올렸다.

* * *

해가 넘어갔다. 서서히 밀려드는 어스름. 선정전(宣政殿) 청기와 지붕은 밤빛이 스미어 더욱 푸르러졌다.

평소 같았으면 모든 신료들이 퇴궐했을 늦은 시각이었다. 그러나 편전에는 시복을 갖추어 입은 신료들이 줄지어 앉아 있었다. 근래 편전 온돌에 불을 때기 시작한 탓에 공기는 몹시 후덥지근했다.

긴 기다림에 신료들이 지쳐갈 때쯤 임금과 왕세자가 모습을 드러냈다. 녹작지근한 온도 탓에 끄덕끄덕 졸던 대신들이 다급히 자세를 가다듬었다.

"오래 기다리시었소, 경들."

임금의 음성은 오늘따라 더욱 묵직했다.

"내 재간택 자리에서 한 처녀를 특히 어여쁘게 보았소. 오늘 삼간택에서 재차 확인하였는데 부족한 바 없이 태도가 귀하였소. 하여 세자빈을 병조참지 어유구의 집안으로 결정하려고 하는데, 경들의 뜻은 어떠한가?"

임금이 물었다. 국혼을 치를 때 대신들의 의견을 묻는 것은 응당 치러야 할 의례였다. 답은 이미 재간택에서부터 정해져 있었고, 신료들은 이미 임금의 뜻에 따르기로 의견을 모았다.

ㄴ)"진실로 신민들의 소망에 꼭 들어맞으니 실로 종사의 한없는 복입니다."

이이명이 제일 먼저 고하자 신료들 역시 임금의 결정을 칭송했다. 임금이 흡족한 표정으로 고개를 끄덕였다.

"삼간택이 끝났으니 금혼령을 거두도록 하라. 또한 이를 기념하여 대신들이 청하였던 유렵을 허하노니 예조에서 시행토록 하라."

"분부 받잡겠나이다, 전하."

편전에 앉아 있던 좌의정 이이명이 문득 고개를 들어 올렸다. 세자빈 간택은 이이명이 만들어낸 작품. 중궁전과 동궁전 지 상궁, 영빈 김씨 외에도 많은 노론들이 이이명을 도왔다. 임금께서는 이이명이 만들어낸 판 위에서 그가 이끄는 대로 선택했을 따름이다.

지금 이이명이 궁금하게 여기는 것은, 국혼의 주인공이되 관심 없는 태도로 일관하고 있는 왕세자의 표정이었다. 고개를 든 이이명이 움찔했다.

이미 이이명에게 향해 있는 윤의 시선. 백전노장이라 불리는 노련한 대신과 대리청정 일 년 차에 지나지 않는 세자는 잠시 탐색이라도 하듯 시선을 맞추었다.

'간택이 그대의 뜻이었습니까, 이이명 대감?'

그러나 아무 의미 없다는 듯, 윤의 시선은 선정전 밖 풍경으로 옮겨갔다.

'여기까지는 원한 바를 이루었을지 모르나, 가례 이후의 일까지 뜻대로 될지 두고 보기 바라오.'

임금이 자리에서 일어나자 세자 역시 그 뒤를 따라 편전을 벗어났다.

十二章.
열(熱)

　왕세자의 침전. 잠자리에 들 준비를 마친 윤의 곁에는 문 내관이 앉아 일정을 전하고 있었다.

　"가례도감(嘉禮都監)[13]이 설치되었습니다. 빈씨는 어의궁(於義宮)에 머물게 되었습니다. 가례의 절차는 구월 열여드레에 마무리가 될 것이옵니다."

　"알았네."

　"윤팔월 스무닷새에 납채[14], 구월 초하루에 납징[15], 구월 나흘에 고기례[16]가 있을 것이옵고, 책빈례[17]는 구월 열사흘로 결정되었나이다. 친영[18]은 구월 열엿새입니다."

　"알았다."

13　국왕·왕세자·왕세손 등의 가례를 관장하기 위하여 설치되었던 임시 관서.
14　신부 집으로 혼인을 청하는 의식.
15　혼인 성립의 증표로 예물을 보내는 의식.
16　혼인의 날짜를 알리는 의식.
17　왕비 또는 세자빈을 책봉하는 의식.
18　신부를 맞이해 오는 의식.

가례는 곧 국혼(國婚). 한동안 기쁜 소식이 없었던 궁궐이었다. 왕세자의 혼인은 근래 궁중에서 벌어진 것 중 가장 큰 행사가 될 예정이었다.

세자빈이 될 어씨는 집으로 돌아가지 못했다. 그녀는 가례가 치러질 때까지 한 달간 별궁에서 예와 법도에 대해 배우게 될 것이다. 윤 역시 손을 놓고 있을 수는 없었다. 무엇보다 가장 중요한 것은 육례(六禮)[19] 절차에 어긋나지 않게 가례를 무사히 마치는 것이었다.

"머지않아 인왕산에서 사냥대회가 있을 것이옵니다. 저하께서도 복장을 갖추시고 참여하셔야 하옵니다."

"……알았네."

윤이 얕게 인상을 찌푸렸다. 그는 사냥을 하는 것, 죽은 짐승을 보는 것 모두를 싫어했다. 짐승의 피는 대자리 위에 울컥 토혈하던 어머니의 죽음의 기억을 불러일으켰기 때문이었다.

"곧 예복을 맞추기 위해 상의원에서 방문할 것입니다."

"알았다."

"저하, 가례까지의 기간이 촉박합니다. 고작 한 달 남짓한 시간이 남았으니 부디 그동안……."

그때였다. 갑자기 저승전 밖에서 들려오는 수런대는 소음. 이내 윤의 침소 앞에 사내의 그림자가 나타났다.

"저하."

"무슨 일이냐?"

윤이 문 내관에게 문을 열라 손짓했다. 열린 문틈으로 황가가 모습을 드러냈다.

"저하, 낙선당에 머물고 있는 수라간 궁녀가 저하를 뵈옵기를 청하고 있습니다."

---

19 납채, 납징, 고기, 책비, 친영, 동뢰의 6가지 궁중 혼례 절차.

"구월이가?"

윤이 의아한 표정을 지었다. 그러나 문 내관은 부러 인상을 찌푸리며 황가에게 타박했다.

"저하께 중한 말씀을 올리고 있는데 어찌 한낱 궁녀의 일로 방해하는 겐가? 게다가 이리 늦은 시각에! 감히 예가 어디……."

투다닥 들려오는 다급한 발소리. 문 내관이 말끝을 흐렸다.

저승전의 복도로 달려 들어온 구월이 엎어지듯 윤의 앞에 무릎을 꿇었다. 너무나 갑작스러운 일이라, 문 내관마저 구월을 보고 입을 딱 벌렸다.

"저하! 저하!"

"무슨 일이냐?"

윤이 자리에서 벌떡 일어났다. 고개를 든 구월의 얼굴은 눈물범벅이었다.

"어서 말하라!"

"저하! 순심이가 아픕니다. 몹시 아픕니다! 이러다가 무슨 일이 날 것 같아 무섭습니다……."

"뭐?"

"제발 순심이를 살려주십시오. 저하, 제발 살려주십시오……."

구월의 입에서 거친 흐느낌이 터져 나왔다.

"저하! 저하!"

문 내관의 부르짖음은 윤의 귀에 들리지 않았다. 그는 이미 침소를 벗어나 낙선당으로 향하고 있었다.

"순심아!"

낙선당의 침소 문이 거칠게 열리며 신을 벗는 것조차 잊은 윤이 들이닥쳤다. 뒤이어 문 내관과 황가, 상검과 구월의 모습이 보였다.

그러나 이불에 감싸인 채 반듯이 누워 있는 순심은 사람들이 들고 나는 소리마저 듣지 못하는 모양이었다. 혼수상태에 빠진 듯, 눈을 굳게 감은 순심은 미동조차 하지 않았다.

"언제부터 이런 상태였더냐!"

"저녁 무렵부터 갑자기 열이 들끓기 시작했습니다……. 손쓸 여유도 없이 갑자기 까무룩 정신을 잃어……."

구월이 머리를 조아리며 흐느꼈다. 윤의 표정이 참혹하게 일그러졌다.

순심의 얼굴은 백지장처럼 새하얗게 질려 있었다. 본래 흰 살결인 그녀였으나, 지금의 창백함은 타고난 것이 아닌 중병의 징후였다.

"순심아, 눈을 좀 떠보아라……."

그녀의 곁에 무릎을 꿇은 윤이 다급히 이마를 짚었다. 순심의 이마는 불덩이처럼 뜨거웠다. 사람의 살갗이 맞나 의심이 들 만큼.

"의관을 데려오라, 당장!"

윤의 고함 소리에 문 내관과 상검이 허둥지둥 낙선당을 나섰다.

깊은 밤이었다. 본청어의(本廳御醫)[20]들은 이미 모두 퇴궐했을 것이다. 궁 안에 남아 있는 것은 번을 서는 하급 의관이나 의녀가 전부일 터.

그러나 세자의 명이 추상같은 데다, 그들 보기에도 순심의 병증이 심상치 않았다. 누가 됐든 찾아 대령해야 하는 것이다. 차마 입 밖으로 낼 수는 없는 말이었으나 방 안에는 피비린내가 자욱했다.

"어찌 이리 갑작스레 상태가 나빠진단 말이더냐?"

"소, 소인도 도무지 연유를 모르겠나이다. 탕약을 먹은 후에 한결 몸이 낫는 듯했는데, 갑자기 열이 펄펄 끓으면서……."

잠시 멈칫하던 구월이 다시금 입을 연다. 순심이 죽어가는 마당이었다. 여인으로서 부끄러운 것이 대수던가.

20 　내의원에 소속된 의관 관직.

"저하, 순심의 상태가 아무래도 이상합니다. 달거리 증상이라 여겨 대수롭지 않게 넘겼사온데, 저녁부터 차마 앉아 있기 힘들 정도로 피를 쏟았습니다……."

구월이 울음을 참지 못하고 흐느꼈다.

'피 냄새가 진동하는 것이 설마 그 탓인가.'

그제야 방 안에 자욱한 피비린내의 정체를 깨달은 윤의 입이 벌어졌다.

"순심아."

윤이 순심의 볼을 살며시 쓰다듬었다. 그러나 그녀에게서 돌아오는 것은 열에 들뜬 신음 소리뿐. 그를 향한 답은 들려오지 않았다. 지나치게 창백하여 도무지 살아 있는 사람의 것처럼 보이지 않는 순심의 볼에 얹힌 윤의 손은 가벼이 떨리고 있었다.

'네가 사경을 헤매고 있는데, 나란 자는 단 한 번 들여다볼 생각조차 하지 않았단 말이냐.'

부용지에서 순심을 안아 옮겼던 것이 사흘 전 밤의 일. 미열이 났으나 당시 순심의 증상은 심하지 않았다. 그랬기에 윤은 순심이 달거리 때문에 바깥출입을 할 수 없다는 소식을 전해 들었을 때 대수롭지 않게 여겼다. 또한 그 역시 가례도감에 불려 다니느라 며칠간 낙선당을 찾을 여유를 갖지 못했다.

그때였다. 순심의 입술 사이로 짧은 한마디가 흘러나왔다.

"……저하."

"순심아, 정신이 드느냐?"

윤이 물었다. 그러나 바싹 마른 입술은 이내 굳게 닫혔다.

"열에 들떠 헛소리를 하는 것입니다. 저하……. 제발 우리 순심이를 살려주십시오."

구월이 애타게 읍소했다. 그 순간 바깥이 웅성이며 소란스러워졌다. 바쁜 발소리가 들려왔다.

이윽고 문 내관이 이끌고 온 의관와 의녀들이 낙선당 안뜰에 모습을 드러냈다.

밤이 더욱 깊었다. 그러나 윤은 낙선당을 떠나지 않았다. 단지 의녀들이 순심을 진료하는 동안 자리를 피해주었을 뿐이다.

내의원에는 어의와 내의뿐 아니라, 침을 놓는 침의(鍼醫)나 약재를 다루는 의약동참(議藥同參) 등 많은 수의 의관들이 있었다. 그러나 달거리 중인 여인의 병증을 남자 의원에게 보일 수는 없는 노릇이라, 대신 의녀들이 순심의 맥을 짚고 열을 재 내의에게 전달했다.

의녀의 이야기에 귀 기울이던 내의가 윤에게 다가왔다.

"저하, 사흘 전 마마님께 오한과 열증이 있어 전의감(典醫監)[21]에서 약재를 처방한 기록이 있습니다. 소인이 판단컨대, 마마님의 체질에 맞지 않는 약재가 있어 부작용이 발생한 것으로 사료되옵니다."

"대체 무슨 약을 썼기에 사람이 저리된단 말이더냐?"

"열을 내리기 위해 계피와 생강, 작약을 썼고 피를 돌게 하려고 향부자(香附子)[22]와 천궁(川芎)[23]을 처방했사옵니다. 한데 마침 마마님의 몸 상태가……. 부작용으로 혈증이 일어난 듯합니다."

의관은 몹시 긴장한 표정이었다. 그가 연신 머리를 조아렸다.

"아뢰옵기 송구하오나 본래 모든 약에는 부작용이 있기 마련입니다. 탕약 복용을 중단하면 곧 회복하실 것입니다."

내의가 윤의 눈치를 살폈다. 승은궁녀란 여인은 꽤나 까탈스러운 몸뚱이를 가진 모양이었다. 처방된 약재는 아무 문제없는 흔한 것들

---

21 의약을 처방하고 관리하던 곳.

22 사초과(莎草科)의 뿌리줄기.

23 미나리과에 속하는 천궁, 일천궁의 뿌리줄기.

이었다.

내관이 보이지 않게 입을 배죽거렸다. 보나 마나 왕세자의 총애를 받는 궁녀의 엄살 탓에 생긴 일이 분명하였다. 여인에게 월경이란 당연한 일이었고, 고뿔에 걸렸으면 열이 끓는 것이 지당했다. 몸이 불편한 일 두 가지가 겹쳤으니 아플 수밖에 없지 않은가. 대수롭지 않은 일로 어찌 깊은 밤 내관을 오라 가라 하는지, 왕세자가 궁녀의 치마폭에 싸여 정신을 차리지 못한다는 풍문이 사실인 모양이었다.

"소인이 다시 진맥하여 열을 내릴 약재를 지어 올리겠사옵니다. 부인통을 다스리는 약 역시 처방하겠나이다. 곧 쾌유하실 것이니 크게 심려치 마시옵소서, 저하."

"정녕 곧 괜찮아지겠느냐?"

"예, 저하. 걱정 마시옵소서."

윤은 약재나 의술에 대하여 잘 알지 못했다. 그렇기에 확신에 찬 내의의 태도는 안도감을 불러일으켰다.

"당장 열이라도 좀 떨어지도록 처방을 해주게."

"탕약을 달이는 데는 시간이 걸립니다. 그동안 이마를 식혀주고 약쑥으로 뜸을 뜨면 한결 나을 것입니다. 소인이 바로 준비해 올리겠습니다."

"그리하라."

세자의 불호령이 떨어질까 걱정하던 의관은 안도의 한숨을 내쉬며 윤의 곁을 벗어났다. 약재를 준비하기 위해 낙선당을 떠나는 그의 뒤를 구월이 급히 쫓았다.

"의관 나리! 의관 나리!"

"무슨 일인가?"

"마마님의 증상이 어떤지 소인에게도 좀 알려주시면……."

내의가 귀찮은 듯 한숨을 내쉬었다. 그러나 여전히 왕세자가 낙선당에 머무르고 있어 대놓고 마뜩잖은 티를 낼 수도 없는 노릇이었다.

"저하께 중요한 것들은 모두 설명을 드렸소. 새 탕약을 처방할 테니, 물에 적신 천으로 이마나 차게 식혀드리게."

"그, 그리고 의관 나리……."

"또 무엇이냐?"

구월은 할 말을 꺼내지 못하고 잠시 머뭇거렸다.

"저, 마마님께서…… 평소보다 월경 혈의 양이 너무 많은 듯하여……."

"허허……."

갑자기 헛웃음을 짓는 내의의 얼굴을 구월이 멀뚱멀뚱 바라보았다.

"왜 그러십니까, 의관 나리?"

"참 세상이 어찌 돌아가는지 모르겠구먼. 의녀도 아닌 의관 앞에서 말만 한 궁녀가 월경이 어쩌고저쩌고……. 부끄러운 것도 모르고. 쯧쯧."

"예? 하, 하오나……. 마마님의 병증이 걱정이 되어……."

"내 저하께 이미 다 설명해드렸으니 그리 알게. 달거리에 혈이 비치는 것까지 내의에게 찾아와 연유를 묻다니, 사내인 내가 그것을 어찌 안단 말인가?"

노골적인 짜증이 밴 말투였다. 할 말을 잃은 구월이 멍하니 그를 바라보았다.

"약이나 제대로 드시게 하게. 허, 참. 요새 궁녀들 엄살이 이리 심해서야……. 궐 밖의 여인들은 애를 낳은 당일에도 밭을 매고 풀을 베는 마당에……."

"……."

늦은 밤, 뜨뜻한 빈청의 아랫목에서 배를 깔고 자다 갑작스레 불려 나온 분풀이를 마친 내관이 팔자걸음으로 낙선당을 떠났다.

"거기서 애 낳고 밭 매는 얘기가 왜 나와? 저 잡것이……."

우두커니 서 있던 구월이 저도 모르게 중얼거렸다.

그러나 그는 분명 내의원에 속한 의관이었다. 내의가 괜찮다 확신하는데 한낱 궁녀인 구월이 이상하다 우길 수도 없는 노릇.

"괜찮은 거지, 김순심……."

혼잣말을 하며, 구월은 급히 다시 낙선당 침소로 돌아갔다.

* * *

어의궁은 창덕궁에서 멀지 않은 어의동[24]에 위치했다. 어의궁은 본래 인조(仁祖)가 반정으로 왕위에 오르기 이전 거처하던 잠저(潛邸)[25]였고, 이후 중전이나 세자빈이 가례를 올리기 전 머무는 별궁으로 쓰이고 있었다.

"그래, 지낼 만해? 아니, 지낼 만…… 하시옵니까, 빈씨님?"

열 폭 모란꽃 병풍으로 장식된 어의궁 안방.

비록 가례를 올리기 전이었으나 별궁 역시 궁궐이었다. 별궁은 궁궐의 법도가 통용되는 공간. 가족이라 해서 예외는 없었다. 빈씨가 된 동생을 찾은 채화의 언니 인화는 동생에게 존대를 하는 것이 어색한 듯 자꾸만 말을 더듬거렸다.

"궁인들 모두가 다정하고 인자하시어 부족함 없이 지냅니다."

"아무리 별궁이래도 꽤 큰데…… 이런 곳에 홀로 있으니 외롭지 않아? 아니…… 외롭지 않으십니까?"

"곳곳에 궁인들이 많이 있어 특별히 외롭지는 않습니다."

아무래도 존대가 입에 붙지 않는 모양이다. 인화가 몸을 배배 꼬

---

24 지금의 종로구 낙원동 일대.

25 임금이 왕위에 오르기 이전 살던 재택.

며 물었다.

"채화야……. 여기 지금 우리 둘뿐이지?"

"예, 그렇습니다."

"그럼 우리 둘이 있을 때는 집에서처럼 편하게 말하면 안 될까? 영 어색하고 죽겠다."

인화가 아양 섞인 어조로 물었다. 그러나-

"……송구하지만, 아니 됩니다."

"안 된다고? 왜……."

"저 역시 언니와 예전처럼 편하게 대화하고 싶습니다. 하나 보이지 않는다 하여 소리까지 들리지 말라는 법은 없지 않습니까."

"……."

"저와 언니의 태도에 어찌 집안과 아버지의 명예가 걸려 있습니다. 작은 것부터 잘해야 큰일에도 흐트러짐이 없지 않겠습니까?"

"으응."

인화가 객쩍은 웃음을 지었다.

돌이켜 생각해보면 동생 채화의 성정은 타고나길 이러했다. 세자빈으로 간택되었다 거드름을 피우는 것이 아니었다. 본래 채화는 타고나길 대쪽 같은 성미였다. 그런 까닭에 어유구도 채화가 사내아이였으면 좋았겠다 입버릇처럼 말했던 것이다.

"그러니 언니, 부디 그리하지 못하는 제 마음을 이해하여주세요."

"알겠습니다……. 빈씨님."

채화가 세자빈으로 간택된 것은 일신의 변화만을 의미하진 않았다. 그것은 집안 전체의 격변이었다.

평생 노론에 속해 있었으나 성정이 고요하여 누군가의 관심을 끈 적 없는 그녀의 아버지 어유구는 순식간에 정치의 중심부로 떠밀려 갔다. 노론은 노론대로 훗날을 도모하기 위해 어유구에게 손을 내밀었고, 소론은 소론대로 세자의 장인이 된 그가 노론을 떠나 그들의 손을 잡기를 기대했다.

헤실헤실 속없이 웃는 언니 인화를 바라보던 채화의 표정이 착잡하다.

궁궐에서 보내온 육인교에서 내려 위태로운 걸음으로 통명전의 계단을 걸어 올라갔을 때, 그리고 용포 차림의 임금이 다정하게 그녀를 '며늘아가'라 불렀을 때. 그 순간 채화는 평생 세자빈이라는, 그리고 훗날 왕후라는 이름의 가면을 써야 함을 깨달았다. 궁궐이란 벽에도, 지붕에도, 문과 툇마루 아래에도 귀가 있는 곳이라 하였다. 채화는 결코 그 가면을 벗을 수 없으리라. 그 가면은 언니와 마주 보고 있는 지금도 그녀의 얼굴에 덧씌워져 있었다.

"참, 제가 이판 댁 따님에게 들었는데 말이에요."

언니를 앞에 두고 너무 긴 생각에 잠겨 있었던 듯했다. 인화가 새로운 화제를 입에 올린다.

"이런 말, 해야 하나, 말아야 하나……."

본래 채화는 이런 식의 대화를 좋아하지 않았다.

"해야 할지, 하지 말아야 할지 걱정되는 말이라면 꺼내지 않으시는 것이 좋겠습니다."

"하, 하지만 다른 것도 아닌 왕세자 저하에 대한 일이라……."

"왕세자 저하요?"

채화가 되물었다. 초간택, 재간택, 삼간택. 세 번의 간택을 위해 궁궐을 드나드는 동안 한 번도 마주할 수 없었던 왕세자. 그는 내달이면 그녀의 지아비가 될 사람이었다.

"말씀을 드릴까 말까 고심하였는데……."

또다시 '그럴 바엔 아예 말을 말라'고 핀잔을 들을까 걱정스러운지 인화가 급히 말을 이었다.

"빈씨께서도 소문을 들으신 적이 있으실 겁니다. 본래 왕세자께서는 그…… 하초가 부실하여 사내구실을 못하신다는 소문이……."

"……저는 듣지 못했습니다."

"엥? 정말요? 노론 집안의 사람들이라면 누구나 알고 있는 얘기인데……."

"불경스러운 말을 입에 담지 마십시오."

"아, 예……. 아무튼, 중요한 건 그게 아니에요."

인화가 애매모호한 표정으로 옅게 웃었다.

"근래 소문이 파다하거든요. 왕세자께서 궁녀에게 승은을 내렸는데, 밤이나 낮이나 그 궁녀의 치마폭에서 헤어 나오지 못한다나?"

"……."

채화의 표정이 어두워졌다.

장희빈의 아들. 집안과 늘 대척되는 지점에 있던 왕세자. 그러나 어찌 됐든 그는 그녀의 지아비가 될 사람이었다.

그와의 혼인을 준비하러 들어온 별궁에서 시정잡배의 입에서 나올 법한 험담을 듣게 될 줄이야. 그것도 다름 아닌 제 언니에게.

"어찌 그런 말씀을 함부로 하십니까?"

그제야 인화는 동생의 표정이 차갑게 굳었음을 깨달았다. 인화가 당황한 표정으로 손사래를 쳤다.

"험담하려는 것이 아닙니다. 중한 얘기라고요! 지금껏 고자라는 소문이 자자했던 분 아닙니까? 그런 왕세자께서 여인의 치마폭에 감싸여 계신다는 말씀을 생각해보세요."

"왕가의 남자들이 첩실을 두는 것은 흔한 일입니다. 저는 아직 관례조차 치르기 전입니다. 어찌 그런 것까지 신경을 쓰오리까?"

"첩실이 중요한 게 아니라니까요. 그게 무엇을 뜻하겠습니까? 고자가 아니라는 거잖아요! 세자빈께 가장 중요한 것이 무엇이겠습니

까? 왕세손을 생산하시는 것 아닙니까? 그러니 이보다 더 중요한 사
실이……."

"……."

한참을 떠들던 인화가 문득 말을 멈추었다.

"빈씨님……."

불현듯 툭, 채화의 뺨 위로 흘러내리는 굵은 눈물방울.

"빈씨님……. 어찌 우십니까?"

"……오늘은 이만 돌아가세요."

"예?"

"돌아가십시오. 송구합니다."

"아, 예……."

머쓱한 표정의 인화가 자리에 일어섰다. 지그시 감정을 다스리던
채화 역시 인화를 배웅하기 위해 나섰다.

말실수를 할 때 으레 그러하듯 인화는 채화의 눈치를 살피며 별궁
을 떠났다.

"빈씨님, 바람이 찹니다. 안으로 드시지요."

매일 창덕궁과 어의궁을 오가는 지 상궁이 말을 건넸다.

"지 상궁."

"예, 빈씨님."

"잠시만 홀로 있게 해주게."

"예?"

"잠시만……."

"아, 예. 빈씨님."

지 상궁이 뒷걸음질 쳐 자리를 물린다.

열네 살, 어리디어린 빈씨는 타고난 위엄과 귀태를 지니고 있었
다. 마치 궁중에서 태어나 자란 공주나 옹주 같은 태도였다. 오랜만

에 그리운 가족을 만났음에도 꼭 다문 입술 안에 사사로운 감정을 감춘 채 자리를 비켜달라 명하는 것까지, 채화는 분명 타고난 비빈의 재목이었다.

"하……."

지 상궁의 감탄이 무색하게도 채화가 느끼는 감정은 완전히 동떨어진 것. 나이답지 않은 짙은 한숨이 흘러나온다. 어의궁으로 거처를 옮긴 지난 며칠간 참고 또 참았던 진한 눈물이 쏟아지기 시작했다.

-네가 사내아이로 태어났다면 참으로 뛰어난 풍류객이 되었을 텐데…….

채화의 아버지 어유구는 늘 그렇게 말하곤 했다.

"아버지……."

그러나 어의궁 그 어디에도 아비의 기대를 한 몸에 받던 소녀 어채화는 없다. 어의궁에 홀로 서 있는 소녀는 이름을 잃었다. 그녀는 빈씨, 세자빈, 내정자. 누구도 더 이상 채화라는 이름으로 그녀를 부르지 않았다.

모두가 강조하는 것은 어떻게 말을 높이고 어떻게 절을 하며, 어떻게 입단속을 하고 어떻게 왕세손을 생산해야 하는가에 대한 것뿐.

"집에 가고 싶어."

문득 이름을 잃은 소녀가 중얼거렸다.

"집에 가고 싶어요……."

그녀의 음성은 허망한 메아리로 어의궁 뜰을 떠돌 뿐이었다.

* * *

내의와 의녀, 심부름을 하는 궁인들로 복작대던 낙선당에 고요가 찾아왔다. 역시 쉽게 얻어진 고요는 아니었다. 순심을 부용지에서 구출하였던 날 그러했듯 안뜰에서는 가지 않겠다는 세자와 돌아가야 한다는 문 내관의 대치가 이어졌다. 결국 문 내관은 낙선당을 떠났고 윤은 안뜰에 남았다.

그렇지만 윤은 순심이 누워 있는 침소 안으로 들어갈 수 없었다. 그도 그럴 것이-

"저하, 아무래도 아직 순심의 몸 상태가……."

내의가 회복을 장담하였으나 어쨌든 순심은 월경 중이었다.

"나는 밖에서 기다리겠다. 순심이 정신을 차리면 바로 전하여라."

"저하……. 괜찮으시겠습니까?"

"나는 괜찮다. 아니 괜찮을 것이 무어 있겠느냐?"

구월은 걱정스러운 표정이었다. 그러나 나인 처지에 왕세자에게 이래라저래라 할 수도 없는 노릇.

"구월아. 부디 순심이를 잘 돌보아다오. 내 너의 정성을 필히 잊지 않겠다."

무심코 왕세자의 얼굴을 바라본 구월이 홀린 듯 고개를 끄덕였다. 그의 눈에는 감히 범접할 수 없는 깊은 사랑이 반짝이고 있었다. 비록 남녀 간의 애정에 대해 아는 바 없는 구월이었으나 그의 마음이 진심이라는 것은 한눈에 알 수 있었다.

"황송하신 말씀을요. 소인에게 순심이는 가족과 똑같습니다. 단지 저하……. 여기서 밤을 보내시다 저하마저 고뿔이 들면 순심이 무척 슬퍼할 것입니다. 그러니 예체를 보존하십시오."

"알았다. 내 명심하겠다."

꾸벅 고개를 숙인 구월이 침소 안으로 사라졌다. 침소 문을 바라보던 윤이 걸음을 옮겨 마루 위에 자리 잡았다. 이내 먹먹한 고요가 찾아온다.

"……저하."

마당 한편을 응시하고 있던 윤이 고개를 번쩍 들었다. 온 신경이 순심에게 쏠려 있던 탓에 잠시 잊었던 모양이다. 문 내관과 상검이 낙선당을 떠난 후에도 황가만은 그들을 따라가지 않고 남아 있었다. 단지 목욕간 옆 그림자 속에 서 있었던 까닭에 그의 존재를 인식하지 못했을 뿐.

"황가, 네가 있다는 것을 잊었구나."

윤의 시선이 황가에게 향했다. 문득 낯선 기분이 든다. 황가가 동궁전으로 들어온 지 기껏 두 달 남짓. 윤에게는 별 의미 없는 시간이었다. 그는 곁에 새로운 이를 들이는 것에 매우 인색한 사람이었기 때문이었다.

그러나 요즘은 황가가 곁에 있다는 것이 너무나 자연스럽게 느껴졌다. 때로 그가 없음을 깨달았을 때 허전함을 느낄 만큼.

"너도 이만 돌아가거라. 사냥대회 때문에 근래 바삐 지내는 것을 알고 있다."

"어찌 소인이 먼저 돌아가겠습니까."

불현듯 윤이 엷게 웃었다.

"내가 돌아가지 않는다면 천년만년 이곳에 머물 것이냐?"

"……저하께서 명하신다면 따를 것입니다."

윤의 찬찬히 황가를 살폈다. 거무스레한 살빛, 뺨 위로 두드러지게 튀어나온 눈썹 뼈와 광대. 그는 외모만으로도 상당히 강인한 인상을 주었다.

"사람들은 내 외숙부 장희재를 일컬어 왕비를 해하려 한 천인공노할 죄인이라 하지. 나 역시 외숙부의 행적에 죄가 있었음을 알고 있다."

갑자기 장희재의 이야기를 꺼내는 윤이었다. 황가의 표정이 설핏 굳어졌다.

"그러나……. 그분은 내게 기둥이었고 든든한 버팀목이었지. 죄인이라는 사실을 덮으려는 것이 아니다. 단지 내게는…… 마음의 빚이 있다."

"……."

"외숙부는, 네게도 그런 사람이었느냐?"

윤의 물음에 잠시 황가는 침묵을 지켰다.

"소인은 그리 긴 시간 대감을 모시지는 못했습니다. 그러나 소인을 살려주신 분이고, 또한 제 아버지의 죽음을 슬퍼해준 유일한 분이시기에 그 뜻을 받들 뿐입니다."

"뜻이라."

잠시 윤은 그 '뜻'을 물을까 생각했다. 그러나 그는 곧 마음을 바꾸었다. 황가는 늘 그의 곁에 있었다. 언제고 때가 오리라.

"저하. 소인 청이 있사옵니다."

"말하라."

"저승전으로 돌아가십시오."

"너마저 그리 말하는 것이냐?"

처마 밑에 서 있던 황가가 한 걸음 앞으로 걸어 나왔다. 흐릿한 달빛 아래 그는 윤을 향해 고개를 숙였다.

"예체를 보존하셔야 합니다. 소인이 저하 대신 이곳에서 대기하고 있겠습니다. 궁녀님께 차도가 있으면 바로 달려가 고하겠나이다. 바람이 찹니다, 저하."

"……."

"외람된 말씀이오나, 저하께서 여기 계신다면 병구완을 하는 궁녀 역시 마음이 편치 않을 것이옵니다. 아랫것의 마음을 헤아려주시옵소서."

윤의 시선이 낙선당의 침소 문으로 향했다. 종이를 바른 문으로 스미는 노란 등잔 불빛. 구월의 것임이 분명한 여인의 그림자가 분주하게 움직이는 것이 보였다.

황가의 말 그대로였다. 윤이 여기 있다 하여 할 수 있는 일은 달리 없었다.

"네 말이 옳다는 것을 내 어찌 모르겠느냐? 문 내관이나 상검, 그리고 황가 너까지……. 아랫것들이 초조함을 내 어찌 모르겠는가."

부디 도량이 부족한 웃전임을 용서하라.

"그러나 내 마음이…… 차마 떨어지지 않는다."

"……."

"너는 이해할 수 없을 것이다. 나 역시 이런 나의 마음을 이해하는 데 시간이 걸렸으니. 어찌 무인인 자네에게 여인을 향한 사사로운 마음을 알아 달라 하겠느냐."

"저하."

윤의 말에 귀 기울이던 황가가 입을 열었다.

"소인은 이해하옵니다."

"……무엇을 이해하느냐?"

"저하의 마음을……. 또한 여인을 향한 사내의 마음이 한낱 사사로운 것으로 치부될 만큼 작다 여기지 않습니다."

"……."

황가의 시선이 나이 차가 크지 않은 왕세자를 응시했다.

"그러니 저하, 부디 저승전으로 돌아가 바람을 피하고 계시옵소서. 소인 저하께서 당부하셨던 말씀을 잊지 않고 있사옵니다."

"내 너에게 무어라 당부했었더냐?"

"'내 마음이라 생각하고 지켜달라……' 궁녀님을 호위하여 연잉군 방으로 갈 때 말씀하셨던 것, 소인 잊지 않고 있사옵니다."

황가가 말을 이었다. 굳건한 음성이었다.

"저하의 마음이 곁에 계신다 생각하겠나이다. 잠시도 한눈팔지 아니하고 이곳에서 궁녀님이 호전되기를 기다리고 있겠사옵니다. 부디 돌아가 기다리소서."

황가와 윤의 시선이 마주쳤다.

오고 간다. 마음을 이해하는 마음이, 마음을 헤아린다는 믿음이.

황가의 곁에 마음을 남겨둔 채 윤은 낙선당을 떠났다.

희끄무레 새벽이 밝을 무렵 순심은 깊은 잠에서 깨어났다. 밤새 구월이 병구완을 한 덕인지 열이 떨어졌고, 창백하던 얼굴과 입술에도 혈색이 돌았다. 아직 완전히 회복했다고는 할 수 없는 상태였으나 분명 고비는 넘긴 듯했다.

순심이 깨어난 지 얼마 되지 않아 윤이 낙선당에 모습을 드러냈다.

"……순심아."

긴 시간 열병에 시달린 탓에 시야가 흐리다. 순심은 눈을 깜빡거렸다. 그제야 윤의 모습이 시야에 비쳤다. 길었던 잠 끝에 마주하는 그의 낯빛은 까칠하여 평소 같지 않았다.

"저하……. 주무시지 못하셨습니까? 낯빛이 평소 같지 않으십니다."

"말하는 것을 보니 많이 나았구나."

윤이 안도의 한숨을 내쉬었다.

"네가 이리 아픈데, 내가 곤히 잠들었을 위인으로 보였느냐?"

"……그저 고뿔을 앓았을 뿐입니다. 괜히 저하께 심려를 끼친 듯하여 송구합니다."

"열이 참으로 많이 올랐다. 진즉 미열이 있을 때 내의를 불러 진료하게 할 것을. 나 역시 네 증상을 가벼이 여겼지. 내 탓이다, 네가 아픈 것은."

윤이 가만히 순심의 이마를 짚었다. 여전히 이마는 뜨거웠으나 펄펄 끓던 열기는 사라졌다. 하룻밤 꼬박 앓은 탓에 순심은 해쓱한 모습이었다. 그러나 눈빛에는 생기가 돌아왔고, 백지장 같던 얼굴빛도 한결 나아졌다. 확실히 그녀는 회복되어 있었다.

"어찌 그것이 저하의 탓이옵니까? 탓이 있다면 소인이 몸을 돌보지 못한 탓입니다. 그 탓에 저하마저 이리 걱정하시게 만들었으니…….”

“그런 소리 마라.”

윤이 순심의 뺨에 손을 얹었다. 열기가 아닌 온기가 감돌았다.

“나았으니 되었다. 정신이 들었으니 되었어……. 고비를 넘겼으니, 참으로 되었다.”

“……저하.”

“두려웠다. 너를 잃을까 봐……. 고맙다, 회복하여서.”

순심이 느리게 눈을 깜빡였다.

그녀에게는 그저 죽은 듯 잠들었던 하룻밤. 그러나 윤의 밤은 몹시도 고단했던 듯하다. 그의 마음이 크고도 무거웠다.

“저하, 잊으셨습니까?”

“무엇을 말이냐?”

“목욕간에서의 약조 말입니다. 소인에게 저하 곁에 있는 동안 죽지 말라 하셨잖습니까……. 소인은 그리하겠다 저하와 약조하였습니다. 약조한 것을 지켰을 뿐입니다.”

“너에게 약조해 달라 말하길 참 잘했구나.”

윤이 그녀의 뺨을 쓰다듬었다. 그때 그러했듯이 여전히 윤은 소중한 이를 잃게 되리란 공포를 극복하지 못했다.

“그러니 걱정 마십시오, 저하. 저하는 결코 소인을 잃지 않으실 겁니다. 소인은 늘 저하 곁에 있겠습니다. 지금처럼요.”

“…….”

목 언저리가 뜨끈해졌다. 윤은 잠시 말을 잇지 못했다. 그가 조용히 고개를 끄덕였다.

긴 세월이었다. 어머니, 외숙부, 그와 가까이 지내던 많은 대신들과 친인척……. 윤은 그들이 혹여 죽지 않을까 노심초사하며 소년 시절의 대부분을 보냈다. 그리고 그들을 모두 잃은 후에는, 그의 목숨과 왕세자라는 지위가 위협받을까 고심하며 매일매일 칼날 위를 걷듯 살아야만 했다.

순심은 그런 그에게 찾아온 안식처였다. 순심은 그에게 약조했고, 약조를 지키며 그의 곁에 머물 것이었다. 그녀는 사라지거나 떠나거나 죽음으로써 그를 고통스럽게 하지 않을 것이다.

"내 이 말, 한 적이 있더냐?"

"무슨 말 말씀이십니까?"

"은애한다고, 연모한다고."

"하신 적 있습니다."

"그렇다면 이 말은?"

불현듯 윤은 누워 있는 순심에게로 얼굴을 기울였다. 열증에 시달린 순심의 입술은 바싹 말라 있었다. 그 입술 위로 윤의 입술이 포개졌다. 마른 꽃잎처럼 까슬하던 입술이 말랑말랑해진다. 윤의 숨결은 참으로 달콤했지만, 그의 입술에서 흘러나온 말만큼은 아니었다.

"나는 너를 사랑한다, 순심아."

"……."

"너는 모를 것이다. 내게 너라는 존재가 어떤 의미인지. 내 삶을 네가 어떻게 변화시켰는지……. 그러니, 순심아."

입술을 떼지 않은 채 윤은 간절하게 속삭였다.

"아프지 마라. 내 마음을 아프지 하게 마라. 다치지도, 괴롭지도 말아라. 부디 내 곁에 있는 동안은 조선에서 가장 행복한 여인으로 살아라."

"저하……."

"내 반드시 네게 약조하겠으니, 그저 행복한 여인으로 내 곁에 있어다오."

"예, 저하. 늘 저하의 곁을 지키겠습니다."

순심이 지그시 눈을 감았다. 가만히 누워 있음에도 이상하게 머리가 어질어질했다. 윤의 입술이 부드럽게 눈꺼풀이며 콧날과 이마를 어루만진다. 열에 들뜬 몸을 더욱 달뜨게 만드는 감촉이 가슴 깊은 곳 어딘가를 울컥하게 만들었다.

"그것이면 나는 족하다. 그저 내 곁에만 있어다오."

밤이 지나면 응당 새벽이 찾아오는 것이 이치. 그렇게 당연하게, 매일 반복되는 푸르른 새벽처럼 곁에 머무르라. 내 너의 청명한 아침과 한낮의 해가 되리니. 캄캄한 밤은 모두 내게 맡겨두어라. 그것은 본래 내게 익숙한 것이었으니.

내 기꺼이 밤길을 밝혀 너를 지켜낼 것이다.

윤이 순심을 찾은 시각. 방에서 물러나 마루로 나와 있던 구월이 목을 움츠렸다. 가을이 완연하다. 밤바람은 꽤나 을씨년스러웠다.

"……깨어나서 다행이다."

중얼거리던 구월이 무심코 제 손마디를 어루만졌다. 순심이 부용지에 빠진 이후 내내 곁을 지켰던 구월이었다. 밤새 한숨도 자지 못해 정신이 흐리멍덩했다. 내내 찬물에 담그고 있었던 손마디가 욱신거렸다.

"그래도 나았으니 되었어."

구월이 긴 한숨을 내쉬었다. 그녀의 표정은 어딘지 평소답지 않았다. 밀려드는 피로 탓일까. 혹은 써늘한 밤공기가 구월의 마음마저 쓸쓸하게 만드는 것일까.

"아버지께서 편찮으셨을 때도 이렇게 돌봐드릴 수 있었다면 좋았을 것을."

구월은 어린 시절 병환으로 세상을 떠난 아버지를 추억한다.

줄줄이 자식이 여섯인 빠듯한 삶이었을지언정 구월의 아버지는 다정한 분이었다. 아버지가 앓아눕자 가족은 삽시간에 궁핍해졌다.

더 이상 가족들의 생계를 부양할 사람이 없었기 때문이었다. 아버지는 변변한 약 한 첩 써보지 못한 채 열병으로 세상을 떠났다.

"그때…… 궁궐에서 쓰는 약 한 첩이라도 써볼 수 있었다면 참 좋았을 텐데."

구월이 음성이 먹먹해진다. 코끝이 시큰해졌다.

"아버지 기일에도 못 가보고……. 불효녀 같으니."

툭, 눈물이 떨어졌다. 구월은 며칠 전이었던 아버지 제사에 참석하지 못했다. 순심의 병구완을 해야 했던 데다 왕세자의 가례를 앞두어 바쁜 시기였기 때문이었다.

궁궐에 큰 행사가 있을 때 부엌간은 눈코 뜰 새 없이 바빠진다. 그렇기에 수라간 나인인 구월의 외출 역시 허락되지 않았다. 설령 허락을 받았다 해도 순심을 돌봐야 하는 구월은 나갈 수 없었을 것이다.

그때였다. 갑자기 코앞에 불쑥 나타나는 허연 천 조각.

"……?"

눈물을 떨구던 구월이 고개를 들어 올렸다.

"어, 엄마야! 무, 무사 나리, 언제부터 계셨습니까?"

"……저하가 오실 때 함께 왔습니다만."

"에잉……. 진짜요?"

한참 동안 두런거린 끝에 눈물까지 보이는 꼴을 황가가 목격했단 말인가. 민망한 마음에 얼굴이 벌게지고 목소리가 기어 들어갔다. 그러나 황가는 대수롭지 않다는 표정이었다. 그저 너풀대는 헝겊을 구월의 코 가까이 들이밀 뿐.

"고맙습니다요."

천 조각을 받아 든 구월이 눈물을 찍어냈다. 눈물을 훔치던 구월이 민망한 듯 주워섬겼다.

"그……. 소인이 하는 이야기를 들으셨는지 아니면 못 들으셨는지야 모르겠습니다만, 설령 들으셨더라도 그냥 한 귀로 흘리시기를……. 따지고 보면 사연 없는 이가 어디 있겠습니까? 거기 계신 줄 알았으면 이런 소리 따위 늘어놓지 않았을 것인데…….”

“아무것도 못 들었습니다.”

“아, 예. 그렇다면 다행이고요…….”

구월이 고개를 끄덕였다. 그러나 황가가 밤눈뿐 아니라 귀까지 밝아, 조그만 소리라도 죄 알아듣는다는 소문이 동궁전에 파다하게 퍼져 있었다. 황가의 범상치 않은 용모 탓에, 축지법을 쓴다거나 열일곱 명을 상대하여 제압했다는 둥 과장된 소문들도 떠돌고 있었지만.

“항아님.”

“예?”

저를 부르는 목소리에 구월이 고개를 들어 올렸다.

“아버님도 이해하실 겁니다. 마음 쓰지 마십시오.”

“…….”

구월이 놀란 표정으로 황가를 올려다본다. 서글픈 마음을 위로하는 그의 말이 놀랍다기보다는, 그 말을 꺼낸 당사자가 황가라는 사실이 낯설었기 때문이었다.

“저도 아버지의 제를 지내지 못한 지 십여 년이 넘었습니다.”

“아…….”

“이런 불효자도 있으니 한 번 제사에 가지 못한 걸로 너무 서글퍼하지 마시라는 말입니다.”

“…….”

대꾸를 하고 싶으나 할 말이 생각나지 않아 구월은 고개만을 끄덕였다. 잠시 둘 사이에 어색한 침묵이 흘렀다. 눈물을 흘린 데다 밤공기가 차가운 탓에 콧물을 훌쩍이던 구월이 황가가 건넨 헝겊을 코로 가져갔다.

"으잉?"

구월의 손이 우뚝 멈췄다. 그녀가 손에 들린 하얀 광목천을 흐린 달빛에 비춰 보았다.

"저 황가 나리, 이거 어디서 나셨어요? 광목천이요."

"목욕간 옆에 많이 있었습니다만……."

"예? 목욕간? 아……."

구월이 기가 막힌 듯 외마디 소리를 냈다.

"이, 이게 뭔지 알고 저한테 눈물 닦으라고 주신 겁니까?"

"궁녀님 이마를 닦아드리는 수건 아닙니까?"

"수건이요? 으아……."

구월이 내내 얼굴 닦고 눈물 훔치고 코 풀던 광목천을 툭 떨궜다.

"무엇이기에 그러십니까?"

"아니에요! 아닙니다요! 에효……."

구월이 벌떡 자리에서 일어났다. 목욕간 옆에 즐비한 광목천이 빨아 널은 순심의 달거리 포라는 말을 어찌 할 수 있을까. 그러나 황가는 이내 무심히 시선을 거둘 뿐이었다.

* * *

"김일경 영감, 오랜만에 뵙습니다."

"예, 저하. 무엇이 그리 바쁜지, 종종 입궐했음에도 여유가 좀체 나지 않아 이제야 찾아뵙게 되었습니다."

윤이 정무를 마친 시각. 예정에 없이 김일경이 동궁전에 나타났다. 세자와 마주 앉은 김일경의 시선이 윤의 얼굴을 주의 깊게 살폈다.

다소간 꺼칠해 보이는 뺨과 그늘이 진 눈가. 왕세자는 완연히 피로한 모습이었다.

"잠을 잘 주무시지 못하십니까? 예안이 영 피로해 보이십니다."

"그렇습니까?"

윤은 가타부타 말 대신 반문하는 것으로 질문을 넘겼다.

"어유구는 노론에 속해 있으나 옳고 그름을 판가름할 줄 아는 자입니다. 언동을 함부로 하지는 않을 것입니다. 물론 김창집을 비롯한 노론 사대신과 가까우니 마음을 놓아서는 아니 되지만······."

얼마간 그들 사이에는 간택과 국정에 대한 의례적인 이야기들이 오갔다.

"빈씨 역시 아비를 닮아 조용한 성미로 알려져 있습니다. 재색이 뛰어나다는 소문이 왕왕 들렸습니다."

"······그렇다고 무엇이 달라집니까?"

윤의 반문은 날카로웠으나 김일경은 당황치 않았다.

"물론 빈씨와 그 아비가 노론의 주요 인물임은 변치 않습니다. 어유구의 태도를 지켜봐야 하겠지요. 노론 집안에서 왕세손이 나오는 것은 조심해야 할 문제이니까요."

내키지 않는 가례를 앞둔 입장에, 벌써부터 세손 이야기가 오르내리는 것이 마뜩지 않아 윤은 김일경에게서 시선을 돌렸다.

"하오나 처음부터 너무 편견을 갖고 보지는 마옵소서. 빈씨는 고작 열네 살이 아닙니까."

김일경이 간곡한 어조로 덧붙였다.

"아직 정치색을 가지기엔 어린 나이입니다. 저하께서 잘 달래신다면 노론의 여식이라 해도 차차 마음이 기울지 않겠습니까?"

"나보고 세자빈을 회유하라 권하시는 겁니까?"

"회유라니요. 저하의 부인입니다. 부인이 남편의 뜻을 따라가는 것이 어찌 이상한 일이겠습니까? 너무 싸늘히 대하지 마시고, 적당히 정을 주시라는 뜻입니다."

"정이라……."

윤이 말끝을 흐린다. 그는 잠시 말이 없었다. 이때다 싶어 김일경은 본론을 꺼내 들었다.

김일경은 문 내관으로부터 은밀한 연통을 받았다. 왕세자께서 매일같이 낙선당에 들락거리시며, 온 신경이 승은궁녀에게 집중되어 있어 혹시라도 임금의 뜻을 거스를까 걱정스럽다는 문 내관의 전언. 그것이 김일경이 동궁전을 찾은 이유였다.

"저하. 소인 김일경, 한 가지 드릴 말씀이 있사옵니다."

"말씀하세요."

"소인이 드리는 말씀이 유쾌하지 않더라도 끝까지 들어주실 수 있겠습니까?"

"말씀하십시오. 듣겠습니다."

윤 역시 눈치가 어둡지 않았다. 그는 김일경이 무슨 말을 꺼내려는지 어렴풋이 짐작했다.

왕세자로 살아온 평생, 윤에게 있어 김일경은 그런 사람이었다. 기쁜 소리만을 들려주는 이가 아닌, 쓴소리도 마다 않는 사람. 윤은 고요한 성정을 가졌으나 참았던 화를 터뜨릴 때면 다른 사람이 되곤 했다. 김일경은 윤의 격노를 감당할 만한 배짱을 가진 유일한 자였다.

그것은 윤과 김일경 사이에 믿음이 있기 때문이었다. 어떤 쓴소리이든 그것이 충심에서 비롯된 것이라는 믿음이.

"근래 궁 밖에까지 저하와 승은궁녀에 대한 소문이 돕니다."

"무슨 소문이요?"

윤의 말투에는 다소 날이 서 있었다.

"뻔한 소문들입니다. 저하께서 승은궁녀의 치마폭에 싸여 지내신다는 이야기지요. 마침 세자빈 간택이 막 끝났으니, 이러저러 입방아를 찢기에 좋은 화제니까요."

김일경이 곧이어 덧붙였다.

"그런 소문은 어느 때나 있어왔습니다. 굳이 저하라서가 아니라, 전하께서도 젊은 시절에 늘 시달리셨던 소문들이지요. 궁 밖의 백성들에게 내명부의 이야기만큼 흥미로운 것이 없는 탓입니다. 크게 심려치 마시옵소서."

"심려치 말라면서 굳이 말씀을 꺼내시는 이유는요?"

윤의 말에 김일경이 무안한 듯 헛기침을 했다.

"단지 소인이 걱정되는 것은……."

운을 떼려던 김일경이 잠시 뜸을 들였다.

"저하. 저하의 생모께서 처음 승은궁녀가 되셨던 때의 일에 대해 알고 계십니까?"

"승은궁녀요?"

윤이 반문했다. 김일경의 말이 낯선 것은 윤에게 당연한 일. 김일경이 말하는 것은 희빈 장씨가 장옥정이라는 본명으로 불리던 시절의 이야기였다. 윤의 어머니에게도 화려한 비빈이 아닌, 자의대비(慈懿大妃) 처소에 속한 나인이던 시기가 있었던 것이다.

"돌아가신 저하의 생모께도 승은궁녀의 시절이 있었습니다. 당시의 전하께서 어머님을 어찌나 극진히 아끼셨는지는 저하께서도 들어 아시리라 믿습니다."

"알고 있습니다."

어찌 모르겠는가. 당시 왕은 열아홉, 어머니 희빈 장씨는 스물한 살이었다. 어머니의 나이는 지금의 순심과 비슷했으나, 부왕은 지금의 윤보다 훨씬 젊고 혈기왕성하던 시절이었다.

청춘의 사랑은 나라를 뒤흔들 만큼 강렬했다. 그들의 사랑은 윤이라는 결실을 낳은 후에도 한참이나 지속되었다. 그리고 그 끝은 모두가 알고 있다시피 파국이었다.

"생모께서 승은궁녀이던 시절 출궁당하셨다는 사실을 알고 계십니까?"

"……."

출궁. 그 말이 뜻하는 바가 명확하여 윤은 잠시 말을 잇지 못했다. 더듬어 생각하니 그 역시 그런 이야기를 들은 기억이 있다. 그러나 분명치 않았다.

"생모께서 승은을 입으신 지 오래지 않았던 시절의 일입니다. 전하께서 어머님을 은애하신 나머지 지나칠 정도로 마음을 쓰시니, 이에 명성왕후께서는 어머님을 출궁시켜버리셨습니다."

"……."

명성왕후는 현종(顯宗)의 비, 즉 임금의 어머니이자 윤의 할머니인 현렬왕대비(顯烈王大妃) 김씨를 의미했다.

"당시 누구도 그런 일이 일어나리라 생각지 않았습니다. 생모께서는 승은을 입은 상태였기 때문입니다. 그러나 끝내 어머님은 출궁당하셨고, 명성왕후께서 졸하신 후에야 입궐하실 수 있었습니다."

"하고자 하는 말씀의 의도가 무엇입니까?"

질문하는 윤의 음성은 낮게 가라앉아 있었다.

"저하. 승은궁녀를 은애하심을 탓하는 것이 아닙니다. 단지 지금과 같은 시기에 지나치게 마음을 드러내셨다간, 똑같은 일이 반복될지 모른다는 말씀을 드리고자 하는 것입니다."

"……."

"이것은 저하의 심기를 어지럽게 하기 위한 말이 아닙니다. 오히려 그 일이 벌어졌을 때 저하의 심기가 어떨지를 지극히 걱정하는 마음에서 비롯된 충언이옵니다."

윤은 대답하지 않았다.

김일경의 말은 꽤나 불편했고 불유쾌했다. 동시에 머리를 얻어맞은 듯한 충격적인 깨달음이기도 했다. 그의 말은 틀리지 않았다. 아바마마는 분명 그러고도 남을 만한 분이었다.

"세자빈께서 곧 동궁전으로 오실 것입니다. 저하와 승은궁녀는 아직 대단히 젊으십니다. 앞으로도 두 분께 시간은 충분하리라 믿어 의심치 않습니다."

김일경이 시간이 되었다는 듯 일어날 채비를 했다.

"고작 한 달 남짓이옵니다. 그 기간 동안 부디 소인의 충언을 헤아려주시옵소서."

* * *

"더 누워 있지! 어찌 일어나 있냐? 괜찮겠어?"

구월의 음성이 걱정스러웠다. 자리에 일어나 앉아 있던 순심이 옅게 웃었다.

"하도 누워만 있었더니 등창이 생길 것 같아. 열도 내렸고 달거리도 끝났으니 이제 나도 일어나야지."

"하긴 오래 누워 있긴 했다. 그래도 혹시 모르니 약은 잘 챙겨 먹어. 알았지?"

구월이 탕약이 들은 사기그릇을 턱 내려놓았다. 그것을 본 순심이 저도 모르게 인상을 찡그렸다.

탕약은 부작용을 일으킬 수 있는 약재들을 배제하여 내의가 새로이 처방해준 것이었다. 탕약의 덕인지, 혹은 달거리가 끝난 탓인지 순심은 열도 내렸고 몸 상태도 한결 가뿐해졌다.

"으, 써……."

약을 꿀꺽꿀꺽 들이켠 순심이 오만상을 쓴다. 이내 구월이 그녀의 입안에 조란[26] 한 알을 쏙 넣어주었다.

"그래도 이만한 게 어디냐. 어휴, 너 갑자기 열 오르면서 정신 잃던 거 생각하면 아직 등골이 서늘해. 난 정말 너 죽는 줄 알았어."

"다 구월이 네 덕이야. 네 덕분에 살았어."

"넌 누워 있었으니, 그날 얼마나 난리법석이었는지 꿈에도 모를걸? 어휴, 말을 말자. 아찔했다고."

툴툴대던 구월이 생각조차 하기 싫다는 듯 몸을 부르르 떨었다. 그 모습을 보던 순심이 미안한 표정으로 쑥스럽게 웃는다.

"이제 열도 내렸으니 목욕을 좀 했으면 좋겠는데……."

"괜찮겠냐? 그러나 또 고뿔이라도 들면 어쩌려고?"

"그래도 달거리까지 했으니……. 평소보다 혈이 많이 비쳤거든. 영 찜찜해."

"하긴 그렇겠다. 내 나가서 상검이한테 더운물을 보내달라고 전할게."

그때였다.

"마마님, 계십니까?"

문밖에서 들리는 상검의 목소리에 구월이 피식 웃음을 터뜨렸다.

"확실히 박상검이 저거, 아무리 봐도 양반은 아냐. 그치?"

실실대며 방문을 연 구월이 황급히 자리에서 일어섰다. 상검의 뒤에 서 있는 윤을 발견한 탓이었다.

"구월아, 내 잠시 들어가 순심을 보아도 되겠느냐?"

"예, 그럼요. 이제 달거리도 끝……. 읍!"

구월이 급히 손으로 제 입을 틀어막았다. 그간 순심의 병세를 전하느라 수시로 달거리가 어쩌고저쩌고 시부렁댄 것이 인이 박인 모양이었다. 아무리 익숙해졌던들, 세자와 내시 앞에서 어쩌자고 그런

─────────────
26 대추가 주재료인 숙실과(熟實果).

말을…….

"아무튼 이제 들어오셔도 됩니다. 소인은 잠시 물러나 있겠습니다."

얼굴이 벌게진 구월이 후다닥 안뜰로 내려갔다. 신을 벗고 마루로 올라선 윤의 얼굴에 순간 웃음이 번진다. 그를 바라보고 있는 순심과 얼굴이 마주친 까닭이었다.

병색은 완전히 사라졌다. 그녀의 미소는 해사하고 청아했다. 며칠간 자리를 보전한 탓인지 볼살이 빠져 해쓱했으나, 뺨은 복숭앗빛 생기를 되찾았고 퀭하던 눈 역시 말간 빛으로 반짝이고 있었다. 며칠간 병석에 누운 그녀의 모습만을 보았던 터. 이런 순심의 변화가 윤은 참으로 반가웠다.

"어찌 이리 고우냐."

윤이 인사처럼 감탄의 말을 건넸다.

"그리고, 내 말을 아주 잘 듣는구나."

"무슨 말 말씀이십니까?"

"아프지 말라 했느니. 그 말을 이리 잘 들으니 참으로 기특하고 사랑스럽다."

순심의 얼굴에 배시시 미소가 솟아났다. 그녀에게 윤은 정인 그 이상의 사람이었다. 신열에 들떠 며칠을 보내는 동안, 왕세자가 모든 일을 제쳐놓고 저를 챙겼음을 순심은 알고 있었다. 부모에게조차 받지 못했던 무한한 사랑을 윤은 그녀에게 주고 있었다.

그때였다. 잠시 둘만의 시간을 가지기 위해 침소 문을 닫으려던 윤이 멈칫했다. 뜰을 급히 가로질러 오는 의외의 얼굴을 발견했기 때문이었다.

"저하!"

"지 상궁이 어인 일이더냐?"

지 상궁은 어의궁의 일을 돌보느라 동궁전의 일에는 거의 손을 떼고 있었다. 게다가 지 상궁과 세자는 데면데면하여 가깝지 않은 사이였다. 지 상궁의 말은 보통 문 내관을 거쳐 윤에게 전해지기 마련이었다.

그런 지 상궁이 이렇게 갑작스레, 그것도 저승전이 아닌 낙선당까지 찾아온 것은 몹시 이례적인 일이었다.

"저하, 필히 말씀드려야 할 중한 일이 있사옵니다."

윤이 침소 밖으로 걸어 나왔다.

"독대하여야 할 이야기더냐?"

지 상궁은 잠시 고민했다. 그녀는 지난 몇 년 사이 단 한 번도 세자와 독대하여 이야기를 나눈 적이 없었다.

중요한 소식이긴 하나 딱히 비밀스러운 일은 아닐 것이다. 이런 소문은 순식간에 온 궁궐에 퍼지기 마련이었다. 굳이 독대하여 말하지 않아도 궁인이라면 누구나 곧 알게 될 일이리라.

"은밀히 말씀드릴 까닭은 없는 듯하여 자리에서 고하겠나이다."

윤이 고개를 끄덕였다. 이내 지 상궁이 입을 열었다.

"동궁전 소주방에 김가(家) 나인이라는 자가 있었사온데……. 그 궁녀가 죽었습니다, 저하."

"지금 누가 죽었다 했느냐?"

윤이 되물었다. 지 상궁이 고개를 조아리며 다시금 아뢰었다.

"동궁전 소주방 나인이니 저하께서는 모르실 것이옵니다. 성은 김가, 입궐할 때의 이름은 말복(末福)이나 궁인들 사이에서 먹보라는 별칭으로 불리던 나인입니다."

"머, 먹보라고요? 헛……."

저도 모르게 말을 내뱉었던 상검이 급히 입을 다물었다. 왕세자에게 중한 이야기를 전하는 와중에 감히 끼어들다니. 문 내관이 곁에 있었으면 피멍이 들도록 등짝을 맞았을 일이다. 그러나 다행스럽게도 윤과 지 상궁은 상검에게 신경 쓰지 않는 듯했다.

"어쩌다 죽었느냐?"

"그것이……."

"사고라도 났던 것이냐?"

"궁궐 안에서 죽은 것이 아니옵니다. 집에 다녀오겠다며 출입패를 받아 나갔사온데 하루가 지나도 돌아오지 않았습니다. 하여 비자를 보내 확인하였는데……."

지 상궁은 짧은 순간 머뭇거렸다.

"산에서 목을 맨 상태로 발견되었다 하옵니다."

"자진하였다는 뜻이냐?"

"예, 저하."

윤의 표정이 어두워졌다. 곁에 서 있던 상검의 입에서 '헉!' 하는 소리가 흘러나왔다. 갑작스러운 소식에 순심과 구월의 낯빛 역시 새하얗게 질렸다.

"어찌하여?"

"그것은……. 고율사(考律司)[27]에서 확인하고 있는 것으로 아옵니다. 시신 곁에 유서가 있었다는 이야기를 들었습니다."

"음."

윤이 생각에 잠긴다. 임금께서 아직 젊던 시절, 여러 차례 환국(換局)의 피바람이 불었다. 많은 궁인들이 목숨을 잃거나 쫓겨났다. 당시에는 누군가가 죽어나가는 것은 언제고 벌어질 수 있는 일에 지나지 않았다.

그러나 희빈 장씨의 죽음을 끝으로 궁중잔혹사는 막을 내렸다. 한동안 궁궐은 평온함을 유지하고 있었다.

---

27   사건을 조사하고 사찰하는 형조 산하 관청.

"소인이 한동안 어의궁에 머무느라 동궁전 궁인들을 돌보지 못하였나이다. 가례를 앞두고 이런 일이 발생하여 송구스럽습니다. 소인 그 벌을 달게 받겠나이다."

"어찌 그것을 자네 잘못이라 할 것이냐. 아무튼 알아들었다."

"황공하옵니다, 저하."

"고율사에서 전갈이 오면 전해주게."

"분부 받잡겠습니다. 저하, 소인 이만 물러가겠사옵니다."

"그리하라."

여느 때처럼 절도가 밴 태도를 유지하며 지 상궁은 낙선당을 떠났다.

윤과 순심, 상검과 구월. 그들은 잠시 말을 잃었다. 그들이 처한 입장은 각자 달랐다. 그러나 모두가 나름의 이유와 함께 궁녀의 죽음을 곱씹고 있었다.

동궁전의 주인인 윤은 나인의 죽음을 애도한다. 얼굴 모르는 궁녀일지언정 동궁전의 일부였던 이가 자진하여 세상을 등졌다는 사실은 마음 아픈 일이었다.

상검은 '먹보'라 불리던 유난히 식탐 많은 나인이 누구인지 알고 있었을 뿐 아니라, 몇 마디 군소리를 건넨 적이 있었기에 내내 침울한 표정이었다. 순심과 구월 역시 그들과 같은 삶을 살았던 젊은 나인이 자결한 것에 대해 안타까운 마음을 금할 수 없었다.

한동안 낙선당에는 쓸쓸한 침묵이 감돌았다. 약간의 시간이 흐른 후, 퍼뜩 정신을 차린 상검이 윤에게 고했다.

"저하, 어전회의 시간이옵니다. 이만 편전에 드셔야……."

"아, 알았다."

윤의 시선이 순심에게로 향했다. 두려운 것일까. 생기를 되찾았던 그녀의 얼굴에 그늘이 보인다. 건강한 순심을 보고 기뻤했던 윤의 마음에도 먹구름이 끼는 듯했다.

본래 죽음이란 그런 것이다. 그 대상을 알든, 알지 못하든 간에 그 곁에 머물렀던 이들의 마음에 그림자를 드리우는 것. 순심의 얼굴이 유난히 해쓱하게 느껴져, 윤은 그녀에게 다가가 어깨를 감쌌다.

"순심아."

"예, 저하."

"많이 놀란 것이냐?"

"아, 아니옵니다. 갑작스런 일이라……. 나인이 참 안되었습니다, 저하."

"내 마음도 그러하다. 그러나 생과 사는 본래 사람 뜻대로 되는 것이 아니니……."

윤이 말끝을 흐렸다. 세상에 안타깝지 않은 죽음이 어디 있으랴. 죽음의 방법은 무수하게 많았다. 그러나 '자진'이라는 말을 들으면 시큰한 먹먹함이 옥죄어오곤 했다.

"순심아. 안으로 들어가라. 바람이 차다."

"……예, 저하."

불현듯 윤이 순심의 볼을 쓰다듬었다. 바깥바람에 식은 뺨을 스르르 녹이는 그의 온기.

그가 미소 짓는다. 네 곁에는 내가 있으니 안심하라, 조금도 불안해할 것 없다- 라는 듯이.

"두려워 마라."

윤의 따뜻한 음성에 굳어 있던 순심의 표정이 풀어졌다.

"저하."

편전으로 돌아가는 길. 발끝을 내려다보며 세자의 뒤를 따라 걷던 상검이 불쑥 입을 열었다.

"어찌 그러느냐?"

"먹보라는 나인 말입니다. 소인은 몇 차례 본 적이 있사옵니다."

"그러하더냐?"

"예……. 사실 그 먹보라는 나인, 몇 차례 밤에 소주방을 들락거리다가 문 내관에게 발각되어 혼이 났었거든요."

"밤에 소주방에는 왜?"

"주전부리를 훔쳐가려던 것 같았습니다. 본래 식탐이 많기로 소문난 궁인이었거든요. 음식을 밝히는 게 얄미워서 소인도 몇 차례 면박을 줬었는데……."

풀죽은 상검의 모습을 바라보던 윤이 다정스레 말을 건넸다.

"너라고 이런 일이 생길 줄 알고 그리 말했겠느냐? 이미 일어난 일은 어쩔 수 없으니 마음 쓰지 마라."

"예, 저하."

몇 걸음이나 더 갔을까. 상검이 퍼뜩 생각났다는 듯 말을 이었다.

"참, 저하. 안 그래도 바쁜 와중에 흉사가 생겨 소주방에 일손이 딸리지 않겠습니까? 소인 문득 든 생각이 있는데 말입니다."

상검이 힐끔 윤의 눈치를 살폈다.

"무슨 생각?"

"낙선당에 와 있는 수라간 궁녀를 동궁전으로 들이면 어떻겠습니까?"

"……구월이를?"

되묻던 윤의 입에서 '아' 하는 소리가 흘러나왔다. 그 역시 진즉부터 구월을 동궁전으로 데려오고 싶다 생각하지 않았는가. 김가 궁인의 죽음은 안타까운 일이었으나, 결원이 생겼으며 그것을 메워야 함은 주지의 사실이었다.

"예. 어차피 낙선당에서 보내는 시간이 많지 않습니까? 게다가 십년간 수라간 나인이었으니 소주방에서도 일을 잘할 것이고……. 무엇보다 낙선당 마마님을 곁에서 보필할 수 있지 않겠습니까?"

"좋은 생각이로구나. 내 지 상궁에게 뜻을 전하여야겠다."

물론 내명부의 일이란, 설령 왕세자일지언정 뜻대로 할 수 있는 것은 아니다. 그러나 윤은 필요하다면 중궁전에 고해서라도 뜻을 이루어볼 생각이었다.

"그나저나 저하, 유렵이 코앞인데 익위사는 찾지 않으십니까?"

"익위사? 굳이 거기는 왜?"

윤이 생각조차 하지 않았다는 듯 반문했다.

"사냥에 별 관심이 없으신 줄 아옵니다만, 여우는 아니라도 하다못해 토끼라도 잡으셔야……."

"해를 끼치지도 않는 짐승을 굳이 재미 삼아 살생할 것이 무엇이냐."

"뭐, 그거야 그렇지만요."

"황가가 내 몫까지 할 것이니 되었다."

"아무리 그래도……. 저하의 가례를 감축하는 의미로 열리는 대회인 것을요."

"감축?"

윤이 무심코 반문했다. 그의 입가에 자조와 같은 미소가 흐리게 감돌았다.

"내 가례를 감축하고 싶은 사람이 있다면, 그들이나 열심히 사냥에 열중하라 해라. 나는 그다지 감축할 마음이 없으니."

"저하."

할 말이 있는 듯하던 상검은 냉소적인 윤의 태도 앞에 한참을 망설였다.

"왜. 할 말이 더 있더냐?"

"솔직히 말씀드려도 괜찮겠습니까, 저하?"

"말하라."

"아뢰옵기 송구하오나……. 벌써부터 이리 세자빈께 선을 그으시니, 소인은 왠지 그분이 안되셨다는 생각이 듭니다."

"상검아."

"예, 저하."

잠시 고요하던 윤이 이윽고 입을 열었다.

"나는 내가 세자빈을 바라지 않는다 하여 나를 따르는 이들까지 그녀를 동정하거나 하대하거나, 혹은 업신여기기를 바라지 않는다."

"감히 어찌 소인이……. 그러지 않습니다. 단지 아직 얼굴조차 보지 못한 빈씨를 벌써부터 미워하시는 듯하여……."

"미워한다고?"

그가 고개를 저었다.

"내가 어찌 빈씨를 미워하겠느냐. 미움 받을 사람은 그녀가 아닌 나일 것이다."

윤의 말뜻을 헤아리지 못한 상검이 멀거니 그를 바라본다.

"그러나 그마저 내 업보겠지."

자조하듯 중얼거린 윤이 걸음을 옮겼다. 멍하니 그의 말을 곱씹던 상검이 급히 윤의 뒤를 따랐다.

"으음?"

순심의 시선이 담장 너머에 머물렀다.

특별한 일이 없는 한 이른 아침의 궁궐은 고요하기 마련이었다. 그러나 무언가가 평소와 달랐다. 새파랗게 드높은 가을 하늘, 바짝 마른 낙엽과 기름진 흙냄새를 실어 나르는 바람. 무엇보다 다르게 느껴진 것은 술렁이는 동궁전의 분위기였다.

담장 너머 어딘가에서 들려오는 많은 사람들의 분주한 발소리, 정체를 알 수 없는 다그닥다그닥 땅을 울리는 소리. 이어 우우웅- 길게 꼬리를 끄는 각(角)[28] 소리가 귓전을 스쳤다.

"뭐지?"

대체 무슨 일이 일어나고 있는 걸까. 호기심이 가득한 시선을 돌리던 순심의 고개가 갸웃거렸다.

담벼락 위로 비죽 튀어나온 전립(戰笠)[29]에 꽂혀 있는 휘황한 공작 깃털. 순심이 아는 한 낙선당 담장 위로 머리가 보일 만큼 키가 큰 사람은 오직 하나, 윤뿐이었다.

"저하!"

이윽고 윤이 낙선당 초입에 모습을 드러냈다. 황가와 상검이 윤의 뒤를 따르고 있었다. 늘 익숙하게 여기던 세 사내-사내 둘과 내시 하나-를 마주한 순심의 눈이 휘둥그레졌다.

"어찌 그런 표정을 짓느냐? 누가 보면 귀신이라도 본 줄 알겠구나."

"아……. 이런 모습을 하신 것이 낯설어서……."

순심이 헤벌어진 입을 다물었다. 화려한 전립만이 전부가 아니었다. 윤은 위풍당당한 아청색 융복(戎服)[30] 차림이었고, 늘 검정 일색의 복장이던 황가 역시 처음 보는 청현색 철릭에 흑립을 갖추어 입고 있었다. 게다가…….

"마마님! 소인 모습이 어떻습니까? 소인 이런 철릭은 처음 입어봅니다! 아무리 여쭤봐도 저하께서는 자꾸 웃기만 하셔서 말입니다. 옷이 좀 큰가……?"

녹색 내시복 외에 다른 것을 입은 일이 없는 상검마저 철릭을 차

---

28 뺄나팔.

29 무관이 쓰던 벙거지.

30 조선시대의 군복.

려입었다. 상검의 체격에 맞는 철릭을 구하기가 어려웠는지, 길이는 땅에 끌릴 듯 길고 소매가 날개처럼 펄럭이는 데다 흘러내린 전립이 눈을 가리는 것이 문제였지만.

황가와 상검이 둘러멘 활과 화살통을 보고서야 순심은 오늘이 무슨 날인지를 상기했다.

"사냥대회가 오늘이었습니까? 깜빡 잊었사옵니다."

"그래. 일찌감치 인왕산으로 출발하려던 참이었다. 가는 길에 네가 그리워 잠시 들렀다."

그러나 그녀가 그리웠노라는 윤의 달콤한 고백은 뒷전. 순심은 활을 구경하느라 여념이 없었다.

"활이 엄청 큽니다, 저하."

순심의 시선에 감탄이 어렸다. 상검이 짊어진 것은 각궁(角弓)[31]. 푸른색과 금박으로 화려하게 치장된 각궁은 분명 세자의 것이었다. 그러나 순심의 눈길을 잡아매고 있는 것은 황가가 메고 있는 거대한 활이었다. 각궁도 과히 작지 않았으나, 황가가 든 활은 압도적인 크기와 위용을 자랑했다.

"정량궁(正兩弓)이옵니다, 궁녀님. 무관들이 사용하는 활 중에서 가장 멀리 나가는 것입니다."

"아……."

순심이 감탄의 시선으로 거대한 정량궁을 바라보았다. 정량궁은 길이가 다섯 자[32]가 넘는 국궁(國弓)이었다. 무과를 치를 때 사용하는 활이었으므로 무관이라면 정량궁을 다룰 줄 알았으나, 워낙 무거운 데다 엄청난 힘이 필요했으므로 사냥에서 쓰이는 일은 극히 드물었다.

---

31 짐승의 뿔로 만든 활.

32 약 150cm

"저하께서도 사냥을 하시는 것입니까?"

"하기야 하겠지만 나는 활을 잘 다루지 못한다. 여우는커녕 멧새라도 한 마리 잡으면 대단한 일일 것이다."

윤이 대수롭지 않게 대꾸하며 웃었다. 어차피 무(武)보다는 문(文)을 숭상하던 시절. 왕세자가 무예에 능하지 못하다 하여 흠이 되지는 않았다.

"위험하지 않겠습니까? 활을 쏘는 이가 한두 명이 아닐 것인데……."

"나를 제외하고는 모두가 숙련된 자들이다. 나 하나만 조심하면 위험한 일은 없을 것이다."

"하지만……."

순심이 걱정스러운 눈길로 윤을 바라보았다.

"그래도 정 걱정이 되는 것이더냐?"

순심을 마주 보던 윤이 황가와 상검에게 명했다.

"밖으로 물러가 있으라. 내 곧 가겠다."

"예, 저하."

이내 거대한 활을 멘 황가와 상검의 모습이 낙선당 밖으로 사라졌다. 안뜰에 남은 윤은 미동 없이 순심의 얼굴을 응시했다. 폭풍과도 같았던 며칠은 순심의 뺨을 해쓱하게 만들었고, 그 탓에 그녀의 얼굴에서는 큰 눈동자와 붉은 입술이 도드라졌다. 그는 그녀의 얼굴에서 병증의 흔적이 완전히 사라졌음을 깨닫고 안도했다.

황가와 상검이 사라진 것을 확인한 윤이 성큼 그녀에게 다가갔다. 생각해보면 우여곡절이 많았던 지난 며칠간이었다. 그가 순심을 품에 폭 끌어안았다.

"그리웠다, 순심아."

윤의 너른 가슴 안에 폭 잠겨 있던 순심이 고개를 들어 올렸다. 그녀의 말간 얼굴에 궁금하다는 듯한 기색이 번진다.

"하오나 어제도, 그제도 저하께서는 소인을 찾아오신 것을요."

"그간 어디가 아프지 않은가, 혹시라도 열이 나지는 않나 노심초사하며 마주하지 않았더냐. 이렇게 아픈 데 없이 건강한 네가 몹시 그리웠다."

"걱정을 끼쳐드려 송구합니다. 저하 덕에 이제 다 나았습니다."

"송구하다면, 앞으로 그러지 않으면 된다."

그녀를 품에 안은 채 윤은 순심의 등을 부드럽게 쓰다듬었다.

"이상하지. 보아도 보아도 그립다. 얼굴만 보아서는 도저히 성에 차지가 않아⋯⋯. 이렇게 내 품에 넣어 가두지 않으면 당장이라도 바람처럼 사라질 것 같구나."

"보아도 보아도 그립다⋯⋯."

순심이 윤의 말을 조그맣게 되뇌었다.

"소인도 그 말이 어떤 의미인지 알 것 같습니다, 저하."

윤이 아쉬운 듯 중얼거렸다.

"나는 본래 사냥을 즐기지 않아. 너와 시간을 보내면 좋을 것을."

"사냥이라는 것⋯⋯. 소인은 한 번도 본 적이 없어 조금 걱정스럽습니다."

순심의 얼굴을 내려다본 윤이 빙긋 웃었다.

"살생을 하는 것이 내키지 않아 좋아하지 않을 뿐이다. 그다지 위험하진 않다. 설령 맹수가 나타난다 해도 무인들이 수십이니 걱정할 것 없다."

웃음기가 밴 음성을 듣고서야 안심이 되는 듯, 순심이 고개를 작게 끄덕였다. 윤이 말을 이었다.

"정 걱정된다면, 내게 행운의 정표를 다오. 그리하면 내 오늘 사냥을 무사히 마칠 것 같으니."

"정표요? 무엇을요?"

"내가 바라는 것이 무엇인지, 내 눈만 보아도 알 수 있지 않으냐?"

"으음."

순심이 고개를 들었다. 그녀가 윤의 눈을 뚫어져라 응시했다. 그의 눈 안에 아로새겨진 것은 욕망과 갈망. 아무리 껴안고, 사랑을 속삭이고, 미래를 맹세해도 좀처럼 해소되지 않는 그녀를 향한 갈증이다. 그의 눈동자 속에는 맹목적일 만큼 오직 순심, 순심뿐이었다.

허리에 감겨 있던 윤의 팔이 그녀를 조금 더 가까이 끌어당겼다.

"하아……."

몸을 조이는 손길. 나지막한 숨결과 함께 순심의 입술이 벌어지고, 그 순간을 놓치지 않은 윤은 그녀의 입술에 입 맞추었다.

몸을 감싼 짙푸른 융복 자락 속에서 순심의 세상이 빙글 돈다. 달콤한 백단 향기가 가을날의 스산한 공기와 뒤섞여 왈칵 밀려들었다. 윤의 입술 안에 갇혀 숨이 막혔다. 숨결이 거칠게 차오르고 호흡이 가빠졌다. 문득 이대로, 그녀를 감싼 출렁이는 아청빛 파도에 녹아내려 사라질지 모르겠다는 생각이 들 만큼.

"아바마마께서 내리셨던 어명……. 아직까지 나는 잘 지키고 있다. 그렇지 않으냐?"

맞닿았던 입술이 떨어지며 들려오는 아쉬운 한숨 소리.

"그러나 순심아. 솔직히 내가 언제까지 버틸 수 있을지……."

순심의 이마에 입술을 포개며 윤이 속삭였다.

"나 자신도 나를 모르겠구나."

十三章.
생(生)과 사(死)

　왕세자가 몸소 참여하는 유렵이 열린 것은 실로 오랜만의 일. 윤을 선두로 한 행렬은 일찌감치 인왕산으로 출발했다.

　말에 오른 왕세자를 비롯한 종친들, 높은 품계의 문무관들이 행렬의 선두를 이루었다. 말을 탄 이들의 뒤에는 황가와 같은 하급 무관들이 나름의 전의를 불태우고 있었다. 무관들 뒤로는 상검과 같이 주인의 뒤치다꺼리를 하기 위해 따라나선 자들이 줄지었다. 행렬의 마지막에 위치하는 것은 짐승을 찾아낼 몰이꾼들로, 이들 대부분은 민간에서 동원된 백성들이었다.

　우우우웅-

　나팔수가 뿔로 만든 각을 길게 불었다. 뿔나팔 소리가 기기한 괴석들로 둘러싸인 산자락에 울려 퍼졌다.

　근 십 년간 열린 적 없는 유렵. 비록 왕이 아닌 왕세자를 위한 것이었고, 사냥이 왕실의 축제이던 시절에 비할 바는 아니었으나 행렬은 제법 길고 화려했다.

　"사냥하기에 참으로 좋은 날씨입니다. 그렇지 않습니까, 형님?"

윤과 나란히 말을 달리던 금이 물었다.

"바람이 차다. 이리나 여우가 기승을 부릴 철이 왔구나."

"사냥을 즐기지 않는다 하시더니, 막상 사냥터에 도착하니 눈빛부터 달라지셨습니다, 형님."

"내가? 글쎄다. 꿩이나 한 마리 잡는다면 다행이겠지."

마지못해 나온 것이라 해도, 세자의 가례를 경하하기 위해 치러지는 사냥대회였다. 싫어도 티를 내지 않으며 살아온 세월이 한두 해던가. 윤이 상검에게 건네받은 각궁을 손으로 쓱 쓰다듬었다.

아직 사냥이 시작되지 않은 시각. 행렬은 완만한 산길을 오르고 있었다. 인왕산은 돌산인 데다 걸어서 따르는 이들이 대부분이었기에 말을 탔을지언정 속도는 빠르지 않았다. 투덕투덕하는 말발굽 아래 인왕산에 유독 많은 회색 화강암들이 바닥을 굴렀다.

"훤이 오지 않아 안타깝구나."

각궁을 매만지던 윤이 입을 열었다.

"날이 추워지며 다시 해수가 재발한 모양입니다. 형님께서 보내 주신 인삼을 먹고 기운을 차렸다기에 오늘은 볼 수 있을 줄 알았더니……."

"늘 저렇게 병치레가 잦아 마음이 쓰인다. 곧 괜찮아지리라 생각하다가도 걱정이 많구나."

"저도 그렇습니다. 훤의 나이 이제 고작 약관 아닙니까. 한창 기운이 넘칠 때에 저리 자주 앓아눕는 것을 보니 마음이 편치 않습니다."

그때였다. 윤과 금의 뒤에서 말의 옆구리를 차며 튀어나온 젊은 사내.

"저하, 연잉군 대감."

연령군 훤과 비슷한 또래로 보이는 스무 살 남짓한 사내. 그는 한눈에도 꽤나 지체가 높음을 알 수 있는 차림을 하고 있었다. 은실로 수를 놓은 보랏빛 융복은 군복이라기엔 지나치게 호사스러웠다.

그를 바라보는 윤과 금의 시선은 온도차가 뚜렷했다.

"탄. 너도 곁에서 말을 달려라. 이럴 때 아니면 달리 얼굴 보기도 힘든 처지인데 어이하여 뒤에 처져 있느냐?"

'탄'이라 불린 사내에게 꽤나 온화한 어조로 말을 건네는 윤.

"실제 임금의 자식들보다 방계(傍系)[33]가 더욱 화려한 의관을 하고 있으니, 누가 진짜 왕자인지 모를 지경이다. 그렇지 않은가, 탄?"

그리고 분명한 적의가 드러난 시선으로 그를 응시하는 금.

"연잉군 대감, 어찌 그리 섭섭한 말씀을 하시옵니까. 소인은 금상과 저하께서 소인의 증조모에게 베풀어주신 은혜에 감복하고 있을 따름입니다. 왕자니 군(君)이니를 따지지 마시고, 단지 소인의 의복에 대한 취향이 경박함을 탓하소서."

탄이라 불린 사내 역시 상당한 내공이 있는 모양이었다. 그가 적개심을 감추지 않는 금의 말을 태연하게 맞받아쳤다. 윤이 사냥터를 살피기 위해 말을 달려 떠난 이후에도 금과 탄의 살벌한 언쟁은 계속되고 있었다.

"핏덩이 주제에 여전히 입만 살았구나, 탄."

"그렇습니까? 소인 보기에는 연잉군 대감도 참으로 기질이 여전하십니다."

"감히 여기가 어디라고 그런 경망한 꼴로 찾아와 저하의 심기를 어지럽히는가."

싸늘한 금의 음성. 그러나 탄은 눈 하나 깜짝하지 않고 씩 미소를 지었다.

"저하의 심기를 어지럽히다니요. 저하는 소인을 반가이 맞아주셨거늘, 지금 심기가 어지러운 것은 연잉군 대감뿐인 듯하오이다. 혹여, 혹자들이 수군대듯이 연잉군께서 '저하'라는 이름으로 불리기를

---

33   시조가 같은 혈족 중 직계에서 갈라져 나온 친계(親系).

128

바라는 것 아닙니까?"

"뭐라?"

안 그래도 차디차던 금의 눈빛에 살기가 어렸다.

"그리 입을 놀리다 사지가 찢겨 죽을 날이 올 것이다."

"그것이 대감의 바람이십니까?"

"닥쳐라, 밀풍군."

"예, 대감. 그러지요."

그의 이름은 이탄(李坦).

그는 '탄'이라는 이름보다 밀풍군(密豐君)이라는 군호로 더 잘 알려져 있었다. 탄에게 군호가 붙어 있는 것은 그가 먼 과거 비운에 세상을 떠난 소현세자(昭顯世子)의 증손자이기 때문이었다.

금해 봄, 긴 세월 조선왕조의 숙제로 남아 있던 소현세자빈 민회빈 강씨(愍懷嬪姜氏)를 복권하는 절차가 이루어졌다. 이로 인해 밀풍군 이탄 역시 죄인의 후손이라는 굴레에서 벗어났다. 탄이 왕실의 공식 행사에 종친 자격으로 모습을 드러낸 것은 오늘이 처음이었다.

"저하!"

행렬이 인왕산 선바위 근방에 다다랐을 무렵. 맨 앞으로 나가 전경을 살피던 겸사복이 달려와 윤의 앞에 부복했다.

"저하, 앞쪽으로 바윗길이 끝나고 흙길이 펼쳐집니다. 산세가 첩첩하여 어슬하니 작은 산짐승과 여우의 모습이 보였습니다. 과거에도 사냥터로 쓰였던 장소이니, 이보다 나은 곳이 없을 줄 아뢰옵니다."

윤이 겸사복이 가리키는 앞을 응시했다. 등줄기가 소슬할 정도로 시리게 뻗어나간 푸른 하늘 아래 핏빛처럼 붉게 물든 가을 숲. 매인지 솔개인지 알 수 없는 새가 허공을 비행하고 있었다. 날 선 바람에 스친 침엽수 이파리들은 괴괴하게 서걱거렸다.

"이쯤이면 훌륭하겠구나. 사냥을 시작하라."

윤의 허락이 떨어졌다.

"수렵을 시작하랍신다!"

관원이 목청껏 외쳤다. 이내 우웅- 온 산야를 울리는 뿔나팔 소리가 곳곳에 튀어나온 기암괴석들에 부딪쳐 메아리쳤다.

"우와아아!"

행렬의 뒤편에서 대기하던 몰이꾼들이 달려 나가며 우렁찬 함성을 내질렀다. 동시에 말을 타고 있던 무관들의 대열이 흩어졌다. 누가 시키지 않았음에도 무관들은 자연스레 당파에 따라 소론과 노론으로 나뉘었다. 소론들은 윤의 뒤, 노론 문무관들은 금의 뒤에 정렬했다.

"저하."

불쑥 말을 달려 곁으로 다가온 탄이 윤에게 말을 건넸다.

"무슨 일이냐?"

"가장 수렵을 많이 한 자에게는 무엇이 주어집니까?"

"짐승 가죽과 은이 주어진다. 무관이라면 품계 역시 올려줄 것이다."

"탐나는 상입니다."

탄의 시선이 확연하게 구분된 윤과 금의 무리를 보았다. 왕세자의 뒤보다 연잉군의 뒤를 따르는 무관의 수가 곱절이나 많다니, 기이한 불균형이었다. 그러나 윤에게서는 별다른 기색을 찾을 수 없었다.

"소인 탄, 저하의 뒤에 서겠습니다."

탄이 말 머리를 돌려 윤의 뒤쪽으로 향했다.

"가자!"

윤이 말의 옆구리를 걷어찼다. 히힝! 말이 콧김을 뿜었다. 잘 훈련된 적갈색 준마가 우거진 숲을 향해 달려 나갔다. 곧이어 말에 탄 무관들과 말에 오르지 못한 곱절의 병졸들이 뒤를 따랐다.

여우사냥의 시작이었다.

* * *

"마마님, 탕약을 가져왔습니다요."

키 작은 나인 하나가 순심을 찾았다. 나인의 손에는 탕약이 올라간 소반이 들려 있었다. 문 내관이 두고 간 내훈을 뒤적이던 순심이 배꼼 문밖을 내다보았다.

"탕약이 늦어 송구합니다."

소반을 내려놓은 나인이 깍듯하게 고개를 숙였다.

"괜찮습니다."

순심은 낙선당을 들락거리는 동궁전 궁녀들과 과히 가깝지도, 그렇다고 예전처럼 적대하지도 않는 상태를 유지하고 있었다.

"마마님께서 아실지 모르겠지만……. 근래 소주방에 흉한 일이 있어서요."

"아……. 들었어요."

"예. 사실 탕약이나 차를 마련하는 것이 그 죽은 나인의 일이었거든요. 누가 그 나인이 하던 일을 맡을지가 확실하지 않아서……. 그래서 탕약이 좀 늦었습니다."

"저는 괜찮아요. 고맙습니다."

"별말씀을요. 탕약을 드시고 사발은 마루에 내놓으세요. 소인이 챙겨 가겠습니다."

꾸벅 절을 한 나인이 낙선당을 떠났다.

"먹기 싫은데……."

소반 위에 오도카니 놓인 탕약 사발을 바라보는 순심의 표정은 밝지 않았다.

병증은 완전히 사라졌다. 의관이 다시 보낸 약재는 병을 치료하는 것이 아닌 기력을 보하는 보약이라 했으나 선뜻 손이 가지 않았다. 약재의 부작용 때문에 크게 앓은 적 있는 순심이었다. 탕약 사발을 보는 것만으로도 속이 울렁거렸다.

"으……. 써."

그러나 윤의 걱정스러운 눈빛을 생각하면 차마 탕약을 마다할 수 없는 노릇. 꿀꺽꿀꺽, 단숨에 탕약을 들이켠 순심이 소반에 놓여 있던 조란 한 알을 입에 넣었다.

"응?"

꿀에 절인 조란의 맛으로도 채 가려지지 않는 쓴맛. 인상을 찌푸리고 있던 순심의 표정이 밝아졌다. 이내 피둥피둥 살이 오른 고양이가 쪼르르 안뜰을 가로질러 달려왔다.

"우리 금손이, 참 오랜만이네?"

니야옹. 금손이 순심의 무릎 위로 풀쩍 뛰어올랐다.

"생각해보니 우리 그날 이후로 처음이지? 네가 후원으로 나 찾아왔던 날……."

문득 그 밤의 섬뜩한 공포가 떠오른다. 순심이 부르르 몸서리를 쳤다. 살을 에던 스산한 칼바람, 자욱한 물비린내와 음습하게 피어나던 물안개가 생생했다. 사무치도록 외롭고 무자비할 만큼 공포스러웠던 밤, 가장 먼저 순심을 찾아온 것은 윤이나 황가, 상검이 아닌 고양이 금손이었다.

"고마워, 금손아. 너 아니었으면 더 큰일이 생겼을지도 몰라."

야옹.

"넌 가끔 보면 사람이 안에 들어 있는 것 같아. 어쩜 이리 대답도 잘하고 똑똑하니?"

순심이 금손을 안아 올렸다. 오후의 녹작지근한 햇살 사이로 황금빛 털 오라기가 둥실 떠올랐다.

"과인도 금손이 녀석을 보며 그런 생각을 종종 하노라."

순간 들려오는 지엄한 음성. 선명한 붉은색 두루마기 위, 귀한 초피(貂皮)[34]로 만든 갓옷이 묵직하게 흔들렸다.

"전하!"

금손이를 껴안고 있던 순심이 다급히 자리에서 일어섰다. '야옹' 소리와 함께 금손이 바닥으로 뛰어내렸다.

"오늘 동궁이 사냥을 떠난 까닭에 궁궐이 몹시 고요하구나. 이런 날은 산책하기에 나쁘지 않지."

"어, 어이하여 따르는 이 없이 홀로 나오셨나이까, 전하."

왕이란 태산과 같은 존재. 잔뜩 긴장한 탓에 순심은 자꾸만 말을 더듬거렸다.

"평생 사관이며 내관이며 지밀들을 달고 다니지 않았느냐. 얼마 남지 않은 생은 자유로이 보내볼까 하여 홀로 나왔다."

"어찌 그런 말씀을 하시옵니까, 전하. 소, 소인 망극하여 몸 둘 바를 모르겠나이다."

얼굴이 새빨개질 만큼 당황한 순심의 사정과는 관계없이, 임금은 제집이라도 되는 양 마루 위에 털썩 주저앉았다.

"멀뚱멀뚱 서서 무얼 하고 있는고?"

"예?"

"앉거라."

"아, 예……. 전하."

금상께서 앉으라니 뻣뻣하게 서 있을 수는 없는 노릇. 그러나 감히 임금 곁에 엉덩이를 붙이고 앉는 것 역시 마음처럼 되지 않았다. 한참을 쭈뼛대던 순심이 가까스로 마루 끝에 걸터앉았다. 그런 마음을 아는지 모르는지, 그녀가 마루에 앉자마자 금손이 다가와 치마폭을 기어올랐다.

---

34   담비 가죽.

"본래 고양이를 좋아하느냐?"

"예? 아. 싫어하지는 않습니다만……. 곁에 두고 키워본 적은 없습니다."

"참 신기한 노릇이군. 금손이는 본래 사람을 몹시 가리거든. 한데 너에게는 스스럼이 없는 데다 몹시 어리광을 피우는구나."

"그, 금손이의 성격이 순하고 착한 까닭이 아닐까요?"

"전혀. 과인이나 너에게나 순하지. 제 성에 차지 않으면 삼정승의 비단옷자락도 북북 뜯어놓는 못된 놈이다."

"그렇사옵니까?"

순심이 제 무릎에 몸을 말고 있는 금손이를 내려다보았다. 금손이는 골골 소리를 내며 그새 꾸벅꾸벅 졸고 있었다.

"이 녀석도 나이를 꽤 먹어 나처럼 잠이 많아지는 모양이다. 그건 그렇고, 혹시 글을 읽을 줄 아느냐?"

"글이요? 문자를 잘 알지는 못하옵니다만 언문은 읽고 쓸 줄 아옵니다, 전하."

"그래? 마침 잘되었구나."

갑작스런 일이었다. 임금이 갖옷 안쪽에서 무엇인가를 꺼내 순심에게 내밀었다.

"이것이 무엇입니까, 전하?"

"펼쳐보아라."

꼬깃꼬깃 접힌 백지. 순심이 그것을 펼쳐 들었다. 백지에는 별 내용 없이 세필로 쓴 언문 몇 줄이 적혀 있었다.

"내 눈이 잘 보이지 않아 제대로 알아보기가 힘들구나. 무어라 쓰여 있는지 알려다오. 어떤 내용이더냐?"

"전하, 아뢰옵기 황공하오나 특별한 내용이 있는 것이 아니옵고……. 날짜를 적어놓은 것에 지나지 않습니다."

"그렇다면, 거기 쓰여 있는 대로 읽어보거라."

"예, 전하."

순심이 임금의 뜻에 따라 종이에 적힌 내용을 읊기 시작하였다.

"오월 십 일, 오월 십팔 일, 오월 이십구 일, 유월 육 일, 칠월 사일……."

순심이 또박또박 날짜들을 읽어내렸다. 그녀의 목소리에 귀 기울이던 임금이 물었다.

"이것이 끝이냐?"

"예, 끝입니다."

"그래. 서간을 이리 다오."

"예, 전하."

순심이 서간을 공손히 임금에게 내밀었다.

"이 서간이 무엇을 뜻하는 것으로 보이느냐?"

"예? 날짜를 써놓은 것으로……."

"아니, 무슨 까닭으로 굳이 날짜들을 한데 모아 적어놨는지, 연유가 궁금하여 묻는 것이다. 한번 생각해보아라. 이유가 무엇이겠느냐? 밤 몰래 날짜를 적은 서간을 들여다볼 이유 말이다."

"깊은 밤 몰래요?"

"그래."

"전하. 이 서간이 어떠한 배경으로 쓰인 것인지 소인이 알 수야 없겠습니다만……. 생각하기에 아마도……."

"아마도?"

곰곰 생각하느라 미간을 좁히고 있던 순심이 말을 이었다.

"적어놓은 날짜가 중요하기 때문 아니겠습니까? 잊지 말고 기억해야만 하는 비밀스러운 일이 있으니 적어놓은 것이 아닐까요?"

"그렇게 생각하더냐? 흐음……."

임금이 고개를 느리게 끄덕였다. 그는 무언가를 골똘히 생각하는 듯한 표정이었다. 이내 왕은 서간을 접어 다시 품 안에 넣었다. 물론 서간은 지난 밤 영빈의 침소에서 가져온 것이었다.

* * *

인왕산 자락에서 열린 사냥대회는 열기를 더해가고 있었다. 가장 많은 짐승을 사냥하는 무관에게는 진봉의 기회가 주어질 뿐 아니라 다량의 은자를 지급할 예정이었다. 그런 까닭에 대부분의 이들은 눈을 부릅뜨고 사냥감을 찾아 헤맸다.

평소 수렵에 취미가 없다 수시로 말해온 왕세자. 운이 좋았던 것인지, 혹은 실력을 숨기고 있었던 것인지 윤은 일찌감치 여우 두 마리를 잡았다. 더 이상 사냥에 마음이 없는 듯 각궁을 상검에게 건넨 그는 느리게 말을 달리며 사람들을 바라보고 있었다.

반면에 평소 무예를 즐기는 금의 뒤를 따르는 몸종들은 털이 탐스러운 여우며 노루 여러 마리를 전리품으로 챙겼다. 자신에 찬 모습을 보이던 밀풍군 탄 역시 큰 사슴을 잡는 성과를 올렸다. 그러나 그들과는 비교조차 되지 않을 만큼 눈부신 전과를 내고 있는 자가 하나 있었으니, 그는 다름 아닌 황가였다.

"세상에, 멧돼지를 화살 하나로 잡다니!"

"말도 말게. 정량궁을 들고 나오다니 처음엔 미친놈인 줄 알았지 뭔가. 누군가 뒤에서 붙잡아주지 않으면 시위조차 메기기 힘든 물건을 저리 쉽게 다루다니."

"그런가? 쇠뇌[35] 당기듯 하도 수월하게 화살을 쏘기에 저것이 정량궁인지도 몰랐네."

---

35 금속장치를 부착한 개량 활.

무장들 중 사냥을 즐긴다는 자들이 사슴 두어 마리를 잡고 있을 때, 황가가 사냥한 것들은 이미 멧돼지가 한 마리에 여우와 사슴이 열 가까이 되었다. 황가는 토끼나 꿩 같은 작은 짐승을 다른 이들에게 양보하는 아량까지 발휘하고 있었다.

그때였다.

"으아악!"

어디선가 들려오는 끔찍한 비명. 그와 동시에 천지를 뒤흔드는 맹수의 포효가 들려왔다.

크헝헝!

"범이다!"

"호랑이다! 호랑이가 나타났다!"

"사람 살려! 범이다!"

산짐승들을 몰기 위해 앞서 나가있던 몰이꾼들이 혼비백산하여 도망치기 시작했다. 그중 심약한 자들은 하늘을 찢어발길 듯 맹렬한 범의 기세에 얼어붙어 그 자리에 굳어버렸다. 순간 몰이꾼 하나의 몸뚱이가 허공을 날았다. 철퍽, 사람의 살과 뼈가 땅에 부딪치는 소리가 산중을 울렸다.

마침내 모습을 드러낸 범.

그것은 크기가 열 척[36]은 족히 될 법한 거대한 맹수였다. 제 세상에 침입한 인간의 존재를 인식한 범이 느리게 움직일 때마다 적황색 몸뚱이에 아로새겨진 줄무늬가 뱀처럼 꿈틀댔다. 범의 눈동자가 시뻘건 안광을 뿜었다.

"저, 저하!"

갑자기 울려 퍼진 상검의 목소리. 다른 데 시선을 둘 여유가 없었던 사람들은 그제야 깨달았다. 하필 범이 나타난 지척에 왕세자가

---

36 약 3미터.

있었다는 것을.

사복시에서 가장 뛰어난 준마는 잔등에 왕세자를 태운 채 얼어붙어 움직이지 못했다. 세자와 호랑이의 사이는 기껏 열 댓 척에 지나지 않았다.

그르릉…….

지옥처럼 검은 밑바닥에서 끓어 오르는 듯한 소리만이 울리는 산중. 모골을 송연하게 하는 적막이 맴돌았다.

"저, 저하! 저하!"

왕세자를 부르짖는 상검의 얼굴은 새하얗게 질려 있었다.

"모, 모두 활을 겨누어라!"

금이 다급히 지시했다. 우왕좌왕하던 자들이 그제야 시위를 물렸다.

호랑이의 눈은 불길을 뿜는 듯한 적황색. 대저 세상 사람들에게 범은 두려움의 대상이었다. 그러나 그 공포의 실체를 마주하지 않은 이들은 결코 알 수 없다. 어찌하여 해악을 끼치는 맹수를 산신(山神) 으로 모시고 영물로서 숭배하는지.

크르르릉…….

붉은 살점이 늘어진 범의 아가리 사이로 거대한 송곳니가 드러났다.

범을 바라보는 윤의 얼굴은 파리했다. 그의 눈앞에 있는 맹수는 공포의 대상이 아닌 공포 그 자체. 저것은 죽음이다.

"……."

극한의 공포를 맞닥뜨리면 오히려 침착해진다는 말이 사실인 것일까. 그가 느끼는 감정은 두려움과는 거리가 멀었다. 그저 윤은 무언가에 홀린 사람처럼 불길이 뚝뚝 떨어지고 있는 호랑이의 눈을 바라볼 뿐이다.

사람의 영역에서 인왕산으로 넘어온 윤과 짐승의 영역인 숲에서 걸어 나온 범. 그들이 대치하고 있는 얼마 안 되는 거리는 그야말로 생(生)과 사(死)의 경계.

윤은 초연히 죽음에 대해 생각한다. 이렇듯 삶의 모퉁이에서 불쑥 불쑥 튀어 나오는 것이 죽음일진대, 어찌 그것을 모르고 타인의 죽음에만 집착하며 살았던 것일까.

그 순간, 우왕좌왕하는 무관들을 지나쳐 거대한 정량궁을 겨누며 세자의 곁으로 뛰어든 사내. 황가가 쏜 육량전(六兩箭)[37]이 허공을 갈랐다.

크르릉!

육량전은 범의 이마 한가운데에 명중했다. 쇠로 된 촉이 두개골을 관통하는 소리가 들림과 동시에 산신의 포효가 천지를 뒤흔들었다. 이어 숨을 고를 틈도 없이 재차 쏘아진 화살. 화살은 고통에 아가리를 벌리던 범의 입 안에 빨려 들어가듯 꽂혔다. 뒤이어 또 한 발의 화살이 숨통을 꿰뚫었다. 세 번째 화살이 명중한 순간, 범의 눈동자 속에서 이글이글 타오르던 불길이 꺼졌다.

쿵! 하는 육중한 소리와 함께 호랑이의 몸뚱이가 넘어갔다.

시뻘건 범의 입에서 쏟아지는 검은 피. 맹수는 김이 무럭무럭 오르는 피웅덩이 속으로 고꾸라졌다.

그제야 윤은 참았던 숨을 토했다. 팽창된 신경 탓에 온몸의 살갗이 터질 듯 따끔거렸다. 눈앞에 널브러진 것은 그를 현혹하여 죽음으로 이끌려던 사신이었다. 무어라 외치며 울부짖는 사람들의 음성이 귓전에 웅웅대며 맴돌았다.

"저하, 괜찮으십니까?"

황가의 목소리가 들렸다. 황가의 손에 들린 정량궁을 본 후에야 윤은 그가 범을 쏘아 넘어뜨렸음을 깨달았다.

"……그러하다. 그런 것 같다."

그때였다. 마지막 숨을 몰아쉬던 범이 자리에서 일어나려는 듯 꿈틀거렸다. 순간 쏟아지기 시작한 화살의 비. 멀찍이 물러나 있던 수십의

---

37   육량궁, 정량궁에 사용되던 대형 화살.

무관들이 경쟁적으로 쏘아댄 화살이 푸르던 하늘을 시커멓게 물들였다. 핑핑 날아온 화살들이 흙바닥에 꽂히며 뿌연 모래먼지가 일었다.

그 순간 어디선가 날아온 유시(流矢)[38]. 윤의 귓전에 쌩하니 칼바람이 불었다. 동시에 '퍽!' 살점을 꿰뚫는 둔탁한 소리가 들렸다.

"으윽!"

날아온 화살은 황가의 어깨 뒤쪽을 관통했다. 윤과 범에게 온 신경을 쏟으며 무거운 정량궁을 지탱하고 있던 황가는 화살의 충격에 중심을 잃었다. 그가 풀썩 앞으로 나동그라졌다. 황가의 얼굴이 마른 흙바닥에 처박혔다.

"멈추어라! 당장 멈추란 말이다!"

윤의 괴성에 가까운 일갈이 산자락을 뒤흔들었다. 쏟아지던 화살의 비가 거짓말처럼 멈추었다. 이내 뒤편에 물러서 있던 자들이 우르르 윤을 향해 달려갔다.

"저하! 무사하시옵니까?"

"저하! 다치지 않으셨나이까?"

"저하, 예체를……."

정작 왕세자가 위험에 처했을 때는 오합지졸처럼 우왕좌왕하던 이들. 그들은 모든 것을 내던지기라도 할 기세로 앞다투어 몰려들었다.

"비켜라."

"하오나, 저하!"

"부상자가 보이지 않는 게냐? 당장 의관을 불러오라!"

그제야 윤을 둘러쌌던 자들이 옆으로 물러섰다. 가까이서 황가의 모습을 확인한 윤의 표정이 일그러졌다.

"황가야."

"으윽……."

---

38 빗나간 화살. 혹은 누가 쏘았는지 모르는 화살.

그를 불러보지만, 돌아오는 것은 대답이 아닌 고통에 받친 긴 신음이었다.

"의관을 데려오라, 당장!"

윤이 목소리를 높였다. 사냥터에서 부상자가 생기는 경우는 드물지 않았다. 그러나 황가를 맞힌 화살은 예상보다 훨씬 깊숙이 박혀 있었다. 살을 뚫고 파고들어간 살대는 거의 보이지 않았다. 화살 끝을 장식한 흰 깃털로 보아 백우시(白羽矢)[39]라는 것을 알 수 있을 뿐이었다.

"황가야."

윤이 다시금 황가의 이름을 부른다.

"황가."

"……예, 저하."

"정신이 드느냐?"

"예. 참을 수 있사옵니다, 저하."

쓰러져 있던 황가가 고통스러운 숨을 토하며 손을 짚었다. 윤이 그를 저지했다.

"일어나지 마라. 의관이 올 것이다."

"저하, 소인 일어날 수…… 있습니다."

"그 입 다물라."

윤이 냉랭하게 대꾸했다. 화살은 어깻죽지 뒤에서 꽂혀 쇄골까지 박혔다. 목숨에는 지장이 없겠지만 결코 경미한 부상은 아니었다.

유악(帷幄)[40] 아래서 볕을 피하고 있던 의관이 황급히 달려왔다. 황가의 상태를 살피던 의관이 난감한 듯 미간을 모았다.

"치료할 수 있겠느냐?"

윤이 초조한 표정으로 물었다.

---

39 흰 깃이 달린 화살.

40 기름칠을 한 천막.

"예, 저하. 그러나 화살이 워낙 깊이 박혀 여기서는 손을 쓰기 어렵습니다. 피를 과도하게 쏟아 위험한 상태가 되기 전에 내의원으로 돌아가 치료하는 것이 좋을 듯합니다."

윤이 벌떡 자리에서 일어섰다. 그가 곁에 서 있던 좌익위(左翊衛)[41]에게 명했다.

"당장 황가를 궁궐로 데려가라."

좌익위가 황가의 모습을 살폈다. 그가 윤에게 고하였다.

"저하. 황진기의 상태가 위중하여 말을 타기는 어려울 듯하옵니다. 업어 옮기다간 시각이 지체될 텐데……."

"한시가 급한데 어찌 업고 간단 말이냐? 채여(彩輿)[42]가 있으니 태워 옮기도록 하라."

"하오나 저하, 채여는 궁중의 귀중한 물건을 운반하는 것입니다. 채여에 고작 구품 무관인 황진기를 태울 수는 없지 않겠습니까?"

"뭐라……."

윤의 얼굴이 혐오로 일그러졌다. 돌변하는 세자의 표정을 본 좌익위가 당황한 듯 멀뚱대며 윤의 눈치를 살폈다.

"다시 말해보라."

"그, 그것이 저하……. 궁궐의 법도가……."

윤의 불호령이 떨어졌다.

"나서야 할 때는 뒤쪽에서 눈치만 살피다가, 위험이 지나가니 한다는 소리가 고작 그것이냐? 품계가 낮은 자이기에 채여를 탈 수 없다고? 황가는 웃전인 나를 위해 본분을 다했다. 그런데 좌익위 자네는, 세자를 지켜야 하는 본분과 아랫것인 황가를 돌보아야 하는 본분 둘 중에 무얼 지켰더냐!"

41 　세자익위사의 정오품 무관직.
42 　귀중품을 옮기는 데 사용하는 가마.

노기를 띤 윤의 음성. 그가 내뱉는 음절마다 경멸과 쓰디쓴 분노가 묻어 나왔다.

"소, 송구하옵니다 저하. 분부 받잡겠사옵니다. 채여를 가져오겠나이다!"

좌익위가 다급히 고했다. 모여 있던 문무관들 역시 긴장한 표정으로 세자의 모습을 살폈다.

평소 지나칠 정도로 신중함이 과하여 섣불리 음성을 높이지 않는 윤이었다. 그러나 끝내 터지고만 세자의 분노 앞에서 신료들은 할 말을 잃고 어물쩍댔다.

"형님! 괜찮으십니까? 형님! 죽지 마십시오! 황가 형님⋯⋯."

심약한 사람의 경우 호랑이의 눈을 보는 것만으로 다리에 힘이 풀려 주저앉곤 했다. 범이 죽어 고꾸라지는 것에 이어 황가가 화살에 맞는 장면까지 충격적인 일들을 연달아 목격한 상검의 정신이 혼미한 것은 당연한 일. 가까스로 황가의 곁으로 다가간 상검이 울먹이며 그를 불렀다.

"형님! 으흐흑⋯⋯."

"⋯⋯안 죽었다."

"그걸 말이라고 하십니까? 으흑⋯⋯."

채여를 가져온다, 지혈을 한다, 내의원에 사람을 보내 부상자가 있음을 알린다⋯⋯. 주변은 소란하기 짝이 없었다. 부산한 목소리가 조금 잦아들었을 무렵, 황가가 무거운 눈꺼풀을 들어올렸다.

극심한 고통이나 두려움이 느껴지지는 않았다. 본래 수련을 하다 보면 크고 작은 부상을 피할 수 없기 때문이었다.

황가는 왕세자의 명예를 드높이고자 사냥대회에 참가했다. 그러나 유시 따위에 맞아 땅바닥에 처박히는 신세가 될 줄이야. 차마 윤을 볼 면목이 없다는 생각만이 밀려왔다. 돌덩이로 누른 듯 묵직한 고개를 가까스로 돌리니, 무엇인가를 지시하고 있는 세자의 뒷모습이 보였다.

고개를 들어 올리려 용을 쓰는 황가를 본 상검이 그를 저지했다.

"형님! 이럴 때는 제발 가만히 좀 계십시오. 등짝에 화살을 꽂고설랑 대체 무얼 한다고 그리 꿈틀거립니까?"

"이런 걸로 죽지 않는다. 호들갑 좀 그만 떨어."

"아, 입 좀 다물라고요! 차라리 죽은 척이라도 하라고요!"

상검이 바락 소리를 질렀다. 황가의 입술 사이로 헛웃음이 흘러나왔다.

"……그것도 나쁘지 않겠네."

상검의 말이 마음에 든 탓일까. 내내 눈을 부릅뜨고 버티던 황가의 눈꺼풀이 닫혔다. 문득 만사가 귀찮다는 생각이 들었다. 등줄기를 타고 뜨끈한 무언가가 주룩 흘러내렸다. 몸의 감각이 영 이상했다. 뜨뜻한 감각이 사라지자마자 이내 얼음송곳으로 살을 찢는 듯한 서느런 오한이 몸을 관통했다.

"어서 옮겨야겠습니다. 출혈이 심해 정신이 혼미해진 듯합니다."

황가가 혼절했다 여긴 의관이 다급하게 외쳤다.

"황가야."

윤이 고요히 황가를 부른다. 황가가 윤의 호위가 된 지 두 달 남짓. 그러나 그가 보인 충심은 두 달 치라기엔 너무나 크고 무거웠다.

사냥대회에 참가한 이들 중에는 평생 윤을 지지해온 소론유력자들도 있었고, 왕세자를 보호하는 것이 의무인 세자익위사의 무관들도 있었다. 그러나 그들 중 범이라는 이름의 사신 앞에서 윤을 위해 스스로를 내던진 자는 오직 하나, 황가뿐이었다.

흙바닥에 무릎을 꿇은 윤이 황가의 귓가에 얼굴을 가져갔다. 모로 누운 채 가쁜 숨을 내쉬던 황가가 실눈을 떴다.

"황가야."

"예, 저하……."

"출혈이 심하다. 절대 의식을 놓지 마라. 정신을 잃어서는 아니 된다. 알겠느냐?"

"예. 명심하겠습니다."

윤이 고개를 끄덕였다. 자꾸만 감기는 눈꺼풀을 억지로 들어 올리며 황가가 고하였다.

"이런 꼴을 보여 송구하옵니다, 저하……."

"알면 되었다."

윤이 고개를 끄덕였다.

"앞으로는 이런 일이 없도록 하라. 알겠느냐?"

"예, 저하."

"내 사람이 다치는 것은 한 번으로 족하니."

내 사람.

황가의 눈에 빛이 돌아왔다. 거듭 붙잡으려 애썼으나 자꾸만 까무룩해지던 정신에 불이 번쩍 켜졌다. 목이 메는 것은 그저 통증 탓에 숨을 쉬기가 힘들기 때문이리라.

"예. 저하. 신…… 황가, 명 받들겠사옵니다."

"순심아."

문밖에서 들려오는 구월의 목소리. 날이 제법 쌀쌀하여 방 안에 있던 순심이 문을 열었다.

"구월아. 이 시간에 어인 일이야? 한창 바쁜 시간일 텐데……."

해가 중천. 아직 점심때가 채 되지 않았다. 끼니 전은 곧 부엌간이 가장 바쁜 시간임을 모를 리 없는 순심이 고개를 갸웃거렸다. 그러나 구월에게서는 대답이 없다.

"구월아, 무슨 일 있어?"

안뜰 한가운데 오도카니 서 있는 구월의 표정이 낯설었다. 무슨 일이 있나 싶어 순심이 방 밖으로 나오자, 터덜터덜 걸어온 구월이 마루에 털썩 주저앉았다.

"순심아, 방금 상궁 마마님이 다녀가셨는데……. 나보고 이제 수라간에 나가지 말래."

"수라간엘 나가지 말라고?"

"응. 수라간에 가지 말고, 나인 처소에 두었던 의복이며 내 물건들도 죄다 짐을 싸서 옮기라고……."

"뭐?"

순심이 반문했다. 구월은 당장이라도 울음을 터뜨릴 것 같은 표정을 짓고 있었다.

"짐을 대체 어디로 옮기라는 소리야? 그게 대체 무슨 소린데?"

"그게……."

구월은 잠시 뜸을 들였다.

"동궁전으로 옮기래. 내일부터 동궁전 소주방 나인으로 자리를 옮기라고……."

"구월아……."

순심은 차마 말을 잇지 못했다.

기뻤다. 같은 동궁전에서 생활하게 되었다는 것이. 순심에게 구월은 평생을 함께해온 가족이나 다름없었다.

그러나 한편으로는 미칠듯한 죄책감이 밀려들었다. 수라간은 구월이 궁궐에서 살아온 평생을 바친 일터였다. 매사 야무진 구월은 수라간 안에서 인정받는 나인이었고 사랑받는 궁녀였다.

낙선당에 홀로 뚝 떨어졌던 여름날이 생각났다. 그때 순심이 늘 그리워했던 사람은 왕세자가 아닌 구월이었다.

윤에게 청하여 구월을 동궁전 나인으로 삼았으면 하는 생각, 안해본 것은 아니었다. 그러나 순심은 제게 그런 권리가 없다고 여겼다. 순심이 생과방을 떠난 것은 자신이 응당 지고 가야 할 운명. 그러나 구월은 그렇지 않았기 때문이었다.

"미안해……. 구월아, 내가 정말 미안해……."

"……응?"

구월을 마주 볼 용기가 나지 않았다. 순심이 고개를 떨어뜨렸다. 그때였다.

"뭐가 미안하다는 거냐?"

"나 때문에 수라간을 떠나게 되었잖아. 네가 수라간 생활을 얼마나 좋아하는지 나도 잘 아는데……. 거긴 네 동무들도 많고……."

"야, 김순심!"

예고 없이, 구월의 손바닥이 순심의 등짝 위로 철썩! 떨어졌다.

"아야! 왜?"

"너 지금 뭐라고 시부렁대는 거냐? 너 설마, 내가 수라간 떠나기 싫어서 울먹거리는 줄 알았던 거야?"

"그, 그럼…… 아니야?"

순심이 눈을 깜빡였다. 구월이 기가 막힌다는 듯 헛웃음을 뱉었다.

"나 너무 좋아서 그런 거야! 기뻐서! 우리 김순심이랑 같은 곳에서 살 수 있게 된 게 너무 감격스럽고 감개무량해서!"

"저, 정말?"

"야! 그걸 말이라고 해? 수라간이 좋았던 건 네가 옆에 있어서 그런 거지. 종일 너랑 붙어 다닐 수 있고, 퇴청하면 같이 처소로 돌아가고 그런 생활이 좋았던 거지……. 지금은 아무 의미 없고 낙도 없는데……."

구월의 눈에서 눈물이 뚝 떨어졌다.

"열 살에 입궐해서 평생 가족처럼 지내온 네가 하늘로 솟은 것처럼 사라졌는데, 수라간 따위가 나한테 무슨 의미가 있냐? 매일같이 동궁전으로 보내달라고 얼마나 빌었는데……."

"구월아……."

순심이 구월을 와락 끌어안았다. 고여 있던 눈물이 왈칵 쏟아졌다.

"너 없었으면 나는 어떻게 살았을까 싶다, 구월아."

"웃기고 있어. 어떻게 살긴? 세자저하랑 알콩달콩 물고 빨고 핥고 잘 살았겠지."

"계집애. 남세스럽게 별소리를 다 한다, 진짜!"

순심이 행복한 표정으로 구월을 바라보았다. 절로 입가가 실룩대며 웃음이 나왔다. 눈물은 거짓말처럼 뚝 멎었다.

"그나저나 낙선당 마마님 뒷배가 좋긴 좋더라."

"뒷배? 무슨 뒷배?"

순심이 대체 무슨 소리냐는 표정으로 되물었다.

"지난번에 집에 좀 다녀오고 싶어서 출입패를 내달랬었거든. 그때는 간택 때문에 일손이 필요하다면서 허락을 안 해주더라고. 그런데 웬걸? 안 된다는 말 듣고 지레 포기하고 있었는데, 상궁 마마님께서 이걸 내주시지 않겠어?"

구월이 길쭉한 사각형의 패(牌)를 내밀었다. 그것은 외출할 때 필수적으로 지녀야 하는 출입패였다.

"집에 다녀와도 된대. 반나절이 아니고 종일! 수라간 나인일 때는 꿈도 못 꿨던 일이 동궁전으로 옮기자마자 생긴 거잖아. 이게 다 누구 덕이겠냐? 우리 김순심 마마님 덕 아니겠어?"

"덕은 무슨 덕. 동궁전으로 옮기게 되었으니 소식을 알리라고 내준 거겠지."

"그런가?"

이런들 어떠하고 저런들 어떠하리. 입이 귀에 걸린 구월이 출입패를 소중히 옷섶 안에 넣었다.

"순심아."

"응?"

"다시 네 곁으로 오게 돼서, 나 너무 기쁘다."

순심이 힘차게 고개를 끄덕였다. 그들이 서로를 마주 보았다.

순심에게 있어 동궁전이란 새로운 삶을 상징했다. 이제 구월의 삶 역시 그렇게 될 예정이었다.

십년 간 머물던 일터를 옮기는 것은 나름 큰일. 구월은 기쁨을 즐길 새도 없이 곧 제 처소로 돌아가야 했다. 구월이 떠난 후, 낙선당에 홀로 남은 순심의 입술 사이로 실실 웃음이 흘러나왔다.

문득 떠오른다. 낙선당에 처음 발을 들였던 당시의 쓸쓸했던 시간들. 온몸에 치덕치덕 달라붙는 외로움이 하도 사무친 탓에, 순심은 오가는 나비나 벌에게마저 말을 붙이곤 했다. 고양이 금손 외에는 그녀의 말에 대꾸하는 이 하나 없던 시절이었다.

그러나 이제 외롭던 시간은 저 뒤로 사라졌다. 낙선당 어디에도 외로움이나 슬픔은 남아 있지 않았다.

그때였다. 동궁전 담장 너머로 들려오는 부산한 소음. 누군가의 다급한 목소리와 나무로 만든 무언가가 움직이는 삐걱대는 소리, 바삐 움직이는 발소리가 뒤섞여 밖이 소란스러웠다.

"아직 시간이 이른데……. 무슨 일이지?"

혹시나 왕세자가 일찌감치 사냥터에서 돌아온 것 아닐까.

호기심을 참지 못한 순심이 낙선당 초입으로 달려나갔다. 그녀의 걸음이 우뚝 멈추었다.

"……."

제일 먼저 그녀의 눈에 들어온 것은 무관복을 입은 사내였다. 무관의 등에는 황가가 업혀 있었다.

축 늘어진 황가의 팔이 힘없이 흔들렸다. 그의 상체 대부분은 옷이 아닌 흰 무명천에 둘둘 감겨진 상태였다. 무명천은 본래 흰색이었다는 것이 믿기지 않을 만큼 선혈로 얼룩져 있었다. 훅 끼쳐오는 피비린내. 비명이 나올 것만 같아 순심은 제 입을 틀어막았다.

그 순간, 황가가 굳게 닫혀 있던 눈꺼풀을 느리게 들어 올렸다.

"황가 님······!"

시선이 맞닿았던 것은 순간에 지나지 않았다. 이유는 알 수 없다. 그러나 순심의 눈에서는 거의 즉각적이라 할 만큼 갑작스레 눈물이 쏟아지기 시작했다. 황가를 업은 거구의 무관이 순심의 앞을 스쳐 지나갔다.

"울지 마······."

끊어질 듯 힘겨운 음성이 희미하게 들려왔다.

"울지 마라······."

정녕 그것이 황가의 음성이었는지, 피를 보고 놀란 탓에 닥쳐온 환청이었는지 순심은 확신하지 못한다.

찰나의 순간 서로를 담았던 시선. 꽤 긴 세월 동안 그의 꿈속에 찾아들던 여인의 모습을 가두기 위해, 황가는 다시금 스르르 눈을 감았다.

* * *

해가 넘어가고 푸른 어스름이 몰려들 무렵. 유렵을 떠났던 왕세자 일행은 창덕궁 돈화문 앞으로 되돌아왔다.

범이 출몰하는 바람에 몰이꾼 하나가 중상을 입었고, 세자의 호위무사가 부상하는 사고가 있었으나 유렵은 예정대로 진행되었다. 오히려 호랑이를 사냥한 덕에 사기가 올라 수렵물은 여느 때보다 풍족했다.

범과 멧돼지, 여우를 비롯한 짐승들을 실은 채여는 숭례문 밖 사축서(司畜署)[43]로 금의환향했다. 대부분의 사람들이 범을 잡은 황가가 유시에 맞아 내의원으로 이송되었다는 사실을 잊었다.

---

43 가축, 잡축(雜畜)을 관리하는 관청.

"저하, 무사히 돌아오셨…….”

"황가는 어디 있느냐?”

다른 이는 잊었을지언정 세자만은 잊지 않았다. 윤은 거침없이 걸었다. 느릿한 속도가 마음에 차지 않아 그는 가마마저 거부했다. 마중 나온 문 내관이 다급히 윤의 뒤를 따랐다.

"내의원에서 화살을 제거하고 치료를 받았습니다. 상처가 깊기는 하나 젊고 건강한 자라 큰 문제는 없을 것이라 의관이 전하였습니다.”

"지금 어디에 있느냐? 가서 봐야겠다.”

"처소에서 쉬고 있사옵니다. 저하, 피로하실 터인데 일단 휴식을 취하시는 것이……. 목욕물을 준비해두었습니다.”

"아니다. 지금 가보겠다.”

윤은 고집을 꺾지 않았다. 얕은 한숨을 내쉰 문 내관이 그의 뒤를 따랐다.

낙선당을 지나치던 윤의 시선이 흘끔, 불 켜진 침소 문에 머물렀다. 순심 역시 그가 돌아오기만을 기다렸으리라. 그러나 모든 일에는 순서가 있는 법이다. 지금 윤에게 가장 급한 것은 황가의 상태를 확인하는 일이었다.

윤이 저승전 근방에 다다랐을 즈음 사방은 이미 어둑해져 있었다.

"참, 저하.”

문 내관이 퍼뜩 생각났다는 듯 고하였다.

"황가를 잠시 궐 밖으로 내보내는 것이 옳을 듯합니다. 환자를 궁 안에 두는 것도 엄밀히 따지면 법도에 어긋나는 일이니, 완쾌할 때까지 사가로 돌아가 있으라 하시는 것이 어떻겠나이까?”

"일단 상태를 보고…….”

그때였다. 저승전 입구를 지나쳐 장번방으로 향하던 윤이 우뚝 멈춰 섰다.

"저하, 다녀오셨사옵니까."

황가가 동궁전에 들어온 지 두 달 남짓. 언제부턴가 저승전 앞에 장 승처럼 서 있는 호위무사의 모습에 모두가 익숙해졌다. 깊은 밤, 왕세 자의 침전 문살 위에는 황가의 그림자가 늘 드리워져 있었다. 그런 까 닭에 윤 역시 하마터면 그를 지나칠 뻔했다.

"……황가."

윤의 표정이 당황으로 일그러졌다.

"네 어찌 여기 있는 것이냐?"

윤이 어둠 속에 서 있는 황가의 모습을 위아래로 훑었다. 기가 막 힐 노릇이었다. 그는 어깨를 거의 관통당하는 부상을 입었다. 화살은 작은 산짐승을 잡는 데 흔히 쓰이는 목전(木箭)[44]이 아닌 화살촉을 쇠로 만든 아량전(亞兩箭)[45]이었다. 그랬던 그가 여느 때와 똑같은 모습으로 저승전 문 앞을 지키고 있다니.

"화살을 빼고 치료를 받았습니다. 한동안 격렬한 활동은 어려울 것이나 저승전을 지키는 데는 문제가 없을 듯하여……."

"뭐라? 그래서 그 몸을 하고 여기 나와 있단 말이냐?"

"그것이 소인이 이곳에 있는 까닭입니다, 저하."

하도 어처구니가 없는 나머지 헛웃음이 날 지경이었다. 뒤에 서 있던 문 내관마저 질렸다는 듯 고개를 절레절레 흔들었다. 오직 황 가만이 미동 없이 제자리를 지키고 있을 뿐이었다.

"충심이 대단한 것인지 아니면 미련한 겐지 알 수가 없구나."

"……."

"오늘은 이만 들어가라. 사냥터에서 홀로 범을 잡은 것으로 충분 하다. 이것은 왕세자의 명령이니, 따르라."

---

44 나무로 만든 화살.
45 쇠심, 새의 깃털, 아교풀 등 일곱 가지 재료로 만든 화살.

"……예. 저하."

황가가 고개 숙여 인사했다. 머리를 수그리자 어깨에 찌르는 듯한 고통이 엄습한다. 어둠에 가려 보이지 않는 황가의 얼굴이 미미하게 일그러졌다.

"황가."

"예, 저하."

"네가 품은 뜻이 무엇인지, 네 마음속에 무엇이 들어앉아 있는지 나는 모른다. 그러나 이것 하나만은 말해주어야겠다."

황가는 잠자코 윤의 말을 기다렸다.

"네 몸을 중히 여기라. 나는 네가 저승전의 보초 따위를 서는 것보다 더 큰일을 할 수 있으리라 여긴다."

"예, 저하. 명심하겠사옵니다."

ㄷ)"용기만 앞서는 병졸은 엉뚱한 전투에서 가장 먼저 목숨을 잃는 법이다. 그러니."

윤은 왕세자로 살아온 긴 시간 동안 그의 삶을 지탱하고 견인했던 한마디를 전했다.

"기다리라."

"물러가라. 혼자 있게 해다오."

저승전의 목욕간 안. 뿌연 수증기를 헤친 윤이 문 내관에게 명했다.

"목욕간 앞에서 대기하고 있겠나이다."

"아니다. 물러갔다 한두 식경 후에 오라. 혼자 생각을 좀 하고 싶으니."

"알겠사옵니다, 저하."

다시 한 번 목욕물의 온도가 알맞은지 확인하고 무명천과 의복들이 잘 갖추어져 있는지를 살핀 문 내관이 목욕간을 떠났다.

본래 윤은 황가의 상태를 확인한 이후 낙선당에 들를 생각이었다. 그러나 황가에게 몸을 중히 여기라 당부한 직후 아닌가. 평소 편전과 동궁전만을 오가며 지낸 그였다. 긴 시간 말을 탄 데다 일생일대의 위기를 겪은 탓인지 피로감이 막중했다.

"후……."

목욕물에서는 감초와 귤피 냄새가 났다. 뿌연 운무 속에서 있던 그가 긴 숨을 토했다. 공단으로 지은 융복 자락이 습기를 머금어 축 늘어졌다.

윤이 지긋한 손길로 허리며 가슴팍 위아래의 매듭을 풀었다. 융복은 그가 평생 입어온 흑룡포와는 완전히 다른 옷이었다. 검을 휘두르고 활시위를 당기는 데 불편이 없도록 곳곳에 매듭을 짓고 트임을 준 옷. 분명 융복은 십수 겹을 겹쳐 입어야 하는 용포와는 비교할 수 없을 만큼 편한 의복이었다.

그러나 윤에게는 그런 융복의 활동성이 오히려 편치 않았다. 그가 속하지 않은 세계의 물건처럼 느껴졌기 때문이었다.

융복과 답호(踏胡)[46], 삼아[47]가 바닥으로 떨어졌다. 단의(單衣)[48] 차림의 윤이 목욕통 안으로 들어갔다. 따뜻한 물살이 홑겹을 적시며 종일 노곤했던 몸을 쓰다듬었다. 옷을 입은 상태로 하는 목욕이 갑갑하게 느껴진 그가 옷고름을 풀었다.

이런 완벽한 자유가 찾아온 것은 오랜만의 일. 더운 물에 몸을 담근 채 윤은 그에게 벼락처럼 닥쳐들었던 죽음을 상기한다.

범과 마주 보고 있던 짧은-그러나 실제로는 억겁처럼 길게 느껴졌던- 시간. 그는 죽음의 실체를 마주했다. 그것은 지금껏 그가 생각해왔던 것처럼 공포스럽거나 슬픈 느낌은 아니었다. 오히려 종잇장의

---

46 무관복의 하나로 겉옷 위에 입는 소매 없는 옷.
47 저고리.
48 속곳.

앞뒷면처럼, 생과 사가 씨실과 날실처럼 뒤엉켜 있는 것이 삶임을 깨닫는 계기가 되었을 뿐.

그러나 죽음의 의미를 곱씹을 여유는 주어지지 않았다. 범이 죽고, 황가가 부상을 입었다. 혼란 그 자체였으나 윤은 태연하게 제 의무를 다해야 했다. 유렵은 그의 가례를 감축하기 위해 열린 것이었고, 왕세자는 자리를 지켜야만 했기 때문이었다.

그때였다. 생각에 잠겨 있던 윤이 고개를 들었다.

"상검이냐?"

바깥에서 들려오는 기척. 그러나 대답은 돌아오지 않았다. 궁인들을 물린 까닭에 주변은 지극히 고요했다. 그 적막을 뚫고 들려오는 소리 죽인 발소리에서는 왠지 모를 조급한 기운이 느껴졌다. 윤이 묵직하게 느껴지는 몸을 일으켰다.

순간 또렷하게 들려오는 여인의 목소리.

"아무도 안 계십니까?"

"……순심아."

순심의 목소리는 목욕간 문밖에서 들려오고 있었다. 아마도 저승전 근방을 기웃거리며 궁인을 찾고 있었던 모양이다. 본래 궁의 목욕간 근처는 시중을 드는 궁인 한둘을 제외하고는 출입이 금해진 곳이었다.

"저하십니까?"

발소리가 지척에서 멈추었다.

"그래, 나다."

"이 안에 계신 겁니까?"

"그래. 순심아, 네가 여기까지 어인 일이더냐?"

윤이 문밖의 순심에게 말을 건넨 순간 다급히 문이 열렸다.

"저하, 무사하신 거지요? 황가 님께서 업혀가는 것을 보았습니다. 궁인들에게 들으니 사냥터에 범이 나타났다고…… 엄마야!"

다급하던 순심의 말이 뚝 멈췄다. 순심의 얼굴이 황망함에 물들었다.

"소, 소인 목욕간인 것을 몰랐습니다. 송구하옵니다. 이, 이만 돌아가겠나이다."

"순심아."

황급히 몸을 돌리던 순심이 윤의 부름에 멈춰 섰다.

"가지 마라."

"예?"

"그리고, 이리 와라."

뿌연 공기 속, 순심이 눈을 깜빡였다.

"소인, 저하께 가도 되옵니까?"

"되다마다."

"하지만 저하께서는 목욕 중이신데……."

"옷을 벗고 있지 않으니 걱정 말고 어서 이리 와라. 내 마음이 타들어간다."

순심은 그제야 수증기를 헤치고 윤에게로 걸음을 옮겼다. 목욕통 곁에 가까이 다가간 그녀의 손을 윤이 붙잡는다. 첨벙, 물이 튀었다.

윤을 마주한 순심이 부끄러운 듯 시선을 돌렸다. 벌어진 속적삼 사이로 물에 젖은 너른 가슴팍이 보였다. 홑겹의 담의는 왕세자의 살빛을 그대로 투영하고 있었다.

"옷을 입고 계시다더니, 어째 벗은 것만 못한 것 같은데……."

"그렇다면 차라리 벗으면 편하겠느냐?"

윤의 장난스러운 말에 순심의 얼굴이 새빨갛게 물들었다. 그가 부드럽게 웃는다.

"순심아."

"예, 저하."

"네 너에게 미안한 일을 좀 해도 될까?"

"미안한 일이라니요?"

순심의 말이 채 끝나기도 전에, 몸을 일으킨 윤이 그녀를 덥석 껴안았다. 순식간에 순심마저 젖었다.

"미안하다, 몸을 적셔서."

"으음……."

"도저히 견딜 수가 없었거든."

윤이 지그시 눈을 감았다. 순심을 품에 안고 나자 목욕으로도 풀리지 않던 하루의 피로가 비로소 사라지는 듯했다.

"저하."

"응?"

"오늘 걱정을 많이 하였습니다. 아무리 기다려도 기별이 없으시기에……."

"내 네 마음을 헤아리지 못했다. 어찌 이리 무심할 수가 있단 말이냐. 나를 용서하라."

순심은 꽤나 초조했던 모양이었다. 부상을 입은 황가를 목격한 탓에 걱정이 깊었을 것이다. 밤이 이슥하도록 연통이 없는 윤을 기다린 끝에 참지 못하고 저승전으로 달려온 것이리라.

"아니요. 무사히 돌아오셨으니 되었습니다. 그것이면 족합니다."

아무리 총애를 받는 여인일지언정 세자의 몸에 과하게 손을 대는 것은 금기된 일이었다. 그러나 순심의 손길은 오늘따라 그의 등이며 몸 곳곳을 쓰다듬고 있었다. 마치 살아 있음을 확인하듯이.

"순심아."

"예, 저하."

"내가 죽었을까 봐 걱정하였더냐?"

"……."

감히 그렇다 인정하기엔 참으로 망극한 말이었다. 순심은 대답하지 못하고 윤의 젖은 어깨에 얼굴을 묻었다.

낙선당 뜰 안에서 종종대며 보낸 반나절. 그제야 순심은 윤이 평생 동안 겪었던 두려움의 실체를 마주했다. 소중한 누군가가 죽을지도 모른다는, 그를 잃을지도 모른다는 공포.

윤이 입을 열었다.

"나는 오늘 중요한 것을 깨달았다. 삶과 죽음이란 손등과 손바닥 같은 것이라, 내가 생을 이어가는 한 죽음 역시 떼놓을 수 없는 것이라고."

윤이 순심을 향해 손을 내민다. 평생 험한 일을 해보지 않은 사내의 손은 보드랍고 아름다웠다.

"죽음을 두려워하지 않을 수 있다면 좋겠지. 그러나 그런 마음을 갖기에 나는 너무나 세속적인 자다. 하지만 오늘 배웠다. 죽음 역시 삶의 한 부분으로 인정해야 한다는 걸 말이다."

손 안과 밖에 놓여 마주 보고 있는 것이 생이며 곧 죽음이다.

"네가 내 삶이며 생(生)이다. 죽음이 아무리 지척에 있는 것이라도, 네가 이곳에 있는 한 나는 손바닥을 기필코 뒤집어 생인 너에게로 돌아가겠다. 그럴 수 있을 것이란 믿음이 생겼다."

윤이 따뜻한 시선으로 순심을 응시했다.

"나는 범을 코앞에서 맞닥뜨렸음에도 살았다. 이게 다 네가 주었던 행운의 정표 때문 아니겠느냐?"

윤이 순심의 손을 잡았다. 생의 열기로 가득 찬 뜨거운 손으로.

"정표야 얼마든 저하께 드릴 수 있습니다. 언제든 소인이 기꺼이 내드리겠나이다. 단지 저하……. 앞으로의 삶에 어떠한 일이 있더라도 무사히 돌아오시기만 하옵소서. 소인 오늘처럼 경거망동하지 않고 오실 것을 믿으며 기다리겠나이다."

순심이 발뒤꿈치를 들어 올려 윤에게 입술을 포개었다. 겹쳐진 입술 사이로 마음이 오간다. 마음이 흘러 그에게로 가고, 그의 마음이 입술을 통해 되돌아왔다.

윤이 팔을 뻗어 벗어놓은 융복 자락을 헤쳤다. 그가 융복 옷섶 안에 들어 있던 무언가를 집어 들었다.

"이것이 무엇입니까?"

"사냥터에서 돌아오는 길에 꺾었다. 생과 사가 끝없이 오가던 그곳에 세월 무상하게도 피어 있었다."

"예쁩니다, 저하."

"꼭 너에게 주고 싶었다."

연보랏빛 쑥부쟁이의 꽃말이 기다림이라던가.

마음이 담긴 꽃 한 송이가 순심의 귓가에 피어났다.

비밀스러운 이야기가 오가는 곳은 저승전 한 곳만이 아니었다.

밤이 이슥한 태화당. 침전에는 여전히 불이 켜져 있었다. 궁인들을 모두 물렸기에 태화당 복도에는 개미 한 마리 얼씬하지 않았다. 그럼에도 영빈과 박 상궁의 태도는 지극히 조심스러워, 그들의 음성은 서로에게만 들릴 뿐이었다.

겉으로 보기에 근래의 태화당은 평화로웠다. 간택이다, 유렵이다 행사들이 많은 시절이었으나 태화당과는 별 관계 없는 일이었다. 임금의 눈 밖에 난 후궁이 간택에 의견을 낼 수 있을 리 만무하였으며, 사냥과 같은 사내들의 일에 관여할 리도 없었기 때문이었다.

그러나 실상 영빈과 박 상궁의 나날은 폭풍전야, 그것이었다.

"잘 처리하였더냐?"

영빈이 묻는다. 박 상궁이 확신에 찬 눈빛으로 답했다.

"모조리 치워 없앴습니다. 잘 처리하였으니 심려치 마옵소서."

"흔적 하나 남겨서는 아니 될 것이다."

"여부가 있겠습니까. 거듭 살펴 꼼꼼히 확인하였나이다."

그제야 영빈은 안심한 듯 고개를 끄덕거렸다.

음모, 모략, 계교(計巧). 영빈은 본래 권모술수에 능하였다. 그녀는 후궁 암투가 절정이던 시기, 이미 여러 차례 생사의 고비를 겪었다.

영빈에게는 늘 운이 따랐다. 관련자가 처벌을 받았을지언정, 그녀는 집안의 비호 덕에 목숨을 구할 수 있었다. 그러나 그녀를 도왔던 상궁 등의 궁녀들은 모두 처벌 받거나 목숨을 잃었다. 열여덟 살에 간택후궁으로 입궐한 이래 몇 명의 상궁이 태화당을 거쳤는지 그녀조차 가물가물하다.

"바깥의 일은 잘 진행되고 있겠지?"

"여부가 있겠습니까."

"신중, 또 신중해야 한다. 혹시라도 그자가 마음을 달리 먹거나, 함부로 경거망동하여 일을 거스르는 기미가 보였다간 큰일이니."

"걱정 마시옵소서, 자가. 검계를 붙였으니 지체 없이 처단할 것이옵니다."

박 상궁이 단호한 어조로 덧붙였다.

"보기에도 몹시 신뢰가 가지 않는 작자였습니다. 못미더운 점이 많아 처음부터 경계하였으니 걱정 마옵소서. 조만간 결과가 나올 것입니다."

"내 누누이 말하였지. 더러운 핏줄이란 본래 어디 가지 않아. 하여간에 천한 핏줄을 가진 계집 따위를 들여……."

생각만으로도 불쾌한지 영빈이 인상을 찌푸렸다.

"알았네. 물러가라."

"예, 자가. 소인 물러가겠사옵니다."

박 상궁이 떠나고 홀로 남은 영빈이 회상에 잠긴다.

젊은 날, 희빈 장씨를 모해하였다는 죄목으로 퇴출당했을 때 임금은 영빈을 일컬어 '말 많고 경망한 여인'이라 하였다. 물론 영빈은 그 말에 동의하지 않는다. 당시의 그녀는 지나치게 젊고 경험이 없어 미숙한 탓에 일을 그르쳤을 뿐이었다.

ᄅ)'용기만 앞서는 자들은 전투가 시작되자마자 가장 먼저 목숨을 잃는 법이지.'

세월은 살처럼 흘렀다. 노련하던 임금은 노쇠하여 한 치 앞조차 분간치 못하는 처지가 되었고, 욕망을 다루는 법을 모르던 영빈은 긴 기다림 끝에 원하는 것 앞으로 성큼 다가섰다. 티끌처럼 작은 조각들이 모여 거대한 그림을 이루는 순간 그녀는 뜻하는 바를 이루게 되리라. 그때를 위해서는 반드시 인내해야만 했다.

"안타까운 일이지."

영빈이 중얼거렸다. 인왕산에 범이 출몰하여 왕세자와 대치하였다는 말을 영빈 역시 전해 들었다. 인생의 묘미는 그런 것이다. 기나긴 세월 남의 눈을 피해 천천히 그려나가던 큰 그림을 단 한순간에 완성케 하는 행운을 맞닥뜨린다는 것이.

안타깝게도 왕세자는 제법 운이 좋은 모양이었다.

"지금껏 참아왔거늘, 고작 얼마 더 못 기다리겠습니까?"

영빈이 음산하게 중얼거렸다.

상검과 황가가 함께 쓰는 장번방 역시 캄캄하고 고요했다. 부상을 입은 황가는 물론이거니와, 종일 산자락을 오간 데다 크게 놀란 상검 역시 탈진에 이르러 있었다. 그러나 상검은 좀체 잠을 이루지 못하고 뒤척였다.

"형님."

"왜?"

황가 역시 깨어 있었던 모양이었다.

"어깨는 괜찮으십니까?"

"괜찮으니 여기 이러고 있는 거겠지."

"아무리 그래도……. 어찌 그런 몸을 하고 저승전 앞을 지킬 생각을 하십니까?"

"그것이 내 업(業)이니까."

"업도 업 나름이지, 내 목숨 날아간 다음에 그게 무슨 소용입니까?"

"목숨이란 게 그리 중한 거야?"

상검이 소스라치며 황가를 바라보았다.

"그럼 달리 뭐가 중해요? 가진 거라고는 불알 두 쪽뿐인 제가 그마저 떼어버리고 내시가 된 게 뭐 때문이게요? 먹고살자고 그런 거 아닙니까? 세상에 목숨보다 더 중요한 게 어딨어요?"

"그럴까?"

애매모호한 반문. 황가는 잠시간 말이 없었다.

문득 떠오르는 어느 겨울날의 사무치던 강가. 피로 물든 동생들의 모습이 여전히 생생하다. 황가는 가장 사랑한 이들을 잃은 이후 역설적으로 생사에 집착하지 않게 되었다. 동생들의 눈을 감겨주던 순간, 소년 황가의 생을 지탱하던 무엇인가가 툭 끊어졌던 것이다.

"목숨? 중요하지. 하지만 그 목숨을 갖고 어찌 살아가느냐가 더 중하다. 아무 뜻 없이 생만 이어가는 것은 의미가 없어."

"예?"

"신념을 위해서라면 나는 기꺼이 죽을 수 있다."

약자들이 힘없이 스러지지 않는 세상. 죄 없는 이들을 해한 이들이 응당한 대가를 받는 세상. 그런 세상을 위해서라면, 기꺼이.

"언젠가 네게도 이런 마음이 생긴다면 나를 이해할 수 있겠지."

"됐어요. 이해하긴 뭘 이해합니까? 형님이야 활 하나로 범도 잡는 양반이니 그런 속 편한 말씀을 하시는 거죠. 소인은 제 한 몸 건사하기도 힘들어 죽겠는데……."

투덜거리던 상검이 갑자기 생각났다는 듯 옷섶 안을 더듬었다.

"신념이니 뭐니 이상한 소리 마시고 이거나 받으세요."

상검이 내민 것은 거친 질감의 평범한 베보자기였다. 베보자기는 황가가 흘린 검붉은 피로 얼룩져 있었다.

"……이걸 어디서?"

"내의원 관원이 주었습니다. 대체 뭐기에 화살을 뽑고 난리법석을 부리는 와중에도 그걸 꽉 쥐고 있었다는 겁니까?"

상검이 새삼스럽게 베보자기를 내려다보았다.

"이런 건 부엌간에서 떡이나 과자 쌀 때나 쓰는 건데……. 이런 걸 뭣하러 가지고 다녀요?"

"이리 내라."

황가가 베보자기를 낚아챘다. 갑작스럽게 팔을 움직인 탓에 고통이 엄습하여, 그는 얼굴을 찡그리며 외마디 소리를 뱉었다.

"진짜 이상한 사람이에요, 형님은."

"뭐?"

"목숨은 안 중요하고, 그깟 천 쪼가리는 중합니까?"

"닥쳐. 잠이나 자라."

무어라 구시렁대는 상검의 음성이 들려온다. 황가가 눈을 질끈 감았다. 손에 닿는 베보자기의 감촉은 마음이 사무치도록 거칠었다.

* * *

남촌 집 근처에 접어든 구월의 걸음은 날아갈 듯 가벼웠다. 음력 구월이 목전이라 찬바람이 소슬하다. 그러나 구월은 볕 좋은 봄날 나들이를 나선 사람처럼 콧노래를 흥얼거렸다.

구월이 양손 가득한 보따리를 앞뒤로 흔들었다. 보따리는 여러 개였다. 녹봉으로 받은 곡식과 면포, 다섯 동생들 주려고 시전에서 사온 황정엿[49]과 큰맘 먹고 다림방[50]에 들러 구입한 돼지고기까지 그야말로 없는 게 없었다. 워낙 든 게 많아 팔이 빠질 듯 아팠지만 구월의 마음은 가볍기 그지없었다.

"하아. 집이다!"

저만치 보이는 모퉁이만 돌면 꿈에 그리던 집. 본래 달에 한 번 외출할 수 있었으나 구월은 꼬박 석 달간 집을 찾지 못했다. 어머니와 동생들의 얼굴이 눈앞에 선연하여 구월의 걸음이 바빠졌다.

"이보시게."

갑자기 지척에서 들려오는 사내 목소리. 깜짝 놀란 구월이 반사적으로 고기꾸러미를 품에 끌어안았다. 구월의 집은 남촌에서도 빈민들이 사는 곳이라 근방에 비렁뱅이들이 많았다.

"뉘십니까?"

구월 앞에 서 있는 것은 얼추 불혹, 혹은 지천명쯤 되었을 법한 중늙은이. 그러나 모양새가 비렁뱅이나 도적 같지는 않아 구월은 안도의 한숨을 내쉬었다. 사내는 단정한 차림이었고 나이가 비해 꽤 멀끔한 용모의 소유자였다. 눈빛이 탁한 편이었으나 물건을 강탈할 사람으로 보이지는 않았다.

"사람을 찾고 있는데 도움을 청할까 하여……. 실례인 줄 알지만 말을 걸었소이다."

"사람을요?"

구월이 미심쩍은 표정으로 되물었다.

"소인은 여기 사는 사람이 아닌뎁쇼. 아니, 여기가 집이긴 하지만……. 아무튼, 별 도움을 드리지는 못할 겁니다."

눈인사를 건넨 구월이 다시 걸음을 옮겼으나 사내는 다시금 읍소했다.

---

49 둥굴레 뿌리를 고아 만든 엿.

50 푸줏간.

164

"사실 찾고 있는 이가 처자의 또래인 듯하여 묻는 것이외다."

그냥 지나치기엔 사내의 말투가 퍽 간절했다. 구월이 미심쩍은 표정으로 그를 돌아보았다.

"찾는 이가 대체 누구인데 그러십니까?"

"내가 찾는 이는 이 근처에 산다는 궁녀라오."

"궁녀요?"

구월이 당황하여 되물었다. 사내가 고개를 끄덕거렸다.

"나는 김씨 성의 구월이라는 궁녀를 찾고 있소이다."

* * *

"연잉군 대감!"

저승전 안뜰. 딱히 할 일이 없는 탓에 뜰에서 해바라기를 하던 상검이 머리를 조아렸다.

"대감. 어찌 전갈도 없이 오셨나이까?"

"아바마마와 저하를 뵈옵고 다른 일도 처리할 겸 입궐했다."

"하오나 저하께서는 조금 전 시강원에 가셨습니다."

"이 시간에 시강원에? 아."

금이 깜빡 잊었다는 듯 고개를 끄덕였다.

"가례 때문에 시강원에 계신 것이로군."

"예, 그렇습니다."

"벌써 시간이 그리되었나. 이제 곧 납채례가 있겠구나. 그래, 상검이 너는 기분이 어떠한가?"

"무엇이 말이옵니까?"

"새로운 안주인을 맞이하는 기분이 어떤지 묻는 것이다."

"글쎄요. 소인 따위가 무엇을 알 수 있겠습니까? 그저 저하를 잘 보필하시는 마음씨 고운 분께서 오시기를 바랄 따름이옵니다."

"마음씨 고운 세자빈을 바란다라……."

문득 금은 빈씨, 즉 어채화를 마주쳤던 여름날의 포목점 풍경을 떠올린다.

"마음씨야 고울 수도 있겠지. 하나 그다지 아랫것들을 편하게 해줄 것처럼 보이지는 않는군."

"예? 연잉군께서 그것을 어찌 아십니까? 빈씨를 보셨습니까?"

"무슨 소리. 형님께서도 아직 부인을 보지 못하셨는데 어찌 내가 빈씨를 볼 수 있단 말인가."

금이 눈 하나 깜짝하지 않고 잡아떼었다.

"그냥 그런 감이 온다는 뜻이다. 그건 그렇고……. 황가는 지금 어디 있는가?"

"본래는 훈련원에 있어야 하지만 요새는 쉬고 있습니다. 화살에 맞은 것 때문에요."

"그래?"

금이 고개를 까딱인다. 불안한 표정의 상검이 금의 눈치를 살폈다. 금이 싱글대며 웃고 있기 때문이었다. 상당히 기분이 좋은 듯 보이지만, 저런 표정을 지은 이후 종잡을 수 없는 행동을 벌이는 것을 여러 차례 목격한 상검이었다.

"앞장서라. 네 처소로 가자."

"제 처소요? 거긴 왜 가십니까?"

상검이 당황하여 물었다. 금이 피식, 웃음을 지었다.

"황가가 거기 머무른다지? 가자. 내 황가를 잠시 독대해야겠다."

황가의 방 안에는 편치 않은 침묵이 흐르고 있었다. 황가가 불편함을 느끼는 까닭은 스스럼없이 들어와 상석을 점한 연잉군 때문이었다. 그리고 금이 불편함을 느꼈던 이유는 처음 들어와 보는 장번 방이 형편없이 비좁은 탓이었다.

"어인 일로 소인을 보자 하십니까?"

감정을 드러내지 않는 것에 익숙한 황가였다. 갑작스런 방문객을 맞이한 그의 목소리는 무미건조하여 단조로웠다.

"너에게 사죄할 것이 있어 찾았다."

"소인과 연잉군 대감 사이에는 어떤 인연도 없사온데 무엇을 사죄 하신다는 것입니까?"

"어떤 인연도 없다?"

금이 황가의 말을 되뇌었다.

"정녕 그렇게 생각하느냐?"

"예. 그렇게 생각합니다."

무안할 만큼 단호한 대답이 돌아왔다. 그러나 금은 그다지 개의치 않는 듯했다.

"내 왕자로 태어나 평생 정파를 나누어 아귀다툼 하는 것을 보며, 인연이란 참으로 복잡하고 어려운 것임을 알았다. 악연으로 만난 이 들이 같은 뜻을 도모하기도 하고, 반대로 목숨을 걸고 맹세한 이들 이 남만도 못해지기도 하는 것이 사람들이 말하는 연(緣)이거든."

"무슨 말씀을 하고자 하시는 겁니까?"

대답 대신 금은 가져온 두루마리를 손에 들었다. 그것은 화폭인 듯했다. 금은 왕자군인 동시에 도화서의 화가이기도 했기에 그가 화 구를 들고 궁궐을 출입하는 것이 드문 일은 아니었다. 그가 손을 높 이 들어 올리자 말려 있던 화폭이 좌르륵 펼쳐졌다.

길게 늘어진 두루마리는 텅 빈 백색. 순간 두루마리 속에 감추어져 있던 무엇인가가 바닥으로 떨어졌다. 방바닥을 때리는 묵직한 금속성 의 소리가 들려왔다. 황가의 얼굴마저 그 순간에는 잠시 변했다.

"어디서 많이 본 것이지? 그렇지 않은가?"

"……."

금이 바닥에 떨궈진 물건을 집어 들었다. 그것은 길이가 두 자[51], 무게가 닷 냥[52]에 달하는 전투용 화살, 아량전이었다. 화살 끝에는 새하얀 백조 깃털이 장식되어 있었다. 물론 황가는 저것의 정체를 안다.

"내가 쏘았다, 너를."

"……."

"놀랐는가?"

황가가 그와 금 사이를 가르는 경계처럼 놓인 백우시를 내려다본다. 금이 독대를 원했으므로 방문을 걸어 잠근 탓에 방 안은 대낮임에도 음침하게 어둑했다. 화살 끝에 매달린 큼직한 백조 깃털만이 세상 고고하다.

"자, 이렇게 우리의 인연이 닿았다. 비록 악연이라도 말이다."

"……."

황가는 여전히 묵묵부답이었다.

"그래서 사죄하러 왔다. 나를 용서하여주겠는가?"

황가가 마침내 입을 연 것은 얼마간의 시간이 흐른 뒤였다.

"소인을 맞힌 것은 그저 유시였습니다, 대감."

유시란, 빗나간 화살. 동시에 누가 쏘았는지 알 수 없는 주인 없는 화살을 뜻한다.

"그러니 소인에게 사죄하지 마십시오. 소인을 맞춘 것은 연잉군 대감이 아닙니다. 그자는 이름을 알 수 없는 무명씨(無名氏)에 지나지 않습니다."

황가가 금을 마주 보았다. 황가는 금의 눈빛에 드러난 감정을 읽

---

51   약 60cm
52   약 190g

168

지만 그것이 진심인지는 확신할 수 없다. 그리고 금은 황가의 눈이 끝없이 검은 까닭에 무엇도 가늠하지 못했다.

"대감과 소인 사이에는 어떠한 연도 닿지 않았습니다. 그러니 걱정 말고 돌아가시옵소서."

* * *

"마마님! 낮것상입니다요!"

우렁찬 구월의 목소리가 낙선당 뜰에 울려 퍼졌다. 이내 침소 문이 열리며 환한 표정의 순심이 보였다.

"평소 마마님께서 국수를 좋아하시기에 소인이 상궁 마마님께 말씀드려 특별히 면상(麵庠)을 준비해보았사옵니다만."

"정말?"

"그럼! 야야, 문지방에 있지 말고 좀 비켜보아. 상 들여가게."

십 년간 수라간 나인이었던 구월이 동궁전으로 적(籍)을 옮긴 지 닷새. 순심은 구월이 온 첫날부터 걱정이 많았다. 궁인들의 텃세에 시달리지는 않을까, 궁중 수라간에 익숙한 구월이 동궁전 소주방에 적응할 수 있을까 하는 걱정들이었다.

그러나 모든 것은 기우로 판명 났다. 구월의 성격에는 호방한 데다 타인을 압도하는 기질이 있었다. 게다가 음식을 다루는 솜씨까지 좋았으므로 대부분의 궁녀들은 일찌감치 그녀에게 마음을 열었다.

"국수 먹고, 이것도 먹어."

"이게 뭐야? 어머, 황정엿이네? 궁궐에서 이걸 어디서 났대?"

"나랑 같이 방 쓰는 나인들 있잖냐. 석렬(石烈)이랑 필정(必貞)이라고. 걔들이 궁밖에 나갔다가 온갖 주전부리를 사들고 왔어."

"그래? 고마운 애들이네. 역시 우리 김구월이 최고다. 어디 가나 사람들이랑 잘 어울리고 이리 예쁨 받으니……."

순심이 황정엿을 입에 쏙 넣었다. 그것을 본 구월이 밥맛이 떨어진다며 질색 팔색을 했다.

"그런데 순심아."

"응?"

구월이 말아 온 국수를 뚝딱 해치운 순심에게 구월이 물었다.

"너, 가족 말이야……."

"가족?"

순심이 불쑥 되물었다.

"그래, 가족."

순심이 멍하니 눈을 깜빡거린다. 그녀는 대체 '그게 무슨 뜻이지?'라는 듯한 표정이었다.

순심은 긴 시간 동안 가족의 존재를 아예 떠올리지 않았다. 아니, 정확히는 떠올리고 싶어도 그럴 만한 대상이 없다는 말이 옳으리라. 순심에게 가족이란 이미 돌아가신 어머니와 할머니, 그리고 기억에서 깡그리 지워버린…….

"순심이 네 아버지 말이야. 궁금하지 않아?"

"아버지?"

순심의 표정이 순간 어두워졌다. '아버지'라는 말을 입에 담는 것만으로 사기조각을 베어 문 듯 아팠다.

"……궁금하기는. 그런 말 말아."

순심의 어조는 착 가라앉아 있었다.

"미안해. 나도 모르게 불쑥 괜한 소리를 했네……. 정말로 미안해, 순심아."

"김구월, 왜 생전 안 하던 소리를 하고 그래? 앞으로는 그런 말 입에 담지도 마. 나는 그 사람…… 생각도 하기 싫어."

"그래. 알았어. 내가 잘못했다."

순심이 구월에게 시선을 던졌다. 별일이었다. 까닭 없이 아버지 이야기를 꺼낼 건 또 뭔가. 그때였다.

"저하."

낙선당 담장 위로 비죽 솟아난 익선관이 보였다. 순심이 자리에서 벌떡 일어났다.

늦은 오후의 녹작지근한 햇살이 마루 위를 덮혔다.

"순심아."

"예, 저하."

스산하고 건조한 날씨였다. 가끔 찬바람이 불었고, 가끔 바람에 실린 흙먼지가 날아왔다. 윤의 넓은 용포 자락이 순심의 몸을 감쌌다. 찬 공기도, 흙먼지도 순심의 곁에 침범하지 못했다.

"순심아."

"예, 저하."

재차 부르고 재차 대답한다. 오늘따라 더욱 따스한 품 안에 안긴 채 순심은 그를 올려다보았다.

"저하, 어찌 연거푸 부르십니까?"

"약 스무 날 동안 나를 보기 어려울 것이다."

"스무 날이나요? 아……."

까닭을 깨달은 순심이 입을 다물었다.

날이 밝으면 윤 팔월 스무닷새, 즉 세자가 납채례를 치르는 날. 빈 씨가 머물고 있는 별궁으로 교서(敎書)[53]를 보내는 납채례를 시작으로, 총 여섯 단계인 국혼의 막이 오른다.

국혼이란 왕실의 행사 중에서도 으뜸가는 중요한 일이다. 왕세자

---

53   왕이 내리는 명령서.

의 가례에는 총 이십여 일의 시간이 소요될 예정이었다. 육례가 치러지는 동안에는 왕세자와 빈씨는 물론이거니와 궁인들 역시 흉한 것을 보거나 생각하는 것마저 불경스러운 일이라 여겼다. 또한 왕세자에게 첩실이 있더라도 가까이 지내지 않는 것이 원칙이었다.

"서운하지 않더냐?"

"……."

아니라고 똑 부러진 대답을 건네 윤을 안심시키고 싶었으나 말이 나오지 않았다. 순심은 대답 대신 고개를 저었다.

"순심아. 내가 너에게 했던 약조를 기억하느냐?"

"저하께서 주신 약조가 참으로 많아 무엇을 말씀하시는 것인지 모르겠습니다."

"내 마음도, 내 육신도 너 아닌 다른 이에게 주지 않을 것이라 약조하였다. 잊지 않았지?"

"……."

그랬었다. 윤은 그토록 거대한 약조를 그녀에게 건넸었다. 그러나 어찌 알겠는가? 임금의 추상같은 어명 탓에 그들의 밤은 아직까지 요원했다. 게다가 윤은 곧 어리고 아름다울 것이 분명한 세자빈을 맞이하지 않는가.

"잊지 않았습니다……. 하오나, 저하. 제 답은 그때와 같습니다. 저하께서 약조하셨으나 그것이 얼마나 어려운 일인지, 그리고 저하를 힘들게 만들 것인지 소인은 잘 압니다."

서운하지 않다면 거짓이다. 그러나 순심의 진심은 그보다 컸다.

"저하께서 소인에게 마음을 주셨으니 저는 모든 것을 가졌습니다. 그러니 저하, 그 약조는 부디……."

"잘 지켜달라고 말하는 것이냐? 내 기꺼이 그리하겠노라."

"저하."

"순심아. 그러지 마라."

문득 윤이 고개를 가로저었다. 마치 잘못된 일을 벌이려는 아이를 달래듯이.

"나를 흔들지 마라. 너만은 그러지 마라. 가례를 치른 후에는 아바마마께서, 중궁전께서, 무엇보다 세자빈이 될 여인이 나를 탓하고 또 탓할 것이다. 나를 원망하고 또 원망할 것이다."

"……."

"그러나 나는 너만을 바라보며 참을 수 있다. 감당할 수 있다. 내가 그러기를 원한다."

"저하……."

"그러니 너만은 그리 말하지 마라. 한순간이라도, 내게 다른 여인을 품으라 말하지 마라. 그런 말은 감히 입에도 담지 마라."

윤의 어조는 온화하였지만 또한 대단히 단호했다.

"이것이 내가 너에게 바라는 오직 한 가지다. 명심하겠느냐?"

"……."

"명심, 하겠느냐?"

결국 순심은 그 지독하도록 달콤한 맹세 앞에 굴복했다.

"예……. 명심하겠습니다, 저하."

윤이 다시금 순심의 어깨를 감싸 품으로 끌어당겼다. 바다처럼 광활하고 푸른 옷자락이 뺨에 와닿았다.

그의 용포 속에는 얼마나 드넓은 마음이 있는 것일까. 사랑이 있는 것일까.

"네 앞에서 이런 말하기가 몹시 면목 없으나, 부디 들어다오."

윤의 입술이 부드럽게 순심의 이마를 눌렀다.

"다녀오겠노라. 기다려라."

十四章.
국혼(國婚)

윤 팔월 스무닷새, 투명한 햇살이 창덕궁 인정전(仁政殿) 팔작지붕 위로 쏟아져 내리는 아침.

정전 앞 월대에 전정헌가(殿庭軒架)[54]가 자리 잡았다. 그러나 사방은 지극히 고요했다. 국혼이라는 경사스런 일에 혹여 상서롭지 못한 것이 끼어들 것을 염려하여 진이부작(陳而不作)[55]을 따랐기 때문이었다.

인정전 안에는 면복을 입은 임금과 왕세자 외에 왕가의 종친들과 내명부가 자리했다. 바깥에는 조복(朝服)[56]을 갖춰 입은 문무관들이 품계석을 따라 늘어서 있었다. 그 외 예식에 참여하지 못하는 관료들과 궁인들 역시 최대한의 예를 갖춘 복장으로 인정문 근방 먼발치에서 의례를 지켜보고 있었다.

납채례(納采禮).

---

54 대궐 댓돌 아래서 의식 음악을 연주하던 악대.
55 악기를 진설(陳設)하되 음악을 연주하지 않는 것.
56 관원이 조정에 나가 하례할 때에 입던 예복.

총 여섯 가지인 혼례의 과정, 즉 육례 중 혼인을 청하는 첫 번째 단계. 이는 곧 국혼의 시작이었다.

임금의 교문을 받아 든 사신들은 곧 궁궐을 떠났다. 말에 오른 사신들 뒤로 임금의 교문과 예물이 실린 채여 여러 채가 따랐다. 홍, 황, 청, 백의 의장기를 나부끼는 행렬은 빈씨 어채화가 머물고 있는 별궁, 어의궁으로 향했다.

말에서 내린 정사(正使)[57] 이혼(李混)이 왕의 교문을 읽어 내렸다.

"병조참지 어유구에게 교시한다. 왕이 이르시길, 천지가 열리면서 인륜이 생겼으니 이에 부부에게 사직과 종묘를 받들도록 하였다. 옛 법도를 따라 사신에게 예를 갖추어 납채하게 한다. 이를 교사하니 잘 알 것이라 여긴다."

이에 어채화의 아비 어유구가 답문을 꺼내 화답했다.

ㅁ)"병조참지 어유구 삼가 말씀 올립니다. 주상 전하께서 혼처를 찾으시니 황송하옵게도 신의 딸이 간택 되어 감격하여 몸 둘 바를 모르겠습니다. 신 엄숙하게 전하의 전교를 받들겠나이다."

뒤편에 서 있던 사신이 청실홍실과 금보자기로 싸맨 기러기를 전달했다.

이는 조선의 왕세자 이윤과 열네 살 소녀 어채화가 맺은 혼약이었다.

* * *

국혼 기간인 탓에 창덕궁 후원은 오가는 이 하나 없이 고즈넉했다. 무르익은 가을이었다. 빽빽한 숲에서 온몸을 소슬하게 하는 바람이 불어왔다.

---

57   사신의 우두머리.

"순심아, 아직 멀었냐?"

"조금만 더 가면 돼."

"내 아주 죽겠거든……. 더 가야 돼?"

"다 왔어. 저기 보이는 떡갈나무까지만 가면 돼."

"하이고야……. 사방팔방 죄 나무뿐인데 떡갈나무가 뭔지 알 게 뭐람."

순심이 후원을 찾은 것은 꽤 오랜만의 일. 영빈의 계략으로 부용지에 고립되었던 밤 이후, 고뿔과 열병에 시달렸던 순심은 한동안 낙선당을 떠나지 않았다.

그동안 마음이 급하지 않았던 것은 아니었다. 다행히도 독버섯이 자생하는 곳은 사람들이 찾을 리 없는 은밀한 장소였다. 혹시나 후원에서 영빈을 마주칠지 모른다는 걱정에 순심은 시기를 보며 기다렸다. 그리고 납채례가 거행되는 날, 영빈과 박 상궁을 위시한 대부분의 궁인들이 자리를 비운 때를 틈타 후원을 찾았다.

"순심아. 그런데……. 대체 뭐 하는 버섯인지는 말 안 해줄 거냐?"

순심의 뒤를 헉헉대며 따르던 구월이 물었다.

"……나중에 말해줄게. 미안해."

"뭔가 까닭이 있는 것 같으니 긴말은 않겠다만……. 대체 뭐 하는 버섯이기에 이 난리인지. 구워 먹으려는 건 아닐 테고……. 설마 뭐, 그런 거냐? 먹고 나면 고자가 갑자기 불끈불끈해진대?"

"야!"

순심이 구월의 옆구리를 쿡 찔렀다. 헤실헤실 떠들던 구월의 표정이 이내 심각해졌다.

"버섯이고 나발이고 순심이 너도 참 배알 없다."

"내가 뭘 어쨌다고 그래?"

"오늘이 무슨 날이냐? 세자저하 국혼이 시작되는 날 아냐?"

"……그게 뭐."

"제 정인이 다른 여인에게 장가드는 날, 그것도 좀 거창한 게 아니라 온 나라가 쩌렁쩌렁하게 장가드는 날에 한가롭게 버섯 캘 기분이 나냐, 너는?"

구월이 갑갑하다는 듯 혀를 찼다.

"문무관이며 후궁이며 종친에 사돈의 팔촌까지 납채례에 가 있는데, 너에게는 오란 소리도 없었잖아! 아무리 첩지도 못 받은 신세라지만 너만 못 가는 게 말이 돼? 상검이도 가 있고 황간지 망간지도 가 있고 고작 허드레일하는 석렬이 필정이도 가 있는데!"

구월의 언성이 점점 높아졌다. 잠시간 말이 없던 순심이 씁쓸한 표정을 지었다.

"설령 나보고 오란들 그게 무슨 의미가 있겠어?"

"의미가 없긴 왜 없냐! 세자께서 그리 아끼는 여인이 넌데……."

"그게 아니라, 내가 거기 가서 뭘 할 것이며, 또 그걸 봐서 뭘 하겠어……."

"……그건 또 그러네."

격앙된 어조로 분을 토해내던 구월이 착잡한 표정을 지었다.

"아휴……. 미안해. 또 입을 함부로 놀렸네. 순심이 네 마음이야말로 숯검댕이가 되었을 텐데 내 기분만 생각했어. 이 망할 주둥이를 대바늘로 꿰매버리든가 해야지, 나도 참……."

주거니 받거니 대화가 오가는 사이, 그들은 순심이 지목했던 떡갈나무 근방에 이르러 있었다. 걸음을 옮길 때마다 수북하게 쌓인 낙엽 속으로 발목까지 푹푹 빠져들었다. 문득 구월이 이상스럽다는 표정으로 순심을 보았다.

"왜 그래, 순심아?"

"……."

우두커니 땅바닥을 내려다보던 순심의 눈빛이 어지러이 흔들렸다. 순심이 응시하는 곳은 굵직한 나무뿌리가 굽이굽이 뻗어나 땅 위로 솟아난 떡갈나무 밑동이었다.

"왜 그러냐니까? 무슨 일이야, 순심아."

"……없어."

"뭐가 없어?"

"없어……. 버섯이."

순심이 정신없이 주변을 둘러보았다. 착각했을지도 모른다. 비슷한 형태를 한 나무뿌리가 또 있을지도 모르는 일이었다. 아니면 부용지에서의 혹독한 밤 덕에 기억이 왜곡되거나 망각의 늪에 빠진 것일 수도.

"……없어."

순심이 낙엽 쌓인 바닥에 무릎을 꿇었다. 켜켜이 쌓인 낙엽들이 바삭대며 부서졌다. 고운 비단 옷에 흙물이 드는 것도 아랑곳없이 순심은 나무둥치 밑을 마구 헤쳤다. 샛노란 빛깔, 기이한 향기의 버섯 수십 수백 송이가 고개를 빳빳하게 쳐들고 있던 곳을. 낙엽을 쓸어내자 불그죽죽한 생흙이 드러났다.

"거기 흙만 색이 달라. 누군가가 거기 있던 걸 흙째로 다 파내 간 거 같은데……?"

토질부터가 완연히 다른, 벌건 환부처럼 드러난 밑동.

"순심아, 괜찮아? 그게 그리 중요한 거야?"

주저앉은 채 파슬파슬 부서져 내리는 흙을 훑는 순심의 모습이 이상할 만큼 망연하다. 구월이 눈치를 살피며 물었다.

"……응."

앉아 있는 땅이 아득한 밑으로 꺼지는 것만 같다. 순심이 지그시 눈을 감았다. 내가 조금만 빨랐다면, 지체하지 않았다면, 아프지 않았다면. 그랬으면 이런 일은 생기지 않았을 텐데.

"정말정말 중요한 거야."

* * *

구월 초하루. 창덕궁 인정전에서 국혼의 두 번째 절차, 납징례가 시작되었다.

왕의 교명을 받들어 어의궁으로 출발한 행렬은 여러 필의 말과 채여들로 길게 이어졌다. 대홍색으로 치장된 채여 안에는 당주홍(唐朱紅)[58] 칠을 한 함이 실려 있었다. 각각의 함 안에는 은이며 명주, 햇목화솜과 같이 왕실의 지엄함을 보여주는 물품들이 가득했다.

"왕이 이르시길, 옛 법도를 따라 사신에게 예를 갖추어 납징하게 하니……."

문밖에서 들려오는 사신의 목소리. 임금의 교명을 읽는 위엄찬 음성이 별궁 뜰에 울려 퍼졌다.

"……."

왕실에서 미리 보내온 초록 원삼을 입고 가래머리[59]를 한 채화가 지그시 눈을 감았다.

"빈씨님, 눈을 뜨시옵소서."

이내 들려오는 지 상궁의 음성.

"납징례가 진행되고 있사옵니다. 몸가짐을 정결하게 하시고 교문에 귀를 기울이소서."

"……알았네."

말끝에 따라 나오려는 한숨을 채화는 가까스로 참았다.

---

58 중국에서 들여온 붉은 빛깔의 안료.

59 관례를 치르기 전 처녀들이 하는 성장용 머리.

채화는 국혼을 치르는 당사자였고 주인공이었다. 그러나 그녀는 납채례와 납징례가 진행되는 내내 안방에 틀어박혀 있었다.

납채의 교문과 납징의 예물을 받는 것은 채화의 일이 아닌 아버지 어유구의 일. 채화는 의례가 진행되는 내내 가래머리 탓에 묵직한 목을 지탱하며 수(壽) 자와 복(福) 자 금박을 찍은 원삼에 감싸여 꼿꼿한 자세를 유지해야 했다. 육례 내내 그녀를 보필할 지 상궁은 자세가 흐트러지는 것을 용납하지 않았다.

"병조참지 어유구 삼가 말씀을 올립니다. 부족하기 짝이 없는 신의 여식을……."

사신이 교문을 읽는 과정이 끝나자 들려오는 아비의 목소리. 갑작스레 통증 같은 갑갑함이 치밀어 올랐다.

-내 자식이라서 하는 소리가 아니라, 채화처럼 영민하여 하나를 알면 열을 깨우치는 아이를 지금껏 본 적이 없다.

-이렇게 귀한 여식을 낳았으니, 어느 집 도령에게 시집보낼지 참으로 아깝고도 아깝구나.

-글이면 글, 그림이면 그림, 매사 뛰어나니 내 너와 같은 여식을 둔 것이 심히 자랑스럽다.

채화는 아버지께서 들려주던 말들을 떠올린다. 어유구는 늘 그녀를 자랑스럽게 여겼으며 사내들보다 뛰어난 재목이라 칭찬하셨다.

"부족하기 짝이 없는 신의 여식을……."

여전히 들려오는 어유구의 목소리. 단 한 번도 채화에게 부족하다 말씀하신 적 없는 아비의 음성이 다른 이의 것처럼 낯설다.

"빈씨님, 무슨 생각에 잠겨 계십니까? 정신을 바짝 차리소서."

다시금 들려오는 지 상궁의 목소리.

"알겠네."

채화의 텅 빈 시선이 다시금 아스라한 햇살이 스며드는 문살로 향했다.

"저하."

"음."

저승전의 침전. 등잔불빛에 비친 두 사람의 그림자가 일렁였다. 자리에 있는 이는 윤과 문 내관. 국혼이 진행되는 와중이었다. 납채례와 납징례를 마친 세자는 피로한 듯 눈을 감고 있었다.

긴 의례를 치르는 과정은 결코 쉽지 않았다. 팔류면(八旒冕)[60]과 칠장복(七章服)[61]을 차려 입는 것은 그 과정도 복잡했지만 무게 역시 상당했다. 갖춰 입어야 하는 면복(冕服)[62]의 종류만도 십수 종. 면류관은 여인들의 수식 못지않게 무거웠다.

게다가 왕세자는 대리청정을 하고 있었다. 육례 중이라도 나랏일을 소홀히 할 수는 없는 법이었다. 어느 때보다 해야 할 일과 또한 하지 말아야 할 일이 많은 시기였으므로 윤의 피로감은 극에 달해 있었다.

"저하, 주무십니까?"

"……듣고 있다. 말하게."

벽에 머리를 기대고 눈을 감은 채 윤이 답했다.

"저하께서 확인하라 명하셨던 것들을 알아보았습니다. 중한 일인지라, 혹여 많이 피로하시면 내일로……."

"아니다. 말해보라."

윤이 눈꺼풀을 들어 올렸다. 충혈되어 있던 눈에 빛이 돌아왔다.

"먼저 동궁전 궁녀들의 출입 기록을 은밀히 살폈사옵니다."

---

60   여덟 개의 구슬을 꿴 끈을 늘어뜨린 면류관.

61   일곱 가지 무늬를 넣은 면복.

62   왕의 대례복.

광증의 원인을 밝히기 위해 문 내관에게 몇 가지 지시를 내린 것이 꼬박 한 달 전의 일. 문 내관 역시 국혼 탓에 눈코 뜰 새 없이 바빴던 데다 홀로 은밀히 일을 도모해야만 했다. 노련한 궁인인 그에게도 쉽지 않은 일이었으리라.

"저하께서 명하신 대로 부엌간, 그리고 부엌간에 쉽게 접근할 수 있는 자들 위주로 기록을 살폈나이다. 올 봄 세자빈께서 훙(薨)하시는 비통한 일이 있었고, 이후 저하의 가례 탓에 동궁전에 행사가 많았습니다. 그런 까닭에 궁녀들은 달에 한 번 주어지는 의례적인 외출 역시 가지 못한 경우가 많았습니다."

"……그러하더냐."

윤의 얼굴에 실망감이 스쳤다.

칠월 사 일. 즉 순심이 낙선당 담장 너머에 우두커니 서 있던 윤을 발견했던 날 이후 광증은 사라져 꼬리를 감췄다. 순심이 맡았다는 기이한 향기의 정체가 독버섯일 수 있다는 말을 들은 이후 윤은 차나 주전부리, 종종 복용하던 탕약마저 철저히 끊었다.

광증이 사라진 것은 그때부터였다. 그러므로 윤은 광증의 원인이 음식임을 확신하고 있었다. 음식이 원인이라면 응당 음식에 독을 넣을 수 있는 자를 찾는 것이 순서였다.

"한데, 저하."

문 내관이 무겁게 입을 열었다.

"그 와중에도 지나치다 싶을 정도로 자주 바깥에 출입한 궁녀가 하나 있었습니다. 부모 모두가 중병을 앓는다는 핑계로 수시로 외출하였는데, 저하께서 특정하신 대로 소주방에 속해 있는 궁녀였습니다. 그런데……."

윤이 긴장 어린 눈빛으로 문 내관을 보았다.

"어찌 그러느냐? 어서 고하도록 해라."

문 내관이 낮은 한숨을 내쉬었다.

"이자가 누구인지는 저하께서도 들어 아실 것이옵니다."

"들어 안다고? 내가 아는 궁인이더냐?"

마침내 결심이 선 듯, 문 내관이 입을 열었다.

"그자는……. 얼마 전 외출하였다가 목을 맨 시신으로 발견된 나인 김가이기 때문이옵니다."

"……김가."

윤의 눈빛이 깊이 침잠한다. '먹보'라 불린 김가 궁인의 죽음을 조사한 고율사는 자결이라는 결론을 내렸다. 궁인으로서의 생활에 염증을 느껴 다음 생을 기약하겠노라는 짧은 말이 유서에 남겨진 전부. 궁인의 자진을 안타깝게 여겼을 뿐, 그 뒤에 숨은 내막이 있으리라 의심한 적은 없었다.

'우연의 일치던가……. 혹은 누군가가 손을 써 꼬리를 자른 것이더냐.'

"그리고, 저하."

생각에 잠겨 있던 윤이 고개를 들었다. 문 내관이 품 안에서 꼬깃꼬깃 접힌 서찰을 꺼냈다.

"소인, 저하의 광증이 발병하였던 날을 매번 기록하고 있었습니다. 혹시나 싶은 마음에 김가 궁인의 외출이 있던 날을 대조해 보았더니, 광증이 있었던 날 즈음하여 며칠 전마다 궁 밖으로 나갔음을 확인하였나이다."

"……."

윤의 미간에 깊은 골이 패었다.

'꼬리가 잘렸다.'

이는 부인할 수 없는 사실이었다. 그렇다면 꼬리를 자른 머리는 대체 누구란 말인가.

생각에 잠겨 있던 윤이 문 내관이 기록하여 두었다는 서간을 펼쳐 들었다.

-오월 십 일, 오월 십팔 일, 오월 이십구 일, 유월 육 일, 칠월 사 일.

종이 위에는 그가 광기에 점철된 붉은 눈으로 궁궐을 헤매었던 날짜들이 빼곡하게 기록되어 있었다.

구월 나흘. 국혼의 세 번째 단계이자 왕세자빈을 책봉하는 날짜를 알리는 고기례가 치러졌다.

임금과 왕세자는 의례에 따라 면복이 아닌 원유관복(遠遊冠服)[63]을 입었다. 내명부 역시 의관을 갖추었다. 중궁전은 대홍색 적의(翟衣)[64]를, 정일품인 영빈은 홍색 노의(露衣)[65]를 입었으며 빈 아래 귀인과 소의는 녹색 노의 차림이었다.

왕세자에게 머물렀던 영빈의 시선이 조복 차림의 금에게로 향하였다.

'저 자리에 있는 것이 연잉군이어야 할 것을. 내 기필코 세자를 폐하고 연잉군을 보위에 올리고 말리라.'

얼마 전 임금이 태화당에 난입하여 중요한 서찰을 가져간 일은 한동안 영빈을 숨죽이게 만들었다. 그러나 걱정도 잠시였다. 그녀의 목표는 확고했다.

'임금께서 그 날짜가 무엇인지 어찌 아신단 말인가.'

날짜가 뜻하는 바를 모르는 자에게 그 서찰은 한낱 종잇조각에 지나지 않는다. 매사에 무심한 임금은 진즉 그 서찰을 불태워버렸을지도 모르는 일이었다. 낙선당 계집이 독버섯을 들고 있었던 것이 신경 쓰였으나, 오히려 그 덕에 일찌감치 연루된 자들의 꼬리를 잘라

---

63 왕이나 왕세자가 하례를 받을 때 착용하는 예복.
64 왕실 적통의 여성 배우자들이 입는 법복.
65 왕비의 평상복이자 정삼품 이상 내명부가 입던 예복.

낼 수 있었다.

'하늘은 내 편이다.'

영빈이 턱을 치켜들었다. 이 나이까지 목숨을 부지하고 있는 데는 분명 하늘의 내린 소명이 있기 때문 아니겠는가. 오만한 시선이 고기례를 응시하기 시작했다.

구월 열사흘. 지금껏 빈씨라 불려온 어채화를 정식으로 왕세자빈에 봉하는 책빈례가 시작되었다.

황금룡을 수놓은 교명을 받쳐 든 사신들이 빈씨를 기다린다. 혼인을 청하고, 예물을 보내고, 책빈의 날짜를 알리는 세 번의 의례 동안 빈씨는 내내 안방에 틀어박혀 있었다. 이 날은 세자빈이 될 어채화가 최초로 모습을 보이는 날이었다.

"목을 그리하시다가 큰일 납니다. 고개를 바로 하십시오."

"……알았네."

머리를 장식한 수식의 어마어마한 무게가 채화의 가냘픈 목을 짓눌렀다. 훅 숨을 들이마신 채화가 가까스로 고개를 들어 올렸다. 이러다 목이 부러질 수도 있다는 공포심이 엄습했다.

몸을 감싸고 있는 것은 왕세자의 상징인 아청색으로 물들인 화려한 적의. 적의 안에 입은 속바지며 너른바지, 대슘치마, 무지기치마 등의 속곳만 총 아홉 겹에 달하였기에 채화는 혼자서는 거동조차 할 수 없는 처지였다. 지 상궁과 궁에서 나온 또 다른 상궁이 그녀의 양팔을 붙들어 부축했다.

"부복!"

몸을 낮추고,

"흥(興)!"

일어서고,

"사배!"

네 번 절을 올리고,

"흥!"

다시 일어선다.

정작 지아비 될 이는 보이지 않는 별궁. 채화는 궁궐의 방향을 향해 네 번 절을 올렸다.

이제 국혼에는 가장 중요한 두 가지 절차, 왕세자가 몸소 별궁으로 세자빈을 맞이하러 가는 친영과 부부가 되어 술잔을 나누는 동뢰연만이 남아 있었다.

* * *

순심은 좀체 잠을 이루지 못했다.

응당 있을 줄 알았던 독버섯은 손을 타 온데간데없이 사라졌다. 심난한 마음을 누군가에게 터놓을 수도 없는 일이었다. 구월이 믿을 만한 벗일지언정 광증에 대한 이야기를 발설할 수는 없었다.

'며칠이나 지났지……?'

착잡한 마음으로 캄캄한 천장을 바라보던 순심이 날짜를 곱씹었다. 국혼의 육례는 차근차근 진행되어 어느덧 왕세자는 친영을 앞두고 있었다. 스무 날 정도 보지 못할 것이라던 윤은 정말 단 한 번도 그녀를 찾아오지 않았다.

'내일이 친영례구나.'

친영례. 이는 육례가 끝에 다다랐다는 의미인 동시에 세자빈이 동궁전으로 입성한다는 것을 뜻했다.

'어떤 분일까…….'

온갖 생각들이 떠올랐다 사그라지고 다시 떠오른다. 순심은 애써

186

눈을 감으며 오만 생각들을 떨쳐버리려 애썼다.

"음……?"

문득 바깥에서 들려오는 기척.

국혼이 시작된 이래 순심은 밤잠을 이루지 못했다. 또한 밖에서 소리가 들려올 때마다 윤이 아닐까 설레며 문을 열었다. 그러나 방문자는 대부분 구월이거나, 금손이거나, 혹은 돌개바람이나 처마를 두드리는 빗소리뿐이었다.

"금손이니?"

순심이 몸을 일으켰다. 그때였다.

"순심아."

"저하."

분명히 들려오는 윤의 목소리. 순심이 급히 문고리에 손을 얹었다. 이내 다시금 들려오는 그의 음성.

"잠시 문을 열지 말고 있으라."

"예?"

"내 너에게 긴히 할 말이 있으니 그대로 들어다오."

"예……. 저하."

윤의 음성은 이상할 만큼 묵직하게 가라앉아 있었다. 그가 목을 가다듬는 소리가 들렸다. 순심은 문밖에 귀를 기울였다.

"내 내일 친영례를 치른 후면 육례가 거의 끝난다. 나는 곧 한 여인의 지아비가 될 것이다. 하여 네게 이런 말을 전하는 것이 몹시 면목이 없구나."

"……."

고요한 밤. 윤이 숨을 고르는 낮은 소리가 들려왔다.

"나는 오늘 네 허락을 구하려 이곳을 찾았다."

다시금 찾아오는 짧은 침묵.

"사람들은 이렇게 쑥덕대지. 조선의 왕세자는 고자이며 여인을 알지 못한다고. 그들의 말은 기실 틀리지 않다. 나는 아직 여인을 모르는 몸이기 때문이다. 혼인을 하였었고, 지아비로 살았던 적이 있으나 나는 아직 여인을 취한 적이 없다."

그의 음성에 귀 기울이던 순심의 손마디가 바르르 떨렸다.

"나는 오늘부로 여인을 모르는 자, 고자세자라 불리는 삶에 종지부를 찍으려 한다."

"……."

"내 연모하는 마음을 담아 너에게 고하니, 나는 네게 나의 첫 여인이 되어주기를 청한다."

그의 음성이 문살에 비친 달빛과 함께 순심에게로 스몄다.

"허하여주겠느냐?"

달빛 고인 창호지 위에 비치는 순심의 그림자는 미동하지 않았다.

"……허하여주겠느냐?"

답이 돌아오지 않아 윤은 재차 물었다. 그러나 그는 순심의 마음을 이해한다. 다른 여인과 혼인하는 정인을 문밖에 두어야만 하는 여인의 고통을.

"순심아."

그럼에도 불구하고.

"나의 첫정이 되어다오. 내 너를 간곡히 원한다."

먼 밤하늘에 걸린 조각달처럼 고요하던 여인의 그림자가 움직였다. 달칵. 문이 열렸다. 문 안의 순심과 문밖의 윤의 시선이 서로에게로 향했다. 소리 하나 없이 고요하던 뜰 안에 휘잉 서늘한 바람이 불었다.

"들어오십시오, 저하. 밤이 길지 않습니다."

멈춰 있던 시간이 그제야 앞을 향해 나아간다. 그들의 밤은 이제부터 시작이었다.

불은 켜지 않았다. 윤과 순심의 밤에 환한 불빛은 필요치 않았다. 닫힌 문살 틈으로 스며드는 달빛만으로 충분했다.

푸른 어둠 속에서 윤은 순심의 이마에 부드럽게 입 맞추었다. 그의 손길이 그녀의 허리를 감싸 가만가만 끌어당겼다. 겹겹이 바스락대는 옷자락 사이로 연인의 몸이 겹쳐졌다. 이마를 떠난 입술이 원하는 것을 찾아 느리게 움직였다. 여인의 엷은 눈꺼풀에 머물렀다가 보드라운 볼을 눌렀다. 보송보송한 솜털이 뺨을 스쳤다.

"하아⋯⋯."

마침내 입술이 포개어졌다. 순심의 젖은 입술이 윤을 맞이했다. 입술과 입술 사이로 오가는 뜨거운 숨결이 입 안을 적셨다. 미약을 마신 듯 몸을 느른하게 만드는 취기가 몰려왔다.

머리끝부터 발끝까지 온몸의 감각이 무뎌졌다. 오직 느껴지는 것은 입술을 점령하는 축축한 물기와 벌어진 틈으로 밀려드는 뜨거운 열기, 말랑한 입술과 혀에서 느껴지는 매끄러운 감촉, 여린 살에 치아가 스칠 때 전율처럼 느껴지는 달콤한 쾌락뿐. 이대로 영원히 입술을 맞댄 채 하나가 되어 떨어지고 싶지 않았다. 맹렬한 갈망이 이성을 잠식했다. 어지러웠다.

"나⋯⋯."

포개진 입술이 멀어진 찰나의 순간 윤은 고백했다.

"참으로 긴 시간동안 너를 기다려왔다."

국혼을 치르기 위해 순심과 떨어져 있어야 했던 이십여 일의 나날 동안 윤은 단 하루도 그녀를 그리지 않은 날이 없었다. 그러나 그 시간과는 비견조차 할 수 없을 만큼 기나긴 세월 동안 그는 욕망을 제어하고 절제했다.

여인에 대한 욕망이 있었다. 사무치게 외롭고 쓸쓸하여 세상 홀로이 남은 것 같은 밤이면 불쑥불쑥 찾아드는 감정이었다. 그것은 누

군가와 몸을 맞대고 맨살의 온기와 포근한 향기에 취해 세상사를 까
맣게 잊고자 하는 바람에서 비롯된 욕망이었다.

사랑받고픈 욕망도 있었다. 비록 부족하여 완벽치 못한 자신일지
언정 무조건적으로 사랑받고 이해받고픈 응석받이와 같은 감정이
문뜩문뜩 찾아왔다. 그는 늘 사랑을 갈망했다.

사랑하고픈 욕망 역시 간절했다. 그는 늘 누군가를 사랑하고 싶었
다. 비록 하루하루를 장담할 수 없는 외줄타기 인생이었으나, 그 위
태로운 걸음 와중에도 제 모든 것을 내던질 수 있는 이가 나타나기
를 바랐다.

그리고 이제는 그 욕망들을 드러낼 시간이었다.

윤의 입술이 순심의 눈꺼풀을 눌렀다. 떨어진 입술이 되똑한 콧날
을 지나 오목하게 팬 인중에 닿았다. 다시금 두 입술이 만났다. 붉은
꽃잎처럼 부풀어 오른 입술 사이로 매끄러운 혀가 서로를 향해 유영
했다. 그들은 천천히 쓰다듬고, 어르며 머금었다가 부드럽게 빨아들
이며 숨결을 나누었다.

"하아……."

그녀의 입술 사이로 흘러나오는 애타는 탄식은 이내 그의 입술에
삼켜졌다. 윤이 순심의 볼과 도톰한 귓불에 입 맞추었다. 꽉 맞닿은 몸
에서 솟아오르는 열기 탓에 순심의 귀밑머리는 축축하게 젖어 있었다.

"아훗……."

조금 아래로 내려간 윤의 입술이 하얀 목덜미를 덥석 물었다. 여린
살 위에 희미한 자흔이 새겨졌다. 고통이 아닌 서느런 쾌감이었다.

"순심아."

"……예, 저하."

"잊지 마라."

윤의 음성은 몸을 어루만지는 것처럼 나른했다. 귓가가 간질간질

했다. 순심은 지그시 눈을 감았다.

"조선의 왕세자를 소유할 수 있는 여인은, 오직 너뿐이라는 것을."

윤의 어깨에 걸쳐져 있던 검푸른 두루마기가 스륵 소리를 내며 떨어졌다. 조급하지도, 그렇다고 지나치게 느리지도 않은 손길로 윤은 제 옷고름을 풀었다. 풀린 옷고름이 늘어졌다. 역광 속에서 상체를 일으킨 윤의 살갗은 새벽빛에 비쳐 창백했다.

"눈을 떠라."

거부할 수 없는 명. 순심은 심연처럼 까만 눈으로 그를 마주 보았다. 윤의 긴 손가락이 순심의 쇄골 사이 가운데 지그시 닿았다. 그녀가 얕게 마른침을 삼켰다. 순심의 저고리 목덜미에 덧댄 동정을 따라 손끝이 천천히 움직였다. 옷깃을 타고 내려온 그의 손길이 여인의 앞섶을 여미고 있는 옷고름에 이르러 잠시 멈추었다.

스륵. 윤의 손가락이 도도록한 나비 매듭 사이로 파고들었다. 숨을 멈추었던 순심이 끝내 참지 못하고 작게 바르작댔다. 가쁜 숨결이 흩어졌다.

"……저하."

"할 말이 있느냐?"

잠시 망설이던 순심이 윤을 마주 보았다.

"저하, 소인에게 약조해주시옵소서."

"무엇을 말이냐?"

"제게 주신 마음, 변치 않을 것이라고……."

윤의 얼굴이 그녀에게 다가왔다. 귓불에 뜨거운 입김이 스쳤다. 저릿한 느낌이 목덜미를 타고 솟구쳤다.

"약조한다."

윤의 손가락 끝에 걸려 있던 그녀의 옷고름이 팽팽하게 당겨지는가 싶더니, 스르르 풀어져 흩날리며 저고리 앞섶이 벌어졌다.

"이번 생에도, 내 다음 생에도 결코 변치 않음을 맹세하겠다."

치마끈으로 동여맨 가슴둔덕 위로 들어차는 스산한 공기. 정인 앞에 처음 보이는 속살이 부끄러워 순심의 손은 반사적으로 가슴으로 향했다. 그러나 그 손은 윤에게 잡혀 갈 곳을 잃었다.

"이리 와라."

바르르 떨고 있는 손가락 대신 스산한 가슴께를 감싸는 윤의 체온.

"밤이 길지 않다."

먼 동녘에서 시작된 푸른 새벽이 궁궐 지붕 위를 밝히기 시작했다. 그러나 그들에게는 아직 밤이었다. 새벽빛마저 그들을 방해하고 싶지 않은 듯했다. 그리하여 아침은 느리게, 느리게 밝아오고 있었다.

벗겨진 저고리, 풀어진 치마끈, 펼쳐진 옷자락. 흘러내려 서로의 몸을 적시는 땀방울과 습한 공기, 뒤섞이는 신음성.

여인이 처음인 사내와 사내가 처음인 여인의 합(合).

그들은 눈을 감지 않았다. 술 한 잔, 꽃 한 송이 놓여 있지 않은 초야. 술이 없으니 그의 눈빛에 취하였고 꽃이 없으니 그녀의 향기에 취하였다. 눈을 깜빡이는 시간 동안 보이지 않는 것마저 안타까워 애달팠다. 그의 눈 안에 그녀가, 그녀의 눈 안에는 그가 끝없이 비치고 있었다. 바라보고 또 바라보아도 보고 싶어 미칠 것 같았다.

"내 이 순간을 평생 잊지 않을 것이다."

"……소인 역시 그러합니다."

순심은 사랑하는 사내를 위해 정조를 벗었고, 윤은 은애하는 여인을 위해 운명을 거부했다. 수줍음과 망설임이 떠돌던 순심의 눈빛이 쾌락에 잠식되어 점점 흐려졌다. 그들의 숨결이 거칠어졌다.

열병에 휩싸인 것처럼 뜨거운 몸. 윤과 순심의 숨결은 가파르게 고조에 이르렀다. 순심의 입 안으로 밀어닥쳐 흘러 들어오는 것은 윤의 입술만이 아니었다. 그것은 그의 깊디깊은 숨, 삶의 숨. 기나긴 세월 동안 속으로 삼켜야만 했던 생의 욕망들과, 입술을 짓이기며 참아내야만 했던 고통과 눈물. 그리고 이윤이라는 사내의 가슴속에 평생 묵직하게 고여 있던 외로움이라는 감정이었다.

입술을 통해 그의 삶이 순심에게 밀려 들어온다. 달콤한 입맞춤의 와중 그녀마저 먹먹하게 슬퍼졌다.

"순심아."

순심의 눈에서 흘러내린 눈물이 포개진 입술 사이로 배어들었다. 윤은 입술을 떼고 물끄러미 그녀를 바라보았다.

"어찌 우느냐? 두려우냐?"

"아니요. 두렵지 않습니다, 저하."

"그런데 어찌하여 우느냐?"

"저하의 마음이…… 느껴져 웁니다."

순심의 눈에서 다시 한 방울 투명한 눈물이 흘러내렸다. 윤의 입술이 눈물이 지나간 자리를 지그시 눌렀다. 지나온 삶처럼 짠 맛이 났다.

"……울지 마라. 네가 울면 내가 아프다."

윤이 나지막하게 속삭였다. 마음이 느껴져 운다는 말의 의미를 그는 단번에 헤아렸다. 이 밤을 기점으로 그들의 삶은 같은 운명의 굴레에 오르게 될 것이다. 윤이 기쁘면 순심도 기쁠 것이고 윤이 슬프면 순심 역시 슬플 것이다. 그 반대의 경우도 같으리라.

"내 늘 행복하겠다. 지금처럼, 너를 안고 있는 이 순간처럼."

윤의 입술이 눈물길을 온유하게 쓰다듬었다.

"그러나 울지 마라. 늘 행복할 것이다."

순심이 고개를 끄덕거렸다. 윤의 입술이 물기에 젖어 반짝이는 속눈썹과 눈꺼풀, 그리고 뺨과 광대뼈 위에 차례로 포개졌다.

슬픔의 흔적을 말끔히 지웠음을 확인한 윤의 입술이 순심의 도드라진 턱 끝과 우묵한 쇄골 윗부분에 닿는다. 이불이나 옷자락, 머리칼 그 무엇으로도 가려지지 않은 여인의 살결 위에 윤의 입술이 포개어지고 몸이 겹쳐졌다. 간절한 손끝이 벗은 등을 애타게 붙잡았다. 슬픔이 지나간 빈자리에 발간 희열이 스미기 시작했다.

느릿느릿 다가온 새벽빛이 윤의 드러난 어깨를 푸르게 물들였다. 그 여린 미명에 드러난 순심의 얼굴을 바라보던 윤이 눈을 감았다.

"아훗……."

윤이 순심에게로 밀려들었다. 그녀에게 처음은 뜨거운 고통이었다. 몸을 꽉 채운 열기가 두려워 잠시 숨조차 쉴 수 없었다. 순심은 입술을 깨물며 길게 신음했다.

윤의 움직임이 멈추었다. 둘이 하나가 되는 과정. 고통이 여인 혼자의 몫이 되는 것은 옳지 않게 느껴졌다. 그가 자꾸만 격렬해지는 숨을 가라앉혔다. 서두르고 싶지 않았다. 그녀를 아프게 하고 싶지 않았다.

"저하……."

순심의 입술이 달싹였다. 서서히 아픔이 잦아들고 통각이 무뎌졌다. 그녀는 윤을 바라보며 작게 고개를 끄덕였다. 그렇게 서로를 눈에 담은 채 포개진 몸이 느리게 움직이기 시작했다. 고통과 쾌락의 경계가 흐려졌다. 마침내 통증이 사라지자 몸 안에 숨어있던 비밀스러운 감각들이 솟구치기 시작했다.

"하아……. 하아……."

윤을 통해 순심은 피어난다. 밀려오는 아스라한 희열에 깊이 잠긴 눈동자는 가끔 소스라치게 놀란 듯 번쩍 뜨이곤 했다. 달콤한 쾌감에 취해 확대된 동공에 윤의 얼굴이 비쳤다. 그녀에게 속한 그 역시 완벽하게 도취된 표정을 짓고 있었다.

뒤섞이고 포개지는 것은 단지 몸이 아닌 삶. 윤이 그녀에게로 가고 순심이 그에게로 온다. 몸이 하나가 되고 마음이 합하여졌다.

"잊지 마라……. 나는 너의 것이다."

속삭이던 윤의 입술이 그녀의 귓불을 스쳤다.

몸 안을 가득 채우는 몽환에 가까운 감각. 귓가를 간질이는 것으로 시작하여 온몸을 핥고 어루만지는 달콤한 목소리. 드러난 살갗 아래 사각대며 스치는 비단과 명주의 서늘한 감촉. 쇄골이나 배꼽처럼 우묵한 곳에 고여 작은 샘을 만드는 땀방울과, 윤의 등의 얕은 굴곡을 쓰다듬고 매만지다 애타게 지문을 새기는 손길.

활짝 열린 온몸의 감각은 연결되어 소리는 느낌이 되고 감촉은 색(色)이 되었다. 사랑을 고백하는 목소리가 축축한 백단향에 실려 방 안을 떠돌았다.

윤의 어깨 끝에 머물던 새벽빛이 그들의 몸 전체를 비추었을 무렵.

"하앗……."

숨결이, 입술이, 몸과 마음, 윤과 순심의 삶이- 비로소 하나가 되었다. 믿기지 않을 만큼 아득한 숨을 뱉으며 윤과 순심은 깊이, 더 깊이 침잠한다. 몸을 휘감는 쾌락은 때로 고통처럼 느껴질 만큼 강렬했다. 그들의 입에서 흘러나오는 격렬한 신음은 울음처럼 본능적이었다.

삶에 방점이 찍히는 순간. 귀하고 아름다운 초야(初夜)였다.

"……이대로 시간이 멈추었으면 좋겠다."

희끄무레하게 밝아오는 문밖. 침전에 나란히 누운 그들은 서로를 바라보고 있었다. 순심에게 팔베개를 해주던 윤이 그녀를 감싸 품에 안았다.

"이대로……. 영영 네 곁에 머물렀으면."

"저하."

순심이 나른한 시선으로 그를 본다. 달뜬 시간의 흔적은 그녀의 뺨에 꽃잎처럼 붉은 홍조로 남겨져 있었다.

"소인은 여기 있습니다."

순심이 손을 내밀어 윤의 왼쪽 가슴팍에 얹는다. 여전히 그의 심장은 격렬히 고동치고 있었다.

"그러니 다녀오십시오. 소인 늘 저하 곁에 있겠나이다."

그것은 영영 하나 된 삶을 살아가겠노라는 굳은 맹세. 마음의 합(合)이었다.

* * *

구월 열엿새, 교룡기가 새파란 하늘 위로 나부꼈다.

친영례(親迎禮)가 시작되었다. 왕세자가 몸소 별궁을 찾아 세자빈을 궁궐로 데려오는 친영례는 육례 중 가장 중요한 의식이었다.

어의궁으로 향하는 친영 행렬에 동원된 이들만도 도합 사백 명이 넘었다. 선도 행렬에 선 군병들이 교룡기와 둑[66]을 높이 들었다. 교룡기 뒤로 왕세자가 탄 거대한 연(輦)[67] 주변에는 수십의 무관들이 행렬을 호위하고 있었다. 임금의 교명이며 왕세자빈의 책봉문, 예복과 옥인(玉印)[68]을 실은 채여가 그 뒤를 따랐다. 가마 행렬의 마지막에 위치한 왕세자빈이 타고 돌아갈 빈 연(輦) 뒤로 호위대가 길게 줄지었다.

마침내 세자가 어의궁에 당도했다. 별궁에 들어가는 예를 따르는 데만도 기나긴 시간이 소요되었다. 윤이 비로소 별궁으로 들어가 세자빈을 맞이한 것은 이미 해가 중천에 떠오른 오후였다.

면류관의 화려한 구슬 끈에 가려진 왕세자의 얼굴에는 피로한 기색이 감돌았다. 윤은 간밤을 온전히 낙선당에서 보낸 까닭에 잠을

---

66 소꼬리로 장식한 깃발.

67 왕이나 왕세자가 거둥할 때 타는 가마.

68 옥으로 만든 도장.

자지 못했다.

이윽고 세자빈이 모습을 보인다. 윤의 시선이 의례가 치러질 뜰로 걸어 나오는 작은 체구의 여인에게 머물렀다. 얼굴보다 먼저 눈에 들어온 것은 소녀의 가녀린 몸뚱이를 휘감은 너른 적의 자락과 거대한 수식. 치장에 파묻힌 해쓱한 얼굴은 그 후에야 눈에 들어왔다. 분을 바른 그녀의 얼굴은 창백하다 못해 회색빛으로 질려 있었다.

조선의 왕세자빈. 그리고 이윤의 부인.

어채화는 궁인들의 부축을 받으며 위태롭게 걸어 나왔다. 의복과 수식의 무게가 엄청난 까닭에 채화는 넘어지지 않는 데 온 신경을 집중하고 있었다. 그녀에게는 지아비의 얼굴을 살필 여유조차 없었다.

"읍(揖)[69]하소서."

상궁의 음성. 윤은 두 손을 맞잡아 이마에 대고 예를 갖춘다.

"읍하소서."

채화 역시 상궁들의 도움을 받아 수십 번 연습한 대로 예를 갖추었다. 그녀가 고개를 들어 윤을 보았다.

"……."

사람들이 말하길 세자는 참으로 볼품없고 비루한 사내라 하였던가. 혹은 사내답지 못하고 덕이 부족하여 보잘것없다 했던가.

누구도 그녀의 지아비, 조선의 왕세자 이윤이 저리 아름다운 사내라 말해주지 않았다.

"……마노라."

"아."

지 상궁이 넋을 잃은 채화의 팔을 살짝 잡아챘다. 소스라치게 놀란 채화의 입에서 낮은 소리가 흘러나왔다. 윤이 자신을 바라보고 있음을 깨달은 채화의 뺨이 당황으로 붉게 물들었다.

---

69 인사하는 예의 하나.

그의 눈은 깊이를 알 수 없을 만큼 어둡다. 그 짙은 감정의 정체가 무엇인지 열네 살 그녀는 가늠할 수 없었다. 그러나 하나만은 알 수 있었다. 설령 스치듯 눈길이 닿았을지언정, 그가 보는 것은 채화가 아닌 먼 어드메임을.

동뢰연은 친영 당일 저녁에 치러졌다. 왕세자와 세자빈이 맞절을 올리고 술잔을 나누는 의식을 마지막으로 긴 국혼의 과정이 끝난다. 동뢰연 장소인 경덕궁(慶德宮)[70] 광명전(光明殿) 곳곳에 왕실을 상징하는 대홍색 휘장들이 내걸렸다.

동뢰연상의 중심인 연상(宴床) 위에 꽃으로 장식된 고임음식이 높게 쌓아 올려졌다. 색색의 산자(散子)[71]며 전단병(全丹餅) 같은 수십 가지 한과들, 문어, 전복, 상어 등 바다에서 나는 것들과 통째로 삶아낸 돼지와 양까지, 많은 궁인들이 며칠간 동원되어 완성된 동뢰연 상차림은 화려함의 극치였다.

휘황한 상차림과 달리 연회의 분위기는 대단히 엄숙했다. 음악은 물론 웃거나 말소리를 내는 것 역시 금기였다. 또한 가례가 마무리되지 않았기에 세자와 세자빈이 마주 보는 것 역시 허락되지 않았다.

윤이 지그시 미간을 찌푸린다. 밤을 지새운 까닭에 피로가 극심했다. 면류관에 짓눌린 머리가 지끈거렸다. 그가 거추장스러운 구슬끈 너머 맞은편, 상궁들에게 부축을 받은 채 서 있는 가냘픈 세자빈을 힐끗 쳐다보았다.

'……열넷이라더니 정녕 어린아이로군.'

노론인 병조참지 어유구의 여식, 올해 나이 열네 살. 윤이 채화에 대해 아는 것은 그것이 전부였다.

---

70 지금의 경희궁.

71 유밀과의 하나.

몸에 걸친 치장이 버거운 듯 바들대는 몸뚱이, 백관들과 종친들의 시선에 압도된 나머지 잔뜩 움츠러든 태도, 지 상궁이 말을 건넬 때마다 당황한 듯 흔들리는 시선. 무심코 열네 살의 자신을 떠올리던 윤이 솟아오르는 기억들을 애써 억누른다.

열네 살 윤은 어머니의 죽음을 맞아야 했고, 어머니를 살리기 위해 대신들의 다리를 붙잡고 애원해야 했으며, 또한 어머니가 사약을 마시던 순간에도 상주로서 인현왕후의 빈소를 지켜야만 했다.

"배(拜)."

왕세자 윤과 왕세자빈 채화는 서로를 향해 맞절했다.

"흥(興)."

절을 하고 일어서던 와중 연상 너머로 마주친 시선. 먼저 시선을 떨어뜨린 것은 채화였다. 까닭 없이 심장이 철렁했다. 반대로 윤은 친영과 동뢰연이 진행되는 종일 그녀에게 거의 눈길을 주지 않았다.

"합근(合巹)."

윤의 입술이 닿았던 합환주(合歡酒)[72] 술잔이 채화에게 돌아왔다. 의례에 따라 그녀 역시 술 한 모금을 마셨다. 입안을 차갑게 적시는가 싶던 술이 불길처럼 뜨겁게 목구멍을 타고 내려간다. 숨이 콱 막히는 듯하여 채화는 길게 숨을 내쉬었다. 뜨거운 기운이 뺨과 귓불에 확 번졌다.

"취하시면 아니 되옵니다. 정신을 똑바로 차리셔야 합니다."

지 상궁의 음성이 귓가에 들려왔다. 입술을 앙다문 채화가 고개를 끄덕였다. 이후 몇 차례 거듭 합환주가 돌았고, 마침내 동뢰연이 끝났다.

세자가 광명전을 떠나 연에 오른다. 뒤이어 채화 역시 상궁들의 팔에 이끌려 버들가지처럼 비척대는 몸뚱이를 연에 실었다.

"하아……."

연에 오른 윤이 긴 한숨을 뱉었다. 마침내 가례의 모든 절차가 끝났

---

72 신랑 신부가 서로 잔을 바꾸어 마시는 술.

다. 남은 것은 내일 아침 치러질 조현례(朝見禮)뿐. 그러나 궁궐에 왕대비 등의 웃어른이 없었으므로 조현례는 간소하게 치러질 예정이었다.

"……순심아."

피로에 충혈된 눈을 지그시 감던 윤이 문득 중얼거렸다.

연이 앞으로 나아간다. 그의 평생의 터전인 동궁전을 향해. 그곳에는 윤의 삶의 의미인 여인이 기다리고 있었다.

순심이 아닌 다른 여인을 부인으로 맞아 돌아가는 길. 가마는 서글프게도 흔들거렸다.

왕세자와 세자빈을 실은 가마는 동궁전 안뜰까지 들어간 후에야 멈췄다. 피로한 기색의 윤이 먼저 모습을 드러냈다. 뒤를 따르던 연에 타고 있던 채화 역시 지 상궁의 부축을 받아 밖으로 나왔다.

어느덧 해는 저물어 사방은 파르라니 어둑했다. 몇 걸음 앞에 보이는 왕세자의 너른 등. 잠시 그를 바라보던 채화의 시선이 궁궐의 담장 너머 처마며 지붕들로 향했다. 기왓장들은 끝이 보이지 않을 만큼 먼 곳까지 이어져 있었다.

동궁전. 오늘부터 이곳이 채화의 집이다.

"마노라, 위엄을 차리십시오. 저승전 앞에서 궁인들이 기다리고 있습니다."

"나를 말인가?"

"가례를 경하드리기 위함입니다. 새로운 안주인이 오셨으니 궁인들이 문안하는 것은 당연한 일 아니겠습니까?"

"아……. 알았네."

채화가 고개를 끄덕였다.

채화는 별궁에서 지내는 동안 궁녀들을 위엄 있게 대하는 법 역시 익혔다. 그러나 아무리 익숙해졌던들 지 상궁은 어머니뻘이 훌쩍 넘는 여인이었다. 지 상궁이 잔소리를 할 때마다 채화는 꾸중 듣는 어린아이가 된 기분을 느끼곤 했다.

"저하, 마노라와 함께 저승전으로 드시옵소서."

문 내관이 윤에게 고하였다. 윤이 잠자코 몸을 돌렸다. 그를 마주 본 채화가 눈을 내리깔았다.

갓 부부가 된 윤과 채화가 나란히 걸음을 옮겼다. 윤은 무거운 의장 탓에 속도를 내지 못하는 채화의 걸음에 맞추어 천천히 걸었다. 그러나 채화는 안다. 그것은 배려라기보단 평생을 왕세자로 살아온 자의 몸에 밴 예도(禮度)에 지나지 않다는 것을.

"경하드리옵나이다, 왕세자 저하, 왕세자빈 마노라."

"경하드리옵나이다, 왕세자 저하, 왕세자빈 마노라."

저승전 뜰에 울려 퍼지는 궁인들의 목소리.

양쪽으로 늘어선 궁인들은 서른 명 남짓이었다. 그들의 대부분은 궁녀와 내관들이었다. 또한 황가를 비롯한 세자익위사 무관 서넛도 자리를 지키고 있었다.

"……."

윤의 걸음이 멈춘다. 그의 시선이 닿은 곳은 늘어선 궁인들의 줄 맨 끄트머리. 그곳에 서 있는 여인은 차마 고개를 들지 못하고 땅바닥을 내려다보고 있었다.

나인복도, 상궁복도, 그렇다고 비빈들이 입을 법한 금박 물린 의복도 아닌, 여느 청빈한 반가 아낙과 같은 차림새의 순심. 그녀의 모습은 소박하여 오히려 눈에 띄었다.

"아……."

윤이 저도 모르게 탄식을 뱉었다. 그는 본능적으로 순심에게 향하는 걸음을 가까스로 제지했다.

'네게 보이고 싶지 않은 모습이거늘, 어찌 이곳에 온 것이냐.'

그렇지만 순심은 엄연히 동궁전 궁녀 신분이었으므로 왕세자 부부에게 예를 차리는 것이 당연했다.

"저하. 바람이 차옵니다. 어서 들어가시옵소서."

윤의 시선이 순심에게로 향하는 낌새를 알아챈 문 내관이 윤을 재촉하였다.

"……알았다."

차라리 빨리 순심의 눈앞에서 사라지는 것이 그녀를 위한 길일지도 모른다. 윤이 걸음을 재촉했다. 영문을 모른 채 함께 멈춰 섰던 채화 역시 제 지아비를 따라 저승전 안으로 모습을 감췄다.

"고생했소."

그것이 전부였다.

이십여 일간의 지난한 가례 절차를 마치고, 이른 아침부터 친영례와 동뢰연을 치르고, 임금과 종친들과 문무백관들 앞에서 술잔을 나누어 마심으로써 정식 부부가 된 그들이었다. 그러나 종일 왕세자가 부인인 채화에게 건넨 말은 저뿐이었다.

왕세자의 침전은 동쪽에, 세자빈의 침전은 서쪽에 위치했다. 각자의 침전으로 향하는 갈림길인 복도 끝에 멈춰선 윤이 건넨 말은 오직 하나.

-고생했소.

이것뿐이었다. 단 한마디를 끝으로 세자는 제 침소로 돌아갔고, 덜컥 문을 닫아버렸다.

나이 어린 여인이라지만 어찌 아쉽지 않겠는가. 그러나 세자에 대한 서운함보다 극심한 피로감이 더 컸다. 대례복과 수식의 무게가 엄청난 데다 여러 차례 부복과 절, 다시 일어서는 과정을 반복한 탓에 그녀는 기진맥진해져 있었다. 무엇보다 처음 마셔본 술기운이 돌아, 채화는 몸을 가누기조차 쉽지 않은 상태였다.

채화가 침전에 들어서자마자 동궁전 나인과 본방나인[73]들이 달라붙어 장신구며 의복들을 떼어냈다. 타인 앞에서 옷을 갈아입는 것은 그녀에게 꽤나 어색하고 부끄러운 일. 그러나 한시라도 빨리 대례복을 벗고픈 마음에 채화는 잠자코 궁인들에게 몸을 맡겼다. 갈아입은 옷 역시 소례복이라 가볍다 할 수는 없었지만 몸은 한결 편안해졌다.

"저녁상을 올리겠나이다. 피로하실 줄 아오나, 저승전에서의 첫 진지이니 물리지 말고 꼭 드시옵소서."

"알았네. 그런데……. 지 상궁."

"예, 마노라."

"저승전으로 들어올 때, 입구 쪽에 서 있는 궁녀를 보았네."

"아, 예."

지 상궁의 음성에 당혹한 기색이 묻어났다.

"누구인가? 나인이나 상궁과는 다른 옷차림을 하고 있던데."

"그 궁녀는…… 낙선당에 기거하고 있는 승은궁녀 김가이옵니다."

"……아."

아. 그랬구나.

합환주 탓에 취기가 오른 것이 분명하다. 어찌하여 당연한 사실을 깨닫지 못했단 말인가. 채화가 애써 태연한 척 고개를 끄덕거렸다. 어의궁에서 세자빈으로서의 교육을 받던 기간 동안 귀에 인이 박이도록 들은 말이 떠올랐다.

─마음을 너그러이 가지셔야 합니다. 본디 세자 저하는 여인에게 관심을 두지 않는 분입니다.

─투기란 칠거지악(七去之惡)임을 명심, 또 명심하셔야 합니다.

─늘 대의(大意)를 생각하소서. 사사로운 감정 탓에 한 집안이 멸할 수 있음을 잊지 마십시오.

---

73 왕비나 세자빈이 입궐할 때 친정에서 데려온 나인.

아버지도, 어머니도, 지 상궁을 비롯한 예법을 가르치는 지밀들도 모두 같은 말을 했다.

"특별 상궁도 되지 못한 한낱 궁녀에 지나지 않습니다. 앞으로 마주치실 일이 없을 여인입니다. 오늘은 모든 동궁전 궁인이 동원되는 날이라 모습을 보였을 뿐입니다."

"알았네."

채화가 애써 담담한 음성으로 말했다. 지 상궁이 다시금 낮은 음성으로 고하였다.

"마노라, 기껏 첩실에 지나지 않습니다. 본래 첩에게 오래도록 정을 주는 사내란 없는 법입니다."

"……그러한가?"

"그렇다마다요. 크게 마음 쓰지 마옵소서. 저하께서 젊고 강건하시니 몸이 동하여 가까이 두셨을 뿐입니다. 머잖아 마노라께서 관례를 치르시고 합방을 한 후에는 첩실 따위 잊으실 것입니다. 사내의 마음이란 것이 본래 그렇습니다."

합방에 대하여 말하는 지 상궁의 태도가 민망하여 채화는 짐짓 시선을 돌렸다.

지 상궁의 말이 맞을지도 모른다. 채화는 아직 관례를 치르지 않았다. 관례 전이라는 것은 곧 지아비와 합방할 수 없는 몸임을 뜻하였으므로 채화는 초야가 무엇이고 운우지정(雲雨之情)이 어떤 것인지 아직 배우지 못했다.

"알았네. 그저 궁금하여 물은 것이니 그리 알게."

"예, 마노라. 곧 저녁상을 들이겠습니다. 조용히 쉬실 수 있도록 궁인들을 물리겠나이다."

지 상궁이 뒷걸음질 쳐 침소를 떠난 후. 그제야 채화는 길고 깊은 숨을 내뱉었다. 수많은 사람들의 시선 한가운데 외로이 내던져져 있던 하루. 혼자가 되니 이제야 살 것 같았다. 채화가 손을 들어 뻐근한 목을 어루만졌다.

"……힘든 하루였어."

그래도.

"잘 해냈다, 어채화."

어채화. 그녀는 다시 한 번 제 이름을 되뇌었다. 대단히 귀하고 소중한 누군가를 부르듯이.

오늘부터 그녀는 어엿한 왕세자빈이었다. 이제 누구도 감히 채화라는 이름으로 그녀를 부를 수 없을 것이다. 채화 자신이 아니고서는 누구도 불러줄 리 없는 이름이었다.

"후……."

연지를 바른 붉은 입술 사이로 나이답지 않은 짙은 한숨이 흘러나왔다. 채화는 종일 꼿꼿하게 쳐들고 있어야만 했던 고개를 벽에 기대었다. 그대로 그녀는 잠시 눈을 감았다.

얼마의 시간이 흘렀을까. 툭. 채화의 고개가 아래로 떨어졌다.

소스라치게 놀란 그녀가 선잠에서 깨어났다. 당황한 기색이 역력한 눈동자가 크고 휑한 방을 살폈다. 잠시 후에야 채화는 오늘 제가 가례를 올렸으며 이제부터 이곳이 제 집이라는 사실을 상기했다.

"아……."

채화는 다소간 불안한 눈빛이었다. 술기운 탓인지 머리가 무겁고 어질어질했다. 저승전을 둘러싼 공기는 가슴이 먹먹할 만큼 차고 건조했다. 왜 첫날부터 이런 생각이 드는 건지 모르겠지만, 그녀 역시 이 쓸쓸함 속에 파묻힌 적막이 되어버릴 것만 같았다.

"지 상궁……?"

텅 빈 침소 안에 그렁그렁한 메아리가 되어 돌아오는 목소리. 갑자기 덜컥 겁이 났다. 겁을 낼 이유 따위 없으리라는 것을 알면서도.

조심스레 침소 문을 연 채화가 한 걸음을 내디뎠다. 그러나 궁인들을 물린 탓에 복도는 을씨년스럽기만 했다.

"지 상궁……."

몇 걸음을 옮기던 채화가 자리에 멈춰 섰다.

"저하."

면복을 벗고 옷을 갈아입은 세자의 모습을 채화는 멍하니 바라보았다. 윤은 혼자가 아니었다. 그의 곁에 서 있던 한눈에도 무관으로 보이는 자가 채화에게 고개를 숙였다. 물론 그는 황가였으나, 아직 채화는 지 상궁과 몇몇 궁녀들 외에 동궁전 궁인들을 알지 못했다.

"그럼 저하, 소인 다녀오겠나이다."

"그리하라."

손에 무엇인가를 든 황가가 복도를 성큼 가로질러 사라졌다. 휑한 복도에는 윤과 채화의 그림자만이 들쑥날쑥했다.

"그럼 평안히 주무시오."

윤의 손이 침전 문에 얹혔다.

"저하."

그가 채화를 돌아본다. 그를 마주 보기 위해 채화는 고개를 뒤로 젖혀야 했다. 어깨 위로 가래머리가 묵직하게 늘어졌다.

"하실 말씀이라도 있소?"

윤의 음성은 차갑지는 않았다. 그러나 따스한 것도 아니었다. 그의 말투며 표정에서 감정이랄 것은 읽을 수 없었다.

채화는 잠시 머뭇거렸다. 머릿속이 하얘졌다. 어찌하여 할 말조차 생각지 않고 곱절 이상의 나이 차가 나는 지아비를 불러 세웠는지 앞이 깜깜했다. 처음 마신 술 탓일까. 아니면 아비가 늘 걱정하시던 대로 불퉁불퉁 튀어나오는 고집스런 성격 탓일까.

"종일 아무런 말씀도 없으시기에……."

"나는 원래 말수가 적소."

"그렇다면 저하, 소첩에 대해…… 궁금한 것은 없으십니까?"

무감한, 혹은 지루한 표정으로 서 있던 윤이 채화를 내려다보았다. 그녀의 머리는 윤의 가슴께에도 닿지 않았고 가냘프게 떨리는 음성은 아이나 다름없었다.

순간, 윤의 입에서 '하' 하는 낮은 소리가 새어 나왔다. 조소는 확실히 아니었고, 난처함을 무마하려는 듯한 웃음이었다.

"어찌 그러십니까, 저하?"

대답을 할까 말까 망설이던 윤이 툭 내뱉었다.

"관례도 치르지 않으신 빈께서 스스로 소첩이라 칭하는 것이 낯설어 그렇소."

"관례와는 관계없이……. 저하와 가례를 올렸으니 소첩이라 하는 것이 옳지 않겠습니까?"

"원한다면 그리하시오. 나는 상관없소."

아무래도 윤은 채화를 마주하는 것이 내키지 않는 듯했다. 그가 무심하게 몸을 돌렸다. 그러나 윤의 뒤통수에 날아와 박히는 목소리.

"저하."

"……."

윤이 다시 뒤돌아섰다. 입 밖으로 꺼내지는 않았으나 그는 '아직 할 말이 더 있느냐?'는 의중이 역력한 표정이었다.

"소첩의 이름은 채화입니다."

"음."

뒤돌아섰을 때의 표정 그대로 윤은 채화를 바라본다. 그러나 두 번, 세 번, 아니 백 번을 보아도 채화를 처음 마주했을 때 느꼈던 감정은 변하지 않을 것이다.

어린아이. 윤이 남은 평생 미안한 마음을 가지고 살아야 할 가여운 어린 소녀.

"내 이름은 윤이오."

이름이 무슨 의미가 있는지야 모르지만 이 정도의 호의는 당연한 것이리라. 그 말을 남긴 윤이 제 침소로 돌아가 문을 닫았다.

낙선당 침소 안은 고요했다. 심지가 다 타들어갔는지 타닥타닥 타오르는 낮은 등잔불빛에서 왕왕 불티가 날렸다.

순심은 벽에 등을 기댄 채 무릎을 모으고 있었다. 그녀는 한참이나 그 자세로 움직이지 않았다. 시선은 일렁이는 등잔불빛에 고정된 채였다.

'왜 이래, 바보같이.'

순심이 작게 고개를 흔들었다.

'차라리 보지 말 것을.'

왕세자 부부가 그녀를 지나쳐 사라질 때까지 눈을 질끈 감고 보지 말 것을.

그러나 사람의 마음이 어찌 그러할까. 내내 땅을 보던 순심은 끝내 고개를 들고 말았다. 화려한 면복 차림의 윤을 본 순간 그녀는 그가 아름답다고 생각했다. 윤의 곁에 서 있는 대례복에 감싸인 가냘픈 소녀를 보기 전까지는.

'저하께서 혼인하시는 것은 진즉 결정된 일이었잖아. 다녀오시라고 호언장담해놓고……. 왜 이리 못난 생각을 해…….'

문득 떠오르는 간밤의 기억. 당저고리 아래 숨겨진 그녀의 살갗 곳곳에는 윤의 입술과 손길의 기억이 여린 분홍빛으로 남아 있었다.

몸이 포개지고 체온과 땀이 뒤섞이던 순간의 미혹. 솟구쳐 올라온 날 선 쾌락은 머리부터 발끝까지 온몸을 점령했다. 처음 경험하는 온갖 감각들이 그녀의 뇌리에 생생했다.

축축한 살이 부딪치는 소리와 등 아래 깔린 치마폭이 사각대던 소리, 방 안에 떠돌던 등잔불의 까만 그을음 냄새와 윤의 살에 배어 있는 백단 향기. 윤의 이마에서 흘러내린 땀방울이 그녀의 입술 위로 똑똑 떨어질 때의 찝찌름한 맛, 달고 미끄럽고 뜨거운 입술과 혀와 타액의 맛.

순심은 모든 것을 또렷하게 기억하고 있었다. 그것은 사랑의 증표이자 윤이 남긴 정표였다. 또한 누군가의 지아비가 된다 해도 오직 순심만을 사랑하겠다 약속한 그가 몸으로 새긴 맹세였다.

"일어날 일이 일어났을 뿐이야. 주제를 알아야지, 김순심……."

혼잣말을 하던 순심이 고개를 흔들었다. 윤은 평범한 사내가 아닌 조선의 왕세자였고 훗날 왕이 될 사람이었다. 어찌 하늘과 같은 이를 제 작은 품 안에 가두어둘 수 있단 말인가.

그때였다. 문밖에서 들려오는 기척에 순심은 반사적으로 문을 열었다. 문틈으로 찬바람이 들어오는 바람에 등잔불이 꺼졌다.

"저하."

불빛이 사라진 낙선당. 바람과 함께 밀어닥친 것은 짙은 백단향이었다. 그 향기를 맡은 순심은 앞뒤 잴 것 없이 정인을 맞이하기 위해 뛰어나갔다.

"저하, 소인……."

그리고 버선발로 달려 나간 순심은 그의 품에 안기기 딱 한 보 전에 멈춰 섰다.

희미한 밤빛에 비치는 그는 윤이 아니다.

"황가 님."

우뚝 멈춰 선 순심의 뺨이 황망함에 붉어졌다. 그녀가 당황한 눈빛으로 황가의 어깨 너머를 바라보았다. 그러나 어디에도 윤의 모습은 보이지 않았다.

'이렇게 백단 향기가 뜰 안에 자욱한데…….'

불쑥, 황가가 무엇인가를 내밀었다.

"저하께서 이것을 궁녀님께 전하라 명하셨습니다."

"……."

순심이 그의 손을 내려다본다. 반듯하게 접힌 서찰과 아청빛 비단 주머니 하나. 그제야 순심은 향기의 근원을 알아챘다. 낙선당을 윤의 향기로 물들인 것은 황가가 내민 향낭(香囊)이었다.

"소인 저하께서 오신 줄 알고……."

순심이 민망한 듯 중얼거리며 물건을 받아 들었다. 백단이 꽤 많이 든 모양인지 향낭은 묵직했다. 캄캄한 어둠이 무색하게 새하얀 종이의 빛깔에 눈이 시렸다.

문득 제 버선발이 부끄러워 순심은 뒷걸음질 쳐 마루에 올랐다. 순심이 제 손에 들린 서찰과 황가를 번갈아가며 보았다. 그가 떠날 때까지 기다려야 함이 옳을 듯했지만 호기심이 그 마음을 이겼다. 순심은 조심스레 윤이 보내온 서찰을 펼쳐들었다.

吾常在汝側[74].

나는 늘 네 곁에 있다.

"……."

단 한 줄. 그러나 행간에 스민 윤의 마음이 느껴져 울컥 눈물이 솟았다.

오늘은 그가 가례를 올린 날. 이 중요한 날에 순심을 위해 붓을 든 그의 마음을 헤아리지 못한 채 몹쓸 생각을 하던 제 모습이 하잘것 없어 서글펐다. 제게 윤의 크나큰 마음을 받을 자격이 있는 것인지 알 수 없었다.

"흐흑……."

끝내 순심의 입 밖으로 참았던 울음이 새어 나왔다. 그때였다.

---

74 오상재여측.

"받으십시오."

황가가 내민 것은 은실로 수놓은 푸른색 비단 손수건. 그것을 받아 들던 순심이 멈칫했다. 손수건은 무인이 지니기에 지나치게 화려한 물건이었다. 물음을 담은 눈길로 순심은 황가를 바라보았다.

"저하께서 소인에게 전하셨습니다. 곁에 머무르다, 혹시라도 궁녀님께서 눈물을 보이시면 건네드리라고 하셨습니다."

"……."

한 손에 서찰, 또 한 손에 손수건. 한동안 순심은 묵묵히 손을 내려다보고 있었다. 양손에 들린 윤의 마음이 참으로 크고 무거웠다.

비록 오늘 윤은 다른 여인의 지아비가 되었으나, 이 순간 순심의 곁에는 윤의 향기와 그의 마음이 함께하고 있었다.

"궁녀님."

"예?"

시간이 얼마나 지났을까.

"외람된 말씀이오나……."

서찰을 읽고 또 읽느라, 황가가 아직 곁에 있다는 사실마저 잊은 순심에게 들려오는 음성.

"운명을 믿으십니까?"

그것은 황가와는 좀체 어울리지 않는 질문이었다.

"……운명이라니요?"

"만날 사람은 어떻게든 만나게 되고, 인연이 아닌 사람은 아무리 매어두어도 곁에 둘 수 없다……. 그런 게 운명이라고 들은 적이 있었습니다. 문득 궁금하여 여쭙는 것입니다."

순심이 새삼스러운 표정으로 황가를 바라보았다. 저런 소리를 하다니 정녕 그답지 않았다. 그러나 그답지 않아 더욱 묵직한 말의 의미를 순심은 천천히 곱씹었다.

"만날 사람은 어떻게든 만나게 된다……."

순심이 황가의 말을 되뇌었다. 평생 왕실 사람의 옷자락조차 구경하지 못했던 생과방 궁녀가 후원 연못가에서 왕세자를 마주쳤듯이.

"그런 게 운명이라면……. 예, 저는 운명을 믿습니다."

그리고 반대로 물었다.

"그렇다면 황가 님은 운명을 믿으십니까?"

"예, 믿습니다."

지나칠 정도로 무감하고 무뚝뚝하여 범인처럼 느껴지지 않는 그에게도 기억하고픈 인연이 있는 것일까.

"하여 운명이 흘러가는 대로 굳이 붙들지 않고 내버려두려 합니다."

그저 흘러가도록. 만일 그 운명이 내 것이라면 언젠가 자연스럽게 흘러가다 다시금 마주칠 수 있을 테니까.

순심의 시선은 담 너머에, 황가의 시선은 담장 안에. 그렇게 먹먹한 낙선당의 밤은 깊어가고 있었다.

이튿날 아침. 조현례에 이어 문무백관이 세자와 세자빈 부부를 하례하는 의례가 있었다.

조현례란 왕세자빈이 웃어른들에게 인사를 올리는 것을 뜻한다. 그러나 임금과 중전 외에 왕대비나 대왕대비가 존재하지 않았으므로 의례는 간소하게 치러졌다.

"안타까운 일이다. 내 세자빈의 얼굴을 보고 싶으나 안질 탓에 눈이 흐려 잘 보이지가 않는구나."

"신첩의 마음이 망극하옵니다, 아바마마."

"아바마마라 하였느냐? 며늘아기가 그리 불러주니 참으로 듣기 좋지 아니한가."

예복을 차리고 하교를 듣던 윤이 제 아비를 바라본다.

어린 시절, 윤은 부왕을 사랑하고 존경했다. 뒤늦게 얻은 아들에 대한 아비의 사랑은 가끔 벅차게 느껴질 만큼 맹목적이었다. 그러나 부왕의 사랑은 길지 않았다. 어머니의 죽음 이후 임금은 윤을 향했던 사랑 역시 거둬들였다. 부왕의 사랑은 이복동생인 금에게, 그리고 언젠가부터 금마저 떠나 막내인 훤에게로 옮겨갔다.

아비는 그런 사람이었다. 부모로서 사랑하고 존경하였으나 때로는 도저히 사랑할 수도, 존경할 수도 없는 사람. 그것은 윤의 평생을 괴롭혀온 지독한 애증이었다.

지금 윤은 같은 감정을 느낀다. 앞이 보이지 않는다 하셨을지언정 임금의 눈빛은 자애롭고 따뜻했다. 온화한 음성에서는 며느리를 향한 숨길 수 없는 애정이 묻어났다. 윤이 저런 아비를 보는 것은 처음이 아니었다. 한때 같은 눈빛으로 자신을 보는 부왕 앞에서 기쁨을 느끼던 시절이 그에게도 있었기 때문이었다.

임금의 행동은 근래 들어 더욱 종잡을 수 없어졌다. 혹자들은 임금이 윤이 아닌 금에게 보위를 물려주려 한다고 말했다. 다른 이들은 임금이 장자계승의 법칙을 결코 깨뜨리지 않을 것이라 장담했다. 그러나 윤은 알 수 없었다. 평생 결코 알지 못하리라. 아버지이자 조선의 임금인 이순의 마음을.

"참으로 귀한 여인을 얻었으니 세자 역시 훌륭한 지아비가 되어야겠지."

"명심하겠습니다, 아바마마."

"세자는 잠시 과인을 보고 가라."

"예, 아바마마."

의례가 끝난 직후, 윤은 대전으로 향하는 임금 곁에 동행했다.

"세자."

"예, 아바마마."

"세자빈을 직접 보니 어떻더냐?"

윤은 어젯밤 저승전에서 마주쳤던 채화의 모습을 떠올렸다. 가례 등의 공식적인 절차를 제외하고 사적으로는 처음이라고 할 수 있었던 만남. 어떠했던가?

"아바마마께서 몸소 간택하여주신 여인입니다. 어찌 소자가 감히 평할 수 있겠나이까."

"그렇더냐? 하기야 아직 관례도 치르지 않은 여인이니, 당장 세자 의 눈에 들지는 않겠지."

"그렇지 않습니다. 단지 치러야 할 예식들이 많은 까닭에 이렇다 할 대화를 나눠본 적이 없어 드린 말씀입니다."

"세자빈의 나이가 올해 열넷이니 관례는 내년 즈음이 어떨까 싶은 데, 세자의 생각은 어떠하냐?"

"……소자 아바마마의 뜻에 따르겠나이다."

윤이 머뭇거린 까닭은 세자빈의 관례가 무엇을 의미하는지 알고 있기 때문이었다. 성인인 세자와 세자빈은 택일(擇日)에 맞추어 합 방을 하는 것이 궁중의 법도. 그것은 사랑이나 마음과는 하등 관계 없는, 종묘사직을 이어야 하는 자의 의무였다.

"아직 세자빈이 어리니, 궁중에 익숙해진 후에 관례를 치르고 남 녀의 연을 맺는 것이 좋겠지."

"예, 아바마마."

윤은 고분고분 대답했다. 내년이라는 유예를 두었으니 아직 세자 빈의 관례까지는 시간이 있었다.

"마침 말이 나왔으니 묻겠다. 내 지난번 하명하였던 것은 잘 지켰 더냐?"

"하명하셨던 것이라면……."

윤은 왕의 말뜻을 헤아리지 못하고 말끝을 흐렸다.

"과인이 가례를 올릴 때까지 밤중에 궁녀 처소를 찾지 말라 명하였지 않더냐."

"예, 명에 따랐사옵니다, 아바마마."

혹시라도 거짓이 들통 날까 싶어 윤은 내색 없이 빠르게 말했다.

윤은 친영과 동뢰가 치러지던 전날 밤 명을 어기고 순심과 초야를 치렀다. 어명보다 더욱 중요했던 것은 윤 스스로 선택한 여인을 향한 마음이었기에.

"잘하였다. 이제 가례도 끝났으니 내 세자에게 내렸던 명은 거두도록 하겠노라."

"예. 아바마마."

아무리 부자관계인들 그들은 합방에 대해 스스럼없이 대화할 만큼 가까운 사이는 아니었다. 부왕의 태도에는 일관성이 없어 혼란스러웠다. 그러나 한시적이나마 윤의 마음이 가벼워진 것은 사실이었다. 세자빈이 관례를 치르기 전까지는 합방에 대한 요구 역시 없을 것이기 때문이었다.

"가례를 잘 치렀으니 이제 중요한 것은 후사 문제겠지. 과인 역시 늦은 나이에 세자를 보았으니, 나까지 재촉하지는 않겠다. 그러나 늘그막에 이르니 그런 생각이 들 때도 있지. 궁궐 안에 손주들이 뛰어놀면 참으로 기쁘겠다는 생각 말이다."

"아바마마의 뜻을 명심하겠습니다."

"후사에 대해 이러쿵저러쿵 말이 많은 것으로 안다. 본래 신료들이란 아들이 태어나기 전까지는 왕이든 세자든 가리지 않고 종일 후사 타령을 해대는 자들이지. 그러니 신경 쓰지 마라."

"소자, 명심하겠사옵니다."

"그래. 이만 돌아가도록 하라."

"예, 아바마마."

대전까지 임금을 배웅한 윤이 동궁전으로 걸음을 옮겼다. 멀찍이 서 뒤따르던 문 내관과 상검이 윤의 뒤로 거리를 좁혀 따라붙었다. 그리고 문득, 동궁전 초입에 접어든 윤의 걸음이 멈추었다.

"……."

그는 저승전과 낙선당 사이에 서 있었다. 왼편으로 고개를 돌리면 소박한 낙선당 처마가 보이고, 오른편으로 눈을 향하면 위풍당당한 저승전 용마루가 눈에 들어오는.

그제야 실감이 났다. 낙선당과 저승전. 이제 그는 두 여인의 삶에 책임을 가졌다는 사실이. 그가 원하여 기꺼이 떠맡은 책임이든, 그렇지 않든 간에.

윤은 순심에게 굳게 약조했다. 그의 삶에 여인이란 오직 하나뿐일 것이며 몸도, 마음도 순심 아닌 다른 여인에게는 결코 주지 않겠다고.

물론 그것은 어려운 약속이었고, 또한 누군가의 마음에 깊은 상처를 남길 수 있는 일이기도 했다. 그 선택으로 인해 받을 원망 역시 응당 그가 짊어지고 가야 할 짐. 그러나 윤은 반드시 약조를 지킬 것이다.

그것은 순심을 향한 배려이기 이전에 그의 선택이었다. 오래 전부터 그의 마음은 정해져 있었다. 누구도 사랑하지 않겠노라고, 만일 어쩔 수 없이 사랑하게 된다면 오직 한 명만을 생의 반려로 삼을 것이라고. 그것은 부왕의 삶을 반추하여 깨우친 교훈이었다.

본디 사람의 마음은 하나이지 않은가. 그는 그의 아비가 그러했듯, 마음을 조각내 여러 여인에게 나눠주는 짓은 결코 하지 않을 생각이었다.

'방법은 하나뿐이지.'

순심. 그녀 하나만을 평생의 여인으로 선택하겠다는 굳은 약조를 가능케 할 비방은 오직 하나.

-본래 신료들이란 아들이 태어나기 전까지는 왕이든 세자든 가리

지 않고 종일 후사 타령을 해대는 자들이지.

역시 이번에도 윤은 아버지에게 생의 교훈을 얻는다.

"문 내관."

"예, 저하."

"내 오늘 밤 낙선당에 들겠다. 목욕물을 준비하라."

"오, 오늘이요?"

세자의 말에 토를 달고 싶은 생각이 역력한 표정이었으나 어명을 거둔다는 왕의 말씀을 들은 탓에 문 내관은 마지못해 수긍했다.

"알겠사옵니다. 저승전과 낙선당에 각각 목욕물을 준비하여⋯⋯."

"번거롭게 양쪽에 귀한 더운물을 낭비할 것이 무어 있을까. 낙선당 한 곳에만 준비하면 될 것을."

"예?"

"그리하게."

문 내관의 황망한 반문을 들은 척 만 척, 세자는 저승전으로 향하기 시작했다.

十五章.
외로운 곳

가을을 맞은 운종가. 유난히 날이 흐려 잔뜩 찌푸린 날이었다. 그러나 먹구름 가득한 하늘과는 관계없이 운종가는 여느 때보다 더욱 활기가 넘쳤다.

국혼이란 궁중뿐 아니라 백성들에게도 대단히 중요한 일이었다. 한성 경제의 중심이 되는 운종가 사람들 역시 가례의 덕을 톡톡히 보았다. 가례에 필요한 재화가 많은 탓에 거래가 활발하게 이루어졌고, 청나라를 통해 들어오는 사치품 역시 늘어났다. 게다가 시기마저 추수를 마쳐 곡식이 풍성한 가을. 시전(市廛) 풍경은 여유롭고 풍요로웠다.

"이것은 얼맙니까?"

"닷 냥이오."

"에이, 비싼데. 그러지 말고 딱 한 냥만 깎아주시오!"

"젊은 처자께서 어찌 물건값을 그리 마구 깎으시오? 그러다 머리가 홀랑 벗겨져 낭군이 걸음아 날 살려라 도망가면 어쩌시려구?"

"에이, 저는 낭군이고 나발이고 그런 거 없으니까 걱정 말고 깎아주쇼! 대머리 돼도 상관없응게."

시전 한복판. 갓바치[75]와 주거니받거니 만담처럼 흥정하고 있는 이는 다름 아닌 구월이었다. 흥정 끝에 흡족한 값으로 갓신 한 켤레를 사든 구월이 콧노래를 흥얼대며 시전을 나섰다.

그런 구월의 뒤로 슬금슬금 따라붙는 사내의 그림자.

"뭐 샀어요?"

"엄마야!"

화들짝 놀란 구월이 소리를 꽥 질렀다.

"네가 왜 여기 있냐?"

뒤를 돌아본 구월의 눈이 휘둥그레진다.

"저야 세자 저하가 총애하는 아주 중요한 사람이니까요. 오늘도 저하의 뜻에 따라 바깥일을 보고 있지요."

능글맞게 대꾸하는 상검을 본 구월이 픽, 조소를 날렸다. 구월이 평범한 아낙네와 같은 복장이듯 상검 역시 갓을 쓰고 도포를 입은 차림이었다.

"총애하는 사람 좋아하고 자빠졌네. 비켜. 비 쏟아지기 전에 얼른 볼일 보고 가야 되니까."

"어디로 가시는데요?"

"나? 남촌."

"그래요? 저는 북촌으로 가는데……. 마침 같은 길이니 함께 가십니다. 누님."

"그래? 그러시든가."

구월이 심드렁하게 대꾸했다. 이내 그들은 나란히 걷기 시작했다.

"누님, 요즘 무슨 일 있어요?"

"일? 무슨 일?"

"수상한데."

---

75 가죽신을 만드는 사람.

"뭐가?"

상검이 자못 궁금하다는 표정으로 말을 이었다.

"동궁전에 들어오신 이래 벌써 외출만 세 번, 아니 네 번째 아니십니까?"

"왜. 내가 편하게 놀고먹는 것 같아서 마음에 안 드냐?"

"누가 마음에 안 든대요? 궁인들이 그렇게 자주 외출하는 경우가 드무니까 신기해서 하는 말이죠."

"나도 몰라. 자주 나가도 된다니까 나오는 거지, 뭐. 나가라는데 굳이 궁궐에만 처박혀 있을 이유가 뭐 있겠냐? 나온 김에 바람도 쐬고, 낙선당 마마님 좋아하는 주전부리도 사고……."

"하긴 그렇겠네요."

상검이 구월이 들고 있는 꾸러미를 힐끔거렸다.

"그런데 그건 뭡니까?"

"뭐긴 뭐야. 가죽신 처음 보냐?"

"누가 처음 본대요? 그런데 그거 남자 신이잖아요? 뭣하러 남자 걸 샀대요?"

"……."

갑자기 꿀 먹은 벙어리가 된 구월이 상검을 멀뚱멀뚱 쳐다보았다.

"뭐, 뭣하러 사긴? 아, 아버지 드리려고……."

"아버님 돌아가셨다고 안 했어요?"

"아버지 말고 작은아버지! 아버지는 돌아가셨고……."

"아……. 그렇구나."

그제야 수긍한 듯 상검이 고개를 주억거렸다. 그런 상검에게 보이지 않게 고개를 돌린 구월이 휴우 한숨을 내쉬었다. 그때.

"앗, 차가!"

툭툭. 투두둑.

"종일 흐리더니 소나기인가 봐요."

상검의 말이 채 끝나기도 전에 굵게 흩날리던 빗방울이 우수수 빗줄기로 바뀌었다.

"누님, 저리로 갑시다!"

중촌 초입, 저 앞에 보이는 어느 민가. 급한 대로 상검과 구월은 좁은 지붕을 댄 일각대문을 향해 달렸다. 가까스로 몸을 피했으나, 외출을 하느라 차려입은 도포며 장옷은 비에 푹 젖고 말았다.

"……야."

"예, 누님. 어유, 뭔 놈의 비가 이렇게 미친 듯이 온대요? 아우 정신없어."

"야, 상검아."

"왜요, 누님. 저 숨 좀 돌리고……."

"손 좀."

"예?"

구월이 어색하게 시선을 피했다.

"……놓지 그러냐."

"손이요? 아……."

쏟아지는 비를 피해 구월의 손목을 냅다 붙잡고 달린 것조차 잊었던 모양이다. 상검이 급히 손을 뗐다.

"아, 저, 저도 모르게요. 누님 뒤쳐질까 봐서……."

순간 마른하늘에 새파란 섬광이 번쩍. 이내 콰르릉! 하늘을 찢는 천둥소리가 꼬리를 물었다.

"으아아아아!"

상검이 외마디 소리를 내질렀고, 매사 대범한 구월마저 눈을 질끈 감았다.

"아……. 심장 떨어지는 줄……."

구월이 눈을 떠 보니, 어느덧 제 곁에 꼭 들러붙어 있는 상검의 도포 자락.

"그런데……. 상검아."

이상하게 머릿속이 새하얘졌다.

"너……. 언제 이렇게 키가 커졌어……?"

"제가요?"

차이가 크지 않던 눈높이는 어느덧 저만치 위에 가 있었다. 구월이 눈을 깜빡였다.

"모르는 사이에 언제 이렇게…… 컸냐."

모르는 사이 훌쩍 자란 상검의 키처럼, 그렇게 내리던 소낙비는 반 시진이 지난 후에야 멎었다.

"마노라. 비가 와서 날이 차갑습니다. 고뿔에라도 들었다간 큰일입니다. 이만 들어가시지요."

갑자기 쏟아진 소나기. 저승전 입구에 나와 밖을 바라보는 채화에게 지 상궁이 고했다.

"내 본래 내리는 비를 바라보는 것을 즐긴다네. 춥지 않으니 걱정 마시게. 빗소리나 잠시 듣다 들어갈 것이니."

"그렇다면 소인 잠시 자리를 비워도 되겠습니까? 세자 저하와 마노라의 종묘 알현 관련하여 준비할 것들이 있어……."

"그리하게. 내 잠시 이곳에 있다 곧 들어갈 것이네."

"알겠사옵니다, 마노라."

죽우산을 받쳐든 지 상궁이 저승전 뜰을 벗어났다.

하염없이 쏟아지는 비. 채화는 한참이나 밖을 내다보고 있었다. 오가던 궁녀며 본방나인이 안으로 들기를 청하였으나 채화는 고집스레 입구에 머물렀다. 이렇게라도 해야 갑갑한 마음이 좀 풀릴 것 같았다.

조선의 왕세자빈이란 곧 훗날 국모(國母)가 될 자리. 빈씨로 간택되어 별궁 생활을 시작했을 때 아비는 늘 당부하였다. 채화의 말 하나, 처신 하나에 집안의 명운이 갈릴 수도 있다고. 매사 신중, 또 신중하셔야 한다고. 그런 까닭에 채화는 가례를 올리기 전부터 세자빈이라는 거대한 이름의 무게에 짓눌려 있었다.

댓돌 위로 쏟아져 튀어 오르는 빗방울을 바라보던 그녀가 문득 지아비 윤을 떠올린다. 언니 인화가 전하기를 왕세자는 비루하고 못난 사내라 했었나. 그러나 그는 볼품없지도 못나지도 않았다. 처음 본 순간 눈을 의심케 했던 청아한 용모와, 허둥지둥 말을 주워섬기는 그녀 앞에서 피식 짓던 뜻 모를 미소가 눈앞에 선연했다.

'하지만 저하께서는⋯⋯. 희빈 장씨의 아들인데⋯⋯.'

어씨 가문과 평생 대척점에 있던 소론의 중심. 그리고 동시에 평생 그녀가 바라보며 살아야 할 지아비.

'까딱하다간 우리 집안이 해를 입을 수도 있어.'

채화가 깊은 한숨을 내쉬었다. 어찌하여 이런 소용돌이에 휘말렸을까. 그저 남들처럼 평범하게 살아갈 수 있다면 얼마나 좋았을까.

"문안드리옵니다."

들려오는 목소리에 소스라치게 놀란 채화가 고개를 들었다. 눈앞에 나타난 사내를 채화는 멍하니 바라보았다.

"기억하십니까? 소인 세자 저하의 동생 연잉(延礽)입니다. 세자빈 마노라께 문안 올리나이다."

"⋯⋯예."

"갓 가례를 마친 세자빈께서 어찌 그리 쓸쓸한 표정으로 밖을 내다보십니까?"

"⋯⋯."

채화는 난감한 표정이었다. 이런 상황에 어떻게 대처해야 할지 그녀는 알지 못했다. 곁에 머무른다던 궁인들을 물리지 말 걸 그랬다는 후회가 들었다.

길을 오가다 마주친 사람처럼 말을 건네는 금의 태도는 그녀에게 몹시 어색하게 느껴졌다. 궁중이란 본디 엄격한 장소였기 때문이었다. 금은 그녀의 시동생이었으므로 손아래라 할 수 있었으나, 그렇다고 왕자에게 예를 갖추라 종용할 수는 없는 노릇이었다.

"포목점에서 저지른 저의 불충을 아직 마음에 품고 계신 것입니까, 마노라?"

생각지 못한 지난 일. 당황한 채화는 대답하지 못했다.

"서운합니다, 마노라. 이렇게 비가 쏟아지는데 어찌 사람을 바깥에 세워두시는 겝니까. 소인의 옷자락이 다 젖습니다."

"아."

채화의 뺨이 붉어졌다. 어쨌든간 금의 말이 맞았다. 비를 맞는 그를 보았음에도 들어오라 청하지 않은 것은 큰 결례였다.

"안으로 드십시오, 대감."

"감읍하옵니다. 한데……."

금의 느른한 시선으로 채화를 본다.

"처음 뵈었을 때의 당당한 모습은 어디 가고, 세상모르는 궁중 여인이 되어 눈만 깜빡이고 계십니까?"

말을 마친 그가 싱긋 웃는다. 그러나 포목점에서 마주쳤던 날 그러하였듯 그의 미소에는 날 선 비아냥이 숨어 있었다. 자신이 타인의 위에 있음을 애써 숨기지 않는 지나친 자신만만함과 오만함. 그것은 채화가 결코 참아내지 못하는 것들이었다.

"……그런데, 연잉군 대감."

"예, 마노라."

"먼저 말씀을 꺼내시니 저 역시 한 말씀 드려야겠습니다."

"말씀하십시오, 마노라."

여전히 금은 미소 짓고 있었다. 그러나 입술만이 홀로 웃고 있을 뿐 눈매는 날카로웠다. 샅샅이 훑고 평하는 듯한 눈빛. 그것이 궁궐의 엄중한 공기에 짓눌려 제 모습을 잃어가던 채화의 정신을 일깨웠다.

"저는 대감의 사죄를 받아야겠습니다. 포목점에서 다짜고짜 무례를 저지르고 사과조차 없이 도망치듯 떠나지 않으셨습니까?"

숨기지 못한 송곳처럼 튀어나온 채화의 성정. 그리하여 이번에는 금이 당황할 차례인 모양이었다.

"사과요?"

"예. 사과하십시오, 대감. 저는 그날의 일을 잊지 않았습니다."

그는 조선의 왕자였다. 금에게 이런 태도를 보일 수 있는 사람은 조선 천지 단 셋밖에 없었다. 하나는 부왕 이순이었다. 또 하나는 그의 형인 윤이었으나 왕세자가 금에게 화를 내는 일은 극히 드물었다. 나머지 하나는 눈엣가시인 소론의 김일경. 어차피 그는 노론 전체에 대한 혐오를 숨기지 않는 자였다.

그러니 어찌 상상이나 했겠는가. 고관대작(高官大爵)들마저 함부로 대하지 못하는 연잉군이었다. 그런 그에게, 비록 세자빈일지언정 고작 열네 살 난 소녀가 사과를 요구할 줄은.

그러나 불쾌하기보단 오히려 흥미로웠다.

"예, 응당 사죄드려야겠지요."

금이 자세를 바로 했다. 어깨를 반듯이 편 그가 형수가 된 소녀에게 머리를 숙였다.

"제가 저지른 불충을 용서하십시오, 세자빈 마노라."

"제가 아닌 다른 이 앞에서도 그런 행동을 삼가셨으면 합니다."

"명심하겠습니다."

금이 고개를 들었다. 채화는 시선을 피하지 않고 그를 마주 보고 있었다. 일국의 세자빈, 그것도 형님의 부인을 뚫어져라 응시하는 것이 옳지 않음을 그도 잘 안다. 채화 역시 남편이 아닌 다른 사내와 눈을 마주하는 것이 용납되지 않는 일임을 알고 있었다.

"마노라의 부친이 어유구 영감이라 하여 인사를 드리고 싶어 찾아온 길이었습니다. 마음의 앙금이 있다면 부디 거두어주십시오."

금의 입에서 아버지의 이름이 나오자 채화는 움찔했다. 그랬다. 그녀의 아비는 연잉군을 열성적으로 지지했으며 칭찬을 아끼지 않았다. 반면 왕세자에 대한 평가는 늘 박했다. 속을 알 수 없고 답답하다, 사내답지 못하다, 의뭉스럽고 음침하다…….

"어찌 그리 보십니까? 제 얼굴에 무엇이 묻었습니까?"

"아, 아닙니다."

채화가 시선을 거두었다. 그들이 서 있는 저승전 밖, 빗줄기는 더욱 거세지고 있었다. 곳곳에 생긴 물웅덩이에서 진흙물이 튀어 올랐다.

그녀가 알고 있는 이윤. 그리고 그녀가 알고 있는 이금. 채화는 혼란스러운 시선으로 갑작스러운 폭우에 엉망이 된 안뜰을 바라보고 있었다.

'아버지가 틀렸을지도…… 몰라.'

불현듯 떠오른 생각에 채화는 흠칫 놀라 숨을 들이마셨다.

'내 무슨 생각을. 아버지께서 틀렸을 리 없어.'

그녀가 곁에 서 있는 금을 흘낏 바라보았다. 그의 얼굴 위로 윤의 모습이 스쳤다. 답을 가늠할 수 없어 채화는 질끈 눈을 감았다. 어지러운 마음처럼 빗줄기는 한동안 그치지 않았다.

비가 쏟아진 탓에 저녁 공기는 차고 축축했다. 종일 귓전을 때리던 빗소리가 사라진 낙선당은 고즈넉하여 적막했다.

목욕간에 들어선 순심이 고개를 갸웃했다. 더운물에서 솟아오르는 하얀 김이 목욕간 안을 가득 채우고 있었다.

"이상하지."

순심이 고개를 갸웃했다. 날이 어둑해지자 갑자기 나타난 무수리들이 목욕간으로 더운물을 이어 날랐다.

"목욕물을 부탁한 적이 없는데……."

목욕물을 데우기 위해서는 손이 많이 간다. 아무리 승은궁녀인들 일개 궁인 처지에 더운물을 헤프게 쓸 수는 없는 일이었다. 그러나 가을이 깊어가는 데다 비 탓에 꽤나 으슬으슬한 날씨. 이런 날에 따끈한 물로 목욕하는 호사를 마다할 이유는 없었다. 순심이 목욕간의 습기에 축축해진 옷고름을 손에 쥐었다.

그때였다. 끼익- 소리와 함께 나무 문이 열렸다. 바닥에 두껍게 가라앉아 있던 수증기가 사방으로 흩어졌다.

"그 옷고름, 내가 풀어주어도 되겠느냐?"

쿵. 윤의 등 뒤로 목욕간 문이 닫혔다. 순심이 채 반응을 보이기도 전에 거침없이 다가선 윤이 그녀를 품에 안았다.

"몹시 그리웠다."

그들이 몸이, 그리고 마음이 하나가 되었던 밤으로부터 고작 이틀. 그러나 마치 오랫동안 헤어져 있었던 연인이 재회하듯 그는 순심을 품 안에 보듬었다.

"내 네가 참으로 그리웠다."

그는 오직 순심만을 사랑하겠다 약조했다. 그녀에게 마음을 주고 몸의 맹세를 남긴 윤은 다른 여인의 지아비가 되어 돌아왔다. 정인의 혼례를 바라보아야 했던 순심의 마음이 어떠했을지 윤은 가늠할 수 없었다.

"미안하다."

윤의 말에는 많은 뜻이 함축되어 있었다.

다른 여인과 함께 있는 모습을 보게 하여 미안하다. 부디 다른 여인의 지아비가 될 수밖에 없는 나를 용서해다오.

"……잘 다녀오셨으니 되었습니다."

그의 품에 얼굴을 묻은 순심은 윤의 마음을 헤아린다. 그의 마음 역시 고통스러웠을 것임을. 그저 한자리에서 기다리면 되는 순심보다, 어쩌면 양쪽 모두에 마음을 써야 하는 윤의 처지가 더욱 괴로울지도 모른다는 것을.

무슨 말이 더 필요할까. 윤이 순심을 번쩍 안아 올렸다. 순심의 입에서 낮은 탄성이 터지자 윤은 그 벌어진 입술이 채 닫히기 전에 그녀에게 입 맞추었다. 뿌연 안개 자욱한 공간 속에는 오직 둘뿐. 포개진 입술 사이로 윤의 숨결이 그녀에게 옮겨가고, 다시 순심에게서 그에게로 돌아온다.

말하지 않아도 알 수 있었다. 이해하고 있고 이해받고 있음을. 그녀가 그의 마음을 헤아리듯 그 역시 그녀의 진심을 믿었다. 삶이란 홀로 헤쳐 나가기에 때로 버거운 것이기에, 그들은 생의 무게를 기꺼이 함께 감당할 것이다.

순심이 채 풀지 못한 옷고름이 윤의 손길에 스르르 풀어졌다. 습기를 머금어 묵직해진 흑룡포가 바닥으로 툭 떨어졌다. 매끄러운 비단 사이로 손길이 유영하고, 몸 곳곳을 지나 마음에까지 서로의 존재를 새기는 입술이 서로를 쓰다듬었다.

나는 너만을 사랑하겠다. 비록 남들에게 인정받는 공인된 반려가 되지는 못할지라도, 오직 그대만을 사랑하겠다.

"멀어지지 마라."

더 가까이. 내게서 조금도 떨어지지 마라.

"이리 오라."

낮은 음성. 순심의 쇄골 아래 입을 맞추며 윤은 간절히 속삭였다. 그의 입술이 잘게 흔들리는 새하얀 둔덕을 타고 움직인다. 젖은 입술은 다정하고 섬세했으나 입술의 주인은 욕심 많은 사내였다. 그는 순심의 모든 것을 원하고 요구했고, 그 역시 그녀를 위해 모든 것을 내주었다.

달콤한 쾌락, 긴 밤의 시작이었다.

찰박, 찰박. 속곳 사이로 스며드는 물의 감촉. 몸을 휘감는 노곤한 온기에 순심의 눈이 스르르 감겼다.

시간이 꽤 흘렀음에도 목욕통에 담긴 물은 따뜻했다. 몸 구석구석 감겨드는 물살이 한껏 고조되었던 몸 곳곳을 다독이며 진정시켰다. 강렬한 쾌감이 사라진 몸은 나른하기 짝이 없었다. 따스한 물살에 몸을 맡기고 있자니 자꾸만 눈이 감겼다.

"자는 것이냐?"

목덜미에 간질간질한 감촉이 느껴진다. 물살을 헤치며 허리를 감싸는 굳건한 팔과 귓불에 느껴지는 더운 숨결. 목욕통 안. 윤에게 안겨 있던 순심이 반짝 눈을 떴다.

"안 잡니다, 저하."

"거짓말을 했으니 벌을 받아야겠구나."

윤이 순심의 목덜미를 덥석 물었다.

"아야!"

"어찌 자는 것이냐. 내가 네 곁에 있는데."

"저도 모르게 그만……. 저하의 품이 너무 따뜻해서요."

"그렇더냐?"

금세 윤의 말투가 다정해진다. 윤은 순심의 몸을 더욱 가까이 끌어당겼다. 검은 머리칼이 그의 살갗을 간지럽혔다.

문득 윤은 생각한다. 이 순간이 영원하기를.

조선의 왕세자라는 이름, 훗날의 임금이라는 명예, 나날이 무겁게 느껴지는 용포의 무게와 앞으로 치닫는 시간도……. 모든 것을 벗어버리고, 오직 사내 이윤으로 너와 단둘이 살아가는 것도 괜찮지 않을까.

"저하."

"응?"

생각에 잠겨 있던 윤이 순심의 부름에 답했다.

"그동안 미처 여유가 없어 말씀드리지 못했사온데……. 가례가 진행되는 동안 소인 후원에 갔었습니다."

"지난번에 그리 고생을 하고 또 거기를 갔단 말이냐?"

"궁궐 밖의 약재상에서 말해주었던 버섯을 찾으러 갔었습니다."

"……."

윤을 원망해도 모자랄 마당에 그를 위해 산을 타고 후원을 헤맸다니. 순심의 진심이 느껴져 윤은 낮은 한숨을 내쉬었다.

"소인 분명히 버섯이 있는 자리를 기억하고 있었사온데……."

차마 말을 꺼내기가 어려워 순심은 잠시 침묵했다.

"없더냐?"

놀란 순심이 고개를 돌렸다.

"어찌 아셨습니까, 저하?"

"내 진즉 말하지 않았더냐. 나 역시 은밀히 알아보고 있으니 너무 걱정 말라고. 누구의 소행인지 아직 알 수 없으나, 꼬리가 잘렸다."

"꼬리가 잘렸다고요?"

그는 망설였다. 순심 역시 먹보라 불리던 동궁전 나인의 죽음을 알고 있었다. 그러나 그 나인이 누군가의 사주를 받아 독을 탄 장본인일지도 모른다는 사실은 윤과 문 내관 외에는 누구도 알지 못하는 일.

"그런 것이 있다. 너무 심려치 마라. 내 반드시 밝혀내고 말 것이니."

윤은 순심에게 자세한 내막을 말하지 않기로 마음먹었다. 궁궐 안은 음험한 곳. 지나치게 많은 것을 알았다간 먹보라는 나인이 그랬

듯 사라지고 마는 곳이 궁궐이었다. 그는 순심에게 그런 짐을 지우고픈 마음이 없었다.

"순심이 너는 매 순간 나에 대한 것만을 걱정하는구나."

"그럼 소인이 저하 말고 다른 이를 어찌 생각하겠나이까?"

윤의 입가에 희미한 웃음이 스쳤다. 그녀의 말이 이해 가지 않는 것은 아니었다. 그 역시 그랬으니까. 아침에 눈을 뜨고 밤에 잠자리에 드는 순간까지, 그리고 깊은 잠의 와중에도 그는 늘 순심과 함께하고 있었다.

"나에게 이렇게 마음 써주니, 나 역시 네게 무엇인가를 주고 싶다."

"소인은 이미 저하께 많은 것을 받았습니다."

"그런 얘기가 아니다. 너도 언제까지 궁녀로 살아갈 수는 없지 않겠느냐?"

"예?"

예상치 못한 말. 말뜻을 퍼뜩 헤아리지 못한 순심이 반문했다.

"처음 낙선당에 왔을 때 네가 했던 말을 나는 잊지 않았다. 나인도 아니고 후궁도 아닌 처지가 어렵다고."

"아……."

여전히 그 말을 기억하고 계셨던가. 등 뒤에 느껴지는 체온이 따스했다.

"마음 같아서야 무엇이든 못 주겠느냐. 승휘(承徽)[76], 양제(兩制)[77]……."

마음 같아선 빈(嬪)의 자리인들 못 주겠냐만, 그는 그 말은 입에 담지 않았다. 이루어질 수 없는 공연한 말을 하는 것은 순심과 세자빈 모두에게 미안한 일이다.

---

76   세자의 부실로, 내명부 종사품 위호(位號).

77   세자의 부실로, 내명부 종이품 위호.

"저하, 소인은 지금만으로도 행복합니다. 저하께서 소인뿐이라 늘 말씀해주시는데 남들이 부르는 이름이 어찌 중요하겠습니까?"

"네가 그렇게 말할 것이라 이미 짐작했다. 또한 내명부에는 법도가 있으니 내가 원한다고 너에게 위호를 내려줄 수 있는 것도 아니지. 그러나 알아다오. 내 마음은 진심으로 그러하다."

"절대 잊지 않겠습니다. 저하의 마음을요."

윤이 그녀의 몸을 차분히 쓰다듬었다.

본디 후궁의 품계란 내명부의 수장이 결정하는 것. 궁녀가 승은을 입었다 하여 단번에 후궁으로 올라서는 일은 거의 불가능에 가까웠다. 승은궁녀가 후궁이 되는 데 반드시 필요한 조건. 그것은 왕손의 어미라는 명예였다.

목욕통 안의 더운물은 미지근하게 식어 있었다. 그러나 그들은 일어나길 원치 않는 듯했다. 물은 서서히 식어가지만, 몸을 맞댄 온기가 참으로 안온하여 윤과 순심은 더 가까이 몸을 밀착했다.

"잊지 말아야 한다. 너에게만 나를 줄 것이라 약조하였음을. 그것이 마음만을 의미하는 것은 아니다."

"……잊지 않겠습니다, 저하."

"그 말의 의미를 이해하는 것이냐?"

"저하께서 말씀하신 것처럼 오직 소인만을 은애하시겠다고……."

윤이 고개를 끄덕였다. 틀린 말은 아니었다. 그러나 아마도 그녀는 여전히 알지 못하리라. 그의 약조에 담긴 가장 막중한 의미를.

"세손의 어미가 될 수 있는 여인은 오직 너뿐이다. 잊지 마라."

* * *

"아무래도 이대로 있다 사달이 나지 싶습니다."

"눈뜨고 코 베이는 격 아닙니까? 대체 무슨 꿍꿍이인지…….."

"사람 속이 미어터지도록 말수 없던 세자가 요즘 들어 부쩍 제 뜻을 피력합니다. 음흉하기 짝이 없어요!"

"광증이 있다는 것도, 사내구실을 하지 못한다는 것도……. 애당초 모두 거짓 아닙니까? 남들 눈을 속이려 그리 행동해온 것 아니냔 말입니다!"

"이렇게 하릴없이 세월을 보내다 전하께서 덜컥 붕어(崩御)라도 하시면……."

쾅! 주먹으로 서궤를 내리치는 소리가 귓전을 때렸다.

"감히 어찌 그런 흉흉한 말을 입에 담아! 그러고도 자네들이 일국의 벼슬아치라 할 수 있는가?"

이이명의 호통이 빈청 안에 울려 퍼졌다. 서슬 퍼런 노(老)대신의 불호령에 노론 신료들의 낯빛이 파리하게 질렸다.

"소, 송구하옵니다, 대감."

"대감, 부디 노여움을 푸시옵소서."

신료들이 황급히 이이명에게 머리를 조아렸다.

"다들 정신을 똑바로 차리게. 수많은 환국(換局)을 겪고서도 아직까지 정신을 못 차렸는가? 누가 뭐래도 전하일세. 서인과 남인을 몰락시킨 임금이란 말일세. 말조심을 하시게들."

"송구하옵니다. 명심하겠습니다, 대감."

이이명의 음성이 누그러진 것을 깨달은 신료들 중 몇몇이 조심스럽게 입을 열었다.

"하오나 대감, 소인들도 오죽하면 그런 말을 꺼냈겠습니까? 근래 궁궐 안에 소문이 파다합니다. 세자가 승은궁녀 처소를 거의 매일 찾다시피 한다더이다. 그러다 덜컥 원손(元孫)[78]이라도 생긴다면 어

---

78 왕세자의 맏아들.

찌합니까."

원손. 지금껏 왕세자를 고자라 여긴 탓에 대신들 그 누구도 생각해 본 적 없는 말. 그 단어가 주는 충격이 한동안 빈청 안을 지배했다.

"원손이 생긴다면 연잉군 대감의 앞날을 보장할 수 없지 않겠습니 까? 세자빈이야 노론이니 그렇다손 치더라도, 만약 승은궁녀가 회임 이라도 한다면……."

잠시 망설이던 젊은 관료가 말을 이었다.

"왕권에 위협이 되는 왕자군이 어떻게 되어왔는지 역사에 뻔히 기 록되어 있지 않습니까."

달변을 늘어놓던 자가 이이명의 눈치를 살폈다. 의외로 이이명은 침묵을 지키고 있었다. 눈이 쌓인 듯 희게 바랜 눈썹 아래 움푹 들어 간 눈. 그러나 여전히 눈빛은 생생하다.

"왕세자가 고자가 아니라 치세. 그렇다고 무얼 어쩌겠다는 말인가? 세자의 몸에 위해를 가하기라도 하실 텐가? 혹은 승은궁녀를 처단하 기라도 하자는 것인가? 그리 위험한 일을 벌이면 뒤탈이 없겠는가?"

"그, 그런 것은 아니옵니다만……."

"경거망동치 말라 내 이미 경고했네."

"……."

좌중은 꿀 먹은 벙어리가 되었다. 이이명이 싸늘한 시선으로 사방 을 둘러보았다.

그리 쓴맛을 보았음에도 정신을 차리지 못한다. 그들은 서슬 퍼렇게 눈을 뜨고 있는 조선의 임금이 얼마나 무서운 자인지 까맣게 잊은 모양 이었다. 그리고 왕세자 이윤이 누구의 아들인지도. 그는 잔혹하고 비범 한 임금 이순의 맏아들이자, 세상을 뒤흔든 여인 장희빈의 아들이었다.

"서두르다 일을 그르치네. 세상 이치에 급히 처리하여 좋은 일이 란 없는 법이야."

이이명이 싸늘하게 내뱉었다.

"기다리게. 아직 시간이 있네."

* * *

"먹보라는 궁녀의 죽음에는 석연치 않은 부분이 많았습니다. 주변 궁인과 궁녀의 가족들이 말하길, 먹보는 자결할 성격이 결코 아니라는 반응이었습니다."

"자결할 성격이 아니다?"

"예. 게다가 먹보의 가족들은 웬만한 양반 부럽지 않게 유복하게 지내고 있었나이다. 작년부터 갑자기 가세가 폈다 하더이다."

"음."

"언문을 가까스로 깨쳤다는 데 비해 유서의 필체는 상당히 반듯하였습니다. 또한 자신이 곧 상궁이 될 것이란 말을 즐겨 했다는 정보도 접했습니다."

밤 깊은 저승전. 그간 동분서주하며 수집한 정보를 전달하는 황가의 음성은 지극히 비밀스러웠다. 기름을 먹인 심지가 타닥대는 소리가 크게 느껴질 만큼.

"꼬리를 잘라낸 것을 보니 그자들도 낌새를 알아챈 것이겠지."

윤이 낮게 중얼거렸다. 꼬리는 이미 죽어 없어졌다. 당시에는 윤 역시 나인의 죽음을 불우한 흉사(凶事) 정도로 여겼다.

"은연중에 다른 궁인의 이름을 입에 담았다든가 하는 것은 없더냐?"

"어떤 상궁에 대한 말을 흘렸다가 말실수를 한 듯 크게 당황한 적이 있다 하였습니다."

"상궁?"

자결을 가장하여 살해된 먹보가 꼬리라면 이름을 알 수 없는 상궁의 위치는 어디쯤 될까. 분명한 것은 그 상궁 역시 머리는 아닐 것이라는 사실이었다.

왕세자에게 독을 먹이는 일은 한두 사람 목숨으로 무마할 수 없는 중죄. 왕세자란 곧 국본이었다. 그를 해하려는 행위는 시도만으로도 삼족(三族)을 멸할 수 있는 대역죄였다.

"상궁을 부리는 자……."

그가 머리다. 윤은 몇몇 상궁들과 그들을 움직일 수 있는 이들의 이름을 나열했다.

제일 먼저 떠오른 것은 동궁전 지 상궁이었다. 그녀는 노론 편이었으며 중전과 영빈 김씨와 가까웠다. 태화당의 젊은 상궁 역시 떠오른다. 그 성이 박가이던가. 영빈의 적극적인 비호 아래 젊은 나이에 상궁까지 진봉한 여인은, 주인을 위해서라면 무엇이든 기꺼이 할 법한 인물이었다. 대전 김 상궁은 또 어떤가. 임금만큼이나 나이를 먹은 지밀상궁인 그녀는 본래 세자보다 연잉군을 아꼈다. 또한 중궁전의 허 상궁, 제조상궁인 김 상궁, 귀인 김씨 처소의 조 상궁…….

"음."

윤이 나지막한 소리를 내뱉었다. 한동안 달콤한 봄날 속에 잠겨 있느라 잊고 있었다. 그가 평생을 살아온 궁궐이 얼마나 음험한 장소인지를. 얼마나 많은 눈초리들이 그가 발을 헛디디기만을 고대하며 윤의 행보를 좇고 있는지.

"고생했다. 좀 더 알아보는 것이 필요하겠지. 문 내관 역시 내부에서 힘쓰고 있다. 극히 은밀한 일이라 쉽게 머리를 밝혀내기는 어려울 것이다."

"저하."

"할 말이 있느냐?"

황가가 고개를 들어 올렸다. 유럽 이후, 굳이 말로 표현하지 않았으나 윤과 황가 사이에는 굳센 믿음이 자리 잡았다.

"저하께서 곤경에 처하셨을 때 가장 큰 이익을 보는 자가 누구인지를 생각하시옵소서."

"음."

윤이 황가에게 시선을 던진다. 충언은 본래 달지 않은 법이었다.

"나 역시 모르지 않는다."

"예, 저하."

단지 이 순간 그 생각만은 하고 싶지 않을 뿐.

왕세자가 후사 없이 세상을 떠나거나, 혹은 광증 탓에 국본의 자리를 감당할 수 없게 되었을 때 가장 큰 덕을 볼 사람. 그것이 윤이 여전히 사랑하는, 그리고 때로 미워하는 동생 금이라는 사실을 모른 척하고 싶을 뿐이었다.

* * *

낙선당 침소 안에 다시금 밤이 찾아왔다. 불 꺼진 방. 그윽한 백단향의 근원지는 바닥에 내던져진 윤의 옷가지였다. 틈 없이 가까이 밀착된 벗은 몸에서 더운 열기가 솟았다.

땀에 젖어 미끈대는 살갗, 서로를 부르는 낮은 목소리, 유혹적인 속삭임, 녹작지근한 손길, 서로에게 취한 눈동자. 윤의 입술은 순심의 이마와 뺨, 귓불과 목덜미, 쇄골을 지나 의복 속에 감추어져 있던 미지의 영역을 탐닉했다. 뱃속 깊숙한 곳에서부터 밀려오는 지독한 황홀감은 몸을 가만둘 수 없게 만들었다.

존재하는지도 몰랐던 모든 감각들이 피어나 결국 그녀 자신이 꽃이 되는 시간. 그들은 껴안고 탐닉하며 얽혀들었다.

윤은 예고 없이 낙선당을 찾아왔다. 그가 황가와의 밀담을 마친 직후의 일이었다. 그리고 도저히 참을 수 없다는 듯한 태도로 순심을 안았다.

"두려우냐?"

"으음……."

순심의 입에서 흘러나오는 나지막한 신음. 그녀가 고개를 저었다.

"조금도 두렵지 않습니다, 저하."

국혼이 끝난 후 윤이 낙선당을 찾는 횟수는 더욱 빈번해졌다.

"어찌 두렵겠습니까. 가끔은…… 꿈을 꾸는 것이 아닌가 생각합니다."

본래 임금이나 왕세자와 초야를 맞는 궁중의 여인들은 꽤나 엄격한 절차를 거쳐야만 했다. 혹시라도 옥체에 상처를 입히거나 하는 불경한 일이 있어서는 아니 되기 때문이었다.

그러나 윤은 가례 전날 밤 어명을 피해 순심에게 찾아들었다. 그런 까닭에 그들의 초야에는 어떠한 규칙도 존재하지 않았다. 온통 하지 말아야 할 것들로 넘쳐나는 궁궐의 법도를 벗어나 온전하게 서로를 소유하고 탐닉하는 밤이었다. 다시 찾아온 밤, 그리고 또 밤. 함께하는 시간이 길어질수록 마음은 더욱 깊어졌다. 가끔 황홀경에 이르러 그들은 생각하곤 했다. 이대로 세상이 끝난다 해도 그대가 있어 행복한 생이었다고. 그러므로 조금도 두렵지 않았다.

윤의 입술 사이로 옅은 웃음이 흘러나왔다.

"나를 두려워하지 않음을 안다. 그것을 물은 것이 아니다."

그녀의 몸을 누르는 윤의 무게. 흰 목덜미에 입을 맞춘 윤이 상체를 조금 들었다. 포개져 있던 몸 사이에 고여 있던 땀방울이 금침 위로 흘러내렸다.

"그럼 무엇이 두렵냐 물으신 것입니까?"

"회임하는 것. 어미가 되는 것이, 두렵지 않냐 물은 것이다."

"……."

순심은 잠시 눈을 깜빡거렸다. 그녀도 당연히 안다. 사내와 여인이 거듭 교합(交合)에 이르다 보면, 회임하는 것이 당연한 섭리라는 것을.

"두렵다기보단…… 잘 믿기지 않습니다. 제게 그런 일이 일어날 수 있다는 것이요."

순심의 말끝이 살짝 떨렸다.

윤은 약조했다. 그를 가질 수 있는 여인은 오직 순심뿐이라고. 처음 그녀는 그 말 속에 숨은 뜻을 파악하지 못했다. 그것은 가난한 중인의 딸, 평생 생과방에서 허드렛일을 하며 살았던 궁녀 김순심으로서는 상상도 해본 적 없는 엄청난 일. 그녀에게서 태어난 아이가 왕세자의 아들, 즉 원손이 되고 나아가 일국의 세손으로 봉해질 수 있다는…….

"나 역시 너와 마찬가지다. 지금껏 내가 아비가 되리란 생각은 해본 적이 없었다."

평생 숨죽이며 살아온 윤의 삶에서 가장 중요한 것은 생존이었다. 살아남기 위해 그는 말수가 적고 답답한 사람이어야 했다. 영민하지 못하고 제 뜻을 피력하지 못하는 자여야 했다. 또한 후사를 볼 수 없는 몸이어야만 했다. 금의 훗날의 지위를 위협하지 않는 것이 곧 그의 살길이었다.

순심을 만나기 이전의 그는 그런 자로서 살아가야 하는 운명을 받아들이고 있었다.

"하지만 이제는 달라졌다."

여전히 몸을 포갠 채 윤은 순심을 내려다보았다. 그녀를 만나기 이전에는 생이라는 것이 고통이 아니라 기쁨이라는 것을 알지 못했었다.

"네가 나의 여인이니까."

미처 몰랐다. 눈부신 여름날의 녹음 속, 갑자기 그의 삶에 뛰어들었던 여인과 살을 맞댄 채 훗날 태어날 그들의 아이를 꿈꾸게 될 줄은. 내가 너를 이토록 사랑하게 될 줄은.

그리하여 윤은 궁궐 안 누구도 감히 생각하지 못했던 미래를 꿈꾸기 시작했다.

"……형님, 주무십니까?"

장번내시 처소 역시 어둠에 잠겨 있었다.

"왜."

황가가 반문했다. 고요했으나 잠들지는 않았던 모양이다.

이미 상당히 깊은 밤. '잠이나 자라'고 말하려던 황가가 문득 입을 다물었다. 평소 곤하게 잠들면 누가 업어 가도 모를 지경이던 상검이었다. 그는 근래 들어 밤잠을 설칠 때가 많았다. 필시 무언가 마음 쓰이는 일이 있는 듯하다.

"형님은 왜 혼인 안 하십니까?"

"혼인?"

"이미 장가들 나이가 훌쩍 지나셨잖습니까. 어찌 궁궐 안에서 장번을 자처하며 사시는지 궁금해서요."

"때 되면 어련히 알아서 할까."

"세자 저하와 연배가 비슷한 분께서 무슨 때 타령이에요? 이미 저하는 장가를 두 번이나 드셨는데……."

"쓸데없는 소리 하지 마라."

그러나 상검은 아직 할 말이 남은 모양이다. 잠이 완전히 달아난 듯 눈을 동그랗게 뜬 상검이 말을 이었다.

"형님은 가끔…… 이 세상 사람 같지 않아요."

"뭐?"

"그렇잖아요. 화살 몇 번 쏘아봤다더니 호랑이를 잡질 않나……. 세자 저하처럼 까다로운 분에게 금방 신임을 얻고……. 옥신각신하던 문 내관께서도 어느새인지 형님을 무척 아끼는 듯하고……."

"시답잖은 소리 할 거면 잠이나 자."

툭 내뱉은 황가가 옆으로 돌아누웠다. 그의 등을 바라보던 상검이 갑자기 긴 한숨을 내쉬었다.

"형님은…… 누군가 연모해본 적 있으십니까? 여인 말이에요. 왠지 마음이 쓰이고, 자꾸만 궁금하고, 생각나는…… 그런 거……."

제 입으로 말을 꺼내면서도, 상검은 내시 따위가 무슨 소리냐는 면박이 돌아오리라 생각했다. 그러나 황가는 답이 없었다. 그저 깊은 날숨인지, 한숨인지 모를 소리만이 들려올 뿐.

"연모……."

황가가 상검의 말을 곱씹듯 되뇌었다. 오직 두 음절. 짧은 말에 마음을 모두 담을 수 있을까. 문득 좀체 떠올리지 않았던 과거의 기억이 그의 뇌리를 스쳤다.

입가에 파르라니 수염 자국이 나던 시절, 배를 타고 김일경을 찾아가던 어느 겨울날의 일. 부모님, 동생들, 갈 곳 없는 저를 거둬준 은인까지 누구 하나 지켜내지 못했던 그의 앞에 나타났던 소녀. 그 소녀의 눈물로 얼룩진 뺨과 흐느끼던 작은 어깨가 떠올랐다. 그녀가 강물에 몸을 던진 순간 앞뒤 가리지 않고 배에서 뛰어내린 것은 본능에 가까운 행동이었다.

"에효. 내가 미쳤지. 이런 걸 다른 이도 아닌 형님한테 물어보다니……."

상검이 혼잣말처럼 중얼거렸다.

"없죠? 누군가를 좋아해본 적. 황가 형님은 은애하는 감정이 뭔지도 모르죠?"

황가는 대답 대신 눈을 감았다.

그는 알지 못한다. 은애, 사랑, 여인을 향한 감정……. 낯선 소녀를 구함으로써 그는 평생 짊어지고 있던 마음의 죄책감을 조금이나마 덜었다. 그것은 은애도, 사랑도 아니었다.

한겨울 엄습하는 오한처럼 소년 황가의 어느 날을 관통하고 사라졌던 소녀. 그녀는 꿈에도 모르고 있을 것이지만, 십 년 전의 순심이 그에게 건넨 것은 생을 지탱하게 해준 구원이었다.

* * *

늦가을로 접어드는 날씨는 꽤나 변덕스러웠다. 여름 내 비가 적게 와 속을 썩이더니 막상 가을이 오자 한여름 장맛비처럼 폭우가 빈번하게 쏟아졌다.

가뜩이나 낯선 궁중 생활. 채화는 비 탓에 대부분의 시간을 저승전 안에 칩거하여 보냈다. 그리하여 모처럼 날이 갠 날 언니 인화의 방문을 받은 채화는 기쁜 감정을 숨기지 않았다.

"참, 마노라……. 저는 정말 몰랐지 뭐예요."

"무엇을 말입니까?"

인화가 민망하다는 듯 낮게 속닥거렸다.

"세자 저하께서 그렇게 미남자이실 줄은……. 노론 여식들이 하나같이 볼품없는 사내라 말하기에 저도 그런 줄 알았지 뭐예요. 직접 뵈옵고 나서 저도 입이 다물어지지 않을 만큼 놀랐답니다."

"그러셨습니까."

제 지아비의 용모를 칭찬하는데 어떻게 반응해야 할지 알 수가 없어 채화는 담담하게 대꾸했다.

친영례를 치르던 순간이 떠오른다. 면류관에 드리워진 구슬끈 사이로 보이던 윤의 모습. 그는 백자처럼 해사하고 고아했다. 윤을 처음 마주한 순간, 채화의 심장은 세상 놀라운 것을 목도한 듯 발치까지 쿵 떨어졌었다.

"저하께서는 잘 대해주십니까? 혹시라도 노론 가문의 여인이라 냉대하지 않으십니까?"

"그럴 리가요."

채화가 고개를 저었다. 그것은 사실이었다. 세자는 그녀를 냉대하거나 미워하지 않았다. 윤이 무슨 생각을 하는지는 알 수 없지만, 그는 채화 앞에서 감정을 내보이지 않았다. 그것이 좋은 감정이든 나쁜 감정이든 간에.

왕세자는 한없이 무심했다. 나이 어린 부인에게 그는 조금의 관심조차 보이지 않고 있었다. 대전과 내전 문안을 올리기 위해 매일 아침저녁으로 궁궐 안을 함께 걷지만 윤이 먼저 입을 여는 일은 한 번도 없었다. 그 외의 시간에는 그를 마주치는 것조차 힘들었다.

그러나 아무리 친언니일지언정 약한 모습을 보이고 싶지는 않았다.

"마노라."

채화의 눈치를 살핀 인화가 음성을 낮추었다.

"아버지께서 걱정이 많으십니다. 왕세자께서 매일같이 첩실 처소에 들락거린다는 소문이 바깥까지 자자하다 보니…… 아직 마노라께서 관례 전인 까닭에 걱정을 많이 하십니다. 이러다 첩실이 회임이라도 하고 원손을 낳으면 큰일이지 않겠습니까?"

"……"

"마노라?"

"아, 예."

인화가 걱정스러운 듯 채화를 바라보았다. 채화의 낯빛은 삽시간에 하얗게 질려 있었다.

그녀는 그제야 깨달았던 것이다. 밤 시간, 대화라도 나눌까 싶어 윤의 침소를 찾았을 때마다 그의 침전이 비어 있었던 까닭을. 잠 못 드는 새벽, 멀리서 들려오던 발소리가 다녀온 곳이 어디인지를. 윤의 거취를 물을 때마다 지 상궁이 말을 돌리고, 몇몇 궁인들이 가엾다 는 듯 시선을 돌리던 이유를.

뼈아픈 자각이었다. 왕세자에게 자신의 존재란 부인도, 동궁전의 안주인도 아닌 세자빈이라는 이름의 불청객이었던 게다.

'그럴 수는 없어.'

인화가 물러간 후 생각에 잠겨 있던 채화가 매무새를 가다듬었다. 관례를 치르지 않은 궁중 여인의 상징인 가래머리가 오늘따라 더욱 묵직하다. 채화가 가냘픈 턱을 똑바로 쳐들었다.

"마노라, 어디로 가십니까?"

채화의 침전 앞에 서 있던 수칙(守則)[79]이 여쭈었다.

"낙선당으로 가야겠다."

"요새 나 말고 새 동무라도 생긴 거야?"

야옹?

"그런데 어쩜 이리 뜸해? 서운하게. 자꾸 이러기야?"

니야옹.

"그나저나 금손이 너, 비단끈 다른 걸로 바꿔야겠다. 매일 고기반 찬만 먹으니까 살이 쪄서 끈이 꽉 끼잖아. 안 갑갑해?"

니야옹!

앙칼지게 대꾸한 금손이 마루에서 풀쩍 뛰어내렸다. 날이 추워져 서인지 털이 북실북실한 엉덩이가 실룩거린다. 그 모습을 본 순심이

---

79 세자궁의 내명부 종육품 궁관.

웃음을 터뜨렸다.

안뜰을 가로지르던 금손이 갑자기 털을 바짝 세웠다.

"왜 그래, 금손……."

낙선당 입구에 나타난 누군가. 처음에 순심은 화려한 복장에 감싸인 여인이 누구인지 가늠하지 못했다. 그리고 이내 깨달았다.

왕세자빈. 동궁전의 안주인. 순심이 사랑하는 남자, 이윤의 부인.

순심은 저승전으로 입성하던 세자빈의 모습을 기억하고 있었다. 화려한 적의에 거대한 수식을 갖춘 채 저승전으로 향하던 모습을. 그날 그녀의 곁에는 윤이 있었다. 순심은 마음 한편에 길고 깊은 생채기를 냈던 그 장면을 잊으려 애쓰며 시간을 보냈다.

그러나 낙선당, 윤이 순심에게 내준 보금자리. 순심과 윤의 모든 이야기가 아로새겨져 있는 공간에 서 있는 세자빈의 모습은, 처음 그녀를 보았던 날 이상으로 낯설고 이질적이었다.

"자네가 낙선당 김가인가?"

"예? 예, 그렇사옵니다……."

예상조차 하지 못한 방문. 당황한 탓에 순심은 말을 더듬거렸다.

"무얼 하시는 것이오? 어서 세자빈 마노라께 예를 갖추시오!"

'마노라'라는 호칭을 퍼뜩 떠올리지 못해 머뭇대던 순심에게 궁인의 호통이 들렸다. 급히 뜰로 내려간 순심이 고개를 조아렸다.

"세자빈 마노라, 처음 인사 올리옵니다. 소인은 낙선당 궁녀 김가라……."

"어찌 여기서 문안을 받겠는가? 내 안으로 들겠다."

순심이 고개를 들었다. 채화의 얼굴보다 먼저 눈앞에 닥쳐든 것은 은실로 수를 놓은 그녀의 복장이었다.

아청색이라 불리는 익숙한 빛깔. 그것은 윤의 용포와 두루마기를 물들인 색. 즉 왕세자의 색이었다.

"하오나 소인의 처소가 누, 누추하여 마노라를 모시기에는……."

"무슨 소리를 하는 겐가."

아직 앳된 얼굴을 한 세자빈. 그러나 그 음성도, 태도도 열네 살이라고는 전혀 믿기지 않았다.

"저하께서 매일같이 드시는 침소라 들었거늘, 나라고 못 들어갈 것 있겠는가?"

갑작스러운 세자빈의 방문에 우왕좌왕하던 순심은 가까스로 정신을 차렸다. 황급히 정돈한 보료 위에 앉은 채화가 찬찬히 방 안을 둘러보았다.

별다를 데라고는 없는 여느 반가의 것과 다름없는 방. 크기가 대단히 큰 것도, 화려한 세간살이가 있는 것도 아니었다. 반닫이와 작은 화초장, 앉은뱅이 문갑 하나가 전부인 방. 방 안은 깔끔하게 정돈되어 있었다. 소박한 방 풍경에 어울리지 않게 진한 백단 향기가 떠돈다는 점이 특이할 뿐이었다.

채화의 시선이 문갑 위를 훑었다. 채화 역시 별궁에서 생활하던 시절 여러 차례 읽었던 내훈(內訓)이 한 권, 그리고 아청색 비단으로 만든 향낭이 하나. 저 향주머니가 방 안을 가득 채운 백단 향기의 근원이리라.

"문후드리옵니다, 세자빈 마노라. 소인 낙선당 궁녀 김가 순심이라 하옵니다."

절을 올리는 순심의 태도는 다소간 서툴렀다. 채화의 시선이 순심의 얼굴 위에 머물렀다.

낙선당 승은궁녀. 세자빈인 채화보다 먼저 동궁전에 들어온 여인. 비록 저승전에만 틀어박혀 있을지언정 귀가 닫힌 것은 아니었다. 이미 전해 들은 바와 같이 승은궁녀는 무척 아름다웠다.

지 상궁은 드물게 순심의 이름을 입에 올릴 때마다 '첩'이라는 말을 썼다. 본디 사내들은 변덕스러우므로 세자의 첩 역시 오래가지는 못할 것이라고. 첩실이란 것들이 흔히 그렇듯 몇 년 후에는 순심 역시 세자의 총애를 잃고 말 것이라고.

"어찌하여 지금껏 내게 문안을 올리지 않았는가?"

"그, 그것은⋯⋯."

순심의 눈빛이 당혹감으로 물들었다.

"지 상궁과 문 내관에게 뜻을 물었으나, 미천한 소인이 마노라를 독대하는 것은 법도에 없는 일이라 들어⋯⋯ 찾아뵙지 못했습니다."

지 상궁도 채화에게 똑같은 말을 했었다. 한낱 천한 궁녀에게 마음 쓰지 말라고.

"본의는 아니었으나 인사가 늦어 송구하옵니다. 용서하십시오, 마노라."

순심은 그제야 평정을 찾았다. 어차피 그들은 동궁전에 속한 몸. 오늘이 아니었더라도 만남은 피할 수 없었을 것이다.

'저하의 부인은⋯⋯ 어떤 분일까?'

낙선당에서 마주한 세자빈은 순심이 기억하는 동뢰연 당시의 모습과는 많이 달랐다.

세자빈은 작고 가냘팠다. 조그만 몸에서 어찌 저런 위엄이 나오는지가 궁금할 정도로. 용모만 보면 소녀에 지나지 않았으나 말투며 태도는 지금껏 순심이 보아온 어떤 여인보다 단호한 데가 있었다.

"내 갑자기 찾아와 놀랐는가?"

채화의 물음에 순심은 순순히 대답했다.

"미리 연통이 없으셨던 터라 조금 놀랐습니다."

"같은 동궁전에서 생활하고 있는 처지이니 얼굴을 익혀두는 편이 좋으리라 여겨 찾아온 것이네."

"예, 마노라."

"앞으로 우리는 평생 같은 지아비를 모시며 살아야 할 사람들이니 말일세. 그렇지 않은가?"

"……예. 그렇습니다, 마노라."

저도 모르게 순심은 잠시 눈을 들었다. 아랫것 처지에 세자빈의 얼굴을 뚫어져라 바라보는 것은 있을 수 없는 일이라, 순심은 다시금 시선을 떨어뜨렸다.

열네 살 소녀의 입에서 나오는 '평생'이라는 말. 순심조차 감히 생각해본 적 없는 말을 꺼내는 음성이 낯설었다. 이런 남다른 비범함이 있었기에 임금의 눈에 들어 세자빈으로 간택된 것일까.

"내 망극한 은혜를 입어 세자빈이 되었으나 궁궐에 대해 아직 모르는 것이 많네. 자네는 본디 궁녀였으니 나보다 동궁전에 대해 잘 알겠지."

"소인은 한낱 생과방 나인이었을 뿐입니다. 소인 역시 동궁전에 온 지 얼마 되지 않았나이다. 어찌 감히 소인이……."

"동궁전으로 온 지 오래지 않았다면 더욱 나에게 첨언해줄 수 있지 않겠는가?"

"……."

순심은 잠시 머뭇거렸다. 세자빈의 속내를 도무지 짐작할 수 없었다. 그러나 아무리 나이가 어릴지언정 채화는 윤의 본부인이었으며 또한 까마득한 웃전이었다.

"어려워 말고 말해보게. 동궁전은 어떤 곳인가?"

"……동궁전은."

세자빈이 동궁전에 들어온 지 이제 갓 열흘. 순심은 제가 낙선당에 자리 잡은 지 열흘 남짓 되었던 여름날의 기억을 더듬어본다.

"동궁전은…… 외로운 곳이옵니다, 마노라."

채화가 순심을 응시했다.

"······외롭다?"

"예. 처음 이곳에 발을 들였던 시절 소인에게는······ 그러했습니다."

내내 여유로운 표정이던 채화의 눈빛이 설핏 흔들렸다.

외로운 곳. 저승전에 자리 잡은 이후 채화가 항상 느끼고 있던 감정의 실체를 짚어내는 말. 아픈 곳을 쿡 찔린 것 같은 기분이었다. 갑자기 입안이 바싹 말랐다. 채화가 연거푸 헛기침을 했다.

"송구하옵니다, 마노라. 소인 정신이 없어 차를 들이는 것조차 잊었습니다. 따뜻한 음료를 내오겠나이다."

"······그리하게."

갑자기 기분이 묘해진 탓에, 채화는 순심이 방을 떠나는 것을 순순히 허락했다.

"외로운 곳이라니."

방에 홀로 남은 채화가 중얼거렸다. 그 말을 듣는 순간 밀려왔던 낯선 감정. 어쩌면 그것은 채화 혼자만 쓸쓸함을 겪은 것이 아니라는 위안일지도 모른다.

'이러려고 찾아온 것이 아니거늘.'

여느 본부인들이 그러하듯 첩실을 구박하거나 대거리를 하러 찾은 것은 물론 아니었다. 그렇다고 제 지아비의 총애를 독차지한 여인과 희희낙락하러 들른 것 역시 아니다. 단지 확인하고 싶을 뿐이었다. 어떤 여인인지, 앞으로 어떻게 대해야 할지를.

그러나 순심은 채화가 지금껏 상상해온 모습과는 확연히 달랐다. '첩실'이라는 말의 느낌은 달갑지 않았다. 어쩌면 채화는, 희빈 장씨에 대해 그녀가 갖고 있던 생각을 순심에게 투영하고 있었던 것일지도 모른다. 남자를 홀리는 요사스런 미인을 상상하며 찾았던 낙선당. 그러나 순심의 모습은 예상을 비껴갔다. 그녀는 아름다웠으나, 선한 눈동자를 하고 있었다.

'내가 지금 무슨 생각을 하는 거지.'

채화의 입에서 얕은 한숨이 흘러나왔다. 별생각 없이 그녀는 문갑 위에 놓인 '내훈'을 펼쳤다. 별궁에서, 그리고 가례를 올린 이후 채화 역시 여러 차례 읽었던 책. 무심코 손을 댔을 뿐인데 서책은 반으로 확 펼쳐졌다. 책장 중간에 무언가가 끼워져 있었기 때문이었다.

두어 번 접은 서찰. 흰 종이 위에 먹으로 쓴 간결한 문장 한 줄.

펼쳐 보려는 생각은 꿈에도 하지 않았고 실제로도 그러했으나 얇은 백지 뒷면에 번진 먹으로 쓴 문장은 채화의 뇌리에 고스란히 박혔다.

나는 늘 네 곁에 있다.

그 짧은 글귀 안에 담긴 것은 누구의 마음이던가.

"하……."

한 자 한 자, 그 서찰에 절절한 마음을 담아 보낸 이가 누구인지 깨닫는 순간 채화의 입에서 장탄식이 흘러나왔다.

순간 밖에서 들려오는 발소리. 서찰을 다급히 서책 안에 끼워 넣던 채화의 손이 미끄러졌다. 드륵- 소리와 함께 침소 문이 열렸다.

"빈궁."

"……저하."

채화가 다급히 자리에서 일어섰다. 모습을 드러낸 것은 순심이 아닌 윤이었다.

때마침 열린 문틈으로 불어오는 바람 한 줄기. 야속하게도 서찰은 윤의 발치에 떨어졌고, 그는 그것을 집어 들었다.

"아으, 추워. 갑자기 뭐 이렇게 추워졌담."

제법 스산한 가을바람. 목을 잔뜩 움츠린 채 중얼대던 구월이 낙선당 초입에 발을 들이려던 찰나였다.

"누님!"

들려오는 나지막한 목소리에 구월이 고개를 홱 돌렸다. 모퉁이에서 쑥 튀어나온 상검의 팔이 구월을 휙 잡아당겼다.

"엄마야!"

"쉿! 조용하세요! 조용!"

"네 목소리가 더 커, 맹추야!"

"아무튼, 쉿."

영문을 모르는 구월이 상검을 바라보았다. 한낮의 해가 만들어낸 담장 아래 긴 그림자 속, 구월은 멀뚱멀뚱 상검을 올려다보았다.

"무슨 일인데 그러냐?"

덩달아 구월마저 목소리가 낮아졌다.

"지금 낙선당 안에 세자 저하랑, 세자빈 마노라랑, 순심 마마님 세 분이 다 계세요."

"헉. 진짜?"

"예. 게다가 조금 전에 세자 저하께서 노여워하시는 것 같은 큰 소리도 났어요. 그러니 들어가지 말고 여기 계세요, 누님."

구월의 표정이 난감한 듯 일그러졌다.

"이 일을 어쩐대……. 막, 그런 거 아니냐? 본부인이 첩실 머리채 잡고, 괄시하고 괴롭히고 그런 거……."

"에이, 세자빈께서 설마 그러실라구요……."

"그럼 이유가 뭐겠어? 세자빈이 얼마나 높은 분인데……. 굳이 여기까지 쫓아올 일이 뭐 있겠냐고."

낙선당 안의 소리에 귀 기울이던 구월의 얼굴이 새하얗게 질렸다.

"그렇게 되는 거 아니냐? 예전에 희빈 장씨께서 그러셨던 것처럼……. 부인들끼리 투기하고 저주하고, 땅에 이상한 거 묻고! 괜한 이간질 때문에 우리 순심이만 마음고생하고……."

"누님!"

"아, 왜?"

갑자기 상검의 목소리가 높아졌다. 구월이 화들짝 놀라 그를 바라보았다.

"아서요. 그러다 큰일 납니다! 감히 희빈 자가 말씀을 입에 담으셨다, 저하의 귀에라도 들어갔다간 정말 경을 친다고요. 특히 요즘 같은 때는 더더욱……."

"요즘 같은 때가 왜?"

그때였다. 위잉- 하는 소리와 함께 날아든 어리호박벌 한 마리.

"아, 깜짝아!"

펄쩍 뛰어 자리를 옮기던 상검이 중심을 잃고 담벼락에 손을 짚었다. 그 바람에 상검의 팔과 담장 사이에 갇혀버린 구월의 눈이 휘둥그레졌다.

쿵.

"요, 요, 요, 요……."

뱀, 쥐, 말벌과 온갖 해충들 앞에 단 한 번도 굴복한 적 없는 구월의 튼튼한 심장이 발끝으로 떨어지는 소리.

"요, 요즘 가, 같은 때가 대체 무슨 때인데……?"

"아……."

상검의 눈길 역시 구월에게 그대로 멈추었다. 머릿속이 이상하게 하얗지만, 일단 질문에 대한 답은 입 밖으로 흘러나왔다.

"희빈 장씨께서 사사되신 날이 곧 다가오니까요."

"왜 빈궁께서 이것을 보고 있소?"

침묵을 지키던 윤이 입을 열었다.

"보려던 것이 아니옵고……. 서책에서 빠져나왔기에 제자리로 되돌리려던 것뿐입니다."

"······."

윤은 가타부타 대꾸하지 않았다. 말 대신 그저 채화를 가만히 바라보고 있을 뿐.

낙선당의 침소 안에 순심이 아닌 채화가 있는 것은 그에게도 낯선 광경이었다. 이곳은 근래 정무를 마친 윤이 밤마다 찾아드는 도피처였고, 순심과 그의 열정으로 가득 찬 비밀스러운 낙원이었다.

"어찌 여기 와 계신 것이오?"

"내명부와 안면이라도 익히고자 하여······. 다른 뜻은 없었나이다, 저하."

"다른 뜻이라······. 정녕 그렇소?"

윤의 음성은 차분하고 부드러웠다. 일견 다정하게 들리기도 했다. 그러나 워낙 큰 키와 당당한 체격 탓에, 문 앞에 서 있는 윤의 모습은 위압감을 느끼게 했다.

"내, 내명부로서 아랫것들을 살피는 것이 소인의 일이기에······."

저도 모르게 채화의 입에서 튀어나온 말. 이는 지 상궁이 입버릇처럼 그녀에게 하던 말이기도 했다. 세자빈은 동궁전의 안주인이며, 궁녀들 모두를 둘러보고 기강을 잡는 것이 그녀의 소임이라고.

그러나 순간 윤의 표정이 움찔, 일그러졌다. 어머니 희빈 장씨는 윤을 낳기 이전의 후궁 시절을 회상할 때마다 늘 말하곤 했다. 내명부를 바로잡는다는 명분으로 명성왕후와 인현왕후께서 얼마나 그녀를 고통스럽게 했었는지를.

"세자빈. 그대와 내가 가례를 올린 지 이제 열흘 남짓 되었지요?"

"예······. 저하."

"고작 열흘 사이 벌써부터 부실을 단속하기 위해 나온 것이오?"

"그런 것이 아니옵고······."

"하……. 어찌해야 할지 알 수가 없구려."

윤의 입에서 흘러나오는 쓰디쓴 한숨. 평소 채화 앞에서 감정의 동요를 내비친 적 없는 윤이었다. 인상을 찌푸린 그의 모습에 더럭 겁이 나, 채화는 황급히 입을 열었다.

"소, 소첩은 그저 같은 지아비를 모시는 여인과 인사를 나누고 싶었을 뿐입니다. 정녕 다른 뜻으로 이곳을 찾은 것이 아니옵고……."

"그만하시오."

"하오나 저하, 소첩의 말도 좀 들어주십시오. 정녕 나쁜 마음을 먹은 것이 아니옵니다!"

윤은 시선이 제 손에 들려 있던 서찰과 채화 사이를 오갔다. 그녀는 고작 열네 살, 어린 여인일 뿐이다. 그러나 궁궐이란 본래 나이가 아닌 신분으로 서열이 결정되는 곳. 모른 척 넘어가기에는 어머니의 전례가 너무나 뼈아팠다. 그는 어머니 희빈 장씨가 겪었던 고통이 순심에게 이어지는 것을 용납할 수 없었다.

"그만하시라 했소."

그때였다.

"저하……."

윤이 뒤를 돌아본다. 순심의 손에 들린 작은 소반 위, 찻잔에서 김이 피어올랐다.

방 안의 분위기는 싸늘했다. 윤의 표정은 차갑게 굳어 있었고, 세자빈은 당장이라도 눈물을 떨어뜨릴 듯 입을 앙다물고 있었다. 방 안으로 들어가지도, 그렇다고 마냥 서 있을 수만도 없어 순심은 당황한 눈빛을 떨어뜨렸다. 윤과 세자빈 사이에 언쟁이 오가는 까닭을 그녀는 단박에 짐작했다.

"저하……. 그저 소인은 마노라와 담소를 나누고 있었을 뿐입니다. 소인 역시 세자빈께 문안을 드리는 것이 옳다 여겼기에……."

"⋯⋯."

채화를 바라보던 윤의 차가운 눈빛이 순심에게로 향했다.

"저하, 마노라께서 소인을 따뜻하게 대해주시어 편안히 말씀을 나누고 있었나이다."

순심의 말은 진심이었다. 세자빈의 속내를 감히 파악할 수는 없었으나 적대감을 느끼지 못한 것 역시 사실이었다.

"음."

"저하. 노여워 마십시오. 오해하신 듯합니다."

"정말이더냐?"

"정말이다마다요. 제가 어찌 저하께 거짓을 고하겠나이까."

채화는 그저 바라보고 있었다. 저를 보던 윤의 눈빛이 그 순간 얼마나 냉랭했는지. 그 써늘하던 시선이 순심을 향한 순간 스르르 녹아내리는 모습과, 기어코 그의 눈빛에 어리던 따스한 빛을. 그것은 채화로서는 단 한 번도 본 적 없는, 아니 상상조차 해본 적 없는 그런 눈빛이었다.

그리고 귀로 똑똑히 듣고 있었다. 제 말을 들어달라 읍소하던 채화의 호소를 들은 척 않던 윤이 순심의 말 한마디에 어떻게 달라지는지. 순심이라는 여인이 어떻게 세자의 마음을 바꾸고 화를 누그러뜨리는지를.

"빈궁. 잠시 나와 저승전으로 갑시다. 내 긴히 할 말이 있소."

그사이 윤은 고요하고 진중한 본래 모습으로 돌아와 있었다.

"예, 저하."

윤이 먼저 낙선당을 나섰고 채화가 그 뒤를 따랐다. 지나쳐 가는 채화에게 순심이 머리를 조아렸다.

여느 때 같았다면 채화는 발을 바삐 놀려 세자와 나란히 걸었으리라. 그러나 낙선당을 나서며 순심의 팔 언저리를 가볍게 도닥이는 윤의 모습. 그런 그의 곁에 설 엄두가 나지 않아 채화는 잘근 입술을 깨물었다.

눈물이 날 것 같았다. 모멸감이나 박탈감 때문인지, 서러움 탓인지, 혹은 아직 어린 그녀가 모르는 또 다른 감정 때문인지는 알 수 없지만 그저 눈물이 날 것 같아 견딜 수가 없었다.

동궁전은 외로운 곳이라던 승은궁녀의 말이 옳았다. 백번 거듭 옳았다.

"빈궁."

낙선당을 나선 이후 내내 말이 없던 윤의 걸음은 저승전에 다다라서야 멈췄다. 말을 꺼내기 전에 한숨이 먼저 흘러나왔다. 그는 잠시 자신의 부인, 평생을 부부로 살아가게 될 여인을 내려다보았다.

"예, 저하."

대답하며 채화는 고개를 들었다. 민간에 조혼(早婚) 풍습이 사라진 시절이었으나 여전히 왕실혼례는 어린 나이에 이루어지는 것이 보통이었다. 그러나 서른을 넘긴 윤이 보기에 채화는 그저 어린아이일 뿐.

왜소한 체구에 해쓱한 뺨, 꺼진 눈꺼풀, 긴 듯한 콧날과 얇은 입술. 채화는 눈에 띄는 미인은 아니었으나 그렇다고 박색이라 불릴 용모도 아니었다. 단지 어린 나이로서는 보기 드문 메마른 인상 탓에 미려한 이목구비가 가려질 따름이었다. 가냘프고 냉한 그녀의 모습은 응달에 웅크려 겨울을 나는 작은 꽃나무를 연상케 했다.

"내가 원망스러울 것이오."

"……저하."

혹시나 세자의 불호령이 떨어지지나 않을까 걱정하던 채화의 눈빛이 흔들렸다.

저승전으로 향하는 내내 한 보 앞서가는 지아비의 등을 바라보며, 그녀는 말로만 듣던 왕세자의 광기를 목격할지도 모른다고 생각했다. 그러나 윤의 자세는 변함없이 단정했다. 그의 눈빛은 감정 없이 가라앉아 있었다. 미간 사이에 얕은 골이 팬 것으로 무언가를 고심하고 있음을 알 수 있을 뿐이었다.

"나는 빈궁 그대에게 무슨 말을 꺼내야 할지, 어떤 이야기를 어디까지 해야 할지 가늠하기가 어렵소."

"……."

"가례를 치른 후에 가타부타 말 한마디 없는 지아비가 원망스러웠을 것이오. 이것 역시 모두 내 불찰이라 생각하오."

윤의 말은 느리고 말투는 진중했다. 단어 하나도 쉬이 내뱉지 않는 그의 태도는 그것이 진심임을 드러내고 있었다.

"……그런 것을 모두 생각하고 계신 줄은 몰랐습니다."

"어찌 생각하지 않을 수 있겠소?"

다시금 윤은 채화를 본다. 어리고 가냘팠으나, 그가 결코 그녀를 사랑할 수는 없을 것이나.

"어찌 되었든 그대는 내 부인인 것을."

채화의 얇은 입술이 바르르 떨렸다.

세자빈, 빈궁, 마노라. 고귀한 호칭으로 불리고 있었으나 그것은 이름이라는 허울에 지나지 않는다. 그간 지아비인 왕세자는 채화를 부인으로 대우하지 않았다. 윤이 채화에게 허락하는 것은 아침저녁의 의례적인 짧은 인사와 단답형의 안부뿐이었다.

채화는 윤이 자신을 싫어한다고 생각했다. 방금 전 낙선당에서 보았듯 윤이 신경 쓰는 이는 오직 순심 하나뿐이라고.

"무엇이 어려우시기에 소첩 앞에서 늘 묵묵하신지 여쭈어도 되겠습니까?"

채화가 조용하게 물었다. 타고난 것인지, 혹은 배워 익힌 것인지 알 수 없으나 그녀의 음성에는 나름의 위엄이 있었다. 그러나 윤은 쉽사리 입을 떼지 못했다. 무슨 말인들 그는 채화를 상처 입힐 수밖에 없었으므로.

"소첩이 저하에 비하여 지나치게 연소하고 아는 것이 없어…… 그 것이 싫으십니까?"

"싫다니요. 내 빈궁에 대해 잘 알지도 못하거늘, 어찌 싫어하겠소?"

문득 채화는 생각한다. 잘 알지 못한다 말씀하셨으니, 이 기회에 차차 알아달라 청한다면 지아비는 그녀를 되바라졌다 여길까.

"저하, 오해하셨을까 싶어 말씀드리는 것이지만……. 소첩은 그간 왕실 여인의 덕목에 대해 배운 것을 명심하고 있사옵니다. 저하께서 낙선당 궁녀를 총애하심을 알고 있습니다. 소첩은 투기하지 않을 것입 니다. 저는 그저 인사를 나누고 싶었을 뿐이고, 같은 동궁전에서……."

"빈궁."

"예?"

그녀가 윤을 올려다본다. 그의 눈빛이 설핏 달라졌음을 깨달은 채 화의 표정에 당황한 기색이 떠올랐다. 두서없이 변명하듯 말을 늘어 놓다 말실수를 하여 세자의 심기를 거스른 게 아닐까. 그러나 윤의 입에서 흘러나온 것은 뜻밖의 말.

"빈궁. 그대는 잘못이 없소."

"……."

그녀의 입술이 살짝 벌어졌다. 그러나 놀란 마음보다 더 채화를 당황케 한 것은 이상하리만치 쓸쓸하게 보이는 윤의 눈빛이었다.

"예상치 못한 간택이었을 것이오. 그대는 물론이거니와 빈궁의 집 안 역시 이 가례를 원치 않았음을 내 알고 있소. 또한 어린 나이에 짊어지게 된 세자빈이라는 짐이 얼마나 클지, 궁궐 생활이 얼마나 외로울지……."

그리고 정인이 있는 사내의 부인이라는 자리가 얼마나 고통스러울지.

"나는 아오. 잘 아오. 그래서 내 빈궁에게 몹시 송구한 것이오."

"저하……."

윤은 잠시 망설였다. 그가 하는 말의 의미를 채화가 헤아릴 수 있을지 확신이 서지 않았다.

"이런 말조차 그대에게는 몹시 송구한 것이 되겠으나……. 빈궁. 원망하시오. 나를 원망하시오. 빈궁께서 불행하거나 외롭다고 느낀다면 그것은 모두 나의 탓이라오."

윤은 할 수 있다. 세자빈을 위해, 그의 부인 어채화를 위해 무엇이든 할 수 있었다. 아름다운 비단과 장신구를 내려주거나, 너른 밭과 비옥한 토지를 하사하거나, 그녀의 친지들에게 요직을 맡겨 출셋길을 열어줄 수 있었다. 혹은 속 깊은 대화로 낯선 세상에 떨어진 세자빈의 외로움을 덜어줄 수 있었고, 비록 서툴겠지만 오라비처럼 따뜻하게 대해줄 수도 있었다. 그는 무엇이든지 할 수 있었다.

"그대가 원망해야 할 대상은 오직 나뿐이라오."

그녀를 사랑하는 것, 사내로서 그의 마음을 그녀에게 주는 것. 그것만을 제외하고는.

윤의 마음에는 이미 주인이 있기 때문이었다.

* * *

가을비가 추적추적 내렸다. 며칠간 스산한 날씨가 이어졌다. 계속된 비 탓에 낙선당 처마 아래에는 낙숫물이 작은 폭포처럼 쏟아져 내렸다.

"왜 거기 그러고 있냐? 그러다가 고뿔이라도 걸리면 어쩌려고. 비까지 오는데 웬 청승이람? 어서 안으로 들어가."

불쑥 나타나 잔소리를 늘어놓는 구월과 눈을 마주한 순심이 생긋 웃었다. 본래도 그런 경향이 있긴 했지만, 순심이 열병을 앓았던 날

이후 구월은 잔소리가 늘었다.

"집에는 잘 다녀왔어?"

"잘 다녀왔다마다. 나 아무래도 외출을 너무 자주 하나 봐. 이제 식구들도 별로 반가워하지도 않더라."

"에이, 그럴 리가. 집에 별다른 일은 없어?"

"별다른 일? 아, 삼월이가 시집을 간다더라."

"삼월이면 셋짼가?"

"응. 삼월이가 셋째, 사월이가 넷째, 시월이가 다섯째, 팔월이가 막내."

"너희 자매들 순서는 늘 헷갈려. 아무튼, 삼월이가 벌써 시집갈 나이가 됐어?"

"그러게. 기분이 묘하긴 하더라. 요즘에야 자주 집에 가지만 이전에는 두어 달에 한 번 나가는 게 전부였잖아. 그러다 보니 아직 어린애 같기만 한데, 그게 벌써 다 커서 시집을 가다니……."

구월의 표정이 아련해졌다.

딸만 여섯인 가난한 집안의 장녀. 누군가는 혼인하여 자식을 낳고 사는 평범한 여인의 삶 대신 가족의 생계를 책임져야만 했다. 그리고 구월은 기꺼이 그 일을 떠맡았다.

"그래도 조그만 포목점을 하는 집으로 시집가게 됐어. 다행이지 뭐냐? 자기 시전을 하는 사람이니 밥은 굶지 않을 거 아냐. 한참 기우는 집 여식이라고 흠이나 잡히지 않았으면 좋겠다."

"음……. 구월아, 방으로 좀 들어와봐."

"방에는 왜?"

되물으면서도 구월은 순심을 따라 들어갔다. 그사이 문갑 서랍에서 무언가를 꺼내 든 순심이 그것을 구월에게 내밀었다.

"이게 뭐야?"

"받아."

"뭔데……."

구월의 손바닥 위에 오도카니 놓인 것은 작은 비단 주머니. 주머니의 매듭을 풀어 안을 들여다본 구월의 눈이 휘둥그레졌다.

"이걸 왜 나한테 줘?"

순심이 건넨 것은 닷 냥은 족히 되어 보이는 은덩이. 은 두 냥 반으로 쌀 한 석을 살 수 있는 시절이었다. 이 정도면 궁녀의 일 년치 녹봉은 너끈히 될 것이다.

"보태 써. 삼월이 시집가는데 활옷이라도 한 벌 해 입혀야지."

"김순심……. 내가 어찌 이런 걸 받냐. 도로 가져가."

"보태 쓰라니까? 지난번에 외출했을 때 저하께서 주셨던 은전이야. 나는 그거 가지고 있어봤자 쓸 일도 없어. 상검이나 줘버릴까 생각했었는데, 이러려고 지금까지 가지고 있었나 보다."

"순심아……. 그래도 이건 너무 많아……."

"그래도는 무슨 그래도야? 네 동생이면 내 동생이나 다름없는데, 승은궁녀씩이나 돼서 이런 것 하나 못 해줄까?"

구월을 바라보는 순심의 시선이 따뜻했다. 결국 구월은 감격한 표정으로 주머니를 옷섶 안에 소중히 챙겨 넣었다.

"내 전생에 나라를 구했나 보다. 어쩌다가 순심이 너 같은 동무를 다 만났을까?"

"그럼 다음 생에는 네가 승은궁녀 하면 되겠다. 그때 되면 내가 너 돌보는 궁녀 할게."

"에이, 싫어. 누가 다음 생에도 궁녀 한대냐? 나는 다음 생에는 궁녀 따위 안 해. 그냥 평범한 여인으로 살 거야."

"웬일이래? 예전에는 먹여주고 재워주고 녹봉도 주는 궁녀가 세상 제일이라며?"

"그거야 옛날일이고. 지금이야……."

무슨 생각인가를 하는 듯 구월이 말끝을 흐렸다.

"그냥……. 그런 생도 좋을 것 같아서. 궁녀 말고 평범한 여인 말이야. 좋은 사내 만나서 연서도 주고받고 혼인도 하는 그런 거?"

"서쪽에서 해가 뜨겠다. 김구월이 웬일이래."

순심이 신기한 표정으로 구월을 바라보았다. 그러나 금세 표정을 지운 구월은 작은 꾸러미를 쓱 내밀었다.

"순심이 네가 나한테 해준 것에 비하면 정말 사소하지만, 너 먹으라고 가져왔어."

"이게 뭐야? 어……?"

베보자기 틈으로 또륵 굴러떨어지는 도토리, 혹은 밤을 닮은 나무 열매.

"개암이네? 아, 맛있겠다. 나 이거 거의 십 년 만에 먹어보는 거 같아."

"갓 따온 거라 고소하고 맛있을 거야. 너 개암 좋아하지?"

"엄청 좋아하지. 어릴 때는 뒷산 돌아다니며 이거 주워 먹느라 바빴어. 궁궐에 들어온 이후로는 한 번도 먹은 적 없는 것 같은데."

행복한 표정의 순심이 개암 열매 하나를 입 안에 쏙 넣었다. 와드득 개암 부서지는 소리가 요란했다.

"그런데 구월아, 어떻게 알았어? 내가 개암 엄청 좋아하는 거."

"으응?"

"내가 말했었나?"

"그, 그럼."

"그랬나? 하긴. 너랑 나 사이에 비밀이라고는 없으니까. 이따가 저하께서 오시려나? 궁궐에서 잘 먹지 않는 음식이니 저하께도 드려보고 싶은데……."

순심이 문밖을 내다보며 중얼거렸다. 갑자기 무언가가 생각난 듯 구월이 입을 열었다.

"맞다. 깜빡 잊고 있었네……."

"뭘?"

"아마 저하께서 오늘 낙선당에 오시긴 힘들지 싶어."

"무슨 일이 있어?"

"아니. 상검이한테 들었는데……."

구월이 음성을 낮추었다.

"오늘이 저하의 어머님이신 희빈 장씨께서 돌아가신 날이래."

비가 그친 후에도 하늘을 뒤덮은 먹장구름은 그대로였다. 그 탓에 달빛마저 사라진 밤. 유난히 캄캄하여 발밑이 잘 분간되지 않았다. 그러나 윤은 그것이 다행이라 여겼다. 그 어둠이 폐허가 된 취선당의 모습을 가려주었기 때문에.

"어머니."

깊은 밤, 먼지가 켜켜이 쌓인 취선당 안. 과거에는 어머니의 침전이었던 공간에 자리한 윤이 나지막하게 중얼거렸다.

"소자 오랜만에 찾아왔사옵니다."

침전 안에 남아 있는 것은 떨어져 나간 문살 조각과 누렇게 바랜 창호지, 허옇게 빛바랜 방석과 세월에 삭아 폭삭 무너진 가구들. 그러나 취선당 안에 자욱하게 낀 세월의 때 속에나마 어머니의 흔적이 묻어 있을까 싶어, 윤은 티끌 하나 함부로 손대지 않았다.

"……외로우셨지요?"

머나먼 과거, 어머니가 가체 탓에 묵직한 고개를 괴며 웃던 자리. 주인 잃은 빈 벽을 향해 윤은 말을 건네본다.

"불충한 소자를 용서하시옵소서, 어머니."

윤은 한동안 그저 소리 없이 앉아 있었다.

어머니 희빈 장씨가 세상을 떠난 지 열일곱 해. 그의 어머니는 임금의 명에 의해 자진한 죄인이었다. 누구도 그녀의 죽음을 드러내 애도하지 않았다. 평생을 숨죽이며 살아온 윤이었다. 어머니의 기일에 취선당을 찾는 것이 그의 삶을 얼마나 위태롭게 할지 윤은 잘 알고 있었다. 그러나 도저히 멈출 수 없었다. 요부, 악녀, 죄인이 아닌 희빈 장씨를 기억하고 그리는 이는 오직 윤뿐이었기에.

투두둑.

기와가 벗겨진 취선당 지붕에 부딪쳐 유독 우렁차게 들리는 빗소리. 다시 비가 내리고 있었다. 윤이 마지막으로 취선당을 찾았던 여름날에도 비가 내렸었다. 그때 그의 곁에는 순심이 있었다.

문득 윤은 그날을 떠올린다. 취선당 기둥에 머리를 기댄 채 곤히 잠들었던 순심. 비가 쏟아지는 뜰로 그의 손을 잡아 이끌던 그녀의 모습을.

그때 윤은 미처 몰랐었다. 그가 순심을 이토록 사랑하게 될지. 아니, 어쩌면 예감했던가? 쏟아지는 빗속에 선 채 천둥소리를 두려워하는 여인을 지켜주고 싶다 생각했던 그 순간에 이미 사랑이 시작된 걸까.

"어머님도 보셨습니까? 소자가 사랑하는 여인⋯⋯."

피안으로 멀어진 어머니에게 말을 건네며 윤은 고요히 눈을 감았다. 혹자들은 슬픔이란 세월에 흩어져 희미해지고 무뎌지기 마련이라 했다. 윤은 그 말에 동의할 수 없었다. 사랑하는 이를 속수무책으로 떠나보내야 했던 그의 슬픔은 세월이 흐를수록 더욱 깊어졌다.

그러나 더 이상 눈물은 흐르지 않았다. 언제부턴가 그는 슬픔을 받아들이고 인정할 수 있게 되었다.

그것은 순심이 그의 삶에 등장하여 그녀를 사랑하게 된 후의 일. 순심을 사랑하기 전의 윤은 오직 슬픔으로만 가득 찬 사내였다. 순심을 사랑한 이후, 비로소 그는 슬픔이라는 감정을 기쁨과 아쉬움,

즐거움과 같은 희로애락(喜怒哀樂)의 하나로 받아들이게 되었다.

"그립습니다, 어머님……."

투둑, 투두둑……. 취선당 처마를 두드리는 빗소리. 윤이 눈꺼풀을 들어 올렸다. 그 빗소리의 사이사이, 비에 젖은 안뜰의 흙을 밟는 인기척이 들려온 탓이었다.

"네가 여기 어찌……."

윤이 폐허나 다름없는 뜰을 가로질러 나타난 여인을 바라본다. 눈이 마주치자 순심은 머뭇대며 어색한 미소를 지었다. 죽우산을 받쳐 든 순심이 조심스러운 걸음으로 윤에게 다가갔다.

"여기 계실 줄 알고 왔사옵니다, 저하."

"어머님의 기일이라는 말을 들었느냐?"

"예……. 구월이에게 들었습니다."

"그리하여 나를 찾아온 것이야?"

"예, 저하."

동궁전으로부터 지척이었으나 비가 내리는 밤길을 헤치는 것은 순심에게 쉽지 않은 일. 하지만 그녀는 어머니를 향한 윤의 사무치는 마음을 헤아리는 유일한 사람이었다.

"저하께서 허해주신다면…… 함께 슬퍼해드릴까 하여 감히 왔습니다."

윤이 취선당에 있으리라는 것을 알면서, 그를 홀로 슬픔 속에 둘 수는 없다.

"소인, 저하의 어머님을 뵈어도 되겠습니까?"

"……그래. 되다마다."

선뜻 일어난 윤이 순심을 맞이했다.

이런 여인을 어찌 사랑하지 않을 수 있을까. 이런 여인에게 향한 마음을 어찌 다른 이와 나눈단 말인가.

十六章.
어채화(漁債和)

창덕궁 후원을 붉고 노랗게 물들이던 가을도 끝물에 접어들었다. 존덕정 옆에 위풍당당하게 솟은 은행나무에서 떨어진 샛노란 잎사귀들이 연못을 뒤덮었다.

"조금 더 일찍 후원에 나오셨다면 참 좋았을 것요. 비원(祕苑)은 매일매일 아름답지만, 소인이 보기에 단풍에 물든 가을이 으뜸이옵니다."

은행잎에 뒤덮인 절경을 바라보는 채화에게 지 상궁이 말을 건넸다.

"지금도 충분히 아름답네. 나뭇가지가 앙상한데도 이리 풍경이 좋으니 다른 계절엔 어떠할지 상상이 잘 가지 않네."

"후원을 일컬어 괜히 왕의 정원이라 부르는 것이 아니옵니다. 날이 추워지면 걸음 하시기 힘들 겝니다. 부디 오늘 눈에 많이 담아 가시옵소서, 마노라."

"그리하겠네. 고맙네, 지 상궁."

채화는 후원 부용지 근방을 거닐고 있었다. 지 상궁이 아직 궁궐이 낯선 탓에 외출을 꺼리던 채화를 후원으로 인도했다.

내내 저승전에만 틀어박혀 시간을 보내던 채화였다. 비록 잎사귀들이 떨어져 화려한 풍경은 아니었으나 나무숲 위 드높은 하늘을 보니 시야가 탁 트였다. 그녀가 산야의 맑은 공기를 들이마시던 때였다.

"빈궁 마노라."

부용지 초입에서 모습을 드러낸 초로의 여인이 빠르게 다가왔다.

"마노라, 태화당 영빈 김씨이옵니다."

지 상궁이 나지막한 음성으로 상대방의 존재를 일러주었다.

동뢰연이 치러질 때, 임금과 중궁전의 곁에서 채화를 바라보던 나이 지긋한 여인. 그 자신만만한 눈빛과 꼿꼿한 태도가 중궁전을 압도한 탓에 채화 역시 영빈을 기억하고 있었다.

"처음 뵈옵니다, 영빈 자가."

아무리 세자빈이라 해도 임금의 후궁, 그것도 영빈처럼 긴 세월을 궁궐에서 보낸 여인을 무시하거나 낮추어 볼 수는 없었다.

"여기서 이렇게 뵙게 되오니 감개무량하기가 한량없습니다. 세자빈 마노라, 저는 주상 전하의 후궁인 태화당 김가이옵니다."

영빈 역시 채화에게 깍듯하게 예를 갖추었다.

채화의 아버지인 어유구는 흔들리지 않는 굳은 심지를 가진 노론이었으며, 영빈의 숙부인 김창집의 제자이기도 했다. 마치 시어머니가 지을 법한 흡족한 미소를 띤 채 채화를 바라보던 영빈의 눈길이 지 상궁에게 닿는다. 물론 오늘의 만남은 영빈이 기획하고 지 상궁이 주선한 작품. 윤과 영빈의 관계가 편치 못했으므로, 이렇게 우연한 만남을 가장하지 않고서는 그들이 얼굴을 마주하기란 쉽지 않았다.

"저는 마노라의 부친 되시는 어유구 영감을 잘 알고 있습니다. 영감의 여식께서 간택되었다는 이야기를 들은 날부터 오늘의 만남을 어찌나 기다렸는지 모릅니다. 고우십니다, 마노라."

"고맙습니다, 자가."

채화가 의례적인 인사치레를 했다. 호의를 덥석 받아들이기에 영빈은 채화에게 꽤 어렵게 느껴지는 사람이었다.

영빈은 수십 년간 내명부로 살아온 여인이었고, 노론 사이에서 중궁전보다 더 중요한 궁중 여인으로 평가받고 있었으며, 무엇보다 연잉군 이금의 강력한 지지자였다. 그 말인즉 영빈은 왕세자와 대척되는 지점에 서 있다는 뜻. 정치에 무지한 채화마저 그 사실을 알고 있었다.

"동궁전 생활은 어떠십니까?"

"아직 입궁한 지 오래지 않아 낯설고 어렵습니다."

"다른 것이 어렵기야 하겠습니까? 보나마나 낙선당 계집이 귀하신 마노라의 심기를 어지럽히는 것이겠지요."

"……그런 것은 아닙니다."

갑작스레 불쑥 튀어나오는 순심의 이름.

"마노라께서 아실지 모르겠으나 저는 희빈 장씨를 잘 압니다. 장씨가 어떻게 전하의 마음을 얻었고, 어떤 모략과 술수를 부리다 죽음에 이르렀는지를 두 눈으로 목격했다는 뜻입니다."

예상치 못한 발언에 채화가 마른침을 삼켰다. 어찌하여 처음 보는 제게, 그것도 임금의 후궁이 이런 말을 꺼내는지 알 수 없었다.

"잊지 마십시오, 마노라."

"……무엇을 말입니까?"

"낙선당의 승은궁녀라는 그 계집의 행태가 장씨와 놀랄 만큼 빼다박았다는 것을요. 그 계집은 장희빈을 꼭 닮았습니다."

"……."

영빈의 말은 놀랄 만큼 거침이 없어 채화는 차마 대꾸하지 못하였다. 그러나 영빈은 멈추지 않았다.

"그대로 손을 놓고 계셔선 안 됩니다. 그러다 장씨와 인현왕후 마마의 일과 같은 피바람이 불면 어쩌려고 그러십니까?"

"영빈……."

"미리 싹을 자르셔야 합니다, 마노라."

채화의 얼굴이 해쓱하게 질렸다. 영빈의 입에서 쏟아지는 이야기들은 당황스러우리만치 직설적이었다.

"장희빈 역시 그러했습니다. 반반한 얼굴을 내세워 전하 앞에서 순진한 척 교태를 부렸지요. 승은궁녀도 그렇지 않더이까? 장씨 역시 같았습니다. 전하의 총애를 입어 후궁 첩지를 받더니 정녕 제 세상인 것처럼 날뛰기 시작하더이다."

"……."

"마노라께서는 아직 연소하시어 모르실 것입니다. 승은궁녀와 장씨는 우리 같은 반가 여식들과는 다릅니다. 본래 근본이 없는 것들일수록 사내를 홀려 권력을 쥐는 데 사활을 걸기 마련이지요."

"영빈 자가."

"그러니 마노라께서도 낙선당 계집이 감히 허튼 꿈을……."

"영빈!"

채화의 날카로운 일갈. 노기를 띤 음성에 영빈의 말이 뚝 그쳤다. 채화의 입에서 나온 말은 단 한마디, '영빈'뿐이었다. '자가'라는 존칭은 따라붙지 않았다.

"그만하세요."

"예?"

영빈이 반문했다. 영빈과 채화의 나이 차는 딸뻘을 넘어 손녀뻘이라 해도 좋을 만큼 까마득했다. 게다가 세자빈의 부친인 어유구는 영빈 대하기를 하늘같이 여기는 자가 아니던가.

"지금 무어라 하셨습니까, 마노라?"

"그만하시라 하였습니다."

비록 임금에게 내쳐진 처지일지언정 내명부에서 영빈이 가진 권력은 중전을 능가했다. 영빈의 집안이 노론 안에서 막강한 세력을 가지고 있었기 때문이었다. 그런 탓에 곁에 서 있던 박 상궁과 지 상궁 역시 입을 딱 벌린 채 말을 잇지 못했다.

"마노라, 제가 누군지 모르십니까?"

반문하는 영빈의 입술이 파르르 떨렸다.

"모르지 않습니다. 태화당 영빈 김씨, 주상 전하의 후궁이심을요."

"……."

"몰라서 말씀을 중단시킨 것이 아닙니다. 희빈 장씨는 세자 저하의 생모이시고, 저는 다름 아닌 저하의 부인입니다. 제 앞에서 지아비의 어머니를 욕하다니요."

"하……."

영빈은 진심으로 큰 충격을 받았다. 어유구의 여식 어채화를 세자빈으로 세운 것은 기실 임금이 아닌 노론이었다. 이이명이 세자빈 간택을 주도했으며, 영빈 역시 지 상궁을 부려 힘을 보탰다.

그런데 이게 무슨 상황이란 말인가. 제 덕에 세자빈이 되지 않았다면 언감생심 궁궐에 눈길조차 줄 수 없는 주제의 어린애가, 감히 중궁전과 임금조차 하대하지 못하는 저를 훈계하려드는 것이다!

"마노라. 마노라께서 연소하시어 궁중에 대해 아직 모르시는 듯합니다. 마노라에게 희빈 장씨란 시어머니가 되니 제 말을 불편하게 느껴질 수 있겠습니다만……."

화를 억누른 영빈이 입을 열었다. 그야말로 하룻강아지 범 무서운 줄 모르고 날뛰는 격이다. 사냥개가 되라고 데려왔거늘, 감히 초장부터 주인을 물려고 들다니.

"이곳은 궁궐입니다. 바깥과는 엄연히 다른 세상이지요. 저는 마노라의 마음을 상하게 하려는 것이 아닙니다."

영빈이 채화를 마주 보았다. 작달막한 키, 가냘픈 몸뚱이, 해쓱한 얼굴. 열네 살의 세자빈은 애늙은이 같은 표정을 지은 채 영빈을 마주 보고 있었다. 보나마나 어울리지 않는 헐렁한 비단옷 속 몸뚱이는 사시나무 떨 듯 요동치고 있겠지.

"저는 마노라를 도우려는 것입니다. 응당 마노라께서 가져야 할 세자 저하의 마음을 중간에서 가로채는 못된 계집을 조심하라 청하는 것이지요."

평정을 되찾은 영빈의 입가에 옅은 미소가 솟았다.

"저는 빈궁 마노라의 편입니다. 우리는 같은 노론 아닙니까?"

채화는 쉽게 대꾸하지 못한 채 자리에 서 있었다. 온갖 생각이 꼬리에 꼬리를 물었다.

영빈의 말이 맞는 걸까. 영빈은 채화는 물론이거니와 그녀의 아버지보다 더 긴 세월을 노론으로 살아온 여인이었다. 그런 노련한 사람의 말에 토를 다는 것은 큰 실수가 아닐까. 애당초 저에게 관심조차 없는 세자에게 마음 쓰느니 먼저 손을 내민 이의 말을 듣는 편이……

"마노라께서 이렇게 세자 저하를 생각하신들 저하께서 알아나 주신답니까? 가여우셔라. 저하께서는 근래 낙선당에서 여인을 탐하느라 바쁜 것으로 아옵니다만……"

채화가 잘근 입술을 깨물었다. 그녀의 시선이 영빈에게로 향했다. 영빈의 얼굴에 떠오른 것은 자신만만한 미소. 그 눈빛을 본 채화는 그녀가 세자를 견제할 뿐 아니라 경멸하고 미워한다는 사실 역시 깨달았다.

채화는 언젠가 저런 오만한 표정을 본 적 있음을 상기했다. 연잉군 이금. 영빈의 표정은 그와 닮아 있었다.

"영빈 자가."

"예, 마노라."

"영빈의 말씀이 옳으십니다. 비록 세자빈에 간택되어 입궐하였습니다만 저는 아직 연소한 데다 궁중이 어떤 곳인지 잘 모릅니다."

승리자의 미소를 억누르며 영빈은 이해한다는 듯 고개를 끄덕거렸다.

"그러실 겁니다. 그렇다마다요."

"간택이 된 이후 저는 별궁에서 생활하며 많은 것을 배웠습니다. 곁에 있는 지 상궁이 주로 저를 가르쳤지요."

"그랬을 것입니다. 지 상궁은 저도 참으로 아끼는 훌륭한 상궁이니까요."

채화의 시선이 영빈과 박 상궁, 그리고 지 상궁을 스쳤다.

"내 별궁에서 배우기를 궁궐 내명부에는 엄연한 법도가 있다 들었습니다."

"어찌 배우셨습니까?"

영빈을 지그시 응시하던 채화가 입을 열었다.

"세자빈은 중전마마를 제외한 다른 내명부들과 사사로이 가깝게 지내지 않아야 하고, 특히 정치적인 입장을 취해서는 아니 되며, 감히 왕실의 흠에 대해 왈가왈부하지 말아야 할 것이라고."

"……."

"저는 어리고 경험이 부족한 사람입니다만, 그것만은 잘 알겠습니다."

채화는 기어이 영빈의 면전에 내뱉고야 말았다.

"어긋납니다."

"……마노라."

"그 입 다무세요."

"……."

지 상궁과 박 상궁의 입에서 경악에 찬 신음이 흘러나왔다.

"후궁께서 감히, 세자빈인 내게 이래라저래라 가르치며 남의 험담을 늘어놓다니. 이는 궁중 법도에 참으로 어긋납니다. 그렇지 않습니까?"

부용지 앞에 싸늘한 침묵이 휘몰아쳤다. 늦가을을 맞아 솜을 넣은 의복을 껴입은 여인들. 그러나 이제 떨리는 것은 채화의 몸이 아닌 영빈의 몸뚱이였다.

"앞으로 나를 대할 때 그런 점을 주의해주시기 바라오."

채화가 몸을 돌렸다. 부용지 앞길에 수북하게 쌓인 낙엽들이 발에 차여 바삭대며 부서졌다. 내내 안절부절못하던 지 상궁이 다급한 걸음으로 채화의 뒤를 쫓았다.

'큰일이다.'

날벼락이었다. 지 상궁으로서는 예상조차 하지 못한 일. 어찌 궁궐 안에 영빈의 심기를 거스르는 자가 있을 수 있단 말인가. 설령 중궁전이라도 그리할 수 없었다. 임금의 총애가 여인의 권세를 좌우한다는 말은 적어도 영빈 앞에서는 통하지 않았다.

"마, 마노라! 마노라!"

지 상궁이 다급히 채화를 부르며 곁으로 따라붙었다.

"마노라, 아무래도 오해가 있으신 듯합니다. 영빈께서 말하고자 하시는 것은……."

그때였다. 부용지를 지나 후원 입구로 가는 낮은 경사를 지나던 채화의 걸음이 우뚝 멈추었다. 그녀가 몸을 돌려 지 상궁을 보았다.

초간택, 재간택, 삼간택과 한 달 남짓한 어의궁 생활, 그리고 국혼과 그 이후 동궁전에서의 시간들. 지 상궁은 늘 채화의 곁에 있었고 세자빈의 일거수일투족을 관리하였으며 그녀의 모든 것을 알고 있다 여겼다.

지금까지는, 그랬다.

"지 상궁."

"예, 마노라."

"가게."

"……."

퍼뜩 말뜻을 이해하지 못한 지 상궁이 채화를 멍하니 바라보았다.

"예?"

"나는 세자빈이고 동궁전 내명부의 주인이지. 자네가 내 편이 아닌 영빈의 편이라면, 가게. 내 기꺼이 자네를 동궁전에서 폐하여 주겠네."

"마, 마노라……."

"싫은가?"

"마노라, 소인은 그런 뜻이 아니옵니다! 소인의 말은……."

순간 채화가 손을 들어 올렸다. '그만하라'는 의미의 손짓이었으나 지 상궁은 순간 몸을 확 움츠렸다. 채화의 손이 제 뺨 위에 떨어질지도 모른다는 착각. 그만큼 지 상궁은 채화에게 완전히 압도되어 있었다.

"자네의 뜻은 중요하지 않네. 여기서 중요한 것은 내 뜻이지. 그렇지 않은가?"

"……마노라."

"자네가 내게 무수히 말하지 않았는가?"

채화의 시선이 귀밑머리가 희게 바래가는 지 상궁을 또렷이 응시했다.

"내가 동궁전의 안주인이라고."

* * *

날이 제법 추워졌으므로 순심은 주로 방 안에서 시간을 보냈다. 갑갑한 마음에 모처럼 침소를 벗어나 안뜰로 나온 순심의 걸음이 멈추었다.

"오랜만이다."

언제나 그러했듯 금은 예고 없이 불쑥 나타났다. 그의 말 그대로였다. 생각해보니 꽤 오랜만의 만남. 금은 궁궐 출입이 잦은 편이었으나 근래 동궁전에는 모습을 거의 보이지 않았다.

"그간 강녕하시었습니까? 어찌하여 이리 오랜만에 오셨습니까?"

"궁궐에는 수시로 들락거렸다. 단지 동궁전에 걸음 하는 것이 오랜만일 뿐이다."

"궁궐까지 오셨으면 동궁전에 들러 저하를 뵙고 가시지 그러셨습니까."

"나도 그렇고 싶었다. 그러나 근래 내 처지가 과히 동궁전에서 환영받지 못하여……."

금이 말끝을 흐린다. 순심이 반문했다.

"대감을 환영하지 않는다고요? 설마 소인 말씀이십니까?"

"그럴 리가. 너는 아니다……. 뭐, 네 속내까지 알 수는 없지만."

금이 괜스레 말을 돌렸다. 금의 태도가 평소와 다르게 느껴져 순심은 고개를 갸웃하며 그를 보았다.

그녀가 아는 연잉군은 세상 누구보다 예측 불가능한 사람이었다. 그러나 오늘 금은 조금 달라 보였다. 말뿐 아니라 사방을 둘러보는 태도 역시 다른 때보다 조심스러웠다.

"그건 그렇고, 순심이 너는 어찌 지냈는가?"

"뭐……. 소인이야 한결같습니다. 별다른 일이야 있겠습니까?"

"한결같다……. 대단하구나. 승은궁녀 처지에 빈궁께서 오셨는데 별다르지 않을 수 있다니. 세자빈께서는 네게 잘 해주시는가? 기세가 대단하던데."

그의 말에 가시가 느껴졌지만 순심은 고개를 저었다. 채화의 갑작스런 방문 탓에 작은 소요가 있었지만 세자빈이 순심에게 위해를 가한 것 역시 아니었다.

"소인 처지에 감히 어찌 마노라에 대해 왈가왈부하겠습니까? 이

제 가까스로 문안만을 드린 터라 아는 것이 없습니다."

"그래. 그렇겠지."

금이 순심의 얼굴을 차근히 훑었다. 설령 세자빈이 패악을 부리거나 괴롭힌다 한들 순심은 그것을 입 밖으로 내지 않을 것이다.

"순심아."

"예, 연잉군 대감."

"잘 버텨내거라."

"무엇을요?"

금은 말을 고르는 듯했다. 그가 옅은 미소를 띤 채 그녀를 바라보았다.

"빈궁 마노라로부터 말이다. 네가 알고 있을지 모르겠으나 나는 너를 높이 평가한다. 순심이 너는 아직 궁궐 물이 들지 않아 사리를 알고, 말을 가려 할 줄 알며 꽤나 영민하지."

"제가요?"

순심이 당황한 표정으로 물었다. 얼굴이 곱다, 자태가 어여쁘다는 말을 들었을지언정 저런 칭찬은 들어본 적 없었다.

"그래. 나는 늘 그리 생각해왔다. 게다가 누구보다 아름답지. 만일 네가 궁녀가 아닌 반가 여인이었다면 내명부 어느 자리에 두어도 모자람이 없었을 것이다."

"대감, 무슨 일 있으십니까? 오늘따라 왜 그런 말씀을 하십니까? 괜히 몸 둘 바를 모르겠습니다."

금과 눈이 마주친 순심이 이상스럽다는 표정을 지었다. 늘 사람을 꿰뚫어 보는 듯하던 그의 갈색 눈동자가 오늘따라 말갛다.

"걱정이 되어 그렇다. 네 아름다움이 너무 눈에 띄어 괜한 견제를 받을까 문득 걱정되더군. 궁궐 여인답지 않은 것이 네 매력인데 오히려 그것이 독이 될까 저어됐다."

참으로 금답지 않은 말이 아닐 수 없다. 그를 빤히 바라보던 순심이 입을 열었다.

"어찌 걱정하십니까?"

"응?"

"소인에게는 저하가 계신 것을요. 걱정하지 않으셔도 됩니다."

"아, 그래. 내 그것을 잠시 망각했군."

하하, 웃음소리가 금의 입에서 흘러나왔다.

"아, 잊고 있었다. 내 집에 다녀갔을 때 별당을 만났었지? 내 첩실 말이다."

"별당 마님을 말씀하시는 것입니까?"

"그래. 네게 안부를 전해달라 하였다. 그리고……."

잠시 뜸을 들인 금이 입을 열었다.

"별당이 회임을 하였다. 너를 만난 기억이 좋았는지 꼭 네게도 하례를 받고 싶다 철없는 소리를……."

그때였다.

"회임을 하였다고?"

들려오는 목소리에 금과 순심이 동시에 고개를 돌렸다.

"저하."

아마도 대화에 몰두하느라 기척을 알아채지 못한 모양이었다. 멀지 않은 곳에 서 있던 윤이 성큼성큼 그들에게 다가왔다.

"형님."

"군부인이 회임을 하였다는 말을 방금 들은 것 같은데. 정녕 그렇더냐?"

"군부인은 아니옵고, 별당에게 태기가 있어……."

"아. 그러하더냐."

윤이 말을 이었다.

"어찌 됐든 대단히 기쁜 소식이로구나. 내 산부에게 좋은 것을 궁리하여 하사하도록 하겠다."

"형님의 성은에 감읍할 따름이옵니다."

감사한 듯 고개를 숙이지만 금은 윤의 눈을 마주 보지 못한다.

"금아, 어찌 표정이 그리 떨떠름한 게냐? 설마 시정잡배들이 떠드는 소리에 마음을 쓰는 것이냐?"

윤의 말 그대로였다. 세자의 축하를 받는 금의 태도는 어딘가 미온적이었다. 순심이 조심스레 형제의 모습을 살폈다. 사실 윤 역시 어색하기는 매한가지. 왕실에서 아이가 태어나는 것은 대단한 경사임에도 둘 모두 미묘한 태도를 보이는 것이 낯설었다.

"불경한 말에 신경을 쓰는 것은 아니나 불쾌한 마음까지는 어찌할 수 없더이다. 항간에 떠도는 소문이 몹시 흉합니다. 제가 형님의 자리를 넘보고, 감히 찬탈을 꿈꾼다는 소문이 파다한 와중에 첩실의 회임을 알리자니 송구하여……."

"무엇이 송구하더냐. 왕실에는 아이가 필요하다. 너와 나 사이를 사사로이 어림짐작하는 자들의 망발에 신경 쓸 것 없다."

"……형님."

윤을 부르는 금의 음성은 감격한 듯 떨리고 있었다. 그것은 순심에게 상당히 당황스러운 풍경이었다. 늘 말이며 행동에 거침없는 연잉군이 순한 동생처럼 어리광을 피우는 것도, 늘 부드러운 모습이던 윤이 단호한 태도로 금을 감싸는 것도. 그제야 순심은 회임을 맞이하는 그들의 태도가 미묘했던 까닭을 이해했다.

본래 왕실에 있어 가장 중요하게 여겨지는 것은 대를 이을 왕손의 존재. 금의 속내가 어떻든 간에 소론과 노론은 각각 윤과 금을 지원하며 세자 자리를 경쟁하고 있었다. 후계자마저 금에게서 먼저 태어난다면 윤의 입지가 좁아지는 것은 자명한 일이었다.

'그럼에도 불구하고 저하께서는 그런 약속을 해주신 거야.'

그의 몸도 마음도 오직 순심에게만 주겠다는 말. 세손의 어미가 될 수 있는 자격은 오직 그녀에게만 있다는 말. 실감이 나지 않은 까닭에 멀게만 느껴졌던 약속의 엄청난 무게가 그제야 느껴졌다.

"순심아."

"……."

"순심아."

"아, 예. 저하."

"아무래도 우리가 너를 내팽개쳐놓고 너무 긴 시간 떠들어댄 듯하구나. 내 잠시 연잉군과 바깥을 거닐겠다. 바람이 차니 뜰에 오래 머물지 말고 들어가라."

"예, 저하. 알겠사옵니다."

윤과 금이 낙선당을 떠난 이후, 문득 목 언저리로 파고드는 소슬한 가을바람. 윤의 말을 따라 침소로 들어갔던 순심은 이내 솜배자를 챙겨 입고 어딘가를 향해 부지런히 걸음을 옮겼다.

"상전 영감, 계십니까?"

"아니, 마마님께서 이곳에는 어인 일이십니까? 무슨 일이라도 있습니까?"

문 내관이 눈을 둥그렇게 뜨고 물었다.

순심이 당도한 것은 동궁전 남쪽, 시민당(時敏堂) 근방에 위치한 내시부 장번방. 모처럼의 휴일을 맞아 촌부 같은 복장으로 툇마루에 나와 있던 문 내관은 순심의 방문에 당황한 듯했다. 그도 그럴 것이 심부름을 하러 오가는 비자나 나인 한둘을 제외하고 궁녀가, 그것도 일반 궁녀도 아닌 승은궁녀가 내시 처소에 모습을 드러내는 것은 매우 이례적인 일이기 때문이었다.

"문 내관께만 긴히 드릴 말씀이 있어……."

문 내관이 급히 신을 신고 순심에게로 다가왔다. 인적이 없는 곳까지 걸어간 후에야 그는 걸음을 멈추었다.

"무슨 일이시옵니까?"

"문 내관, 부탁을 하나 드리려 합니다."

"말씀하시지요, 마마님."

순심이 마른침을 삼켰다. 제가 제 발로 나서 이런 부탁을, 그것도 여인도 아닌 내관에게 하게 될 줄은 꿈에도 몰랐다. 그러나 지 상궁을 비롯한 동궁전 궁녀들은 어차피 세자빈의 사람들. 그녀가 아는한 문 내관은 오직 세자만을 위하는 사람이었다.

"제가 듣기에 회임을 잘 할 수 있게 하는 탕약이 있다고……."

"예, 주로 후궁들께서 드시곤 합니다."

대꾸하던 문 내관이 순심을 바라본다. 그녀의 속내를 가늠하려는 듯.

"제게…… 그것을 좀 준비해주실 수 있겠습니까?"

* * *

"순심아, 안에 있어?"

문밖에서 들려오는 구월의 목소리. 방 한가운데 우두커니 서 있던 순심이 황급히 대꾸했다.

"응, 구월아. 무슨 일이야?"

"무슨 일은. 나 잠깐 안에 들어가도 되지?"

"으응……. 잠깐만. 잠깐만 기다려."

옷매무새를 가다듬은 순심이 문을 열었다. 찬바람이 쌩하니 들어온다. 이내 구월이 방으로 들어섰다.

"근데 무슨 일이야? 너답지 않게 침소 문을 다 걸어 잠그고. 아……."

그제야 반닫이에서 꺼내놓은 개짐을 본 구월이 말끝을 흐렸다.

"달거리야?"

"으응."

"아직 소식이 없구나……."

"뭐, 탕약을 먹은 지 아직 한 달도 안 됐는걸."

순심이 별일 아니라는 듯 쾌활하게 대꾸했다. 그러나 마음 한편이 편치 않은 것은 어쩔 수 없는 일.

순심이 부탁한 대로 문 내관은 회임에 좋다는 탕약을 지어다주었다. 그는 손수 밤새 탕약을 달이는 수고도 마다하지 않았다.

"그래. 너무 초조해하면 오히려 될 일도 안 된다더라. 마음 편안히 먹고 탕약을 꾸준히 복용하면 분명 좋은 일이 있을 거야. 떡두꺼비 같은 아들을 낳을 것이고말고!"

"정말 그렇게 되겠지?"

"그렇다마다. 그렇게 울상 짓지 마, 김순심. 누가 보면 몇 년쯤 회임 못한 줄 알겠다! 고작 한 달인데 어찌 그리 실망한 표정이냐?"

"곧 저하의 탄신일이잖아. 그래서……."

"아……. 그랬구나."

고작 탕약을 복용한 지 한 달. 순심의 마음이 조급한 것은 다른 까닭이 아닌 윤의 생일이 다가오기 때문이었다.

윤이 바라고, 임금이 바라고, 소론과 백성들이 바라며, 순심 역시 간절히 원하는 원손. 윤의 탄신일에 회임 소식을 선물할 수 있다면 얼마나 기쁜 일이겠는가.

"그러지 말고 바람이나 쐬자. 오늘 날씨가 초겨울치고 포근해. 앞에서 상검이 오는 거나 기다리자."

"상검이가 왜?"

"걔 오늘 심부름하러 밖에 나갔거든. 저잣거리에 들러서 엿강정

사오기로 했어. 아, 그런데 달거리 중이라고 했지? 부인통 때문에 나가기 좀 그런가?"

"괜찮아. 아무래도 그때 의관이 처방해준 탕약이 잘 들었나 봐. 심하게 앓고 난 이후로 부인통이 거의 사라졌어. 그렇게 고생했는데 이제야 좀 살 것 같아."

"그래? 그 의관, 말하는 본새는 머저리 같더니만……. 그래도 실력은 있는 모양이네. 아무튼 어서 나가자."

순심과 구월이 낙선당 안뜰을 가로질러 초입까지 걸어 나갔다. 구월의 말 그대로였다. 늦가을답지 않게 바람이 달고 온화한 날이었다. 그 순간.

"……."

낙선당 근방을 막 지나치던 상궁이 걸음을 멈추었다. 동시에 그녀와 순심, 구월의 시선이 마주쳤다.

"오랜만에 뵈오, 마마님."

"예……. 박 상궁 마마님."

구월에게 다짜고짜 손찌검을 한 것도, 순심을 부용지 가운데로 보내 조롱한 것도 그리 오래지 않은 일. 당연히 그녀들은 박 상궁이 달갑지 않았다.

"신수가 훤하시오, 마마님들."

"……."

순심은 대꾸하지 않았다. 박 상궁이 갑자기 구월에게 물었다.

"혈색이 아주 좋구나. 동궁전 생활이 몸에 잘 맞는 모양이다. 잘 지냈느냐?"

"예? 예……."

손찌검 이후 마주친 적 없는 박 상궁이 아는 사람처럼 스스럼없이 말을 거는 것이 당황스러워, 구월은 눈을 깜빡거렸다. 그러나 박 상궁은 태연한 기색이었다. 순심을 위 아래로 훑어보는 박 상궁의 시선은 경멸을 담고 있었다.

"근래 세자께서 빈궁을 멀리하시고 낙선당 궁녀만 총애한다는 소문이 자자하더오. 저처럼 후궁전에 틀어박혀 살아가는 상궁에게도 그런 말이 들릴 정도이니, 좀 자중하심이 어떻습니까?"

"……제 일은 제가 알아서 합니다. 신경 쓰지 마십시오."

"저런. 단 것은 삼키고 쓴 것은 뱉어내시는 게요? 내 궁중에서 시간을 보내보니 알겠더오. 보통 듣기 좋은 말만 취하는 이들의 말로가 그리 좋지 못하다는 것을요."

"지금 하신 말씀……."

그때였다. 박 상궁과 순심, 그리고 구월 사이로 끼어든 도포 차림의 사내.

"이 무슨 일들입니까? 이곳은 저하와 마노라께서 생활하시는 동궁전입니다. 어찌 이곳에서 궁인의 목소리가 담을 넘는 겁니까?"

그는 다름 아닌 외출에서 돌아온 상검이었다. 그러나 상검의 모습이 근래 크게 달라진 탓에 박 상궁은 쉽게 그를 알아보지 못했다.

"태화당 마마님께서는 세자빈께 볼일이 있는 걸로 아옵니다. 마노라를 기다리게 하지 마시고 어서 갈 길 가시옵소서."

"……말씀하시는 분은 대체 누구시오?"

박 상궁이 못마땅한 듯 되물었다.

"잊으셨습니까? 애련지에서 여기 궁녀님께 손찌검을 하실 때 제가 곁에 있지 않았습니까?"

"아."

그제야 그가 상검임을 깨달은 박 상궁이 휙 몸을 돌렸다. 복장이 다른 데다, 계절이 바뀐 사이 키가 자라고 어른 티가 나 그가 비리비리하던 내관임을 깨닫지 못했다.

물러간다는 말 한마디 없이 박 상궁은 빠른 걸음으로 낙선당 초입을 떠났다. 뒤에 남은 이들이 기가 막힌 듯 헛웃음을 뱉었다.

낙선당과 저승전은 지척이었다. 박 상궁은 이내 저승전에 당도했다. 입구에 서 있던 지 상궁이 박 상궁을 맞이했다.

"마마님. 소인이 왔노라 마노라께 고해주십시오."

"박 상궁. 저……. 그것이……."

"뭐 하십니까? 어서 고해주시래두요."

지 상궁이 난감한 듯 끄응 앓는 소리를 냈다.

"마노라께서……. 돌아가시라 전하셨네. 오늘 허리가 편치 않으시다고……."

"마마님……!"

박 상궁의 얼굴이 붉으락푸르락해졌다. 사실 그녀의 동궁전 방문은 이미 세 번째. 영빈과 세자빈 사이에 언쟁이 있은 후로, 박 상궁은 전갈을 가지고 거푸 동궁전을 찾고 있었다.

그러나 매번 채화는 박 상궁을 돌려보냈다. 처음에는 두통이 있다 했고, 두 번째는 속이 좋지 않다 하였다. 그리고 오늘은 허리의 차례.

"마마님."

박 상궁이 음성을 낮추었다. 박 상궁의 잇새로 흘러나오는 말은 분노로 가득 차 있었다.

"마마님께서 하시는 일이 대체 무엇이옵니까? 영빈께서 노하십니다. 어찌 이런 사사로운 일 하나 제대로 못하시고……."

지 상궁이 불편한 듯 눈을 내리깔았다. 작금의 사태는 지 상궁 역시 예상치 못한 일. 어린 세자빈의 기세는 엄청났다. 근래 지 상궁은 채화의 눈조차 똑바로 쳐다보지 못하는 처지에 이르러 있었다.

"나라고 이러고 싶어 이런답디까? 애당초 영빈께서 그날 그리 과한 말씀을 하실 일은 또 뭐랍디까? 나야말로 요즘 사이에서 아주 죽을 맛이라오."

"그래서 정녕 아니 고해주실 겁니까?"

그때였다. 굳게 닫힌 침전에서 들려오는 카랑카랑한 목소리.

"밖에 무슨 소란인가? 시끄러우니 모두 물러가게."

"……예, 마노라. 소, 송구하옵니다."

지 상궁이 땅이 꺼져라 깊은 한숨을 내쉬었다. 박 상궁이 바득 이를 악무는 소리가 들렸다.

동궁전에 들어온 것은 고분고분 말 잘 듣는 강아지가 아니었다. 비록 체구는 작을지언정, 결코 기세에서 밀리지 않는 독종 중의 독종이었다.

* * *

창경궁 연희당(延禧堂). 궁인들이 분주하게 주안상을 실어 날랐다. 연희당 앞에는 세자의 상징인 기린(麒麟) 외에 봉황과 원앙을 수놓은 아청색 휘장이 내걸렸다. 이윽고 벼슬아치 여럿이 속속 모습을 드러냈다.

"탄신일을 경하드리옵니다, 세자 저하."

"기쁜 날을 감축드립니다, 세자빈 마노라."

"두 분의 생신마저 같은 때이니 참으로 어울리는 부부이십니다."

윤과 채화의 생일은 단 이틀 차이. 부부의 탄신 하례연은 윤과 채화의 생일 사이에 치러졌다. 가례 이후 처음 맞는 탄신일은 축하하여 마땅한 경사였다. 그러나 세자의 첫 부인인 심씨가 세상을 떠난 지 아직 삼 년이 되지 않은 데다 근래 나라에 흉사가 잦아 연회는 소박하게 준비되었다.

세자의 곁에는 세자빈과 중궁전 외에도 두 동생 금과 훤이 자리했다. 임금은 두통과 안질이 심한 탓에 참석하지 못했다.

"연회에 참석해주시어 고맙습니다. 경들께서도 부디 기쁜 시간을 보내고 돌아가시기 바랍니다."

"감축드리옵나이다, 저하."

윤이 신료들에게 말하자 대신들 역시 덕담으로 화답했다.

"저하. 생신을 경하드리옵니다."

채화가 나지막한 소리로 축하를 전했다.

"고맙소, 빈궁."

윤이 가볍게 고개를 끄덕였다. 여전히 부부의 관계는 서먹했고 과히 친밀하지 않았다. 그러나 그들은 서서히 그 어색함에 적응해가고 있었다.

"빈궁에게도 기쁜 날이오. 내 그대의 생일을 맞아 작은 선물을 보냈으니 그리 아시오."

"선물이요? 무슨……."

"비단을 보냈소. 침방에 보내 의복을 지어 입으시오."

"감읍합니다, 저하."

혼인 후 첫 생일을 맞은 부인에게 예를 차릴 뿐 별 의미 없는 선물이라는 것을 채화도 안다. 그럼에도 이상하게 볼이 붉어졌다.

채화는 빠르게 안주인의 자리에 적응하고 있었다. 영빈과의 다툼 이후, 확연히 달라진 채화의 태도에 지 상궁은 기를 펴지 못했다. 이런 지 상궁의 태도는 밑의 궁인들에게도 영향을 끼쳤다. 그러나 그와는 별개로 윤의 부인 채화는 아직 열네 살 티가 나는 소녀였다.

모여든 사람들이 제 앞에 놓인 주안상에 손을 댈 무렵이었다.

"저하."

얼굴이 허옇게 질린 문 내관이 급한 걸음으로 경내에 들어섰다. 여유롭게 좌중을 둘러보던 윤이 무슨 일이냐는 듯 그를 바라보았다.

"저하. 전함사(典艦司)[80]에서 말씀 들으셨사옵니까?"

"무엇을 말이냐?"

"아침에 큰 사고가 있었습니다. 거자(擧子)[81]들을 태운 관선이 침몰하였는데…… 배에 탄 거자의 수가 대단히 많았습니다."

"무어라?"

윤이 벌떡 자리에서 일어섰다. 연회가 한창이던 경내가 순식간에 고요해졌다.

"소상히 고해보라."

"진시(辰時)[82] 말 한강에서 일이 벌어졌다 합니다. 배에 타고 있던 거자의 수가 무려 여든이온데, 배가 뒤집히는 바람에 빠져나오지 못하고……."

문 내관이 침울한 어조로 아뢰었다.

"모두 익사하였다 하옵나이다."

"모두가?"

"예, 저하."

"허……."

차마 말을 잇지 못한 윤이 면복 자락을 꽉 움켜쥐었다.

거자들이라 하면 과거에 응시하기 위해 강을 건너던 이들. 과거는 왕세자의 탄신일을 축하하는 의미로 후원 춘당대(春塘臺)에서 치러질 예정이었다.

순간 윤의 표정이 굳어졌다. 연회가 시작된 시각은 오시(午時)[83] 초. 배가 침몰한 것은 그보다 한 시진 이상 전이었다.

---

80   조선시대 선박관리 및 조선·운수에 관한 일을 관장하던 관청.

81   과거를 보던 선비.

82   오전 7시에서 9시 사이.

83   오전 11시부터 오후 1시 사이.

"어찌하여 그 사실을 이제야 알리는 것이냐?"

윤의 시선이 자리에 앉아 있는 대신들에게 향했다.

"전함사 도제조(都提調)는 어서 말씀해보시오. 배와 인명을 다루는 것은 전함사의 소관이 아닙니까?"

눈이 마주치자 도제조는 초조한 기색으로 시선을 떨어뜨렸다.

"그것은…… 경사스러운 날에 비보를 굳이 알려 저하와 전하의 심기를 어지럽힐까 저어되어……. 게다가 전하께서는 와병 중이시기도 하고……."

"뭐라……."

기가 막힌 나머지 윤의 입이 딱 벌어졌다.

"백성 여든 명이 목숨을 잃었습니다! 한데 탄생일이며 연회가 문제란 말입니까? 그 무슨 망발이시오!"

"저, 저하. 일단 하례연이 끝난 후에 말씀드리려 마음먹고 있었나이다. 무엇보다 소인이 보고를 받은 바, 배가 뒤집힌 관계로 모든 이들이 사망하여 달리 구제할 길이 없었고……."

"도제조."

핑계를 늘어놓는 도제조를 바라보던 윤의 얼굴이 참담하게 일그러졌다.

"지금 살아난 이가 없기에 굳이 알릴 까닭도 없다 말하는 것입니까? 전함사의 도제조는 한강을 오가는 배를 관리해야 하는 사람이오! 그대는 책임자란 말입니다!"

"하오나 저하, 그 자리에 있지도 않았던 소인이 달리 어찌 손을 쓸 수 있었겠습니까?"

"……도제조."

윤이 도제조를 노려보았다. 왕세자의 거센 질타 앞에 쭈뼛대면서도 그는 제 잘못이 없음을 주장하고 있었다.

"저하. 비록 비보를 늦게 전한 것은 도제조의 불찰일 것이나, 그역시 기쁜 날 누가 되지 않기를 바란 충심임을 이해해주시옵소서."

"맞는 말씀이옵니다. 부디 고정하시옵소서, 저하. 게다가 배에 올랐던 자들 중에는 거자보다 거자를 따라온 몸종이 더 많았다 합니다."

신료들 여럿이 도제조를 대신하여 말을 보탰다.

거자 여든 명의 죽음. 별시(別試)[84]를 치르고자 배에 몸을 실었던이들은 청운의 뜻을 품고, 어사화를 받아들어 금의환향하는 꿈을 꾸며 배에 올랐을 것이다.

물론 죽음이란 본래 도처에 도사리고 있는 것이었다. 윤이 사냥대회에서 흉포한 범을 마주치고, 무수한 사람들이 평온한 일상에 날벼락처럼 찾아든 사신(死神)에게 무릎을 꿇듯이. 그러나 그들의 생명이, 매년 반복되는 누군가의 생일을 축하하는 연회만큼의 가치조차 갖지 못한 것이던가?

한강에 수장되어 목숨을 잃은 여든 명의 거자들은 누군가의 아비였고 자식이었으며 동생이었다. 그들은 누군가의 지아비이거나 지아비가 될 자들이었다. 여든 명 하나하나의 목숨마다 그들이 안고 돌아올 기쁜 소식을 손꼽아 기다리는 어미와 아비와 동생과 정인(情人)의 기원이 함께하고 있었다. 그들이 그저 '몸종에 지나지 않는다'며 폄하하는 목숨들은 그 말을 내뱉는 자들의 아들일 수도, 가까운 이웃일 수도 있었다.

"사람 여든 명이 죽었습니다. 그러나 경들은 이 죽음에 대해 애도하거나 슬퍼하기는커녕 변명을 늘어놓기에 바쁘신 듯하오."

"저하! 불미스럽고 원통한 사고에 안타까움을 금할 수 없으나 오늘은 경사스러운 날이옵니다. 가례 이후 처음 맞는 탄신연이 아닙니까. 부디 노여움을 거두시옵소서."

---

84 정규 과거 외에 임시로 치러지던 과거.

"그들에게 위로의 의미로 판상(辦償)⁸⁵⁾을 지급하도록 할 것이니 일단 고정하시고…….."

"닥치시오!"

쾅, 윤의 주먹이 의자 등받이를 내리쳤다.

"여든 명의 백성이 죽었소! 생때같은 조선의 백성 여든이 죽었다는 말이오. 모두 이 말의 의미를 제대로 알아듣고 있는 것이 맞습니까? 늙어 죽거나 병들어 죽은 것이 아닌, 사고로 인한 죽음이라는 소립니다! 그런데 지금 경들께서는 누구도 책임이 없다 말하는 것이오?"

"저, 저하……."

"죽은 자는 있는데 책임지는 자는 없다. 이것이 말이 되는 소리요?"

서슬 퍼런 윤의 태도에 좌중은 눈치를 살피느라 바빴다.

"양반과 사대부만이 조선의 백성이오? 그대들에게는 백성들의 목숨이 한낱 개돼지만도 못하게 느껴지시오? 이러고도 경들을 일국의 대신이라 할 수 있소?"

윤이 자리를 박차고 일어섰다. 상 위의 놋그릇이 요란한 소리를 내며 바닥에 나뒹굴었다.

"저, 저하! 저하!"

성큼성큼 연희당을 떠나는 윤의 뒤로 문 내관이 다급히 따라붙었다.

왕세자의 말이 모두 옳다. 그러나 지금껏 윤이 이런 식으로 대신들에게 호통을 치며 노기를 드러낸 적은 없었다. 긴 세월 동안 윤은 과묵한 세자, 갑갑한 세자, 말이 없는 세자였다.

"저하, 어디로 가시옵니까?"

가까스로 윤을 따라잡은 문 내관이 급히 여쭈었다.

"죽은 이들을 살피러 간다."

모두가 나의 백성이다. 가난하거나 가진 것, 배운 것 없는 미천한

---

85 배상.

이들이라도.

"누군가는 책임을 져야 할 것 아니냐."

궁궐에 밤이 내렸다. 워낙 많은 이들이 사망한 탓에 한강나루의 풍경은 이루 말할 수 없이 참혹했다. 그 참상을 마주했던 세자는 날이 어두워진 후에야 궁궐로 되돌아왔다.

바깥으로 동여하는 데 필요한 절차를 무시하고 나선 길. 윤은 복장도 제대로 갖추지 못했으며 종일 끼니도 챙기지 못했다. 나루터에 부는 강바람은 오늘따라 더욱 차고 모질게 그의 뺨과 옷깃을 할퀴었다.

"……저하."

그리고 돌아온 저승전. 초입에 서서 세자를 기다리고 있는 김일경을 발견한 윤이 걸음을 멈추었다.

"영감."

"이제야 돌아오십니까, 저하?"

"그렇습니다."

"드릴 말씀이 있어, 신 퇴궐치 않고 저하를 기다렸나이다."

윤이 피로한 시선으로 김일경을 보았다. 그는 지쳐 있었다. 윤이 느끼는 피로는 육체적인 것이 아닌 마음에서 오는 것이었다.

그가 한강나루에 도착한 지 얼마 되지 않아 거자들의 가족들이 속속 도착했다. 윤은 그 슬픔을 알고 있었다. 세상에서 가장 사랑하던 혈육을 잃은 자의 마음을, 그 순간 무너지는 세상을. 말로 표현할 수도, 눈물로 토해낼 수도, 감히 삭여 감내할 수도 없는 거대한 슬픔의 크기를.

歲月雖久不能忘[86]. 아무리 오랜 세월이 흐른다 해도, 결코 잊을 수 없다.

"피로하신 듯하옵니다. 소인 내일 다시 입궐할까요?"

---

86   세월수구불능망.

"아니요."

윤이 고개를 저었다. 김일경은 그의 정치적 동반자였다. 김일경이라면, 적어도 그라면 제 마음을 이해하여주지 않을까.

그들은 저승전 내실로 자리를 옮겼다. 자리에 앉아 한숨을 내쉬는 윤의 눈자위는 붉게 충혈 되어 있었다.

"저하. 소인은 저하의 마음을 이해합니다."

"고맙소."

"저하께서 백성들을 생각하시는 그 넓은 마음, 생명 하나하나 모두를 귀히 여기는 저하의 심성을 늘 존경하고 있사옵니다. 하오나 저하."

잠시 윤을 바라본 김일경이 굳은 표정으로 말을 이었다.

"그렇게 속내를 드러내시면 아니 되옵니다. 잊으셨습니까? 소인과 나누었던 이야기들을, 소인이 신신당부했던 것들을…….'"

"잊지 않았습니다. 하지만 영감, 이것은 다른 얘기요."

"다르지 않습니다. 저하께서 여전히 세자에 머물러 계신 동안은 그 무엇도 다르지 않습니다."

김일경이 형형한 눈동자로 윤을 응시했다. 강인한 눈빛. 피로에 지친 윤은 시선을 떨어뜨렸다.

"아직은 때가 아닙니다. 칼을 내보이시면 아니 되옵니다. 갑갑하신 마음을 이해합니다. 속내를 감추고 사는 삶이 고단함을 헤아리옵니다. 그러나 고통스러울지언정 부족하고 모자란 세자로 사셔야 합니다. 그래야 저하의 자리를 보전할 수 있음을 왜 모르십니까?"

"……."

"때가 머지않았습니다. 지금껏 그리 잘 해오셨으면서 이제 와 어찌 일을 그르치려 하십니까?"

김일경의 쓴소리가 웅웅대며 떠돌았다. 윤은 질끈 눈을 감았다.

"저하. 큰일을 위해 기다리시는 것입니다. 저하께서 꿈꾸시는 위

292

대한 세상은, 무사히 보위에 오르신 이후에……."

김일경이 음성을 낮추었다. 눈을 뜬 윤이 그를 마주 보았다.

"거사를 치른 이후에 분명 이뤄질 것이옵니다."

* * *

일 년 전, 임금은 사관을 배석하지 않은 상태로 한 시진 간 노론의 영수이자 좌의정인 이이명과 독대했다.

임금의 정치적인 행동은 모두 사관에 의해 기록되어야 하는 것이 법. 그렇기에 이는 역사상 전례가 드문 파격적인 일이었다. 정유년(丁酉年)에 일어난 이 일을 사람들은 '정유독대(丁酉獨對)'라 불렀다.

임금과 이이명 사이에 무슨 이야기가 오갔는지 누구도 알지 못했다. 그저 사람들은 추측할 뿐이었다. 혹자들은 임금이 노론의 바람대로 이윤을 폐하고 연잉군 이금을 세자로 삼으려 한다 믿었다. 또한 누군가는 세자의 자리를 위협하는 노론에게 경고를 보내는 의미로 임금이 독대를 명했다 생각했다.

진실을 아는 것은 오직 둘, 임금 이순과 이이명뿐. 그러나 임금도, 이이명도 철저하게 침묵을 고수했다. 확실한 것은 정유독대 이후 임금이 윤에게 대리청정을 맡겼다는 사실이었다.

-한번 시험해봐도 좋겠지.

영의정이자 노론의 거두인 김창집의 말 그대로, 사람들은 좀체 말이 없고 소극적인 세자가 대리청정을 해내지 못하리라 믿었다. 많은 이들은 그것이 꼬투리를 잡아 세자를 폐하려는 함정이라 여겼다.

그러나 윤은 놀라우리만큼 빈틈을 보이지 않았다. 그는 매사 신중에 신중을 거듭하였고 무엇인가를 결정하는 데는 반드시 임금의 의중을 물었으며, 함부로 자신의 뜻을 내세우지 않았다. 윤은 지난 일 년간 눈에 불을 켜고 있는 노론들조차 감히 흠을 잡지 못할 만큼 세심하게 대리청정을 펼치고 있었다. 그런 까닭에 누구도 오늘의 돌발 행동을 예상치 못했으리라.

"하……."

김일경이 떠나간 후 홀로 남은 윤이 지그시 눈을 감았다. 극심한 피로감이 몸을 짓눌렀다. 머리가 묵직했다.

그는 결코 후회하지 않았다. 하례연 자리를 박차고 일어난 것을, 대신들에게 불호령을 내리고 그들의 태만을 질타한 것을. 그의 진심대로 행동한 것을.

윤이 눈꺼풀을 들어 올렸다. 심지가 끄트머리까지 바짝 타오른 등잔불빛은 희미하여 방을 환히 밝히지 못했다. 무심코 시선을 문간에 두자 비단으로 잘 싸맨 꾸러미 여러 개가 눈에 띄었다. 아마도 신료들이 전한 선물을 옮겨놓은 모양이었다.

사실 탄생일이란 윤에게 별 의미 없는 날. 낙엽마저 모두 떨어져 나무가 앙상해지는 시월이 되면 윤은 예민해지고 날카로워졌다. 시월은 희빈 장씨의 기일이 있는 달이기 때문이었다. 이후 얼마 지나지 않아 돌아오는 생일을 그는 중요하게 생각하지 않았다. 그저 궁궐의 법도에 따라 으레 연회에 참석하고 별시를 주최할 뿐이다.

오늘 있었던 사건으로 인해, 앞으로 윤은 더더욱 탄생일을 기뻐하지 않게 되리라.

'내 탓이다.'

세자의 탄생일을 기념하는 과거시험이 없었더라면, 그들 모두는 각자의 집에서 각각의 삶을 살아가고 있을 것이다.

어머니의 죽음 이후 길었던 슬픔의 세월. 순심을 만난 후에야 윤은 비로소 행복을 찾았다 여겼다. 그런 그를 비웃기라도 하듯 죽음은 또다시 그의 바짓가랑이를 붙들고 늘어진다.

"아직 나는 멀었나 보다."

윤이 문득 중얼거렸다.

"여전히 두려운 것을 보니……."

그가 빈 시선으로 흔들리는 등잔불빛을 응시했다. 바람 들어올 곳 없는 침소 안. 그러나 대체 무슨 까닭인지 낮은 불빛은 열렁열렁 흔들리고 있었다.

윤의 귓가에는 여전히 죽은 이들을 애도하는 울음소리가 선연했다. 불을 땠음에도 방 안의 공기는 이상할 만치 싸늘하게 느껴졌다. 오싹 소름이 끼쳤다.

윤이 벌떡 자리에서 일어섰다. 나루터에 다녀온 뒤 미처 벗지 않은 검은 융복 자락이 펄럭이는 바람에 등잔불이 꺼졌다.

드륵- 침소의 문이 열리고 다시 닫혔다. 도망치듯 급히 저승전을 벗어나는 바람에 윤은 작은 선물을 든 채 서 있던 채화를 보지 못하였다.

순심은 잠들어 있었다.

낙선당 섬돌 위에 녹피혜(鹿皮鞋)[87]를 벗어둔 윤이 기척 없이 침소 안으로 들어섰다. 이불을 끌어올린 채 곤히 잠든 순심을 본 그의 입술 틈으로 긴 한숨이 흘렀다. 마치 안도의 숨결과 같은, 비로소 마음의 안정을 되찾은 듯한 한숨이었다.

윤은 소리 없이 융복을 벗고 망건을 푼 뒤 가만가만 이불 위에 몸을 뉘였다. 모로 누운 그가 순심의 얼굴을 응시했다.

캄캄한 밤. 어둠에 가까스로 길이 든 시야에 들어오는 뽀얀 순심의 볼과 꿈이라도 꾸는지 작게 오물거리는 입술. 잠든 여인의 모습은 평화로웠다. 순심의 곁에 있다는 사실만이 그의 오늘을 위로했다.

"순심아."

---

87 사슴 가죽으로 만든 신.

그녀가 깨지 않을 만큼 나지막한 소리로 윤은 중얼거렸다.

"평안한 꿈을 꾸고 있느냐."

순심의 따스한 숨결이 그의 콧잔등을 스쳤다. 그의 얼굴에 맴돌던 긴장이 그제야 풀어졌다.

"나는 네 평안함이 좋다."

그리고, 나는 네가 앞으로도 평안하기를 바란다.

과묵한 세자, 속내를 드러내지 않는 세자, 소극적이며 제 주관을 내보이지 않는 세자, 모든 일들을 임금과 상의하여 결정하는 줏대 없는 세자. 그런 윤은 나날이 변하고 있었다. 그리고 그가 변화하는 이유는 달리 있지 않았다.

"앞으로도 네가, 그리고 너와 같은 이들이 평안하였으면 좋겠다."

왕족도, 종친도, 반가의 여인도 아닌 가난한 중인 출신인 순심. 그녀 역시 평범한 백성이었다. 윤은 순심과 같은 이들을 포함한 백성 모두가 행복한 세상을 만들고 싶다는 바람을 가진다. 순심이 그에게 소중하듯, 조선 하늘 아래 모든 사람들의 삶 하나하나가 소중하다는 사실을 뼈저리게 깨달았기 때문이었다.

"으음……."

순간 순심이 눈을 떴다. 그녀는 몇 차례 느릿하게 눈꺼풀을 깜빡거렸다.

캄캄한 방 안, 희미하게 보이는 윤의 얼굴. 여인인 저보다 더 말갛고 창백한 얼굴 위로 그녀를 응시하고 있는 윤의 눈동자가 보였다. 그녀는 그 안에서 무한한 사랑을 보았고 한없이 깊은 마음을 보았다. 어떤 어려움 속에서도 그녀를 지켜줄 것이 분명한 사내의 다짐을 보았다. 그리고 그 청아한 눈빛 속에 비치는 제 얼굴을 보았다.

노곤한 눈가를 늘여 웃던 순심이 새끼고양이처럼 윤의 품으로 파고들었다.

"어찌 웃어?"

"눈을 뜨니 거짓말처럼 저하께서 제 곁에 계시니까요."

윤의 굳센 팔이 순심의 몸을 감싸 안았다. 긴 단잠을 자던 여인의 몸뚱이는 따스하고 녹작지근했다.

"아……. 저하. 소인 깜빡했습니다. 생신을 감축드립니다, 저하."

"고맙다."

"좋은 날인데 어찌 이리 표정이 슬프십니까? 소인은 저하께서 태어나신 것이 참으로 기쁜데……."

"……기쁘냐?"

"그럼요. 감히 표현할 수 없을 만큼 기쁩니다."

순심이 그와 시선을 맞추었다. 그녀는 정말로 행복한 표정으로 웃고 있었다. 환한 미소를 마주 보던 윤의 입가에 마침내 부드러운 미소가 떠올랐다.

"처음이다."

"무엇이요?"

"기쁜 것이……. 태어나서 기쁘다는 마음이 드는 것이."

순심이 무엇인가 대꾸하려는 듯 몸을 바르작대며 입술을 달싹거렸다. 그러나 윤은 그녀에게 말할 기회를 주지 않았다. 입술이 포개지고 온기가 섞였다.

몸 안을 가득 채워 목구멍 위까지 찰랑대던 진득한 슬픔에 순심이라는 기쁜 여인이 들어온다. 그의 삶 전체를 꽉 채우고 있던 슬픔이 서서히 희석되어 흐려졌다.

순심아. 언젠가 내게도 그런 날이 올까.

너로 인해 내 삶이 오직 기쁨만으로 가득 찰 때가.

초야 이후 그들은 서로를 더욱 간절히 원하게 되었다.

세자가 사내구실을 못한다는 말은 그야말로 헛소문에 지나지 않았다. 몸을 맞대는 시간이 길어질수록 마음의 온도 역시 높아졌다. 순심과 함께하는 순간의 윤은 조선의 왕세자라기보다 사랑하는 여인 앞에 모든 것을 내던질 수 있는 눈먼 사내일 뿐이었다. 때로 감당할 수 없을 만큼의 조급함은 그를 거칠게 만들었다. 그는 열정적이었고 탐욕스러웠다

윤은 매 순간 순심의 모든 것을 사랑했다. 순심의 뒤통수를 지그시 쓸어내려 비녀를 뽑아내는 순간 폭포처럼 쏟아지는 검은 머리칼, 쇄골과 가슴 사이에 보일락 말락 자리 잡은 작은 점, 결코 타인은 볼 수 없을 허벅지 위쪽의 작은 흉터와 이제 희미해져가는 손바닥 안쪽의 굳은살들……. 윤은 이 모든 것들을 지극히 사랑하여, 매번 그녀를 안을 때마다 곳곳에 간절히 입 맞추곤 했다.

그리하여 둘이 함께하는 밤은 결코 밤으로 끝나지 않았다. 시간은 겹쳐진 입술과 체온 사이로 쏜살같이 흘러가, 그들이 정신을 차리고 가쁜 숨을 뱉을 때쯤이면 이미 푸른 새벽이 밝아 있었다.

"날이 차구나."

이른 새벽, 의관을 차리던 윤이 무심코 중얼거렸다. 낙선당에서 밤을 보낸 세자는 아침이 오기 전 저승전으로 되돌아가곤 했다.

"이제 겨울이 시작되려나 봅니다. 곧 추워지겠지요?"

"올해 여름에 가뭄이 심해 걱정이었지. 아마도 올 겨울은 다른 해보다 더욱 한파가 심할 것이다."

"걱정입니다. 소인은 본래 추위를 많이 타거든요."

"그렇더냐? 하기야…… 우리는 따뜻한 계절에 만났구나."

그 시절을 떠올린 윤이 부드럽게 웃었다.

"너를 처음 만났을 때는 연꽃이 만발했었지."

햇살이 제법 따가운 초여름날이었다. 그날의 풍경이 손에 잡힐 듯

눈앞을 스쳐 지나간다.

녹음으로 물든 창덕궁 후원, 폄우사에 앉아 있던 사내가 저를 바라보는지는 꿈에도 모른 채 치마를 무릎까지 걷어 올리고서 툴툴대던 여인. 그녀를 망중한을 방해하는 몹쓸 훼방꾼이라 여겼던 윤이었다. 그러나 그는 결국 그 아름다운 훼방꾼을 사랑하게 되었다.

"아직도 네 모습이 기억난다. 연꽃 만발한 관람지 가운데 불쑥 솟아 있던 모습이……. 너도 나를 처음 만났던 순간을 기억하느냐?"

윤과 눈이 마주치자 순심은 작게 웃었다.

"어찌 대답하지 않아?"

"물론 기억합니다만 소인은 저하의 존재를 뒤늦게 깨달은 데다 물에 빠진 까닭에 정신을 차릴 수가 없어……. 소인이 기억하는 저하의 첫 모습은, 관람지에서가 아닌 그날 밤의 모습입니다."

"광증이 일어났던 밤……."

윤이 말끝을 흐렸다.

참 이상한 일이었다. 오월 초 어느 날 갑작스레 시작된 광증. 처음에는 마음의 고통이 깊어 찾아든 울증 때문인 줄 알았고, 이후에는 스스로가 정말 미쳤다고 생각했다. 몇 달간 광증은 윤의 몸과 마음을 완전히 지배하고 있었다.

"놀랐었겠지? 내 모습을 보고."

"……정말 많이 놀랐었습니다."

"그랬을 것이다. 나 역시 정신이 들 때마다 내 꼴을 보고 기함하곤 했으니까."

윤의 입가에 쓸쓸한 미소가 스쳤다. 괴물이던 시절의 저를 떠올리는 것은 여전히 쉽지 않았다.

"그래도 가끔은 감사해야지 않나 생각하고 있다. 광증이 발병하지 않았다면 나는 너를 모르고 살았겠지."

"그렇지만……. 소인은 아직 마음이 편치 않습니다. 물론 저하께서 알아서 하실 일임을 아옵니다만, 누군가 감히 저하의 음식에 독을 넣었다는 것이요."

"역사를 돌이켜보면, 정적(政敵)의 음식에 독을 타는 것은 드문 일이라 할 수도 없다."

윤이 문밖을 바라보았다. 그새 꽤 하얗게 새벽이 밝았다.

청명한 늦가을. 콧잔등을 스치는 공기는 시리도록 차고 신선했다. 산기슭을 타 넘어온 바람에서는 바싹 마른 흙냄새와 씁쓰름한 젖은 낙엽 냄새가 났다. 계절은 이제 겨울의 초입에 이르러 있었다.

겨울이란 윤과 순심이 함께 나본 적 없는 계절. 둘이 함께하기에, 올 겨울의 동장군은 덜 혹독하지 않을까.

윤을 배웅하기 위해 옷매무새를 가다듬던 순심이 물었다.

"저하, 광증 말입니다. 근래는 확실히 괜찮으신 것입니까?"

"칠월 나흘이 마지막이었다. 기억하느냐? 낙선당 담장 너머에 내가 서 있었던 날……."

"예, 기억합니다. 그때가 칠월이었습니까?"

"그래. 꽤 먼일처럼 느껴지지 않으냐? 광증 역시 사실 그리 오래 계속되지는 않았다. 처음 증상이 일어났던 것은 오월 열흘이었고, 이후 오월 열여드레, 오월 스무아흐레, 유월 엿새……."

"어찌 날짜를 그리 정확하게 기억하고 계십니까?"

"광증의 원인을 찾는 데 도움이 될까 하여 문 내관이 날짜를 기록하여두었지."

"……."

"순심아?"

"……."

"순심아."

"아, 예. 저하."

갑자기 말을 잃은 순심을 윤이 걱정스레 바라보았다.

"무슨 일이 있느냐?"

"아, 별일 아닙니다."

그때였다. 문밖에서 들려오는 상검의 음성.

"저하, 이러다 문안에 늦으십니다."

"준비 다 되었다. 내 나가겠노라."

윤이 순심에게로 시선을 돌렸을 때 그녀의 얼굴에 드리워진 떨떠름한 기색은 사라지고 없었다.

광증을 사주한 자를 찾아내지 못했다는 불안함에 잠시 마음이 어지러웠던 것이리라. 대수롭지 않게 여긴 윤이 순심의 어깨를 다정스레 두드렸다.

"이만 가보아야겠다. 날이 쌀쌀하니 찬바람을 많이 쏘이지 않도록 조심하라."

"예, 저하. 명심하겠습니다."

윤의 입술이 순심의 볼에 스치듯 머물렀다.

그가 저승전으로 돌아간 뒤. 낙선당 처소에 틀어박힌 순심은 내내 길고도 깊은 생각에 잠겨 있었다.

"마노라."

세자빈이 된 딸을 찾아 저승전에 든 어유구는 붉은 당상관 시복을 입고 있었다.

세자의 장인이라는 자리는 평범한 노론 중 하나였던 어유구의 삶 역시 바뀌었다. 그는 대사간(大司諫)[88]으로 임명되어 임금과 세자를 보필하는 중책을 맡게 되었다. 그러나 딸을 마주한 어유구의 입에서

---

88 정삼품으로 사간원 으뜸 벼슬.

는 한숨이 먼저 흘러나왔다.

"아버지."

"마노라. 태화당과 무슨 일이 있었습니까?"

"아……."

아비의 얼굴에 수심이 드리운 까닭을 깨달은 채화의 표정이 굳어졌다. 그러나 애당초 각오하고 있던 일. 영빈과 대치한 이후, 어떤 식으로든 언질이 날아들 것을 그녀는 짐작하고 있었다. 단지 언니나 계모가 아닌 아버지께서 몸소 달려오실 줄 몰랐을 뿐이다.

"노론 사이에서 걱정이 많습니다. 마노라, 어찌하여 영빈 김씨와 각을 세우십니까? 설마 이 아비가 드렸던 말씀을 잊으신 겝니까? 그분은 이 아비의 스승이신 영의정 대감의 조카딸이 되시는 분입니다. 잊으셨습니까? 영의정 김창집 대감께서 어린 시절 마노라를 얼마나 어여쁘게 여기셨……."

"아버지."

채화가 꺼낸 말은 단 한마디, '아버지'. 그러나 그녀가 지금껏 아비의 말을 중간에 끊은 적이란 없었다. 어유구의 눈이 휘둥그레졌다.

그가 여식의 얼굴을 그제야 찬찬히 바라보았다. 안 그래도 왜소한 체격이던 채화는 더욱 마른 듯했다. 화려하게 빛나는 의복과 장신구들을 두르고 있었으나 어린 나이에 걸맞지 않게 눈가에는 검은 그늘이 져 있었다. 그 모습을 본 어유구가 쓴 한숨을 뱉었다. 아비라는 자가 되어 딸의 안부보다 정파의 일을 먼저 거론하다니.

"제 행동 탓에 아버지의 입장이 어려우시리란 것을 저 역시 모르지 않습니다. 사실 아버지가 찾아오신다는 말을 들었을 때부터 걱정이 되어 잠이 오지 않았습니다."

"그래서 그리 얼굴이 상하셨습니까, 마노라."

"아버지……."

채화는 잠시 머뭇거렸다. 그녀 역시 후회하지 않은 것은 아니었다. 그러나 영빈 김씨는 세자빈으로서 보아 넘길 수도, 보아 넘겨서도 안 되는 방자한 태도를 취했다. 아무리 중궁전 못지않게 존경받는 인물이라 한들 궁궐 내명부에는 엄연한 기준이 있기 마련이었다. 영빈은 친근함을 가장하여 채화에게 다가왔지만 이는 분명한 도전이었고 시험이었다. 거기서 채화가 꼬리를 내렸다면, 그녀는 계속 허수아비 세자빈으로 살아야 할 것이 분명했다. 그리하여 채화는 결코 물러설 수 없었다.

"아버지. 소녀가 믿을 이는 아버지뿐입니다."

"마노라. 어찌 그런 말씀을 하십니까?"

어유구가 놀란 표정으로 딸을 바라보았다.

채화는 여러 자식들 중 가장 믿음직한 아이였다. 그는 늘 채화를 높이 평가했다. 그러나 그럴지언정 그녀가 열네 살이라는 사실은 변하지 않는다.

단지 입은 옷이 바뀐 까닭일까. 혹은 앉은 자리가 바뀌어서일까. 사는 집이 달라졌기 때문일까. 아니면 딸을 잘 안다 생각했던 제 생각이 틀린 것일까. 아비를 지그시 바라보는 채화의 시선은 지나칠 만큼 어른스러웠다. 그 안에서 쓸쓸함이나 무상함을 읽을 만큼.

"아버지. 아직 궁궐이란 제게 어려운 장소입니다. 별궁에서 많은 것들을 듣고 배웠고, 궁궐의 사람들 역시 저를 존중해주지만……. 그럼에도 마음을 터놓을 수 있는 사람이 없습니다. 소녀에게는 아버지뿐입니다."

"……."

"제가 어떤 말씀을 드리든, 아버지께서는 뜻을 곡해하지 않고 저를 믿어주시리란 마음을 가지고 있습니다. 아버지…… 그리해주시겠습니까?"

채화의 눈빛에서 느껴지는 간절함. 문득 어유구는 부끄러움을 느꼈다.

세자빈이라는 무거운 자리에 앉게 된 딸을 걱정한다 생각했다. 그러나 지금껏 제가 걱정한 것은 딸이 아닌, 자신과 가문의 안위뿐이지 않나.

"말씀하십시오, 마노라. 이 아비에게 무엇이든 말씀하십시오."

어유구의 답을 들은 채화가 안심이 된다는 듯 고개를 끄덕였다.

"아버지. 아버지에게 정치적인 입장이 있고 지켜야 할 것들이 있음을 압니다."

신중하게 말을 고르며 채화는 잠시 숨을 가다듬었다.

"아버지에게 대사간으로서의 일이 있는 것처럼 저에게도 내명부의 일이 있습니다. 궁궐은 제게 아직 몹시 어렵습니다. 선뜻 손을 내미는 자가 적인지, 벗인지 알 수 없고 누구를 믿어야 할지 판단하기도 어렵습니다. 그래서 저는…… 나름의 규칙을 정했습니다."

"어떤 규칙입니까?"

"저는 모든 것을 원칙에 맞게 처리하기로 마음먹었습니다. 당분간은요. 제가 왕실과 내명부에 익숙해지고 옳고 그름을 판가름할 수 있게 될 때까지……. 그때까지 저는, 사사로운 정에 얽매이지 않고 위엄을 지키기 위해 노력하며 살 생각입니다."

채화가 아비를 물끄러미 바라보았다.

"아버지. 소녀가 그리 할 수 있도록 도와주실 수 있겠습니까?"

딸을 마주 보던 어유구가 무겁게 고개를 끄덕였다.

"예, 그리하겠습니다. 현명한 선택입니다. 그러나 마노라, 영빈은 분명한 이 아비의 편이니 믿으셔도……."

"아버지."

잠시 평온함을 찾았던 채화의 표정이 다시금 어두워졌다. 그녀가 지친 목소리로 내뱉었다.

"내명부에 대한 판단은, 아버지가 아닌 제가 합니다."

* * *

"금손아! 조금만 천천히 가! 아휴⋯⋯."

니야옹.

헐레벌떡 숨이 찬 순심이 걸음을 멈추었다. 앞서가던 고양이가 뒤를 돌아보았다. 참으로 신기한 녀석이었다. 순심의 말을 알아듣기라도 하는 것처럼 금손은 속도를 늦춰 느긋하게 앞서간다.

지금 그녀가 거니는 곳은 동궁전 너머 창경궁 북쪽. 오가는 길에 마주친 궁녀들이며 궁관들, 관원들이 순심을 신기한 눈으로 바라보았다. 나인과 후궁의 중간 어디쯤에 있는 낯선 복장 때문이었다.

순심이 승은궁녀라는 사실을 깨닫고 수군대는 이들도 있었고, 입궐한 외명부이겠거니 생각하는 듯한 이들도 있었다.

"금손아! 금손아⋯⋯."

전각 사이로 사라져버린 금손을 찾아 두리번거리던 순심이 걸음을 멈추었다. 그녀가 황급히 고개를 숙였다.

"여기까지 네가 어인 일이냐? 오랜만이로군."

"전하!"

몇 차례 만났다 하여 임금 앞에서 편해질 리 없다. 순심이 마른침을 삼켰다.

"고개를 들어라."

지엄한 어명이 떨어진 후에야 순심은 그를 바라보았다.

왕세자의 국혼이 진행되는 사이 임금은 낙선당을 찾았다. 그는 순심에게 서찰을 내밀며 읽어보라 했다. 그것이 그들의 마지막 조우였다. 그리고 순심이 환경전을 찾은 것 역시 그 서찰에 관련된 의문 때문이었다.

"어인 일로 예까지 걸음 하였더냐? 과인을 만나러 온 것이렷다?"

"예, 전하."

"이상한 일이로군."

임금이 헛기침을 하며 하얗게 센 수염을 쓰다듬었다.

"세자궁 승은궁녀인 네가 무슨 까닭으로 임금을 찾아왔단 말이냐?"

"전하……."

호흡이 가쁜 데다 몹시 긴장한 탓에 그녀는 잠시 숨을 가다듬었다. 어서 말해보라는 듯 임금이 고개를 끄덕였다.

"전하, 소인이 한 가지 여쭈어도 되겠습니까?"

"말해보라."

"전하께서 소인에게 읽으라 명하셨던 언문 서찰의 출처를 여쭈어도 되겠습니까?"

"출처?"

허허, 임금은 작게 너털웃음을 터뜨렸다.

"당돌하구나. 감히 임금이 가진 물건에 대해 묻는 것은 어디 법도더냐?"

"하오나, 전하……."

순심이 시선을 들었다. 감히 바라보지 못하던 용안과 눈이 마주쳤다. 그제야 순심은 임금의 낯빛이 몹시 꺼칠하며 뺨과 눈가가 움푹 꺼졌음을 깨달았다. 순심은 모르고 있었지만, 임금은 며칠간 고뿔과 두통 탓에 와병하여 바깥출입을 하지 못했다.

"잡힐 듯 말 듯 마음에 걸리는 일이 있어 그렇습니다. 그 날짜가 어디서 나온 것인지를 알려주시면 까닭을 밝힐 수 있을 것 같습니다."

"신기한 아이로구나, 너는."

"예?"

"과인은 조선의 임금이다. 감히 어느 안전이라고 확신하지도 못하는 일을 들고 찾아와 노닥거리려는 게냐? 과인이 일개 궁녀의 말 한마디에 중한 서찰의 출처를 확인해줄 사람 같으냐?"

"……."

순심이 마른침을 꿀꺽 삼켰다.

여러 가능성에 대해 생각해보지 않은 것은 아니었다. 윤이 말하길 광증의 날짜를 기록한 것이 문 내관이라 하였다. 문 내관이 남긴 문서가 임금의 손에 흘러들어갔을지도 모르는 일이었다. 문제는 그 서찰이 문 내관이 아닌 다른 이에 의해 작성된 것이었을 때 발생한다. 누군가 세자의 광증이 발병한 날짜를 알고 있다는 사실. 그것은 그가 독을 사주한 범인이라는 확증이었다.

"그렇다면 전하, 소인 감히 한 가지만 여쭈어도 되겠습니까?"

"마냥 순박한 여인이라 생각하였거늘 바라는 것이 보기보다 많군. 하기야 궁녀들이란 본래 그렇지. 무엇이냐? 말해보라."

"언문을 읽을 줄 아는 이가 궁궐 안에 수백이 넘을 것입니다. 한데 굳이 낙선당까지 걸음 하시어 소인에게 서찰을 읽으라 명하신 연유를 여쭙습니다."

"흠."

순심의 질문이 의외라는 듯 임금은 잠시 그녀를 내려다보았다.

"소인 감히 생각하기를, 전하께서도 저와 같으셨으리라 생각합니다. 무언가 마음에 걸리는 것이 있으셨을 거라고요. 그래서 날짜의 의미를 깨닫더라도 문제가 되지 않을 사람을 찾아 낙선당에까지 납시었다고 말이옵니다."

날짜의 의미를 깨닫더라도 문제가 되지 않을 사람- 또는 날짜를 작성하여 남긴 자에게 결코 말을 흘리지 않을 사람.

임금은 긴 세월 궁궐을 지배한 백전노장이었다. 그러나 한낱 젊은 궁녀에게 속내를 간파당할 줄은 미처 예상치 못했다.

"영리하구나."

"……감읍합니다."

"영민한 여인이니 말장난은 그만해도 되겠지. 그 날짜는 동궁과 관련이 있다. 믿을 수 있는 이가 궁궐에 많지 않아 네게 그것을 읽으라 명했다."

순심은 용기를 내 임금을 바라보았다. 희뿌연 눈동자 속에 담긴 비밀은 대체 무얼까. 도저히 가늠되지 않았다.

"소인을 믿으시는 까닭을 여쭈어도 되겠습니까?"

"저런."

임금이 끌끌 혀를 찬다.

"아직 정치를 모르는구나. 어찌 두 개를 연달아 가져가려 하느냐? 과인이 하나를 베풀었으니 너 역시 하나를 내놓는 것이 옳다."

"……."

"말해보아라. 그 서찰에 쓰인 날짜는 무얼 뜻하는 것이냐?"

"그것은……."

순심은 고심했다. 한때 궁궐에는 세자가 광인이라는 소문이 공공연히 떠돌았다. 생과방 궁녀였던 순심마저 그 소문을 들었을 만큼. 그러나 때로 모두가 아는 일을 우두머리만이 모르곤 한다. 임금 앞에서 세자의 광증을 논하는 것은 옳지 않았다.

"그 날짜마다…… 저하께서 속을 게워내셨습니다."

"속을 게워냈다? 음……."

임금의 눈빛이 순간 차갑게 식었다.

"전하. 부디 말씀해주시옵소서. 대체 그 서찰은 어디서 나온 것입니까?"

“……."

미간을 찌푸리고 있던 임금이 입을 열었다.

“너에게 밝히는 것이야 할 수 있겠지. 그러나 너는 분명 이 사실을 동궁에게 알릴 것이다. 아니 그러냐?”

“……저하의 안위와 관련된 일입니다. 어찌 소인 혼자 품겠습니까?”

“그렇겠지. 해서 네게는 알려줄 수 없다.”

“……."

아비는 안다. 복수의 대상이 늘어나는 것은 세자의 앞길을 위험하게 만들 뿐임을.

임금의 대답에 잠시 머뭇대던 순심이 갑자기 바닥에 무릎을 꿇었다. 속내를 알 수 없는 왕의 시선이 그녀를 응시했다.

“날짜의 의미나 출처를 제가 알아 무엇하겠나이까. 소인이 바라는 것은 오직 하나뿐입니다. 감히 간청드리니, 그 서찰에 얽힌 사건의 전모를 짐작하셨다면 부디 세자 저하를 지켜주시옵소서.”

하얗게 센 임금의 굵은 눈썹이 꿈틀했다.

“참 안타까운 일이지.”

“……."

순심이 검은 눈동자 안에 물음이 담겼다.

“과인은 그 서찰을 이미 버렸다.”

“예? 아……."

순심의 입술이 힘없이 벌어졌다. 용안을 바라보는 그녀의 눈동자가 어지러이 흔들렸다.

“동궁을 지키라니. 궁녀 따위가 임금을 찾아와 한다는 소리가……. 내가 네 말을 들을 것이라 여겼더냐? 당돌한 계집이로군.”

윤은 임금을 두려워했다. 그러나 순심이 그간 보아왔던 임금은 두려운 자라기보다 속내를 간파할 수 없는 사람이었다. 그럼에도 불구하고.

"전하는……. 저하의 아버지이시니까요."

"……뭐라?"

"전하께서는……. 조선의 임금이시기 이전에 저하의 아버지이시니……. 부디……."

"흠."

임금이 크게 헛기침을 했다. 그가 흐린 시야에 비치는 순심을 응시했다.

그는 사십 년이 넘는 시간을 임금으로 살았다. 태어난 순간부터 그의 운명은 결정되어 있었다. 그에게도 짧은 청춘의 한때나마 임금보다 사내로서의 삶을 우선에 두었던 시절이 있긴 했다. 그러나 그 나날은 파국으로 얼룩졌다.

임금으로서는 위대하였을지 모르나 지아비, 혹은 아버지로서의 그는 실패자였다.

'임금이시기 이전에 저하의 아버지이시니…….'

순심의 애타는 음성이 왕의 귓전에 맴돌았다. 아들인 세자가 총애한다는 궁녀는, 해묵은 감정을 툭툭 건드리는 묘한 재주를 지녔다.

"일어나라. 지난번에도 내 말하지 않았더냐? 어찌 과인의 아들의 여인이 찬 바닥에 주저앉아 있는 게냐?"

* * *

"아바마마, 옥체는 좀 어떠십니까?"

이른 아침. 왕세자 부부가 문안을 위해 대전을 찾았다. 이는 그들이 가례를 올린 이후 매일같이 반복되는 일과였다.

"많이 나아졌다. 오늘부터는 편전에 나서도 될 듯하다."

"피로하신 듯 보여 마음에 걸리옵니다. 하루 이틀 더 휴식을 취하심이 어떠시겠습니까, 아바마마."

"그래? 이제 늙은이 따위 없어도 괜찮은 모양이구나. 하기야 이만하면 오래 살았지."

임금이 퉁명스럽게 내뱉었다. 심기가 편치 않아 보이는 부왕의 모습에 윤은 급히 고개를 숙였다.

"아바마마, 결코 그런 뜻이 아니옵니다. 소자는 그저 걱정이 되어 드린 말씀일 뿐입니다."

"으흠."

임금이 대꾸 대신 낮은 헛기침을 했다. 내내 곁에 앉아 있던 채화가 조심스럽게 입을 열었다.

"저……."

아침저녁 문안을 드릴 때마다 꾸준히 반복되어온 일. 임금은 특히 아침 나절 심기가 불편할 때가 많았다.

"아바마마."

'아바마마'라는 채화의 말에 이내 임금의 표정이 누그러졌다.

"오냐, 며늘아가."

"제 생각에도 하루 더 대전에 머무심이 어떨까 싶사옵니다. 그러다 옥체를 상하실까 몹시 저어되옵니다."

"흐음."

"자식 된 마음에 걱정이 되어 그러니, 조금 더 휴식을 취하시면 신첩과 저하의 마음이 한결 편할 듯합니다, 아바마마."

임금이 조곤조곤 말을 붙이는 채화를 바라보았다. 확실히 나이가 든 탓인가. 살가운 며느리의 음성에 편치 않던 심기가 눈 녹듯 누그러졌다.

"며느리가 간곡히 청하니 이마저 거절할 수가 없구나. 그래. 하루 정도 더 쉬어도 나쁘지 않겠지."

임금이 채화를 보며 온화하게 웃었다.

"내 참한 며느리를 얻어 몹시 기쁘다. 그러고 보니, 동궁."

"예, 아바마마."

"동궁이 가례를 올린 지도 어느덧 한 달이 넘었다. 빈궁에게 궁궐 생활이 쉽지는 않을 것이다. 그럴수록 동궁이 마음을 써야겠지. 빈궁과 자주 대화를 나누느냐?"

"……소인이 말이 많지 않아 긴 시간 대화를 나누지는 못하였습니다."

"그렇군. 동궁과 빈궁은 평생 해로할 사이임을 잊지 마라."

"명심하고 있사옵니다, 아바마마."

임금이 고개를 끄덕였다.

"동궁은 돌아가 어전회의에 들 준비를 해야겠지. 이만 물러가도록 하라. 그리고, 빈궁."

"예, 아바마마."

"과인과 아침 공기를 맞으며 잠시 거닐겠느냐?"

임금의 물음에 조금 당황한 듯하던 채화가 이내 고개를 끄덕였다.

"예, 아바마마."

"궁궐 생활에 어려움은 없느냐?"

구부간의 이른 산책. 그들은 환경전 담장 안을 거닐고 있었다.

"아직 부족한 점이 많으나…… 차차 적응이 되는 듯하옵니다, 아바마마."

"꼬박꼬박 과인을 아바마마라 부르는 마음 씀씀이가 좋구나."

"응당 해야 할 일을 하고 있을 뿐이옵니다."

"확실히 윤은 이 아비보다 처복(妻福)이 있는 모양이로다."

"……."

'처복'이라는 말이 저만이 뜻하는 것이 아님을 깨달은 채화가 조용히 입을 다물었다.

"임금의 마음은 백성과 신료의 것이며, 또 조선의 것이지. 여인들을 대함에도 변함이 없다. 한 사람에게만 줄 수 없는 것이 임금의 마음이다."

"신첩도 늘 명심하고 있사옵니다."

"기특하다. 내 두 딸을 두었으나 일찍이 조졸(早卒)하여 마음에 묻었지. 말년에 빈궁 같은 며느리를 얻어 기쁘구나."

채화가 용안을 조심스레 바라보았다.

-주상은 성미가 괴팍한 데다, 뭐든지 한다면 반드시 하고야 마는 어른이시니 그 앞에서는 필히 말과 몸가짐을 조심해야 할 것이야.

채화가 들었던 임금에 대한 이야기들은 꽤 공포스러웠다. 그는 신료들과 부인들에게 잔혹하고 무참한 군주였다. 그러나 그런 말들이 무색하게도 채화에게 가장 다정한 이 역시 시아버지인 임금이었다.

여전히 눈을 잘 마주치지 않는 왕세자, 강퍅한 지아비를 모시느라 조심하는 태도가 몸에 밴 중궁전, 힘이 되어줄 것이라 들었으나 정작 척을 지고 만 영빈. 그들 중 누구도 채화와 가깝지 않았다. 임금만이 채화의 마음을 달래주고 감싸주는 유일한 궁궐 사람이었다.

"과인이 어렵거나 두렵지 않으냐?"

"늘 어여삐 여겨주시고 귀여워해주시니……. 두렵기는커녕 사가에서 지낼 때처럼 마음이 편합니다."

"음."

임금이 낮게 헛기침을 했다. 겨울은 이미 문턱까지 다가와 있었다. 앞으로 이 겨울을 몇 차례나 더 볼 수 있을지 임금은 확신하지 못했다.

"외로운가 보구나, 며늘아가. 나 같은 늙은이 외에는 마음 붙일 데가 없는 모양이로고."

"……."

채화는 굳이 반박하지 않았다. 세자 부부는 매일 아침저녁으로 임금께 문안을 드렸다. 그들 사이가 여전히 어색함을 눈치채지 못할 만큼 아둔한 임금이 아니었다.

"낙선당 궁녀와는 잘 지내느냐?"

"동궁전 궁인들이 말하길 일개 궁녀와 교분할 이유가 없다 하여……. 가까이 지내고 있지는 않사옵니다, 아바마마."

예상치 못하게 등장한 이름. 채화는 다소 당황한 기색이었다.

"틀린 말은 아니다. 어떻더냐. 빈궁이 보기에."

"신첩이 다스려야 할 내명부 중 하나라 여기고 있을 따름이옵니다, 아바마마."

"빈궁."

"예, 아바마마."

걸음을 멈춘 임금이 채화를 돌아보았다.

임금이 보위에 올랐을 때의 나이 열넷. 이는 지금의 채화와 같은 나이였다. 그는 열네 살부터 이미 완성된 군주였으며 조선의 지존이었다.

그리고 이제 임금의 나이 쉰여덟. 그는 후회하고 있는 듯했다. 잔인한 세월을, '군주'라는 미명하에 뿌려야 했던 정인의 피를.

"옳든 그르든 간에 과거는 훗날 사람들에게 가르침을 준다. 과인의 과오가 세자나 빈궁에게는 깨달음이 될 수도 있겠지."

"……."

"안된 일이지만, 동궁에게는 총애하는 여인이 있지. 그 아이를 동궁이 몹시 아낀다는 것을 과인 역시 안다. 빈궁의 생각은 어떠하냐?"

"그것은……."

채화가 잘근 입술을 깨물었다. 대답하기 지극히 조심스러운 질문이기 때문이었다.

"신첩은 아직…… 궁중 생활을 익히는 것만으로도 버겁습니다. 또한 지아비의 사랑을 받는 여인의 삶이, 세자빈으로서 가져야 할 의

무보다 중하다 생각지 않습니다.”

“세자빈으로서의 덕(德)이 더 중요하다?”

“예, 아바마마. 그리고…… 언젠가…….”

잠시 망설이던 채화가 용기를 내어 덧붙였다.

“제가 좀 더 나이가 들어 어엿한 여인이 된다면…… 언젠가는 저하 역시 신첩을 아껴주시지 않을까 생각하고 있나이다.”

마지막 말을 내뱉는 순간 목 언저리가 뜨끈해졌다. 채화가 급히 말을 삼켰다. 그녀를 묵묵히 바라보던 임금이 입을 열었다.

“참할 뿐 아니라 몹시 현명한 며느리이구나. 빈궁의 아비가 참으로 훌륭한 여식을 두었다. 그렇지만, 아가.”

“예.”

“동궁에게는 순심이 필요하다.”

“……예?”

채화의 마른 입술이 살짝 벌어졌다. 누구도 채화의 이름을 불러주지 않는 궁궐이었다. 그러나 임금의 입에서 흘러나오는 ‘순심’이라는 이름. 그것은 무척 자연스럽게 들렸다.

“잡으려고 애쓰면 자꾸만 도망가고, 도망치려 하면 그제야 눈길을 주는 것이 사내라는 어리석은 작자들이지. 동궁의 마음 역시 다르지 않을 것이다. 빈궁이 생각하였듯 시간이 흐르도록 내버려두어라. 내버려두면 알아서 빈궁에게 흘러올 것이다. 그것이 부부의 연(緣)이다.”

“……예, 아바마마.”

“내 어찌하여 순심이 동궁에게 필요하다 말했는지 아느냐?”

“잘 모르겠사옵니다, 아바마마.”

“네 말 그대로 그 아이는 한낱 궁녀에 지나지 않는다. 후궁도 아니고, 반가의 여식도 아니지. 그렇기에 누구도 그 아이를 정치적인 시각으로 보려 하지 않는다. 하찮게 여긴다는 뜻이지. 원손이라도 생산한다면 또 모르겠지만."

묵묵하던 채화가 고개를 들었다. '원손'이라는 말이 귀에 거슬린 탓이었다.

"그 아이는 동궁의 눈과 귀와 손발이 되어줄 수 있다. 그리고 누구의 의심도 사지 않을 것이다."

"……낙선당 궁녀가 저하를 위해 무엇인가를 하고 있다 말씀이십니까?"

"그럴 수도, 혹은 아닐 수도."

"……."

"그러나 일이 생기면 기꺼이 그리하겠지. 그 아이는 가진 게 없는 까닭에 필요하다면 제 몸이라도 던져 동궁을 구할 것이다. 그래야 제가 살기 때문이지."

임금이 물었다.

"빈궁이라면 그리할 수 있겠느냐?"

"……."

채화의 입술이 달싹였다. 그러나 말은 혀끝을 맴돌 뿐. 입안이 바싹 말라, 모래 한 움큼을 삼킨 것처럼 꺼끌거렸다.

"빈궁의 말이 옳다. 세자빈에게는 내명부 여인으로서의 덕과 지켜야 할 도리가 있지. 그러나 순심은 동궁의 총애 하나에만 기대어 살 수밖에 없다. 또한 그렇기에 동궁을 위해 무엇이든 하겠지."

"……."

"잊지 마라. 궁궐 안에서 사랑이라는 것은 때로 참 마음 아픈 일이다."

휘잉. 환경전을 둘러싼 담장 안에 스산한 바람이 분다. 임금이 어깨를 움츠렸다.

"이만 돌아가야겠구나. 날이 차다. 오늘 대화가 참으로 즐거웠도다."

"……예, 아바마마."

임금이 몸을 돌려 대전으로 향하였다. 임금을 따르며 채화는 고요히 되뇌었다. 생채기에 부는 찬바람처럼 마음이 시렸다 .

'궁궐 안에서 사랑이라는 것은 때로 참 마음 아픈 일.'

사랑이라는 건, 마음 아픈 일.

* * *

궁궐에 밤이 깊었다. 신료들은 인경이 울리기 전 모두 퇴궐했다. 무수리와 같이 출퇴근을 하는 궁인들 역시 집으로 돌아갔다. 궁 안에서 살아가는 궁관들 역시 번을 서는 이들을 제외하고는 모두 제처소로 돌아가 고된 하루를 마감했다.

임금이 혈기왕성하던 시절, 밤은 또 다른 하루의 시작을 의미하곤 했다. 후궁전 상궁들이며 나인들은 경쟁적으로 서로를 미워했다. 임금께서 어느 처소에서 밤을 보내는지에 따라 여인들의 희비가 엇갈렸다.

한동안 취선당에 머물던 왕의 마음은 언젠가부터 보경당(寶慶堂)으로, 그리고 또 다른 후궁의 처소들로 떠돌았다. 잔인한 시절이었다. 사랑을 잃은 여인들은 울부짖었으며 서로를 저주했다. 어떤 여인들은 임금에 대한 원망을 거두지 못한 채 끝내 생을 마감했다.

그러나 그 시절 내내, 영빈 김씨의 처소 태화당은 고요했다. 태화당의 밤은 단 한 번도 부산스러웠던 적이 없었다. 그녀는 사랑받은적 없는 여인이기 때문이었다. 사랑이 없었기에 비극도 없었다.

그로부터 긴 세월이 흘러 겨울의 문턱, 가장 화려하지만 또한 가장 쓸쓸한 처소인 태화당에 임금께서 드셨다.

"저, 전하! 억울하옵니다. 신첩은 모르는 일이옵니다. 정녕⋯⋯."

"영빈."

"예, 전하! 시, 신첩은⋯⋯!"

"닥쳐라."

침소에 깔린 어둠처럼 캄캄한 눈빛으로 영빈을 쏘아보던 왕이 물었다.

"죽고 싶으냐?"

"전하!"

"말해보시게. 오월 열흘, 오월 열여드레, 유월 엿새……. 그것이 무엇을 의미하는지."

"그, 그, 그, 그것은……."

영빈의 얼굴이 새파래졌다.

'아셨다. 아셨어! 임금께서 그것을 아셨어!'

손발이 걷잡을 수 없이 떨렸다. 입 안의 치아들이 마주쳐 딱딱 소리가 났다. 평정을 찾아야 한다 한없이 되뇌었지만, 그러기에 영빈은 임금에 대해 지나치게 많은 것을 알고 있었다.

"전하, 시, 신첩은……."

"딱한 계집 같으니."

임금의 음성은 경멸로 가득 차 있었다.

"내 모르고 있을 것이라 생각했소? 그대가 바라는 것을?"

"무, 무슨 말씀을 하시는 것인지……."

"세자를 폐하고, 연잉을 국본으로 만들기 위해 노론이 애쓰는 것을 내 모를 것 같소? 눈앞이 흐리다 하여 그마저 보지 못한다면 과인을 어찌 일국의 임금이라 하겠는가?"

"전하, 그, 그렇지 않사옵니다. 어찌 가, 감히……."

혹시나 사랑하는 아들 연잉군에게 불똥이 튀면 큰일이다. 영빈의 읍소가 다급해졌다.

진짜 속내가 어떨지는 몰라도, 금은 보위에 욕심을 내보인 적 없었다. 오히려 그는 매사 신중하고 조심스러웠다. 일을 도모하는 것은 금이 아닌 노론이었다.

"기억하시오? 내 정유년에 이이명과 독대하였지. 그때 나는 긴 시간 그와 연잉을 세자로 세우는 문제에 대해 대화를 나누었소."

"전하……."

"이이명은 윤이 연산군(燕山君)의 전철을 밟을까 저어했지. 나 역시 그것을 염려했지. 정유독대 이후 과인은 늘 고심하고 있었소."

"……."

"그러나, 이제 과인은 마음을 정하였소. 바로 영빈, 자네 덕분이지."

영빈이 고개를 들었다. 해쓱하게 질린 얼굴 위 평소보다 두 배는 커진 듯한 눈동자가 임금을 응시했다.

지아비였으나, 평생 단 한 번도 그녀의 지아비이고자 한 적 없는 사내.

"무, 무슨 말씀이시옵니까, 전하?"

"내가 바란 것은 종묘사직의 안정이었지, 감히 후궁 따위가 국본의 목숨줄을 쥐락펴락하려는 꼴을 보려던 것은 아니었네. 하여 나는 결심하였소."

"저, 전하, 무엇을……."

"과인은 결코 세자를 폐하지 않을 것이다. 어떤 일이 있다 해도."

"아……."

영빈의 입이 딱 벌어졌다. 자기도 모르는 새 입에서 흘러나온 장탄식이 꼬리를 끌었다. 그러나 그녀의 목구멍 안을 격렬하게 맴도는 것은 탄식보다 더욱 격렬한 비명과 같은 아우성이었다.

"시, 신첩을 죽여주시옵소서, 전하. 연잉군은 아무런 잘못이……."

"당연한 소리를. 연잉에게 무슨 죄가 있겠나? 내 그 정도도 알아보지 않고 이곳에 찾아왔다 생각지 마시게."

"전하……."

"그대를 죽이는 것은 과인에게 어려운 일이 아니지. 내게는 이미 전례가 있다."

영빈이 질끈 눈을 감았다.

"그러나 과인은 이제 늙었소. 내명부의 피를 보는 것은 젊은 날 옥정에게 저질렀던 과오만으로 충분하다. 내 자네를 죽이려 든다면 노론은 벌떼처럼 일어날 것이고 유생들은 임금이 노망이 났다 숙덕대며 권당(捲堂)⁸⁹⁾하겠지."

"……."

"이 모든 것이 그대의 공덕일 것이오, 영빈. 긴 세월 살기 위해 노력한 보람이 있지 않소? 임금마저도 자네의 죄를 알면서도 처벌하지 못하니 말이오."

그러나 어찌 이것이 칭찬이겠는가. 임금이 내뱉는 말들은 조롱이고 경멸이다. 왕의 입에서 낮은 소리가 흘러나왔다. 음침한 웃음이었다.

"내 뜻은 모두 전한 듯하오. 과인은 이만 가겠소."

영빈은 임금을 배웅할 엄두조차 내지 못했다. 영빈의 시선이 그의 등을 따라 움직였다. 붉은 용포에 감싸인 노구(老軀)가 굳게 닫힌 문간으로 향했다. 드르륵, 문이 열렸다.

침소의 문지방 앞에 고개를 처박은 채 떨고 있는 또 하나의 여인, 박 상궁. 그러나 임금은 바닥에 엎드린 그녀를 무시한 채 걸음을 옮겼다. 그때였다.

"저, 전하!"

침전을 나서던 왕의 발이 박 상궁의 몸뚱이 어딘가에 걸렸다. 늙은 임금은 쾅 소리와 함께 바닥으로 넘어졌다.

공포에 질린 영빈이 부르짖었다.

"전하! 전하!"

순간.

---

89 성균관 유생들이 나랏일에 반대하여 벌이는 동맹휴학.

"밖에 게 아무도 없느냐!"

쓰러진 임금의 추상과 같은 호령. 언제부터 태화당 밖에 있었는지 모를 내관과 지밀 여럿이 우르르 안으로 들이닥쳤다.

"저, 전하!"

바닥에 나동그라진 임금을 본 궁인들이 다급히 임금을 부축했다.

"혈(血)……. 혀, 혈이옵니다, 마마!"

바닥에 나뒹굴 때 문간 어딘가에 이마를 부딪친 모양이었다. 용안에 붉은 선혈이 번진다.

"마마, 소인에게 업히십시오!"

상선(尙膳)[90]이 임금 앞에 무릎을 꿇었다. 그러나 왕은 고개를 내저었다.

"필요 없다. 걸을 수 있으니 걱정 마라. 하나……."

임금의 시선이 엎드려 떨고 있는 박 상궁에게 향하였다.

"이 방자한 계집이 감히 과인의 발을 걸어 옥체에 피를 보게 했다. 이년을 어서 끌고 가라."

"예, 전하!"

"저, 전하!"

영빈의 것인지, 박 상궁의 것인지 알 수 없는 비명과 흐느낌이 뒤섞였다.

노론의 반발이 두려워 영빈을 죽일 수 없다 했던가. 권당이 걱정스러워 영빈의 죄를 묻지 못한다 하였던가. 그러나 순순히 물러날 임금이 아니다. 그는 사냥한 여우를 죽이는 대신 송곳니를 뽑고 발을 잘라내는 것을 선택했다.

박 상궁에게 몰려든 궁관들이 거칠게 그녀를 일으켜 세웠다. 임금의 용안에 상처를 낸 대가는 오직 죽음뿐이었다.

---

90 종이품 환관직으로 내시부의 으뜸 관직.

十七章.
세한(歲寒)

"낙선당. 안에 있는가?"

바깥에서 들려오는 목소리. 침소 문을 연 순심이 급히 안뜰로 걸어 나갔다.

"빈궁 마노라, 찾으셨사옵니까?"

"그러하였네."

채화의 시선이 순심에게 향했다.

"오랜만이지?"

"예, 마노라. 그간 강녕하시었습니까?"

"별다를 일 없이 지냈네."

별일 없다는 채화의 말대로 그녀의 말투는 단조로웠다. 채화와 눈이 마주치자 순심은 급히 시선을 내리깔았다.

낙선당에 처음 채화가 찾아왔던 날이 떠오른다. 그때나 지금이나 세자빈의 등장은 예기치 못한 일이었다. 같은 동궁전에 속해 있었으나 채화는 채화대로, 순심은 순심대로 각각의 처소에 틀어박혀 바깥 출입을 자주 하지 않았으므로 마주칠 기회란 좀체 나지 않았다.

그사이 계절은 겨울의 문턱을 넘어, 아침이면 하얗게 언 서리가 댓돌 위를 덮고 있었다.

"그런데 자네……."

채화가 순심의 모습을 위아래로 훑었다. 순심은 다급하게 나온 티가 역력한 차림이었다. 명주로 지은 저고리와 치마는 장식 없이 소박했다. 미처 매무새를 다듬을 틈이 없었는지 이마와 귀밑에는 잔머리가 삐져나와 있었다.

"복장이 왜 그 모양인가?"

"복장이요? 아……."

순심이 저와 채화의 의복을 번갈아 바라보았다.

당연한 일이지만 두 여인의 차림새에는 큰 차이가 났다. 달랑 저고리와 치마 바람인 순심에 비해, 채화는 화려한 비단으로 지은 당의와 수 겹의 덧저고리로 치장하고 있었다.

"소인, 바깥출입을 하지 않기에 크게 예를 갖출 일이 드물어……. 보통 이런 차림으로 지내고 있습니다, 마노라."

"예를 차릴 일이 없다니? 자네 지금 무슨 소리를 하는 겐가?"

"예?"

사뭇 날카로워지는 채화의 말투. 순심이 당황한 듯 반문했다.

"저하를 모시는 사람이 어찌 그런 망발을 하는가? 저하를 뵙는 것보다 더 중한 일이 어디 있다고?"

"송구합니다. 소인 그런 뜻으로 드린 말씀은 아니었습니다."

말실수를 깨달은 순심이 고개를 숙였다.

"당의가 없어 그리 지내나?"

"있기는 있사온데, 겨울용은 한 벌뿐이라서……."

"동궁전에 승은궁녀라고는 오직 하나뿐인데 어이하여 이런 모습으로 지내게 하는지 모르겠구나. 내 지 상궁에게 명하여 처리를 해야겠다."

"송구하옵니다, 마노라."

채화의 표정은 여전히 담담하고 엄격했다.

열네 살 소녀의 한 해도 곧 저물 것이다. 그녀가 궁궐의 내명부가
된 지 고작 석 달 남짓. 그러나 처음부터 타고나기를 궁궐의 여인다
웠던 채화의 태도는 나날이 위엄을 갖춰가고 있었다.

"낙선당. 동궁전은 자네의 집이 아니라 저하의 집일세."

"예? 예, 마노라……."

"자네가 그리 궐 밖 아낙네 같은 복장으로 지내서야 되겠는가? 자
네와 나는 저하의 사람이니 복장 역시 궁중 여인답게 지켰으면 하는
바람이네."

"명심하겠습니다, 마노라."

토씨 하나 틀린 말이 없었다. 순심이 고개를 들어 채화를 보았
다. 순심에 비해 턱없이 자그마한 체구의 세자빈은 오늘따라 크게
만 느껴졌다.

"자네, 내가 어려운가?"

"소인에게는 까마득하게 높으신 분이십니다. 어찌 감히 편하다 말
씀드릴 수 있겠습니까."

"엄연히 위아래가 있으니 마냥 편히 여기는 것도 좋지는 않겠지.
그러나 지나치게 긴장할 필요는 없네."

"예. 알겠사옵니다, 마노라."

"그럼 이만 돌아가보겠으니 그리 알게."

채화가 몸을 돌렸다. 멀어지는 세자빈의 뒤에 대고 순심이 황급히
머리를 조아렸다.

"참."

채화가 다시금 순심을 바라보았다.

"저하를 잘 모시게. 그것이 자네의 일임을 잊지 말게."

순심이 대답할 겨를도 없이 세자빈은 빠른 걸음으로 낙선당을 떠났다.

* * *

"아으, 추워."

낙선당에 나타난 구월이 호들갑을 떨며 목을 움츠렸다.

마침내 완연한 겨울. 나뭇가지에는 낙엽 한 장 남지 않았다. 감나무 맨 꼭대기에 남겨두었던 까치밥도 자취를 감췄다. 숨을 내쉴 때마다 뽀얀 입김이 뿜어져 나왔다.

"어서 들어와. 그러다가 고뿔 걸릴라."

침소 문틈으로 고개를 내민 순심이 들어오라 손짓했다. 우다다 침소로 뛰어든 구월이 얼른 아랫목에 자리를 잡았다.

"아유, 따숩다. 이제야 좀 살겠네. 오늘따라 유난히 추워. 숨만 쉬어도 콧속이 쩍쩍 얼어붙는다니까?"

"저하께서 그러셨거든. 여름에 가물어서 올 겨울엔 꽤 춥겠다고. 정말로 그리되려나 보다."

"아으, 이것보다 더 추우면 대체 어쩌라고……. 어어?"

종알대던 구월이 순심을 빤히 바라보았다.

"그 당의는 대체 어디서 났대? 세자 저하께서 하사해주신 거냐? 이야, 우리 김순심, 웬만한 후궁 마마님 저리 가라네!"

구월의 말에, 순심이 쑥스러운 듯 제 몸뚱이를 내려다보았다. 꽃수를 놓은 연둣빛 당저고리와 푸른 덧저고리. 덧저고리는 햇솜을 넣어 누빈 것으로 도톰하고 따스했다.

"저하가 아니라, 마노라께서 보내주신 옷이야."

"마노라께서? 에잉? 무슨 바람이 들어서 본부인이 첩실한테 옷을 다 해준대냐?"

"나는 저하를 모시는 사람이니 늘 몸가짐을 잘하라고 하시면서 보내주셨어."

"엥……. 말하는 것도 완전 애늙은이가 따로 없네."

"쉿! 큰일 날 소리를."

순심이 구월을 제지했다. 그러나 구월은 순심의 만류 따위 귓등으로도 들리지 않는 모양이었다.

"유난 떨지 마. 여기 너랑 나 둘밖에 더 있냐? 내 저승전 궁녀들에게 들었는데, 어찌나 대쪽 같으신지 열네 살이 아니라 마흔 살 상전을 모시는 것 같다더라고."

"그리 말하지 말래도."

"사실이 그렇다니까? 저승전 궁녀들을 아주 잡더라고. 말도 해선 안 된다, 소리 내 걸어도 안 된다, 경망스러워도 안 된다……. 어휴, 내가 저승전 궁녀였다면 답답해서 꾀꼬닥 죽어버렸을 거야."

"중전마마가 될 분이라 확실히 다르긴 한가 보다. 세자빈 마노라……. 내가 느끼기엔 좋은 분 같았는데."

"좋은 분? 너 미쳤냐?"

기가 막힌다는 표정의 구월이 순심을 노려보았다.

"하여간에 정신 멀쩡하던 애들도 승은 입고 궁궐 물 먹으면 이상해진다더니. 정신 차려, 김순심. 너는 첩실이고 마노라는 본부인인데 지금 누가 누구 편을 드냐? 이 궁궐에서 첩실 처지에 잘된 사람 누가 있다고? 어휴, 이 헛똑똑아!"

그때였다.

"세상 차암- 좋아졌습니다그려."

문밖에서 들리는 사내 목소리. 잠깐 사이, 구월의 얼굴에 화색이

돈다. 금세 시치미를 뚝 뗀 구월이 발칵 문을 열었다.

"뭐 또 어쨌다고 밖에서 남의 이야기나 엿듣고 있는 거냐?"

"엿듣기는 누가 엿들어요? 낙선당이 떠나가도록 누님 목소리가 쩌렁쩌렁해서 못 들은 척하려고 해도 턱도 없던 걸요."

"으이구, 그러셨어요? 그래서 차마 지나치지 못하고 또 낙선당까지 쪼르르 들어오셨어요, 내시양반?"

"지나치지 못하기는요. 다 마마님께 드릴 말씀이 있어 들른 것을요. 그나저나 마마님, 제 얼굴에 뭐 묻었습니까?"

"응? 아니."

순심이 생긋 웃으며 그를 바라보았다.

상검은 그사이 부쩍 키가 컸다. 워낙 궁핍하여 못 먹은 탓에 키가 작아 고민이던 소년은 가을과 겨울이 지나는 사이 한 뼘 이상 자라 황가와 얼추 비슷할 만큼 길쭉해졌다. 내시 치고도 유난히 맑고 카랑카랑하던 목소리에도 약간의 변화가 생겼다.

늘 엉덩이가 가볍다며 군소리를 듣던 소년은 더 이상 존재하지 않았다. 한 해가 저물어가듯, 상검은 소년을 지나 사내가 되는 길목을 지나치고 있었다.

"기특해서."

"뭐가요?"

"글쎄. 처음 봤을 때는 영락없이 어린애 같았는데……. 이제는 어엿한 사내가 다 됐네."

"정말요? 그래요?"

상검이 씩 웃었다. 입꼬리가 활처럼 휘자 가지런한 흰 치아가 드러났다.

"그래. 우리 상검이, 장가보내도 되겠네."

"에이, 장가는요, 무슨."

"왜? 문 내관께서도 부인이 있잖아. 내시들 대부분이 나이가 차면 장가들어 살지 않아? 좀 있으면 너도 어엿한 정식 내관이 될 텐데, 그때쯤이면 예쁜 색시도 얻을 수 있지 않겠어?"

"아 참, 내 정신 좀 봐라……."

"응?"

혼인이다, 장가다 이야기를 꺼내는 것이 영 쑥스러웠는지 상검은 말을 돌렸다.

"소인 연잉군방으로 심부름을 가는 길입니다. 저하께서 마마님께 필요한 물건이 있는지 여쭤보고 사다 드리라 해서 들렀습니다."

"아니야. 나는 괜찮아. 구월이한테 이미 말해놓았는걸. 아 참."

순심이 구월을 돌아보았다.

"너도 출입패 받아 왔잖아? 궁궐 바깥에서 둘이 만나 다녀오면 되겠네. 그게 훨씬 안전하기도 하고."

순심이 잘되었다는 듯 눈을 빛냈다. 운종가에서 무뢰배들을 마주쳤던 기억 탓에, 그녀는 구월 혼자 밖에 나다니는 것을 늘 걱정스러워했다.

"여기서 이러고 있지 말고 어서 채비하고 상검이랑 같이 다녀와. 내가 부탁한 것 잊지 말고."

"으응. 알았어."

구월이 자리에서 발딱 일어섰다. 순심이 구월에게 부탁한 것은 회임에 도움이 된다 알려진 몇 가지 약재들이었다.

"날이 추워. 고뿔 걸리지 않게 따뜻하게 차려입고 다녀와."

"알았어. 걱정 말아! 내 금방 다녀올 테니."

구월과 상검이 사라진 낙선당. 순심이 문득 하늘을 바라보았다. 하늘은 푸른 기운이라고는 한 점도 보이지 않는 새하얀 색이었다. 겨울이라는 계절을 단 한 가지 색깔로 표현할 수 있다면 정히 어울릴 듯한 뿌연 입김 같은 흰색.

순심이 낙선당에서 보내는 세 번째 계절, 겨울이었다.

* * *

"자가."

"……음."

"아뢰옵기…… 황공하오나……."

"음."

영빈은 자리에 꼿꼿이 앉아 있었다.

어떤 일이 생겼든 그녀의 삶은 계속되는 중이었다. 늙어 나이가 들수록 아침잠이 없어졌다. 영빈은 저녁 일찍 잠자리에 들었고 첫 미명이 밝기도 전에 일찌감치 깨어났다. 그리고 종일 태화당을 떠나지 않았다.

얼마 전까지만 해도 후원을 자주 찾았으며 또한 노론 인사들과의 담소를 즐기던 영빈이었다. 그러나 근래 영빈은 단 한 발자국도 태화당을 벗어나지 않았다.

그녀는 기다리고 있었다. 임금의 선고를.

"그것이…… 아뢰옵기 황공하오나……."

영빈의 시선이 제 앞에 고개를 처박은 채 안절부절못하고 있는 상궁에게 머물렀다. 김 상궁이라는 불리는 여인이었다. 진즉부터 태화당에서 생활하고 있었으나, 눈치가 느리고 미련하여 탐탁지 않던 상궁. 그러나 이제 싫든 좋든 태화당에 남은 상궁은 하나뿐이다.

"말하라."

"예, 자가. 바, 박 상궁의……."

"음."

예상했다. 영빈은 마치 예언가라도 된 기분으로 임금께서 내리신 독배를 받아 들었다.

"처형이 집행되었다 하옵니다, 자가."

단지 바랄 수 있는 것은 한 가지.

이것이 마지막이 아니기를. 또 다른 기회가 제 생에 주어지기를 소망할 뿐이었다.

* * *

운종가 한복판. 구월과 상검은 한 보 가량 떨어진 채 나란히 걷고 있었다.

"아, 추워."

미처 여미지 못한 장옷 사이로 스며드는 칼바람. 구월이 어깨를 움츠리며 부르르 몸을 떨었다.

"많이 추워요?"

"춥지. 사람들 사는 게 팍팍해서 그런가, 바깥에 나오면 궁궐보다 훨씬 더 추운 것 같아. 어?"

종종대던 구월의 걸음이 문득 멈추었다.

"저거 뭐지? 투전판인가 보다!"

추위 탓에 종종대던 사람들의 시선마저 잡아끄는 구경거리. 길 한복판에 투전판이 벌어져 있었다.

"누님 뭘 모르시네. 저런 데 빠졌다가 패가망신해요. 마누라도 팔아먹는다는 소리 못 들어봤어요? 저기 패 돌리는 치들 보이죠? 저거 순 사기꾼들이라고요."

"누가 뭐래냐? 그냥 구경이나 하겠다는 거지."

구월이 기어이 기웃대며 투전꾼 사이로 고개를 디밀었다.

상검의 말 그대로 투전판을 차린 이들은 각자의 소임을 가진 듯했다. 누군가는 패를 돌리고 누군가는 사람들을 모으며, 누군가는 구경꾼들이 떠나지 못하도록 쉽 없이 농지거리를 해댄다.

"이야, 이리 예쁜 아씨께서 투전판에 구경을 다 오셨소? 하이고야, 곱다, 고와. 내 저리 고운 색시 얻어 살면 세상 소원이 없을 텐데."

사람들을 끄는 역할을 하는 듯한 젊은 사내가 구월에게 수작질을 걸었다.

"엥? 나?"

구월이 기가 막힌다는 표정으로 내뱉었다. 능청도 정도껏 해야 통하는 법. 어디 좋은 말이랍시고 아무거나 주워섬기는지 모를 노릇이다. 그러나 구월을 보며 실실대던 젊은 사내는 한 수 더 떠 눈까지 찡긋거렸다.

"저 양반 뭘 잘못 처먹었나? 야, 돈이 좋긴 좋은갑다. 입에서 온갖 거짓부렁이 술술 나오네."

그 와중에도 사내는 구월을 보며 헤실거렸다. 그 모습이 좋다기보단 천치 같아 구월은 품 웃음을 터뜨리고 말았다.

그때였다. 펄럭, 구월의 몸을 감싸는 바람.

"응?"

"입어요."

"……괜찮은데."

"괜찮기는. 춥다고 계속 발 동동거리고 있으면서."

"으응……."

구월이 눈을 괜스레 깜빡거렸다. 상검이 둘러준 두루마기는 솜을 넣어 누빈 두툼한 것이었다. 옷에는 상검의 온기가 배어 있었다.

"고마워. 따뜻하다, 야."

"그런데 누님. 나 궁금한 게 하나 있는데."

"뭔데?"

"왜 생전 모르는 낯선 사내를 보고 웃고 그래요?"

"아? 투전꾼? 나보고 하도 얼토당토않은 소리를 하니까……."

구월이 말끝을 흐렸다. 언제부터 상검의 표정이 저리 써늘했지, 싶었다.

"갑자기 왜 그래? 너……."

"누님."

상검이 구월의 말허리를 잘랐다.

"그런 거, 안 하면 안 돼요?"

"뭘?"

"웃어주지 말라고요. 나 말고 다른 놈한테."

"어……."

순간 무엇인가가 구월의 이마며 코 위에 내려앉았다. 차갑다.

"눈이네."

구월의 코끝에 떨어진 눈송이는 곧 흔적도 없이 녹아내렸다. 구월의 콧잔등이 이상할 만치 뜨거웠기 때문이었다.

"……그래요. 눈이네요."

상검의 갓 위에도 흰 눈이 소복이 쌓여갔다.

"눈이네."

툇마루에 앉아 있던 순심이 하늘을 올려다보았다. 종일 온 하늘이 뿌옇게 허옇더니 결국 눈이 내리고 마는 모양이었다. 첫눈이었다.

듬성듬성 내리던 눈송이가 이내 굵어지기 시작했다. 며칠째 눈이며 콧속이 바싹 마를 만큼 건조한 날씨가 계속된 탓인지, 눈은 금세 낙선당 섬돌이며 기왓장 위를 뒤덮었다.

갓 내린 흰눈이 얇게 쌓인 뜰에서 들려오는 뽀드득뽀드득, 첫눈 밟는 소리.

"저하."

순심이 자리에서 일어섰다.

"순심아. 첫눈이다."

"예, 첫눈이옵니다, 저하."

윤이 성큼 순심에게로 다가섰다. 쏟아지는 눈발처럼 하얀 미소가 드리운 윤의 얼굴. 눈썹이며 콧잔등에 달라붙은 눈송이들이 그의 환한 미소에 녹아 사라졌다.

"여름에 만났고 가을을 함께 났으며, 이제는 겨울이로구나."

안뜰로 내려간 순심이 윤을 마주 보았다. 단정하게 쪽찐 순심의 머리 위로도 하얀 눈가루가 쌓여간다.

"여름에는 함께 장맛비를 맞았고 가을에는 같이 단풍 속을 거닐었지. 그러니 겨울의 첫눈도 함께 맞는 것이 당연하지 않겠느냐?"

"소인에게는…… 무엇도 당연하지 않습니다. 저하와 함께하는 모든 일이 제게는 기쁘고 특별합니다."

윤이 말갛게 웃었다. 그가 손을 뻗어 순심의 정수리 위에 쌓인 눈을 톡톡 털어냈다. 그럼에도 순식간에 다시 쌓이는 눈송이.

"내 여름에도, 가을에도, 겨울에도 너를 사랑하였다. 다가올 봄에도 분명 나는 너를 사랑하겠지."

윤이 팔을 벌려 순심을 품에 안았다.

"이 네 번의 계절이 평생 반복될 것이다. 그 평생의 계절 동안, 나는 늘 네 것이다."

입술이 겹쳐졌다. 살짝 벌어진 입술의 틈으로 길 잃은 눈송이가 조르르 파고들었다. 첫눈 오는 날의 입맞춤에서는 청량한 순백의 향기가 났다.

* * *

"그 밤."

"……."

"대체 무슨 일이 있었던 것입니까?"

며칠간 서느렇게 몰아치던 눈보라가 그친 겨울날. 태화당 침소를 찾은 금이 영빈과 마주앉았다.

영빈에게 대답이 없어, 금은 거듭 재촉하였다.

"어찌하여 말씀을 아니 하시는 겁니까. 노론 모두가 걱정하며 수군대고 있습니다. 아바마마께서는 까닭 없이 역정을 내시고, 자가께서는 입을 꽉 다물고 계시니 모두가 불안해하지 않습니까?"

임금의 원인을 알 수 없는 분노는 노론 전체와 연잉군을 향하고 있었다. 오늘 태화당에 들르기 전 대전을 찾았던 금은 문안은커녕 문전박대당하여 걸음을 돌려야 했다.

"말을 안 하는 데에 달리 무슨 이유가 있답디까. 연잉군께 딱히 드릴 말씀이 없어 그런 것이지요."

영빈이 무겁게 내뱉었다. 짜증스럽다는 듯 한숨을 내쉬던 금이 영빈의 얼굴에 시선을 던졌다.

별당의 회임 사실을 알리러 들렀던 것이 마지막 만남이었으니, 태화당을 찾은 뒤로 그리 긴 시간이 흐르지 않았다. 그러나 그사이 영빈은 변했다. 보는 이가 놀랄 만큼 흰머리가 늘었고, 얼굴은 부쩍 야위어 세월에 지친 모습을 하고 있었다. 별일 아니라는 말로 무마하려 한들 눈치 빠른 금이 낌새를 알아채지 못할 리 없었다.

"대체 아바마마께서 다녀가신 날 무슨 일이 있었기에 그리 말을 아끼십니까? 박 상궁의 일은 또 어찌된 것인지……."

금의 입에서 박 상궁의 이름이 나오자 영빈은 지친 표정으로 눈을 감았다.

박 상궁은 영빈에게 대단히 중한 여인이었다. 눈과 귀였고 수족이었으며 유일한 말벗이었다. 또한 임금께서 영빈의 행각을 알자마자 뽑아 내쳐버린 이빨이며 발톱이기도 했다.

박 상궁은 특별한 소명의 기회 없이 거의 즉각적으로 처형되었다. 임금의 옥체를 해한 것은 궁궐 안에서 가장 중한 죄. 누구도 감히 자비를 요청하지 못했다. 어쩌면 한낱 상궁의 죽음 앞에, 굳이 목숨을 걸고 목소리를 내려는 자가 없었기 때문일지도 모른다. 영빈이 그러했듯이.

"연잉군께서도 까닭을 알고 계시지 않습니까? 알고 계시는 그대로입니다. 용안에 상처를 냈고 그 죄로 죽었습니다."

"대체 박 상궁이 미치지 않고서야……. 어찌 아바마마를 해한단 말입니까? 그 말을 저보고 믿으라는 말씀이십니까, 자가?"

"그럼."

영빈이 짜증스러운 표정으로 내뱉었다.

"금상께서 거짓을 말하시는가 보지요."

"……자가."

영빈의 표정이 몹시 사나워졌다. 박 상궁이 찍혀 나가 죽은 것은 다른 이유가 아닌 연잉군을 위하여 일을 도모했기 때문이었다. 그것을 모른 채 꼬치꼬치 캐묻는 금의 태도에 분노가 치밀었다.

"그럼 뭐 어쩌라는 겁니까? 이 말도 못 믿고, 저 말도 못 믿으시겠다면 연잉군 좋을 대로 생각하세요."

"자가."

"돌아가십시오. 나는 좀 쉬어야겠습니다."

"하……."

금의 표정이 일그러졌다. 그러나 영빈은 부러 눈을 감아 그를 외면했다.

알아 좋을 것 없다. 차라리 지금으로서는 그녀와 연잉군이 날을 세우는 편이 그의 신상에 이로우리라. 임금의 분노가 가라앉을 때까지, 임금께서 연잉군을 해하지 않으리라 확신할 수 있을 때까지.

'내 이토록 아드님을 생각함을 알고 계시기나 합니까?'

금이 싸늘한 표정으로 태화당을 떠난 후, 한참이나 미동 없이 앉아 있던 영빈이 눈꺼풀을 들어 올렸다.

"미안하게 되었다."

어둑해진 방 안. 어둠 속의 누군가에게 말을 건네듯 평상시와 다름없는 태도로 영빈은 중얼거렸다.

박 상궁이 죽은 지 이레쯤 지났던가. 혹은 열흘? 한동안 방 안에 들어박혀 칩거하였으므로 시간의 흐름이 잘 가늠되지 않았다.

"안타깝구나. 보다 많은 일을 함께 도모할 수 있었는데……."

박 상궁은 훌륭한 수족이었다. 그간 동궁을 궁지에 몰아넣기 위해 벌인 일들이 제법 많았다. 세자를 광인으로 만들 수를 내고, 발각의 위기에 처하였을 때 증좌를 없애 뒷수습을 한 것만이 전부는 아니었다. 그 외에도 박 상궁은 아주 중요한 일 몇 가지를 도맡고 있었다. 아주, 아주 중한 일들이었다. 동궁이나 금상께서는 죽었다 깨도 알 수 없는 그런 비범한 일들.

안타까운 일이다. 아무래도 끝을 보기는 어려울 듯싶었다. 손발이 되어 일을 처리하던 박 상궁이 죽었으니, 그에 연루된 자들은 영문을 모른 채 흩어질 것이다.

'만족하십니까, 전하?'

임금이 옳았다. 박 상궁이 없는 영빈은 이빨 빠진 맹수나 다름없었다. 그러나 임금은 절대 알지 못하리라. 이빨이 뽑히고 발톱이 잘린다 하여 맹수의 본능까지 사라지는 것은 결코 아니라는 사실을.

"자가, 어찌 불도 켜지 아니하시고 캄캄한 곳에 계십니까?"

쭈뼛대며 들어온 김 상궁의 손에는 불씨함이 들려 있었다.

"가끔은 어둠도 좋구나."

"소인은 요새 어둠이 무섭습니다. 박 상궁 생각이 자꾸 나서……. 사람이 억울하게 죽으면 머물던 곳을 떠나지 못하고 귀신이 된다지 않더이까?"

"귀신?"

피식, 영빈의 입에서 조소가 흘러나왔다.

"그런 것 믿지도 않지만, 설령 그런 게 있다 한들 어찌 혼령 따위가 사람을 해한단 말이냐? 귀신이 무서운 게 아니다. 사람이 무서운 것이지."

"예……. 자가."

해쓱하게 질린 얼굴을 한 김 상궁이 침소를 떠났다. 다시 홀로 남은 영빈이 일렁이는 등잔불에 시선을 맞췄다.

"박 상궁. 내 자네에게 진 빚은 훗날 저승에서 갚지."

애통하지 않은 것이 아니다. 억울하지 않은 것이 아니었다. 아무리 감정에 무딘 영빈이라 해도 아끼던 상궁의 죽음이 원통치 않을 리 없었다.

그러나 죽은 자는 죽은 자의 길로 가고, 산 자는 산 자의 욕망을 따르는 것이 이치. 귀신 따위 영빈은 전혀 두렵지 않았다. 그런 것이 존재했다면, 희빈 장씨의 귀신이 가장 먼저 저를 잡아갔을 테니까.

"진눈깨비네."

낙선당 안뜰에 나와 있던 순심이 하늘을 올려다보았다. 오후에 접어들어 날이 푹해지더니, 흩날리던 눈발에 빗방울이 섞였다.

"앗, 차가!"

때마침 비를 머금은 묵직한 눈송이 하나가 고개를 쳐든 그녀의 눈 위로 떨어지고 만다. 손으로 얼굴을 가린 채 눈을 비비던 순심이 흐린 눈을 깜빡였다. 낯익은 얼굴이었다.

"대감. 오랜만에 오셨습니다."

"음."

"저승전에 가시는 길입니까?"

"아니."

"저승전에 가시는 것도 아닌데 여기는 어인 일로 오셨습니까?"

"글쎄다."

금의 시선이 순심에게 향했다.

"나도 잘 모르겠다."

그사이 추적추적 물기 어린 눈발이 굵어졌다. 금의 시모 위에 쌓인 진눈깨비들이 금세 녹아 그의 어깨 위로 뚝뚝 떨어졌다.

"대감. 무슨 일이신지는 모르겠지만……. 그렇게 서서 눈비 맞지 마시고 이리 들어오십시오."

순심이 처마 아래를 가리켰다.

"그럴까."

눈 얼룩이 진 시복을 탈탈 털며 금은 낙선당으로 들어섰다.

"그래도 반겨주는 이가 하나는 있어 다행이구나."

마루 위에 주저앉은 금이 낮게 중얼거렸다.

"어찌 이리 기운이 없으십니까?"

순심이 물음에 금은 피식 웃었다. 사실 그에게는 고단했던 하루. 임금은 무슨 까닭인지 심기가 몹시 불편하여 금의 알현을 허락지 않고 문전박대했고, 태화당에서는 영문을 모른 채 쫓기듯 떠나와야 했다. 저승전으로 걸음을 돌리자니 그곳에는 그를 볼 때마다 싫은 기색을 숨기지 않는 어린 빈궁이 있었다.

"궁궐이 이렇게 넓은데…… 갈 데가 없다."

"예?"

"갈 데가 없다고. 기꺼이 오라고 환영해주는 이가 아무도 없구나. 이런 게 서출 왕자의 신세인가 보지."

"……."

순심이 눈을 깜빡였다. 지난번에도 평소답지 않게 윤의 눈치를 살피던 금이었다. 오늘 역시 그의 태도는 꽤 낯설었다.

"무슨 말씀을 그리 하십니까? 부친이신 주상 전하가 계시고, 중궁전과 영빈 자가도 계시고, 세자 저하께서도 늘 대감을 반기시는 걸요."

"아바마마는 본래 내 마음 헤집어놓기를 즐기시는 분이고, 중전마마께서는 와병 중이시며, 영빈께는 이미 쫓겨났고, 형님의 처소인 저승전에는⋯⋯."

금이 힐끔, 멀리 보이는 저승전 처마를 바라보았다.

"나를 과히 반기지 않는 분이 계신 고로, 참으로 갈 곳 없어 외롭군."

"⋯⋯세자빈께서요?"

"뭐⋯⋯. 그렇다 치지. 궁궐은 내가 나고 자란 내 집인데, 어찌 이리 나를 박대하는지 모르겠다."

혼잣말처럼 쓸쓸히 내뱉던 금이 퍼뜩 순심을 바라보았다.

"내 무슨 소리를. 승은궁녀에서 내 마음을 이해하실 리 없지 않겠는가."

"소인은⋯⋯. 이해합니다, 대감."

"이해한다고?"

"예."

금이 헛웃음을 지었다.

"동궁전에 콕 박혀 지내는 네가 어찌 사내의 고단한 마음을 알까. 무릇 고운 마나님들이란, 그 자리에 꽃처럼 가만히 있는 것만으로도 충분하다. 그러니 애써 내게 맞장구칠 필요 없다."

"외로우신 것, 아닙니까? 내 집, 내 부모형제가 보고파서 드나드는데 사람들은 자꾸만 격을 차리려 하고, 의도를 읽으려 하고⋯⋯."

"⋯⋯."

"그래서 이해한다 말씀드린 것입니다. 저하의 삶이 마냥 평온하지만은 않은 것처럼, 대감 역시 나름의 고충을 가지신 듯하여…….”

“한낱 궁녀인 네가 어찌 그런 것을 다 아는가?”

순심이 쑥스러운 듯 웃었다.

“소인도 이제야 알게 되었습니다. 나만 외로운 것이 아니라, 궁궐을 집 삼아 사는 이들 모두가 비슷한 감정을 느낄 때가 있다는 것을요……. 소인도 궁궐의 사람이 되어가나 봅니다.”

금이 천천히 고개를 돌렸다. 저를 빤히 바라보고 있는 순심과 그의 눈이 마주친다.

“……하.”

금의 입술 사이로 흘러나온 한숨이 바람을 타고 뿌옇게 흩어졌다.

“순심아.”

“예?”

“우리가 좀 더 일찍 만났더라면 좋았겠지.”

“왜요?”

순심이 정말 모르겠다는 듯 되물었다.

“글쎄. 내 곁에 진즉 너 같은 말벗이 있었다면 발칵발칵 치미는 성질머리도 좀 나아지지 않았을까? 어제도 괜히 몸종을 매질하고 후회했지. 내 다짐해보지만 혼자서는 도저히 고쳐지지가 않는다.”

“못되셨습니다, 대감.”

“그래. 그러니 네가 날 좀 고쳐주지 않겠는가?”

금을 바라보던 순심이 무심히 대꾸했다.

“이미 깨달으셨으니 스스로 충분히 고치실 수 있을 듯합니다만…….”

“역시 너는 냉정하다.”

웃으며 내뱉은 금이 자리에서 일어섰다. 그사이 후득후득 휘날리던 진눈깨비는 거의 소강했다. 눈송이는 더 이상 보이지 않았다. 물안개처럼 작은 빗방울들이 자욱하게 궁궐을 뒤덮었다.

"이만 가봐야겠다."

"살펴 가시옵소서, 대감."

순심은 낙선당 초입까지 금을 배웅했다. 떠나던 금이 문득 뒤를 돌아보았다.

"고맙다. 내 너로 인해 마음의 위안을 얻었다."

그때였다.

"연잉군께서 어찌 낙선당에서 나오시는 것입니까?"

들려온 음성은 채화의 것이었다. 채화를 발견한 금과 순심이 예를 갖추어 고개를 숙였다. 인사를 받기는 했으나 채화는 말없이 그들을 바라보기만 했다. 채화 뒤에서 죽우산을 받쳐 들고 있던 지 상궁이 슬금슬금 빈궁의 눈치를 살폈다.

"어찌 대답을 않으십니까?"

이윽고 채화가 금에게 물었다. 금의 표정이 차갑게 식었다.

"무엇이 궁금하십니까, 마노라?"

"여쭙지 않았습니까. 어찌하여 왕자군께서 승은궁녀의 처소에서, 그것도 동반인도 없이 나오시는 겁니까?"

"뭐요?"

금의 입에서 헛웃음이 흘러나왔다. 그가 어처구니없다는 표정으로 저보다 한참이나 작은 세자빈을 내려다보았다.

"어처구니가 없습니다, 마노라. 대체 무슨 생각을 하시는 겁니까?"

파르르, 채화의 관자놀이에 푸르스름한 핏줄이 비쳤다.

"무슨 생각을 하다니요. 저는 동궁전 내명부를 관리할 의무가 있는 사람입니다. 낙선당. 자네가 말해보시게. 어이하여 친인척도 아닌 사내가 궁녀 처소에서 나올 수 있단 말인가?"

"마노라……. 진눈깨비가 쏟아져, 잠시 비를 피하고 가시라고 처마를 내드렸을 따름입니다. 저하의 동생이시지 않습니까. 어찌 눈비를 맞고 계시는 것을 보고도 모른 척할 수 있겠습니까?"

차근차근 대꾸하는 순심을 바라보던 채화가 시선을 거두었다. 그러나 채화의 입술은 여전히 고집스러운 기색을 띠고 있었다.

"아니 되네. 자네의 마음 씀씀이를 탓하는 것은 아니나 낙선당에는 자네 혼자가 아닌가. 나인도 없고, 상궁도 없이 홀로 지내는 승은 궁녀 처소에 외간 사내가 들락거린다면 사람들이 뭐라 하겠나?"

"송구합니다, 마노라. 소인의 생각이 짧아……."

"송구하긴 뭐가 송구하다는 건가."

짜증스러운 표정으로 채화의 말을 듣고 있던 금이 불쑥 끼어들었다.

"그만하십시오. 대체 말 같은 소리를 하셔야지요."

"지금 뭐라 하셨습니까?"

채화가 되물었고, 순심이 난감한 표정으로 한숨을 내쉬었다. 금의 표정은 싸늘하게 가라앉아 있었다. 순심은 문득 이곳 낙선당에서 금을 처음 보았던 날을 떠올렸다. 궁녀의 목을 찍어 누르던 금의 모습을. 그날의 그는 지금과 똑같은 표정을 짓고 있었다.

"내 세자 저하의 동생으로서 마노라를 존중합니다. 그러나 적당히 하셔야지요."

"내명부를 바로 세우는 일에 외부인인 대감께서 끼어드시는 겁니까?"

"내명부의 일이라. 하, 저런……. 그사이 궁중 여인이 다 되셨습니다."

금의 입에서 조소임이 분명한 웃음소리가 흘러나왔다.

"그런 말은, 보통 투기에 사로잡힌 궁궐 여인이 아랫것을 단속할 때 읊어대는 것 아닙니까?"

"대감!"

"열넷? 열다섯? 아직 사람의 도리가 무엇인지도 모를 어린 세자빈께서, 지아비가 총애하는 궁녀를 괴롭히는 것으로 모자라 이제 일국의 왕자까지 가르치려 드시는 겁니까?"

"대, 대감!"

채화의 뒤에 서 있던 지 상궁이 외마디 소리를 내질렀다. 채화의 얼굴이 벌겋게 달아올랐다. 순심의 얼굴 역시 새하얗게 질렸다.

"궁녀에게 이래라저래라 하는 것 따위 내 알 바 아니나, 나는 일국의 왕자요."

이는 세자빈을 향한 모욕이며 선전포고였다.

"어린아이의 권력놀음이라기엔 과히 지나치지 않은가?"

"대감. 어찌 이러십니까!"

순심이 다급히 외쳤다. 애당초 오해에서 비롯된 일일지언정 결코 금의 행동이 정당화될 수는 없었다. 순심의 흔들리는 시선이 연잉군과 채화 사이를 오갔다.

채화의 모습을 바라본 순심이 멈칫했다. 그랬다. 잠시 잊고 있었다. 절도 있는 태도, 완벽한 궁궐 여인의 위엄. 그리하여 눈으로 보면서도 실감하지 못했다. 아직 세자빈은 나이 어린 소녀였다. 충격과 모욕에 새파랗게 질려 바들바들 떨고 있는 작은 어깨를 본 후에야 순심은 그 사실을 상기했다.

"대감, 아무리 화가 나실지언정 어찌 세자빈께 그런 말씀을 하십니까!"

"너마저 빈궁의 편을 드는 것인가?"

"편이라니요. 그런 것이 아니잖습니까."

"그럼 무엇인가?"

"……."

"무엇이냐고 묻지 않아!"

금의 시선이 순심에게 꽂혔다. 그의 눈빛 안에 이채가 어려 있었다.

유난히 변덕스러운 왕자, 아버지 임금의 불같은 성정을 쏙 빼닮은 왕자. 분노에 불이 지펴지면 누구도 그를 막을 수 없다 일컬어지는 연잉군 이금.

"조금 진정하시라는 뜻입니다, 대감……."

그러나 금에게는 순심의 말이 들리지 않는 듯했다.

"그래, 그래야겠지. 너는 하찮은 궁녀 아니냐. 너 따위가 동궁전 안에서 살아남으려면 그렇게라도 해야겠지."

"……."

"우리 어머니 숙빈께서도 그리하셨다. 매일 주변의 눈치를 보고, 후궁이며 중궁전에 굽실대고, 간이며 쓸개도 빼줄 것처럼 비위를 맞추며 사셨지. 그 보답이 무엇이었는지 아느냐? 쫓겨나셨다. 왕자를 낳은 후궁께서, 궁궐 밖으로 내쳐져 죽는 순간까지 아바마마 얼굴 한 번 보지 못하셨지."

"대감……. 제발……."

"원한다면 너도 그리 살아라. 가진 것 없는 계집을 형님께서 구해 주셨으니, 평생 남의 눈치나 살피며 살도록 하라. 굽실거리고, 비위를 맞추면서. 그저 사랑받았다는 사실 하나로 죄인이 되어도 네 잘못이라 여기며 살란 말이다!"

문득 금이 입을 다물었다. 그가 거친 걸음으로 낙선당 앞을 떠났다. 그의 발에 밟힌 진흙이 파드득 튀어 여인들의 치맛단을 검게 물들였다. 그는 순심은 물론이거니와 채화에게조차 물러간다는 인사를 남기지 않았다.

그제야 순심은 사람들이 금을 두려워하는 이유를 똑똑히 깨달았다. 그는 광포하고 잔인한 사람이었다. 그리고 남과 동시에 자신마저 파괴하고 있었다. 금이 내뱉는 말 하나하나가 날카로운 칼날이 되어 그에게 되돌아간다. 세자빈, 승은궁녀, 그리고 그들을 모욕한 왕자

자신까지 모두가 찢기고 상처 입었다.

하늘에서 내리던 빗줄기가 서서히 굵어지기 시작했다. 동궁전은 암흑천지였다.

"······낙선당."

"예, 마노라."

낙선당 안. 눈을 내리깔고 있던 순심이 고개를 들었다.

갑작스레 쏟아지는 비를 피해 채화는 순심의 침소에 들었다. 오래도록 불편한 침묵만이 떠돌았다. 누구도 섣불리 입을 열지 못했다.

있을 수 없는 일. 또한 누구도 예상치 못한 일이었다.

궁궐에서 내명부 사이에 싸움이 나는 것은 드문 일은 아니었다. 같은 지아비를 바라보는 사이였으므로 투기하고 다투는 일은 흔하게 있었다. 형제간의 싸움도 잦았다. 조선은 이미 몇 차례 왕자의 난(難)을 비롯하여 형제나 숙질간의 비극을 겪은 나라였으므로. 또한 궁녀들 사이에서도 시기와 질투가 빈번했다.

그러나 세자빈과 왕자군. 즉 군(君)대감과 그 형수의 싸움이 동궁전 한복판에서 벌어지는 것은 대단히 이례적인 사건이었다.

"자네 앞에서 흉한 모습을 보였구나."

"아니옵니다, 마노라."

"······."

다시금 불편한 침묵이 깔렸다. 후드득, 후드득. 문밖에서는 여전히 처마를 두드리는 빗소리가 쉼 없이 들려왔다.

"마노라······. 놀라셨지요?"

"음."

채화가 순심을 바라보았다. 최대한 평정을 유지하려 노력하고 있었으나 어찌 두렵지 않았을까. 열넷 짧은 생을 사는 동안 누구도 채화 앞에서 그리 호통을 치거나 윽박지르며 모욕한 적이 없었다.

"입궐하기 전에 연잉군께서 훌륭한 군자(君子)라는 말을 많이 들었지. 그리하여 당황하였을 뿐이다."

"평소의 연잉군께서는 응당 그러하십니다. 단지 대감께서 성미가 불같으신지라……. 소인도 이런 모습을 보는 것은 처음이옵니다. 송구하옵니다, 마노라."

"자네가 무엇이 송구한가?"

"소인이 깊이 생각하지 못하고 대감을 낙선당에 모신 까닭에 생긴 일인 듯하여……."

"하……."

무심코 한숨을 내쉬던 채화가 입을 다물었다.

순심의 잘못일까? 만일 낙선당에서 나오는 것이 연잉군이 아닌 황가나 상검 같은 이였어도 그렇게 날을 세워 따졌을까.

"되었네. 그만하세."

그때였다.

"마노라, 차를 가져왔사옵니다."

문밖에서 들려오는 지 상궁의 음성.

"들어오라."

바깥에 한참이나 서 있던 채화를 위해 차를 대령해온 모양이었다. 지 상궁이 문을 열자 찻상을 받쳐 든 나인이 방 안으로 들어왔다.

"고뿔이라도 드실까 저어되옵니다. 일단 따뜻한 것을 드신 후에……."

그 순간. 세자빈을 배알하는 것이 처음인 탓에, 잔뜩 긴장한 태도로 뻣뻣하게 걸어오던 나인이 제 치맛단을 밟고 말았다.

"어, 어!"

나인의 몸이 휘청거렸다. 소반 위에 놓여 있던 무럭무럭 김이 오르는 찻잔이 허공을 날았다.

"마, 마노라!"

지 상궁의 외마디 비명이 울려 퍼졌다.

"아악!"

누구의 것인지 확실치 않은 비명소리. 백자 찻잔이 바닥에 나뒹굴었다. 펑 하는 파열음과 함께 깨진 사기의 파편이 튀었다.

침소 안은 순식간에 아수라장이 되었다. 흩뿌려진 찻물에서 뜨거운 김이 훅 솟아올랐다.

"마노라!"

지 상궁의 다급한 음성. 저를 향해 날아오는 찻잔을 보고 눈을 질끈 감았던 채화가 가까스로 정신을 차렸다. 눈앞은 캄캄했다.

"아앗……."

낮은 신음소리. 그리고 제 몸을 감싸고 있는 타인의 몸뚱이.

"……낙선당."

무슨 일이 일어난 것인지 깨달은 채화의 입술 사이로 긴 탄식이 흘러나왔다. 시야가 캄캄한 것은 다른 까닭이 아니었다. 순심이 채화의 몸을 감싸고 있었기 때문이었다. 쏟아진 뜨거운 찻물은 순심의 등과 어깨, 머리채를 적시고 있었다.

"마노라! 괜찮으십니까?"

채화 곁으로 달려온 지 상궁이 순심을 밀쳐냈다.

"다친 곳은 없으십니까? 데거나, 파편이 튀거나……. 아니, 대체, 어찌 이런 흉한 일이……."

"나는 괜찮네. 조금 놀랐을 뿐이야. 그보다……."

부산을 떠는 지 상궁을 외면하며, 채화는 순심에게 물었다.

"자네……. 괜찮은가?"

채화의 음성이 가느다랗게 떨렸다. 순심의 젖은 등에서 김이 솟아

올랐다.

"마노라께서 보내주신 덧저고리가 두꺼워서…… 크게 다친 것 같지는 않습니다……."

말을 하는 와중 등 뒤가 따끔거려 순심은 미간을 찌푸렸다. 그러나 거짓은 아니었다. 찻물은 팔팔 끓인 후 약간 식혀 사용하기 마련이었기에, 환부가 화끈거리기는 했으나 심한 고통은 아니었다.

"어찌 자네가 나를……."

무슨 말을 해야 할지 알 수 없어 채화는 말끝을 흐리며 입술을 깨물었다.

채화가 기억하는 것은 그런 것들이었다. 부주의한 나인이 발을 헛디디고 동시에 소반이 뒤집어지며 찻잔이 허공을 날았던 것, 뜨거운 찻물이 쏟아지며 저를 덮쳐오던 것. 갑작스레 몸을 던져 그녀를 감싼 순심…….

짜악! 지 상궁이 나인의 뺨을 올려붙이는 소리가 크게 울렸다.

"이 앞뒤 분간 못 하는 것 같으니! 어서 깨진 조각들을 치워라! 감히 네가 무슨 짓을 했는지 알기나 하는 게야?"

"송구하옵나이다. 소, 소인을 주, 죽여주시옵소서!"

"그걸 말이라 하느냐? 찻물이 빈궁께 쏟아졌다면 어쩌려고 그랬단 말이냐? 대체 무슨 정신머리로 다니기에 찻상 하나 제대로 못 나르는 게야!"

"잘못했습니다……. 흑흑……."

어린 나인의 눈에서 굵은 눈물방울이 뚝뚝 떨어졌다.

"저, 지 상궁 마마님. 소인은 정말 괜찮사온데……."

순심이 조심스레 입을 열자 바로 지 상궁의 면박이 날아왔다.

"마마님이 괜찮은 것은 내 알 바 아니요! 마노라께서 변을 당할 뻔하지 않았소!"

"지 상궁."

채화가 낮은 음성으로 지 상궁을 불렀다.

"보다시피 나는 털끝 하나 다치지 않았네. 아무리 내 몸이 중한들, 낙선당이 나를 구하려고 몸을 던졌는데 어찌 그리 매정하게 말하는 겐가?"

"하오나 마노라. 운이 좋았기에 망정이지 자칫했다간 큰일이 생길 뻔한 것 아닙니까."

"아무튼 다친 데가 없지 않은가. 그러지 말고 어서 의관을 불러 낙선당의 등을 보라 하게. 화상이라도 입었다간 큰일이니⋯⋯."

"마노라, 소인은 정말로 괜찮습니다."

순심이 다시금 고했다. 채화가 그녀의 얼굴을 지그시 바라보았다.

"정말로 괜찮은가?"

"예. 단지 옷을 적셨으니 의복을 갈아입었으면 하는 바람뿐⋯⋯."

"자네가 정 그렇다면야⋯⋯. 알겠네. 내 자리를 비워주겠다."

채화가 자리에서 일어섰다. 그녀를 따라 일어서는 순심의 어깨와 등에 물에 젖은 자국이 선연하다. 문득 채화의 걸음이 멈추었다. 기묘한 기시감이 밀려온 탓이었다.

낯설었다. 어이하여 이 상황에서 임금과 아침산책을 하며 나누었던 대화가 떠오르는지 알 수 없는 일.

-그 아이는 가진 게 없는 까닭에 필요하다면 제 몸이라도 던져 동궁을 구할 것이다. 그래야 저가 살기 때문이지.

임금은 그리 말했었다. 순심은 왕세자를 위해 무엇이든 할 것이라고. 그녀는 오직 세자의 총애에 목을 매달 수밖에 없는 존재이기 때문에.

그런데 어찌하여 이 순심이라는 이름의 궁녀는 왕세자가 아닌 세자빈인 저를 위해 몸을 던졌을까? 채화는 세자의 부인이었다. 흉한 일을 당하게 내버려둔다 해도 하등 이상할 까닭이 없는 처지에 제 몸을 내던져 저를 구하다니.

우뚝 멈춰 선 채화가 순심을 보았다.

'무엇이 자네를 움직였는가?'

채화는 늘 궁금했다.

순심은 미천한 출신의 하급 궁녀였다. 그러나 지금껏 채화가 보아 온 바에 따르면, 왕세자뿐 아니라 동궁전을 오가는 많은 이들은 하나 같이 순심을 아꼈다. 비록 에둘러 말하며 티를 내지 않았으나 임금이 그러했고, 박상검과 문 내관이 그러했으며, 순심에게 생모 숙빈의 처지를 투영하는 듯한 연잉군 역시 그러했다. 심지어 세자의 호위무사인 황가 역시 순심 앞에서는 유독 부드러운 태도를 보이지 않는가.

물론 채화가 보기에도 순심은 아름다운 여인이었다. 그러나 정녕 그것이 전부일까. 어쩌면, 그녀를 위해 몸을 던진 순심의 행동은 아무런 계산 없는 순수한 진심에서 우러나온 것 아니었을까. 그런 선량한 본성이 지극히 내성적이라던 세자의 마음을, 그리고 동궁전에 관련된 이들의 마음을 사로잡은 것…….

"마노라."

"음."

지 상궁의 부름에 퍼뜩 정신이 든 채화가 걸음을 옮겼다. 순심의 곁을 지나치던 채화가 입을 열었다.

"혹시라도 문제가 있으면 반드시 의관을 불러 처치하도록 하게."

"예, 마노라. 명심하겠습니다."

"바람이 차다. 옷이 젖었으니, 배웅은 하지 마시게."

"하오나……."

"말을 들으시게."

낙선당 문지방을 넘어 신을 신던 채화가 다시 뒤를 돌아보았다. 순심이 그녀를 바라보고 있었다.

"낙선당."

눈이 마주쳤다.

"고맙네."

* * *

왕의 침전인 환경전.

밤늦은 시각. 새카만 어둠이 장막처럼 대전 주변을 감쌌다. 왠지 비밀스러운 밤이었다. 임금께서는 일찌감치 궁인들에게 물러가라 명했다. 근래 임금께서는 고질병인 안질 외에 어지럼증으로 고통받고 있었기에, 어의를 포함한 최소한의 인원만을 남긴 채 대전 궁인들은 모두 퇴청했다.

등잔불 심지가 치익치익 타들어간다. 낮은 말소리가 들릴 때마다 입김을 따라 불꽃이 이리저리 일렁였다. 대전 안에는 임금 홀로 있는 것이 아니었다.

"근래 내 와병이 잦아 동궁의 일이 꽤나 많을 것으로 안다. 피로하지 않으냐?"

"괜찮사옵니다, 아바마마."

어둑한 방 안. 어주상(御酒床)[91] 앞에 앉은 윤은 다소간 긴장한 모습이었다. 등잔불빛이 윤의 한쪽 얼굴을 비추었다. 콧날의 그림자가 드리운 탓에 왕세자의 얼굴 절반은 보이지 않았다.

"한잔 들겠느냐?"

"성은이 망극하옵나이다, 아바마마."

윤은 공손히 임금이 내리는 술을 받아 들었다. 술은 사옹원(司饔院)[92]에서 빚어 만든 귀중한 교동법주였다. 후원 근방의 눈밭에 묻어두어 살얼음이 진 술이 식도를 타고 내려가자 얼얼한 냉기가 확 몰려왔다.

---

91 임금이 내리는 술상.

92 임금의 식사와 궁중 음식에 대한 일을 맡아보던 곳.

임금이 내리는 술은 귀한 만큼 독하다. 그러나 윤은 취기 따위 느껴지지 않을 만큼 어려운 자리에 앉아 있었다. 부자간의 만남이었으나, 오히려 그런 까닭에 더욱 어려운 자리에.

"그간 고생이 많았다."

"……."

부왕을 생각하는 윤의 마음은 애증이었다. 윤은 늘 아비가 어려웠다. 어느 정도였냐면, 뜻 없는 공치사로 넘길 수 있는 이런 말 하나에도 한참이나 답을 고심해야 할 만큼.

"응당 해야 할 일을 하고 있을 뿐입니다. 그렇게 말씀하여주시니 감읍하여 몸 둘 바를 모르겠나이다, 아바마마."

임금과 세자 간의 관계는 부자 사이라기보다 군신(君臣) 관계에 더 가까웠고, 그런 까닭에 긴장을 늦출 틈이 없었다. 오래도록 뜻을 나눈 임금과 신하는 막역한 정을 나누기 마련이나 부자의 관계는 그마저 되지 못했다.

그들은 함께 있을 때 결코 웃음 짓는 적이 없었다. 그리고 때로 임금은 예상치 못한 말로 마주한 이를 대경실색하게 만들곤 했다.

"대리청정에 대한 치하가 아니다. 살아남느라 애썼다는 의미이니라."

윤의 눈빛이 흔들린다. 평소 임금은 뜻을 짐작하기 힘든 수수께끼 같은 말을 즐겨 했다. 그런 그의 습관은 나이가 들수록 심해졌다.

"무슨 말씀이신지……. 황공하게도 소자 가늠하지 못하겠나이다, 아바마마."

"어찌 두 번 세 번 곱씹어 생각하느냐? 내 말한 그대로 받아들이면 되느니. 살아남느라 고생했다는 말이 그리 어려운 것이냐?"

"……."

혼란스러운 눈빛으로 아비를 바라보는 아들. 임금은 마침내 그를 대전으로 부른 이유를 밝혔다.

"오월 열흘에도, 같은 달 열여드레에도, 달이 바뀌어 유월 엿새에도."

윤의 표정이 경악으로 일그러졌다. 문 내관과 매일같이 고심하여, 끝내 머릿속에 각인되어 잊을 수 없게 된 궁궐의 어느 여름날들.

"이 날짜들마다 고생이 많았겠지. 살아남느라 애썼다는 의미를 이제 알겠느냐?"

"……아바마마."

"아니면 끝까지 모른 척하려는 게냐? 독을 사주한 자가 혹여 네 아비일까 두려우냐?"

"아바마마! 어찌 소자가 감히 그런 생각을 하겠나이까. 그런 불경한 생각을 한 적은 단 한 번도 없었나이다!"

"그래. 그러하다면 인정하는 것이냐? 누군가 동궁에게 독을 먹이고 있었다는 것을."

"……."

임금이 던진 미끼를 덥석 물어 진실을 발설하고야 만 윤이 무겁게 고개를 끄덕였다.

"아바마마께서 알고 계셨을 줄은 미처 몰랐나이다. 확실한 증좌를 찾아내어 죄인이 밝혀진 후에 고하고자 했던 것이옵니다."

"과인도 그리할 수밖에 없었음을 이해한다. 오늘 부른 이유는 다른 까닭이 아니다."

임금이 몸을 앞으로 기울였다. 등잔불이 그의 얼굴 위를 비추었다. 안질 탓에 희뿌예진 임금의 눈동자 속에 범의 눈빛과 같은 노란 이채가 어렸다.

"독을 사주한 자를 발각하여 처분하였다."

"……아바마마께서요?"

"그러하다."

"그것이 누구입니까?"

"조용."

임금이 손을 들어 입가에 가져다 댔다.

"알 것 없다. 하나 적어도 과인의 숨이 붙어 있는 동안에는 더 이상 동궁을 해하려는 위협이 없을 것임을 약조하지. 믿어라."

"어찌 확신하십니까?"

"과인의 일처리가 못 미더운 것이냐?"

"그럴 리가 있겠습니까. 단지 소인이 바라는 것은……."

윤이 잠시 숨을 내쉬었다. 지나치게 긴장한 탓에 온몸이 뻣뻣했다.

"누구인지를 알려주십시오. 알기를 원하나이다. 얼마 전 처형된 태화당 상궁입니까?"

응당한 물음이었다. 근래 궁궐에서 죄를 지어 처벌된 이는 그녀가 유일했기 때문이었다. 감히 부왕의 얼굴을 살폈지만 임금의 표정은 도저히 읽을 수가 없었다.

"동궁."

동궁- 이라고 내뱉은 임금은 이내 말을 정정했다.

"윤아."

"……예, 아바마마."

대체 무슨 말씀을 꺼내시려고 또다시 이름을 부르시는 걸까. 지난번 그의 이름을 부른 금상께서는 놀라운 전교를 하셨다.

"과인은 알려주지 않을 것이며 또한 네가 그자를 모르기를 바란다."

"아바마마, 어찌……."

"복수를 원하느냐?"

말문이 콱 막혀, 윤은 대꾸하지 못했다. 잠시 후에야 평정을 되찾은 그가 고개를 저었다.

"그것은 진실의 문제입니다. 그자는 감히 궁궐 안에서 사람들을 사주하여 제 목숨을 노렸습니다. 그것을 어찌 간과하오리까? 뻔히 있는 진실 앞에 어찌 눈을 감으라 하시는 겁니까?"

"그러나, 윤아."

임금이 다시 한 번, 그의 아들의 이름을 느리게 불렀다.

"과인은 알려주지 않을 것이다. 네가 나의 고집을 꺾을 수 있으리라 생각하느냐?"

"하오나, 아바마마……."

"까닭이 궁금하겠지?"

윤이 쓰게 내뱉었다.

"예, 궁금하옵니다."

임금이 아들을 바라보며 대꾸했다.

"과인은 동궁이 복수심에 침몰되기를 바라지 않기 때문이다. 동궁이 폐주(廢主) 연산군(燕山君)과 같은 전철을 밟지 않기를 바라기 때문이지. 복수하고자 하는 마음에 정사를 그르치고, 인재들을 내치고, 풍파를 불러일으킬까 저어하는 것이다."

"아바마마, 소자는 연산군과 같지 않습니다. 소자는……."

임금이 손을 들어 올렸다. 입을 다물라- 는 그의 엄격한 표정에 윤이 쓴 한숨을 내뱉었다.

"사사로운 욕망에 사로잡힌 자는 결코 성군이 될 수 없다. 네 입으로 과인에게 말하지 않았느냐?"

"……무엇을 말입니까?"

"임금은 마냥 자식의 아버지일 수도, 여인의 지아비일 수만도 없는 것임을 이해한다……. 동궁이 그리 말했었지."

윤이 눈을 감았다. 그것은 폐허가 된 취선당 앞에서, 왕이 되라는 임금의 하교 앞에 내밀었던 윤의 답가였다.

부왕의 손에 죽은 어머니를 사무치게 그리워하면서도 때로 아비의 심정을 이해할 때가 있다는 것은 윤에게 고통이었다. 그때마다 윤이 스스로를 혐오하며 미워했음을 아비는 과연 알까.

"복수를 꿈꾸는 아들이 되지 마라. 복수를 꿈꾸는 개인이 되지 말라는 뜻이다. 네가 되어야 할 것은 나라를 위해 적에게라도 기꺼이 손을 내밀 수 있는 임금이다."

"……."

윤은 묵묵히 임금의 말을 경청하고 있었다.

긴 세월, 꿈꿨던 임금의 자리. 그러나 무엇을 위한 꿈이었는지조차 이제 가물가물하다.

"그러니 아비의 말을 따르라. 동궁을 해하려던 자가 누구인지 알려고 하지 마라. 대신 내 동궁에게 약조를 주겠다."

윤이 고개를 들어 올렸다.

"잊어라. 묻어라. 궁금해하지 마라. 그리한다면 내 옥새를 반드시 네게 건네줄 것을 약조하겠다."

마주 보는 아비와 아들의 사이. 오래도록 일렁이며 흔들리는 불빛의 강.

"……따르겠나이다."

윤은 망각의 강을 가로질러 손을 내밀었고 아비의 손을 잡았다. 열네 살, 어머니 희빈 장씨의 죽음 이후 처음 있는 일이었다.

그리고 아비는 흐린 시선으로 유심히 제 아들, 왕세자의 얼굴을 살폈다.

아들이 늘 저를 두려워하였음을 그는 알고 있었다. 그러나 윤은 모를 것이다. 강성한 임금이라 일컬어지는 아비 역시 아들의 얼굴을 보는 것이 때로 두려웠음을. 그리하여 내치고 외면하였다는 것을. 아들의 얼굴에서 제 손으로 죽인 여인의 그림자를 발견할 때마다 소스라치는 고통이 심장을 엄습했음을……

'늙은 게다. 나도 늙은 게야…….'

그러나 임금의 생각이 무색하게도 어의는 그의 건강상태를 낙관했다. 금상의 안질은 젊은 날부터 기미가 보였고 어지럼증은 노인들에게 흔한 증상이었다. 또한 피부의 가려움과 종기는 조선의 선대임금 대부분이 가지고 있는 가족력. 긴 세월 격무에 시달린 그였다. 노년에 접어들었으므로 기력이 쇠한 것은 당연한 일이다.

그러나 어의나 약방 관리들의 말이 무색하게도 임금은 자주 죽음을 상기했다. 그것은 강렬한 예감이었다. 코앞까지는 아닐지언정 그다지 먼 훗날의 일도 아닐 것이라는, 죽음의 예감.

지나온 생에 대한 후회는 도처에서 찾아왔다. 윤의 해사한 얼굴, 가느다란 눈썹과 끝이 올라간 입술에서 그 어미의 흔적을 감지할 때마다. 무심코 시선을 돌리다 취선당의 낡은 기와지붕이 눈에 들어올 때마다.

그리고 젊은 날, 가장 아름답던 시절의 이순과 장옥정의 모습을 옮겨낸 듯한 세자와 승은궁녀를 마주칠 때마다.

"과인은 약조한 것은 반드시 지킨다. 노론에서 어떤 소요가 있다해도 나는 동궁의 지위를 흔들지 않을 생각이다. 그러나 명심해야할 것이 있다."

"예, 아바마마."

"종묘사직은 중한 것이다. 원손이 있어야 비로소 임금의 지위 역시 안정되는 것이지. 동궁을 보기까지 과인 역시 긴 세월 고충을 겪었음을 잊지 마라."

연잉군의 첩실인 이씨의 해산이 임박하여 있었다. 점사(占辭)를 보았다는 노론 대신들 사이에서는 연잉군의 첫 아이가 아들일 것이라는 소문이 공공연히 돌고 있었다.

"명심하겠사옵니다, 아바마마."

"하여 반년 안에 빈궁의 관례를 명할 것이다."

"……예."

임금이 윤의 얼굴을 힐끔 살폈다. 평소 표정을 드러내지 않는 것이 세자의 성정. 그러나 임금 역시 젊은 시절, 세자의 상황과 똑같은 일들을 겪지 않았던가.

아무리 애써도 마음이 가지 않는 중전, 그리고 중전이 들어오기 이전부터 제 모든 것을 사로잡았던 아름다운 여인. 비극으로 끝난 임금의 젊은 날이 남긴 것이라고는 오직 세자 하나뿐이었다. 그러나 그의 아들, 윤의 청춘의 결말은 다르게 쓰여질 수 있지 않을까.

"동궁 역시 적자가 아닌 후궁의 자식이지."

"……예, 아바마마."

"임금 된 처지에 내명부의 일에 대해 왈가왈부하진 않겠다. 낙선당 궁녀를 후궁으로 진봉시키는 것 역시 내가 관여할 수 없는 일이다. 그것은 빈궁의 뜻이 가장 중한 문제이니."

"알고 있사옵니다, 아바마마."

"그러나 낙선당 궁녀가 원손이든 옹주든 아이를 생산한다면, 빈궁 아니라 중궁이라 해도 입신(立身)을 반대할 수는 없겠지."

"……소자 역시 그리 생각합니다, 아바마마."

그러나 고개를 들어 용안을 살피는 윤의 표정은 다소 미심쩍었다. 임금의 속내는 본래 가늠하기 어려웠다. 하물며 아비로서의 그의 마음은 더욱 그러했다. 아니, 어쩌면 윤은 평생 단 한 번도 아비의 마음을 헤아리거나 이해하지 못했을지도 모른다.

"어찌 그리 보느냐?"

"……아니옵니다."

"내가 빈궁도 아닌 승은궁녀에게 관심을 보이는 것이 이상하게 느껴지는 게냐?"

"평소 아바마마께서는 동궁전에 관심을 보이지 않으셨기에……."

윤의 짧은 대답 안에 들은 것이 혹시 힐난인가 싶어, 왕은 잠시 아들의 얼굴을 바라보았다.

"동궁에게 도움이 될 궁녀이다. 진심인 것이 눈에 보여 그리할 뿐이지."

"예, 아바마마."

대수롭지 않게 대꾸한 임금이 시선을 돌렸다.

"피로하구나."

"그럼 소자 이만 물러가겠나이다, 아바마마. 밤새 평안하시옵소서."

"알았노라. 돌아가라."

윤이 떠나고, 다시금 고요해진 환경전.

임금은 상념처럼 몰려드는 과거의 기억을 떠올리고 있었다. 나이가 들면 들수록 바로 어제의 일이 가물거리는 데 반해, 먼 과거의 일들은 손에 잡힐 듯 또렷해졌다.

겨울눈보다 더 하얗게 빛나던 여인. 오직 그를 향해서만 벌어지던 농염한 입술과 정사에 지친 심신을 위로하던 달콤한 음성. 이순의 청춘과 함께 심연으로 떠나버린 여인, 장옥정.

후회할 것을 알면서도 죽였다. 그러나 짧은 후회로 끝날 줄 알았다. 생의 말미에 이토록 사무치게 고통스러울 줄은 미처 몰랐다. 제 손으로 죽였기에 감히 후회한다 발설하지 못했다. 한때는 회피하여 모두 잊고자 했다.

"머잖아 만나겠지, 우리."

그리고 그 후엔, 내가 너에게 주었던 고통을 되돌려받게 되겠지.

나는 이렇게 늙고 볼품없는데, 너는 여전히 붉은 모란처럼 화려하고 아름답겠지.

* * *

"상황이 심상치 않소."

"박 상궁이 처형당한 까닭이 무언지 영빈께서는 여전히 함구하시는 것이오?"

"결코 입을 열지 않으신답니다. 성미를 미루어 보건대 분명 무슨 일이 있어도 있었을 겝니다. 금상과 영빈께서 내외하며 지낸 지 이십여 년이 지났습니다. 굳이 그 시각에 태화당에 드신 것부터가 몹시 기이한 일이지요."

"그것뿐이겠습니까. 연잉군께서는 환경전 문지방도 밟지 못하고 문전박대를 당했다지 않습니까?"

"예감이 좋지 않소. 일련의 일들이……."

북촌 근방의 모처.

깊은 밤, 갓끈을 반듯하게 동여맨 나이 든 대신들이 안가(安家)로 모여들었다. 비밀스러운 회동이었다. 대신들은 몸종을 대동하지 않았고 말이나 가마 역시 타지 않았다.

모인 인원은 총 넷. 영의정 김창집, 약방 도제조 이이명, 우의정 이건명, 그리고 행판중추부사(行判中樞副使) 조태채. 사람들은 수없이 반복된 환국에서 살아남아 끝끝내 조정을 차지한 그들을 이렇게 불렀다.

노론 사(四)대신.

그들은 노론이었고, 희빈 장씨와 남인을 몰아낸 갑술환국(甲戌換局)에 힘을 보탠 이들이었다. 또한 그런 까닭에 왕세자가 보위를 이어받는 것을 두려워했다. 그들은 한결같이 연잉군 이금을 세자로 추대하기를 꿈꾸고 있었다.

"연잉군 댁 별당 이씨의 해산이 그리 머지 않았습니다."

"반드시 아들을 낳으셔야 할 것인데……. 근래 왕세자와 낙선당 궁녀의 관계가 몹시 가깝습니다. 덜컥 원손이라도 태어난다간 큰일입니다."

"우리들은 그야말로 닭 쫓던 개 지붕 쳐다보는 신세가 되겠구먼."

"그런 까닭에 합방할 수 없는 어린 세자빈을 들였거늘……. 고자라던 세자가 승은궁녀를 둘 줄이야."

"기가 막힌 일이지요."

무거운 침묵이 맴돈다.

그들이라고 삶이 평탄했으랴. 노론 사대신이라 불리는 그들은 생존자들이었다. 여인들을 무기 삼아 천지를 일순간 뒤바꾸는 것. 그것이 임금의 방식, 즉 환국이다. 장희빈만이, 장희재만이, 남인과 소론만이 죽은 것이 아니었다. 노론 역시 인현왕후와 송시열(宋時烈)을 비롯한 무수하게 많은 이들을 잃었다.

임금은 알고 있을까. 그가 밟아온 길 뒤에 남겨진 것은 피칠갑을 한 죽음뿐이라는 것을.

"임금께서는 그날의 일을 잊으신 것이 분명하오."

"그날의 일이요?"

"정유년의 독대 말입니다. 안 그렇소, 이이명 영감?"

설왕설래의 와중, 내내 침묵을 지키고 있던 이이명이 굳게 닫혀 있던 입을 열었다.

"잊으셨을까요?"

좌중은 침묵했다. 그의 말은 누군가에게 던지는 질문 같지 않았기 때문이었다. 이이명이 던진 것은 자문이었다.

잊으셨나이까, 전하?

"내 약방 도제조로서 전하의 상태를 보건대 향후 사오 년간, 혹은 그 이상 충분히 정정하실 것으로 보이오. 안질이 심하나 실명에 이르지 않았고, 어지럼증과 부스럼이 지병이긴 하나 딱히 악화될 기미는 보이지 않소."

"사오 년이라……."

"그 정도면 충분한 기간이지요."

"그렇소. 충분하겠지."

"서두를 필요는 없겠지. 천천히 준비합시다."

굳이 입 밖에 내지 않아도 되었다. 그들은 긴 시간 비밀을 모의하며 한배를 탄 동지들. 모두가 '충분하다'는 말의 의미를 알았다.

'거사의 때가 왔다.'

그 의미였다.

"그러하다면 문제는 하나뿐이오. 원손……. 낙선당의 궁녀가 당장 회임이라도 한다면 정녕 큰일……."

"원손이라."

이이명이 불쑥 내뱉었다. 무슨 할 말이 있는가 하여 주변의 대신 셋이 이이명을 바라보지만 그는 자신만의 생각에 빠진 듯 대꾸하지 않았다. 단지 들릴락 말락 하게 잠시 되뇌었을 뿐.

"과연 그것이 가능할지, 어디 두고 봅시다."

비밀스러운 회동이 끝났다. 네 명의 대신들을 안가를 나서며 별다른 말을 하지 않았다. 모여들었을 때처럼 그들은 소리 소문 없이 흩어져 각자의 집으로 걸음을 옮겼다.

깊은 밤이었다. 인정 종 칠 때가 임박한 까닭에 인적은 극히 드물었다. 가끔 보이는 이들은 집을 향해 부지런히 발을 놀렸다.

북촌, 으리으리한 대갓집들이 늘어선 길목. 제집 길모퉁이에 접어든 이이명이 걸음을 멈추었다.

"……음."

그리고 다시 걸었다. 타박타박. 올해로 예순을 넘긴 노대신의 걸음은 경쾌하지도, 빠르지도 않았다. 그는 평생을 사대부로 살아온 자답게 느리게 점잔을 빼며 걸었다. 그러다가 이내 다시 멈추었다.

"누구냐?"

그러나 아무 소리도 돌아오지 않았다. 분명 제 걸음의 뒤를 밟는 발소리가 메아리처럼 따라붙었거늘. 그러나 그는 노인이었다. 밤귀가 밝을 리 없다.

"나도 늙은 게다."

다소 민망한 듯 이이명이 중얼거렸다. 그가 다시 터벅터벅 걷기 시작했다.

긴 회동이었다. 말을 많이 한 탓에 피로했다. 이제 제집 대문까지는 지척. 대문을 열어줄 몸종을 부르려고 숨을 들이마시던 그가 불현듯 오른쪽으로 고개를 돌렸다. 그리고 발견했다.

검은 옷을 입은 사내.

"누, 누구냐!"

캄캄한 어둠 속에서 나타난 그의 모습에 이이명은 대경실색했다. 기척을 느꼈으면서도 알아보지 못한 것도 무리는 아니었다. 철릭, 신, 허리띠는 물론 망건과 그 위로 단정치 못하게 흘러내린 뻣뻣한 머리칼까지 사내의 모든 것은 검정 일색이었다.

"뭐 하는 놈이냐!"

"……."

다시 한 번 묻지만 대답은 돌아오지 않았다. 단지 이이명을 향해 걸어올 뿐. 걸음마저 무심하여, 이이명은 갈피를 잡을 수 없었다. 그저 집으로 돌아가고자 하는 행인일지도 모른다. 혹은, 그를 치러 온 자객일지도.

저벅저벅. 이이명은 대범한 사람이었다. 그러나 성큼성큼 다가오는 사내의 그림자가 다가올수록 그는 가위에 눌린 듯한 공포를 느꼈다. 그때였다.

끼익- 묵직한 대문이 열리는 소리.

"대감마님, 오셨습니까?"

대문간 안, 문을 연 몸종이 졸린 음성으로 말을 건네었다. 그와 거의 동시에 검은 철릭 차림의 사내가 이이명의 곁을 슥 스쳐 지나갔다.

"대감마님. 어찌하여 아니 들어오시고……."

유령이라도 본 듯한 표정으로 먼 곳을 응시하는 이이명을 본 몸종이 고개를 갸웃했다.

"음."

멀어지는 뒷모습을 바라보던 이이명이 문지방을 넘어 집 안뜰로 들어섰다. 그는 여전히 귀신에 홀린 것 같은 기분이었다. 그러나 사내가 귀신일 리 만무하다. 사내는 궁궐에서 흔히 볼 수 있는 하급 무관의 공복을 입고 있었다.

'낯이 익은데…….'

이윽고 검은 뒷모습은 먼 어둠 속에 파묻혔다. 하늘에서 눈발이 흩날리기 시작했다.

눈 오는 겨울밤엔 문득 그런 순간이 있다. 세상의 모든 소리와 기척이 소록소록 쌓이는 밤눈 사이로 스며들어 고요해지는 순간이.

물론 그런 적막은 아무 때나 찾아오는 것은 아니었다. 유난히 밤이 조용하여 문밖을 내다보던 순심은 그런 고요의 순간을 만끽하고 있었다.

방문은 활짝 열려 있었다. 찬 공기가 밀려 들어왔지만 바람이 모질지는 않았다. 네모난 문틀 안에 소곤소곤 싸락눈이 내리는 밤 풍경이 가득 들어찼다.

"아……."

순심의 입술 사이로 흘러나오는 낮은 탄성.

열 살에 입궐한 이후 모든 시간을 궁궐 안에서 보낸 그녀였다. 이미 그녀는 열 번의 눈 오는 겨울밤을 지나왔다. 그때 밤의 정취를 미처 느끼지 못한 것은 궁녀의 삶이 워낙 고단하기 때문일 터. 승은궁녀가 된 순심은 궁궐이라는 세상 속에 처음 발을 내디딘 아이처럼 새로운 장면들을 맞닥뜨리곤 했다.

소담스레 내리는 눈송이가 쌓여간다. 낙선당 담벼락 위에, 그 담벼락 옆에 난(蘭)잎처럼 휘휘 뻗어간 감나무 가지 위에, 그 나뭇가지 위 그림자를 드리우는 고즈넉한 처마 위…….

"저하!"

그리고 그녀와 겨울밤의 고요를 나누기 위해 기꺼이 그 적막을 깨뜨리며 찾아드는 정인의 어깨 위에도 사뿐사뿐 쌓여간다.

"어찌 따르는 이 없이 홀로 오셨습니까? 눈이 쌓여 길이 미끄러울 것인데요."

"문 내관은 네 말처럼 마침 눈길에 미끄러져 허리를 다쳤고, 상검이는 문 내관 병구완을 하라 보냈고, 황가는 일이 있어 밖에 내보냈다."

"문 내관이 다쳤습니까? 어쩌다…….."

"체통 없이 눈이 온다고 종종대다 자빠졌다고 상검이가 전해주더구나. 크게 다치지는 않았다. 이 김에 며칠 푹 쉬라 전해두었다."

순심에게 다가온 윤의 입매가 부드럽게 휘어졌다.

"문 내관에게는 미안한 소리이지만 나는 지금이 좋다. 홀로 너에게 올 수 있어서."

윤이 제 머리 위로 쌓이는 눈을 털어내며 맑게 웃었다.

"자유롭지 않으냐? 아랫것들의 눈치를 볼 일도 없고, 혹시나 처신 없다 소리를 들을까 걱정할 필요도 없으니…….."

윤이 순심을 향해 손을 내밀었다. 퍼뜩 그 행동의 의미를 파악하지 못한 순심이 물음을 담은 눈으로 윤을 보았다.

"잡아라."

윤이 내민 손을 재차 쭉 뻗었다. '어서' 라고 말하는 듯이.

"여기에는 너와 나, 오직 둘뿐이지 않으냐."

순심이 그의 손을 잡았다. 이내 윤이 그녀를 가뿐히 안아 들었다.

낮은 탄성이 터져 나왔다.

"저하."

"아무도 보는 이 없다."

"⋯⋯그보다, 무겁지 않으십니까?"

"무겁냐고? 아니. 네 몸은 내리는 눈처럼 가볍기만 하다."

순심의 몸을 감싼 윤의 팔에 힘이 들어갔다.

"무겁게 느껴진다면, 네 몸뚱이가 무거운 것이 아니라 너의 마음이 큰 탓이겠지."

너와 나, 우리 사랑의 크기가 큰 까닭이겠지.

"그렇다면 걱정 없이 좀 더 안겨 있어도 될 것 같습니다."

"그래. 그게 좋겠다. 하지만 이곳은 추우니까⋯⋯."

눈 쌓인 뜰을 지나쳐 침소로 향하는 윤의 발자국에 찍힌 마음의 무게가 선연하다.

"귀한 내 여인이 고뿔이라도 들면 큰일이니 말이다. 눈을 맞는 것도 정취가 좋지만, 눈 쌓이는 것을 바라보는 것도 꽤 아름다운 일일 게다."

침소에 든 윤이 안고 있던 순심을 조심스레 내려놓았다. 그사이 순심의 정수리며 어깨 위에 하얗게 내려앉은 눈송이들. 윤이 손을 뻗어보지만, 방 안의 온기 탓에 눈송이들은 금세 녹아내렸다.

"나 때문에 온통 젖었구나."

그녀의 이마께와 관자놀이, 목덜미까지 녹은 눈이 흘러내려 몸을 적시고 있었다. 윤의 입술이 찬바람에 식은 서늘한 살갗 위에 포개졌다.

열기가 올라오는 온돌 탓에 등이 뜨겁다. 옷자락 사이로 파고드는 그의 손끝은 얼음장처럼 차디찼다. 대비되는 몸의 온도가 날 선 긴장을 불러일으켜, 그의 입술이 와 닿는 순간 순심은 몸을 바르작대며 긴 숨을 내쉬었다.

"⋯⋯오늘 내게 퍽 중요한 일이 있었다."

문득 입술을 떼며 윤이 속삭였다. 순심이 느리게 눈꺼풀을 들어 올렸다.

"어떤 일이 있으셨기에요?"

"당장 말할 수는 없다. 아바마마와 약조를 했거든. 언젠가 꼭 이야기해주마."

순심이 고개를 작게 끄덕였다.

"긴 세월 이만을 바라며 달려왔는데, 이상하게 마음이 휑하게 느껴지는 밤이다."

"휑한 마음을 달래려 오셨습니까?"

"그랬지. 오직 네 생각밖에 나지 않았다."

침소 문은 여전히 활짝 열린 채였다. 문밖의 눈은 그새 함박눈이 되어 쏟아지고 있었다.

그렇게 서로를 향해 눈처럼 쏟아져 내리는 밤. 이 고요하고 아름다운 밤이 영원히 멈추지 않았으면…….

* * *

"으으……."

꿀꺽꿀꺽, 탕약을 단숨에 들이켠 순심이 신음을 내뱉었다.

"아- 해. 어서."

오만상을 찌푸리던 순심이 입을 벌리자, 곁에 앉아 있던 구월이 엿강정 하나를 쏙 넣어주었다.

"아……. 진짜 써, 저 탕약. 사람이 먹을 게 못 돼."

"당연히 쓰겠지. 익모초다 뭐다 온갖 쓴 것들은 죄다 들어갔다더만. 달이는 냄새만 맡아도 헛구역질이 올라오더라니까."

구시렁대던 구월이 순심을 바라보았다. 아직도 입안에 약맛이 남

앉는지 순심은 인상을 찌푸리고 있었다.

"어디 탕약뿐이냐? 이것도 안 된다, 저것도 안 된다……. 이렇게 고생하는 우리 순심이한테 어서 아기씨가 와야 할 텐데 말이야."

"곧 그렇게 되겠지, 뭐."

대수롭지 않게 대꾸하는 순심이었으나 그녀의 입가에 스치듯 한숨이 머무는 것을 구월은 놓치지 않았다.

대한(大寒), 즉 일 년의 마지막 절기였다. 곧 해가 바뀐다.

"봄에는 좋은 소식이 있겠지."

"의관에게 진료를 한번 받아보는 건 어때? 비빈 마마님들은 자주 그렇게 하시잖아. 합방도 길일을 받아서 하고 그런다던데……."

"그거야 비빈 마마님이니까 가능한 거지. 어찌 일개 궁녀가 의관을 오라 가라 하고 합방 날짜를 받는다니? 엄연히 빈궁께서 계신데……."

"하긴. 그런가……."

순심의 모습이 풀 죽은 듯 느껴진다. 구월이 제 동무를 안쓰러운 표정으로 바라보았다.

"사람 마음이 참 이상하지. 가족에 대해 떠올려본 적이 없는데, 회임에 신경 쓰다 보니 가끔 어머니 생각이 나."

"어머니는 순심이 너 낳다가 돌아가셨다며?"

"응. 그래서 더 그런가? 아버지 생각도……. 아주 가끔은 나. 아주 가끔. 뭐 좋은 생각은 아니지만."

순심이 낮은 한숨을 내쉬었다. 아버지라는 말을 입에 담는 것만으로도 마음이 불편했다. 구월이 문득 입을 열었다.

"나…… 뭐 하나 말해도 돼?"

"뭔데?"

"이 얘기 들으면…… 네가 화낼까 봐서."

"무슨 일인데 그래? 너답지 않게 어찌 그런 표정을 짓고."

구월은 잠시간 머뭇거렸다. 기실 비밀로 묻으려는 의도는 전혀 아니었다. 몇 차례 운을 떼봤으나 그때마다 순심이 발끈하여 말을 하지 못했을 뿐.

"너희 아버지가 나를 찾아왔었어."

"누구? 아버……."

순심의 입이 딱 벌어졌다. 그녀의 눈동자에 경악이 스쳤다.

순심의 기억 속 아비는 그런 모습이었다. 어린 딸을 유곽 주인에게 팔아넘기고 돈을 받아 챙기던 사람. 강을 가로지르는 나룻배 위에서 목이 터져라 부르고 또 불러도 절대 뒤돌아보지 않던 사람.

운종가 뒷골목에서 마주쳤던 비렁뱅이 같은 모습의 중늙은이는 분명 아버지를 닮았었다. 그러나 진짜 아버지인지 아닌지 그녀는 확신하지 못했다. 그러므로 순심의 삶에서 '아버지'의 자리는 완벽하게 백지 상태로 비워져 있었다.

"말도 안 돼. 아버지라니? 나조차도 아버지가 가물가물한데 그 사람이 네가 누군 줄 알고 찾아가? 아니, 대체 내 아버지가 맞기는 해?"

"너에 대해 많이 알고 있더라고. 나도 처음에는 너무 당황스럽고 믿기지가 않았는데……."

"그런데?"

머뭇대던 구월이 입을 열었다.

"내가 못 믿는 기색을 보이니까 먼저 다 말해주더라고. 너 어릴 적에 있었던 일 말이야. 그…… 돈을 받고 너를 팔았던 일부터……."

"그걸 또 제 입으로 말하디?"

순심의 얼굴이 붉게 달아올랐다. 구월이 급히 입을 열었다.

"아, 나도 처음엔 그렇게 생각했지. 솔직히 네 아버지지만 낯짝도 두껍다고 생각했다고! 그런데…… 진짜 서럽게 우시더라고. 그런 게 아니었다고 하더라고. 유곽 같은 데 팔아넘기는 거라곤 생각도 못하셨대. 네 아버지도 속은 거라고 한참을 우시더라니까……."

"……."

말문이 막힌 듯 순심은 대꾸가 없다. 구월이 기죽은 표정으로 중얼거렸다.

"그때 너 준 개암…… 그것도 네 아버지가 너 먹인다고 산속 돌아다니면서 주워 온 거야. 내가 궐 밖에 나갔다 가져온 약초며 산딸기 같은 거, 죄 너희 아버지가 네가 좋아하던 거라면서 주신 건데……."

그녀의 말은 오히려 순심의 화를 돋운 듯했다.

"유곽이 아니라 다른 데인 줄 알았다 쳐. 그렇다고 자식을 팔아넘긴 사실이 없어져? 그리고 그보다 구월이 너는 대체 이 얘기를 이제야 하는 거야?"

"아, 그거야……. 내가 운을 뗄 때마다 네가 워낙 질색 팔색 하니까……. 내가 잘했다는 건 아니고……. 미안해. 정말로……."

고개를 푹 숙인 구월이 말끝을 흐렸다. 십 년을 벗으로 지내는 동안 한 번도 싸움이랄만 한 것이 없었던 그들이었다. 그런 구월의 모습에 금세 순심의 마음이 약해진다.

"진즉 말했어야지……. 난 그 사람 알아. 내가 승은궁녀가 됐다는 소문이라도 들은 거겠지. 콩고물이라도 받아먹을까 싶어 나타난 거라고."

"내가 진짜 미쳤었나 봐. 네가 보고 싶다면서 울고 그러시는데……. 왠지 돌아가신 아버지 생각도 나고 해서……. 잠깐 내가 정말 정신이 어떻게 됐었나봐. 진짜 미쳤었나 봐……."

순심이 짙은 한숨을 내쉬었다. 이해 가지 않는 바는 아니었다. 구월은 늘 돌아가신 아버지를 몹시 그리워했다. 순심과 구월에게 있어 '아버지'라는 말은 정반대의 의미를 가지고 있었다.

"아무튼 난 그 사람 만날 생각 없어. 그러니 너도 그만하고 더 이상 우리 아버지 보는 일은 없었으면 좋겠어."

순심의 말투는 단호했다. 기죽은 표정으로 땅바닥을 내려다보던 구월이 입을 열었다.

"사실…… 네가 그렇게 말하지 않아도 더 이상 볼 일 없어. 아니, 없는 것 같아……."

"그건 또 무슨 소린데?"

"너희 아버지, 사실 우리 집 근방에 살고 있었거든. 그런데 지난달 갑자기 사라졌어."

"……사라져?"

"응……. 너희 아버지 옆집에 살던 할아범이 그러는데……. 지난달 즈음인가? 그야말로 하늘로 솟은 듯 사라졌대. 하루아침에……."

이건 또 무슨 소린가. 순심이 입술을 잘근 깨물었다.

"내 아버지란 사람은…… 항상 그런 식이네. 남의 인생은 엉망으로 만들면서 정작 자신은 바람처럼 이리 갔다 저리 갔다……."

"미안해, 순심아. 정말……."

이렇게까지 풀 죽은 구월의 모습은 처음 보는 듯하다. 잠시 상념에 잠겨 있던 순심이 입을 열었다.

"불쑥 네 앞에 다짜고짜 나타난 그 사람 탓이야. 구월이 네 탓이 아니라고."

그리고 아버지라는 사람에 대해 이렇게 싸늘하게밖에 말하지 못하는 것 역시, 내 탓이 아니야.

"어차피 사라졌다며. 신경 쓰지 말자. 나도 잊을게. 응?"

순심이 구월의 어깨를 다정스레 두드렸다.

十八章.
봄의 피안(被岸)

해가 바뀌었다.

그 해 겨울은 꽤 모질었다. 폭설이 잦은 탓에 나인이나 상궁, 내관들은 물론 무수리들까지 동원되어 눈을 치우느라 진땀을 빼야만 했다.

궁궐 밖의 상황은 더욱 좋지 않았다. 충청도 지방에 염병이 돌아 삼백이 넘는 백성이 죽었고, 남별궁(南別宮)에 큰 불이 나 마흔 간이 넘는 전각이 소실됐다.

군림하는 것뿐 아니라 굽어살피는 것 역시 군주의 업. 윤에게도 혹독한 배움을 주었던 계절이었다.

겨울을 맞이한 궁궐. 맑고 찬 공기 속에 생명이랄 것들은 느껴지지 않았다. 나무며 풀숲은 앙상했고 연못은 얼어붙었다. 짐승도 풀도 나무도 물고기도 모습을 감췄다. 낙선당에 자주 출몰하던 고양이 금손 역시 임금의 처소 안에서 겨울을 나며 나타나지 않았다.

그리고 마침내, 입춘.

立春蒼天無限闊 (입춘창천무한활)

小暑昊天濕雨雲 (소서호천습우운)

白露水田染黃金 (백로수전염황금)

大寒旱田息雪中 (대한한전식설중)

입춘(立春)[93] 하늘은 끝없이 광활하고

소서(小暑)[94] 하늘은 비구름에 젖어있다.

백로(白露)[95] 논밭은 황금빛에 물들었고

대한(大寒)[96] 토전은 눈 속에 쉬어간다.

궁궐 주요 전각들마다 춘첩자(春帖子)가 나붙었다. 이는 궁궐의 연례행사로, 연꽃과 연잎을 그린 종이 위에 봄을 주제로 한 시구를 적어 넣어 한 해의 풍요를 기원하는 풍습이었다.

입춘을 맞이하였음에도 멀게만 느껴지는 봄. 그러나 꽁꽁 문을 닫고 지내던 궁궐 안 처소들은 새봄의 기운을 받기 위해 오랜만에 문을 개방했다. 낙선당 역시 그러했다. 여전히 뺨을 스치는 바람은 차고 시렸으나, 먼 곳에서나마 봄이 찾아오고 있음을 순심은 느낄 수 있었다. 바람에 실려 오는 향기가 한결 달고 온화해졌기 때문이었다.

"그간 별고 없었는가?"

금이 불쑥 나타난 것은 입춘 직후의 어느 오후였다.

"소인이야 별일 있었겠습니까. 강녕하시었습니까, 대감."

모처럼 포근해진 날씨에 안뜰을 거닐고 있던 순심이 금에게 인사를 건넸다.

해가 바뀌기 전, 금이 세자빈과 순심에게 분노를 터뜨렸던 그날이 그들의 마지막 만남이었다. 물론 금은 이후에도 적잖이 궁궐 출입을

---

93 이십사절기의 첫째.

94 이십사절기의 열한째.

95 이십사절기의 열다섯째.

96 이십사절기의 마지막.

했고 편전 부근에서 윤과 만남을 가졌다. 그러나 동궁전에는 발길을 들이지 않았다.

"지난번 일에 대해 순심이 너에게 미안하다 사죄하러 왔다. 내 너무 늦은 것인가?"

"……."

그리하여, 갑작스럽게 방문하여 두 달 이상이 지난 일을 사과하는 그의 모습은 낯설기만 했다. 순심이 그런 것까지 알 턱이야 없었지만, 금의 일생에 사과란 극히 드문 일이었다.

"늦었다기보단……. 소인은 이미 다 잊었습니다. 마음에 담아두지 않았으니 그런 말씀 마옵소서, 대감."

순심의 말은 진심이었다. 아무리 그의 잘못이 있을지언정 일국의 왕자가 궁녀에게 고개를 숙이는 일이 어디 쉬울까. 게다가 이미 계절이 바뀔 만큼 시간이 지난 일이었다.

"그렇게 생각해준다면 고마운 일이다. 그리고……."

금이 순심을 응시했다. 겨울이 지나고 있음을 실감케 하는 녹지근한 햇살에 비친 갈색 눈동자. 그가 툭 내뱉었다.

"오랜만에 이렇게 보니 반갑고 기쁘구나."

"소인도 대감을 뵈오니 반갑습니다."

순심 역시 솔직하게 답했다. 돌이켜 생각하니 그날의 기억이 새록새록 새삼스러웠다.

꽤 많은 일이 일어났던 날이었다. 금과 채화 사이에 큰 언쟁이 있었고, 그녀 역시 악담을 들어야 했다. 그 후 낙선당 침소 안에서는 나인이 찻물을 뒤엎는 사고가 있었고……. 그날의 기억은 순심의 등 한가운데 희미한 흉터로 남아 있었다.

"너에게 꽤나 모진 소리를 많이 내뱉었던 것 같은데, 이렇게 흔쾌히 맞아주니 몹시 부끄럽구나."

374

"모진 말씀을 하시긴 했습니다만……. 소인을 걱정해주신다 생각했습니다."

"내가 너를 걱정한다고?"

"소인의 처지가 미천하여……. 내명부 안에서 고생할까 걱정되어 그리 말씀하신 것 아니었습니까?"

"내가 그랬던가. 뭐, 비슷한 마음이었겠지."

그날, 제가 무어라 지껄였는지는 사실 기억이 잘 나지 않는다. 당시의 금은 이성을 챙길 여유가 없을 만큼 분노해 있었다.

특히 궁궐 안에서는 몸가짐을 조심하려 애쓰는 그였다. 그러나 무엇 때문에 그렇게 화가 났었느냐고 물어도 달리 답할 수가 없었다. 그 자신도 모르기 때문이었다.

"그냥. 네 앞에서는 유독 성질머리가 조절이 되지 않는 듯하여……. 해서, 동궁전에 발을 끊었지."

그러다 보니 문득 그리울 때가 있더라.

금이 순심을 바라보았다. 못 본 사이 그녀의 얼굴은 다소 해쓱해졌다. 겨울이라 볕을 자주 못 본 까닭이리라. 그사이 순심은 완연한 여인이 된듯했다. 형님께서 그녀를 애지중지 소중히 여긴다는 소문이 자자했으니, 얼굴에서도 티가 나기 마련일 것이다.

가끔 금은 혼란스러웠다. 순심이 사랑받고 있어 좋은 것인지, 그렇지 않기를 바라는 것인지, 혹은 제가 바라는 것이 무엇인지.

"왜 나라는 작자는 네 앞에서는 늘 그렇게 될까?"

"……제가 문제였던 것입니까?"

"어찌 네가 문제일까. 문제가 있다면 내게 있겠지."

순심이 난감한 듯 그를 보았다. 그녀와 눈이 마주친 금이 대수롭지 않은 일이라는 듯 씩 웃었다.

"그만 가보겠다. 잠시 들른 것이다."

"저승전으로 가십니까, 대감?"

금의 시선이 힐끔, 멀지 않은 저승전 지붕에 닿았다. 처마 아래에는 채 녹지 않은 고드름이 햇볕에 반사되어 오색영롱한 빛을 내고 있었다.

"아니. 저승전에는 볼일이 없다."

금을 동궁전으로 이끈 화해의 대상은 순심이지 세자빈이 아니었다.

"너를 보았으니 되었다. 또 보자."

세상에는 까닭 없이 본능적으로 끌리는 이가 있는가 하면, 반대로 한 공간에 있는 것조차도 참을 수 없는 악연도 있는 법이니까.

짧은 인사를 남긴 채, 금은 낙선당을 떠났다.

봄의 절기 중 하나인 우수(雨水). 우수에는 그 이름 그대로 추적추적 가랑비가 내렸다.

낙선당 처마 끝에 매달려 있던 고드름에서 녹아내린 물방울이 종일 똑똑 섬돌 위를 두드렸다. 겨울이 뒤안길로 물러가는 소리. 다가오는 봄이 문을 두드리는 소리였다. 오직 흰 눈과 얼어붙은 검은 땅, 두 가지뿐이던 뜰 안에 초록 순 한둘이 배꼼 고개를 내밀었다. 유독 추웠던 겨우내, 침소에 틀어박히다시피 생활했던 순심 역시 뜰에서 보내는 시간이 많아졌다.

"어……. 황가 님. 오랜만에 뵙습니다."

낙선당 초입을 거닐던 순심이 황가를 알아보고 말을 건넸다.

"궁녀님."

황가가 고개를 가볍게 숙였다. 동궁전 궁인들은 왕세자의 뒤를 그림자처럼 따르는 그의 모습에 익숙했다. 그러나 겨울의 초입부터 자리를 자주 비우기 시작했던 황가는 한동안 궁궐에서 자취를 감췄다. 그런 까닭에 순심과 마주치는 일 역시 꽤 오랜만이었다.

"하도 뵐 수가 없어 저하께 여쭤본 적이 있었습니다. 저하께서 맡기신 일이 있어 외유 중이셨다고요?"

"예, 바깥에서 일을 좀 보며 지냈습니다."

황가가 물었다.

"그간 별고 없으셨습니까?"

"저야 보시다시피요."

순심이 황가의 모습을 바라보았다. 계절을 뛰어넘었으나 그의 모습에는 별다른 변화가 없었다. 검정 일색의 복장과 여전히 억센 머리칼. 그러나 완연히 다른 기색이 느껴졌는데, 이는 그의 표정 때문이었다. 황가의 입꼬리가 휘어져 있었다. 그는 웃고 있었다.

"그런 표정 지으시는 거…… 처음 봅니다."

"표정이요? 아."

황가가 어색한 듯 말끝을 흐렸다. 금세 그의 얼굴에 머물렀던 미소가 거짓말처럼 자취를 감췄다.

"왜요. 웃으시니 훨씬 좋은 것을요. 무서워 보이지도 않고……."

"소인이 무서우십니까?"

황가의 질문에 순심은 당황한 듯 옅게 웃었다. 은연중에 속내를 들킨 듯한 기분이 들어서였다.

"이제는 무섭지 않습니다만, 처음에는요. 늘 무표정하시고 말씀도 없으셨으니까요. 하지만 지금은…… 전혀요. 무섭지 않습니다. 오히려 황가 님께서 늘 저하 곁에 계셔서 마음이 편안한 것을요."

"그러시다면 다행입니다. 본래 성정이 밝지 못하여……. 애써도 잘 바뀌지 않습니다."

순심이 황가를 마주 보자 그가 어색하게 시선을 피했다. 하기야, 그는 세자의 호위무사. 지금껏 그들이 이렇게 긴 대화를 나누었던 적 역시 없었다.

"황가 님."

"예, 궁녀님."

"오래전부터 여쭤보고 싶었던 것이 하나 있는데……."

"말씀하십시오."

황가의 말에 순심이 입을 열었다.

"버젓하게 이름이 있는데 어찌하여 이름이 아닌 성으로 불러달라 하십니까? 특별한 이유라도 있으십니까?"

"아, 제 이름이요."

황가는 잠시 망설였다. 그가 '진기'라는 멀쩡한 이름을 두고 '황가'라는 성으로 불리기를 원하는 데는 나름의 이유가 있었다. 그러나 사실 대수로운 까닭은 아니었다.

"별 뜻 없습니다. 손이 귀한 집안에서 늦게 본 아들인지라, 황씨 가문의 장자라고 해서 그리 부르던 것이 익숙해졌을 뿐입니다."

"고작 그 이유였어요? 아무도 황가 님을 이름으로 부르지 않기에 저는 무슨 사연이라도 있는 줄 알았습니다."

"……."

황가의 얼굴에 보일락 말락, 옅은 쓴웃음이 스쳤다.

'황가'라 불리게 된 까닭은 말 그대로 대수롭지 않았다. 단지 이후 그를 둘러싼 환경이 그 이름의 무게를 대수롭게 만들었을 뿐. 황씨 집안이 몰살당하지 않았다면, 그의 가족, 부모와 동생들과 일가가 모두 비명에 스러지지 않았다면 그 역시 그깟 성 따위를 지키고자 마음 쓰며 살지는 않았으리라.

"가끔…… '황가'라는 이름이 이상하게 낯익을 때가 있었거든요. 그래서 혹시나 해서 여쭤보았습니다."

"제 이름이요?"

"예. 이상하게도요. 저는 어릴 때 입궐하였으니, 설령 황가 님을 마주쳤다 해도 별다른 연이야 없겠지만…….”

“…….”

세상모르는 여인의 얼굴은 마냥 해맑았다. 순심을 바라보던 황가의 입에서 낮은 헛웃음이 흘러나왔다.

“또 웃으시네요.”

“…….”

“바깥에서 지내시더니 그새 정인이라도 생기신 것입니까?”

“정인이요?”

“예. 뭔가 표정도 그렇고, 자주 웃으시는 것도 그렇고……. 느낌이 퍽 달라지셨습니다.”

“글쎄요…….”

황가가 문득 물었다.

“봄이라서 그럴까요?”

“봄이요?”

순심의 물음에 대답하는 대신 황가는 고개를 숙였다.

“시간을 지체했습니다. 이만 저하께 가보겠습니다, 궁녀님.”

“살펴 가시어요, 황가 님.”

황가가 지척에 보이는 저승전을 향해 걸음을 옮겼다.

달라졌을까?

담장, 성벽, 겹겹이 궁궐을 둘러친 나무들과 빽빽한 후원의 산세. 물 샐 틈 없이 궁궐 곳곳을 지키는 궁궐수위군(宮闕守衛軍)들. 이런 것들에 둘러싸인 까닭에 궁궐이란 장소는 정체되어 있었다.

궁궐에서는 시간조차 더디게 갔다. 빙 둘러친 담장 안에서는 시간마저 고인 물처럼 머물러 있곤 했다. 그렇기에 궁궐 안에는 계절도 한 발씩 늦게 찾아왔다. 궁궐 안은 여전히 겨울의 끝자락이었지만 바깥의 조선은 봄을 한창 맞이하고 있었다.

"봄이 와서⋯⋯."

반가운 이를 만나서.

"그리하여 달라졌을까."

혼잣말을 되뇌던 황가의 걸음이 저승전에 당도했다. 그가 고개를 들어 동궁전의 전경을 눈 안에 담았다.

본의 아니게 명을 받아 잠시 출타하여 있었다. 그러나 세자의 곁, 이곳이 그의 집.

좋았다. 돌아와서.

* * *

춘삼월. 저승전 안쪽, 침전이 있는 복도 끝에 들어선 순심이 긴장한 표정으로 주변을 살폈다.

물론 순심도 저승전 근방을 방문한 적이 있었다. 그러나 그것은 윤이 가례를 올리기 전의 일. 순심의 행선지는 윤의 침소가 아닌 그 반대편, 저승전 서쪽 끝에 위치한 세자빈의 침소였다.

"마마님."

"예?"

지 상궁이 엄격한 표정으로 저를 바라보고 있음을 깨달은 순심이 고개를 들었다.

"마노라께서 낙선당을 이곳으로 부르는 것이 얼마나 큰일인지 명심하시길 바라오."

"명심하겠습니다."

"하지만 거기까지인 줄 아시오. 마노라께서 너그럽게 대해주신다 하여, 기어오르거나 방자한 태도를 취하는 일이 있어서는 결코 아니 될 것이니."

"당연한 말씀을요. 소인이 그리할 사람처럼 보이십니까?"

굳이 반문했던 것은 지 상궁의 고압적인 태도가 불쾌했기 때문이었다.

순심이 일개 나인이 아닌 승은궁녀라는 이름으로 동궁전에 들어와 생활하게 된 지도 어언 반년이 지났다. 그사이 순심에게도 약간의 변화가 찾아왔다. 지 상궁의 기우처럼 방자해졌다거나, 거만해졌다거나 하는 변화는 아니었다. 단지 이전처럼 매사 굽실대거나 대뜸 겁을 먹거나 할 말을 하지 못하고 삼키던 모습이 사라졌을 뿐.

금의 말 그대로였다. 순심은 조금씩 궁중 여인의 모습을 갖춰가고 있었다.

"밖이 소란스럽구나. 낙선당이 도착하였는가?"

그때 안에서 들려오는 채화의 음성.

"예, 마노라. 낙선당 궁녀 김가 들었사옵니다."

"들라 하라."

세자빈의 침소에 처음으로 발을 들인 순심이 큰절을 올려 예를 갖추었다.

세자빈의 부름은 예상 밖의 일이었다. 순심이 동궁전의 정식 후궁이었다면 응당 저승전을 찾아 문안을 올렸을 것이다. 그러나 순심은 여전히 궁녀 신분이었고, 그렇기에 달리 인사를 할 명분조차 가지지 못했다.

미천한 이는 없는 것이나 다름없다. 그것이 오랜 시간 지속되어온 내명부의 법도였다.

"겨우내 격조하였다. 잘 지냈는가?"

"예, 마노라. 마음 써주신 덕에 탈 없이 보냈나이다."

채화의 얼굴에는 웃음기가 없었다. 그러나 미묘하게나마 태도에는 변화가 느껴졌다. 결코 가까운 이는 아니었으나, 적어도 한 발짝 정도는 다가선 듯한.

"다른 일 때문에 부른 것은 아니네. 경칩(驚蟄)이 지나, 내일부터 중궁전께서 솜옷을 벗으신다 하네. 중전마마의 의복을 내명부도 따르는 것이 법도이니, 자네 역시 솜옷은 넣어두도록 하시게."

"예, 명심하겠습니다, 마노라."

"그리고."

채화가 문갑 아래서 보자기로 싼 물건을 꺼냈다. 비단 보자기 매듭 사이로 푸른 빛깔의 고운 옷감이 보였다.

"내 살펴보니 의복이 넉넉하게 지급되지 않는 듯하여 주는 것일세."

"……마노라."

보따리를 받아 든 순심이 당황하여 채화를 바라보았다. 꾸러미의 부피가 크고 무게가 꽤 나가는 것으로 미루어 최소 두 벌 이상의 옷이 들었음이 분명했다.

"어찌 이런 것까지 손수 챙겨주시옵니까?"

순심의 목소리는 감격으로 떨리고 있었으나 채화의 태도에는 변화가 없었다.

"달리 이유가 있겠는가?"

"……."

"저하의 사람이라면, 내가 살펴야 할 사람이기도 하네."

"감읍하옵니다, 마노라."

승은궁녀가 된 이후, 감히 상상조차 하지 못했던 많은 이들을 순심은 만나왔다. 왕세자는 물론이거니와 임금과 빈(嬪), 왕자와 외명부들, 동궁전을 드나드는 고관들…….

그러나 긴 세월을 궁궐에서 보내온 그들보다 때로는 세자빈 채화의 위엄이 더욱 무겁게 느껴지곤 했다. 왕비의 자리는 결국 하늘에서 내는 것이라던 말이 이토록 와 닿을 수 없었다.

"소인……. 감사한 마음으로 받겠습니다. 오래도록 기쁜 마음으로 간직하고 소중히 입겠나이다."

"그리 해주면 나 역시 고맙겠지."

찻잔을 입가로 가져가던 채화가 눈을 들었다.

세자와 가례를 올리기 전, 채화는 궁궐 안에서 살아가는 사람들에 대해 참으로 많은 이야기를 들었다. 그러나 현실은 달랐다. 지아비인 왕세자도, 시아버지인 임금도, 중궁전, 영빈, 시동생인 연잉군…….누구도 바깥에서 들었던 것과 같은 성정을 가지고 있지 않았다.

낙선당 궁녀 순심 역시 그러했다. 첩실이란 본디 사특한 것들이라는 말을 귀에 딱지가 앉도록 들었던 채화였다. 순심은 그런 사람과는 거리가 멀었다. 오히려 다른 이들에 비해 진실된 마음이 느껴질 때가 많았다.

"봄이 왔구나."

"예, 마노라."

"겨울까지 무사히 잘 지냈지. 앞으로도 동궁전이 평안하였으면 좋겠네. 자네도, 나도 말일세."

이때만큼은 단조로운 채화의 음성에도 온화한 기색이 돌았다.

"소인 역시 그리 생각하옵니다, 마노라."

순심이 용기 내어 채화를 마주 보았다. 그들이 동시에 미소 지었다.

* * *

경칩이 지난 계절은 봄을 향해 질주했다.

제일 먼저 봄이 찾아온 것은 창덕궁 후원이었다. 겨우내 칙칙한 잿빛으로 물들어 있던 후원 곳곳에 새순이 돋고 봄꽃이 고개를 내밀었다. 얼어붙은 연못 속에 잠겨 있던 연잎들도 서서히 본연의 색을 되찾았다. 동면에서 깨어난 개구리며 작은 들짐승들의 움직임이 분주해졌다.

"누님."

"응?"

"손 좀 내밀어봐요."

"손은 왜?"

"어서."

낙선당 안뜰 곳곳에 솟아나기 시작한 잡풀들을 뜯으며 소일거리 하던 구월 앞에 나타난 그림자. 상검이 구월을 향해 쓱 손을 내밀었다.

"먹을 거냐?"

"못 먹어서 죽은 귀신이라도 붙었어요? 맨날 먹을 거 타령만 하게. 아무튼 어서 받아요."

구월이 손을 내밀었다. 상검이 무엇인가를 재빨리 구월의 손에 쥐여주곤 벌떡 자리에서 일어섰다.

"으응?"

구월이 제 손바닥을 들여다보았다. 노란 민들레 한 송이가 그녀의 손바닥 한가운데 피어 있었다.

"옆에서 미적대더니 뜯으란 풀은 안 뜯고 이런 거 만들었어?"

가만히 보니 그냥 꺾어 온 꽃 한 송이가 아니다. 그것은 민들레 줄기로 동그랗게 매듭을 지어 만든 꽃반지였다. 구월이 급히 주변을 둘러보았다.

"누가 보면 어쩌려고 그러냐? 괜히 경을 치려고."

"그러니까 얼른 받으라고 했잖아요. 오늘, 춘분(春分)이라니까."

"춘분이 뭐 어쨌는데?"

"그런 게 있어요, 누님. 모르면 말고."

"그게 뭔데? 응? 야, 어디 가?"

"몰라요!"

제 손바닥 위에 오도카니 놓인 민들레꽃과, 알쏭달쏭 뜻 모를 말을 남기고 멀어지는 상검의 뒷모습을 번갈아 보던 구월의 입이 비죽 튀어나왔다.

"자꾸 심란하게 뭐라는 거야, 쟤는⋯⋯."

중얼거리던 구월이 꽃반지 안에 손가락을 넣어보았다.

"귀신처럼 딱 맞네."

아무튼 이상하게 바람이 참 달았다. 하긴, 봄이니까.

"순심아."

어스름이 내린 시각이었다. 춘분에 이르자 겨우내 짧았던 해는 꽤 길어졌다. 윤은 여느 때처럼 낙선당에 들었고, 순심은 기쁜 표정으로 그를 맞이했다.

"받아라."

"이것이 무엇입니까?"

"선물."

순심이 의아한 표정으로 윤이 내민 것을 받아 들었다. 작은 비단 주머니 안에 묵직한 물건이 들어 있었다. 조심스레 주머니를 손으로 더듬자, 작은 물건은 그녀의 손가락 안으로 쏙 빨려 들어왔다.

"저하, 이것은⋯⋯."

"보는 그대로다. 손가락에 잘 맞느냐?"

"잘 맞습니다. 맞춘 것처럼 꼭 맞습니다."

순심이 감격한 표정으로 제 손가락을 내려다보았다.

반들반들 윤이 나는 연초록색 옥반지. 생전 반지라고는 풀이파리로 장난 삼아 만든 것 외에 끼어본 적 없는 그녀였다. 손가락이 묵직했다.

"내명부에는 반지를 끼는 데도 법도가 있다지? 옥반지는 겨울에 착용해서는 안 된다 들었다. 다행이 이제 봄이 왔으니 다음 겨울이 올 때까지 내내 끼고 있도록 해라."

"하오나 저하, 어찌 소인에게 이리 귀한 것을 주십니까?"

윤이 부드럽게 웃었다.

"상검이한테 재밌는 이야기를 들었거든."

"무엇을요?"

"무슨 패설에서 읽었다던가? 춘분에 정인에게 반지를 주면, 피안 (彼岸)도 그들을 갈라놓을 수 없다 했다."

"그런 이야기가 있었습니까?"

"그래. 본래 춘분을 일컬어 '봄의 피안'이라 한다. 모든 죽은 이들 이 극락왕생(極樂往生)할 수 있는 기간이라 일컫지. 상검이가 읽은 잡서의 내용과는 다소 다른 듯하지만……."

윤이 순심을 지그시 응시했다.

"그 말이 꽤 마음에 들어서 말이다. 피안도 갈라놓을 수 없다는 말 이……."

옥반지는 청나라 사정에 밝은 역관(譯官)ㅍ을 통해 특별히 주문한 것이었다. 정교하게 꽃을 세공한 옥반지는 아름다웠다. 그러나 그것 을 끼고 기뻐하는 순심의 모습만큼은 아니었다.

"봄이다, 순심아."

봄의 피안. 그리고 훗날 찾아올 그 어떤 피안도 너와 나를 갈라놓 지 못하기를.

"내게는 네가 늘 봄이다, 순심아."

* * *

춘분이 얼마 지나지 않아, 궁궐에 고대하던 소식 하나가 날아들었 다. 임금과 중궁전, 후궁전은 크게 기뻐했다. 신료들의 반응은 극명 하게 갈렸다. 노론은 체면도 잊은 채 입이 귀에 걸릴 듯했고, 소론은 차마 쓴 뒷맛을 감추지 못했다. 동궁전 역시 축하의 뜻을 전했다. 그러나 마냥 기뻐할 수만은 없는 소식이었다.

왕손의 탄생. 연잉군의 아들이 태어난 것이다.

금의 첩실 이씨의 소생인 아이는 연잉군의 장자이자 임금의 첫 번째 손자였다. 까닭 없이 한동안 금을 멀리하던 임금은 이 일로 마음을 풀어 그에게 노비와 토지를 하사했다. 덕분에 한동안 침체되어 있던 노론의 기세가 되살아났음은 두말 하면 잔소리였다.

"분명 이럴 줄 알았습니다. 암요, 그렇고말고요."

"역시 연잉군 대감께서 이리 큰일을 해내십니다."

"아기씨께서 매우 튼튼하신 데다 목청이 우렁차 울음소리가 먼 배 밭에서도 들릴 정도라 하더이다."

"듣자 하니 아기씨가 태어나기 며칠 전에 별당 이씨께서 상서로운 꿈을 꾸셨다던데……."

"무슨 꿈이기에 그러십니까?"

모여 있던 노론 대신들 중 하나가 음성을 낮추었다.

"휘황찬란한 집으로 들어갔는데, 곳곳에 아청색 휘장이 걸려 있는 꿈을……."

대신들 사이에서 소리 죽인 탄성이 흘러나왔다.

밤빛처럼 깊고 바다처럼 푸른색. 아청색은 본디 세자의 색이다.

"쓸데없는 소리 늘어놓지 마시게들. 이럴 때일수록 매사 철저하게 준비하여 행동해야 할 것이니."

내내 조용하던 이이명이 입을 열었다. 그의 미간에 고심을 드러내는 주름이 잡혀 있었다.

"물론 연잉군께서 아드님을 보셨으니 이는 천운이겠지. 그것을 부인하지는 않겠네. 그러나 이런 중한 기회를 얻었으면 더욱 신중에 신중을 기해야 하는 법."

이이명이 말을 이었다.

"우리가 경거망동하여 일을 그르쳤다간 연잉군 대감께 불똥이 튀네."

"명심하겠습니다, 대감."

이이명은 알고 있었다. 세자에게 후사가 없다는 사실 하나만으로는 이미 정해진 답을 바꿀 수 없다는 것을. 세자는 아직 젊었고, 그의 곁에는 역시나 젊은 세자빈과 승은궁녀가 있었다. 젊은 사내에게 후사가 늦는 것은 크게 대수롭지 않은 일이었다. 그것으로는 결코 판을 뒤집을 수 없다.

필요한 것은 보다 극명한 사실이었다. 앞으로 영영, 오래도록 후사가 없으리란 증좌, 지금의 왕세자는 결코 조선의 종묘사직을 지킬 수 없으리라는 확신. 그것만이 늙어 마음이 예전보다 약해졌을 임금의 결단을 가능케 할 방법이었다.

"조심하게, 모두. 말도, 행동도, 몸가짐도."

"예, 대감. 명심하겠나이다."

이이명이 고개를 끄덕였다.

말과 행동, 몸가짐. 그리고 목숨줄을 조심해야만 한다. 한동안 그를 따라다니던 검은 복장의 자객은 근래 들어 모습을 감췄다. 자객은 굳이 비밀스럽게 행동하려 들지 않았다. 얼굴을 감추려거나 모습을 숨겨 미행하려는 노력조차 하지 않았다. 그는 늘 이이명을 주시하고 있었다. 밤이나 낮이나 그의 그림자가 느껴졌다. 언제든 그자는 이이명을 죽일 수 있었으리라.

'죽이지 않고 살려두는 데는 나름의 까닭이 있겠지.'

선을 넘는다면, 언제든 자객은 그림자처럼 스며들어 이이명의 숨통을 끊을 것이다.

'선을 넘는다면.'

388

세자가 생각하는 '선'이 어디까지인지, 그는 시험해볼 작정이었다.

* * *

불어오는 바람에서 연한 꽃내음과 풀냄새가 났다.

처음 동궁전에 뚝 떨어졌을 때, 순심은 모든 것이 낯설고 어려웠다. 그때는 낙선당 바깥으로 한 발짝 나가는 것조차 큰일처럼 느껴지곤 했다.

그러나 이제 순심은 낙선당에만 틀어박혀 지내지 않았다. 그녀는 동궁전 근방으로 종종 산책을 다녔고, 구월과 상검과 함께 후원을 찾기도 했다.

"아유, 곱다."

낙선당 초입에서 동궁전으로 향하는 길목에는 산철쭉이 한창이었다. 세자빈이 특히 좋아하는 꽃이라며 장원서에서 심은 것들이었다. 연분홍빛에서 진분홍, 자줏빛으로 이어지는 꽃송이들을 감상하던 순심이 고개를 들었다.

"으음……?"

낯선 풍경이었다.

저편에서 걸어오고 있는 이들의 수는 대여섯. 그들은 하나같이 높은 벼슬아치임을 의미하는 붉은 시복을 착용하고 있었다. 벼슬아치들은 대부분 백발이 성성한 노인들이었다. 왕세자가 대리청정을 하고 있었으므로 동궁전에 벼슬아치들이 드나드는 것이 특별치는 않았다. 그러나 일단 그 수가 많은 데다 꽤 날 선 기색이 보여, 긴장한 그녀는 산철쭉 군락 사이로 한 발짝 물러섰다.

"음."

그녀 곁을 지나치던 나이 든 대신 역시 순심의 존재를 깨달은 모양이었다. 하기야 눈에 띌 수밖에 없는 복장이었다. 순심은 채화가 하사한 화사한 비단옷을 입었고 손가락에는 반짝이는 옥반지까지 끼고 있었다.

동궁전에서 이런 복장이 가능한 인물은 세자빈과 승은궁녀, 오직 둘. 그러나 고관대작들이 세자빈의 얼굴을 모를 리 없었으므로, 철쭉 사이에 우뚝 솟아 있는 여인은 당연히 승은궁녀가 되는 것이다.

행렬의 선두에 서 있던 벼슬아치의 걸음이 느려진다. 이이명. 그와 순심의 시선이 마주쳤다. 당황한 순심이 눈을 내리깔았다. 이이명의 눈빛은 움찔할 만큼 날카로웠다.

"저 여인이 말로만 듣던 승은궁녀인가 보지요."

누군가 무심코 내뱉은 말이 순심의 귀에 날아와 박혔다. 누군지 알 수 없는 이가 말하는 이후의 말들도.

"세자께서 계집 치마폭에 빠져버린 이유를 잘 알겠습니다. 미색이 대단합니다그려."

"쯧, 미색은 무슨……. 저런 것이야말로 사내를 패가망신하게 하는 요사한 잡색이오."

"그러게나 말입니다. 우리는 이미 그런 여인이 어떤 평지풍파(平地風波)를 일으켰는지 보아 알지요. 가진 거라고는 반반한 낯짝뿐인 계집들이 사내를 치마폭에 가두면 무슨 일이 생기는지……."

굳이 목소리를 낮추려 애쓰지도, 순심에게 들리지 않게 하려 노력하지도 않는 늙은이들의 음성이 귓전에 처덕처덕 들러붙었다. 들으라고 하는 소리나 다름없는 노골적인 말들이었다. 수치심이 들어 순심은 떨리는 손을 맞잡았다.

그때였다. 여섯 대신들의 행렬이 우뚝 멈추었다. 갑작스런 사고라도 발생한 듯 일행이 우왕좌왕하는 모습이 보였다.

길 맞은편에서 나타난 것은 다름 아닌 황가. 그리고 황가를 마주한 순간 사색이 되어 굳어진 것은 행렬의 선두에 서 있던 이이명이었다.

"……."

이이명은 귀신이라도 마주친 듯한 눈빛으로 황가를 보고 있었다. 둘의 시선이 마주쳤으나 황가는 눈을 피하지 않았다.

긴 세월, 임금의 발치에서 머리꼭대기까지 때에 따라 비상하게 이동하며 살아남아온 이이명 역시 이 순간만은 대경실색했다. 한동안 밤마다 스무 걸음 남짓한 뒤에서 그를 따라오던 자. 죽이지도, 위협하지도 않았으나 사신처럼 으스스한 기운을 발하던 사내를 여기서 마주칠 줄이야.

"내관들이 다과 준비에 바빠, 저하의 명을 받잡아 소인이 고관들을 맞이하러 나왔습니다. 부디 이해해주셨으면 합니다."

"……자네는, 누군가?"

이이명이 가까스로 물었다. 이이명과 황가 사이의 기류가 심상치 않은 까닭에 다른 이들은 입조차 벙끗하지 못했다.

"저하의 호위무사로, 세자익위사 종팔품 무관인 황가입니다."

"황가라. 알았네."

평정을 찾은 이이명이 그의 이름을 되뇌었다. 진즉 알고 있었듯 범상치 않은 자였다. 세자가 어디서 이런 자를 얻었는지 문득 궁금했다.

"아무리 손이 없다 한들 이것은 예가 아닐세. 내관이나 궁관도 아닌 무관 나부랭이가 사람을 맞이하는 것은 어떤 경우인가?"

뒤에 서 있던 이들 중 하나가 불만스럽다는 듯 투덜거리자 황가가 대꾸했다.

"세자께서 아끼는 궁녀에게 무례한 말을 늘어놓는 분들에게는 오히려 과분한 대접이라 생각하옵니다."

"뭐, 뭐라?"

당상관은커녕 당하관 신세도 되지 않는 종팔품 무관 따위가 고개를 쳐들고 내뱉는 말이 기막혀, 제조(提調)는 외마디 소리를 내질렀다.

"되었네. 이자의 말에 틀린 것 없으니, 쓸데없는 데 감정 소모하지 말고 입을 다물게."

"……예, 대감."

이이명의 음성에는 불편한 기색이 역력했다. 그제야 일행은 저승전을 향해 다시금 나아가기 시작했다.

저승전의 사랑방 안. 여섯의 대신들 중 가장 앞서 앉은 이는 약방 도제조 이이명이었다.

맞은편에 자리한 윤의 표정은 별다른 동요 없이 고요했다. 세자는 오히려 무료해 보이기까지 했다. 그러나 편안할 리 없는 자리. 세자가 태어나 걸음마를 하고 말귀를 알아듣기 시작하던 시절부터 이이명과 윤의 악연은 시작되었다.

"신 이이명 아뢰옵니다."

별 의미 없는 인사말들, 마음에도 없는 안부들, 진심이 아닌 치하가 오간 이후 이이명은 본론을 꺼내 들었다.

ㅂ)"저하의 춘추가 이미 서른이 넘었는데, 아직 후사를 잇는 경사가 없으니 백성들의 근심이 어찌 그칠 수 있겠습니까?"

"후사요?"

윤이 미간을 좁히며 반문했다.

약방에 소속된 도제조며 제조들이 우르르 들이닥쳤을 때 윤 역시 방문의 목적을 예상했다. 그러나 공개적인 자리, 심지어 사관마저 동석한 상황에서 세자의 후사 문제를 대놓고 거론하다니.

"음."

윤이 고개를 한 번 끄덕였다. 말을 이으라는 의미였다.

"세자빈께서는 아직 관례 전이시니 후사를 당장 바랄 수 없을 것입니다. 그러나 세자께서는 가까이 두시는 궁녀가 있는 줄로 아옵니다. 이미 궁녀가 승은을 입은 지도 반년이 넘어갑니다. 바깥에서 저하의 후사 문제를 두고 이러저러 많은 말이 도니…….

"무슨 말이 돕니까?"

"음, 그것은……."

"말해보시오. 기왕 이리된 거 굳이 부끄러워 심려할 것이 무어 있겠소?"

이이명이 말을 이었다.

"저하께서 자손을 볼 수 없는 몸이라는 소문이 한때 도처에서 들려왔었나이다. 처음 그런 말을 들었을 때, 그저 헛소문에 지나지 않는다 생각하였으나 근래의 상황을 보기에……."

그가 말끝을 흐렸다.

"만약 저하의 기력이 미치지 못한다면 약재를 쓰는 방법도 있을 것이고, 의관을 동궁전에 두어 병증을 의논하시는 방법도 있을 것입니다."

"제 기력이 미치지 못한다고요?"

윤이 기가 막힌 듯 되물었다. 세자의 시선이 이이명에게 향한다. 그러나 그는 시치미를 떼듯 진중한 표정을 지은 채 먼 곳을 바라보고 있었다.

곁에 있던 제조 민진원(閔鎭遠)이 한 수 더 떠 아뢰었다.

"저하, 이는 종묘사직과 왕실의 후계가 걸린 중차대한 일이니, 부끄럽다는 이유로 증상을 숨기시려 드시면 아니 됩니다."

윤의 입에서 얕은 헛웃음이 흘러나왔다. 사랑방 끄트머리에 배석한 사관이 붓을 놀리는 소리가 사각사각 들려왔다. 이 대화는 실록에 기록되어 영영 박제될 것이다.

"그리하여, 도제조와 제조, 경들이 진정코 요구하고자 하는 것이 무엇입니까?"

분명 꿍꿍이가 있으리라. 때는 연잉군의 첫 아들이 태어난 지 채 열흘이 지나지 않은 시점이었다.

"저하. 종묘사직은 무엇보다 중한 것입니다. 후사 문제로 궁궐 안은 물론이거니와 바깥에서도 걱정이 많습니다. 하여 저희 약방 도제조와 제조들은 저하의 예체를 살피고 돌보기를 희망하나이다."

"제 몸을 돌보기를 희망한다……."

그것은 왕세자의 몸을 진단하겠다는 의미. 잠시 생각에 잠겼던 윤이 말을 이었다.

"내 몸이 강건하다는 결과가 나오면 그때는 또 무엇을 하시려고 그러십니까?"

"그러하다면, 후사의 책임은 저하의 것이 아닌 내명부의 것이 되지 않겠습니까? 저하께 문제가 없음에도 회임 소식이 들려오지 않는다면 응당 새로운 후궁을 들여……."

탁. 윤의 손끝이 문갑 위에 놓인 붓을 건드렸다. 그의 얼굴에 짜증이 일었다.

"경들은 일국의 왕세자를 마치 가축 다루듯 하시는구려."

"어찌 그런 말씀을 하십니까! 지나치십니다. 이는 어디까지나 종묘사직을 걱정하는 마음에서 드리는 충언입니다."

제조 민진원이 발끈하여 쏘아붙였다.

윤의 미간에 깊은 골이 패었다. 솔직히 고백하건대 생각하지 않은 것이 아니다……. 여전히 순심에게는 태기가 없었다. 마음을 편히 먹으려 하였지만 전혀 걱정이 없다면 거짓. 약방 제조들이 우르르 몰려오지 않았다 해도, 나름 비방을 찾아보거나 원인을 찾으려 했을 것이다.

이제 와서 그들의 말을 거절할 그럴싸한 명분이 없는 상황이었다. 윤은 그들이 바라는 것을 일단 건네주기로 마음먹었다.

"알겠소. 의관을 보내십시오. 응하지요."

용무를 마친 제조들이 우르르 저승전 사랑방을 벗어났다. 그러나 이이명은 잠시 의관을 가다듬으며 머물렀다.

"어찌 돌아가지 않으십니까? 제게 하실 말씀이 남으신 겝니까?"

"저하. 신 여쭐 것이 있어 남았습니다."

"말씀하세요."

이이명이 힐끔 문밖에 시선을 던졌다. 문간에는 검정 일색의 복장을 한 호위무사, 즉 황가가 버티고 서 있었다.

"어찌하여 늙은이의 뒤를 캐십니까?"

"제가 그리하였습니까?"

"저하."

이이명과 윤의 악연은 아득한 먼 과거로 거슬러 올라간다. 기사환국(己巳換局)이 일어났던 해. 희빈 장씨가 낳은 핏덩이를 원자(元子)로 삼으려는 임금의 뜻에 반대한 죄로 이이명은 귀양을 떠나야 했다. 그것이 아직 젖도 떼지 못했던 윤과 이이명의 첫 대척점이었다.

"저하께서 신을 잘 알고 있다 여기시듯, 신 역시 저하에 대해 제법 잘 알고 있사옵니다."

"그러하셨습니까."

"예, 그렇습니다."

윤이 무감한 시선으로 이이명을 마주 보았다.

제 나이의 곱절. 평생의 정적.

그가 죽어야 제가 산다. 그가 산다면, 결국 제가 죽을 것이다.

"잊지 마시라는 제 뜻이라고 생각하십시오."

"무엇을 잊지 말라는 뜻입니까?"

내내 무표정하던 윤의 입가에 희미한 미소가 번졌다.

"노론 사대신께 고하노니, 제가 지켜보고 있다는 것을 잊지 마시라는 뜻입니다."

* * *

"송구하오나……. 저하, 오늘은 침소에 드실 수 없사옵니다. 저승전으로 돌아가셔야 할 듯합니다."

낙선당 침소의 문은 굳게 닫혀 있었다.

보름달이 유난히 환한 밤이었다. 창호지 위를 비추는 달빛 아래 순심의 그림자가 어른거렸다.

"……그러하냐."

이제 윤도 그 말의 의미를 알고 있었다.

침소에 드실 수 없다는 말은 순심의 달거리가 시작되었다는 뜻이었다. 처음 순심은, 내밀한 사정을 발설한다는 부끄러움 탓에 돌아가시라 말할 때마다 뺨이 새빨개지곤 했다. 그러나 근래 부끄러움은 큰 문제가 아니었다. 번번이 회임에 실패하고 있다는 실망감이 그녀를 괴롭히고 있었다.

"몸은 좀 어떠냐? 괜찮으냐?"

"아니 괜찮을 까닭이 무어 있겠습니까. 걱정 마시옵소서, 저하."

매달 같은 일이 반복되었다. 평정을 유지하려 애쓰던 순심은 동요하고 있었다. 한 달이 지나고 시기가 다가오면 초조해했고 두려워했다. 그리고 다시 달거리가 시작되면 저렇게 얼굴을 보이지 않은 채 문 뒤로 숨어버리곤 하는 것이다.

"순심아. 너의 탓이 아니다. 아직 나와 네가 젊거늘 어찌 마음 아파하고 걱정하느냐?"

"······저하를 볼 낯이 없어 그렇습니다."

"그러지 말고 문을 열어라. 달밤에 정인을 밖에 세워둘 생각이냐?"

"······."

망설이던 순심이 문을 열었다. 문지방을 사이에 두고 그들은 서로를 마주 보았다.

"그래도 확실히 씩씩한 여인이구나. 혹여 눈물바람이라도 했나 싶어 내 걱정했다."

"무어 잘한 것이 있다고 울겠습니까?"

"잘한 것이 없어? 못한 것은 또 무엇이기에 그렇더냐. 어찌 이리 소심해졌느냐. 너답지 않다."

윤이 순심의 손을 잡았다. 그녀가 빼지 않고 늘 끼고 다니는 반지가 손마디를 스쳤다.

"나는 괜찮다. 걱정하지 않는다. 한데 너는 어찌 그리 조급한 것이냐. 아바마마의 일을 너도 들어 알지 않으냐? 어머님을 오래도록 아끼셨으나 십 년 가까운 시간이 지난 후에야 내가 태어났다."

"그렇긴 하지만······."

"조바심 낼 필요 없다. 차차 기다리면 될 일이지. 본래 오래 기다려야만 나처럼 훤칠한 자손을 보는 법이거든."

순심의 마음을 달래고자 진담 섞인 농을 건네는 윤이었다. 그녀는 그제야 희미하게 웃었다.

낮에 낙선당 앞에서 마주쳤던 관원들이 어찌하여 동궁전을 방문했는지, 순심은 구월을 통해 까닭을 전해 들었다. 그러나 오직 그 이유만은 아니었다. 무어라 딱 꼬집어 말할 수 없는 불안감이 그녀를 지배하고 있었다.

"저하, 소인 청하고 싶은 것이 있사옵니다."

"무엇이기에?"

"외출을 하고 싶습니다."

"외출?"

"예, 구월이와 함께요."

"나와 함께가 아니고? 안 된다."

다시금 농담을 건넨 윤이 순심의 어깨를 두드린다. 마침내 표정을 푼 그녀가 부드럽게 웃었다.

"근래 구월과 함께 시간을 보낸 일이 거의 없는 듯하여서…… 마침 봄이 무르익어 날씨가 좋으니, 허해주신다면 함께 바깥공기를 좀 쐬고 오고 싶습니다."

"네가 바란다면 그리해야지."

윤이 순심의 어깨를 토닥였다.

"괜히 조바심 내거나 속상해하지 마라. 보아라. 내 네가 원하는 것은 무엇이든 들어주지 않더냐. 그러니 네가 아이를 바란다면 그것 역시 이루어질 것이다. 그리고……"

윤이 낮은 음성으로 속삭였다.

"하룻밤, 재워줄 수 없겠느냐? 내 너의 곁이 아니면 도통 잠이 오지 않아 간곡히 청한다."

* * *

"와. 날씨 한번 기막히게 좋다!"

운종가 한복판. 생각보다 목소리가 컸는지, 길을 오가던 사람들 몇몇이 뒤를 돌아보았다. 그러나 구월은 아랑곳 않고 거듭 감탄사를 내뱉었다.

"하늘 좀 봐, 순심아. 내 생전 저렇게 쨍하니 새파란 하늘은 처음 본다? 저 구름! 꼭 그, 뭐냐, 금손인지 뚱손인지 하는 괭이 안 닮았냐? 응?"

"구월아."

"세자빈께서 어찌나 야무지고 깐깐하신지, 요새 동궁전 궁녀들은 다들 죽어나는 중인데 말이야. 나는 동무 잘 둔 덕에 이렇게 탱자탱 자 소풍이라니. 아흐. 복 받은 나란 년……."

"구월아."

순심이 재차 구월을 부른다. 쉼 없이 조잘대며 떠들던 구월이 그 제야 말을 멈췄다.

"왜, 순심아?"

"그러지 않아도 돼."

"……응?"

"나 괜찮으니까, 그렇게 애쓰지 않아도 된다고."

"아……. 티 났냐?"

구월이 머쓱한 표정으로 되물었다. 순심이 고개를 끄덕거렸다.

"많이. 엄청 많이."

"미안……. 네 표정이 좀 어두워 보여서."

"미안할 거 없어. 좀 긴장했나 봐. 나 아무렇지도 않아, 정말로."

순심이 구월의 손을 꼭 잡았다.

"의원에 다녀오려고 나온 것도 있지만, 너랑 외출하고 싶어서 저 하게 조른 거야. 우리 같이 방 쓸 때는 녹봉 받으면 이렇게 저잣거리 구경하곤 했잖아."

"그랬지. 생각해보니 진짜 오랜만이긴 하다. 벌써 일 년이 다 됐나 봐."

"응. 그러니까 구월아. 우리 그때처럼 오늘 재미있는 구경 많이 하 고 돌아가자."

"그래! 그러자! 그럽시다!"

순심도, 구월도 모두 궁궐 안에서 입는 것과는 다른 차림을 하

있었다. 운종가의 많은 사람들 사이에 파묻힌 그녀들은 오랜만에 저자 구경을 나와 들뜬 반가 여인들처럼 보였다.

"저하께는 솔직히 말씀드리고 나왔어?"

"아니……. 괜한 걱정만 끼칠 것 같아서."

"잘했어. 보나 마나 별일 아닐 거야. 그나저나 순순히 혼자 보내주셨네? 거추장스럽게 호위무사니 뭐니 따라오면 어쩌나 걱정했거든."

"안 그래도 황가 님과 동행하라 말씀하셨는데……. 내가 잘 말씀드렸어. 너랑 둘이서 시간 보내고 싶다고."

"어, 저기 보인다!"

구월이 앞쪽을 가리키며 외쳤다. 그곳이 오늘 순심의 행선지. 겉으로는 그저 소박한 살림집처럼 보이는 초가집이었다.

"저기가 그렇게 용하다고 소문난 의원네 집이야. 태기가 없어서 마음고생하는 여인들마다 죄 저 의원에서 약을 달여 먹고 애를 낳았대."

구월의 말을 듣고 난 후에야 집 앞 풍경이 눈에 들어왔다. 문 앞에 늘어놓은 소쿠리며 채반 위에는 온갖 약초며 약재들이 즐비했다.

"들어가자. 어머니께 말씀드려서 진즉 약조를 해놨어."

"내가 궁녀라는 사실은 비밀로 했지?"

"당연한 소리. 그런 이야기가 새 나갔다가 세자빈께 책잡히기라도 했다간 큰일인 것을……. 그냥 반가 부인이라고 해놨으니 걱정 말고 들어가."

순심이 고개를 끄덕였다.

"계십니까?"

심호흡을 하며, 그녀는 탕약 냄새로 가득한 집 안으로 발걸음을 옮겼다.

백발 의원의 표정은 과히 좋지 않았다. 반가 여인을 진료할 때 흔히 그러하듯, 순심의 손목에 실을 묶어 맥을 살피던 의원은 자꾸만 고개를 갸웃거렸다. 계속 뜸을 들이던 의원은 결국 순심의 동의를 얻어 실이 아닌 손으로 맥을 짚었다.

"근자 들어 월경에 이상이 있었지요?"

"이상이요?"

"좋아지든, 나빠지든 간에 변화가 있었을 것인데?"

"아……. 원래 부인통이 극심했었는데 갑자기 사라졌습니다."

"혹시 초오(草烏)나 부자(附子), 또는 계수나무 가지나 옻나무 수액 같은 약재를 드신 적이 있으시오?"

"글쎄요……. 열병에 걸렸을 때 탕약을 먹긴 했는데, 그 안에 무슨 약재가 들었는지까지는…….."

의원은 꽤나 고심하는 표정이었다. 말은 없고, 계속 심각한 표정을 짓는 의원을 보고 있자니 순심은 물론이거니와 곁에 있던 구월마저 속이 갑갑해 죽을 지경이었다.

"의원님! 어서 속 시원하게 말씀 좀 해보시오!"

"흐음……."

"아나! 병 고치러 왔다가 속 터져서 병 얻어서 가겠네!"

참다못한 구월이 핏대를 세우며 재촉했다. 구월이 떠벌떠벌대는 와중에도 한참이나 침묵을 지키던 의원이 마침내 입을 열었다.

"소인도 속 시원하게 말을 해드리고 싶소만, 이런 맥이 흔치 않아서…….."

"흔치 않다는 게 무슨 뜻입니까?"

순심이 긴장한 표정으로 물었다.

"체질, 관상, 일신의 상(相), 체형과 타고난 기질……. 이런 사상체질의 부인들께서 회임에 어려움을 겪는 일은 드물지요. 아마 체질만을 보아 진단하였다면 분명 부인이 아닌 낭군께 문제가 있으리라 생각했을 것입니다만…….”

“……그런데요?”

“이상합니다. 분명 더할 나위 없는 다산의 체질인데, 하초(下焦)[97]의 맥이 유달리 약하고 불규칙합니다.”

느낌이 좋지 않았다. 순심의 표정이 어두워지는 것을 본 구월이 대뜸 물었다.

“그래서 어떤 상태라는 겁니까? 회임…… 할 수 있다는 거예요, 없다는 거예요?”

“음…….”

의원이 뜸을 들이는 시간이 천년만년처럼 길게만 느껴졌다.

“이리 맥이 들쑥날쑥하니 회임이 쉽게 될 리가……. 그렇다고 아주 불가능하다 확언할 수도…….”

“그, 그런 말이 어딨어요? 기면 기고 아니면 아니지! 의원이라는 양반이 어찌 그리 구렁이 담 넘어가듯 말씀하십니까?”

구월이 재차 물었다. 그제야 의원은 마지못한 듯 고개를 끄덕였다.

“워낙 맥이 약하여 그렇지요. 소인이 보기에 불임이라 진단할 단계까지는 아닙니다.”

“아이구야…….”

답을 듣자마자 깊은 한숨을 내쉬는 순심보다 오히려 구월이 더욱 긴장했던 모양. 구월이 제 가슴을 쓸어내렸다. 그러나 의원은 무언가가 미심쩍은 듯했다.

“하나 이런 경우는 소인도 본 적이 없습니다. 본래 건강한 체질 아니십니까?”

“예. 평생 거의 병을 앓아본 적이 없습니다. 작년 가을쯤 열병을 앓긴 했지만요.”

---

97   배꼽 아랫부분.

"열병을 앓았다라……."

의원의 미간에 다시금 깊은 주름이 파였다. 곁에서 이야기를 듣고 있던 구월이 대뜸 끼어들었다.

"그때 열을 내린다는 탕약을 먹고 부작용이 생겨서 하혈을 엄청나게 했었어요! 그러다가 죽을까 봐 걱정될 만큼!"

"하혈을 하셨다고? 얼마나?"

"이틀……. 아니면 사흘? 월경과 시기가 겹친 탓에 정확하게 가늠하기는……."

순심의 대답을 들은 의원의 눈매가 가늘어졌다.

"의원에게는 보였습니까?"

"예. 의원이 말하기를 약재를 잘못 써 부작용이 발생한 것이라 했습니다. 이후에 부작용을 다스리는 탕약을 먹고 괜찮아졌고요."

"그럴 리가요. 말도 안 되는 소리를."

"예?"

의원이 내뱉는 말이 당황스러워, 순심과 구월은 동시에 반문했다.

"약재의 부작용으로 미약하게 하혈을 할 수야 있지요. 그러나 이틀, 사흘? 그것도 생사가 걱정될 만큼 많은 양의 피를 흘리다니……. 모든 약재에 부작용이 있을지언정 그런 일이 일어나기는 힘듭니다, 마님."

"……그게 무슨 뜻입니까?"

순심이 의원을 바라보며 물었다. 시선을 슬그머니 피하며 그가 대답했다.

"하혈의 까닭이 약재의 부작용이 아닐 것이라는 말씀입니다."

"……."

예상치 못한 답. 순심이 바르르 떨리는 손끝을 부여잡았다.

"그렇다면 하혈의 이유가 무엇이란 뜻입니까?"

"소인이 어찌 그것까지 알겠습니까? 약재를 일일이 살핀 것이 아니니……. 탕약일 수도, 음식일 수도 있겠지요. 혹은 그저 마님의 체질이 희귀하여 문제가 생겼을지도 모르는 일이고요.”

의원에서 나온 순심과 구월은 잠시 갈 길을 잃은 사람처럼 서 있었다.

진료를 받는 사이 시간이 꽤 흐른 모양이다. 멀찍이 보이는 운종가에 운집해 있던 사람들은 어디로 흩어졌는지 보이지 않았다. 해가 서쪽으로 치우친 것을 보니 시각은 느지막한 오후인 듯했다.

“순심아…….”

“응.”

“괜찮아?”

“음…….”

햇살에 분홍빛으로 물든 구름을 바라보던 순심이 시선을 돌렸다. 그래도 이럴 때, 구월이 곁에 있어 다행이다.

“아니. 안 괜찮아.”

“…….”

순심의 어깨가 축 처졌다.

의원을 찾아 들은 이야기들은 모두가 안 괜찮다. 안 괜찮은 것투성이였다.

애당초 구월에게 용한 의원을 알아봐달라 부탁한 건 제 몸에 문제가 있으리라 여겨서가 아니었다. 거듭 회임에 실패한 탓에 순심은 불안했다. 불안했기에 제 몸에 아무런 문제가 없다는 사실을 확인받고 싶었다. 제 존재가 윤에게 걸림돌이 되지 않으리란 답을 얻고 싶었다.

그녀가 기대했던 답은 이런 것이었다.

‘마마님께는 아무런 문제가 없습니다. 춘추가 젊으시니 마음을 편히 드시면 곧 태기가 있을 겁니다.’

그렇게, 윤과 밤마다 속삭이고 다독이며 위로하던 그런 말.

"그래도…… 회임이 가능하다잖아. 쉽지 않다뿐이지 회임할 수 있다잖아. 불임이 아니라니 걱정 할 것 없잖아. 응?"

"……그래. 다행이지."

순심이 중얼거렸다. '회임이 가능하다'는 말을 하던 의원의 떨떠름한 표정을 그녀는 기억하고 있었다. 그런 아주 작은 가능성에 기대야 할 만큼, 의원에서 들은 이야기들은 죄다 나쁜 것들뿐이었다.

"그리고 순심아, 사실 그게 문제가 아니라고."

"그럼 뭐가 문젠데?"

구월이 심각한 표정으로 대꾸했다.

"그때 너를 진료했던 의관, 정말 이상했거든. 너야 사경을 헤매는 중이라 몰랐겠지만 내가 이야기를 해봐서 알아."

뻔뻔하던 의관의 모습을 떠올리며 구월이 말을 이었다.

"그냥 넘어가선 안 돼. 분명 누군가의 사주를 받았을 거라고! 내 궁궐에서 모략이 판친다는 말은 익히 들었지만, 이런 일이 너한테 일어나다니……. 당장 세자 저하께 알려서……!"

"구월아."

"왜?"

"그러지 마. 그렇게 쉽게 생각할 일이 아냐."

구월이 우뚝 걸음을 멈췄다. 순심에게 까닭을 물으려던 그녀가 입을 다물었다. 한숨을 내쉬는 순심의 모습이 너무나 쓸쓸해 보였기 때문이었다.

"확실한 증좌가 있어야 해. 이런 일을 함부로 입 밖에 냈다가……. 나나 너뿐 아니라 저하께도 화가 미칠 수 있어. 의원이 한 말을 다 믿을 수도 없는 노릇이고……."

의원이 제시한 답은 가능성일 뿐이다. 그는 하혈의 원인이 탕약일 수도, 또는 음식일 수도 있다고 말했다. 혹은 그저 순심의 체질이 동네 의원 나부랭이인 그로서 감지하지 못할 만큼 희귀하여, 평범한 약재에 과민하게 반응한 것일지 모른다고도 했다.

"증좌도 없이 함부로 고변했다가 화를 입는 경우가 좀 많았어? 쉽게 생각해서는 안 되는 일이라고. 게다가……."

순심이 작게 중얼거렸다.

"내 체질에 문제가 있는 것일지도 몰라. 나쁜 걸 먹었다는 건 오해일 뿐일 수도……. 원인은 나인데 괜히 다른 이를 의심하고 있는 거면 어떡해?"

확실히 일개 나인인 저와는 생각의 깊이가 다르다. 순심의 말을 듣던 구월의 표정 역시 함께 어두워졌다.

"내 탓이다. 왜 괜히 의원에 가보자는 말을 꺼내서……. 생각해보면 정식 의관도 아니고, 그저 어깨너머로 알음알음 의술을 익힌 영감탱이 아냐? 그래! 순심아. 다른 의원을 찾아가보자. 다른……."

구월의 말이 뚝 그쳤다.

"순심아."

순심의 뺨 위로 투둑 떨어지는 굵은 눈물방울.

"순심아……."

순심의 눈물을 본 구월 역시 말을 잃었다. 소리조차 내지 못한 채 순심은 눈물을 뚝뚝 흘리고 있을 뿐이었다.

후회했다. 궁궐을 떠나 외출한 것을. 굳이 의원을 찾아, 듣지 않아도 될 말을 들은 것을. 윤이 늘 위로하듯 조금 늦을 뿐이라고, 그녀에게는 아무런 문제도 없다고 생각하며 살아갈 것을……. 외면하고 회피했다면 마음이라도 편했을 것을.

되돌아갈 수 없는 끔찍한 진실에 발을 담근 기분이었다. 그때였다.

"어찌하여."

눈앞에 나타난 옥빛 도포 자락.

"길 위에서 이렇게 울고 있어……."

흐느끼던 순심의 몸은 그의 푸른 품 안에 파묻혔다.

"저하!"

구월이 급히 입을 막았다. 길 한복판에서 왕세자를 경망하게 부르다니 큰일 날 일이었다.

"저하께서 어찌 바깥에……."

윤의 품에 안겼던 순심이 고개를 들었다. 윤의 등장에 당황한 나머지 눈물까지 쏙 들어가 버렸다.

"상검이에게 들었다. 의원을 찾아 나왔다지? 어찌 내게는 한마디 말도 없이 여길 왔단 말이냐."

아무래도 구월의 말을 상검이 세자에게 전한 것이 분명하다. 세자와 순심에게서 한 발짝 떨어져, 구월의 곁에 서 있던 상검의 입에서 끄응 앓는 소리가 흘러나왔다.

이내 구월이 상검을 향해 도끼눈을 치떴다.

"내 비밀이라고 안 하디? 그걸 또 저하께 고해바쳐?"

"고해바치긴 누가 고해바쳐요……. 저하께서 하도 단호하게 물으시니 별 방법이 없었던 거지. 나 같은 내시가 무슨 힘이 있다고."

"두고 봐, 너."

구월과 상검이 티격태격하는 사이, 윤이 말을 이었다.

"의원에서 무슨 일이 있었더냐, 순심아."

"……."

"내게 말해보아라. 무슨 말을 들었기에 이리 길 한복판에서 서글프게 울고 있는 게냐."

편전에서 처리할 일이 많아 윤은 예정보다 더 늦은 시각에 궁궐을 나섰다. 본래 윤은 궐 밖 출입을 거의 하지 않는 편이었다. 그러나 상검이 지나가듯 흘린 말. 순심이 의원을 찾아가려고 외출했다는 말을 듣자 도저히 나서지 않을 수가 없었다.

상검을 따라 부랴부랴 걸음을 옮겨 찾아온 중촌. 그 길목에 서 있는 순심을 발견한 윤의 눈동자는 거칠게 일렁거렸다. 길 한복판에 선 그의 여인은 펑펑 울고 있었다.

"순심아. 정녕 말 안 해 주려느냐?"

"소인이……."

순심이 힘겹게 입을 열었다.

"소인이…… 회임을 하는 것이…… 쉽지 않을 것이라는 말을 들었습니다."

"부, 불가능한 건 아니라고 하였습니다! 그저 조금 어려울 뿐이라고……. 절대 불임이란 말은 하지 않았나이다!"

곁에 있던 구월이 다급히 끼어들었다.

"……순심아."

그런 까닭에 그리 서글프게 울고 있었던 겐가.

"불가능하지 않다 하였더냐? 그럼 된 것이다. 하도 구슬프게 울고 있기에 정녕 회임할 수 없다는 소리라도 들은 줄 알았구나."

"하지만……."

"순심아. 내가 못 미더우냐?"

"아니요. 그럴 리가요."

"내가 못 미더운 것이 아닌데, 어찌 달이 바뀔 때마다 그리 슬퍼하고 초조해하느냐."

"못 미더워 그러는 것이 아닙니다. 송구하여 그런 것이지……."

순심이 윤의 시선을 피해 눈을 내리깔았다. 그의 손이 그녀의 어깨를 감쌌다.

"불임이 아니라니 언젠가 소식이 있겠지. 그러나 소식이 없던들 또 어떠하냐? 오히려 너와 나, 오직 둘이서만 사랑하며 살 수 있어 더욱 기쁘지 않으냐.”

“저하…….”

“순심아.”

윤이 허리를 구부려 순심과 눈높이를 맞추었다.

“내가 사랑하는 사람은 너다. 내가 매일 생각하고 사랑하는 이는 그저 너, 순심이다.”

“…….”

“태어날지 아닐지조차 알지 못하는 훗날의 아이의 어미를 사랑하는 것이 아니다. 나는 지금 내 곁에 있는 너를 사랑하는 것이야.”

윤이 순심의 등을 부드럽게 토닥였다.

“내게는 너만 있으면 된다.”

윤의 시선이 곁에 멀뚱멀뚱 서 있는 구월과 상검에게 닿았다.

“그리고 박상검, 구월. 너희들.”

“예?”

“눈치가 있다면 좀 사라지거라, 제발.”

* * *

“그래, 결과가 나왔소?”

“예, 이이명 대감.”

왕세자가 제안을 받아들인 이후, 약방 제조들을 비롯하여 내의원 의관들 여럿은 윤의 맥과 체질을 꼼꼼히 살폈다.

“그리하여 결과가 어떠하오?”

이이명의 물음에 의관이 진중한 음성으로 대꾸했다.

“기력이 조금 부족하나 이는 왕세자께서 본디 기질적으로 예민하신 데다 근래 마음 쓸 일이 많은 탓으로 여겨집니다. 휴식을 취하신다면 곧 좋아지실 것입니다."

"그리하여 가장 중요한 것은 어떻다는 뜻이오?"

"후사를 보는 데 별 문제가 없을 것이라는 게 의관들의 공통된 의
견이었습니다."

"……그렇구려. 알았네. 돌아가 보게."

"예, 대감. 이만 물러가겠습니다."

비로소 얻은 긴 세월 가졌던 의문에 대한 답. 그러나 이이명의 얼
굴색은 변하지 않았다.

'그 긴 시간을 고자인 척하며 보내셨던 겝니까, 저하?'

광증, 울증, 지나치게 말이 없고 소극적인 태도, 사교적이지 못한
성격과 음울한 성향, 후사를 볼 수 없는 고자라는 풍문. 그 모든 것
이 가면이다. 세자는 견제의 가치가 없는 자로 위장한 채 긴 세월을
숨죽여 살아온 것이리라.

금상의 아들이라고는 오직 셋. 그중 연령군 이훤은 신약한 탓에
정치에 관심을 두지 않았다. 세자에게 후사가 없다면 그 자리는 연
잉군의 차지가 될 것이 자명했다.

세자빈 간택을 주도한 이이명이었다. 진즉 조선 제일이라는 역술
가와 의관들을 통해 알아본바, 세자빈은 자손을 두기 힘든 관상과
체질을 타고났다. 남은 문제는 낙선당 승은궁녀였다. 그러나 궁녀는
알고 있을까. 제 몸이 어떤 상태인지를.

"영빈 자가의 지나침이 도움이 될 때가 다 있구먼."

뜻 모를 말을 중얼거리는 이이명의 입가에 비소가 감돌았다.

* * *

"이제 궁궐로 돌아가야겠지?"

붉게 물들어가는 서녘에 시선을 던진 구월이 물었다.

"그래야죠. 아마 저하와 마마님께서도 출발하셨을 겁니다. 문 내관께서 이 사실을 알면 저는 그야말로 경을 칠 테지만……."

'제발 좀 사라지라'는 윤의 분부를 받잡아 발길 닿는 대로 급히 피신한 상검과 구월이었다. 보이는 대로 걷다 보니 운종가에서는 오히려 멀어졌다. 그들은 민가가 모여 있는 마을 한가운데 이르러 있었다.

마을은 아마도 중인이며 양반들이 섞여 살아가는 곳인 듯했다. 집들은 하나같이 소박했고, 드물게 오가는 사람들 역시 검소한 무명옷을 입고 있었다.

"순심이는 참 복도 많지. 조선 하늘 아래 저하처럼 여인을 아끼고 사랑하시는 분이 또 계실까? 아까 저하께서 하시는 말씀, 들었지? 손발이 오그라드는 것 같았지만 어찌나 마음이 뭉클하던지……."

"부러우십니까, 누님?"

"에이, 부럽기는……. 내 주제가 대충 비슷하기라도 해야 부러워할 수도 있는 거지."

구월의 표정이 문득 아련해졌다.

"부러운 게 아니라 정말 기뻐. 우리 김순심이가, 늘 마음 쓰이던 내 벗이 그렇게 좋은 분을 만났으니까……."

"또, 또 운다."

무심코 상검이 손을 뻗었다. 상검의 손끝이 구월의 뺨을 스쳤다. 뺨에 와 닿는 손끝이 이상할 만치 뜨거워, 구월은 눈을 동그랗게 뜬 채 상검을 바라보았다.

언제 이렇게까지 커버렸는지. 고개를 뒤로 젖혀 얼굴을 올려 봐야 할 만큼.

"누님한테도 그런 사람이 생겼으면 좋겠어요?"

"내가? 궁녀 주제에 바랄 걸 바라야지."

"가끔…… 그럴 때 있잖아요. 흉년이 들거나 기근이 길어지면……. 나인이나 상궁들을 궁에서 내보낼 때요."

"그런다고 뭐가 달라지는 줄 아냐? 궁 안에 있든 밖에 있든 간에 궁녀는 궁녀지, 뭐……."

상검에게서는 대답이 없었다.

구월이 그를 돌아보았다. 상검의 시선은 저만치 앞에 보이는 아담한 초가집에 머물러 있었다.

허름한 싸리문 너머 보이는 툇마루 위, 가장인 듯 보이는 젊은 사내와 두 아이의 웃음소리가 왁자했다. 부엌에서는 저녁을 하는 달그락 소리가 들려오고, 문밖으로 밥을 짓는 구수한 냄새가 풍기는……. 평범하기 짝이 없는 어느 오후의 풍경.

"……나랑 도망갈래요?"

"미쳤냐?"

응당 농담이라 생각했기에 구월은 고민 없이 반문했다.

그러나 묘하게 열에 들뜬 듯한 상검의 표정, 꿈을 꾸는 것 같은 그의 눈빛…….

너는 무슨 생각을 하고 있는 건지. 언제부터 그랬던 건지.

"왜 이래, 너……."

"그러게. 나, 미쳤나 봐요."

피식, 상검이 헛웃음을 지었다. 그의 뺨이 조금 붉어졌다.

문 내관은 늘 그렇게 말씀하셨었다. 궁인은 꿈을 꾸어선 안 된다고. 현재에 충실해야 할 뿐, 바라서는 안 될 것을 꿈꾸는 순간 네 명줄은 반 토막이 나 있을 거라고.

눈을 감고, 귀를 막고, 입을 닫고 그렇게 살라고.

"누님, 미쳤나 봐요, 나……."

미쳤나 봐요. 허락되지 않은 꿈에, 감히 꾸어서는 안 되는 꿈에.

* * *

모르는 사이 찾아들었던 봄처럼 그렇게 여름도 몰래몰래 왔다.

눈부신 녹음이었다. 창덕궁 후원의 나무며 수풀들은 물기를 머금어 초록으로 반짝였다.

대지에 내리쬐는 따스한 햇볕, 피어나고 익어가며 자라나는 것들의 생명력을 가득 담은 풍요로운 바람. 그리고 입춘에 춘첩자에 써붙였듯 비구름과 함께 세상을 적시는 상쾌한 빗줄기.

창덕궁 후원의 연못이 일 년 중 가장 아름다운 계절, 여름이 왔다. 관람지며 부용지, 애련지 수면 위에 흰색과 분홍, 진홍빛의 연꽃들이 다투어 피어났다.

"작년이나 지금이나 관람지 풍경은 달라진 것이 없구나."

윤의 말에, 연꽃 흐드러진 관람지를 바라보던 순심이 행복하게 웃었다.

"소인도 같은 생각을 하고 있었습니다."

"그랬더냐?"

"예. 저하와 함께 관람지에 올라오니 그때 생각이 새록새록 납니다."

왕세자와 그의 사랑을 받는 여인은 타인의 시선으로부터 자유롭지 못했다. 동궁전에서는 늘 궁인들의 시선이 뒤따랐다. 후원에서 만끽하는 휴식은 그들이 자유로워지는 유일한 순간. 침소 안에서 둘만의 시간을 보내는 것도 좋았지만, 따르는 이 없이 후원을 거니는 것역시 큰 행복이었다.

때로 폄우사나 밤나무 둥치 아래서 그들은 사랑을 속삭이곤 했다. 봄에는 풋풋한 풀냄새가 진동했고 여름에는 연꽃향이 후원을 물들였다. 가을에는 빨갛고 노란 축축한 낙엽 냄새가, 겨울에는 코끝을 아릿하게 하는 싸한 눈 향기가 자욱했다.

그들은 사계절 내내 사랑했다. 네 번의 계절을 지나 다시금 인연이 시작된 여름에 이르는 사이, 그들의 사랑은 조금도 후퇴하지 않았다.

"어, 금손아!"

배꼼. 폄우사 뒤편에서 얼굴을 내미는 금손을 본 순심이 반색했다.

"어쩜 이리 오랜만이야? 한동안 낙선당에 코빼기도 안 비치더 니……."

쪼르르 순심을 향해 다가오던 금손이 몇 걸음 떨어진 곳에 엉덩이 를 붙였다.

"왜 오다 마니? 금손아, 이리 와!"

"나 때문에 그러겠지. 내가 있어 경계하는 것이다."

야우웅-

윤의 말에 대꾸라고 하듯 들려오는 긴 울음소리.

"참 순한 고양이인데……. 저하를 어찌 경계할까요?"

"순하다고? 글쎄. 아바마마께서도 그것을 신기하게 여기시는 듯 하던데. 저 녀석은 별로 순하지 않다. 네게만 고분고분한 게지."

"그 말씀은 들었습니다만……. 보세요. 이렇게 귀여운 걸요."

말똥말똥 바라만 보고 다가오지 않는 금손 탓에 조바심이 난 모양이었 다. 폄우사에 있던 순심이 대뜸 일어나 금손에게 다가갔다. 순심이 금손 의 목덜미를 쓰다듬었다. 기분이 좋은 듯 고르릉대는 소리가 들려왔다.

"계절이 바뀌어서 그럴까요? 그사이 털빛이 많이 흐려졌습니다."

"늙어서 그렇겠지. 보기보다 나이가 많다. 내 기억이 맞다면 아마 열 살이 넘었을 게다."

"정말요? 아이구, 우리 금손이. 그렇게나 나이가 많았어? 애긴 줄 알았더니 알고 보니 어르신이네?"

니야옹- 금손이를 쓰다듬는 순심을 보던 윤이 입을 열었다.

"신기하구나. 고양이를 그리 좋아하는 것이."

"금손이의 성격이 워낙 살가워서 그렇습니다."

"나는…… 그 고양이가 싫다."

"예?"

무심코 내뱉은 말. 순심이 반문하자 윤은 별일 아니라는 듯 피식 웃었다.

"뭐, 엄청나게 싫어한다는 건 아니지만……. 십 년을 봐왔지만 아무리 봐도 그다지 정이 가지 않아."

근래 들어 부자관계가 나아지긴 했으나 과거 임금과 세자의 관계는 외줄을 타는 것처럼 아슬아슬했다.

당시의 윤이 잔뜩 긴장한 채 대전에 들 때마다 아버지의 품에 안겨 고르릉거리고 있던 살찐 고양이. 일국의 왕세자가 한낱 짐승에게 질투를 느낀다는 것은 입 밖에 낼 수 없을 만큼 부끄러운 일이었으나, 당시 윤의 삶은 그만큼 황폐했다. 순심을 만나기 전의 그는 누구에게도 사랑받아본 적 없다 느끼는 불행한 사내였기 때문이었다.

그때였다. 순심의 손에 머리를 비벼대던 금손이 갑자기 쪼르르 윤의 곁에 다가왔다. 그의 한쪽 눈썹이 꿈틀 움직인다.

"저리 가라."

윤이 귀찮다는 듯 툭 내뱉었고, 야옹 소리와 함께 금손은 다시금 순심의 치마폭 뒤로 모습을 숨겼다.

여름의 끝자락, 윤은 대단히 이례적인 외출을 했다. 왕세자와 연잉군 형제가 함께 연령군방(延齡君房)을 찾은 것이다.

"훤아."

윤의 음성이 가볍게 떨렸다.

희빈 장씨 소생인 윤, 숙빈 최씨 소생인 금, 그리고 금상의 세 아들 중 막내인 명빈 박씨 소생의 연령군 이훤.

윤과 훤의 나이 차는 열 살. 훤이 어린아이이던 무렵, 윤은 어머니의 죽음을 겪어야만 했다. 그런 까닭에 형제는 많은 시간을 보내지 못했다. 부왕은 일찍 어미를 여의었다는 이유로 유독 훤을 편애했다. 그러나 훤은 혈육이었고 하나뿐인 막냇동생이었다. 특히 외가 모두가 숙청되어 가족의 정을 모르는 윤에게 형제들은 소중한 피붙이였다.

본래 병치레가 잦았던 훤은 몇 해 전부터 원인 모를 해수(咳嗽)[98]에 시달리고 있었다.

"막내가 되어 감히 형님들을 오라 가라 하다니 송구스러워 얼굴을 들지 못하겠습니다. 부디 너그러이 용서해주시옵소서, 형님들."

세 형제 중 유독 외탁한 금과는 달리 윤과 훤은 꽤 닮은 데가 많았다. 훤 역시 윤처럼 하얀 살결과 호리호리한 체격을 타고났다. 그러나 못 본 사이 훤의 낯빛에는 병색이 완연했다.

"한데 어쩐 일로 나를 보자 했느냐? 청할 것이라도 있더냐?"

"청이라니요. 그저…… 형님들이 그리워서요."

훤이 엷게 웃었다. 그늘이 짙게 드리운 눈매가 초승달처럼 휘어졌다. 웃을 때의 훤은 윤의 어린 시절을 쏙 빼닮았다.

"형제 셋이 만나기가 좀처럼 쉽지 않아…… 병환 핑계라도 대지 않으면 모이기가 힘들잖습니까. 형님들이 보고 싶어서 아프다는 핑계를 대어 오시라 했습니다."

"그래. 네 덕에 나 역시 정사를 물리고 쉴 수 있어 기쁘다. 역시 피붙이처럼 좋은 게 없구나."

"예, 형님."

훤이 윤을 보며 환하게 웃었다. 그 순간만큼은 완연하던 병색도

_____
98 기침.

자취를 감췄다. 윤이 막냇동생의 야윈 어깨를 격려하듯 두드렸다.

"젊은 녀석이 언제까지 그리 구들장을 지고 있을 셈이냐? 아바마마께서 몹시 그리워하신다. 어서 병을 털고 일어나 입궐해야지 않겠느냐?"

"형님."

"응?"

윤을 응시하던 휜의 시선은 평온했다.

"근자 들어 아쉽다는 생각이 종종 듭니다. 늘 아바마마 용포 자락을 붙들고 그 곁에만 맴도느라, 동생임에도 형님들께 도리를 다하지 못한 듯하여…… 불충한 저를 용서해주시겠습니까?"

"……미친 자식."

곁에서 윤과 휜의 대화를 듣던 금이 정색하며 내뱉었다.

"어찌 또 욕을 하십니까, 연잉 형님."

"닥쳐라, 좀. 어린놈이 당장 오늘내일 오락가락하는 노인네처럼 늘어놓는 소리 하고는……. 형님, 휜이 지껄이는 말 따위 들어주지 마십시오. 고뿔 좀 들었다고 오냐오냐해줬더니 아주 머리꼭대기에 올라앉으려 저럽니다."

금이 날카롭게 쏘아붙였다. 그러나 피를 나눈 형제. 금의 모진 말들이 진심이 아니라는 것을 그들 모두가 안다.

"생각해보니 그렇다. 참으로 괘씸하군. 약한 소리 늘어놓지 마라, 휜. 가장 젊은 녀석이 어찌하여 세상 다 산 사람처럼 구느냐?"

"송구합니다, 형님."

"송구하면 어서 일어나면 된다."

"예. 그저 형님들이 오늘따라 부쩍 보고 싶었습니다. 그래서 오시라 하였나이다."

"보면 되지. 오늘만 날이더냐? 오늘도 이리 보고, 내일은 네가 자리를 털고 일어나 보고, 모레는 궁궐에 찾아와 대전에서 함께 보자. 그러면 된다."

"예, 명심하겠습니다, 형님."

훤이 모처럼 맑게 웃었다. 날카로운 말을 쏘아붙이던 금의 표정도 꽤 누그러졌다.

궁궐로 돌아가기 전, 윤은 그런 생각을 했다. 흘러가는 시간을 붙잡아 손안에 가두어둘 수 있다면 얼마나 좋을까. 그럴 수 있다면 절대 쥔 손을 풀지 않을 텐데.

* * *

"저하."

저승전의 침소 안. 오랜만에 동궁전에 든 김일경이 윤의 맞은편에 자리 잡았다. 왕세자가 사랑방이 아닌 침전에 방문객을 들이는 것은 몹시 이례적인 일이었다. 그들 앞에는 주안상이 놓여 있었다.

"이리 황송하게 대접하여주시니 몸 둘 바를 모르겠습니다."

"영감께서 오랜만에 오시기도 했고, 문득 술 한잔 생각이 나서 준비하라 일렀습니다."

"무슨 일이 있으십니까? 아……. 연령군 대감의 병환 때문에 그러십니까?"

"뭐……. 젊은 나이다 보니 쉬이 털고 일어날 것이라 여겼는데, 병색이 완연한 것을 보고 오니 마음이 좋지는 않습니다."

윤의 표정이 어두운 것을 본 김일경이 안심하라는 듯 일렀다.

"본래 연령군의 생모이신 명빈 박씨 역시 건강한 체질은 아니었나이다. 자식이 부모를 닮는 것은 피하기가 어렵지요. 전하께서 워낙 연령군을 아끼시니, 어의를 보내 진료하고 있다 들었습니다. 곧 회복하실 테니 크게 마음 쓰지 마십시오."

"예. 저도 그러리라 믿고 있습니다."

죽음을 상기하는 것은 늘 두렵다- 라고 생각하던 윤이 소스라치며 정신을 차렸다. 어찌 그런 불길한 생각을 하는지 모를 노릇이다.

"저하, 자리가 마련된 김에……. 몇 가지 드릴 말씀이 있습니다."

"말씀하세요."

"첫째는, 저하의 후사 문제로……."

'후사'라는 말이 김일경의 입에서 나오자마자 윤은 미간을 찌푸렸다. 이를 눈치챈 김일경이 일단 입을 다문다.

"내 약방 대신들에게도 같은 말을 한 적이 있습니다. 일국의 왕세자를 새끼 낳는 가축 취급하냐는 말이었지."

"저하, 어찌 그런 흉한 말씀을 하시옵니까. 그런 뜻이 아닙니다."

"그래요. 노론 대신들도 토씨 하나 틀리지 않고 똑같이 답하였습니다. 대체 무엇이 문제입니까? 영감께서도 들으셨을 겁니다. 약방 제조며 의관들이 제 몸을 참으로 꼼꼼하게 살폈다는 것을요."

"예, 저하께서 후사를 보시는 데 아무런 문제가 없다는 것을 저도 들었습니다. 경하할 만한 일이지요."

"당연한 일에 무슨 경하까지 하십니까?"

"하나, 소인이 드리고 싶은 말씀은……."

잠시 뜸을 들이며 김일경은 윤의 표정을 살폈다. 속내를 읽고자 하는 듯이.

"저하께서는 전혀 문제가 없으신데, 지금껏 승은궁녀에게 태기가 없는 것은 무슨 까닭입니까?"

그의 말에 발끈한 윤의 어조가 날카로워졌다.

"자손은 본래 하늘이 점지하는 것이오. 나와 낙선당 궁녀가 가까이 지낸 지 이제 고작 일 년이 되었을 뿐입니다. 안 그래도 이이명이며 민진원과 같은 노론들이 후사 문제로 매일같이 나를 괴롭히고 있소. 어찌 영감까지 그런 말을 꺼내시는 겁니까?"

김일경이 무겁게 입을 열었다.

"저하, 어차피 곧 세자빈께서 관례를 치르시겠지요. 또한 저하께서 젊으시니 다른 여인을 들이는 것도 방법이 될 수 있을 것입니다. 하여 소인은 후사 문제에 크게 걱정을 하지는 않습니다."

"그렇다면 뭐가 문제입니까?"

"소인이 진정 문제 삼고자 하는 것은 승은궁녀의 회임 문제가 아니옵니다."

윤이 김일경을 쏘아보았다. 자꾸만 뜸을 들이고, 자꾸만 세자의 눈치를 살핀다. 그런 태도는 평소의 김일경답지 않았다.

"그럼 무엇입니까?"

"소인의 걱정은 이것입니다, 저하."

김일경이 대담한 눈빛으로 윤을 마주 보았다.

"과연 승은궁녀는 믿을 수 있는 여인입니까?"

"뭐라……?"

"불경한 소문이 돌고 있습니다. 승은궁녀가 본디 유곽에서 흘러들어온 비천한 여인이라는……."

저승전에 싸늘한 침묵이 감돌았다. 윤과 김일경의 눈빛 사이로 시간마저 멈춘 듯한 고요였다.

"지금 무어라 하셨습니까, 영감?"

윤은 제 귀를 의심하며 되물었다.

"소인 역시 승은궁녀에 대해 알아보던 중 우연히 접한 이야기입니다."

"지금 순심의 뒤를 캐고 있다고 말씀하신 겁니까?"

"저하, 그것이 소인의 일이옵니다. 승은궁녀는 세자 저하의 여인 아닙니까? 장차 세손의 어미가 되실지도 모르는 사람입니다. 어찌 출생조차 확인치 않을 수 있겠습니까?"

김일경이 한 치의 부끄러움 없다는 눈빛으로 세자를 보았다. 윤의 얼굴에는 어지러운 심기가 드러나 있었다.

순심이 궁궐에 들어오기 직전, 그녀의 아비는 돈을 받고 유곽 기녀에게 순심을 팔았다. 순심은 엄동설한 강물에 몸을 던져 가까스로 참혹한 운명에서 도망쳤다. 그 사실을 윤 역시 알고 있었다. 이미 들은 이야기였기에 말 자체에 충격을 받은 것이 아니었다. 문제는 다른 데 있었다.

순심의 나이 고작 열 살에 벌어진 일. 지금의 승은궁녀와 아비에게 팔려간 열 살 소녀가 동일인임을 아는 자가 대체 누구란 말인가?

"진정하시옵소서. 소인도 그런 흉한 소리를 곧이곧대로 믿지는 않습니다. 단지 확인이 필요하여 말씀드렸을 뿐입니다."

"사실 여부도 확인되지 않은 뜬소문을 굳이 내게 전하는 이유가 무엇입니까? 그리 가벼운 분이었습니까?"

"소인 역시 처음에는 시정잡배의 헛소리라 여겼나이다. 한데 그냥 넘길 수만은 없었습니다. 하필 그 소문을 전한 자가……."

"감히 어떤 자이기에 세자의 여인을 욕보인단 말입니까? 그자가 누구요?"

윤이 김일경에게 물었다. 그의 말 곳곳에 가시가 돋쳐 있었다. 그러나 김일경은 매우 집요한 사람. 애당초 여지를 주지 말아야 한다. 설령 그것이 진실이 아니더라도, 사람들의 입에서 입을 통해 전해지다 보면 결국 진짜가 되고 만다는 것을 윤은 누구보다 잘 알고 있지 않은가.

"그것이, 저하……. 승은궁녀의 아비라 주장하는 자였습니다."

"뭐라? 아비……."

윤의 말문이 턱 막혔다. 그는 잠시 숨을 쉬는 것조차 잊었다.

알고 있었다. 순심의 아비에 대해서. 이미 그녀에게 들었기 때문이었다. 딸을 유곽에 팔아넘긴 파렴치한 자. 비정하고 비열한 자…….

그러나 알고 있었다 해서 인간의 도리를 저버린 사람을 향한 분노마저 사라지지는 않았다.

"그자는 어떻게 되었습니까?"

윤은 애써 분을 가라앉히며 물었다.

"도망쳤습니다. 자유의 몸인 중인을 소인이 달리 붙들어놓을 만한 명분이 없었나이다."

김일경이 윤의 눈치를 살폈다. 그러나 김일경은 세자의 심기가 불편하다 하여 말을 삼가는 편은 아니었다.

"다른 이도 아닌 아비의 주장입니다. 단지 뜬소문으로 치부하여 덮어놓기보단 사실 여부를 확인하여……."

"그만."

윤이 김일경의 말을 끊었다.

"내 그것에 대한 이야기를 이미 순심에게 들었소. 아비가 순심을 팔아넘기려 한 것은 사실이나, 배를 타고 팔려가던 도중에 강에 뛰어들어 살아남아 벗어났다 했습니다."

"강에 뛰어들었다고요?"

"예. 답이 되셨습니까?"

김일경은 좀체 믿을 수 없다는 표정이었다.

"그것은 승은궁녀의 일방적인 주장이 아닙니까? 증좌가 있는 것도 아니고 증인이 있는 것도 아닙니다. 여인 혼자 하는 말을 어찌 신뢰할 수 있겠습니까?"

"지금 내 말을 못 믿겠다는 거요?"

"평생 저하를 위해 헌신한 소신입니다. 어찌 저하를 못 믿겠습니까? 단지 승은궁녀의 일은 좀 더 차분히 알아보시는 편이……."

윤이 한숨을 뱉으며 눈을 감았다. 윤은 김일경의 성정을 잘 안다. 의심 가는 것이 있을 때 그는 결코 물러서지 않았다.

"돌아가십시오. 순심에 대한 모함은 듣지 않겠습니다."

"저하!"

그때였다.

"저하, 김일경 영감."

문밖에 서 있던 황가의 목소리. 윤은 감고 있던 눈을 떴다.

"무슨 일이냐?"

윤이 문밖을 향해 묻는다. 침전의 문이 열렸다.

어스름이 내린 저승전 복도. 진즉 모든 궁인을 내보낸 탓에, 홀로 서 있던 황가는 어쩐 일인지 문지방 앞에 부복하여 있었다.

"나나 저하께 할 말이라도 있는 게냐?"

황가가 멈칫, 망설이는 사이 김일경이 못마땅한 듯 쏘아붙였다.

"황가. 저하와 밀담을 나누고 있는데 어디라고 끼어드는 게냐?"

"영감, 기억하십니까?"

"뜬금없이 무엇을 말이냐?"

"소인과…… 처음 만났던 날을 말입니다. 처음 할아범을 따라 영감을 만나러 갔던 날 일을……."

"생뚱맞게 무슨 소리를 하는 게야?"

김일경이 황당한 표정으로 물었다.

물론 기억한다. 황가를 처음 본 순간, 마치 늑대와 같은 눈빛을 한 소년의 기운이 범상치 않다 느꼈으니까. 그러나 어찌하여 십 년 전의 일을 꺼내는 것인지 영문을 알 수 없었다.

"그날 배를 타고 강을 건너던 도중, 물에 빠진 아이를 구하다 시간이 지체되었다고 들으셨을 줄 압니다."

"그게 뭐 어쨌다는 거……."

무언가를 깨달은 김일경의 말이 뚝 끊겼다. 윤의 표정 역시 당혹감에 일그러졌다. 어둠 속에 고개를 수그리고 있던 황가가 고개를 들었다.

어쩌면 언젠가 밝혀질 일이라고 생각했는지도 모른다. 세월이 흘러가면, 그리고 흘러가는 세월을 따라 그저 부유하다 보면…….

"그 자리에 소인이 있었습니다. 소인이 강에 몸을 던진 궁녀님을 모시고 나왔나이다."

그녀도 알게 되지 않을까, 홀로 생각하곤 했었다.

"어찌하여 말하지 않았느냐?"

"과거의 일과 궁녀님을 연결하여 생각하지 않았기에 소인 역시 모르고 있었습니다."

"그렇다면 언제 알게 되었더냐?"

윤의 질문에 황가는 잠시 머뭇거렸다.

천하의 김일경일지언정 황가의 말을 거짓이라 치부할 수는 없었다. 황가를 추천하여 입궁시킨 것이 그 자신이기 때문이었다. 황가를 믿지 못한다는 것은 곧 믿을 수 없는 자를 세자의 곁에 붙였다는 것을 의미한다.

결국 황가의 설명을 들은 김일경은 순심을 향한 의심을 거두고 동궁전을 떠났다.

"저하께서 연잉군방으로 동여하셨던 날, 궁녀님과 나누시던 이야기를 우연히 듣고 깨달았습니다."

황가의 어조는 묵묵하고 담백했다.

"꽤 오래전의 일이로구나. 왜 사실을 밝히지 않았느냐?"

"굳이 말을 꺼낼 필요가 없다 생각하였습니다. 궁녀께서도 떠올리고픈 기억이 아닐 거라고 생각하였기에…….."

황가가 말을 이었다.

"소인 역시 거의 잊고 지내던 일입니다. 불필요하다 여겨 말하지 않았습니다."

거짓.

황가는 잊어본 적 없었다- 그 강가에 불던 바람보다 더 혹독한 슬픔을 짊어진 채 살얼음 진 강물 속으로 잠겨들던 소녀를.

물에 뛰어든 그에게 애타게 매달리는 손길에서는 생에 대한 열망이 느껴졌다. 오직 죽이는 것만을 꿈꾸던 황가였다. 그 순간 그는 반드시 소녀의 목숨을 구하고 싶었다. 비록 동생들은 살리지 못했지만, 그렇게나마 스스로의 죄를 사하고 싶었다. 그는 온몸을 곱게 하는 추위 속에서 이를 악물고 소녀를 안고 수면 위로 올라왔다.

그를 붙들던 생의 손길은 그가 살아가는 힘이 되었다. 그리고 그날부터 그는 한시도 잊어본 적 없었다.

"황가."

"예, 저하."

잠시 묵직한 고요가 침소 안을 점령했다.

"……고맙다."

황가가 고개를 들어 제 주인을 마주 보았다.

윤이 그녀를 얼마나 사랑하고 아끼는지는 고맙다, 는 짧은 말 한마디만 들어도 알 수 있었다. 문득 그런 생각이 떠올랐다. 순심이라는 아름다운 여인을 먼저 맞닥뜨린 것은 왕세자가 아닌 저였다고.

그러나 윤은 그의 주군이었고, 순심은 제 주인이 사랑하는 여인이었다. 어쩌면 황가는 죽은 여동생의 기억을 순심에게 투영하고 있는지도 모른다. 세월에 희미하게 바랜 여동생 연이의 모습과 나룻배 위 소녀의 모습이 겹쳐진다. 그래서 순심을 생각하면 왕왕 슬퍼지는 거였을까.

"바라는 것이 있느냐? 진봉을 바라느냐? 재물이나 토지, 무엇을 바라든 내 들어주겠다."

윤은 무엇이든 내줄 준비가 되어 있었다.

"바라는 것은 없습니다. 단지…… 궁녀님께는 비밀을 지켜주셨으면 합니다, 저하."

"어찌하여 그러느냐? 순심 역시 목숨을 구해준 소년을 궁금해하고 있다. 네가 한 일의 가치는 무엇으로도 매길 수 없을 만큼 귀하다. 그에 응당한 치하를 받는 것이 옳다."

"좋은 일이었다면 진즉 밝혔을 것입니다. 앞으로도 계속 궁녀님을 뵙게 될 텐데, 신을 마주칠 때마다 그때의 기억을 떠올리실까 걱정스럽습니다."

"흠."

윤이 고개를 끄덕였다. 황가의 말이 옳다.

"속이 깊구나. 알아들었다."

"예. 소신 이만 물러가겠나이다."

황가가 자리에서 일어섰다. 그가 문밖으로 나갈 무렵.

"황가야."

윤의 음성이 들려왔다.

"예, 저하."

"두 번째지?"

"예?"

"네가 순심을 구해낸 것 말이다. 운종가에서도 무뢰배들로부터 순심을 지키지 않았더냐?"

"……예, 그러하옵니다."

윤이 황가를 바라본다.

"내 절대 잊지 않으마."

두 번, 목숨을 그에게 빚졌다. 순심의 목숨은 이제 곧 윤의 생명과도 같았으므로.

윤이 말을 이었다.

"신기한 일이지."

"무엇이 말씀이옵니까?"

"인연이란 것이 말이다."

수백의 궁녀 중 하나에 지나지 않았던 순심과 평생 여인을 품을 리 없다 여겼던 왕세자의 연. 처음 낙선당에 발을 들였던 날 순심은 그것을 일컬어 운명이라 했던가.

운명은 씨실과 날실처럼 이리저리 교차한다. 먼 과거 목숨을 구하고 목숨을 빚진 소년과 소녀. 그들의 인연이 십 년의 시간을 뛰어넘어 궁궐 안에서 다시 이어진 것은 어떤 운명 때문일까.

황가가 침소를 떠난 이후 생각에 잠겨 있던 윤 역시 곧 자리를 비웠다. 문득 순심이 그리워서, 보고파서. 살아 숨 쉬는 그녀와 생의 순간을 나누고픈 열망이 참을 수 없을 만큼 사무쳐서.

十九章.
파국(破局)

　마른 나뭇잎들이 바삭바삭 소리 내며 부서졌다. 임금이 거처하는 환경전을 지나 뒤편 연희당과 양화당 근방까지 심어진 앵두며 매화나무 가지가 앙상해졌다. 봄과 여름 사이 창경궁을 푸르게 물들였던 잎새들은 빛바랜 갈색이 되어 바닥을 덮었다.

　채화의 시선이 환경전의 지붕 너머 후원에 닿았다. 후원 역시 가을빛이 한창이었다. 나이에 비해 조숙하고 생각이 많던 소녀 채화가 세자빈에 간택되어 궁궐에 들어온 지도 일 년.

　"며늘아가."

　"예, 아바마마."

　"빈궁도 이제 궁궐 안에서 사계절을 보냈지?"

　"예, 그렇사옵니다."

　"어떤 계절이 가장 아름다우냐?"

　대뜸 날아든 임금의 물음에 채화는 고심했다. 어느 계절에도 별다르다고 기억할 만한 일들은 일어나지 않았다. 시간은 쉼 없이 흘러 임금의 말 그대로 네 번의 계절이 채화를 스쳐 지나갔다. 그저 솜옷을 입었는지, 모시옷을 입었는지 따위로 그 계절을 기억할 뿐이다.

잊지 못할 사건이나 기억은 허락되지 않았던 일 년. 그리하여 채화는 어떤 계절이 가장 아름다웠냐는 물음에 쉬이 대답하지 못했다.

"질문이 어려운 게냐?"

"아니옵니다, 아바마마. 잠시 생각을 하느라……. 소첩 생각에는 지금과 같은 가을이 가장 아름다운 듯합니다."

"어찌 가을이 가장 아름다우냐?"

"백성들이 가장 풍요로운 시기이기에 그렇습니다. 백성들의 삶이 편안함을 아니, 단풍을 볼 때 다른 걱정 없이 아름다움에만 집중할 수 있었나이다."

임금이 껄껄 웃었다.

"내 참으로 현명한 며느리를 두었다. 아까운 인재로다. 편전에 늘어선 자들도 이리 훌륭한 답을 내놓기 쉽지 않다. 그렇지 않소, 중전?"

"그렇다마다요. 신첩 역시 감탄을 금치 못하겠나이다. 저보다 오히려 생각이 더 깊은 듯하니, 이 역시 전하의 복 아니겠습니까?"

"소첩 과분하여 몸 둘 바를 모르겠나이다."

시부모의 칭찬에 채화가 부끄러운 듯 얼굴을 붉혔다.

환갑에 이르러 백발이 성성하며 눈이 어두운 임금과 서른 초반인 젊은 중전, 그리고 아직 소녀 티를 벗지 못한 세자빈. 어느 때인가부터 대전과 내전 궁인들은 세대를 아우르는 세 사람이 다정하게 산책하는 모습에 익숙해졌다.

"생각해보니, 빈궁의 탄생일 역시 가을이로구나. 가례를 올리고 입궁한 것도 가을이었지?"

"예. 일 년 전 가을에 입궐하였습니다, 아바마마."

"시간이 빠르군."

중전이 그렇다며 맞장구를 쳤다.

벌써 일 년. 육례가 끝나고 세자빈이 되어 저승전에 입성한 직후의 채화는 혼돈 그 자체였다. 이름이 바뀌고, 거처가 바뀌고, 신분이 바뀐 탓에 한동안은 혼란스러웠고 갈피를 잡을 수 없었다.

중궁전, 영빈 김씨, 그리고 낙선당 승은궁녀와 동궁전 안의 많은 궁인들. 내명부 사이에서 중심을 잡는 일은 생각보다 더 어려웠다. 시동생인 연잉군과는 척을 지었다고 해도 좋을 정도로 사이가 벌어졌고, 입이 가벼운 자매들과의 왕래도 이전보다 뜸해졌다.

왕세자는 여전히 채화에게 깍듯이 예를 지켰고 친절했다. 그러나 그뿐. 결코 마음을 내주지는 않았다.

그렇지만 다행스럽게도 혼란은 오래가지 않았다. 우호적인 이들과 호의적이지 않은 이들이 정리되고, 해야 할 일들의 갈피를 잡게 되자 채화는 빠르게 자리에 적응했다. 이후 채화의 삶은 단조롭고 평온하게 흘러왔다. 오늘, 금상의 말을 듣기 전까지는.

"이제 궁궐 생활에도 익숙해졌을 테고, 동궁전 안주인으로서의 몫 역시 잘 해내고 있는 것으로 안다. 빈궁도 알다시피 세자에게는 후사가 무엇보다 필요한 시기이지."

"……예, 알고 있사옵니다, 아바마마."

"그렇다면, 이제 때가 되었다."

마치 엄숙한 선언이라도 하듯 말을 꺼내는 임금.

그를 바라보는 채화의 눈빛은 조금쯤 걱정스러웠다. 그녀는 이제 갓 익숙해졌다. 동궁전의 사무치는 고요, 쓸쓸함, 외로운 낮과 밤, 그리고 모든 것을 홀로 헤쳐 나가야 하는 궁궐 여인의 숙명…….

"이번 탄생일에 관례를 올리도록 하라. 그것이 옳다."

"……."

"어찌 대답을 않느냐, 며늘아가?"

"예. 알겠사옵니다, 아바마마."

몹시 기분이 좋은 듯, 임금이 흐린 눈으로 채화를 보며 웃었다.

그러나 그녀는 문득 두려웠다. 가까스로 제 것으로 만든 평온함이 깨어질 듯한 예감 탓에.

* * *

가을을 맞이한 궁궐은 여느 때보다 더욱 분주해졌다. 음력 구월에만 큰 행사가 여럿이었다. 그중 가장 중요한 것은 환갑을 맞이한 임금을 위해 성대하게 치러진 궁중 진연(進宴). 이후 왕세자 부부의 탄생일 하례연이 있었고, 곧이어 세자빈의 관례가 치러졌다.

"웬일로 당의며 의복을 그리 차려입었어? 어디 가?"

주전부리를 들고 낙선당을 찾은 구월의 눈이 동그래졌다.

"저승전에 다녀오려고."

"저승전에는 왜? 저하가 부르셨냐?"

"아니. 세자빈 마노라께서 편찮으시다고 상검이에게 들었어."

많은 의례가 같은 달에 몰린 탓에, 아침저녁으로 문안을 올리는 일 외에 별일 없이 지내던 세자빈은 몹시 바빠졌다. 의복이며 장신구, 수식 등을 맞추기 위해 상의원에서 여러 차례 동궁전을 찾았고, 관례를 앞둔 세자빈에게 줄을 대어 인사하려는 여러 외명부들의 방문이 잦아졌다.

이마저도 예민한 성정의 채화에게는 꽤나 고단했던 일. 결국 임금의 환갑인 진연, 지아비와 자신의 탄신연, 그리고 관례까지 연달아 치러낸 채화는 기진맥진하여 와병에 들고 말았다.

"늘 나한테 신경 써주시는데…… 문안이라도 다녀와야지."

순심의 대답을 듣자마자 구월은 인상을 팍 찌푸렸다.

"에효. 뭐, 옷이다 음식이다 철마다 세자빈께서 챙겨주시니 뭐라 말은 못하겠다만……. 그렇다고 본부인 병난 데 아등바등 찾아가는 첩실이라니. 김순심 너도 참, 너다."

내명부란 본래 엄격한 법도가 적용되는 곳. 구월이라고 그 사실을
모를 리 없다. 그러면서도 구월은 상황이 영 못마땅한 모양이었다.

"하여간에 이 조선이라는 나라는 잘못돼도 한참 잘못됐어. 쓸데
기도 없는 거 하나 달린 게 뭐 그리 큰 유세라고……. 사내들은 본부
인에, 첩실에, 측실에, 부실에……. 아이고, 한심스러워라."

구월이 뚱하니 중얼거렸다.

"그러면서 부인들한테는 투기도 안 된다, 싸워도 안 된다, 잔소리
도 안 된다! 아주 염병천병들을 해요. 지들이 애당초 부인을 하나만
두면 될 거 아냐?"

핏대를 올리는 구월의 말을 듣고 있던 순심이 쓴웃음을 지었다.
미처 생각해보지 못했을 뿐, 구월의 말은 구구절절 옳았다.

"어쩌겠어. 지금 내 처지가 이렇고 태어난 세상이 이런 걸. 게다가
잘 알잖아. 세자빈께서 나한테 정말 잘해주시는 거."

"너도 참 속 없다. 그거야 관례 전 얘기지. 이제 세자빈께서 관례
까지 치르셨는데……."

"……으응."

순심이 슬그머니 시선을 피했다. 그녀가 애꿎은 옷고름을 만지작댔다.

순심도 안다. 구월이 이렇게 핏대를 올리는 까닭을.

"관례를 치른다는 게 뭐겠어? 이제 어엿한 여인으로서 부인 대우
를 받는다는 소리잖아. 지밀상궁들이 매달 합방 날짜를 잡아서 저하
께 들이밀 거라고!"

"……."

"그런 와중에 병문안? 뭐, 죽을병이 난 것도 아니고 고작 고뿔 좀
걸렸다고 병문안? 어찌 너는 그리 태평하냐?"

순심의 입에서 하아, 깊은 한숨이 흘러나왔다.

태평할 리가. 순심은 전혀 태평하지 않았다. 모르고 있었던 것이 아니다. 구월보다, 세상 그 누구보다 더 잘 알고 있었고 더 신경 쓰고 있었다.

관례란 단순히 가래머리나 댕기머리를 내리고 쪽을 찌게 되었다는 뜻만은 아니었다. 세자빈의 관례란, 그녀가 이제 회임할 수 있는 나이에 이르렀으며 세자 역시 부인과 합방할 의무를 가졌다는 것을 의미했다. 세자빈이 관례를 치르지 않고 보냈던 일 년의 유예기간 동안 순심은 회임하지 못했다. 현재 세자에게 가장 큰 걸림돌은 후사가 없다는 사실, 그것이었다.

"어휴……. 차라리 세자빈께서 패악하고 나쁜 사람이었다면 욕이라도 실컷 할 텐데. 이건 뭐, 너나 그분이나 둘 다 처지가 참……."

말이 심했다 생각했는지 구월이 변명처럼 중얼거렸다.

"네 속도 시커멓게 타들어가겠지. 나도 갑갑해서 그래, 순심아……. 응?"

"알아, 네 마음. 나, 다녀올게."

제 동무의 처지를 세상 누구보다 안타깝게 여기는 구월에게 속 시원한 대답을 들려주지 못한 채, 순심은 도망치듯 낙선당을 벗어났다.

순심이 저승전 안으로 들어섰다. 첫 방문은 아니었다. 그러나 오늘따라 저승전 내부를 바라보는 그녀의 표정은 착잡했다.

저승전 복도를 따라 조금 걸으면 갈림길이 나온다. 동편에는 왕세자의 침소가 있었고 반대편 서쪽은 세자빈의 영역이었다.

아무리 부부의 연을 맺었던들 원칙적으로 양반, 특히 왕실에서 관례를 치르지 않은 부인과 동침하는 경우는 드물었다. 그러나 이제 이야기가 달라졌다.

채화는 관례를 마침으로써 양어깨 위에 늘어뜨리던 가래머리를 거두고 여느 비빈들처럼 어여머리를 했다. 임금과 중전은 다른 처소를 사용했으나 왕세자 부부는 같은 곳에 살고 있었다. 만일 윤이 원한다면, 그는 신을 신는 수고도 없이 단 몇 걸음만으로 세자빈의 처소에 이를 수 있었다.

'내가 무슨 생각을.'

고개를 작게 흔든 순심이 저승전 복도로 걸음을 옮겼다.

복도 끝에서 왼쪽. 그곳이 세자빈의 침소였다. 몸을 돌리다가 오른편 끝에 잠시 시선이 닿은 순심이 살짝 묵례를 했다. 멀찍이 보이는 세자의 침소 앞에 석상처럼 서 있는 황가를 발견했기 때문이었다.

그러나 저승전 내부에서, 그것도 세자빈의 병문안을 온 자리에서 호위무사와 잡담을 나눌 수도 없는 노릇. 이내 순심은 세자빈의 침소 앞에 당도했다.

"어찌 오셨습니까?"

늘 침전을 지키던 지 상궁은 보이지 않았다. 나인치고 나이가 들어 보이는 궁녀가 순심을 맞이했다. 승은궁녀란 것을 모를 리 없으나, 궁녀는 '뉘시오?'라고 묻는 듯 눈을 치뜨고 순심을 위아래로 훑었다.

그것이 현실이었다. 채화가 아무리 순심에게 우호적일지언정 그것은 세자빈 개인의 태도일 뿐, 순심을 대하는 동궁전 궁인들의 입장은 극단적으로 나뉘었다. 깍듯이 대우하는 쪽은 세자의 측이었으며 지나칠 때마저 도끼눈을 하며 흘겨보는 것은 세자빈 처소의 궁인들이었다.

"빈궁 마노라께서 편찮으시다는 소식을 들었습니다. 문안을 올리려 왔으니 아뢰어주십시오."

"문안이요?"

궁녀가 무슨 소리를 하냐는 듯 되물었다.

"지금 침소에는 지 상궁과 의녀를 제외하고는 아무도 드나들 수 없습니다. 고뿔이 드신 데다 여인의 일을 치르시는 중이라……. 몸이 불편하시어 사가의 자매분도 오셨다가 그냥 돌아가셨습니다만."

'여인의 일'이라는 말은 달거리를 에둘러 표현한 것일 터.

"아, 그렇습니까. 그럼 이만 물러가고 다음에……."

그때였다.

"밖에 누가 왔느냐?"

방 안에서 들리는 채화의 음성. 편치 않은 것은 그저 몸일 뿐인 듯했다. 들려오는 채화의 목소리는 변함없이 또렷하고 카랑카랑했다.

"예, 마노라. 낙선당이 문안을 들었사옵니다. 분부하신 대로 돌아가라 일렀사온데……."

"아니다. 들라 하게."

"예? 아……. 알겠습니다."

흔쾌히 순심을 들이라 이르는 채화의 목소리에 궁녀가 무안한 듯 헛기침을 했다. 이내 침소 문이 열렸다.

채화는 이부자리 위에 앉아 있었다. 아프다고 들었으나 예상 외로 자세가 퍽 꼿꼿했다. 절을 올린 순심이 말을 건네었다.

"누워 계시옵소서. 소인 걱정되어 잠시 문안 들었습니다."

"열이 조금 나긴 하네만, 마냥 누워 지낼 정도는 아닐세. 몸이 아픈 것이 아니라 마음이 피로하여 객을 받지 않을 뿐이야."

"마음이 피로하시다는 것이 어떤 뜻이옵니까?"

순심이 조심스레 물었다. 확실히 채화의 낯빛이 까칠하긴 했다. 그렇다고 거동을 못하거나 방문객을 모두 물릴 만큼 심하게 앓는 듯 보이지는 않았다.

"사람을 상대하는 것이 쉽지 않지. 그간 오가는 이들이 많아 마음이 참으로 피로하였네. 하여 병이 든 모양이야."

반가 여식들이야 대부분 집 안에서만 생활하기 마련. 더욱이 예민한 성격인 채화였다. 수많은 낯선 이들을 상대하는 것은 그녀의 정신을 몹시 피로하게 했다.

"소인도 문안을 드렸으니 일찍 물러가겠나이다. 차후에 회복되신 후에……."

"사람 상대하기가 피로하다는 말을 자네에게 한 것으로 들었는가?"

채화가 지나가듯 툭 물었다. 당황한 순심이 고개를 저었다.

"그런 것은 아니지만…. 편찮으신 와중에 오래 머무는 것이 도리가 아닌 듯하여서요."

"자네를 마주치는 것마저 마음이 피로하다면 굳이 들라 하지 않았겠지. 차를 들이라 할 테니 들고 가게."

"예, 마노라."

채화가 밖의 궁녀에게 차를 내오라 명했다.

와병 중인 탓에 소탈한 소복 차림에 머리 역시 성장하지 않고 늘 어뜨린 채화의 모습. 화려한 의복과 장신구들에서 벗어난 채화는 그제야 본래 나이로 보였다.

"지 상궁은 어디 갔습니까?"

"탕약을 달이러."

"아, 예."

굳이 가겠다는 순심을 만류하였으면서도 채화는 별다른 말이 없었다. 그녀는 늘 그런 식이었다. 순심에게 우호적이었으나 그렇다고 곰살갑게 구는 법도 없었다. 드물게 순심을 저승전으로 불러들이거나 채화가 낙선당을 찾을 때면 고요가 그녀들을 지배했다.

순심에게는 늘 어려운 자리였다. 그러나 한편으로는 오히려 말이 없어 채화의 마음을 느낄 수 있었다. 그들 사이는 평화로웠다. 당장 발밑이 살얼음판일지언정, 아슬아슬한 것은 궁중이라는 공간이었지 그들의 관계는 아니었다.

"마노라, 탕약과 차를 가져왔습니다. 소인 들어가겠나이다."

들려온 목소리는 지 상궁의 것이었다. 이내 문이 열리고 소반을 받쳐 든 지 상궁이 모습을 드러냈다.

"몸이 편치 않으신데, 어이하여 낙선당을 침소까지 들이셨는지……."

소반을 내려놓던 지 상궁이 못마땅한 듯 중얼거렸다. 탕약에서 진한 약재 냄새가 풍겼다. 소반 위에는 탕약 사발 외에도 차를 마시기 위한 다기(茶器)들이 놓여 있었다.

"내가 아프다는 소식을 듣고 찾아온 이를 어찌 내치겠나?"

"옳으신 말씀이옵니다만, 열증이 가시지 않은 데다 달거리까지 겹친 상황이온데……."

지 상궁이 거듭 싫은 티를 내자 채화의 미간이 좁아졌다.

"병문안을 하러 굳이 찾아온 사람 무안하겠네. 방문객의 면전에다 그런 소리를 하는 것은 어디 법도인가?"

"소, 송구합니다, 마노라. 소인은 그저 걱정이 되어……."

"알아들었으니 그만하게."

"예, 송구하옵니다."

본전도 찾지 못한 지 상궁이 마뜩잖은 표정으로 입을 다물었다.

"탕약을 새로 달여 왔습니다. 이번에는 부디 남기지 말고 드시옵소서."

"어제는 내 몸이 좋지 않았는지…… 도저히 목구멍으로 약이 넘어가질 않아서 그리했네. 오늘은 다 먹을 것이야."

"예. 쓰다 생각하시면 더욱 넘기기 어렵습니다. 눈 딱 감고 한 번에 들이켜십시오."

시커먼 탕약을 바라보던 채화가 시선을 돌렸다. 순심이 저를 말끄러미 보고 있다는 것을 깨달은 그녀가 부연 설명을 해주었다.

"어제 들인 탕약을 내 거의 먹지 못하고 그만 물리고 말았네. 어찌 약이 쓴지……."

"그러니 열이 내리지 않는 것입니다, 마노라. 소인이 탕약을 드신 후 입가심을 하실 주전부리를 챙겨 왔으니 어서 드십시오."

"열이 내리기는커녕 오늘은 어제보다 심한 것 같기도 하네."

지 상궁이 재촉하듯 탕약을 들어 채화에게 내밀었다.

"어서 드십시오. 약의 온도를 복용하시기 딱 좋을 정도로 식혀놓 았습니다."

지 상궁의 손을 떠난 탕약 사발이 채화에게로 건네졌다.

유약을 발라 매끈하게 반짝이는 백자에 지 상궁이 입은 상궁복 소맷부리와 채화의 새하얀 소복 자락이 비쳤다. 사발 속에 담긴 새카만 탕약이 위아래로 일렁거렸다. 유난히 검은 물결이 더욱 출렁대는 까닭은 탕약을 건네며 초조한 듯 입술을 핥는 지 상궁의 손이 바르르 떨고 있기 때문이었다.

"마노라."

순심의 부름에 사발에 입을 가져다 대던 채화가 고개를 들었다.

"왜 그러는가?"

"마노라……."

채화가 다시금 탕약 사발을 향해 고개를 숙였다. 그 순간, 순심이 손을 뻗어 채화의 팔을 붙들었다.

"낙선당, 이 뭐 하는 짓이오?"

지 상궁의 날카로운 음성이 들려왔다. 평소 표정에 감정을 드러내는 적 없는 채화 역시 당황한 듯 놀란 눈길로 순심을 보았다.

"어찌하여 이러는 것인가?"

"마, 마노라……."

채화의 눈빛이 의아한 빛을 띠었다. 순심의 눈동자는 거세게 흔들리고 있었고 무엇보다 이상할 만큼 간절했다. 채화가 읽은 것은 공포, 두려움, 그리고 불확실에서 오는 혼란이었다.

"이 손, 일단 놓으시게."

채화가 재차 말했다. 그러나 순심의 손은 쉬이 떨어지지 않았다.

순심은 말 못 하는 사람처럼 채화의 팔을 붙든 채 입술만 달싹거렸다. 무언가가 제 목을 틀어쥐고 있는 듯하다. 오만 생각들이 입 안에서 맴도는데, 정작 말하자니 입이 떨어지지 않았다. 곁에 서 있던 지 상궁이 채화의 곁으로 다가왔다.

"마노라, 탕약이 식습니다. 일단 드신 후에 말씀을……."

"드시지 마십시오……!"

지 상궁이 채화를 종용한 것과 거의 동시에 순심의 말문이 트였다.

"낙선당, 지금 이 무슨 해괴한 짓이오! 마노라의 병환을 위해 지어 바친 탕약이오. 무슨 권리로 궁녀 나부랭이가 드시라 마라 간섭하는 게요!"

지 상궁의 불호령이 떨어졌다.

채화와 순심의 시선이 마주쳤다. 동궁전에 들어온 지 이제 일 년. 얼마 전 관례를 치름으로써 어엿한 여인이 된 열다섯 살 세자빈은 떨지 않는다. 흔들리는 것은 순심의 눈동자와 채화의 가느다란 팔 위에 여전히 얹혀 있는 순심의 손. 그리고 더욱 흔들리는 것은, 좀체 기를 펴지 못하던 모습에 어울리지 않게 핏대를 세우며 파들대는 지 상궁의 목소리였다.

"낙선당, 까닭을 말해주게."

"마, 마노라. 드시지 마십시오. 저 탕약, 드시지 마시옵소서."

어찌하여 그런 생각이 들었는지는 순심도 확신하지 못했다. 그렇기에 목소리는 가련할 정도로 떨고 있었다.

모든 상황이 미심쩍었다. 한 가지가 이상했더라면 그냥 넘어갔을 것이다. 두 가지가 이상했더라도 그저 고개를 갸웃하고 말았을 것이다. 세 가지였더라도 감히 세자빈에게 고할 생각을 하기는 어려웠으리라. 그러나 그냥 넘어가기에는 참으로 이상한 기시감이었다.

순심이 열병을 앓았던 그때, 달거리 중에 마셨던 탕약. 헛구역질이 나올 만큼 지독했던 쓴맛과 약을 먹은 후에 서서히 올라오던 후 덥지근한 열기. 그리고 그녀를 멈칫하게 만든 탕약의 향기.

게다가 자꾸만 눈치를 살피며 초조한 듯 입술을 떠는지 상궁의 태도.

"마노라, 제발 드시지 마옵소서. 탕약이…… 아무래도 이상하옵니다."

끝내 순심은 말하고야 말았다. 그녀의 그 말은 지 상궁을 더욱 격노하게 만들었다.

"대체 무슨 소리를 지껄이는 것인가! 감히 마노라 앞에서……!"

"입 다물게."

"하오나 마노라. 이것은 내명부의 근간을 뒤흔드는!"

"탕약 한 그릇 먹고 안 먹고로 내명부가 뒤흔들렸다면 어찌 지금껏 왕실이 살아남았겠는가? 내 낙선당에게 까닭을 들어야겠으니 조용히 하게."

마지못해 입을 다문 지 상궁의 낯빛은 붉으락푸르락했다.

"말하게, 낙선당."

지 상궁을 쏘아보던 채화의 시선이 순심에게 되돌아왔다. 그것은 따뜻하거나 우호적인 시선은 아니었다. 채화는 본인이 마뜩지 않음을 굳이 감추려 들지 않았다. 심기가 편치는 않으나, 하는 말을 들어는 주겠노라는 표정이었다.

"어찌하여 이 탕약이 이상하다는 겐가? 그런 말을 입에 담을 때는 연유가 있을 테지. 무슨 근거로 그런 소리를 하는 게야? 이것은 내의원에서 진료하여 처방한 열을 내리는 약일세."

순심이 마른침을 삼켰다. 불안한 시선으로 그녀는 채화가 마시려다 내려놓은 탕약 사발을 바라보았다. 검게 찐득거리는 액체는 불길한 빛깔이었다. 그러나 탕약이란 본디 모두 검고 쓴 법.

그렇지만 세상 가장 귀중한 것을 준다 해도 그녀는 저 탕약을 마시지 않을 것이다.

"세, 세자빈께서 동궁전에 오시기 전에 있었던 일입니다. 소인이 연못에 빠진 이후 열증을 앓았던 적이 있었습니다. 그때의 소인 역시 내의원에서 보내온 탕약을 마셨사온데……."

"그러하였는데?"

"그날 이후, 소인의 몸 상태가 몹시 좋지 않았나이다. 열이 심해져 사경을 헤맸고, 덩달아 월경을 하며, 평소와 비교조차 되지 않는 많은 혈을 흘렸습니다. 그래서, 그래서……."

"그래서?"

그래서 무슨 일이 있었노라는 말은 차마 입 밖으로 나오지 않았다. 순심이 숨을 가다듬었다.

"그때 소인이 마신 탕약과 지금 이 탕약이 아무래도 같은 것으로 보여……."

"탕약이야 겉보기에 다 같은 것이오! 세상천지 검지 않고 붉거나 푸른 탕약이 어디 있답디까?"

"지 상궁! 조용하란 말 안 들리는가?"

바락 악을 쓰는 지 상궁을 채화가 힐난했다. 채화의 시선이 순심에게 되돌아왔다.

"낙선당, 단지 그 까닭인가? 약이 비슷한 듯하여? 고작 그 이유로 세자빈을 위해 달여 올린 탕약을 먹지 말라는 것이냐?"

"그것이 아니옵고……."

"대체 그 약을 먹고 무슨 일이 있었다는 겐가?"

순심이 아랫입술을 잘근 깨물었다.

이대로 가다간 세자빈 면전에서 실없는 소리를 했다는 죄목뿐 아니라 내의원을 모함했다는 누명까지 쓸지 모른다. 순심이 힘겹게 입을 열었다.

"소인은…… 회임이 쉽지 않은 체질이 되었습니다."

"회임…… 뭐라?"

"모두 탕약을 먹은 이후 일어난 일입니다, 마노라."

"……."

답을 요구하는 눈빛으로 그녀를 바라보던 채화도, 곁에서 씩씩대며 분을 삭이고 있던 지 상궁도 모두 조용해졌다. 거짓말처럼 침소 안이 고요해졌다.

"자네가…… 회임을 하기 힘든 몸이라고?"

라고, 채화가 다소간 떨리는 목소리로 내뱉은 순간이었다.

쾅! 하는 소리. 문 밖에 서 있던 궁녀들이 내뱉는 낮은 비명 소리. 장지문이 떨어져 나갈 듯 엄청난 소리와 함께 열렸다.

"지금 무어라 한 것이냐?"

검푸른 흑룡포가 펄럭였다. 경악에 찬 윤의 시선은 순심을 향하고 있었다.

"지금 무어라 한 것인지 다시 말해보라. 당장!"

"……저하."

"탕약 때문이었다고 말한 것이더냐? 네 몸이 그리된 것이 다른 까닭이 아닌 탕약 때문이라고? 왜 내게는 말하지 않았느냐?"

"저하……."

윤의 격노에 순심은 물론이거니와 채화와 지 상궁도 숨을 죽였다.

"그 탕약을 이리 내라."

"예?"

윤의 하명에 당황한 지 상궁이 고개를 들었다.

"탕약을 내라! 안에 어떤 약재가 들어간 것인지 내 소상히 밝힐 것이다. 순심의 말이 사실인지 내 몸소 확인해야겠다."

윤이 손을 내밀었다. 움찔한 지 상궁이 훅 숨을 들이마셨다.

"어서 이리 내라고 하지 않아!"

윤이 고함을 내질렀고, 지 상궁이 다급한 손길로 탕약 사발을 들어 올렸다.

그 탓이었을지도 모른다. 왕세자의 명이 하도 강경하여 차마 떨리는 손길을 잠재우지 못한 것일 수도. 수십 년간 왕실 사람들을 모시며 빈틈없는 여인이라는 소리를 듣는 지 상궁이었으나, 워낙 서슬 퍼런 왕세자의 기에 눌려 평생 범하지 않은 실수를 한 것일지도…….

또한 어쩌면 빈틈없는 그녀의 기지 덕에 발생한 일일 수도.

지 상궁의 손끝이 지익 미끄러졌다. 탕약 사발이 덜그럭 소리를 내며 소반 위를 헛돌았다. 이내 사발이 거꾸로 뒤집어졌다. 지독한 쓴 내가 올라오는 시커먼 물이 좌르르 엎질러지며 사방으로 튀었다. 먹물처럼 검은 물이 뚝뚝 흘러내렸다. 채화의 소복 치맛단도, 순심의 연푸른 치마폭도 새카맣게 물들었다.

* * *

생각이 많은 까닭에 좀체 잠을 이루지 못하는 이들이 많은 밤이었다.

누군가는 어린 세자빈 앞에서 기를 펴지 못하는 상궁의 모습으로 살아온 제 가면이 벗겨질까 두려워서 잠을 이루지 못했다. 누군가는 두 번째로 저를 구했던, 아니 구했을지도 모르는 여인의 마음에 대해 생각하느라 뜬눈으로 밤을 지새웠다. 누군가는 차마 지나치지 못하고 내뱉고야 만 무서운 진실 탓에 어떤 풍파가 밀어닥칠지 걱정하여 잠에 들지 못했다.

그리고 깊은 밤.

"이런 야심한 밤에, 다른 이도 아닌 동궁께서."

잠 못 이루는 여인들의 중심에 있는 누군가는, 여인들을 잠 못 들게 한 사태의 원인이 된 누군가를 독대하고 있었다.

"뒷방 늙은이 처소까지 어인 일로 납시었습니까?"

태화당. 영빈과 마주 앉은 윤이 그녀를 바라보았다.

"누구도 찾지 않는 보잘것없는 늙은이의 처소에 몸소 왕림하시다니. 역시 동궁마마의 은혜가 하해와 같습니다."

"비아냥대시지 마십시오. 스스로 비하하실 필요도 없습니다."

윤의 목소리가 나지막하게 울렸다.

"스스로 보잘것없다 생각해본 적 없는 분이라는 것, 잘 알고 있습니다."

"제가요? 과연 그랬을까요?"

영빈이 물었다. 질문의 방향은 윤이 아닌 자신인 듯하다.

그랬던가?

영빈 김씨, 태화당 김가, 안동 김씨 명문가의 여식, 영의정 김창집의 조카딸. 그런 휘황한 이름들에 둘러싸인 채 살아왔던 제 삶이 정녕 그랬던가? 문득 생각해보니 세자의 방자한 말은 틀린 것 같지 않았다. 사실 모든 문제의 근원은 그것이었으니까.

그녀는 보잘것없지도, 볼품없지도, 부족하거나 미천하지도 않았다. 그런데 어이하여 지아비도, 비록 피는 섞이지 않았을지언정 온 정성을 쏟은 아들마저 그녀를 멀리하는 것일까?

영빈은 그 답을 알지 못한다. 그러나 감히 부왕의 후궁의 처소에 깊은 밤 찾아들어 독대를 청하는 오만한 왕세자에 대해서는 알고 있었다. 적. 평생의 적. 그의 어미로부터 시작된 혐오스러운 악연이다.

"독초를 좋아하십니까?"

불쑥 윤이 물었다. 생각지도 못했던 기습이었다.

"어찌 대답하지 않으십니까?"

"……대체 무슨 소리를 하시는지 알 수가 없어 그러지요. 독초요? 무슨 독초 말씀입니까? 아니, 애당초 태화당에 유폐되다시피 살고 있는 늙은이가 그런 것에 어찌 관심을 둔단 말입니까."

영빈은 달변가였다. 그녀의 시선은 윤을 똑바로 향하고 있었다. 동공이 흔들리거나 시선을 피하지도 않았다. 하늘을 우러러 단 하나의 부끄러움이 없다는 듯 뻔뻔한 시선으로 그녀는 윤을 응시했다.

그녀의 젊은 날, 금상이며 중궁전을 비롯한 많은 이들이 저런 담대한 모습에 깜빡 속아 넘어갔다.

"영빈 자가."

"어찌 부르십니까?"

"작년 가을 무렵 동궁전에서 나인 하나가 죽었습니다. 사가로 외출하였다 목을 매 자결했지요."

"……."

아주 짧은 침묵. 그러나 영빈은 이내 반문했다.

"그랬습니까? 들은 기억이 있는 것 같기도 합니다만, 제가 어찌 동궁전 궁인들의 일까지 신경을 쓰겠습니까?"

"그리고 하나 더. 아시다시피 애석하게도 겨울에 박 상궁이 죽었지요."

"……."

"영빈께서 참으로 아끼시던 그 상궁 말입니다. 참 안타까운 일입니다. 들기에 아바마마의 용안에 상처를 냈다고요?"

"무슨 말씀이 하고 싶으신 겁니까? 늙은이의 아픈 곳을 후벼 파는 것이 즐거우십니까?"

"즐겁다니요. 그럴 리가요. 단, 여쭙고 싶어서 깊은 밤에 찾아왔습니다."

어린 시절, 윤은 늘 그녀가 두려웠다. 비록 어머니 희빈 장씨와 적대하였을지언정 인현왕후나 숙빈 최씨는 어린 윤에게 모질지 않았다. 그러나 영빈은 달랐다. 어린 그를 바라보는 영빈의 눈동자에는 늘 경멸과 혐오가 있었고, 그것은 윤의 어미를 바라보던 눈빛과 다르지 않았다.

만일 어머니가 살아 계시다면, 그녀 역시 영빈처럼 희끗희끗한 머리를 하고 점잖은 빛깔의 의복을 차려입은 채 노년을 맞이했을 것이다.

"이제는 누가 죽어나갈 차례입니까?"

"……뭐요?"

"동궁전 수라간 나인 먹보, 태화당 영수 상궁 박가. 한 명씩 죽어나갈 때마다 저와 동궁전 사람들의 신상에 변고가 생기곤 했습니다. 이후는 누구입니까? 지 상궁입니까?"

"대체 무슨 소리를……."

"아니면 빈궁입니까? 혹은 낙선당 승은궁녀입니까?"

"저하."

"아니면."

윤이 눈을 가늘게 뜨고 영빈을 노려보았다. 그가 악다문 잇새로 내뱉었다.

"그저 제 죽음을 바라시는 겁니까?"

"……."

영빈에게서는 대답이 돌아오지 않았다. 등잔불의 심지가 타닥대며 타들어가는 소리만이 가끔 들릴 뿐. 적막. 참을 수 없을 만큼의 적막이었다.

태화당을 둘러싼 새카만 어둠과 과한 고요에서는 소름 끼칠 만큼 깊은 악의가 느껴졌다. 오싹했다. 영빈이라는 여인의 평생의 한(恨)과 악이 태화당 곳곳에 범람하고 있었다.

"광증을 일으키는 버섯, 회임을 불가케 하는 약, 자결로 위장되어 죽은 나인, 제 주인 대신 목이 잘린 상궁."

"……."

"이러고도 하늘이 무섭지 않으십니까, 자가?"

영빈이 윤을 바라보았다. 조선의 세자, 연적(戀敵), 혹은 정적의 아들. 혐오스럽다. 욕지기가 치민다. 당연한 일이었다. 윤에게는 그 천박한 계집의 피가 흐르고 있으니까.

그렇다면, 부인할까. 모함하지 말라며 격노할까. 소리를 칠까. 대전 앞에, 껍질처럼 파삭대는 주름진 몸뚱이를 끌고 나가 세자가 나를 모함하였으니 벌해달라 석고대죄라도 할까. 그렇다면 임금은 무어라 말할까?

억울하다며 울까. 통곡할까. 천박한 어미에 그 아들, 똑같은 연놈들이라며 패악을 부릴까. 그렇게 해서 죽는다면, 악만 남아 고통스러운 삶을 끝낼 수 있을까?

타닥, 등잔불 심지에 티끌이 닿았다. 영빈의 손등에 기름방울이 튀었다. 손등이 찌릿했다. 찰나의 고통이, 연옥처럼 비참한 기억 속을 떠돌던 영빈의 정신을 현실로 불러들였다.

마주 보고 있는 윤의 모습에서 영빈은 그 어미 장희빈을 본다. 사내답지 못하게 얄쌍하게 겹이 진 눈매, 입꼬리가 올라간 요사한 입술, 뻔뻔하기 짝이 없는 눈빛.

질 수 없다. 죽는 것은 지는 것이다. 그러므로 죽을 수 없다. 비록 환영받고 존경받는 삶이 아니라 해도, 비참하게 늙게 된다 해도 결코 장씨처럼 사약을 받거나 자결을 강요당하지는 않으리라. 그녀는 임금의 후궁이라는 이름을 지켜낼 것이다. 그것이 너덜대는 껍데기뿐인 누더기라도.

영빈이 고개를 들었다. 그녀가 턱을 도도하게 치켜들었다. 거만한 눈빛으로 그녀는 윤을 바라보았다. 교활한 자 같으니. 그는 넘겨짚는 것이다. 증좌 따위 있을 리 없었다.

"증좌가 있습니까?"

영빈이 물었고, 윤은 순순히 대답했다.

"없습니다."

신사(辛巳)년[99] 늦은 가을. 유난히 스산한 바람이 불던 날. 세자 윤의 탄신일이 얼마 지나지 않은 시월의 어느 저녁이었다.

---

99   1701년, 숙종 27년을 뜻함.

열네 살 윤은 취선당 뜰에 주저앉아 있었다. 윤은 삼베로 만든 백의(白衣)를 입고 상관(喪冠)을 썼다. 인현왕후의 삼년상을 치르고 있었으므로 세자이자 그녀의 양자인 윤은 상주 노릇을 하고 있었다.

소년 윤의 뺨을 타고 흐르는 눈물은 쉬이 그치지 않았다.

"어머니……."

며칠 전, 그의 어머니 희빈 장씨가 죽었다. 희빈 장씨가 사약을 마시고 세상을 등지던 순간 윤은 생모의 곁이 아닌 인현왕후의 빈소를 지켜야만 했다. 그가 버선발로 달려갔을 때 그의 어머니는 이미 싸늘한 시신이 되어 있었다. 세상 곱던 얼굴 위에 남은 것은 파리한 죽음의 그림자, 그뿐이었다.

"어머니……."

피로 얼룩진 대자리 위, 멍석으로 덮어놓은 틈으로 비죽 튀어나온 하얀 버선발. 윤은 그 앞에 오래도록 서 있었다.

그건 슬픔이 아니었다. 슬픔이라는 말로는 감히 표현할 수 없는 감정이었다. 그것은 몸을 찢고 마음을 송두리째 뽑아내는 고통이었다.

그러나 윤에게 어머니의 죽음을 애도하는 것은 허락되지 않았다. 그는 인현왕후의 빈소를 지켜야 했고, 어머니를 죽인 아비에게 변함없이 아침저녁으로 문안을 올려야 했다. 아버지를 미워하는 것은 용납되지 않았다. 어머니를 그리워하거나, 눈물을 보이는 것 역시 질타를 받았다.

소년은 그날도 종일 상주로서 인현왕후의 빈소를 지켰다. 사람들의 시선에서 벗어난 늦은 밤이 온 후에야 소년은 떨리는 걸음으로 취선당을 찾았다.

"으흐……."

인현왕후의 빈전에서 내내 곡을 한 까닭에, 정작 생모를 위해서 나오는 것은 목쉰 울음뿐이었다. 귓가를 스치는 칼바람이 그를 대신한 곡소리처럼 구슬프게 울었다.

"저런……."

근처에서 들려오는 여인의 목소리. 끌끌 혀 차는 소리에 윤은 고개를 들었다. 역광에 비친 그림자가 당시 귀인(貴人)이라 불리던 영빈의 것임을 깨달은 윤이 텅 빈 시선으로 그녀를 바라보았다.

어찌 왔을까. 어찌 저를 보며 동정하듯 혀를 찰까. 그가 알기로 영빈은 누구보다 어머니 희빈 장씨의 죽음을 바란 사람이었다.

"세자께서 그런 꼴을 하고 여기 계시다니요."

"……."

"가엾어라."

영빈이 윤을 보며 엷게 웃었다.

"그러게 주상 전하의 바짓가랑이라도 잡고 매달리지 그러셨습니까? 내내 끙끙 앓기만 했지, 정작 어미를 살리기 위해서 아무것도 못 하신 것이나 다름없잖습니까?"

"저는……."

"쯧쯧. 연잉군이었다면 그리 안 했을 텐데."

몸을 돌리며 영빈이 내뱉었다.

"세자께서 손을 놓고 계셨기에 희빈이 죽은 것입니다. 가여운 사람 같으니."

그리고 멀어졌다. 멍하니 그 뒷모습을 바라보는 윤의 귓가에 날카로운 웃음소리가 들려왔다.

곧 윤의 세상이 뿌예졌다. 쏟아지는 것이 눈물인지, 다른 무엇인지 알 수 없었다. 세상은 거대한 슬픔의 집이 되었다. 주저앉은 윤의 몸 아래 바닥에서 슬픔이 칼날처럼 치고 올라와 그의 마음을 꿰뚫었다. 그러나 윤은 피하지 못하고 그 자리에 그저 앉아 있었다. 피할 자격 따위 없으니까.

소년 이윤은 생각한다. 내가 어머니를 죽였어. 그래서 이제 나는 혼자구나. 나는 영영 혼자겠구나…….

"지금 뭐라 하셨습니까?"

영빈이 되물었다.

증좌가 없을 것을 알았다. 그런 것이 있었다면 왕세자가 밤도둑처럼 태화당을 찾아와 장광설을 늘어놓지는 않았으리라. 그러나 세자의 답은 허무할 만큼 즉각적이었다. 증좌가 없다, 고 윤은 답했다. 그의 뻔뻔함에 기가 막혔다.

"증좌가 없다 하였습니다, 자가."

"증좌도 없이 이 시각에 찾아오셨다고요. 지금 늙은이를 희롱하시는 겁니까?"

"그럴 리가요."

윤이 영빈에게 향해 있던 시선을 잠시 거두었다. 밤이 깊었다. 괜한 꼬투리를 잡히기 전에 어서 본론을 말하고 떠나는 것이 옳다.

"저는 경고를 하러 왔습니다."

"……."

엄중한 음성이었다. 영빈이 내뱉으려던 말을 삼켰다.

"증좌가 없어 기다리고 있었지요. 심증이야 늘 가지고 있었습니다. 그러나 물증이 쉽사리 손에 들어오지 않았습니다."

영빈이 질린 표정으로 윤을 응시했다. 무슨 일을 벌이고 있는 것인지 좀체 저 배배 꼬인 속내를 알 수가 없었다. 세자의 행동은, 손에 쥔 패를 모두 내던져 흩뿌리는 것이나 다름없었다.

"그간 차근차근 증좌를 수집하고 뒤를 쫓고 있었지요. 그러나 오늘 저는 깨달았습니다. 더 이상 기다릴 수 없다는 것을. 자가를 만나야 한다는 것을요."

정무를 마친 후 지친 몸을 이끌고 찾아든 저승전. 황가에게 순심이 왔다는 말을 전해들은 윤은 혹시나 싶은 걱정에 빈궁 침소를 찾았다.

그때 문밖에 서 있던 그에게 들려온 고백.

지금껏 회임이 되지 않은 이유가 탕약 때문일지도 모른다는 순심의 목소리를 듣는 순간 그는 깨달았다. 더 이상 지체할 틈이 없었다. 증좌를 찾겠노라는 목적으로 시간을 흘려보내는 사이 위협은 시시각각 더욱 가까이 다가오고 있었다. 그리고 그 위협에 노출되어 있는 것은 윤이 아닌 그의 여인들이었다.

"제 말씀을 들으십시오."

그는 애써 되뇌었다. 영빈을 벌하는 것은 나중의 일이다. 그에게는 순심을 지키는 것이 우선이었다.

"손을 떼십시오. 승은궁녀에게, 빈궁에게, 동궁전 사람들에게, 그리고 왕세자인 제게. 저는 영빈께서 독버섯과 탕약을 사주했다는 확신을 가지고 있고, 그 답을 찾기 위해 여전히 움직이고 있습니다."

"……."

영빈의 입꼬리가 미미하게 뒤틀렸다. 불임약. 그것이 문제가 된 것이다.

'지 상궁…….'

그 아둔한 계집이 결국 꼬리를 밟히고 만 것이 분명했다. 애당초 박 상궁이 살아 있었다면 지 상궁에게 그런 일을 맡기지는 않았을 것이다. 문득 매사 놀랄 만큼 비범하던 박 상궁의 모습이 떠올라 마음 한편이 쓰라렸다.

"앞으로 동궁전에 또 수상한 일이 일어난다면, 그것이 어떤 일이든간 저는 무조건 영빈께 책임을 돌릴 것입니다."

"저를 겁박하시는 겝니까?"

"겁박이라 하셔도 좋고 모함이라 생각하셔도 상관없습니다. 제 말이 온통 거짓투성이이며 모두 날조된 것이라 생각하셔도 할 수 없습니다. 그건 애당초 중요한 문제가 아닙니다."

윤이 영빈을 바라보았다. 절대적인 진심을 담고.

"동궁전에 괴이쩍은 일이 단 하나라도 발생한다면 저는 영빈 자가를 칠 것입니다. 무슨 수를 써서라도, 설령 내가 이 알량한 세자의 지위를 지키지 못하는 한이 있어도."

내가 죽는 한이 있어도.

"······."

영빈이 마른침을 삼켰다. 두렵지는 않았다. 저런 겁박에 눈 깜빡할 영빈이었다면 애당초 이런 외줄타기를 시작하지도 않았을 것이다. 단지 평생 물에 물 탄 듯, 술에 술 탄 듯 흐릿하다는 평을 받아왔던 세자 이윤, 그의 변화가 놀라울 따름이었다.

어두운 취선당에 앉아 울고 있던 어린 세자는 언제 저렇게 눈먼 맹수가 되었을까. 미천하기 짝이 없는 계집 하나를 지키기 위해 설마 세자의 자리를 내걸겠다 맹세하는 것일까?

"자가. 기억하고 계실지 모르겠지만 이제 저는 취선당 뜰에서 울고 있던 열네 살 어린 세자가 아닙니다. 경고하건대 제 사람들에게 접근하지 마십시오."

"······."

"손 하나 까딱하는 순간, 죽음으로 갚게 되실 겁니다."

윤은 혼자가 아니다. 그리고 다시는 혼자가 되지 않을 것이다.

그때였다. 쿵쿵- 바닥을 울리는 진동. 그것은 다급한 발소리였다. 긴 세월 오싹할 만큼 적막했던 태화당과는 좀체 어울리지 않는 소리라, 영빈마저 영문을 모른 채 당황한 표정을 지었다.

순식간에 다가온 발소리가 영빈의 침소 문 앞에서 멈추고, 동시에 급박하게 문이 열렸다.

"저하! 저하!"

넘어지기라도 할 듯 달려온 문 내관이 육중한 몸을 내던져 바닥에 부복했다. 소동의 연유가 가늠되지 않아 윤은 자리에서 벌떡 일어났다.

"저하!"

"무슨 소란이냐."

"저하, 어서 돌아가셔야겠습니다."

"무슨 일이냐 묻지 않느냐?"

"저하…… 연, 연령군 대감께서……."

"연령군이 무어 어쨌다는 게냐?"

"대, 대감께서……."

윤의 표정이 싸늘하게 식었다.

깊은 밤이었다. 심지어 이곳은 윤의 공간이 아닌 영빈의 처소 태화당이었다. 문 내관은 경거망동과는 거리가 한참 먼 인물이었다. 또한 문 내관은 오늘 윤과 영빈의 만남이 얼마나 비밀스러운 것인지 누구보다 잘 알고 있었다. 그런 그가 온 궁궐이 떠나가도록 애통한 목소리로 뛰어 들어올 까닭이 대체 무어란 말인가.

훤. 훤아. 제발…….

문 내관이 침통하게 아뢰었다.

"아뢰옵기 망극하오나 연령군 대감께서 홍서(薨逝)하셨다 하옵니다, 저하……."

* * *

십 년 전. 햇빛이 유난히 따사하고 바람 냄새가 달콤한 날이었다.

분주히 오가는 궁인들의 마음마저 싱숭생숭하게 만드는 봄의 향기. 그러나 궁궐에는 봄기운이 감히 범접하지 못하는 장소가 하나 있었다. 스물두 살의 젊은 왕세자가 살고 있는 동궁전이 그곳이었다.

궁궐에서 살아가는 이들 중 가장 젊고 또 가장 아름다운 세자 윤이 살고 있는 동궁전은 역설적이게도 가장 봄과 거리가 먼 공간이기도 했다.

"저하."

문밖에서 들려오는 음성에 서책을 읽고 있던 윤이 고개를 들었다.

"연령군(延齡君) 들었사옵니다."

윤이 의아하다는 듯 고개를 갸웃했다.

연령군 이훤. 윤과는 꼬박 열한 살 나이 차가 나는 막냇동생. 금과 윤 사이가 그러하듯 훤 역시 배가 다른 동생이었다. 여느 왕자들과 같이 일찌감치 가례를 올린 훤은 어린 나이에 출합하여 제택에서 살고 있었다.

"들라 하라."

이내 훤이 방에 들어섰다. 올해 나이 열한 살. 나이는 비록 어렸으나 훤은 왕자인 동시에 벼슬을 받은 어엿한 당상관이었다. 그러나 시복은 그의 몸에 아직 큰 듯했다. 훤이 의복 자락을 펄럭이며 윤에게 문안을 올렸다.

"연령. 저승전까지 어인 일로 찾아왔더냐?"

"아바마마께서 출타 중이시어 갈 곳이 없어 찾아왔습니다, 저하."

갈 데가 오죽 없었나 보다. 윤은 속으로 생각했다.

훤은 늘 윤을 어려워했다. 임금은 세 형제 중 훤을 극도로 편애하였다. 제가 편애의 수혜자일지언정 그런 불공평함이 보이지 않을 리 없었다. 그런 까닭에 그는 늘 형님들, 특히 윤의 눈치를 살폈다.

"아바마마께서 자리를 비우신 탓도 있지만, 오늘 날이 포근하고 바람이 좋으니 문득 형님 생각이 나서……."

"고맙구나."

대꾸를 하긴 했으나 무어라 말을 이어가야 할지 알 수 없었다. 열한 살 터울이란 꽤나 큰 나이 차였으니까. 게다가 훤이 궁궐에 있을 당시는 윤이 어머니의 죽음 탓에 극도로 힘든 나날을 보내던 시절이었다. 그런 까닭에 둘 사이는 형제 사이라기엔 꽤 데면데면했다.

"후우……."

훤의 입에서 짙은 한숨이 흘러나왔다. 아직 소년이라기도 애매한 나이의 아이가 내뱉는 날숨이 꽤나 깊다. 윤은 의아한 표정으로 그를 바라보았다. 그제야 떠올리자니, 어깨가 축 처진 까닭에 옷이 유난히 펄럭대지 않았나 싶다.

"연령, 무슨 걱정이 있느냐?"

"아니요……."

"그런데 어찌 한숨을 푹푹 내쉬는 것이야?"

"형님."

윤이 휜을 바라보았다. 많은 이들이 입을 모아 말하듯 말간 얼굴에 야리야리한 체격을 가진 어린 왕자는 소년 시절 윤의 모습을 쏙 빼닮았다.

"사람이 죽으면…… 어디로 가는지요?"

연거푸 내뱉는 한숨보다 더 아이답지 않은 질문이었다.

"글쎄다. 나도 그것이 궁금하구나."

"형님은 아실 줄 알았습니다."

"나라고 그것을 어찌 알겠느냐?"

"어른이시니까요."

윤이 씁쓸하게 웃었다.

"연령. 어머니가 그리우냐?"

"예. 잘 기억이 나진 않지만요."

궁녀 출신으로 임금의 사랑을 받았던 휜의 생모 명빈 박씨는 다섯 살 아들을 남겨두고 세상을 떠났다.

문득 윤은 생각한다. 어머니의 모든 것을 기억하여 그리운 것과, 어머니의 온기조차 떠오르지 않아 그리운 것. 어느 쪽이 더 고통스러울까.

"……형님도 어머니가 그리우시지요?"

휜이 조심스럽게 물었다.

늘 없는 것이나 다름없다 생각했던 막냇동생의 물음. 그것은 윤에게 예기치 못한 동질감을 불러일으켰다.

"그립지. 네가 그렇듯이……."

"그렇다면 형님. 형님처럼 나이를 먹어 어엿한 어른이 되면…… 그때는 어머니를 향한 그리움이 좀 덜어집니까?"

"……."

"잊히지는 않더라도, 하다못해 마음이라도 좀 덜 아파질까요?"

윤이 말똥말똥한 눈으로 저를 바라보는 어린 동생과 눈을 맞췄다.

그냥 그렇다고 말해줄까. 세월이 흐르면 다 잊을 수 있다고. 아프지 않다고. 행복해질 수 있다고.

"……아니."

"역시 그렇군요……."

하아, 다시금 훤은 긴 한숨을 내쉬었다.

"훤아."

"예, 형님."

"슬픔이란 것은 내가 껴입은 의복이나 의관과 같은 것이다. 때로는 내가 옷을 입었다는 사실조차 잊어버리지만 또 때로는 허리에 두른 띠 하나가 참을 수 없을 만큼 거추장스럽기도 하거든."

"저……. 송구하옵니다만 잘 못 알아듣겠습니다, 형님."

"내가 공연한 소리를 했구나."

윤이 엷게 웃었다.

"훤아, 잠시 나가 산책하지 않겠느냐? 오늘 날이 좋다 하니."

"예, 형님."

서책을 덮은 윤이 몸을 일으켰다. 그의 가슴께에도 채 닿지 않는 막냇동생을 내려다보며 윤은 문득 후회했다.

그냥 그렇게 말해줄걸. 십 년쯤 지나 어엿한 사내가 되면, 지금 느끼는 고단한 슬픔들은 모두 잊히고 사라진다고. 훗날의 너는 참으로 행복해질 수 있다고. 너는 나와 같지 않을 거라고…….

경덕궁 존현각(尊賢閣). 상투를 풀어 머리를 길게 늘어뜨린 왕세자가 거애(擧哀)[100]하여 왕자 이훤의 죽음을 애도했다. 훤은 평생 그

100　상제(喪制)가 머리를 풀고 슬피 울어 초상난 것을 알리는 것. 발상.

리워하던 어머니 명빈 박씨의 곁에 묻혔다.

휜은 쓸쓸히 떠나갔다. 그를 그토록 사랑했던 아비 임금도, 나이 차가 많이 나는 막냇동생을 아끼던 왕세자 이윤도 휜의 마지막 길을 배웅하지 못했다. 원인을 알 수 없는 갑작스런 죽음이었기에, 노쇠한 임금이나 대리청정 중인 세자가 화를 입을까 저어하는 대신들의 만류 탓이었다.

ㅅ)불러도 응답하지 않고 막연히 소리가 없으니,

끝이 난 이 세상에서 공연히 의형(儀形)만을 생각하는구나.

가는 세월 흐르는 물 같아서 산으로 갈 날 기약이 있도다.

금양(衿陽) 떠날 날이 하룻밤뿐인데 무정한 달빛은 천추(千秋)토록 비치리라.

밤을 새워 손수 지은 제문을 읽는 윤의 음성은 탁하고 거칠었다.

그는 며칠째 잠을 이루지 못했다. 왕자가 죽었다고 하여 나랏일을 멀리할 수는 없었다. 임금은 환경전에 칩거한 채 고통에 잠겨 있었으나 대리청정을 해야 하는 윤은 그러지 못했다. 생모의 죽음을 맞이할 때와 같이 윤에게 마음껏 슬퍼할 권리는 주어지지 않았다.

소슬바람이 성글게 짠 삼베옷 사이사이로 사정없이 밀려 들어왔다. 이마며 목덜미를 스치는 까칠한 삼베옷의 감촉은 한동안 잊고 지내던 사실을 상기시켰다. 사랑하는 여인의 향기에 취해 잠시 잊고 있었다. 이윤, 제가 얼마나 죽음과 가까운 사람인지. 매 순간 죽음으로부터 도망치기 위해 얼마나 노력하며 살아왔는지를.

-형님.

문득 들려오는 휜의 목소리. 환청이란 것을 알면서도 윤은 주변을 두리번댔다.

저와 꽤 닮은 휜을 바라보면 동질감과 이질감이 동시에 들곤 했다. 형제는 어머니의 부재라는 같은 아픔을 갖고 있었다. 같은 이유 탓에 윤은 미움 받고, 휜은 사랑받았다. 휜과 마주 보고 이야기를 나눌 때 그는 체경(體鏡)[101] 너머 다른 세상에 있는 저를 바라보는 듯한 기분이 들곤 했다. 음울한 윤은 어둠 속에 있었고 청명한 훤은 빛 속에 있었다.

'이렇게 영영 떠나가느냐, 훤아.'

왜 좀 더 따뜻하게 대해주지 못했을까. 왜 좀 더 가까이 보살피지 않았을까. 왜 좀 더 마음을 표현하지 못했을까. 밀물처럼 깊은 슬픔이 몰려와 윤의 마음을 채우고, 끝내 뜨거운 눈물이 되어 흘러넘쳤다.

슬픔이란 윤에게 참으로 익숙한 것이었다. 그저 매일 몸에 걸치는 의복이나 의관 같은. 그러나 오랜만에 맞닥뜨린 죽음이 어찌 이다지도 버거운지 모를 노릇이었다.

궁궐은 깊은 슬픔에 잠겼다. 왕자 이훤의 죽음으로 말미암은 침통함은 좀체 사그라질 기미를 보이지 않았다. 비탄에 빠진 임금은 바깥출입을 하지 않았다. 신료들과 궁인들 모두 해맑은 웃음을 짓던 젊은 왕자의 죽음을 애도했다.

궁궐에 내려앉은 자욱한 슬픔 때문일까. 한동안 계속되던 스산한 날씨가 간만에 풀린 어느 한낮이었다.

니야옹-

오랜만에 동궁전 근방을 거닐던 순심의 얼굴에 화색이 돌았다.

"오랜만에 만나는구나, 우리 금손이."

순심이 반갑게 인사를 건넸다. 꼬리를 바짝 세운 노란 고양이가 쪼르르 달려왔다. 순심은 번쩍 금손을 안아 들었다.

"어째 살이 좀 빠진 것 같다, 금손이. 한결 가벼워졌네? 추울 때는 코빼기도 안 보이더니 날이 푹해져서 산책 나온 거야?"

쓰다듬어주는 손길이 무척이나 좋은 듯 금손은 연신 고르륵거렸다.

---

101 거울.

"너도 나이를 먹어가나 보다, 금손아."

금손의 등을 쓰다듬으며 순심이 중얼거렸다.

세월의 흐름 때문이 아닌 그저 계절 탓인지도 모른다. 금손의 피모는 확연히 윤기가 줄었고 털색 역시 빛바랜 황토색을 띠고 있었다.

야옹, 야옹, 니야오옹- 갑자기 금손이 목을 길게 빼고 울었다.

"대감께서 돌아가셔서 너도 마음이 아픈가 보다……."

순심이 무심코 중얼거렸다. 이어 품에 안겨 고르릉대던 금손이 냅다 뛰어내렸다.

"어디 가?"

야오옹-

마치 따라오라는 듯, 걸음을 옮기던 금손은 자꾸만 순심을 돌아보았다. 마냥 귀엽게 여기던 고양이의 뒷모습에 오늘따라 마음이 쓰였다. 달리 할 일이 없었기에 순심은 터벅터벅 금손이 이끄는 대로 걷기 시작했다.

얼마나 그렇게 걸었을까. 동궁전과 시민당 주변을 벗어나 인적이 드문 외곽에 이르렀을 무렵, 산책이라도 나선 것처럼 금손을 따라 걸음을 옮기던 순심의 걸음이 느려졌다.

과거 후궁들의 처소로 사용되었으나 지금은 비어 있는 전각들이 늘어선 창경궁 동쪽. 한때 임금의 사랑을 받았던 후궁 명빈 박씨가 기거했던 처소 집복헌(集福軒)이 보였다.

흙과 낙엽, 돌담의 색으로 물든 주인 잃은 집복헌 한복판의 강렬한 붉은색이 순심의 시선을 잡아끌었다.

"전……."

전하.

응당 물러나 머리를 조아려야 했으나 순심은 예를 갖추는 것마저 잊고 우뚝 멈춰 섰다.

집복헌의 마루에 앉아 고개를 푹 숙인 임금의 모습이 보인다. 조선에서 가장 높은 곳에 위치한 자, 막강한 정통성을 가진 강력한 군주. 긴 세월 많은 여인과 신료들의 피와 눈물을 뿌리며 그 위에 군림했던 임금이었다. 타오르는 붉은색 용포에 감싸인 그의 늙은 어깨가 들썩였다.

야옹. 니야옹. 사뿐 다가간 금손이 임금의 등에 머리를 비볐다. 가느다랗게 고르릉대는 금손의 소리마저도 구슬프고 처연했다.

"으흐흑……. 훤아. 훤아……."

임금의 흐느낌은 끊이지 않았고, 금손의 울음소리도 쉬이 멎지 않았다. 순심은 감히 떠나지도, 다가서지도 못했다. 그녀는 바닥에 부복한 채 한동안 움직이지 못했다.

"게 누구냐?"

순심에게 들려오는 음성.

"복장을 보아하니 궁관은 아닌 듯한데. 빈궁이냐?"

임금이 물었다. 근래 안질이 극심하여 금상은 복장이나 체형으로 사람을 구분하곤 했다.

"전하, 소인 낙선당 궁녀 김가이옵니다."

"……일어나라."

얼마나 시간이 흘렀을까. 어느덧 길게 드리워진 그림자가 바닥에 꿇어앉은 순심의 목덜미를 스쳤다.

일어나라는 어명에 감히 뻗댈 수도 없는 노릇이었다. 차라리 못 본 척 도망칠 걸 그랬다는 생각을 하며 순심은 몸을 일으켰다.

"어찌 찬 바닥에 있느냐. 와서 앉아라."

"……예, 전하."

고개를 들던 그녀의 눈빛이 설핏 흔들렸다. 그녀가 마지막으로 임금을 보았던 것이 아마 지난 여름이던가. 그때로부터 그리 긴 시간이 흐르지 않았다.

환갑이 지나 노환에 시달리고 있었으나 평생을 군주로서 살아온 자만이 가질 수 있는 광휘를 갖고 있던 그였다. 그러나 눈앞의 임금은 세월의 뒤안길에 접어든 힘없는 노인일 뿐. 그는 늙었고 쇠약하였으며, 마음을 기댈 곳마저 잃은 듯 보였다.

"네게 못 볼 꼴을 보였구나."

임금이 무안한 듯 내뱉었다. 세월의 흔적이 할퀴고 간 그의 울룩불룩한 눈 밑과 겹겹이 주름진 뺨 위로 눈물자국이 선연했다.

"전하……. 어찌하여 이곳에 홀로 계십니까. 바람이 찹니다."

"……그래. 바람이 참으로 차다."

임금이 뿌연 시선을 돌려 홍화문 너머를 바라보았다.

"이리 추운 날 땅에 묻힌 휜이는 얼마나 시리고 외로울꼬."

"전하……."

임금의 용안에서 다시금 눈물이 흘러내리는 것을 본 순심이 망극하여 고개를 숙였다.

"순심아."

"예, 전하."

"너는 중한 이를 잃어본 적 있느냐?"

"……아니요. 아직 없습니다."

"그러하다니 과인의 꼴이 늙은이의 노망처럼 보이겠구나."

"아니옵니다, 전하. 어찌 소인이 감히……."

순심이 조심스레 고개를 들어 올려 임금을 보았다.

"비록 소인이 누군가를 잃은 적은 없으나, 세자 저하를 곁에서 모시며 어머니를 잃은 그리움에 대해 많이 생각하게 되었나이다."

"그래. 그랬구나."

임금이 나지막하게 중얼거렸다.

"모든 것이 과인의 업보다. 죄를 지은 것은 나인데 어찌하여 아무 죄 없는 아이를 잡아가는지……."

"……."

임금은 말이 없다. 순심 역시 땅바닥만 응시하고 있었다. 한 발짝 떨어져 제 주인을 바라보던 금손이 성큼 임금의 무릎에 뛰어올랐다. 주인을 위로하듯, 금손이 임금의 용포에 제 머리를 비볐다.

"전하……. 슬퍼하지 마시라고, 울지 마시라고 금손이가 말하는 듯합니다."

"그래. 과인의 마음을 알아주는 것은 이 미물 하나뿐이다."

"밤낮으로 오직 전하의 안위만을 고심하시는 세자께서 계시고 또 효심이 지극한 연잉군께서 계시지 않습니까?"

"내 그 아이들에게 모진 짓을 많이 하였다. 하니 그들이 내게 거리감을 느끼는 것 역시 내 업이지."

후- 임금의 입에서 깊은 탄식이 흘러나왔다.

"내 이제 죽을 때가 다가온 모양이다. 내 평생 이리 회한으로 가득 찬 때가 없었다."

"전하, 어찌 그런 말씀을……."

"한 가지 네게 부탁해야겠구나."

"하명하시옵소서, 전하."

금손의 털을 만지작대던 임금이 순심을 돌아보았다.

"과인이 죽은 후에 금손이를 돌봐다오."

"저, 전하……."

"긴말할 필요 없이 답하거라. 내 부탁을 들어주겠느냐?"

"……예, 전하. 그리하겠나이다."

"고맙다. 과인의 마음이 한결 편하구나."

임금이 자리에서 일어났다. 그사이 전각 주변은 꽤나 어둑해졌다.

"환경전까지 좀 부축해주겠느냐? 오늘따라 더욱 눈이 흐리구나."

"예, 전하."

임금의 손이 순심의 어깨에 얹혔다. 생각지 못했다. 태산과 같던 금상의 무게가 이다지도 가벼울 줄은.

뒤를 따르던 금손이 나지막하게 흐느끼듯 울었다.

낙선당에 뜻밖의 방문객이 찾아든 것은 어느 늦은 오후였다. 연령군의 죽음, 그리고 그 충격 탓에 와병에 든 임금. 궁궐의 분위기는 뒤숭숭했다. 애도의 시기에 흔히 그렇듯 궁인들은 몸가짐을 유독 조심했고 말을 삼갔으며 옷차림 역시 흐트러짐이 없도록 주의했다.

"마노라."

이런 시기에 세자빈이 몸소 낙선당에 모습을 드러낸 것은 이례적인 일이었다. 할 말이 있다면 아랫것인 순심을 불러들이는 것이 보통의 방식. 다급히 방에서 나온 순심이 채화를 향해 고개를 숙였다.

채화가 관례를 치른 이후 얼마간의 시간이 흘렀다. 늘 지 상궁을 대동하던 그녀는 오늘 다른 궁녀와 함께였다.

실수인지, 혹은 고의인지 알 수 없었으나 지 상궁이 탕약을 엎은 탓에 약재에 대한 조사는 이뤄지지 못했다. 직후 연령군이 훙서했고, 임금마저 중환에 드는 등 여러모로 궁궐 내부의 상황이 좋지 않았다. 임금의 후궁인 영빈을 조사하는 데 반드시 필요한 것은 금상의 윤허였다. 그러나 세자는 아들을 잃은 슬픔에 잠겨 있는 부왕에게 감히 후궁의 잘못을 고변하지 못했다.

그러므로 지 상궁에 대한 처결 역시 이뤄지기 힘든 상황. 그러나 채화는 지 상궁을 저승전에서 퇴출시켰다. 한때 궁관의 우두머리였던 지 상궁은 뜰을 가꾸고 길목을 청소하는 허드렛일을 관리하는 처지로 내몰렸다.

"얼굴색이 한결 나아지신 듯합니다, 마노라."

"모두 자네 덕이지."

낙선당 안. 순심과 채화 사이에 몇 마디 인사가 오갔다. 채화가 순심에게 시선을 던졌다.

본부인과 첩실. 시집와 처음 순심을 마주쳤을 때 채화는 그녀를 굳이 신경 쓸 까닭 없는 천한 아랫것이라 여겼다. 첩실과 정실의 차이가 엄연하고 내명부에 위아래가 분명하니 궁녀에게 마음 쓸 일 없으리라 생각했기 때문이었다. 그러나 문제는 순심이 아닌 채화의 마음. 윤을 향한 그녀의 마음에 있었다.

어씨 집안과 정반대의 정치색을 띤 지아비. 하지만 시간이 흐를수록 마음은 자꾸 그에게 기울었다. 윤에게 마음이 기울수록 순심이 신경 쓰이는 것은 당연한 일. 처음에는 받아들이고자 했다. 그러나 윤의 마음이 오롯이 순심에게만 향해 있다는 사실을 깨닫자 당연하게도 그녀가 미워졌다. 원칙을 중시하고 위엄을 지키고자 하는 채화의 본능 덕에 가까스로 미움을 감추었을 뿐이다.

차라리 순심이 본부인을 미워하고 시기하는 악첩(惡妾)이었다면 마음이 편했을 것이다. 순심의 진심이 느껴지면 느껴질수록, 그녀가 선한 사람이라는 사실을 깨달을수록 마음은 복잡해져만 갔다.

"감사의 뜻을 전하러 들렀네. 지난번 탕약에 대한 일 말일세."

"그리 여겨주시니 감읍한 일이옵니다만, 아직 그에 대해서는 밝혀진 바가 없는 것으로 아옵니다."

"진실인지 아닌지가 중요한 것은 아닌 듯하네. 그런 상황에서 선뜻 용기를 내어 위험을 무릅쓸 사람이 몇이나 되겠나?"

"마음을 알아주시니 그것으로 족합니다."

"자네, 내가 밉지 않은가?"

"예?"

채화의 물음에 순심이 고개를 들었다. 바라보는 세자빈의 표정은 담백했다. 어떤 속내나 의도를 가지고 묻는 것이 아닌 솔직한 답을 바라는 듯한 눈빛이었다.

"밉지 않습니다. 소인이 첩실의 삶을 스스로 선택하지 않았듯, 마노라께서도 이런 상황에 처하리라 생각지 않으셨을 것이기에……."

단지 어려울 뿐이다. 순심이 아무리 진심을 보이고 세자빈을 존경하며 배려한다 해도 그들을 둘러싼 상황마저 무시할 수는 없었다. 윤의 사랑, 그 하나만으로 순심은 채화에게 상처를 입히고 있었다.

그러나 미안하다는 말 역시 섣불리 나오지 않았다. 어찌 윤의 사랑에 대해 미안해하겠는가. 그것은 그의 마음을 기만하는 짓이다. 채화가 괴롭듯 순심 역시 고통스러웠다.

"낙선당."

"예, 마노라."

"우리가 한 지아비를 모시는 관계가 아닌, 궁궐 밖의 평범한 여인으로서 마주쳤더라면……."

채화가 옅게 웃었다.

"나는 진즉 자네를 퍽 좋아하게 되었을 것이네."

"……마노라."

채화의 어조는 진심을 담고 있었다. 그 말에서 느껴지는 온기가 감격스러워 순심의 목소리는 약하게 떨렸다.

"내 노력해보려 하네. 저하의 마음을 어린 내가 어찌 가늠할 것이며 어찌 움직일 수 있겠는가. 해서 나는 내 마음에 집중하려 하네. 타인의 마음이 아닌, 내가 옳다고 생각하는 바대로……."

채화가 순심을 바라보며 미소 지었다. 그녀의 나이를 실감케 하는 맑은 미소였다.

"그러니 우리, 벗처럼 가깝게 지낼 수 있겠지?"

채화가 물었고,

"예. 예, 마노라."

고개를 끄덕이며 순심은 기꺼이 대답했다.

깊은 밤. 한결 싸늘해진 기온 탓에 순심은 문을 꼭 닫고 잠이 들었다. 한동안 순심은 윤의 온기 없이 홀로 잠들었다. 흰의 죽음 이후 임금이 국정에서 완전히 손을 뗐으므로 대리청정 중인 왕세자는 숨 돌릴 틈 없이 바빠졌다. 시간이 나는 것은 정무를 마친 이후의 시각뿐. 그러나 왕자의 죽음을 애도하는 와중인 까닭에 윤은 낙선당에 좀처럼 걸음 하지 않았다.

쾌나 길었던 여러 밤들. 그 밤, 땔감이 과한 탓에 쾌나 후덥지근한 낙선당 문이 살짝 열렸다. 겨울의 향기를 머금은 찬바람이 문틈으로 몰아쳤다.

"으음……."

몸을 뒤척이던 순심이 눈을 뜨자 그녀의 얼굴 바로 앞에 있는 윤. 깜빡, 깜빡. 순심이 느리게 눈꺼풀을 움직였다. 그녀가 옅게 웃었다.

"저하."

"너의 단잠을 깨우려는 의도는 아니었다."

잠에서 벗어나지 못한 순심의 눈이 다시 느리게 감겼다. 그녀가 몸을 움직여 그의 품으로 다가갔다. 초겨울 밤 공기를 헤치며 순심에게 온 윤에게서는 아침의 이슬, 새벽의 안개, 습기 찬 밤바람 냄새가 났다. 그녀의 얇은 소복 위로 윤의 옷자락이 차고 무겁게 드리워졌다.

"여느 때고 네가 안 그리웠겠냐마는……."

윤이 고개를 숙여 순심의 뺨에 입술을 댔다.

"오늘마저 너를 보지 못하면 차마 견딜 수가 없을 듯하여."

"으음."

순심이 몸을 작게 바르작댔다. 이마와 볼을 스치는 윤의 입술, 겨울 밤을 머금은 그의 서늘한 숨결. 주변을 가득 채우는 백단 향기와 바깥에서 묻어온 겨울의 정취가 무색하게 금세 후끈해지는 방 안의 열기.

"너와 함께하는 이 순간이 내게 얼마나 특별하고 아름다운지 아느냐?"

푸르른 어둠 속에서 윤은 그녀에게 물었고, 순심은 대답 대신 검은 눈을 떠 그를 바라보았다.

"나는 이제 참지도, 숨기지도 않을 게다. 내가 너를 은애한다는 걸. 너를 사랑하는 것이 내 삶의 일부라는 것을."

"어찌 그런 말씀을 하십니까?"

문득 순심이 손을 뻗어 왕세자의 뺨을 어루만졌다. 그의 볼이 꺼칠하다. 윤에게서는 짙은 슬픔이 느껴졌다. 이것은 휜의 죽음 이후 찾아온 변화. 순심과 함께하던 나날 동안 오직 기쁨으로 충만했던 윤은 휜의 죽음 이후 또 하나의 슬픔을 짊어지게 되었다.

"이 순간은 그저 스쳐 지나가버리니까. 세상에 영원한 것은 없으니 말이다."

문득 순심은 몸을 일으켜 윤을 마주 보았다.

"이 순간은 흘러가고 다시 돌아오지 않지만, 저하."

순심이 나지막하게 속삭였다.

"저는 늘 저하의 곁에 있겠습니다. 저하께서 떠나라며 제 등을 떠미시기 전까지는, 저하께서 제게 눈앞에서 사라지라 명하시기 전에는…… 언제까지든요."

윤의 입가에 옅은 미소가 감돌았다.

"그런 일은 일어나지 않아. 만일 내가 너를 떠나보내게 된다면, 그것은 죽음이 우리를 갈라놓았을 때뿐일 것이다."

믿기지 않는 일. 과연 그런 일이 제 삶에 일어날 수나 있을까. 삶의 각인과 같은 너를 내게서 떼어놓을 수가 있을까. 그러고서 내가 과연 살아갈 수나 있을까.

없다. 나는 너 없이는. 살아갈 수 없어.

순심아.

* * *

"저하."

"……."

"저하."

"……."

침소 문 밖에 선 문 내관이 거듭 윤을 부른다. 대답은 돌아오지 않았다. 참다못한 문 내관이 조바심을 내며 아뢰었다.

"저하. 소인 안으로 잠시 들겠나이다."

다짜고짜 왕세자의 침소에 들어선 문 내관이 우뚝 멈춰 섰다.

"저하. 어이하여 의관도 차리지 않으시고 이리 계시옵니까?"

문 내관이 황당한 표정으로 여쭈었다.

세자는 잠자리에 들 때 입는 흰옷 한 벌만을 걸치고 있었다.

"빈궁께서 기다리십니다. 저하, 어서 의관을 갖추시고……."

"가지 않는다고 이미 말한 것으로 안다."

"하오나 저하."

문 내관이 초조한 듯 양손을 맞잡았다.

세자빈이 관례를 치른 것은 탄신연 즈음. 그로부터 이미 몇 달의 시간이 지났다.

법도대로라면 응당 세자빈의 관례 직후 길일을 택하여 합방했을 것이다. 그러나 그간 궁궐 상황이 여의치 않아 합방은 자꾸만 미뤄졌다. 관례 직후에는 세자빈이 와병에 들었고, 이후에는 왕자 이훤의 죽음으로 인해 택일을 미뤘다. 그러나 이제 더 이상은 보류할 수 없는 일. 청상(靑孀)도 아닌 젊은 세자빈이 매일같이 독수공방하고 있었다.

지밀은 이미 두 번이나 합방일을 동궁전에 전달했다. 그리고 그 두 번의 밤. 세자빈은 성장하고 지아비를 기다렸고, 윤은 끝내 방문하지 않았다.

문 내관의 호소, 세자빈을 새로 모시게 된 상궁의 읍소……. 모든 것이 통하지 않았다. 세자의 뜻은 굳건했다.

"저하, 고집 피우실 일이 아니옵니다. 빈궁께서 저녁부터 단장하고 저하를 기다리고 계십니다. 부부의 연을 맺으신 이후 처음 맞는 초야입니다. 이렇게 부인을 독수공방하게 하시면 어찌하오리까."

윤은 한동안 침묵했다. 그는 순심에게 약조했다. 몸도, 마음도 오직 그녀에게만 주겠노라는 약속. 그것은 순심의 요구가 아닌 윤의 진심이었다. 그의 마음을 결코 찢어 나누지 않으리란 약조는 순심을 위한 것이기 이전에 스스로에게 한 맹세였다.

그러나 그렇다고 해서 어린 세자빈이 긴 밤 홀로 거추장스러운 예복에 감싸인 채 모멸감을 느끼기를 바라는 것은 아니었다.

"저하, 제발……. 소인의 말을……."

"알았다."

윤이 자리에서 일어섰다. 얼굴에 화색이 든 문 내관이 다급히 저고리며 두루마기를 가져왔다.

무거운 걸음. 무거운 마음. 그러나 언젠가는 반드시 해야 할 일. 그로 인해 누군가의 가슴에 씻을 수 없는 상처를 남기게 된다 해도.

일렁이는 등잔불이 벽에 빛의 물결을 만들었다.

소주방에서 정성껏 마련하여 올린 몇 가지 주전부리, 특별한 날을 위해 준비된 법주. 소반에는 세자빈 부부의 금슬과 다산을 바라는 나무 원앙 한 쌍이 가지런히 놓여 있었다. 그것을 흘낏 보던 윤의 시선이 채화에게 향했다.

매일 그들은 얼굴을 마주했다. 훤의 죽음 이후 임금은 울증에 시달렸고 부쩍 원기를 잃었다. 금상께서는 아들인 윤보다 며느리 채화를 마주할 때 오히려 기력을 찾곤 했다. 훤이 황망한 죽음을 맞은 이후, 갈 곳 잃은 왕의 마음은 며느리 채화에게 향했다. 그는 딸자식을 대하듯 그녀를 아꼈다. 며느리를 마주할 때만이 병중의 그가 유일하게 웃음을 보이는 순간이었다. 그런 까닭에 왕세자 부부는 밤낮으로 함께 대전과 동궁을 오갔다.

"빈궁."

제 목소리가 마치 남의 것처럼 낯설게 들린다. 채화의 모습이 새삼스럽다. 아침저녁으로 얼굴을 보면서도 그뿐, 진심을 쏟아본 적 없기에 세월이 흐름을 눈치채지 못했다.

윤에게 세자빈이란 여전히 어의궁 뜰에서 처음 맞닥뜨렸던 앳된 모습으로 기억에 남아 있었다. 그러나 일 년 사이 채화의 분위기는 사뭇 달라져 있었다. 세자빈은 그 누구보다 빠르게 궁중 여인의 기품과 위엄을 습득했다. 그녀에게는 처음부터 왕가의 일원이었던 사람같은 위용이 있었다.

"불러놓고 어찌 말씀이 없으십니까, 저하."

"차마 미안하여 입이 떨어지지 않기에 그러하오."

"무엇이 미안하기에 그러십니까?"

"빈궁……. 내 꺼내는 말이 그대를 상처 입힐까 두렵소."

그러나, 그렇다 해도.

"나는 그대와 초야를 보내지 않을 것이라오."

"……."

채화의 표정에는 별다른 변화가 없었다.

"알고 있습니다, 저하."

채화는 이미 알고 있었다. 일 년 하고도 몇 달의 시간을 보내는 동안 윤은 그녀를 바라보지 않았다. 그는 채화가 무슨 생각을 하는지 알 수 없었으리라.

그러나 채화는 알고 있었다. 윤의 마음에 있는 이는 오직 승은궁녀 순심뿐이라는, 잔인하지만 너무나 분명히 보이는 사실을.

"그 말을 빈궁께 전하러 왔소."

"……."

"무슨 말을 한다 하여, 그대에게 상처를 입혔다는 사실이 변하지 않는다는 것을 아오. 그저 나를 원망하시오. 그대에게 미움 받을 이는 다른 이가 아닌 부족한 지아비, 나뿐이오."

용서하란 말은 차마 나오지 않았다. 자신의 부인에게 이런 모멸감을 안겨주었으면서 어찌 그런 알량한 말을 내뱉을 수 있겠는가.

만일 윤이 부왕이 그러하듯 여러 여인을 곁에 두는 데 거리낌이 없는 사람이었더라면 차라리 좋았을 것이다. 누군가를 사랑하므로 죄책감을 느끼거나, 누군가를 사랑함으로써 또 다른 누군가에게 상처를 입힐 일 따위는 없었으리라.

그러나 그는 그럴 수 없었다. 제 마음을 나눠줄 수 없었다. 혹자는 마음을 나눠주지 못한다면 몸이라도 잠시 나눌 수 있지 않겠느냐고, 그것이 후사를 생산해야 하는 의무가 있는 왕세자의 길이 아니겠냐 말할지 모른다. 그러나 윤은 그렇게 살지 않을 것이다.

윤이 자리에서 일어났다. 그 순간 들려오는 채화의 음성.

"저하, 잠시 소첩의 말씀을 들어주시겠나이까?"

자리를 뜨려던 윤이 채화를 내려다보았다. 채화는 담담한 표정이었다. 차라리 그녀가 분통을 터뜨리거나 못난 지아비를 비난하였다면 그는 달게 받아들였을 것이다. 열다섯 어린 부인의 얼굴에 떠오른 지나친 침착함은 윤의 마음을 더욱 무겁게 했다.

"말씀하시오."

윤이 다시 자리에 앉았다. 그녀가 묵직한 목을 세우고 그를 보았다. 관례를 치른 채화는 어여머리로 성장했다. 복장은 지아비와 첫날밤을 위해 상의원에서 준비한 소례복이었다. 이 역시 지켜야 할 법도라 하여 입었을 뿐 필요치 않을 것을 이미 알고 있었다.

"소첩은…… 저하의 말씀이 서운합니다. 아무리 소첩이 연소한들 저는 엄연한 저하의 본부인이온데, 제 처지보다 본인의 마음을 더 중히 여기시는 지아비가 야속합니다."

"……미안하오."

"그러나…… 한편으로 소첩은 저하의 마음을 이해합니다."

묵묵히 듣고 있던 윤이 채화를 바라보았다. 그녀는 무슨 말을 하려는 것일까.

"초야는 중요한 일입니다. 마음 없는 초야가 무슨 의미가 있으며, 아무런 감정 없는 합방이 또 무슨 의미가 있겠나이까. 저하께서만 원치 않으신다 생각하시는 듯합니다만, 소첩 역시 원치 않습니다."

"……."

"그리고 소첩은……."

채화가 말을 멈추었다. 마음을 털어놓기 전, 그녀는 잠시 머뭇거렸다.

"제 지아비인 저하께서, 여러 처첩을 거느리는 것을 미덕으로 여기는 분이 아님을 감사히 여기고 있습니다."

그리고 물었다.

"비록 합방하는 관계가 아닐지언정, 저하의 정처(正妻)이며 일국의 세자빈인 소첩의 권위를 지켜주시리라 믿어도 되겠습니까?"

일견 대단히 정치적인 말. 그러나 그녀의 입에서 이런 말이 나오기까지 얼마나 많은 고통이 뒤따랐는지 윤은 모르지 않는다.

"내 약조하리다."

"그러하시다면 소첩 보채지 않겠나이다. 약조하신 것처럼 제가 저하의 부인임을 잊지 말아주시옵소서. 그리하여 주신다면……"

윤이 매일 지나치는 저승전. 그 서쪽 끝에 위치한 그녀의 처소에 눈길을 줄 때까지.

"소첩, 기다리겠습니다."

그리하여 언젠가 누군가의 독촉이나 강요가 아닌 본인의 뜻으로 침전의 문을 열 때까지.

"……알겠소."

기다리겠나이다.

* * *

"저하, 소인 상검이옵니다. 차를 들이겠습니다."

"그리하라."

양손에 소반을 받쳐 든 상검이 윤의 침소에 들었다. 본래 왕세자의 다과와 약제는 문 내관의 엄격한 관리를 받고 있었다. 그러나 상검이 얼마 전 수습 내시 딱지를 떼고 정식 내관인 설리(薛里)[102]가 되면서 다과를 내는 일은 그의 몫이 되었다.

"아직 눈이 그치지 않았습니다. 가만 두었다간 거동하시기 힘들 만큼 쌓일 듯합니다. 상제(尙除)[103]들에게 오가는 길을 잘 정비하라 일렀습니다."

"잘하였다."

윤이 상검에게 시선을 던졌다.

동궁전 수습 내관이던 어린 소년의 시절은 끝났다. 정식 내관이

---

102 내시부의 종사품에서 정칠품까지의 관직.
103 내시부의 정팔품 관직.

된 상검은 아랫것들을 부리며 어엿하게 한몫을 해내고 있었다. 덕분에 관절이 아파 고생하던 문 내관은 일을 많이 덜었다.

"볼 때마다 부쩍부쩍 자라는구나. 키가 크지 않는다 고민하던 것이 엊그제 같은데 말이다."

윤이 던진 말에 상검이 쑥스러운 표정으로 웃었다.

일 년 전 겨울부터 상검의 키는 하루가 다르게 커지기 시작했다. 이제 상검은 황가와 큰 차이가 나지 않을 정도로 키가 자랐다.

"소인도 놀랍습니다. 참 이상한 일입니다. 소인 집안 사람들은 하나같이 키가 작은데⋯⋯. 저하처럼 키 큰 분의 뒤를 늘 따라다녀 그런가 봅니다."

"더 이상 키 때문에 오만 걱정을 할 일은 없겠구나."

"사람 마음이 참 간사합니다. 예전에는 저하의 어깨에만 닿아도 소원이 없겠다 생각했는데, 키가 커질수록 욕심이 생기거든요."

"나만큼 크고 싶으냐?"

"에이, 아무리 그래도 언감생심 어찌 그리 큰 것을 바라겠습니까. 다만 황가 형님의 키는 따라잡았으면⋯⋯."

그때였다. 흠, 흠. 침소 문밖에서 들려오는 황가의 헛기침 소리. '어림없는 소리 마라'는 듯한 기척에 상검이 배죽 웃음을 지었다.

"격세지감이구나. 늘 어린애 같던 상검이 네가 이렇게 어엿해지다니. 올해로 네 나이가 몇이더냐?"

"해가 바뀌어 열아홉이 되었습니다."

"벌써 열아홉이더냐? 너도 이제 한몫의 사내가 되었구나."

문득 윤은 상검의 모습이 익숙하다 느꼈다. 창백한 얼굴, 호리호리한 체격, 눈웃음을 짓는 습관. 돌이켜보니 상검의 작은 부분들은 그의 막냇동생 휜을 닮았다.

휜을 기억하게 만드는 상검의 청춘도 언젠가는 세월과 함께 저물 것이다. 그러나 휜은 영원히 스물한 살의 왕자로 모두의 기억 속에 남게 되겠지. 윤의 어머니 희빈 장씨가 여전히 젊고 아름다운 모습으로 그의 마음속에 살아 있듯이.

사람의 젊음을 박제시킬 수 있는 유일한 방법이 죽음이라는 사실이 참으로 역설적이게 느껴졌다.

"상검아."

"예, 저하."

"지금 이 순간을 소중하게 여겨라. 네가 살아가는 매 순간순간을. 어떤 이들에게는 간절히 누리고 싶어도 가질 수 없는 것이 삶이다."

"……저하."

"응?"

"연령군 대감을 회상하십니까?"

정곡을 찌르는 상검의 말. 놀란 빛이 스친 윤의 얼굴에 엷은 웃음이 솟았다.

"다 자랐구나, 상검아. 훗날 훌륭한 상선이 되겠다."

"소인 저하를 모신 지 벌써 칠 년째입니다. 그 정도 속내도 읽지 못할 만큼 눈치 없진 않습니다, 저하."

"든든하구나."

"든든하게 여겨주시니 그저 감읍할 따름입니다."

윤의 입가에는 여전히 미소가 감돌았다. 제 뒤를 졸졸 따라다니던 소년이 훌쩍 자라 어엿한 사내가 되다니, 분명 흐뭇한 일이었다. 그러나 문득 그립다는 생각이 들었다. 종일 뜬구름 잡는 소리를 늘어놓던 철없는 수습 내시 박상검의 시절이.

"저하, 소인 이만 물러가겠나이다."

"그리하도록 하라."

"예, 저하. 그리고 소인, 잊지 않겠습니다. 이 순간이 얼마나 중한 것인지. 순간이란 흘러가면 다시는 돌아오지 않는 것임을요."

공손히 고개를 숙인 상검이 침소에서 물러났다.

"형님."

저승전을 떠나던 상검이 문득 뒤돌았다. 언제나 그렇듯 황가는 대답 대신 무슨 일이냐는 시선을 던졌다.

"이 순간은 소중한 거라고 저하께서 말씀하셨어요."

"그래서?"

"그냥, 그렇다고요."

할 말이 있는 듯 보였던 상검이 다시 걸음을 옮겼다.

이 순간은 소중한 거라고. 흘러가면 다시는 오지 않는다고.

"순심아, 나 이만 갈게."

구월이 순심을 향해 밤 인사를 전했다.

"고마워, 구월아. 어여 가. 눈길 조심하고."

"그래그래. 넉넉하게 불을 땠으니 밤새 따뜻할 거야. 내일 봐, 순심 마마님!"

구월의 정식 직책은 동궁전 소주방 나인이지만 실제 하는 일은 대부분 낙선당에 관련된 것들이었다. 끼니와 다과를 챙기는 것 외에 겨울에 온돌을 관리하는 일 역시 구월의 몫. 그녀의 하루 일과는 낙선당 아궁이에 장작을 채워넣는 것으로 끝나곤 했다.

오후부터 내린 눈은 밤이 찾아온 후에도 그치지 않았다. 여전히 하늘에서는 눈이 펑펑 쏟아지고 있었다. 구월이 손을 호호 불며 낙선당 안뜰을 가로질렀다. 잠깐 사이 그녀의 정수리며 어깨 위에 올망졸망한 눈송이들이 하얗게 내려앉았다.

"엄마야!"

갑자기 초입의 나무그늘에서 튀어나온 그림자. 화들짝 놀란 구월이 우뚝 멈춰 섰다.

"누님."

"아, 놀랐잖아……. 뭐냐, 이게?"

불쑥 튀어나온 상검이 쓱 내민 손.

"받아요, 어서."

"또 이상한 거 줄까 봐 그러지."

투덜대면서도 구월은 상검이 건넨 무언가를 받아 들었다.

"응……?"

예상치 못한 온기였다.

"아궁이에 묻어두었던 토란이에요. 너무 뜨겁지 않게 적당히 식혀 가져왔으니 그걸로 손이라도 녹이세요. 날이 추워요."

"으응……. 고마워."

상검이 쥐여준 구운 토란에서 전해지는 온기. 겨울바람에 꽁꽁 얼어 있던 구월의 손이 스르르 녹았다.

문득 구월은 묻고 싶었다. 상검의 끊이지 않는 호의의 까닭을. 수시로 건네주는 크고 작은 선물의 의미를. 하지만 왠지 물어서는 안 될 것 같았다. 그녀는 뽀드득뽀드득 소리 내며 부서지는 눈밭을 향해 도망치듯 걸었다.

"누님."

"……응."

말하지 마, 상검아. 그러면 안 될 것 같아.

"나……."

상검이 무겁게 입을 떼었다.

두 발짝, 그로부터 떨어진 구월의 어깨 위로 흰눈이 펑펑 쌓여간다. 이 순간은 영영 돌아오지 않으리라. 윤이 말했듯이.

나 박상검은, 함박눈이 쏟아지던 순간의 구월을.

"좋아해요, 누님."

* * *

혹독하던 궁궐의 겨울이 지나고, 볕에 녹은 고드름들이 바닥으로
떨어지는 소리가 평평 울려 퍼질 무렵.

"낙선당."

낙선당에 손님이 찾아들었다. 얼음이 녹고 있었으나 아직 봄은 먼
발치였다. 솜옷을 꽁꽁 껴입은 채화의 뺨은 꽃샘바람에 익어 발갛게
달아올라 있었다.

"낙선당, 안에 있는가?"

재차 채화가 순심을 찾는다. 그러나 대답은 돌아오지 않았다. 낙선
당의 주인은 잠시 처소를 비운 모양이었다. 써늘하던 날씨가 간만에
풀린 날이었으니, 순심 역시 산책이라도 나선 듯했다.

"함께 가면 좋았을 것을."

조그맣게 중얼거린 채화가 낙선당 마루에 앉았다.

세자빈의 낙선당 출입은 근래 드물지 않은 일. 채화는 어여머리조
차 올리지 않은 평복 차림이었다.

벗. 세자빈인 그녀는 낙선당 승은궁녀와의 미묘한 관계를 그 한마
디로 정의했다.

대부분의 주변인들은 채화와 순심의 관계를 못 미덥게 여겼다. 그
들은 한 지아비를 놓고 다투어야 하는 사이였으며, 심지어 채화는
경쟁에서 밀려난 본부인이 아닌가. 채화는 긍지 높은 반가의 여식이
었고 순심은 생과방에서 허드렛일을 하던 궁녀 출신이었다. 게다가
순심은 채화보다 여섯 살 위. 나이 터울도 적다 할 수 없었다. 대부
분의 사람들은 그들의 관계를 이해하지 못했다.

-나는 내 마음에 집중하려 하네. 타인의 마음이 아닌, 내가 옳다고 생각하는 바대로…….

-나의 벗이 되어줄 수 있겠는가?

순심은 채화를 두 번이나 위험에서 구해냈고, 또한 그녀를 구해내기 위해 제 치부를 밝히는 것을 두려워하지 않았다. 그것이 타인은 알 수 없는 그녀들 사이의 진실이었다.

아직 어린 나이. 그러나 채화는 생의 이치 중 하나를 이미 깨달았다. 뜻한 바대로 흘러가지 않는 것이 삶이다- 그녀가 장희빈의 아들이자 소론의 중심인 왕세자 윤을 사랑하게 되었듯이.

생각에 잠겨 있던 채화의 귀에 인기척이 들렸다. 순심이 오는 것이라 여긴 채화의 얼굴에 화색이 돌았다. 자리에서 일어난 그녀가 안뜰로 내려갔다.

"어……."

어정쩡하게 멈춰 선 채화의 시선이 머문 곳은 붉게 타오르는 용포 위였다. 흐린 눈동자를 마주 보던 채화는 당황하여 할 말을 잊었다.

어이하여 조선의 임금께서 세자의 승은궁녀 처소에 모습을 드러내신 것일까. 임금은 내관이나 궁관조차 대동하지 않은 홀몸이었다.

'오늘 과인의 몸이 편치 않으니 문안을 받지 않겠다.'

이른 아침 침소 안에서 들려오던 시아버지의 음성을 또렷이 기억하는 그녀였다. 결국 세자 부부는 임금을 뵙지 못하고 되돌아왔다. 그랬던 왕께서 낙선당에 계신 것이다.

"어이하여 노인네가 왔는데 바라만 보고 있는 게냐?"

"예? 예, 아바……."

"과인을 좀 부축해다오. 오랜만에 살 만하여 내 궁관 없이 제법 먼 길 산책을 하였지."

임금의 손마디가 그녀의 어깨에 스스럼없이 얹혔다. 당황하여 채화는 목을 움츠렸다.

늘 아바마마- 라고 부르며 친아비를 대하듯 다정한 구부간이었다. 그러나 결코 이런 적은 없었다.

임금은 눈이 어두워 사물을 분간하지 못한다는 것을 수치스럽게 여겼다. 그렇기에 중궁전이든, 왕세자든, 애지중지 아낀다 소문이 자자한 며느리 빈궁이든 간에, 임금께서는 절대 안질을 이유로 부축을 요청하지 않았다.

"마루까지 과인을 인도해다오. 잠시 앉아야겠으니."

"……."

어깨에 지그시 가해지는 임금의 체중. 안뜰을 가로질러 마루까지 가는 길이 천리처럼 느껴졌다.

"에고고고, 다리가 쑤셔 죽겠구나."

마루에 털썩 주저앉은 임금이 구시렁거린다. 채화의 눈빛이 설핏 흔들렸다.

모든 것이 낯설기 짝이 없었다. 임금은 이런 모습을 보인 적 없었다. 그는 궁궐이라는 공간이 상징하는 권위의 맨 위에 위치한 사람이었다. 또한 나이를 먹어 눈이 어둡고 거동이 불편하더라도 결코 근엄함을 잃은 적 없는 군주였다.

채화가 아는 임금, 조선의 지존인 그녀의 시아버지는 몸이 쑤실지언정 경박스럽게 탄식하지 않았고, 부산스럽게 다리를 두드리는 적 없는 이였다.

"저……. 신첩……."

"오, 그래. 지금 신첩이라 하였느냐?"

"……."

'신첩은 승은궁녀가 아닌 빈궁입니다'는 말은 말허리를 자르는 임금 덕에 입안으로 숨어버렸다.

"내내 나를 볼 때마다 소인, 소인거리는 것이 거슬리는 참이었지. 앞으로도 신첩이라 스스로를 칭하도록 하라."

다시 한 번 이름을 밝히려던 채화가 입을 다물었다.

"순심이 네게는 그럴 자격이 있다. 누가 뭐래도 세자가 가장 사랑하는 여인 아닌가."

"……."

세자가 사랑하는 여인.

세자가 가장 사랑하는 여인.

왕세자가 사랑하는 여인이 제가 아니라는 것을 채화 역시 안다. 그가 가장 사랑하는 여인이라는 자리가 제게 주어지지 않을 것임을 안다. 초야를 거부하는 지아비 앞에 '기다리겠다'고 전했던 채화는 서서히 깨닫고 있었다. 모든 것을 가질 수는 없다- 는 사실을. 그것은 삶의 가장 단순한 이치였다.

채화는 동궁전의 안주인이었고 조선이라는 나라의 세자빈이었으며, 그러므로 응당 훗날의 중전이었고 미래의 국모였다. 세자빈, 국모, 내명부의 주인, 거기에 사랑받는 부인으로서의 삶까지 더해진다면 더할 나위 없이 완벽할 것이리라.

그러나 모든 것을 가질 수는 없었다. 그럴 수 없는 것이 삶이라는 것을 채화는 받아들이기로 했다.

같은 저승전 안에 살고 있지만 머나먼 어딘가에 있는 듯한 윤의 마음을 느낄 때면 문득 쓸쓸해졌다. 그러나 타인의 마음은 그녀가 애쓴다고 돌려지는 것이 아닌 법이다.

지아비인 왕세자를 원망하며 탄식의 세월을 보낼 수도 있었을 것이다. 순심을 저주하며 괴로운 나날을 보낼 수도 있었을 것이다. 그러나 그렇게 살아가기엔 열여섯 자신의 삶이 찬란하여 안타까웠다. 부인으로서 인정받지 못했다 하여 스스로를 불행한 여인이라 여기기엔, 채화는 자신을 너무나 사랑했다.

사랑받지 못한다는 이유 하나로 아무것도 아닌 사람이 되고 싶지는 않았다. 그녀는 세자빈으로서의 위엄을 지키고 싶었다.

"빈궁과 순심이 네가 우애 좋게 어울리고 있다는 말을 들었다. 참으로 기특한 일이다. 아비가 하지 못한 일을 동궁은 해내고 마는군. 분명 네 덕이 크겠지."

그러나 이런 말을 듣게 될 줄은.

"빈궁도 좋은 아이이지만, 순심이 네가 들어온 것이 윤에게는 큰 복이다."

다른 사람도 아닌 임금의 입에서 저런 말을 듣게 될 줄은…….

채화의 얼굴이 새하얗게 질렸다.

"오늘따라 말이 없구나."

"……예."

할 수 있는 말은 그뿐이었다. 이제 와 그녀가 순심이 아닌 빈궁이라 고백하기에는 너무 늦었다.

임금이 한쪽 머리를 짚었다. 근래 두통이 심하다 오늘에서야 잠깐 나아 산책을 나왔던 길이다. 스멀스멀 뒤통수가 조여오는 것이 돌아가 누워야 할듯했다.

"지금쯤 노친네가 사라졌다고 난리법석을 떨고 있겠지. 하기야, 갑작스레 안 하던 짓을 하면 죽을 때가 된 것이라더군."

"……."

"내 돌아가야겠으니 입구까지 나를 부축해다오."

"……예."

습관처럼 따라 나오던 '아바마마'라는 말을 채화는 꿀꺽 삼켰다.

이게 본래 내 운명이었을까. 애당초 원하지 않은 세자빈으로 간택된 그 순간부터 이렇게 예정되어 있었을까…….

"마노라!"

임금이 떠나간 후, 낙선당 초입에 우두커니 서 있던 채화를 발견한 순심이 종종걸음으로 다가왔다.

"마노라, 언제 오셨습니까? 소인 상궁부에서 연통이 와 잠시 다녀왔습니다."

채화의 앞까지 다가온 그녀가 불쑥 손에 쥔 것을 내민다.

"마노라 생각이 나서 꺾었습니다. 벌써 봄꽃이 이렇게……."

순심이 말을 채 맺지 못하고 채화를 바라보았다.

단단하게 닫힌 입매, 긴장하여 불거진 턱, 순심에게 향하지 않고 비껴간 시선. 툭, 뺨 위를 구르는 눈물방울.

"마노라……. 무슨 일이 있으셨습……."

획, 채화가 순심을 지나쳤다. 그녀의 어깨가 순심을 세차게 밀쳤다.

"마노라……."

"비키게!"

채화의 앙칼진 음성. 순심이 다급히 물러섰다. 그녀의 손에 들려 있던 봄꽃 다발이 우수수 흩어졌다.

"마노라, 무슨 일이라도……."

황망하게 중얼거리는 순심을 뒤에 남긴 채 채화는 매몰차게 멀어져 갔다.

* * *

"어제 낮, 태양 가운데 흑색 점이 들었소."

한성 모처의 안가(安家). 일명 '노론 사대신'이라 불리는 이들이 한자리에 모인 것은 꽤 오랜만의 일이었다.

"흑자(黑磁)[104]요."

---

104 흑점.

"……."

꿀꺽. 마른침을 삼키는 소리.

"나라에 변고가 생길 모양입니다."

누군가 낮게 중얼거렸다.

혹자는 미신이라 치부하기도 했으나, 태양에 검은 점이 끼면 사람들은 공포에 떨며 두려워했다. 흉사, 변고, 재앙. 흑자는 파국의 징조였다.

"아무래도 내 생각이 잘못되었었나 보오. 연령군께서 홍서하신 이후 전하의 옥체가 예전보다 크게 쇠약해지셨으니……."

이이명의 미간에 깊은 골이 파였다.

"이제 우리 노론의 운명은…… 한 치 앞도 장담할 수 없는 상태에 이른 듯하오."

모여 앉은 대신들의 입에서 소리 없는 한숨이 흘러나왔다.

"연잉군께서는 여전히 뜻을 바꾸지 않으십니까?"

누군가 조심스럽게 물었다. 이이명이 가볍게 고개를 저었다.

"연잉군 대감의 타고난 성정이 대쪽처럼 곧고 올바르시오. 형제에 대한 우애를 지키려고 애쓰시는 분이니, 함부로 입을 놀리는 것은 옳지 않소."

"괜한 화를 일으킬지 모르니 일단 거사에 대해서는 함구하는 편이 낫겠지요?"

"그렇다마다. 근래도 왕세자에 대해 험한 말을 들으면 발칵 화를 내시고, 귀를 물로 씻는 해괴한 일까지 하신다 하니……."

두런두런 이야기를 나누던 그들이 고개를 끄덕였다. 이이명이 말을 이었다.

"이 모든 일들은 연령군의 죽음 탓에 일어난 것이오. 금상도, 연잉군도 차마 혈육의 손을 놓지 못하시는 게지. 내 지켜본 바, 금상께서는 결코 왕세자를 폐하지 못하실 것이오."

"정유년의 약조가 정녕 이리 허무하게 사라지는 것입니까?"

이이명이 쓸쓸하게 웃음 지었다.

"뭐……. 금상은 늘 그런 분이지 않소? 임금께 있어 신료들이란 왕권을 강화하기 위한 수단일 뿐이오. 여러 차례 환국을 겪었으면서도 모르시오? 금상께 큰 기대는 마십시다, 경들."

한동안 좌중은 침묵하며 고심했다. 모두가 섣불리 말을 꺼내지 못할 때 대책을 제시한 것 역시 이이명이었다.

"소론 역시 머리가 바쁠 것이외다. 나는 우리 노론이 수세에 몰렸다 생각지 않소."

"후사 문제 때문이지요?"

"그렇소. 생각해보시오."

이이명의 음성이 나지막해졌다.

"왕세자가 무사히 보위를 이어받아 임금으로 즉위한다 한들 그에게는 후사가 없소. 모두가 알다시피 세자는 빈궁과 합방하지 않소. 그가 총애하는 여인은 승은궁녀 하나뿐이나, 궁녀의 회임 역시 쉬워 보이지는 않는구려."

"만일 이대로 세자가 임금이 된다면…… 누군가를 양자로 들여 대를 잇겠군요."

"그렇게 되겠지."

"그럴 가능성을 가진 이들이 누가 있습니까?"

"글쎄요. 왕가의 손이 워낙 귀하다 보니……. 굳이 찾아낸다면 소현세자의 자손들 정도……."

좌중은 새로운 가능성에 대해 생각한다. 왕세자 이윤도, 연잉군 이금도 아닌 다른 누군가가 면복을 입고 면류관을 쓰고 있는 모습을. 이런 살얼음판 같은 시기에 파격은 곧 파국이었다.

"과도한 걱정일세. 불필요한 걱정에 시간을 낭비하느니 앞일을 관리하는 것이 우선이야. 설레발치지 말게들. 현안에 집중하게."

"대감의 말이 맞소. 그런 걱정을 하느니 차라리 빠르고 손쉬운 방도를 강구하는 것이 옳을 것이외다."

"빠르고 손쉬운 방도라면……."

날아오는 질문에는 날선 긴장이 서려 있었다.

"세 가지 방도."

그것인즉슨 노론 사대신이 최후의 보루라 여겼던 '거사', 그것이었다.

* * *

전각 너머 빙 둘러 심은 은단풍나무 사이로 부는 한갓진 바람. 이리 오라 부르는 작은 손바닥처럼 한들대는 이파리 틈으로 내리쬐는 잘 마른 햇볕.

유월, 초여름날의 경덕궁 융복전(隆福殿).

주변이 부산하다.

약방, 시약청, 내의원 제조와 도제조가 바삐 움직이는 소리, 위엄을 잃지 않으려 애쓰는 중궁전의 음성. 밤새 곁을 지킨 탓에 낮게 가라앉은 왕세자의 목소리. 흐느끼는 연잉군의 울음 섞인 한숨.

이것이 정녕 마지막인가?

○)"일찍이 듣건대, 명성왕후께서 병환이 나셨을 때는 가슴 앞에 한 점 온기가 있을 뿐인데도 능히 회복을 하셨다 했소. 성상의 병환이 비록 위중하기는 하지만 가슴과 배에 모두 온기가 있으니, 약물을 신중히 써서 기필코 회복을 기약하게 하시오."

"분부 받잡겠습니다, 중전마마."

아니다. 그리하지 마라.

이 몸에 생기가 없고 기력이 없다. 이미 떠나버린 생명을 붙잡아 되살아난들 내 몸이 빈껍데기와 다를 바가 없을 듯하니, 하지 마오, 부인.

"아바마마!"

금이 임금의 손을 붙잡았다. 조선의 군주, 이순의 손가락은 서늘하게 식어가고 있었다.

"아바마마의 손가락이 이미 다 푸른색으로 변하였습니다……. 아바마마……."

어의가 다가와 임금의 맥을 짚었다.

"오른쪽 맥(脈)이 먼저 끊어졌고, 왼쪽의 맥은 바야흐로 들떠 흔들리며 안정이 되지 않고 있습니다."

"아바마마……."

"종전에 약을 쓰는 길이 잘못되었기에 이런 지경에 이른 것이다. 이런 때에……."

"전하, 대신과 신료들이 대전에 들어……."

시끄럽구나. 평생 풍파를 일으키며 살았거늘, 가는 길마저 이다지 고요치 못하고 어수선하다니.

오늘이 언제쯤이던가. 오월? 유월? 적어도 가는 길, 내가 나고 자란 궁궐의 바람과 햇살에 인사나마 청하고 갈 수 있어 다행이었다.

문득 눈꺼풀에 힘을 주어본다. 그러나 들어 올려지지 않는다.

윤, 금, 중궁전. 그가 평생을 투쟁하고 적대하고 어울리며 호령했던 신료들. 보아봤자 보이지 않는다. 확인하여 무엇하며, 미련을 두어 무엇하랴.

귓전을 때리던 사람들의 울음소리와 다급한 음성들이 서서히 멀어져 간다. 까맣게 잠겨 있던 세상이 희뿌옇게 밝아지기 시작했다. 밝아오는 저 피안. 저를 증오할 옥정이 있을 것이고, 저를 경애할 휜이 있을 것이던가.

지난한 희노애락이 삶의 저편에서는 부디 멈췄으면 좋겠는데…….

"아바마마!"

"전하!"

"아바마마, 아바마마!"

숙종 46년 경자(庚子)년[105] 6월 8일.
임금이 기식과 담향이 점차 가늘어지다가 갑자기 크게 토한 뒤 승하(昇遐)하였다.

* * *

임금의 붕어(崩御).

숙종 이순. 사람들을 그를 일컬어 왕이 되기 위해 태어난 자라고 불렀다. 열네 살, 소년 임금으로 즉위한 순간부터 예순으로 죽음을 맞을 때까지 조선의 가장 높은 곳에 군림하며 살았던 자. 그는 효종, 현종에서 이어지는 삼종혈맥(三宗血脈)의 핏줄을 타고난 강력한 정통성을 가진 임금이었다.

열네 살, 그가 보좌에 올랐던 첫 해.

노론의 거두이자 삼종의 스승이기도 한 우암 송시열(宋時烈)을 귀양 보낸 것을 시작으로, 임금은 평생 그의 뜻을 굽히지 않았다.

그는 세상의 중심이었다. 또한 원하는 것을 얻는 일과 원치 않는 것을 내치는 데 망설인 적 없는 군주였다.

"상위복(上位復)!"

평생 임금을 모신 내관이 경덕궁 융복전 지붕 위에 올라 용마루를 밟았다.

"상위복!"

나이 든 내관의 손에 들린 임금의 곤룡포가 푸른 바람에 나부낀다. 갓 육신을 떠난 임금의 혼령이 멀리, 더 멀리 떠나기 전에.

---

105   1720년.

"상위복!"

임금의 넋이여, 부디 백관(百官)들을 저버리지 마시고 돌아오소서.

내관들의 부축을 받으며 나온 망자의 두 아들, 왕세자와 금이 머리를 풀고 흐느끼며 거애했다. 갑자기 마른하늘에서 폭우가 쏟아졌다.

평생을 타오르는 불과 같이 살다 간 군주, 이순의 삶의 종장(終章)이었다.

二十章.
왕이되다

임금이 세상을 떠나고 새로운 왕이 즉위하는 것은 한 시대의 종말, 그리고 새로운 시대의 도래를 의미한다.

임금의 국상은 궁중에서 으뜸가는 대사(大事)였다. 임금의 시신이 안치된 경덕궁뿐 아니라 창덕궁과 창경궁 전역에 흰 상장이 드리웠다. 신료들, 궁관과 내관, 무수리며 비자와 같은 이들까지 궁인이라면 모두가 상복을 입었다. 병조나 금부, 혹은 세자익위사 등에 소속된 무반(武班)들의 사정 역시 다르지 않았다. 상주로서 빈전을 지키고 있는 왕세자의 곁을 떠나 짧은 휴식을 위해 처소로 향하던 황가 역시 최복[106] 차림이었다.

"……."

걸음을 멈춘 황가가 제 차림새를 내려다보았다. 낯설다. 하룻밤 사이 모든 가족을 잃었을 때도 상복 차림을 해본 적 없는 그였다. 몸을 움직일 때마다 꺼끌꺼끌하게 스치는 감촉이 몹시 거슬렸다.

그때였다. 예민한 황가의 청각에 들려온 나지막한 기척.

106 　거친 삼베로 지은 상복.

스슥- 거친 옷감이 스치는 소리, 용을 쓸 때 냄직한 소리 죽인 탄식, 곧이어 들려오는 누군가 뛰어내리며 두 발을 디디는 '쿵' 소리. 최대한 눈길을 끌지 않으려는 의도가 명백히 느껴지는 기척이었다.

황가의 눈빛이 싸늘하게 침잠했다. 열댓 걸음 앞에 보이는 궁궐의 담장. 동궁전과 시민당을 지나 담을 넘으면 곧 궁 밖이다. 뛰어내릴 수 있을 법한 장소는 오직 저곳뿐이었다.

'침입자다.'

아무 의도를 가지지 않은 자들은 결코 그런 은밀한 방법으로 궁에 들어오지 않는다. 우뚝 멈춰 선 황가가 예민한 감각을 철옹성처럼 늘어선 담벼락에 집중했다.

'모습을 보여라.'

그 순간 시민당 전각 틈으로 빠르게 사라지는 누리끼리한 최복 자락. 황가는 순식간에 그를 향해 다가갔다.

"누구냐."

황가가 정체를 알 수 없는 사내의 앞을 막아섰다. 그들이 서로를 마주 보았다.

다소 눈빛이 날카롭고, 무인 특유의 단련된 기운이 느껴진다는 것 외에 특별한 기색을 찾을 수는 없는 사내였다. 갑작스레 등장한 황가의 모습에 당황한 듯 굳어졌던 사내의 얼굴이 금세 풀어졌다. 그가 벙긋 웃음을 지었다.

"누구기는요. 전옥서(典獄署)[107] 무관인데 길을 잘못 들었습니다. 선인문(宣仁門)이 어딥니까?"

사내의 음성은 평온했다. 긴장한 기색이라고는 찾아볼 수 없는 목소리였다. 잠시 대답을 미룬 채 황가는 그의 눈을 응시한다. 눈빛 역시 흔들리지 않고 고요했다.

---

107 죄수를 관장하는 관청.

'그저 길을 잃은 무관에 지나지 않던가.'

황가가 미심쩍은 표정으로 그를 살폈다. 무슨 영문이냐는 듯 그를 마주 보는 사내. 쭉 찢어진 예리한 눈매에 걸맞지 않게 사내는 어리숙한 표정을 지었다.

"어찌 그리 쳐다보시오? 소인 얼굴에 무엇이 묻기라도 했습니까?"

"아닙니다. 어디를 찾는다고 하시었소?"

"선인문으로 갑니다. 이곳 전각들은 꼬불꼬불 얽혀 있어, 자칫 길을 잘못 들었다간 종일 헤매게 되지 뭐랍디까?"

사내가 장광설을 늘어놓았다. 긴말을 들어줄 까닭이 없어 황가는 고개를 돌렸다. 지나친 의심이었던 모양이다. 사내는 궁궐에 익숙하지 않은 하급 무관 나부랭이에 지나지 않는 듯했다.

그러하다면 은밀히 궁궐 안에 침입한 자는 어디로 갔단 말인가. 제 예민한 청각이 잘못되었을 리 없었다.

"그럼 소인은 이만 가보겠습니다."

젊은 사내가 가볍게 묵례를 하곤 몸을 돌렸다. 그 순간 스윽- 예리한 금속성의 소리가 황가의 귓전을 스쳤다.

'검.'

분명하게 들려온, 잘 벼려진 폭 넓은 칼날이 움직이는 소리.

만일 매끄러운 비단옷 속에 칼날이 숨겨졌더라면 소리는 크게 거슬리지 않았을 것이다. 그러나 지금은 국상 중이었다. 궁 안을 오가는 모든 이들은 삼베로 만든 최복을 입고 있었다. 거친 삼 껍질로 짠 옷감의 단면을 시퍼렇게 벼려진 날붙이가 스치는 소리. 그것을 다른 이도 아닌 황가가 놓칠 리 없다.

"거기 서라."

황가가 장검을 뽑아 든 순간, 사내는 예상치 못하게 바닥을 굴러 옆으로 비껴났다. 놀라운 반사 신경이었다. 벌떡 일어난 사내의 발이 재게 움직였다. 삽시간에 궁벽에 도달한 사내가 날렵하게 담벼락을 기어올랐다. 사내의 몸이 담장 꼭대기에 올라서는 것과 동시에 황가가 내던진 장검이 허공을 날았다.

칼날에 반사되는 새하얀 빛. 검이 사내의 옷자락을 스쳤다. 잘려진 삼베 조각이 너풀대며 담장 밑으로 가라앉았다.

챙그랑! 귀를 때리는 날카로운 소리와 함께 묵직한 물건이 바닥에 나뒹굴었다.

도망치던 사내가 떨어뜨린 단검의 정교하게 벼려진 칼날 위로 칼집에 붙은 은장식이 번쩍였다. 정체를 알 수 없는 자객이 남긴 단검을 황가가 집어 들었다.

왕세자, 즉 조선의 다음 임금이 될 이윤을 겨냥한 첫 번째 도발이었다.

* * *

임금이 붕어함에 따라 동궁전 역시 극도의 긴장감에 휘말렸다. 관례에 따라 국장 엿새째 날 치러질 예정인 임금의 즉위식은 결코 기쁜 행사라 할 수 없었다. 즉위식은 임금 이순을 애도하는 슬픔 속에 치러질 예정이었다.

왕세자는 종일 빈전에 머물렀다. 그는 저승전에 들러 잠시 머물 때를 제외하고는 자지도, 씻지도 않았다.

"내 저하께 죽을 올리겠으니, 한 식경 후에 탕약과 차를 가지고 들어와라."

"예, 문 내관 나리."

문 내관이 상검에게 일렀다. 그가 들고 있는 소반 위에 올라간 것은 멀건 흰죽이었다.

"저하께서 거의 끼니를 챙기지 않으시어 걱정입니다. 그제 타락죽을 들였을 때는 그나마 반절 이상 비우셨던데, 어찌하여 멀건 흰죽을 쑤어 올리십니까?"

"내 모르는 바는 아니나 저하께서 그리하라 명하셨다."

"어찌해서요? 며칠간 곡기를 끊으신 것이나 다름없는데……. 기껏 타락죽이나 잣죽 몇 수저 뜨시는 게 전부이지 않습니까?"

문 내관이 '그러게나 말이다'라는 표정으로 혀를 끌끌 찼다.

"국상 중에 왕세자가 타락죽과 같은 사치스러운 음식을 먹었다며 비난하는 상소가 올라왔다."

"에? 뭐라고요? 당장 임금이 되실 저하신데 타락죽 몇 술 뜨셨다고 그런 상소가 올라옵니까?"

상검의 반문에 문 내관이 깊은 한숨을 쉬었다.

"상검아."

"예, 문 내관 나리."

"저하께서 무사히 보위에 오르실 때까지 무엇도 확신할 수 없다. 동궁전을 떠나 대전으로 드실 때까지, 혹은 그 후에도……."

"무슨 말씀이십니까?"

"왕이 되신다 하여 끝이 아니라는 뜻이다."

문 내관이 목소리를 낮추었다.

"소론은 기를 펴지 못한 지 한참 되었다. 임금이 되신다 해도 저하의 주변에는 온통 노론뿐이다. 당상관, 당하관, 내관과 궁녀들, 그리고 저하의 부인이신 빈궁 마노라마저도……. 노론의 세상에 소론 임금이 있으니, 저하의 앞길이 마냥 순탄치만은 않을 것이다."

노론의 세상 속, 소론 왕.

상검이 굳은 표정으로 고개를 끄덕였다.

"그럴수록 우리가 저하께 힘이 되어드려야 할 것이다. 힘이 되어

드린다는 것은, 다른 뜻이 아니다. 우리 할 일을 철저히 하고, 이상하거나 납득 가지 않는 것이 있으면 의심하고 또 의심하는 것. 그러면 될 일이다. 알겠느냐?"

"예, 명심하겠습니다, 나리."

"그래. 상검이 네가 있어 한결 마음이 편안하구나. 저하께서도 그리 생각하실 것이다."

문 내관이 소반을 다시금 들었다. 조선의 임금이 되실 세자께서 드실 음식. 죽이 식기라도 하면 낭패였다.

"차와 탕약을 준비해라. 나는 저하께 들겠다."

"예, 문 내관 나리."

문 내관이 떠나고, 상검이 신중한 손길로 다과장을 열었다. 차를 즐겨 마시는 세자를 위해 특별히 주문한 다과장 안, 연잎이며 작설(雀舌)이며 오미자, 그 외의 몇 가지 질 좋은 찻잎들.

"……응?"

상검이 고개를 갸웃했다. 여러 차 중 백차(白茶)의 빛깔이 영 이상했다.

왕세자가 특히 즐기는 백차는, 찻잎을 덖지 않고 말린 까닭에 여린 풀색을 띠고 있기 마련이었다. 그러나 단지 속에 담긴 찻잎의 색은 과하게 짙었다. 차를 잘 모르는 이라면 대수롭지 않게 넘겼을지 모르나, 매일같이 세자의 차를 준비하는 상검의 눈에는 분명히 보이는 차이였다.

상검이 찻잎이 담긴 단지에 코를 가져다 댔다.

"똑같은데."

별다를 것 없었다. 계절은 유월 여름. 습기가 찼거나, 날이 더운 탓에 색이 바랜 것일까?

-이상하거나 납득 가지 않는 것이 있으면 의심하고 또 의심하는 것.

문득 귓전을 스치는 문 내관의 말.

"아무래도 이상한걸."

아쉽지만 저하께 오늘은 다른 차를 올려야 할 듯싶었다. 그러나
그것만으로는 개운치 않았다.

"안 되겠다."

잠시 찻잎을 내려다보던 상검이 작정한 듯 단지를 뒤엎었다. 서너
줌 남짓 되는 검은 찻잎이 우수수 바닥에 흩어졌다.

* * *

사방이 어둑해진 저녁. 연잉군방으로 돌아온 금 역시 편안하지는
못했다.

비록 왕세자는 아니었으나 금이라고 사정이 크게 다르지는 않았
다. 그 역시 엄연한 임금의 아들이자 일국의 왕자. 왕세자가 그러하
듯, 금 역시 꼬박 사흘간 빈전에 머물며 부왕을 애도했다. 며칠간 곡
을 한 탓에 금의 음성은 완전히 쉬어 있었다.

"무슨 일들이십니까?"

금은 싸늘한 표정이었다. 맞은편에 앉아 있던 젊은 선비가 무안한
표정을 지었다.

노론 사대신들은 평소 연잉군과 긴밀한 관계를 유지하고 있었으
며, 특히 이이명과 금 사이에는 신의가 있었다. 그러나 같은 노론이
라 해서 모두를 신뢰할 수 있는 것은 아니다. 특히나 지금과 같이 몸
을 사려야 할 때는 더더욱.

"왕세자께서 보위를 이어받아야 하는 중한 시기요. 어찌 이런 시
기에 왕자군의 제택에 함부로 들락거리십니까?"

금의 음성은 냉랭했다. 모든 왕자들의 삶은 불안하기 마련이었다.

그중에서도 지금과 같은 시기, 즉 임금의 훙(薨) 탓에 왕의 자리가 공석일 때 말이나 행동거지를 잘못했다간 목숨을 잃기 십상이었다. 하물며 왕세자의 반대편인 노론 사대부가 차자(次子)의 제택에 드나들다니. 성격 같아서는 찬물을 끼얹어 내쫓아도 성에 차지 않을 일이었다.

"연잉군 대감, 소인 역시 지금이 얼마나 불안한 시기인지 잘 알고 있습니다. 차마 지나칠 수 없는 까닭이 있어 찾아왔으니 너그럽게 들어주시기를 바라겠나이다."

"무슨 일이기에 그러십니까?"

금은 짜증스러운 기색을 굳이 감추려 들지 않았다. 임금의 죽음은 비통한 일이었다. 비록 그에게 향했던 사랑을 모두 거두어 훤에게 쏟았던 아버지일지언정, 한때 그들은 둘도 없이 가까운 부자였다. 아비를 향한 그의 마음은 분명 애증이었다. 그러니 어찌 슬프지 않겠는가. 그는 아비를 사랑하고 존경했다.

매일같이 곡을 하느라 목에서는 꺽꺽 쇳소리가 났다. 잠을 이루지 못해 심신이 피로하기 짝이 없었다. 게다가 차남인 탓에 정치적인 입지가 몹시 위태로웠다. 노론의 강성함이 오히려 지금의 금에게는 걸림돌이 되는 형국이었다.

까딱 잘못하여 발이라도 헛디뎠다간 천 길 낭떠러지. 이런 시기에 숨 한 번 잘못 쉬었다가 역심을 품었다는 이유로 목숨을 잃은 왕손이 어디 한둘이던가.

"대감."

그를 마주 보고 있던 젊은 사대부가 옷 속 깊은 곳에서 서찰 하나를 꺼내 내밀었다. 바스락- 질 좋은 종잇장 스치는 소리가 들렸다.

"이것이 무엇이오?"

"읽어보십시오, 대감."

금이 미간을 찌푸렸다. 당최 생각이 있는 자들인지 알 수가 없었다. 작금과 같은 상황에 청탁이라도 하려드는 미친 작자던가. 불쾌함이 역력한 표정으로 금은 서찰을 펼쳐 들었다. 손끝에 와 닿는 감촉이 비단이나 숙고사처럼 매끌매끌했다. 금의 눈매가 가늘어졌다.

이 정도의 고급 종이는 아무 데서나 쓰는 물건이 아니었다. 이렇게 윤이 흐르고 손끝에 닿는 감촉이 반드러운 백지는 임금께서 교지를 내릴 때나 쓰는 물건이었다.

임금은 말한다. 정유해에 이이명과 독대하여 국가의 종묘와 사직에 대해 긴 시간 논하였던 바, 과인은 왕세자 윤을 폐하고……

스슥-

금의 손마디가 움찔하는 바람에 종이 끝이 힘없이 구겨졌다.

"……"

금은 잠시간 그의 손에 들린 서간을 내려다보고 있었다. 검은 티가 섞이지 않은 순백의 종이. 그 위에 쓰인 고아한 문자들. 아바마마 특유의 힘이 느껴지는 호방한 필체.

정유독대(丁酉獨對).

아바마마와 이이명이 벌인 희대의 사건 때문에, 한동안 금의 목숨은 풍전등화(風前燈火)와 같았었다.

과인은 왕세자 윤을 폐하고, 연잉군 금을 새로운 세자로 삼아 종묘사직을 이어갈 것을 명하노라.

금의 시선은 마지막 문장에 한참이나 머물러 있었다.

연잉군 금을 새로운 세자로 삼아…….

금을 새로운 세자로 삼아.

"……"

대범하기 짝이 없는 그였으나 차마 숨조차 쉬어지지 않았다. 응당 그럴 것을 예상한 모양인지, 맞은편에 앉아 있던 자 역시 긴장된 표정으로 금을 바라보았다.

모두가 한동안 몹시 궁금해했다. 사관을 배석하지 않고 이루어진 정유년의 독대에서 어떤 이야기가 오갔는지. 이는 노론과 소론을 막론한 모든 이들의 호기심의 대상이었다.

무덤까지 그 비밀을 안고 갈 줄 알았던 임금께서 남기신 서찰. 저것이 설마 임금의 유지(遺志)이던가?

"대감, 충격이 크셨습니까?"

"……."

"소인이 비밀리에 입수한 주상 전하 생전에 남기신 유지(諭旨)입니다."

선비가 금의 표정을 신중하게 살폈다. 여전히 금은 충격이 가시지 않은 듯했다.

"시기가 시기인지라, 소인은 아직 이 서찰을 공개하지 않았습니다. 대감과 뜻을 함께하고자 하는 마음으로 찾았으니 마음을 가라앉히소서."

'뜻'이라. 무슨 뜻을 말하는 것인가?

"대감, 승하하신 주상 전하께서 긴 시간 폐세자에 대해 고심하였음을 우리 노론 모두가 알고 있습니다. 약간의 기일만 주어졌다면 분명 상(上)의 뜻으로 세자를 교체하였을 것이옵니다."

젊은 사대부가 금을 지그시 바라보았다.

"대감. 마음을 정하시옵소서. 아직 즉위식이 거행되지 않았나이다. 우리에게 주어진 시각이 많지 않습니다."

"……."

"신이 대감을 받들겠나이다."

신(臣)이라 함은 그의 '신하'라는 의미.

세상을 뒤집어 바꿀 서찰을 들고 찾아온 사내를 바라보던 금의 입끝이 작게 꿈틀거렸다. 순간 금이 서찰을 높이 들어 올렸다. 휙, 치켜

올라갔던 그의 손이 뚝 떨어진 장소는 방을 밝히는 등잔불 위였다.

"이, 이, 무슨 일이옵니까! 대감!"

삽시간에 불이 붙었다. 얇디얇은 서찰은 걷잡을 수 없이 빠르게 타들어가기 시작했다. 종이가 타는 매캐한 냄새가 방 안을 가득 채웠다. 서찰을 빼앗기 위해 손을 휘저으며 달려드는 선비 탓에 바람이 일어나, 희뿌연 재가 풀썩 솟아올라 허공을 날았다.

"감히, 관직 하나 없는 유생 나부랭이 따위가!"

금의 얼굴에 떠오른 것은 누구도 본 적 없는 격노였다.

"나를 역모의 덫으로 끌고 들어가려 하는가! 저들 당파의 알량한 이익을 위해, 일국의 왕자를 충동질하여 형제간을 찢어놓으려는 것이 아닌가!"

그의 손에 쥐어져 있던 서찰이 삽시간에 흰 재로 산화했다. 타다 남은 불티가 방 안에 분주하게 휘날렸다. 그럼에도 분이 가시지 않는지, 금은 손가락 몇 마디만큼 겨우 남은 서찰을 찢고, 찢고, 또 갈기갈기 찢어발겼다.

"하오나 대감! 그것은 정녕 주상 전하의!"

"거짓!"

금이 일갈했다.

"아바마마께서는 지난 몇 년간 어필을 남기신 적이 없다. 안질 탓에 앞을 보지 못하신 까닭에 늘 형님께 교지를 쓰게 하셨단 말이다!"

"하오나, 그것은……!"

"필요 없다. 닥치란 말이다!"

금의 눈에서 시푸른 안광이 나오는 듯했다. 그가 방 한쪽 모퉁이에 세워져 있던 장검을 뽑아 들었다. 그의 손끝이, 그리고 검 끝이 잘게 떨렸다. 천하의 연잉군 이금을 파들파들 떨게 하다니, 제게 감히 역모의 죄를 씌우려 하다니.

"목숨을 부지하고 싶거들랑 당장 나가 코빼기도 비치지 마라. 궁궐 안, 편전에서 내 너희 도당의 모습을 보는 순간 이날의 모든 일을 저하께 고할 터이다!"

"대감……!"

"나가라는 말이 들리지 않는가!"

섬뜩한 검기에 겁을 집어먹은 탓일까. 선비는 걸음아 날 살려라 도망쳤다. 활짝 열린 방문 너머로 줄행랑을 치는 샌님의 뒷모습과 사랑방을 기웃거리는 몸종들이 보였다. 금의 손에 쥐어져 있던 장검이 챙! 하는 소리와 함께 방바닥에 나뒹굴었다.

그제야 눈이 매웠다. 그제야, 서찰을 불태우다 그슬린 손이 쓰라렸다.

"……."

검이 나동그라진 것과 같은 모양새로 금 역시 털썩 주저앉았다.

진실은 알 수 없다. 유지가 진실인지 아닌지조차 그는 확신할 수 없었다. 위조된 것일 수도, 혹은 진짜 아바마마의 어필일지도 모른다. 중요한 것은 그런 것이 아니었다.

정통성이란 누군가의 의견이나 주장으로 만들어지는 것이 아닌 타고나는 것. 이금은 왕자군이었고, 이윤은 왕세자였다. 보위에 욕심이 없다면 그것은 거짓이었다. 그러나 물러날 때와 전진할 때, 그 순간을 판가름하는 것은 요행이 아닌 인내였다.

금은 요행을 바라지 않았다. 그는 그렇게 아둔하지 않았다. 손가락 한 마디의 작은 차이만으로도 생과 사가 갈린다. 지금은 전진할 때가 아닌 머무를 때였다.

* * *

궁궐에 속한 모든 궁녀들이 그러하듯 순심 역시 상복을 입었다.

"전하."

낙선당 마루 위에 길게 드러누운 금손을 바라보던 순심이 작게 중얼거렸다.

그녀는 어느 가을날 고양이 금손을 앞세워 낙선당에 나타났던 임금을 회상한다. 왕에게서는 늘 미묘한 슬픔이 느껴졌다. 그는 조선전체를 통틀어 누구보다 지엄하고 높은 자였다. 그러나 순심이 보았던 임금은 그렇게 위대한 사람이라기보단. 지나간 세월에 회한이 많은 초로의 노인이었다.

"금손아……."

순심이 금손을 품에 끌어안았다. 그녀는 임금과의 약속을 상기했다.

-과인이 죽은 후에 금손이를 돌봐다오.

야옹, 야아옹, 니야아옹.

금손의 구슬픈 울음소리. 순심이 금손을 가만가만 쓰다듬었다. 하도 퉁퉁하여 궁인들의 공연한 공분을 사던 금손 역시 슬픔에 잠겨 있었다. 빛바랜 황색 털 아래로 튀어나온 등뼈가 만져졌다.

"이러지 말고 뭐라도 먹어야지, 금손아. 응?"

순심이 금손을 향해 속삭였다.

지난 며칠간 금손은 식음을 전폐하다시피 했다. 순심이 고깃점을 내밀자 금손이 코를 쿵쿵댄다. 그러나 그것도 잠시. 이내 금손은 고개를 획 돌려버렸다.

"순심아."

그녀의 뒤편에서 들려오는 목소리. 순심이 뒤를 돌아보자, 그녀의 품에서 뛰어내린 금손이 낙선당 뜰을 가로질러 사라졌다.

"저하……. 어이 이곳까지 오셨나이까?"

"잠시 저승전으로 돌아가던 중에."

윤이 나지막하게 말했다.

"네가 그리워 들렀다."

윤의 모습이 낯설다. 그의 몸은 상주임을 뜻하는 투박한 삼베들로 뒤덮여 있었다. 윤이 지친 듯 힘없이 웃었다. 슬픔에 지치고, 고통에 잠식된 표정으로.

"저하……. 괜찮으십니까?"

순심이 조심스레 물었다. 윤이 부드럽게 고개를 끄덕였다.

어찌 괜찮지 않으랴. 그는 이미 무수한 흉사를 거치며 죽음이라는 것에 익숙해졌다. 어쩌면 이날을 기다려왔는지도 모른다. 모두가 왕세자, 장희빈의 아들의 몰락을 바랐으나 그는 살아남아 여기까지 왔다. 조선의 왕. 그 지엄한 자리가 윤의 앞에 있었다.

그러나 한편으로 그는 기다리지 않았다. 모든 것이 뒤바뀌고 한 세대가 끝나며 그로 인해 새로운 시대가 시작되는 날을. 노론으로 가득 찬 세상 속, 외로운 섬과 같은 소론 임금이 되는 것을.

두렵다.

"괜찮지도, 괜찮지 않지도 않다."

응당 가야 할 길이기에 왔을 뿐.

문득 윤이 순심을 향해 팔을 뻗었다. 그의 품 안에 담뿍 안겨드는 여인의 몸. 그의 서늘한 입술이 햇살이 배어 따스한 순심의 이마에 닿았다.

"그저 무사하였으면 좋겠다. 순심아."

"무엇이 말이옵니까, 저하?"

"나의 삶이. 그리고 너의 삶이."

"지금도 잘 해내고 계시지 않사옵니까?"

"지금껏은 그랬다."

왕세자 윤과 그의 승은궁녀 순심은 그러했다.

"조선의 임금과 왕의 여인 순심의 삶이 무사하고 평안하였으면 좋겠다. 그리하여 너와 내가 오래도록 무사하여 행복하기를 바란다. 그뿐이다."

소망은 오직 하나. 평안을 바랄 뿐이었다.

윤이 제 앞에 놓인 검고 푸른 의복을 내려다보았다. 이슥한 밤이
었다. 임금이 승하한 지 오늘로 닷새째. 날이 밝으면, 빈전 앞에서 새
임금의 즉위식이 거행될 것이다.

그러므로 저 흑룡포는 이제 입을 일 없는 옷. 이 밤이 지나면 윤은
조선의 임금이 된다.

"무슨 생각을 하고 계십니까, 형님."

"……."

침묵을 깨고 들려오는 금의 목소리. 윤은 낯선 시선으로 동생을
바라보았다. 잠시 잊었다. 지금 그는 혼자가 아니었음을. 윤의 맞은
편에는 금이, 그리고 불빛이 채 닿지 않는 침소 모퉁이에는 그림자
와 한 몸인 듯 고요하게 자리 잡은 황가가 있었다.

깊은 밤, 형제간의 밀담.

금은 은근히 독대를 바라는 눈치였으나 황가는 끝끝내 물러나지
않았다. 믿을 수 있는 이는 아무도 없다. 그것이 왕세자와 피를 나눈
혈육이라 해도. 아니, 오히려 그래서 더욱 믿을 수 없을지도 모른다.

"기분이 묘하구나."

"흑룡포를 보시는 눈길을 보니 마음이 복잡하신 듯하였습니다."

"그래, 네 말이 맞다. 참으로 오래 입은 옷이지."

처음 왕세자로 책봉되었을 때 윤의 나이는 세 살. 치렁치렁 손등을 덮
는 흑룡포의 옷소매, 이마 위로 쏟아지는 무거운 익선관. 당시의 윤은 그
의관이 가진 의미를 모르는 어린애였다. 차라리 몰랐으면 좋았으리라. 윤
을 원자로, 그리고 왕세자로 책봉하는 과정에 얼마나 많은 피가 뿌려졌는
지. 얼마나 많은 이들이 통탄하며 어린 왕세자를 저주하게 되었는지.

그리고 왕세자라는 이름으로 살아온 삼십 년의 시간. 그간 윤이 원했든 원하지 않았든 간에 수많은 이들이 죽었다. 윤은 흘러넘쳐 강을 이루는 선혈을 밟고 선 세자였다.

"금아."

"예, 형님."

금이 윤을 바라보는 사이, 불현듯 윤은 손을 뻗어 흑룡포를 쓰다 듬었다. 고작 오 일간 입었던 삼베옷 탓일까. 지나치게 매끄러운 명 주의 감촉이 생경했다.

흑룡포의 어깨와 가슴에는 발톱이 네 개인 용을 수놓은 배(背)가 달려 있었다. 밤이 지나고 날이 밝으면, 사조룡(四爪龍)이 아닌 다섯 개의 온전한 발톱을 가진 용을 품은 임금 이윤의 시절이 시작된다.

"차마 마음에서 연령을 보내지 못했는데, 이제 아바마마마저 가셨 구나. 남은 것은 우리 둘뿐이다."

"예, 형님."

금이 침통하게 덧붙였다.

"어머니가 돌아가셨고 아바마마마저 승하하시니 저 역시 이제 혼자 입니다. 상을 치르는 내내 부모가 없다는 것이 마음에 사무치더이다."

윤이 금의 얼굴을 물끄러미 바라보았다. 불빛에 비친 금의 눈동자 에서 반사되는 이채를 윤은 슬픔의 흔적이라 생각했다. 누가 뭐래도 금은 부왕께서 귀애한 아들이었다. 훤을 극도로 편애하셨을지언정, 그 럼에도 금은 꽤 사랑받는 아들이었다.

좀체 감정을 드러내지 않는 윤에 비해 금은 부왕의 성정을 빼닮았 다. 금은 필요할 때는 지체 없이 잔인해졌고 종종 감정의 폭발을 겪 곤 했다. 그는 사랑을 퍼부을 때 맹목적이었고 마음을 거둬들인 후 에는 누구보다 차가웠다.

"……아바마마가 그립습니다, 형님."

"나 역시 그러하다."

그립다. 슬프다. 그러나 그립지 않기도, 슬프지 않기도 했다.

아비의 죽음을 맞이하는 형제의 태도가 다른 것은 당연한 일이다. 금의 아비는 금의 어미를 죽이지 않았다. 금의 아비는 금을 기댈 곳 없는 세상천지 유일한 외톨이로 만들지 않았다. 금의 아비는, 금이 애당초 바라지 않았으나 아비의 고집에 의해 얻게 된 신분과 지위를 박탈하겠다며 그를 겁박하거나 저울질하지 않았다. 그러므로 금은 슬플 것이고 비통할 것이다.

그는 아비의 사랑을 받는 아들이었고, 그 사랑을 바탕으로 감히 형님의 자리를 넘볼 수 있는 자격을 얻은 차자(次子)였다.

"……재미있구나."

윤이 무심코 중얼거렸다.

"무엇이 말씀입니까, 형님?"

"노론은 늘 너를 지지해왔고 소론은 나를 옹립하기 위해 애썼다. 그러나 지난 몇 년간 소론은 늘 궁지에 몰려 있었지."

"……."

"궁궐 어디를 둘러봐도 모두 노론뿐이다. 노론의 세상에서 소론 임금이 나왔다는 것이 재미있지 않더냐?"

들리지 않게 금은 숨을 고른다.

그의 오른쪽, 멀지 않은 모퉁이에 있는 듯 없는 듯 자객처럼 앉아 있는 사내. 그는 그림자 안에 파묻혀 있는 황가의 존재를 새삼 인지했다.

이것은 형님의 시험일까? 자칫하다간 황가의 검이 제 심장을 꿰뚫을지도 모르는 일이었다.

"정파가 다를지언정 형님은 이제 왕이 되실 분입니다. 아무리 노론의 세력이 강하다 해도 적통(嫡統)의 지위를 위협하려 들지는 못할 것입니다."

"정녕 그렇게 생각하느냐?"

"예, 형님."

금이 잔뜩 긴장하여 뻣뻣해진 고개를 들어 올렸다.

그의 하나뿐인 형님, 임금의 장자, 조선의 왕세자. 해가 뜨면 조선의 임금이 될 그는 알고 있을까. 며칠 전 금을 찾아온 젊은 사대부가 교룡기라도 되는 듯 흔들던 서찰의 정체를. 금이 그것을 받아들여 궁궐에 입성했다면 어떤 피바람이 몰아쳤을지를.

"그럼 내 하나 더 묻겠다. 어찌하여 그렇게 믿느냐? 노론은 내 주변을 뒤흔들 권력을 가지고 있다."

"형님. 저는 노론 대신들이 그렇게까지 무모한 이들이라 생각지 않습니다."

"그들이 무모해질 수 있는 까닭을 정녕 모르는 것이냐?"

"……."

금은 대답하지 못했다. 그가 불안한 시선으로 제 형님을 바라보았다. 황가가 미동 없이 앉아 있음을 알면서도, 칼날이 옆구리 지척에 와 있는 것처럼 주변이 스산했다.

"네가 있기에 그들이 무모해질 수 있는 것이다."

"무슨 말씀이신지……."

"네 존재가 이이명과 김창집, 이건명과 조태채와 같은 노론 사대신의 꿈의 원천이라는 것을 모르겠느냐?"

"형님."

"지금이라도 늦지 않았을 것이다. 네가 그들의 등불이 되기를 자처한다면 노론은 결코 망설이지 않을 게다."

"그럴 일은 없습니다, 형님. 결코 있을 수 없는 일입니다."

금이 다급히 읍소했다. 문득 모골이 송연했다. 노론 사대부, 혹은 유생 나부랭이. 정체를 알 수 없는 그자를 보낸 것은 누구였을까.

'설마……. 형님이었던 건가.'

그자가 내밀었던 서찰을 덥석 받아들었다면……. 피범벅이 되어 숨통이 끊어질 이는 왕세자가 아닌 금 자신이었겠지.

진짜인지 가짜인지가 불분명한 서찰을 들고 불쑥 찾아와 금에게 운명을 거스르라 종용했던 사내. 그들의 청을 거절한 것은 선비의 절개이기도 했고, 서른 해에 달하는 시간 동안 왕세자로 살아온 형님에 대한 신의이기도 했다. 그러나 가장 큰 까닭은 그것이었다.

두려움. 금은 두려웠다.

정변을 통해 왕권을 찬탈한 이들의 말로는 역사 속에 분명히 기록되어 있었다. 형제나 친족의 피를 밟고 왕위에 오른 자들은 그 이상의 대가를 치러야만 했다. 설령 왕좌를 지키는 데는 성공했을지언정, 그들은 역사 속에 박제되어 길이 남은 오명이 되었다.

무수리의 아들. 천민의 피가 흐르는 왕자. 사람들이 종종 잊곤 하는 제 볼품없는 출생 앞에, 반역자의 이름을 더하여 역사에 기록될 수는 없지 않은가.

"형님. 형님께서 바라신다면 저는 왕을 보필하는 충실한 동생으로 남겠습니다. 혹여 왕자인 제가 궁궐에 들락대는 것이 싫으시다면, 소인은 초야에 파묻혀 죽은 듯 살겠습니다."

금의 음성이 고요한 침소 안에 울렸다. 금이 머리를 깊이 조아렸다.

"믿어주십시오, 형님. 제 진심을 믿어주십시오."

윤의 시선이 그의 동생, 금에게 향했다.

형제의 관계를 사랑과 증오라는 두 가지 말로써 표현할 수는 없으리라. 그들 사이에는 좋은 것과 나쁜 것을 아우르는 수백 수천의 감정과 기나긴 세월이 교차하고 있었다.

"금아, 내게 남은 혈육은 이제 너 하나뿐이로구나."

"예. 저 역시 그 사실을 잊지 않고 있습니다."

내가, 갈 곳 없고 기댈 곳 없는 내가. 그 누구보다 외롭고 고단할 임금으로 기록될 내가-

너를 믿어도 되겠느냐?

"나는 나의 아우를 믿는다."

거친 상복 속 초조하게 뒤틀리던 금의 손마디가 가까스로 움직임을 멈췄다.

"망극합니다, 저하."

* * *

임금의 국장이 거행되던 며칠 내내 폭우가 쏟아졌다. 때 이른 장맛비였다.

대행왕(大行王)[108]이 경덕궁 자정전(資政殿)에 안치되어 세상과 작별하는 동안, 임금의 자취가 남아 있던 궁궐 곳곳에는 크고 작은 변화가 찾아왔다.

가장 먼저 궁인들의 손길이 닿은 곳은 임금의 침전이 있는 환경전이었다. 혹여 혼령의 잠을 깨울까 저어되어, 궁인들은 발꿈치를 들어올린 채 망자의 흔적들을 치웠다. 임금이 많은 시간을 보냈던 환경전은 머지않은 훗날 적당한 쓰임새를 찾게 될 것이다.

왕비의 침전인 대조전 역시 변화를 맞이했다. 임금의 국장이 닷새째에 접어들던 날 아침. 잠시 하늘이 갠 사이 많은 궁인들이 대조전을 들락거렸다. 의복, 장신구와 패물들, 가구와 세간살이들……. 중궁전의 고상한 취향을 따른 물건들은 궁인들의 손을 거쳐 자리를 옮겼다.

"마마, 빗방울이 떨어집니다. 날이 궂으니 어서 가마에 드시옵소서."

"잠시만……. 잠시만."

---

108 왕이 승하한 후 시호를 받기 전까지 부르던 호칭.

"……예, 마마."

서른넷의 젊은 나이에 지아비를 잃고 대비의 삶을 시작하게 된 중전 김씨의 시선이 대조전 꽃담 위에 머물렀다. 처음 국모가 되어 대조전에 발을 들였을 때, 그녀의 나이 고작 열여섯.

"……되었다. 가자."

"예, 마마."

후두둑 떨어지는 빗방울에 내쫓기듯 궁인들의 발걸음이 부산했다.

결국 모두가 떠나고, 또한 떠나지 못한다. 이는 노란 저고리에 다홍치마를 차려입고 간택 참여자로 궁궐에 첫 발을 들였던 순간부터 정해진 일. 며칠 후 대조전의 안주인이 될 세자빈 어씨 역시 똑같은 전철을 밟게 되리라.

열네 살 어린 나이로 동궁전의 안주인이 되었던 채화는 곧 임금이 된 지아비를 따라 중궁전으로 자리를 옮길 것이다. 또한 훗날 임금이 그녀보다 먼저 승하한다면 왕대비가 될 것이고, 그 이후에는 대왕대비전으로 거처를 옮기게 될 것이었다.

그것이 궁궐 여인들의 운명. 담장을 넘어가면 또 다른 담장이, 그리고 그 너머에는 또 담장과 담장이 기다린다. 좀체 흐르지 않는 시간과 꽉 막힌 공간 속에 갇혀, 곳곳에서 발에 차이는 지나간 세월을 추억하며 웃어른의 삶에 익숙해지는 것. 그것이 그녀들의 숙명이었다.

"자가."

"……."

"영빈 자가."

영빈을 보필하고 있는 김 상궁이 조심스레 그녀를 불렀다.

"으음."

그제야 퍼뜩 정신이 든 영빈이 고개를 들었다.

"중궁전께서 침전을 경복전(景福殿)으로 옮겼습니다."

"그래……?"

영빈의 주름진 눈가가 파르르 떨렸다. 아마도 지난 며칠간 대행왕을 애도하며 곡기를 끊다시피 했기 때문이리라. 물론 법도에 따랐을 뿐 영빈이 자청한 일은 아니었다.

"한데, 자가……."

"어찌 그러는가?"

김 상궁이 눈치를 보며 물었다.

"자가와 소인은 언제쯤……."

"언제쯤 출궁하게 될 것인지를 묻는 게냐?"

"예, 자가."

중전 김씨는 이제 대비가 될 것이다. 그녀는 임금의 유일한 웃어른으로서의 권위를 행사하며 말년을 보내게 될 예정이었다. 그러나 후궁에게 그런 삶은 보장되지 않았다. 국상을 치르고, 새 임금이 즉위한 이후 약간의 시간이 지나면 후궁들은 내명부의 법도에 따라 출궁된다. 어디로 갈 것인지, 어떻게 살아갈 것인지조차 불분명한 것이 후궁의 운명이었다.

"세자의 하명이 있을 때까지 기다려야겠지."

"아, 예……. 자가."

김 상궁의 표정이 몹시 어두웠다. 그 모습을 빤히 바라보던 영빈이 툭 쏘아붙였다.

"왜, 억울하냐?"

"예? 아, 아닙니다, 자가."

"낯짝에 억울하다 대문짝만 하게 써놓고선, 아니라면 아닌 것이 되던가."

김 상궁이 무안한 듯 고개를 숙였다.

영빈이라고 그 까닭을 모르는 것은 아니다. 나인에서 상궁이 되기까지, 지밀의 삶이란 일반 궁녀보다 곱절은 힘들기 마련이었다. 그 고생 끝에 오게 된 곳이 뒷방 신세인 늙은 후궁 처소라니. 게다가 그 시절마저 길지 않아, 주인과 함께 내쫓기듯 출궁하게 된 김 상궁이었다. 제 팔자라지만 딱한 일이기는 했다.

"출궁이야 정해진 것이니 어쩔 수 없다 생각하옵니다만……. 혹여 정업원(淨業院)으로 가게 되지나 않을까 걱정이 되어……."

"정……. 뭐라?"

영빈이 기가 막힌 듯 되뇌자. 김 상궁이 다급히 말을 얼버무렸다.

"호, 혹시 모르는 일이라 여쭈었을 뿐입니다. 소인 이만 처리할 일이 있어 물러가옵니다!"

후다닥, 불호령이 두려운지 김 상궁은 줄행랑을 쳤다. 영빈의 입에서 '허' 하는 한숨이 흘러나왔다.

"정업원이라니? 어찌 감히 내게 그런 소리를……."

정업원으로 가게 되다니. 상상조차 해본 적 없는 일이다.

자식이 있는 후궁들의 경우, 생전의 숙빈 최씨가 그러했듯 출궁하여 고요히 살아가게 된다. 그러나 자식이 없는 후궁들의 경우 보통 정업원이라는 비구니들의 사찰로 들어가 불가에 귀의하는 것이 일반적이었다.

'내게는 연잉군이 있지 않은가.'

그가 결코 영빈을 버릴 리 없다. 비록 친아들이 아닐지언정 연잉군은 그녀를 어머니로 대우하고 있었다.

문득 영빈이 허전한 머리에 손을 얹었다. 지아비를 애도하는 기간 동안 그녀는 가체도, 비단옷도, 화려한 장신구도 허락받지 못했다.

등과 목뼈 사이를 둥글게 휘게 만드는 아름답고도 몹쓸 물건. 태화당 안에 틀어박혀 과거를 추억하는 것이 전부였을지언정 그녀는 무거운 가체를 착용하지 않는 날이 없었다. 그마저 떼어내면 빈껍데기 같은 제 몸뚱이가 파스스 허물어질 것 같아서.

"정업원? 미친 계집 같으니."

영빈이 몸서리를 치며 중얼거렸다. 김 상궁이 돌아오면 종아리를 매우 쳐서 몹쓸 말버릇을 고쳐주리라.

절간에 처박혀 비구니로 생을 마감하기엔 이루지 못한 꿈들이 너무나 많지 않은가.

* * *

경덕궁 숭정문(崇政門).

숭정문 위로 푸르른 유월의 하늘이 드높고, 숭정문 아래로는 죽은 이를 애도하는 백의(白衣)의 물결이 넘실댄다. 흰색과 푸른색 외에 색채를 드러내는 것은 오직 하나. 잠시 상복을 벗고, 면복을 갖춰 입은 왕세자 이윤뿐이었다.

대행왕의 국장 그 여섯째 날. 새로운 임금의 즉위식이 거행되고 있었다.

앞으로 나아가던 윤이 잠시 걸음을 멈춘다. 숭정문을 지나 즉위식이 열리는 숭정전까지 이어진 길. 평소의 습관대로 신하들을 위한 오른쪽 길로 향하는 발길을 붙들어, 윤은 오직 임금만이 걸어갈 수 있는 길 어도(御道)를 지난다.

한 걸음. 이 길에 발을 들이기 위해 얼마나 긴 시간을 보내야 했는지.

한 걸음. 얼마나 많은 이들의 피가 온 천지에 뿌려졌는지.

한 걸음. 어머니의 통탄의 한을 풀겠노라는 일념 하나로 감내했던 고통의 크기가 얼마나 거대했는지.

그리고 마지막 한 걸음.

이 길의 끝에 다다르면, 나는 내가 바라는 그런 사람이 될 수 있을까. 꿈꾸던 것들을 이룰 수 있을까. 나는…… 이윤이라는 사내는, 행복해질 수 있을까.

너와 함께, 행복해질 수 있을까.

어도의 끝에 다다른 윤의 걸음이 숭정전의 계단을 올랐다.

경내에 들어선 윤이 빈전을 향해 향을 피우는 것으로 즉위식이 시작되었다.

동쪽에는 대행왕의 유언이 담긴 유교(遺敎)가, 서쪽에는 대보(大寶)[109]가 놓였다. 영의정 김창집이 유교를 읽어 내렸고, 좌의정 이건명이 대보를 올렸다.

"산호."

"천세!"

"재산호."

"천천세!"

백관들이 올리는 천세 소리가 숭정전에 울려 퍼졌다. 훗날 경종이라 불리게 되는 조선 제 20대 임금, 이윤의 즉위였다.

＊ ＊ ＊

말끔하게 하늘이 갠 유월 말의 어느 날. 세간살이며 물건들을 가득 실은 채여(彩輿)가 여러 차례 동궁전을 들락거렸다. 채여가 들고나는 곳이 저승전 한 곳만은 아니었다. 세자가 긴 세월을 보내온 동궁전과 곳곳마다 채여의 행렬이 이어졌고, 뒤이어 전각을 정돈하는 궁인들의 분주한 손길이 따라붙었다.

동궁전 안, 오직 한 곳만을 제외하고는.

109 　임금의 도장.

"다 가는구나……."

순심이 나지막하게 중얼거렸다.

저승전, 내관들과 궁녀들의 처소, 세자시강원과 세자익위사. 왕세자와 관련된 모든 장소들이 비워지고 있었다. 윤은 이제 더 이상 세자가 아니기 때문이었다.

그는 경덕궁 숭정전에서 조선의 스무 번째 임금으로 즉위했다. 왕세자가 임금이 되었으므로 이제 동궁전은 의미 없는 장소가 되었다. 동궁전에서 쓰던 물건들은 임금과 중궁전이 거주하게 된 창덕궁 대조전으로 옮겨졌다.

왕세자를 모시던 사람들 역시 다르지 않았다. 내관도, 상궁도, 나인들도 모두 세자가 아닌 임금을 모시는 직책으로 진봉하여 대전 근방에 새로운 처소를 배정받았다. 세자 교육을 담당했던 시강원과 호위를 맡았던 익위사는 폐쇄되고, 관원들은 임금을 위한 새 관직을 맡게 되었다.

아무런 변화가 없는 곳은 오직 낙선당뿐이었다.

"순심아."

배꼼, 낙선당 초입에 모습을 드러낸 구월이 종종걸음으로 달려왔다. 일을 하다 온 모양인지, 구월의 이마며 귀밑머리 아래 땀방울이 송골송골했다.

"어찌 이렇게 땀을 흘려?"

"동궁전 소주방에 있던 물건들을 대전 밧소주방으로 옮기느라 뛰어다녀서 그래. 그건 그렇고……. 아직 아무 얘기 없어?"

"무슨……?"

"다들 옮겨 가는데 너만 여기 혼자 남을 수는 없잖냐. 아직 세자빈…… 아니, 중궁전 마마께서 처소를 옮기라 전교하지 않으시던?"

"아직…… 그런 말씀은 없으셨어."

애써 태연한 척 대답하는 순심을 바라보던 구월의 미간에 주름이 파였다. 구월이 못마땅한 듯 발끝을 세워 땅바닥을 쿡쿡 찍었다.

"이상해. 정말로 아무 일도 없었던 거야? 빈궁…… 아유, 헷갈려. 중전 마마랑?"

"아무 일도 없었다니까."

"이상하지 않아? 세상 좋은 벗처럼 너만 보면 활짝 웃던 분이, 하루아침에 발길을 뚝 끊은 것도 모자라 문안마저 거절하시고……."

"그거야 중전 마마께서는 바쁘시니까……."

"아무리 그래도 이게 말이 돼? 이제 동궁전은 허허벌판이라고. 저하…… 아니 전하도, 중전 마마도, 궁녀들이랑 내관이며 무관들도 죄다 떠난단 말이야. 너 하나 말고는……."

갑갑해 죽겠다는 듯 분을 토로하던 구월이 말을 뚝 그쳤다.

"미안……. 너랑 또 떨어진다고 생각하니 마음이 이상해서. 내가 또 괜한 소리를 했네."

"알아, 나도. 구월이 네 마음."

순심이 구월의 손을 붙잡았다.

"하긴. 내가 아무리 떠들어봤자 달라지는 게 없으니……."

체념한 듯 중얼거리던 구월이 먼 바깥으로 시선을 던졌다. 무더운 여름날의 번잡스러운 이사도 다 끝나가는 모양이었다. 채여의 행렬은 그사이 뚝 끊겼다.

"그래. 전하께서 너를 홀로 동궁전에 내버려두시겠어? 요새 일이 많아 잠시 잊으신 거겠지. 곧 더 으리으리한 전각도 내려주시고, 더 이상 승은궁녀가 아니라 어엿한 후궁으로……."

주절주절 말을 늘어놓던 구월이 다급히 고개를 숙였다.

호랑이도 제 말 하면 온다더니. 임금도 제 말 하면 온다.

"……."

낙선당 초입에 서서 순심과 구월을 바라보는 사내. 그는 순심이 아는 이윤이면서 동시에 그녀가 아는 이윤이 아니기도 했다.

며칠 전까지 왕세자였던 윤은 긴 세월 함께했던 흑룡포 대신 불처럼 타오르는 붉은색 곤룡포를 입고 있었다. 곤룡포의 흉배와 어깨에 자리한 오조룡은 온전한 왕의 권위를 드러냈다.

"순심아."

조선의 임금, 이윤이 처음으로 그녀의 이름을 부른다.

"소, 소인은 이만……."

세상 오직 둘만 존재하는 듯한 왕과 승은궁녀의 모습. 구월이 슬금슬금 자리를 피해 물러났다.

그녀가 낙선당 초입을 지나는 순간, 나무 그늘 안에서 그림자 하나가 홱 튀어나왔다.

"엄마야! 아……. 놀랐잖냐."

갑자기 나타난 상검을 보고 우뚝 멈춰 섰던 구월은 어쩐 일인지 쌩하니 그를 지나쳤다.

"누님."

"……."

"누님."

"……."

상검이 연거푸 불러보지만 구월은 묵묵부답.

"구월 누님!"

잰걸음으로 달려온 상검이 구월의 앞을 막아섰다. 구월이 한숨을 내쉬었다.

"왜 그렇게 불러쌌냐? 누가 보기라도 하면 어쩌려고?"

"아무도 없어요. 다들 짐 싹 챙겨서 떠나버렸다고요."

"그래. 다들 가버렸으니 나도 어서 따라가야 해. 아무리 승은궁녀 덕에 대우받는 나인이라지만 농땡이 피우는 거 걸렸다간 종아리를 맞는다고."

구월이 옆으로 한 발짝 비껴나 재차 걸음을 옮겼다. 순간 상검이 구월의 팔을 붙잡았다.

"얘가 왜 이래?"

"누님, 얘기 좀 해요."

"무슨 얘기를 하냐?"

구월의 입이 고집스럽게 닫혔다. 그녀가 상검의 팔을 뿌리쳤다.

"저만 보면 가던 길도 돌아가고, 하던 일도 내팽개치고 가버리고……. 대체 왜 그래요?"

"내가 언제?"

"모르는 척하지 말아요. 그날 이후로 나만 보면 피해 다니잖아요."

"그날? 무슨 날?"

구월이 반문했다. 상검의 입 끝이 파르르 떨렸다.

"정말 몰라서 묻는 거예요? 눈 오던 날, 내가 누님한테 좋아한다고 고백한……."

그때였다. 무언가 잊은 물건이 있는지 허둥지둥 달려오는 궁녀 하나. 궁녀를 발견한 상검과 구월이 반사적으로 서로에게서 한 발짝 떨어졌다.

"상검아."

"네, 누님."

궁녀의 모습이 사라진 후, 구월이 입을 열었다.

"이게 너와 내 처지야. 너는 내시고, 나는 왕의 여인인 궁녀고. 혹시라도 다른 이가 보면 어쩌나, 오해하여 경을 치는 건 아닌가 걱정하며 살아야 하는……."

"하지만 누님, 저는요……."

"상검아."

-좋아해요.

-좋아해요, 누님.

상검에게 그 말을 들었던 겨울밤에는 함박눈이 쏟아졌었다.

그날부터 지금까지 한시도 잊은 적은 없지만…….

"눈 오던 날, 나는 들은 적 없어. 너한테서 어떤 말도."

"저……."

'저하'라고, 여느 때와 같이 그를 부르던 순심이 입을 다물었다.

예상하고 있었으나 동시에 생각지 못한 윤의 모습. 당분간은 말실수가 잦으리라. 이제 윤은 '저하'라 불리던 국본이 아닌 나라의 군주, 조선의 임금이기 때문이었다.

서로를 바라보는 순심과 윤의 시선 사이로 느리게 흘러가는 시간.

"달라 보이십니다……. 전하."

가까스로 순심이 입을 열었다.

세자를 상징하는 빛깔, 아청. 윤과 함께 두 해를 보내는 사이, 순심은 늘 그와 함께하던 검푸른색을 깊이 사랑하게 되었다. 그 아름다운 빛깔은 궁궐 어느 곳에나 있었다. 미명에 물든 새벽에도, 어둠이 내리기 시작한 이른 밤의 하늘에도, 전각마다 아로새겨진 단청과 색을 입힌 문살에도. 궁궐 곳곳에서 그 아득한 푸른빛을 마주칠 때마다 순심은 그녀의 정인인 왕세자를 떠올리곤 했다.

"달라 보이더냐?"

"예, 붉은 용포를 입으시니……."

붉은색이 저렇게 낯선 색이던가. 윤을 바라보는 순심의 시선에 생경함이 묻어났다.

국상 기간 동안 몸을 돌볼 여력이 없었기 때문이리라. 윤의 얼굴은 핏기가 없어 평소보다 더욱 창백했고 해쓱했다. 그런 그의 몸을 감싸고 있는 용포는 푸른색의 정반대, 선명한 붉은색이었다. 순심이 아는 윤의 성정은 바다처럼 고요한 청색에 가까웠다. 그런 까닭에 저 적색이 더욱 낯설게 느껴지는지도 모른다.

"나 역시 용포를 입은 것이 어색하구나. 네게 처음 보이는 모습이라 긴장하였는데……."

윤이 성큼 순심에게 다가왔다.

"어찌 모르는 이를 마주친 것 같은 표정을 짓는 게냐. 서운하다."

윤이 무릎과 허리를 구부려 그녀와 시선을 맞추었다. 그의 입술 끝이 부드럽게 휘어지며 윤의 따뜻한 숨결이 느껴졌다. 순심이 눈을 내리깔았다.

"어딜."

"……."

"어딜 보는 게야. 내가 네 코앞에 있는데."

콧잔등에 느껴지는 윤의 숨결. 순식간에 주변을 감싸는 백단향기. 그제야 낯선 마음이 사라진다. 촉- 짧은 순간이었지만, 입맞춤은 정신이 번쩍 들 만큼 강렬했다.

"이래도 아니 바라볼 것이냐?"

그제야 순심은 다시금 시선을 들었다. 들고 나는 숨결이 고스란히 느껴질 만큼 가까운 거리. 윤이 그녀를 바라보며 웃는다. 웃고 있는 그의 눈동자 속에는 낯선 이를 바라보듯 어색한 표정을 짓고 있는 순심이 비치고 있었다.

"나도 내가 낯설다, 순심아. 스스로를 '과인'이라 칭하는 것도, 늘 푸른색이던 옷가지들이 붉은색 일색으로 바뀐 것도. 그러나 이윤이라는 사람은 며칠 전이나 지금이나 달라지지 않았다. 달라진 것은 내가 아닌, 나를 대하는 이들의 태도일 것이다."

"……."

"심지어 내가 사랑하는 너마저도 말이다."

윤이 양손으로 순심의 뺨을 부드럽게 감쌌다.

"나는 달라지지 않았다. 내가 입는 옷, 사람들이 나를 칭하는 방식, 내가 기거하는 장소가 달라졌다고 나라는 사람이 다른 이가 되지는 않아. 나는 네가 아는 사내, 윤이다."

그가 다정하게 미소 지었다. 그제야 힘이 잔뜩 들어가 있던 순심의 몸에 긴장이 풀어졌다.

"왠지 전하를 대할 때 조심해야 할 것 같아서……."

"조심하다니? 무슨 소리더냐?"

"좀 더 격식 있고 절도 있게 행동해야 할 것 같았습니다. 이제 나라의 임금이 되셨으니까……."

"저런. 하지 마라, 순심아."

윤이 너털웃음을 터뜨렸다. 그가 순심의 머리를 가볍게 쓰다듬었다.

"달라진 건 아무것도 없어. 이곳을 떠나 대전이나 편전으로 가면 나는 조선의 임금이겠지. 그러나 네 앞에 있는 나는 달라진 게 없다. 나는 너를 보면 행복하고 보지 못하면 슬퍼하는, 너를 사랑하는 사내 그 이상도 이하도 아니야."

윤은 재차 확인하듯 순심과 시선을 맞췄다.

"알겠느냐?"

"예, 저하."

다시금 말실수를 한 순심이 재차 말을 고쳤다.

"아니, 전하……. 송구합니다."

"송구할 것 없다. 나도 나를 '과인'이라 부르는 게 입에 붙지 않아 고생이니. 너만 그런 것이 아니다. 상검이도, 문 내관도, 심지어 황가도 수시로 말실수를 하지."

"그렇다면 다행입니다."

"다행이다마다. 나는 지금이 참 좋다, 순심아."

"무엇이 말씀입니까. 전하?"

"여기 네가 있어서. 순심이 네가 처음 모습 그대로 이렇게 내 곁에 있어서."

윤이 사방을 둘러보았다. 궁인들의 모습은 더 이상 보이지 않았다. 동궁전 근방의 전각 중, 사람의 기척이 남은 곳은 이제 낙선당 하나였다.

"하지만 이대로 너를 여기 둘 수는 없겠지. 중궁전에게 뜻을 전하여, 네 처소 역시 대전 근방으로 옮기도록 해야겠다."

"하아……."

안도의 한숨을 내쉬던 순심이 당황한 듯 입을 다물었다. 구월 앞에서 티를 내지 않으려 애썼으나 내심 그녀 역시 두려웠다.

혼자가 될까 봐. 처음 동궁전에 들어왔던 시절의 외로움을 다시 겪게 될까 봐.

"홀로 남을까 봐 걱정했던 게로구나."

"……."

순심이 대답하지 못하고 어물쩍대자 윤이 그녀를 품으로 끌어당겼다. 토닥토닥. 그의 손길이 순심의 등허리를 다독였다.

"내 비록 정신없는 시간을 보내고 있으나 한시도 너를 잊은 적 없다. 곧 만나자, 새로운 집에서."

"예, 전하."

윤이 순심의 이마에 가볍게 입을 맞추었다.

"그럼 이만 나는 돌아가야겠다. 전갈할 테니 기다리고 있어라."

"예, 그리고 전하, 한 가지 드릴 말씀이 있습니다."

"무엇이냐?"

"금손이가 며칠째 보이지 않습니다. 소인 나름대로 찾고는 있는데, 근래 계속 야위던 녀석이 보이지 않으니 걱정이 되어……."

"아바마마를 따라갈 생각인가……."

윤이 나지막하게 중얼거렸다. 그는 그 고양이에게 애정을 느끼지 못했다.

선왕의 뒤를 졸졸 따라다니던 금빛 털의 고양이, 금손. 임금이 붕어하신 후 식음을 전폐했던 금손은 어느 날에선가부터 더 이상 모습을 드러내지 않았다.

"내 내관들에게 찾아보라 이르겠다. 너무 걱정 마라."

"예, 전하."

'전하'라는 말은 여전히 낯설다. 그러나 이제는 받아들여야 할 운명. 왕은 떠나갔고, 왕의 여인은 남았다.

"전하, 사방이 캄캄합니다. 어디 가십니까?"

"잠이 오지 않아서 잠시 근방을 거닐 생각이다."

"소신이 따르겠습니다."

조선의 임금이 된 윤의 새로운 침전. 대조전을 나서는 그의 뒤를 황가가 따라붙었다.

왕세자 시절과는 많은 것이 달라졌다. 본래 저승전 앞을 지키던 것은 황가 하나였으나, 이제 대조전 근방에는 겸사복 여럿이 밤낮으로 교대하며 침전을 지키고 있었다.

윤이 임금이 되었으므로 세자 시절 그를 보필했던 많은 이들이 새로운 직책을 받았다. 정사품 상전(尙傳)이던 문 내관은 어명을 전달하는 내시부 최고 직위인 상선(尙膳)으로 진봉했다. 상검 역시 종육품 상세(常洗)가 되었다.

황가의 경우는 다소 특이한 경우였다. 윤은 황가에게 '선전관(宣傳官)'이라는 일종의 특별직을 내렸다. 비록 겸사복과 같은 무장들에 비해 낮은 관직이었으나, 황가는 왕세자 시절과 같이 가장 가까운 곳에서 왕을 보필하게 되었다.

"가자."

"예, 전하."

대조전을 나선 윤의 걸음은 방향을 정하지 않고 느릿느릿 근방을 떠돌았다.

보위에 오른 지 고작 며칠이 지났을 뿐이다. 감당하기 힘든 만큼 많은 일들이 일어난 고단한 유월이었다.

아버지 숙종의 마지막 모습, 그 순간 문득 떠올렸던 어머니의 모습, 검푸른 흑룡포를 벗고 붉은 용포를 입던 기억. 숭정전을 울리던 백관들의 천세 소리, 처음 용상에 올라앉던 순간의 느낌.

윤은 뒤따르는 황가에게 굳이 조용하라느니, 방해하지 말라느니 하는 말 역시 하지 않았다. 윤과 황가 사이에는 그런 말이 필요 없을 만큼 깊은 신의가 자리하고 있었다. 그런 까닭에 왕의 밤 산책은 한없이 고요했다.

꼬리에 꼬리를 무는 상념들 탓에 젊은 왕의 산책은 꽤 길게 이어졌다. 윤의 걸음은 어느덧 여러 전각들을 지나쳐 환경전 뜰에 이르렀다.

그의 아버지, 숙종의 침전.

주인을 잃은 환경전은 궁인들의 손길에 의해 새롭게 단장되었다. 이전 임금의 자취가 남았던 물건들은 말끔히 치워졌다. 시간이 조금 지난 후 환경전은 편전이든, 내전이든 나름의 역할을 할 공간으로 탈바꿈할 것이다. 그러나 아직까지 환경전은 여전히 선왕의 공간이었다.

니야옹…….

궁인들에게뿐 아니라, 고양이 금손에게 역시.

"여기 있었던 게냐. 순심이 너를 한참 찾아 헤맸거늘……."

소제를 마친 이후 누구도 감히 발길을 들이지 않아 흰 먼지가 얇게 깔린 환경전 마루 위. 둥글게 몸을 말고 있던 금손이 고개를 들어 올렸다.

야옹……. 힘없는 울음소리를 낸 금손이 다시금 고개를 떨어뜨렸다. 윤의 눈에 비친 금손은 선왕의 무릎에 앉아 고깃점을 받아먹던

뚱뚱한 고양이라고는 믿기지 않을 만큼 앙상한 모습이었다.

"……황가야."

"예, 전하."

"밧소주방에 가서 물과 음식을 조금 가져오너라."

"예, 전하."

이내 황가의 걸음 소리가 멀어졌다. 몇 발짝 떨어진 거리에서 금손을 지켜보던 윤이 마루로 다가갔다.

"……슬프냐."

윤의 목소리를 들은 듯, 금손의 귀가 가볍게 움직였으나 울음소리는 들려오지 않았다.

윤이 마루 위에 걸터앉았다. 가까운 거리에서 금손을 내려다보니, 휘어진 등 위로 불거진 뼈마디가 보였다.

"나는 아바마마의 죽음 앞에 그렇게까지 슬퍼하지 않았다."

금손의 앙상한 모습을 내려다보던 윤이 문득 중얼거렸다.

"너처럼…… 그렇게 슬퍼하진 않았다."

그때였다. 금손이 힘겹게 고개를 들어 올렸다. 반짝이는 총기가 사라진 미물의 눈동자에 여린 빛이 잠시 머물렀다. 윤을 물끄러미 바라보던 금손의 울대에서 흐느끼는 듯한 울음소리가 났다.

금손이 느릿느릿 몸을 일으켰다. 고작 한 자 남짓한 거리를 걸어오는 것마저 힘에 부친 듯, 윤에게 다가오던 금손의 걸음은 몇 번이나 휘청거렸다.

"……."

그리고 마침내, 윤의 곁으로 다가온 금손이 풀썩 자리에 주저앉았다.

임금의 품에 안겨 있던 시절의 금손에게서 들려오던 고르릉대는 소리 대신 남은 생을 쥐어짜내는 듯한 침울한 소리가 들려왔다. 마지막 힘을 다해, 금손은 윤이 입은 붉은 용포에 머리를 비볐다.

야옹. 니야옹…….

"이건……."

아바마마의 옷이 아니야. 나는 아바마마가 아니란다, 금손아.

밧소주방을 찾아 작은 종지에 물과 고깃국을 담아 돌아온 황가의 걸음이 우뚝 멈췄다.

환경전 마루 위에 드리워진 붉은 용포와 윤의 품 안에 안긴 앙상한 늙은 고양이. 감히 그들의 먹먹한 교감을 방해할 수 없어 황가는 다가서지 못하고 머뭇거렸다.

"전하……."

달빛에 비친 젊은 왕의 뺨 위로 고요히 흐르는 뜨거운 눈물.

윤의 안온한 품 안에서, 왕이 사랑한 고양이 금손은 싸늘한 주검이 되어 있었다.

-3권에서 계속-

미주

ㄱ) 해당 지문은 워쇼스키 자매의 영화 '매트릭스'의 오마쥬입니다.
영화 매트릭스(The Matrix) 중 모피어스의 대사, 'You will realize that there is difference between knowing the path and walking the path.' (길을 아는 것과 길을 걷는 것의 차이를 깨닫게 될 것이다.)

ㄴ) 이이명의 말은 숙종실록 62권, 숙종 44년 윤 8월 1일의 기록에서 발췌한 것입니다.
'진실로 신민(臣民)들의 소망에 꼭 들어맞으니 실로 종사(宗社)의 한없는 복(福)입니다.'

ㄷ) "용기만 앞서는 병졸은, 엉뚱한 전투에서 가장 먼저 목숨을 잃는 법이다."

ㄹ) '용기만 앞서는 자들은 전투가 시작되자마자 가장 먼저 목숨을 잃는 법이지.'
3), 4) 항목, 이윤과 영빈의 대사는 웹툰 '송곳'의 오마쥬입니다.
최규석 作 웹툰 '송곳' 1-7화, '용기만 있고, 공포를 모르는 군인은 엉뚱한 전투에서 가치 없이 죽는다.'

ㅁ) 납채례의 교문과 답문은 조선왕조실록과 신병주, 박례경, 송지원, 이민주 지음 '왕실의 혼례식 풍경'(돌베개, 2013)을 참고하였습니다.

ㅂ) 이이명의 대사는 숙종실록 63권, 숙종 45년 2월 23일의 기록

을 윤색한 것입니다.

'동궁(東宮)의 춘추(春秋)가 이미 30세를 넘었는데, 아직 종사(螽斯)의 경사(慶事)가 없습니다. 혹 근력(筋力)이 미치지 못하는 바가 있으면, 약물(藥物)로써 자양(滋養)하는 도리가 없지 않으니, 청컨대, 명일(明日)에 여러 의관(醫官)을 거느리고 동궁께 입진(入診)하여 약이(藥餌)를 의논해 정하게 하소서.'

ㅅ) 연령군 이훤의 제문은 조선왕조실록 경종실록 15권, 경종대왕 행장에서 발췌한 것입니다.

ㅇ) 본문 중 인원왕후, 연잉군, 의관의 대사들은 숙종실록 65권, 숙종 46년 6월 8일의 기록에서 발췌한 것입니다.

"일찍이 듣건대 '명성왕후께서 병환이 나셨을 때는 단지 가슴 앞에 한 점 미지근한 온기가 있을 뿐인데도 능히 회복을 하셨다'고 한다. 성상의 병환이 비록 위중하기는 하지만 가슴과 배에 모두 온기가 있으니, 약물을 신중히 써서 기필코 회복을 기약하도록 하라."

"손가락이 이미 다 푸른색으로 변했습니다."

"오른쪽 맥(脈)이 먼저 끊어졌고, 왼쪽의 맥은 바야흐로 들떠 흔들리며 안정이 되지 않고 있습니다."

"종전에 약을 쓰는 길이 잘못되었기에 이미 이런 지경에 이른 것이다."

'임금이 기식과 담향이 점차 가늘어지다가 갑자기 크게 토한 뒤 승하(昇遐)하였다.'